從解嚴到數位匯流的
新聞工作者

跨時代的比較研究

NEWS

2014

2004

劉蕙苓 ——

—— 著

1994

巨流圖書公司印行

國家圖書館出版品預行編目（CIP）資料

從解嚴到數位匯流的新聞工作者：跨時代的
比較研究 / 劉蕙苓著 . -- 初版 . -- 高雄市：
巨流圖書股份有限公司 , 2022.01
　　面； 　公分
ISBN 978-957-732-647-8（平裝）

1.CST: 新聞從業人員　2.CST: 比較研究
3.CST: 文集

895.107　　　　　　　　　　　110021424

從解嚴到數位匯流的
新聞工作者：

跨時代的比較研究

作　　　者　劉蕙苓
責 任 編 輯　林瑜璇
封 面 設 計　余旻禎

發 　行 　人　楊曉華
總 　編 　輯　蔡國彬

出　　　版　巨流圖書股份有限公司
　　　　　　802019 高雄市苓雅區五福一路 57 號 2 樓之 2
　　　　　　電話：07-2265267
　　　　　　傳真：07-2233073
　　　　　　e-mail: chuliu@liwen.com.tw
　　　　　　網址：http://www.liwen.com.tw

編 　輯 　部　100003 臺北市中正區重慶南路一段 57 號 10 樓之 12
　　　　　　電話：02-29222396
　　　　　　傳真：02-29220464

劃 撥 帳 號　01002323 巨流圖書股份有限公司
購 書 專 線　07-2265267 轉 236

法 律 顧 問　林廷隆律師
　　　　　　電話：02-29658212

出版登記證　局版台業字第 1045 號

ISBN / 978-957-732-647-8（平裝）
初版一刷 · 2022 年 1 月

定價：480 元

謹以此書獻給

恩師　羅文輝教授

目錄

圖表目錄

第六章

第七章

推薦序

　　這是一本有關臺灣新聞工作者的書，作者劉蕙苓教授曾經是資深的電視記者，並在大學教授新聞報導相關課程，對臺灣新聞界及新聞工作者有深刻的瞭解。這本書採用 1994 年、2004 年及 2014 年在臺灣進行的三項大型新聞工作者調查數據，及一系列深度訪談資料，分析三十年來臺灣新聞工作者的社會經濟背景、工作狀況、工作自主權、媒介角色認知，及專業倫理態度的變化。因此，這是一本具有歷史意義的學術著作，也是分析臺灣新聞工作者最全面、完整的一本書。

　　蕙苓不僅是資深的電視記者，也是傑出的新聞工作者，她曾獲得金鐘獎最佳採訪獎，並四度獲曾虛白新聞獎。我和她結識多年，曾經是她的老師，也和她長期合作進行研究。我在 1985 年獲得密蘇里大學博士學位後，回到母系政大新聞系擔任副教授，蕙苓就是我在政大教的第一屆學生。她大學畢業後，繼續在政大新聞研究所修讀碩士學位，我則是她碩士論文的指導教授。在 2004 年，蕙苓放棄在中國電視公司新聞部主任的高薪工作，回到政大新聞研究所攻讀博士學位，我非常榮幸地再度擔任她的指導教授。

　　在蕙苓就讀博士班期間，我獲得國科會專題研究計畫補助，準備在 2004 年年底進行臺灣新聞工作者調查，於是邀請她擔任研究助理，一起策劃、執行這項研究。在她的協助下，這項研究共訪問了 1,182 位新聞工作者，包括報紙、電視及廣播等新聞機構的工作者。

　　蕙苓獲得博士學位後進入學界，決定繼續進行臺灣新聞工作者調查，於是在 2014 年申請科技部專題研究計畫，並邀請我擔任協同研究人員，一起參與這項研究。這一年的調查，成功訪問了 1,505 位新聞工作者，其中除了以前原有的報紙、電視和廣播之外，這次還

有通訊社及新媒體機構的新聞工作者。

完成 2004 年和 2014 年的兩項新聞工作者調查後，我和蕙苓曾合作在學術期刊及國際研討會上，發表多篇論文，探討臺灣新聞工作者的工作狀況、倫理態度及對媒介角色的認知。

最近幾年，蕙苓重新整理、分析這兩項新聞工作者的調查數據，決定撰寫一本分析臺灣新聞工作者的書。為了更完整呈現過去數十年，臺灣新聞工作者的變化，她徵得我的同意，決定把我在 1994 年完成的臺灣新聞人員調查資料也納入分析範圍，以分析 1994、2004 到 2014 年，這三十年臺灣新聞工作者面臨的種種變化，除了量化的分析之外，蕙苓也進一步依據量化的結果進行深度訪談，為這些研究結果提供深入的質性解釋分析。

為了延續新聞工作者的研究傳統，並和過去研究成果能夠作一比較，這本書探討的部分概念，乃參考 Johnston 等人（1976）、Weaver 與 Wilhoit（1986）及羅文輝與陳韜文（2004）的著作，藉此比較臺灣新聞工作者和美國、香港、中國大陸新聞工作者在工作狀況及專業態度方面的異同。

除了參考過去的相關研究外，蕙苓這本書也提出了一些嶄新的概念，嘗試從創新、獨特的角度分析臺灣新聞工作者面臨的問題。例如，本書第八章探討的「置入性行銷」便是臺灣新聞界的獨特現象，也是臺灣新聞工作者面臨的嚴重倫理問題。「置入性行銷」是一種「新聞化的廣告」，重要特徵是由廠商付費，請新聞媒體用某些形式把產品置入新聞中，或以新聞的形式來呈現企業和政府的產品或政策，讓讀者或觀眾在不知情的情況下，對這些產品或政策產生較佳的印象。

蕙苓觀察這種臺灣新聞界獨特的倫理問題，並把臺灣新聞工作者面臨不得不執行「置入性行銷」任務的情況，及可能產生的影響，設計在 2004 年及 2014 年的兩項調查中。本書第八章指出，「置入性行銷」不僅影響臺灣新聞工作者的倫理態度與行為，更可能影

響他們的工作滿意度與離職意願，而且這種情形在這十年間有增無減，成為新聞人「悲觀又無力改變的心頭之痛」。這個例子顯示，這本書除了延續新聞工作者的研究傳統之外，更擴展了相關研究的範疇，對新聞工作者研究有極為重要的貢獻。

　　身為長期觀察與研究新聞工作者的學者，我非常欣賞蕙芩的學術興趣及對新聞工作者研究的堅持。只有不斷的努力與堅持，才能寫出這樣一本兼具理論與實務價值的學術著作。在未來的歲月，我期待她能繼續進行新聞工作者研究，不斷從不同角度擴展、深化新聞工作者研究的理論與範疇。

香港浸會大學傳理與影視學院

自序
不畏風雨向前挺進的新聞人

　　2004 年自業界返回母校攻讀博士，擔任指導老師羅文輝教授的研究助理，執行當年的新聞人員大調查，重拾做研究的感覺，真的很複雜。有一天老師不經意地說：「這是我最後一次做這種調查了，十年之後就該妳接棒了！」這句話我一直記在心裡。Johnstone、Slawski 與 Bowman 在 1971 年開啟美國新聞工作者研究之後，Weaver 帶領研究團隊接棒，自 1982 年以來，繼續進行四波的調查，為美國的新聞工作者研究累積五個時代的珍貴資料，這樣的研究傳承與執著，是我所景仰的。十年後，我已進入學界，在申請到科技部專題研究經費補助後，2014 年效法這樣的研究承傳精神，接棒進行全臺新聞工作者調查；此時已自政大退休、遠在香港任教的老師仍被我請來指導。

　　完成 2014 年調查後，我曾因公到香港，順道拜訪老師請教樣本處理的細節；那天，在香港中文大學的研究室中，老師看到我居然超乎預期地收集了 1,505 個樣本，超過他前兩個十年所收集的樣本數，十分欣慰，又不經意地說：「如果能把這些資料整理出來寫成書，我的心願就了了！」這句話我也記在心裡。

　　這本書原始的構想是以老師所做的 1994、2004 及我做的 2014 年新聞人員調查為基底的跨時代比較研究，由老師和我把資料重新整理後，分別分工書寫不同的章節。但因為香港、臺灣兩地的聯絡不方便，如何統一書寫的格式雖經過幾次討論，卻沒有定案；加上我非常希望能增加質性訪談來補充量化的不足，於是，最後決定由我一人獨自完成。

　　做過這種全臺嚴謹地系統性抽樣、樣本數超過一千人的新聞工

作者大調查的學者非常少，原因是要從媒體機構取得樣本的母體資料十分困難，加上受訪對象的工作忙碌很容易拒訪。如果沒有老師當年建立的基礎，我也接不了這個棒子。既然決定要以質化與量化並重的方式書寫，自 2015 年起，我就計畫性地進行了記者的深度訪談，隨著 1994、2004 及 2014 年量化資料的統計分析方向愈來愈聚焦，我想補充的田野資料就愈多，因此，深度訪談一直進行到 2020 年止，受訪人數超過 60 位。

構思這本書的時間在 2016 年，但因升等後接任行政工作十分忙碌，寫作也就斷斷續續地效率不彰，直到 2019 年卸任後，才得以全心投入。也正因有了較長的時間重新思索，和觀察新聞業的變化，因此，本書撰寫就想把格局拉得更大，從時代變遷與媒體產業變化互動的角度，來看待解嚴後的新聞工作者。這三個年代正好代表了臺灣媒體從解嚴民主開放、市場化競爭，走向數位化轉型、生存備受威脅的過程；因此，更能看出三十年來新聞工作者在基本輪廓、工作狀況、角色認知、倫理價值、新聞專業與科技介入的變化。本書分成三大部分：三個時代的比較分析、數位匯流的衝擊、及世代差異的新聞想像。除了橫跨這三個十年的比較之外，還希望能處理目前媒體面臨數位匯流與轉型之際，新聞工作者所面對的各種問題與挑戰，及三十多年來三個世代的新聞人，在新聞實作與價值觀的差異。由於這樣的思考架構，也將這幾年我所投稿於期刊的幾篇文章，重新拆解與修改融入部分章節中。相信，這樣的架構更能全面地理解時代變遷與新聞人的關係，也更有助於我們理解新聞工作者，及他們面對的未來處境。

在此要特別說明的是，雖然它是一本學術著作，但本書並沒有使用非常「艱澀」或宏觀的理論，或許有些學術同業會覺得理論厚度不足；作為一個從事新聞工作二十一年的「老兵」，我期待這本書不只寫給學術界的先進們看，更希望新聞同業們願意閱讀，並激盪出更多的對話與反思。因此，在書寫上採用較淺顯的理論與文字。

畢竟這是我們曾經一同走過、或正在走的路程，在持續不斷前進的過程中創造了新聞人的意義與價值。在分析完所有的資料後，我的結論依然堅信，即便環境不斷惡化，未來充滿挑戰，新聞的變與不變似乎在數位浪潮中拉鋸著，但這群不畏風雨向前挺進的新聞人，是值得敬重的；世代傳承的棒子雖然沉重，卻永遠有人願意承接使命負重向前，改變社會、見證歷史。

自 2014 年進行大規模調查到寫完全書，要感謝許多新聞同業的協助，不論是問卷的發放，或在忙碌的工作中特別抽空接受我的深度訪談，都是奠定本書寫作的基礎。更要感謝兩位匿名評審提供許多寶貴的建議，使本書得以修改得更完備。當然，也要特別感謝歷屆助理們的辛苦付出，特別是執行調查時的三位助理：李宗岳、劉洲松及楊若琳；及後期協助我整理龐雜深度訪談資料的彭曉筠。同時，感謝科技部專題計畫中設有「專書寫作」一項，使我得以繼續未完成的研究；而國立臺北藝術大學設立的「提昇學術研究獎勵辦法」，讓我可以減授學分專心寫作。

書寫此書是我進入學界念茲在茲的心願，很高興已如願達成；但若無羅文輝老師自 1994 年開始每隔十年即進行這個調查，留下如此珍貴的資料，本書也無法完成。其實，這也是老師的心願，我很高興秉持研究傳承的精神，也替他完成了這個願望！謹以此書獻給影響我學術啟蒙、多年來無私指導我的恩師。

劉蕙苓

於關渡臺北藝術大學

2021.11.16

第一章

新聞工作者的研究脈絡與意義

　　新聞工作者（journalists）是新聞組織生產新聞內容的守門人，他們所思所想、經驗喜好、背景與價值觀，在在都影響了其如何守門，如何產出大眾所見的新聞內容（Shoemaker & Reese, 1996）。Schudson（1978）指出，新聞工作者乃在 1880 年以後才成為正式的職業，美國的重要媒體都已聘用正式的人員負責採訪、編輯，成為新聞組織建制內重要的內容生產者與守門者。在此之前，「新聞工作者」（journalist）這個名詞顧名思義就是為期刊（journals）工作的人，以歐洲為例，Nerone（2015）指出，早在 1780 年代末期法國大革命時，就有此職業專門為政治機構（political agencies）服務，因而廣為人知。誠如 Schudson（1978）所言，在 1880 年之前美國已有報紙與新聞記者，但大都為私人利益與商業利益服務，公正客觀與公共性不是這個行業的共識。直到 19 世紀「專業的新聞」（professional journalism）被社會廣泛倡議，新聞工作者的角色定位才明確地以追求公共利益為目標。

　　1970 年代起新聞學的研究開始關注大眾傳播的社會學取徑研究，其中，關於媒介內容與媒介內容效果的研究相當多，可想而知，當時的美國社會歷經了越戰、女權運動，傳播學的研究十分關注媒體如何報導這些社會重大的事件，建構了何種真實（Gans, 1979; Tuchman, 1978）；但對於「誰」中介了內容生產的研究較少，

因此，開展了伊利諾大學研究中心的幾位學者 Johnstone、Slawski 與
Bowman（1976）的新聞工作者研究。這也成為新聞工作者系統性研
究的起始。

第一節　新聞工作者研究的脈絡

一、美國的里程碑式研究

　　守門人的研究其實在 1950 年代即已有 White（1953）以 *The
"Gate Keeper": A Case Study in the Selection of News* 為題的個案研究
中，將一群為新聞內容把關的人稱為「守門先生」（Mr. Gate），這
個研究關心的是報紙的編輯如何選擇？其選擇與放棄的標準為何？
可以注意的是，作者使用了男性的稱謂，似乎也暗指了當時的守門
者是男性的天下。不過，這終究是個案研究，不足以一窺全美新聞
工作者的全貌。雖然 1960 年代起，亦不乏記者的研究，例如 Cohen
（1963）針對美國華府外交記者的研究；但 Johnstone、Slawski 與
Bowman（1976）的研究卻是較全面、且開啟了後續歷史性研究的先
河。他們在 1971 年的秋天向全美新聞工作者進行了問卷調查，共獲
得了 1,313 份成功樣本（回收率 84.7%），並將其研究結果書寫成 *The
News People: A Sociological Portrait of American Journalists and Their
Work* 一書，在這本書中作者特別指出，1971 年正值美國總統尼克森
政府與媒體處於緊繃局面，媒體角色為何備受矚目，他們希望藉此
系統性研究，來瞭解這群為美國社會建構事實、報導真相的記者的
基本輪廓及其對自我的角色定位。

　　Johnstone 等人（1976）調查的對象涵蓋了全美的報紙、雜誌、
通訊社、廣播與電視等新聞組織中全職且負責編務與採訪的工作
者，而將較屬於技術支援的工程人員、音效人員等排捲在外。有趣
的是，作者在書中提到，如何形容這群人？新聞人（journalist）在過

去的歷史脈絡中，較常用來形容印刷媒體（print media），在 1970 年代廣電媒體的工作者較不常以此名詞來稱呼自己，作者在進行訪談時發現，有三分之二的受訪者都同意，新聞人（journalist）是最好的稱呼，也代表了某種專業程度的象徵。

　　這本書中共分十個章節，每個章節的討論亦依循問卷調查的主題而來，此十個主題分別是：新聞人的歷史發展、基本政經背景、教育訓練、職涯（careers of journalism）、勞動、專業、專業責任的界定（definitions of journalistic responsibility）、工作滿足與回饋、另類媒體中的新聞人（journalists in the alternative media）及結論。這也是第一次如此全面地讓外界瞭解，美國新聞工作者到底是一群什麼樣的人？他們在做什麼？他們如何看待新聞工作？

　　根據這份調查，1970 年代的美國新聞工作者有超過七成（75.1%）任職於印刷媒體，其中 55.8% 任職於每日發行的報紙；電視和廣播各占一成，通訊社只有 4.7%。在這個研究中，也發展了媒體角色的理論概念和量表，成為後續研究的重要基礎。Willnat、Weaver 與 Wilhoit（2017）認為，當年三位作者對於記者到底是參與者？或中立者的研究討論，在歷經越戰、五角大廈文件（The Pentagon Papers）[1] 事件案後，美國新聞界與尼克森政府的關係緊張，美國社會對於新聞工作者的期待甚高，新聞工作者的角色認知極具重要意義。本書將於後面的章節再詳細討論。

　　1982-1983 年印地安那大學的 Weaver 與 Wilhoit（1986; 1991）在既有的基礎上又進行了一次大規模的電話調查，取得了 1,001 個樣

---

[1]　1971 年《紐約時報》與《華盛頓郵報》相繼報導了由國防部啟動的研究計畫文件檔案，分析美國歷任總統越戰政策，直指政府因決策錯誤使美國陷入越戰困窘，歷任總統又不斷以謊言來欺瞞社會。由於此文件列入最高機密，由當時尼克森總統下令因涉及洩漏國家機密，影響國家安全，而要求法院下令兩報禁止發行，然而美國各地報紙卻接連刊出兩報的作為，引起社會關注，最後最高法院以六比三票數判定，政府並沒有充分理由禁止媒體公布此文件。詳見尹萍譯（1998）。《個人歷史：全美最有影響力的女報人葛蘭姆》，臺北：天下文化。（原書 Graham, K. [1997]. *Personal history*. New York: Alfred A. Knopf, Inc.）

本，並將研究結果集結成 *The American Journalists: A Portrait of U.S. News People and Their Work* 一書，此書在第二版時又將 1971 年的調查資料與十年後的資料進行比較。在十年後的調查中，Weaver 等人將 Johnston 等人的研究主題重新歸類、調整形成下列主題：新聞工作者的基本社經背景、教育與訓練、工作狀況（job conditions）與工作滿足、專業性（媒介角色、價值與倫理）、新科技與新聞工作等。鑑於新聞媒體角色的重要性，此次的研究也重新將 1971 年 Johnston 等人所發展的兩種角色加以重新梳理成三類：調查詮釋（interpretive/investigative role）、資訊傳布（information dissemination role）及對立（adversary role）。在本書第二版中還增列了女性新聞工作者及媒體類型的比較研究，此乃美國社會經歷了女權運動後，女性進入新聞界的比例增加，其勞動形式亦深受重視。這些調整也成為後來全球跨國研究的主要問卷題項與研究基礎。此後，每隔十年，Weaver 與不同的學者合作，進行一次全美的新聞工作者調查，1971 年迄今已進行了五次（含 1970 年代），分別是 1971、1982-1983、1992、2002 及 2013 年。每一次的調查都集結成相關書籍出版，最新的一本為 2017 年出版的 *The American Journalist in the Digital Age*，為美國的新聞工作者與社會變遷留下最珍貴的資料。

二、全球的新聞工作者比較性研究

（一）美國主導的跨國研究

　　由於前述兩個里程碑式的研究，引起了其他國家學者的重視及研究興趣，隨著全球化浪潮的推進，國際交流與比較性研究愈發容易進行，Weaver 等人在 1990 年代結合了全球各地的新聞學者，共同以 1980 年代研究的量表為基礎，進行當地的新聞工作者研究，隨後集結成 *The Global Journalist: News People Around the World* 一書（Weaver & Wilhoit, 1998），這也是第一本以結合全球 21 個地區、

超過 20,000 個記者樣本的研究成果。全球性的比較性研究在 Weaver 等人的主持下，於跨入千禧年之後，又進行了一次。此次共有全球 31 個地區參與，記者樣本高達 29,000 多個，全球五大洲中，除了非洲之外，各洲均有研究團隊參與，亞洲的中國大陸、香港、臺灣、日本及韓國均參與其中。此時，正是網際網路發展影響全球媒體之際，工作滿意度下降似乎在不少國家都成為趨勢（Weaver & Wilhoit, 2012），此研究成果收錄在 *The Global Journalist in the 21st Century* 一書中。

綜觀歷年來的相關研究，各國的研究大致來說包括了以下幾個面向：

(1) 新聞工作者的人口學及其他背景。
(2) 新聞工作者的教育與訓練。
(3) 新聞工作者的工作狀況（含工作滿意度）。
(4) 新聞工作者的專業性：媒介角色、價值與倫理。

此外，各國的研究會針對當地特性或研究者特別關心的議題而有所增減，例如，原來 Weaver 與 Wilhoit（1986; 1991）在 1982 年代所發展出來的「對爭議性新聞編採手法的態度」（attitudes toward important reporting practices），並不是所有參與學者都納入研究題項，但有些國家的學者會把女性新聞工作者、少數族裔新聞工作者、新科技使用等議題也納入其中。

（二）由歐洲主導的跨國研究

當美國學者持續以歷時性研究關心新聞工作者之際，大西洋對岸的歐洲學者也發起了全球新聞學研究（Worlds of Journalism Study，[2] 簡稱 WJS），這是由德國慕尼黑大學媒體與傳播系主任 Thomas Hanitzsch 主導，自 2007 年起開始與全球各國合作進行記者

---

[2] 詳見網站 https://worldsofjournalism.org

研究。2007 至 2011 年的第一期計畫共有包括美國的 21 國參加，以調查法訪問了 400 個新聞組織中的 2,100 位新聞工作者，他們關心的重點與 Weaver 等人略有不同，問卷內容包括：角色認知、認識論取向（epistemological orientations）、新聞倫理及新聞對社會的影響力與社會信任等。看起來兩個不同研究團隊都關心媒介角色，但在題項發展與收斂命名上則並不相同，而且這個研究較側重在比較性研究，例如，以西方與非西方的文化差異，新聞工作者在新聞角色、倫理觀所展現的差異。

　　第二波的研究在 2012 至 2016 年進行，共有 67 國參與，共收集了 27,500 個新聞工作者樣本，主要的調查重點有以下幾項：

(1) 新聞工作者的人口學及社經背景。
(2) 新聞工作者在新聞室的工作狀況。
(3) 編輯自主權。
(4) 對於新聞影響力的認知。
(5) 記者角色認知。
(6) 報導實務（reporting practices）。
(7) 對於環境變遷的認知。
(8) 機構的公信力。

　　目前正在進行的是第三波，預計在 2021 至 2023 年完成，已經有超過 110 個國家或地區加入此研究，可以預料規模相當大。值得一提的是，WJS 所召集的跨國研究並不像 Weaver 等人，最後以編輯成書展示研究成果，該組織將所有參與者收集的資料集結成一個大的記者資料庫，參與的學者可以任意和他國學者合作，使用資料庫中的資料進行跨國比較研究，也可以用主題式的方式完成專書。從 WJS 的會員網站中可以看出，自 2007 年以來，以此資料所撰寫的研究論文非常多，而且以各國不同的語言撰寫，近期較具代表性的專書則是 2019 年出版，由 Hanitzsch、Hanusch、Ramaprasad 與 de Beer

（2019）主編，多位學者合力完成的 *Worlds of Journalism: Journalistic Cultures around the Globe*。

第二節　臺灣的新聞工作者研究

　　臺灣的大規模新聞人員調查始於羅文輝（1995）進行的大調查，雖然在此之前，亦曾有兩個相關研究。其一是鄭瑞城（1988：78-79）曾經進行 326 個樣本的調查，瞭解臺灣在 1980 年代的新聞工作者樣貌，其二，陳世敏、彭芸與羅文輝（1988）亦曾進行過類似的調查，但這兩個研究樣本都不夠大，調查的主題比較簡單而侷限。

　　羅文輝（1995）受 Weaver 等人研究的影響，認為有必要較細緻地瞭解臺灣的新聞工作者樣貌，因此在 1994 年 5 月以臺灣報紙、電視與廣播的全職新聞人員為母體，以系統性抽樣方法抽出 1,300 位樣本進行面訪，取得了 1,015 個成功樣本，完成率為 78%；其中包括廣播、電視及報紙的新聞從業人員。這個樣本數規模達千人以上，較能一窺 1990 年代臺灣新聞工作者的面貌：他們是誰？做些什麼？新聞工作的專業價值為何？

　　1996 年羅文輝又與香港、中國大陸學者合作，執行兩岸三地的新聞人員比較性研究，同樣以系統性抽樣方式，成功地訪問了 834 位臺灣新聞工作者，香港則有 533 個有效樣本，中國大陸則是 1,647 份。三地的比較性研究討論新聞人員的社經背景、傳播教育對新聞人員的影響、工作滿意度、新聞倫理、媒介角色、爭議性編採手法的態度、及新聞價值觀與工作自主性等，並出版成專書《變遷中的大陸、香港、台灣新聞人員》（羅文輝、陳韜文，2004）[3]。

　　時序進入 2000 年，羅文輝（Lo, 2012）再度在 2004 年執行此

---

[3] 目前臺與台在本地混用，雖然教育部已於 2010 年經學者查考典籍，認為「臺」與「台」字意義有別，並發函所屬機關建議統一使用「臺」，但因「台」字已是目前的普遍用法，本文書寫的原則地名及機關以「臺」為主，但如書名、機構名使用「台」時，基於尊重作者與機構，仍使用原字。

系統性的調查，總共發出 1,642 份問卷，共獲得 1,182 個成功樣本，回收率 72%；其中亦包括廣播、電視及報紙等機構的新聞從業人員。此時，有線衛星電視已蓬勃發展，故電視新聞工作者的人數從十年前的 108 個樣本增加至 436 人。這項調查由於參與了 Weaver 與 Willnat 的全球記者比較性研究計畫，相關的問卷題項除了參照 1994 年的題項，在新增題項部分亦與全球的研究計畫相符。所不同的是，進入千禧年後，網路使用已是新聞工作的必備新工具，故此研究也特別將新聞工作者使用網路的相關題項納入。

十年之後，劉蕙苓與羅文輝於 2014 年 11 月起執行了另一次的新聞人員調查，此次共發出 2,000 份問卷，成功回收 1,505 份，回收率為 75.25%；這次的調查除了含括過往的廣播、電視和報紙新聞人員之外，亦將通訊社與網路原生媒體納入。本次研究仍然有著歷時性研究與跨國比較的企圖，故研究題項參照 Willnat 與 Weaver（2014）所發展的問卷，在此問卷中首度將新聞工作者使用社群媒體的情形納入。

總結臺灣地區自 1990 年代以來的三個年度的新聞工作者調查，其研究主題仍不脫 Weaver 等人自 1980 年代以來的主要概念，包括以下項目：

(1) 新聞工作者的基本輪廓（人口學及社經背景）。
(2) 工作滿意度。
(3) 媒介角色。
(4) 新聞倫理。
(5) 新聞專業承諾與未來去留。

值得一提的是，因應臺灣社會特殊的新聞業發展，在新聞倫理此大類中，除了美國所使用的新聞人員對「爭議性新聞的處理方式」的態度之外，在 2004 年及 2014 年均加入了新聞人員對「置入性行銷」評價的相關題項。鑑於過去的研究大都以 Weaver 等人所發展的

題項為基礎，雖然方便進行歷時性比較，但卻難以全然反映當代新聞環境的現實，尤其在 2010 年以後，數位匯流對新聞工作帶來的影響極大，故在 2014 年的題項上，將「數位環境工作狀況」及「工作倦怠」兩部分納入。

第三節　新聞工作者研究的意義

在科技進步的今天，新聞的定義逐漸改變中，千禧年後公民新聞（citizen journalism）的興起，社群媒體壯大後，因應自媒體而生的「我是媒體」（we the media）（Gillmire, 2004），在在都挑戰著傳統新聞，人人都是媒體，個個都是公民記者的時代，專業新聞工作者的邊界是否也隨之模糊？悲觀一點的學者甚至開始討論「新聞已終結」（the end of journalism）（Charles, 2011）：這個時候，我們還需要研究所謂的專業新聞工作者嗎？

Willnat、Weaver 與 Wilhoit（2017: 2-3）在其出版的半世紀美國新聞工作者研究 *The American Journalist in the Digital Age* 一書中，引用了著名的皮優研究中心（Pew Research Center）2016 年的調查指出，儘管美國民眾對媒體失去信任，但有四分之三的美國人認為新聞組織對於美國的政治人物具有監督的功能，以阻止他們做違法亂紀之事！在 2016 年的總統大選期間，超過九成的美國成年人，在過去一週中關注相關新聞；因此該中心的結論是：新聞仍然是公共生活中重要的一部分。在美國總統川普上任後對美國媒體的極度貶抑，三位作者在此書的前言即強調：新聞記者與新聞業仍具意義，記者的重要性更甚過往。

的確，新科技伴隨了社會變遷，使新聞業面對的衝擊愈來愈大，報業的凋零展現在著名質報的易手，如《華盛頓郵報》（*The Washington Post*）於 2013 年賣給了亞馬遜公司（Amazon.com）的創辦人貝佐斯（Jeffrey P. Bezos）；英國《獨立報》2016 年起不再發行

紙本，以網路版問世。臺灣的情形也不遑多讓，報業營收下滑，報紙的接觸率從 2009 年的 42.2% 下滑至 2019 年的 20.2%（台北市媒體服務代理商協會，2020），網路則成為最多人使用的媒體（93.5%），以往第一大媒體的電視已退居第二（83.6%），新興的平臺如 OTT 及社群媒體，正加速影響閱聽人的資訊消費習慣。

為了因應數位匯流，全球的新聞組織都積極尋求變革，從匯流新聞室的成立、數位多平臺設置、再到記者開始必須具備多重技能、多工因應即時需求，在在都挑戰了傳統的新聞產製常規。在數位行動時代，多元媒體的競逐已較過去更激烈，資訊傳散因平臺多元亦較過去容易，隨之而來的則是假新聞（資訊）（fake news）充斥，美國在歷經 2016 年總統大選的假新聞氾濫，引起學者的反思社群媒體的負面影響（Allcott & Gentzkow, 2017），英國牛津大學路透新聞研究所（Reuters Instituteforthe Study of Journalism）在 2017 年橫跨五大洲 36 個市場共 7 萬人的網路調查，也指出假新聞充斥引發的信任危機值得關切（Newman, Fletcher, Kalogeropoulos, Levy, & Nielsen, 2017）。假新聞充斥的現象至今依然困擾著全球各地，誰來為社會的紛雜訊息把關？值此時刻對新聞工作者的專業守門應有更多的期待（Willnat, Weaver, & Wilhoit, 2017）。

牛津大學路透新聞研究所在《2020 數位新聞報告》指出，大部分的消費者仍然從新聞媒體獲得資訊，但也會從別的平臺獲得資訊；可是對媒體的信任度愈日漸下滑，調查的 40 個市場中，芬蘭民眾對媒體的信任度最高，有 56%，素以新聞業自豪的美國，只有 29% 的人信任媒體，而臺灣則更低，為 24%，居倒數第三名，只比法國及韓國高，較 2017 年的調查報告 31% 更低（Newman, Fletcher, Schulz, Andi, Nielson, 2020）（見圖 1-1）。

臺灣的假新聞現象亦不亞於歐美，民眾對媒體的信任度居全球後段班，這個原因很複雜，但自 2000 年以來因應市場競爭及政治介入，媒體選邊站的情況愈來愈明顯；固然，樂觀派認為這是滿足多

元意見市場的需求，悲觀者卻直指新聞專業已被市場與政治收編。此時，研究新聞工作者的意義就不再只是瞭解這個職業是否即將消逝？或將有何轉變？而是重新回到社會脈絡中，經由資料的比較及歷史的演變，來檢視新聞工作者是何種職業？所謂何來？該往何處去？

　　如果，新聞業對社會還有存在的價值，那麼，生產新聞內容的新聞工作者就更不能等閒視之，這也是本書的核心思考。

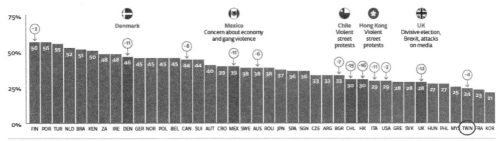

（Newman, etc., 2020, p. 14）

圖 1-1：各國（地區）民眾對新聞的信任度百分比

第四節　本書書寫的視角

　　本書以解嚴後的新聞工作者為研究主題，運用 1994 年、2004 年及 2014 年的量化調查資料進行比較，此三個年代正好代表了臺灣自解嚴後，報禁開放逐漸民主化的 1990 年代，到 2000 年以後，有線電視與《蘋果日報》加入媒體市場，導致媒體競爭與日漸商品化時代，而 2010 年代則進入數位匯流後所帶來新一波的媒體生態變革。但與過去研究不同的是，為深化量化數據的解釋，本書亦輔以超過 60 位新聞工作者的質性訪談，針對不同主題進行詮釋，來呈現較立體的新聞工作者研究樣態。

　　因此，本書的資料運用與處理，乃是橫跨了解嚴以來的三個時代，也可說是臺灣新聞史的一頁縮影。但本書並沒有完全站在臺灣新聞史的視角來書寫與檢視這些資料，而是以社會變遷與媒體互動的視角來處理每個主題。傳播與社會變遷息息相關，可說是彼此相互影響，政經學派認為，媒介是社會政治經濟結構的一環，當主流的政經結構與權力轉變時，便會影響傳播媒體的偏向與表現（McCheseney, 1997）。不過，亦有學者認為，縱然宏觀的政治社會變遷有較大的影響力，但新聞工作者的能動性不可忽視，即便是在社會各種機構與行動者不斷地影響媒體時，新聞工作者亦可發展出應對環境的策略，不會全然地受其左右（李立峰、鄧鍵一，2013），這和 Bourdieu（1977）所論及場域、社會結構與人和實作的看法相似，人在結構中，必定受結構的影響，但人所具有的能動性及反思性，亦是影響新聞工作實踐與界定意義的重要核心。因此，本書以社會變遷與媒體、新聞工作者的關係，作為觀察與分析的視角，藉由不同主題的深入比較與剖析，來瞭解社會變遷對新聞工作者的影響，及作為有能動性的新聞人，在環境改變之下，如何看待這些影響？又有何因應策略？進一步探問他們如何思考在變動環境中，新聞對社會的價值與意義。藉此希望為臺灣的新聞工作者研究開展新的視野。

第二章

本書的研究方法

　　本書以量化和質化多元取徑來描繪與比較解嚴後至匯流時代，新聞工作者在工作環境、專業角色與專業倫理的變遷。本研究所指的新聞工作者是「在新聞媒介工作，並直接或間接處理新聞的人，但不包括純粹技術支援者，如：工程人員、印務人員」。因此，就報紙而言，包括：記者、編輯、外電編譯及研究人員；但美編、校對及行政人員則排除在外。電視方面，則有外勤採訪之文字記者、攝影記者、主播、編輯、編譯，但不含製作中心之工程人員及後製繪圖人員；廣播的新聞工作者包括記者、編播與編譯。分述如下：

第一節　量化研究與執行

一、抽樣方法

　　本研究分別於 1994、2004 與 2014 年進行全臺灣新聞工作者的大規模抽樣調查，三個年度正好代表了臺灣媒體在解嚴後三十多年來的變遷。茲就三個年度的抽樣方法逐一說明。

（一）1994 年

　　本研究於 1994 年 5 月以臺灣報紙、電視與廣播之全職新聞工作

者為母體，進行系統性抽樣，因媒體屬性不同其抽樣方法也不盡相同。

1. 報紙

採取多階集群抽樣（multi-stage cluster sampling）法，先抽出報社再從每個樣本報社中，抽出一定數量之樣本。首先，據新聞局在1993年登記有案的報紙共有529家，扣除非經常發行或未發行者剩276家，為精確掌握本研究定義中之新聞工作者，則以每日發行且非贈閱的報紙為對象，排除宗教性、攝影等特定讀者之刊物。經篩選後共計43家。其次，再由研究團隊向這些報社取得所調查對象的編制人數；最後，再依各報人員編制的多寡，將43家分成五個不同規模層級：《中國時報》與《聯合報》人數在500人以上，列為第一層；人數在200人以上，500人以下則列為第二層；第三層則是100至199人的報社；第四層為20至99人的報社；20人以下者則列入第五層。

第一層的2家報紙是當時全國規模最大的2家，故均列為抽選的報社；其餘各層則隨機各抽4家，合計共18家，再到這些被抽選報社抄錄所有調查對象的名單，以系統性抽樣隨機抽出樣本，共計1,298位。

2. 電視

1994年臺灣只有3家無線電視臺：臺視、中視與華視，故全數納入選取，經調查後共計有315位新聞工作者，依系統性二抽一方法，共抽得樣本158位。

3. 廣播

依1993年行政院新聞局之資料，國內登記有案之廣播電臺共有33家，扣除英語播送、校園電臺及軍中電臺，符合本研究者有30

家。本研究最後只取得 29 家電臺之新聞工作者名單，計 262 人，以二抽一方法抽取共 131 人，但為避免廣播樣本太少，亦決定多抽取 10 人，共計 141 人。

綜上，共抽出 1,597 位樣本進行面訪，成功取得了 1,015 個樣本，完成率為 63.6%。其中包括廣播 138（13.6%）人、電視 108（10.6%）人及報紙 767（75.6%）人，另有 2 人未填答媒體類別（0.1%）。這個樣本數規模達千人以上的調查，較能一窺 1990 年代臺灣新聞工作者的面貌（羅文輝，1995）。

（二）2004 年

千禧年後，本研究於 2004 年 11 月再度進行了一次全臺灣之大規模調查，因媒體屬性與編制不同，和 1994 年一樣採取之抽樣方式亦不盡相同。

1. 報紙

採取多階集群抽樣（multi-stage cluster sampling）法。首先，據新聞局之《2004 出版年鑑》，臺灣地區在當年未中斷發行之報紙共計 125 家，本研究以每日發行且非贈閱之中文報紙為主，排除宗教性、攝影等特定讀者之中文報紙，經此標準篩選後共計 24 家。然因此 24 家在臺灣市場上的規模大小不同，因此，先將其區分成兩個層級。其一，《中國時報》、《聯合報》、《自由時報》及《蘋果日報》為市場上的四大報，其新聞人員編制規模大人數多，列為第一層，全數納入抽樣母體；其餘的 20 家列入第二層，隨機抽出 8 家納入。因此，總共抽出 12 家報社。

其次，再依報社提供之名冊依比例計算出應抽出之樣本數而進行隨機抽樣。然而，有些報社基於人事保密，不願提供新聞人員名單，但願意代為抽樣，本研究亦接受此從權之做法。

2. 電視

2004 年向新聞局登記之電視臺中，設有新聞部每日播映新聞者，共有 5 家無線電視及 6 家有線電視，本研究以此 11 家電視臺為抽樣對象，但排除宗教臺之大愛、人間衛視及財經臺。由電視臺提供新聞工作者名單，接著以每 4 人抽選 1 人的方式，共抽得樣本 536人。

3. 廣播

依新聞局資料顯示，2004 年登記有案之電臺共有 298 家，本研究的重點在於調查新聞工作者，故以有設新聞部製播每日新聞，且部門編制在 5 人以上之電臺為主，共選出 19 家。由於廣播電臺編制較小，故採取每 2 人抽取 1 人的原則，共抽取 141 人為樣本。

本年度的問卷調查以訪員面訪為主，亦有少數媒體機構表示不方便讓訪員前往，而願意代為發放問卷。在 1,642 位樣本中，成功訪問了 1,185 個成功樣本，回收率 72%；其中包括廣播 100（8.4%）人、電視 436（36.8%）人及報紙 646（54.5%）人，另有 3（0.3%）人未填答媒體別。此時，有線衛星電視已蓬勃發展，故電視新聞工作者的人數從十年前的 108 個樣本增加至 436 人。

（三）2014 年

2014 年的抽樣原則與十年前相似，然因媒體生態變化遽變，而有些彈性調整。茲就媒體別不同分述如下：

1. 報紙

仍依十年前採多階集群抽樣，第一層仍然將報業市場中的四大報《中國時報》、《聯合報》、《自由時報》及《蘋果日報》全數納入；第二層則為其他報紙。但由於《2013 出版年鑑》已不再詳細載

明臺灣地區所有登記出版之報紙，無從得知所有的定期發行之報紙
數量與名單。因而本研究以《中華民國報業自律公會》會員名單為
主要參照依據，並對照 2004 年抽樣時之報紙名單，逐一過濾，排除
已停刊或不發行紙本者，共得 12 家，並隨機抽出 6 家，作為第二層
之抽樣依據。總計報紙共抽取 10 家。

這個年度在樣本抽取上與十年前最大的差異在於《個資法》通
過後，所有媒體機構基於保護個人資料，而不願透露記者的姓名與
聯絡方式，這增加了本研究的困難度。因此，本研究採取詢問每家
媒體的人員編制人數，再依每 3 人抽取 1 人之比例，取得欲抽取之
樣本數共計 646 人，但無法確切掌握何人是確定之樣本，只能瞭解
其職位是否為本研究定義中的新聞工作者。

2. 電視

2014 年臺灣電視臺製播新聞者共有 5 家無線電視及 8 家有線衛
星電視，2 家族群電視臺及大愛電視共計 16 家，由於族群電視如原
住民電視臺及客家電視臺成立之後表現佳，屢獲相關新聞獎項；而
大愛電視雖是宗教電視臺，但倡議環境與醫療議題，亦是新聞獎的
常勝軍，本研究認為其新聞工作者之表現亦具專業性，應該納入。
其抽樣方式比照報紙，經詢問各臺編制人數後，依每 3 人抽取 1 人
之比例抽取樣本共計 593 人。

3. 廣播

廣播電臺雖多且具地區性，有些地方臺雖然新聞部編制較小，
但對地方新聞採訪積極，本研究認為仍應納入。在逐一探詢後發
現，除較具規模編制之中廣、飛碟、警廣等電臺之外，其他電臺的
實際之記者人數難計算（有的電臺只有 1-2 人）；再則，因廣播記者
人數與報紙、電視相差懸殊，不適合採取依比例抽樣原則，故以自
願樣本鼓勵填答，以期待能獲得較大之樣本數。

（四）網路原生媒體與通訊社

　　由於網路原生媒體在此年度已成為市場上另一群新聞工作者，例如：《風傳媒》、《新頭殼》、《Nownews》、《臺灣醒報》等，其影響力日增，亦值得研究；此外，《中央社》雖為通訊社，拜網路之賜亦開始有自己的網路刊登平臺，故亦將其納入。此部分由於人數較少，不宜採比例抽樣，亦採自願填答。

　　問卷發放時間從 2014 年 11 月 10 日至 12 月 31 日止。2014 年的媒體工作環境已大量仰賴網路發稿，平面記者幾乎不回報社，與電視記者的作業方式差異甚大，使得尋找記者填答的困難度增高。因此，在年度的問卷發放採取多元方式才能提高成功率。由於《個資法》的限制，研究人員無法取得詳細之新聞人員名單，只能抽取每個單位的樣本數，故問卷發放時以下列幾種方式同步進行：

1. 報紙：①先於 2014 年 11 月 10 日至 12 月 10 日，先委請被抽取之新聞單位之人員協助發放問卷，請同仁填答；但因記者很少回報社，有些 1 週回報社一次，有些 1 個月才回去一次，因此，只能回收部分問卷。②在 12 月 10 日全部問卷回收後進行初步統計，發現回收份數仍有不足，隨即在 12 月 11 日至 12 月 31 日派助理前往記者路線駐點單位，如行政院、交通部、經濟部、文化部等，發放第二波問卷，如已填答者則不再填答。③考慮地方記者填答不易，或部分記者要求網路填答，本研究亦提供網路問卷網址供作答。

2. 電視：由於各臺記者均回公司發稿，故本研究委請各家電視臺之同仁發放問卷。

3. 其他媒體：其他媒體數量少，故採自願樣本，研究人員亦以公司及駐點路線等方式並進，取得樣本。

　　本研究共發放 2,000 份問卷，共計回收 1,505 份，回收率為 75.25%。其中包括廣播 118（7.8%）人、報紙 583（38.7%）人、電視 646（42.9%）人及通訊社 65（4.3%）人與網路原生媒體 87（5.8%）

人，另有 6（0.4%）人未填答媒體別。

二、問卷設計

本研究之問卷設計參照 Johnson、Slawski 與 Bowman（1976）、
Weaver 與 Wilhoit（1991）及 Willnat、Weaver 與 Wilhoit（2014）的
問卷題項，但也因研究目的不同，在題項上均進行調整。由於每個
年度的問卷題項很多，不在此一一說明，詳細問卷內容相關定義，
將於後續之章節中說明，各年度的問卷內容參見附件二、三、四。

第二節　質性研究的執行

除了針對三個年代的量化資料進行比對之外，本研究在比較
1994、2004 及 2014 年的新聞工作者工作狀況及專業態度之外，更將
以質化研究訪談來深化新聞工作者的價值觀及新聞實作經驗，以凸
顯新聞工作者研究的意義與時代價值及本書有別於其他新聞工作者
研究之處。

為求樣本的多元性，本研究分別以解嚴後、2000 至 2009 年、及
2010 年以後入行的新聞工作者為訪談對象。由於報紙與電視媒體人
數較多，故以此兩類媒體記者為主。解嚴後入行者共 15 人，2000 年
以後入行者有 12 人，2010 年以後入行者 12 人，三個世代共 39 人；
另外因應比較研究發現的解釋，也訪談了 2 位廣播記者，總計 41 位
記者。訪談的時間自 2015 年開始進行，主要集中在 2015 至 2016
年，但因應研究需要亦在撰寫本書過程中，持續尋找合適的訪談對
象，來補充資料之不足，直到 2021 年 4 月為止，受訪者之背景資料
詳見附件一。

除此之外，為了進一步瞭解 2010 年以後，隨著媒體數位化的推
動，更多人離開主流媒體，本研究亦訪談了 20 位自主流媒體離職的
前新聞工作者（編號 M 與 N），以探討記者離職的原因與歷程，研究

結果書寫於第十二章，受訪者之背景資料詳見附件一。

　　質性訪談每一次均進行超過 1 小時，所得的資料均聽打成逐字稿，並依每個研究主題進行資料的分類、收斂，最後形成理論分析概念，以作為新聞實作各主題的描述與詮釋。

第三章

解嚴後三十年的臺灣社會變遷

把臺灣的社會變遷從解嚴前後當作分水嶺是許多研究者常使用的劃分方式（林麗雲，2008；張文強，2015；黃順星，2013）。1987年政府宣布解除1949年所頒布長達38年的《臺灣省戒嚴令》，於7月15日凌晨零時起解除，依此戒嚴令而實施的多項法令也因而廢除，其中包括了黨禁、報禁，同時也開放民眾可以前往大陸探親。解嚴後的臺灣社會日益開放，在政治、經濟、社會與媒體等方面都歷經了三十餘年的巨大轉變。

第一節　政治層面的變遷

1988年蔣經國去世李登輝接任總統，臺灣的政治進入一連串改革的時期，1990年李登輝被國民大會選為第八任總統，時值野百合學運訴求「解散國民大會、廢除臨時條款、召開國是會議、擬定政經改革表」，1991年政府廢除《動員戡亂時期臨時條款》，結束動員戡亂時期，同時全面改選國民大會代表。備受爭議的《刑法》第100條修正案在1992年通過，對言論自由與人權保障邁入新的里程。

兩岸關係的破冰隨即在次年1993年，首次辜汪會談在新加坡舉行，自此展開了兩岸關係建立管道的溝通期。臺灣在1996年也完成了首屆民選總統，由李登輝高票當選，展開一連串本土化的政策，

其中備受矚目的則是由文建會提出的「社區總體營造」政策，強調經營大臺灣需要從社區營造建立共識做起。2000 年臺灣歷經第一次政黨輪替，民進黨首度執政，開啟了兩黨輪流執政的新政局。但首度執政的民進黨面對朝小野大的窘境，也使政策推動處處受限，甚而在 2006 年由親綠的前立委施明德發起百萬紅衫軍倒扁行動，陳水扁執政後期留下了涉及「海角七億」貪腐的弊案疑雲，至今仍未解。2008 年第二次政黨輪替則由國民黨贏得政權，兩岸關係進入密切交流期，並於 2010 年簽署 ECFA（《海峽兩岸經濟合作架構協議》），保障兩岸投資與爭端協商。然而，2014 年國民黨主導的立法院推動簽署《海峽兩岸服貿協議》時，卻引發太陽花學運，學生和公民團體「占領立法院」強烈表達抗議，這項抗議行動擴大蔓延，引發時任總統的馬英九不得不發表談話，而數萬民眾走上街頭支持抗議者，長達 25 天的「占領」行動，最終在當時立法院院長王金平承諾，將提出制定《兩岸協議監督條例》後，抗議的民眾才散去。這也成了解嚴以來為期最長、最大規模的抗議行動，甚而群眾以「公民不服從」作為其訴求。在馬英九執政後期為了進一步開展兩岸對話，於 2015 年在新加坡舉行了與中共領導人習近平的會面，稱「馬習會」，此會晤有其歷史意義，但對兩岸未來實質的發展卻難以定論。因為 2016 年民進黨再度贏得大選，臺灣出現首任女性總統，兩岸政策卻再度緊縮。

第二節　經濟層面的變化

　　1989 年經濟起飛房價飆漲，無殼蝸牛夜宿忠孝東路，抗議高房價，然而自此臺灣都會區的房價並未有所抑制，高房價低薪成為臺灣社會年輕人買不起房子的普遍社會現象與重大公共議題。在全民拚經濟的年代，臺灣人的 GDP 在 1992 年突破了 1 萬美元，解嚴後各項管制措施的鬆綁，大幅降低關稅、大量開放進口、推動外匯自

由化政策，使得臺灣朝向更開放、成熟的先進國家經濟型態邁進，贏得國際肯定，與韓國、香港及新加坡並列「亞洲四小龍」。自 1988 年起經濟成長雖然不若之前有 2 位數字，但在 2000 年以前，均維持在 6%-8% 之間，通貨膨脹率平穩。1997 年亞洲金融風暴發生，各國均受影響，但臺灣的影響有限，在 2000 年以前，臺灣經濟面穩定，帶動了民生消費各項指數的成長。

　　2000 年臺灣首度政黨輪替，經濟問題成為重要的施政重點，此時，影響因素一部分來自於網路泡沫化，二方面在 2002 年正式加入世界貿易組織（World Trade Organization, WTO）後，履行各項市場自由化後，在產業結構的轉型也面臨了一段調適期。2001 年的經濟成長率首度呈現負數為 -1.26%，第二年又回穩，但成長率趨緩，直到 2008 到 2009 年受全球金融危機影響，再度呈現兩年低迷景況，2011 年以後則一直在低點「保三」（3%）之聲，成為社會的寄望（見圖 3-1）。失業率不斷升高、年輕人就業與薪資低均成為社會談論之重點。

　　在科技方面，1994 年政府建立「國家資訊通訊基本建設」（簡稱 NII），大力推展網路、數位化，也為日後新媒體發展奠定基礎。2000 年後在民進黨執政時期，開始實施二次金融改革，擴大金控規模，但也引來了受社會矚目的弊案。2008 年華爾街金融危機全球均受波及，其影響程度遠高於 1990 年代的亞洲金融風暴，時值政黨輪替，為了穩定社會，政府實施了擴大存款保險、發放消費券、股市跌幅縮減為 3.5%，國安基金進場護盤等措施。不過，那幾年衍生金融商品早已是投資族的最愛，因此，許多人都面臨慘賠的窘境。

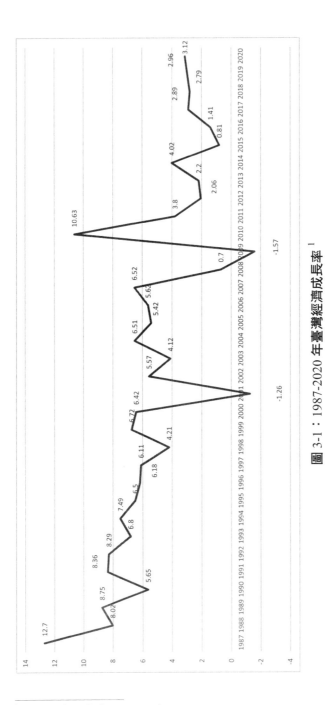

圖 3-1：1987-2020 年臺灣經濟成長率 [1]

[1]　此資料來自中華民國統計資訊網 https://www.stat.gov.tw/point.asp?index=1

第三節　社會層面的變遷

　　1991 至 2002 年隨著航空業的發展與開放天空政策，航空公司相繼成立，但空難頻傳，飛安事件不斷，使得航空政策備受考驗；但海上、陸上也不平靜，分別在 1990 年年初歷經幾個重大的事故，例如：1990 年 8 月 25 日日月潭遊艇違法超載，造成船身翻覆 57 人罹難；1991 年 11 月造橋火車對撞，造成 30 人死亡 112 人輕重傷的慘劇，在當時被稱為臺鐵近五十年最嚴重的事故之一；但 2018 年普悠瑪列車在宜蘭新馬站高速奔馳下，8 節車廂出軌，造成 18 人死亡 215 人輕重傷；及 2021 年 4 月太魯閣號在花蓮清水隧道前，撞上從邊坡滑落的工程吊車，列車出軌嚴重變形，造成 49 人死亡 247 人輕重傷，則已超越當年的嚴重性。這些交通意外事故使得當年跑交通路線記者的採訪線從原來的政策討論，擴大到災難現場，記者幾乎都有相同的經歷：到災難現場看屍體數罹難人數；尤其，在通訊與傳輸不發達的 1990 年代，想方設法將最新、第一手消息傳回報社或電視臺。

　　1990 年代社會上各種不同利益團體開始以運動為訴求，促使政府改革，各項遊行示威社會運動不斷。例如，1988 年的臺灣農民街頭運動、當年 5 月 1 日的臺鐵 1,400 位火車司機為爭取勞動權益，首度以「集體休假」罷工，造成全臺鐵路交通停擺一天，創下了臺鐵成立以來最大規模的集體罷工事件。往後，不少社會運動都和勞工、農民及弱勢團體的權益有關，有些報社開始將「社會運動」獨立成一專門路線由專人主跑。有些媒體甚至成立「社運小組」，由數位記者來負責這類新聞。剛從僵硬的戒嚴體制中解放出來的媒體記者，面對這些社會底層的弱勢所遭遇的困境與無奈，受到相當程度的衝擊。

　　影響至鉅的是 1994 年 410 教改大遊行，政府回應民間成立教改審議委員會。該會後來諸多建議使政府採取了多項教育改革措施，

例如 1999 年實施中學教科書採一綱多本、2002 年打破過去一元化的聯考方式，採取大學多元入學方案等。

如果讓記者們回憶這段時間的重大社會事件，大致而言，大家共同的記憶都有下列幾件，這些也是過去三十餘年來臺灣民眾集體經歷難以忘懷的記憶。

1994 年 RCA 污染事件震驚社會。當時的立法委員趙少康舉發 RCA 桃園廠長期挖井傾倒有機溶劑等有毒廢料，導致廠區之土壤及地下水遭受嚴重污染。環保署隨即委請專家進入場址調查蒐證，結果發現具體證據，證實該廠土壤及地下水確實存在污染疑慮。政府雖然勒令停工，但員工有超過千人罹患癌症，法律官司纏訟多年直到 2017 年才經高等法院宣判，公司需支付高額賠償金。

在社會案件方面，1996 年的前桃園縣縣長劉邦友血案、1996 年彭婉如命案亦都曾震驚社會。但屬 1997 年藝人白冰冰之女白曉燕命案最受矚目。白曉燕在 4 月 14 日上學途中被陳進興、高天民、林春生強行綁架，向白冰冰勒索 500 萬美元，在數度約定交付贖款失敗，白曉燕被撕票後，嫌犯逃亡數月，至 11 月 18 日晚上主嫌陳進興進入南非武官卓懋祺家中挾持一家人，檢警和外交部人員一度透過電話，並進入屋內與陳進興直接談判，雙方僵持不下，但媒體卻在此時介入了整個過程。首先，臺視主播戴忠仁打進卓家與陳進興電話連線，進行 2 小時的專訪，隨後各家電視臺也開始轉播，輪番上陣打電話進官邸訪問陳進興。除了中視一名男性主播直接問陳進興：「你什麼時候要自殺？」外，另一位中視女主播還要陳進興在電話裡唱〈兩隻老虎〉給孩子聽；甚至有其他主播當場公布白冰冰家的電話，要陳進興打過去。媒體徹夜輪流提問，讓陳進興在受訪過程中一度非常激動，大罵三字經。這也創下了臺灣新聞史上，媒體直接干預警方辦案的先例，引發外界對媒體新聞倫理的撻伐。在各方人士輪流進入屋內勸說、談判後，陳進興才在隔日晚間卸下心防，交出槍枝向時任臺北市刑警大隊大隊長的侯友宜投降，被帶上

手銬步出南非武官家。

在告別 1990 年代之際，臺灣卻發生了百年大震，震央在南投集集、規模 7.3 的九二一大地震，發生在凌晨 1 點 47 分，大部分人都在睡夢中，受災範圍遍及全臺，其中以臺中、南投、嘉義、雲林較嚴重。災情最慘的南投縣，房屋倒塌嚴重，死傷慘重，所經之處宛如戰後。此地震造成 2,415 人死亡，超過 1 萬人受傷，5 萬多間房屋全倒，其中包括臺北市的東興大樓。為了採訪規模如此之大的災情，搶救工作耗費時日，各媒體無不全員出動，不少參與採訪的新聞工作者，途經南投，沿路看到的盡是來不及處理的遺體，有些只能先用木盒裝著，心靈受到的震撼極其大，而有創傷壓力症候群（王靜嬋、許瓊文，2012）。自此，學界開始呼籲媒體主管應重視記者在災難與犯罪新聞現場採訪，所可能造成的心理創傷，以重視記者的工作權益。

時序進入千禧年，災區的重建工作才剛展開，2001 年 9 月全臺又受納莉颱風摧殘，滯留臺灣長達 49 小時，使災區的重建更是雪上加霜，尤其是北部的強降雨，使臺北市幾乎成為水鄉澤國，臺北車站與多處捷運站都泡在大水中。當時，位於南港的中國電視公司受創嚴重，新聞部所屬的地下一樓及一樓全淹，工作同仁緊急搶救設備，坐上救生艇前往忠孝東路的北部中心，在簡陋的設備中繼續播出災情的新聞。

2003 年春天籠罩全臺陰影的莫過於 SARS（嚴重急性呼吸道症候群），臺灣的第一個病例始於 3 月，直到 7 月世界衛生組織才將臺灣從 SARS 感染區除名。期間，共計有 600 多個病例，造成 73 人死亡，其中和平醫院的封院更是當年防疫的重大事件，也引起正反不同論點的爭議。

如同告別 1990 年代一般，2000 年代的終曲亦是以災難結束。2009 年的莫拉克颱風帶來的八八風災重創了中南部及東南部，高雄的小林村小林部落幾近滅村，超過 400 人全遭土石流活埋。臺灣再

度以災難重創結束了這個多變的十年。

2010 年起各種公民事件、公共議題的興起，使臺灣的社會愈趨多元化，也愈來愈有民粹化的傾向。2010 年 6 月的苗栗大埔事件，引發都市計畫與維護家園之爭，學者聯署、學生加入聲援，為土地徵收正義立下新的範例。2011 年的塑化劑事件和 2013 年黑心油事件，成為這個年代最具代表性的食安問題，也引起了社會對食品安全的重視。

2013 年的洪仲丘事件和 2014 年的太陽花學運可說是這十年來最具代表性的公民運動，後者已在前節敘述，前者實乃更具公民自動串聯之精神。此事源起於陸軍義務役士官洪仲丘在退伍前死亡，生前疑似遭軍方不當處罰引發中暑致死，引起社會關注軍中人權議題，由 30 多位不相識的公民在網路上串連，成立「公民 1985 行動聯盟」，成功號召數萬人聚集凱達格蘭大道舉辦「萬人送仲丘」活動，這項行動大量依賴網路號召與串聯，也改變了過去傳統的公民行動模式，已頗具公民媒體的雛型，最後行政院以推動修正《軍事審判法》回應訴求。

2014 和 2016 年發生了兩起極為重要的隨機殺人事件，前者為臺北捷運隨機殺人事件，兇嫌為鄭捷，造成 4 死 24 傷；後者則是臺北市內湖的 4 歲女童小燈泡在路上無故遭王景玉持刀砍頸部致死。這兩起事件造成社會的傷痛不亞於災難，社會亦開始關注思覺失調症者的安置與治療等議題。

2010 年代的尾聲，發生國內兩大航空公司華航與長榮相繼罷工事件，10 月 1 日宜蘭南方澳跨海大橋發生橋身斷裂，造成 6 人罹難多人輕重傷。罷工和災難同樣送走了 2010 年代。而 2020 年迎接我們的是更艱鉅的挑戰，新冠肺炎（COVID-19）疫情肆虐全球，臺灣全國上下正在打一場長期的防疫戰，全民都歷經了公共場所戴口罩（甚而疫情稍好時可以戴口罩看展覽與表演）、上班族在家工作、學生視訊上課、線上畢業典禮。

第四節 傳播環境與媒體變遷

隨著解嚴而來的是媒體的開放與言論自由的多元，因此，解嚴後三十餘年間，媒體也隨著臺灣的社會政經變化，從繁華昌盛走向面臨轉型的衰退困窘。傳播環境的變遷最直接受影響的則是新聞從業人員。

一、報紙的盛衰

因應解嚴政策，1987 年 12 月行政院新聞局宣布，將從隔年接受新的報紙登記及增張申請。1988 年 1 月 1 日正式開放報紙登記，解除了近四十年的報禁，不但已發行的各家報紙均由每日出刊 3 大張增為 6 大張，新的報紙如《自立早報》、《聯合晚報》、《中時晚報》、《臺灣立報》等都在這一年相繼成立，《大成報》、《首都早報》也趕上這班新報列車。臺灣的報紙市場呈現出百花齊放的景象，隨著臺灣經濟成長、民眾消費日增，1990 年是媒體產業的黃金年代，報禁解除前，臺灣共有 29 家中文發行的日報及三家無線電視臺；1994 年時，新聞局登記的報紙數達 288 家，定期發行的中文日報有 42 家（轉引自羅文輝、陳韜文，2004）。

當年有件報紙界的大事值得一提，此乃《自立晚報》記者李永得和徐璐在解嚴之初，政府尚未解除報禁、「大陸探親」政策亦未開放之時，於 1987 年 9 月進入尚屬「禁區」的中國大陸採訪，成為兩岸分隔近四十年來首度破冰赴陸採訪的記者。當時引起執政當局的不滿而吃上官司，但《自立晚報》對中國大陸的報導卻成為民眾爭相閱讀的熱賣品，發行量因而比以前多了 3 倍。2 位記者一時聲名大噪，而後政府在當年 11 月 2 日開放大陸探親，隔年 3 月法院宣判兩人無罪。

隨著兩岸逐漸開放，日後媒體赴陸採訪的次數愈來愈頻繁，早年大型採訪不易，限制多，如天安門事件、亞銀在北京舉行、千島

湖事件等，偶有記者被中國大陸當局「關切」、甚或「逮捕」之事。[2]

1990 年代是報紙的黃金年代，1991 年閱報率達 75.6%（見表 3-1），換言之 100 人中有 75 人看報紙，這個盛況一直持續到 1996 年，閱報率仍有七成的優勢。獲利高使得大報也樂於投資設備進行編採自動化，記者以電腦發稿使用網路的情形愈來愈普遍（王毓莉，2001）。市場上原本呈現《聯合》、《中時》兩家獨占局面，但 1992 年《自由時報》發起「贈黃金」、「贈報」等行銷手法後，在 1996 年逐漸與兩大報形成競爭態勢，1999 年自立報系的《自立早報》宣布「無限期休刊」，《晚報》也採取人事精簡；無獨有偶的是黨營色彩的《中華日報》與《中央日報》也都業務下滑，採取了人事精簡方案。

閱報率的下滑在 2000 至 2010 年呈現緩步衰退，[3] 2000 年時閱報率已跌至 57%，2006 年跌破五成，至 2010 年只剩 43%（台北市媒體服務代理商協會，2015）。這其中有線衛星電視興起瓜分市場，及網路成為新興資訊平臺均有影響。

2000 至 2009 年是報紙由盛轉衰的年代。不過這個下降的速度發生在 2006 年以後，2003 年 5 月因《出版法》廢止後，港資《蘋果日報》大舉來臺創刊，高薪挖走了各報的菁英。以感官主義羶色腥為訴求的《蘋果日報》很快地獲得市場的青睞，根據 Nielson 的媒體大調查，2004 年的閱報率達 11.9%，超過《中國時報》11.3%，次於《自由時報》17.6%、《聯合報》12.6%，已躍居前四大報。2005 年閱報率更上升至 16.5%，與《自由時報》相同，自此，兩報互有優勝穩居市場的前兩位（香港商群吧有限公司台灣分公司，2011），報業市

---

[2] 自立報系記者黃德北在天安門事件中被捕、台視記者隋安德亦在拍攝中被公安帶走三天，與外界失去聯繫，後依違反中國大陸的《國家安全法》被驅逐出境。

[3] 閱報率大都採用尼爾森的調查，但此調查與電視收視率不同，乃以訪問受訪者回憶昨天是否看報紙方式計算，此方式無法排除贈報情形，故亦有人批評其調查結果無法完全反映市場真正狀況，但臺灣的報紙發行量大都不公開，此數字就成為廣告商和各界較能參考的客觀依據。

場呈現四大報激烈競爭的態勢。敵不過外有新興媒體的強勢壓力，內有《蘋果日報》攪亂市場，2005 年起陸續有報紙停刊，分別是：2005 年《中時晚報》停刊、2006 年《大成報》、《中央日報》、《民生報》停刊、《臺灣日報》休刊。那些當年搭上報禁開放風潮而創刊的報紙，多數敵不過市場的考驗而吹起熄燈號，臺灣報業在 2006 年起寒風吹起更顯嚴峻。

　　時序轉至 2010 年，新媒體的影響力已逐漸改變了人們的生活，行動化的接收方式主導了民眾的日常節奏，報紙的閱報率從 2010 年的 43% 繼續下降至 2019 年只有 20.2%（台北市媒體服務代理商協會，2020）。報紙在面臨廣告量逐年下降的窘困，已開始進行數位匯流的多元實驗的嘗試：例如，在新聞室的作業與編制上，仿效歐美成立匯流工作平臺，《聯合報》甚至在 2013 年 8 月 1 日大張旗鼓地宣布所謂「全方位、全媒體、全形式」的 udn TV 開播，發行人王文彬甚至宣告：未來的記者要從「單純的記事者轉為『公民社會參與者』」（何定照，2013 年 8 月 2 日）。然而這樣從報業跨足網路電視，在有線平臺及 MOD 均未能取得有利的頻道，長期虧損後於 2016 年中自平臺下架，人員和節目雙雙縮減，最終不得不重新尋找新的經營方式。紙媒發行量衰退，只能逐漸將重心轉向網路，以數位多媒體及即時新聞為主，希望能藉由衝高點閱率找回失去的讀者，但獲利模式仍然難見成效。2021 年 5 月 15 日，曾經號稱全臺發行量最大的《蘋果日報》，宣布停止發行紙本，並於 18 日起全力經營網路《蘋果新聞網》。放棄印刷、派送等成本，寄望於網路，看起來似乎正反映了報紙閱報率下降，廣告量萎縮所做的策略調整，但從全球紙媒的轉型來看，只有少數會員制「付費牆」（paywall）成功的例子，大部分民眾仍然習慣免費取得資訊，因此未來的經營之路恐艱辛（Newman, Fletcher, Schulz, Andi, & Nielsen, 2020）。值得注意的是，這個停刊造成超過 300 人被無預警地資遣，又為 2000 年中期以後，報紙因虧損陸續裁員再添一筆，1990 年代風光的報業，如今卻

成了不穩定的工作！

　　在記者工作型態上的改變最為明顯，要求記者拍片、轉型成多工（multi-task）工作方式，到積極開發自有的 APP、在編輯臺增加網路編輯，經營社群平臺如 Facebook、LINE 等，透過多元的管道傳散消息，與民眾互動爭取曝光；即時新聞興起更加重了即時點閱的重要性，此時，閱報率已不若「點閱率」重要，許多報紙均將其視為考核記者的重要關鍵績效指標（Key Performance Indicators, KPI）（王毓莉，2016；劉蕙苓，2018），新聞工作者的勞動問題備受關注。

表 3-1：歷年報紙閱報率（％）

年度	1991	1996	1999	2000	2001	2002	2003	2004
閱報率	75.6	71.2	62.0	57.0	55.0	50.8	50.2	49.0
年度	2005	2006	2007	2009	2010	2011	2012	2013
閱報率	50.0	45.8	45.1	42.2	43	40.6	39.6	35.4
年度	2014	2015	2016	2017	2018	2019		
閱報率	33.1	32.9	28.7	26.1	24.1	20.2		

資料來源：《中華民國廣告年鑑》第 9、17、20、23、25、29 輯；《2020 年台灣媒體白皮書》。研究者整理。[4]

二、電視的開放與惡性競爭

　　相對於報紙在解嚴後的開放，電視的命運在 1990 年代卻並不樂觀。當年臺灣雖有三家無線電視臺，卻都被黨政軍控制。臺視的主控權來自臺灣省政府、中視為國民黨黨營事業、華視則屬國防部與教育部。三臺歷任的董事長和總經理都必須黨政高層點頭，與執政當局關係密切，甚而經常被新聞局、國民黨文工會[5]「關切」新聞內容。1990 年代在老三臺工作的記者都有共同的回憶，臺視新聞以省

---

[4] 本資料彙整自多本廣告年鑑，後期的年鑑在回溯前期資料時，數字有些微出入。另《中華民國廣告年鑑》與《2020 年台灣媒體白皮書》的統計數字均引用自 Nielsen 媒體大調查。

[5] 乃國民黨文傳會前身。

府為重，宋楚瑜省長更是不能遺漏的重點頭三條；在李登輝政治權
力愈來愈穩固後，所謂「李三條」、「李頭條」，是三臺新聞不能對外
言明的編輯方針。所謂「李三條」即指李登輝總統新聞一定要放在
前三則；「李頭條」則是李總統的新聞不論其重要性如何必定是頭
條。

　　這種政黨力量在新聞室中無處不在的現象，使得當年在電視臺
工作的記者遇到政治新聞時，有種說不出的苦悶；最明顯的是 1990
年代初期，國民黨歷經主流與非主流之爭，郝柏村、林洋港與李登
輝的權力與路線之爭、趙少康等人組成的新國民黨連線，與主流政
治理念漸行漸遠，終至脫離國民黨另組新黨。當年老三臺的記者都
被嚴令禁止讓非主流立委「發聲」，在報導相關新聞時只能以影像剪
輯帶過，能露出訪問（soundbite）的只能是主流派的黨政人士。當年
主跑黨政路線的記者都和筆者一樣，經常面臨這種尷尬場面：只要
遇到趙少康、李勝峰等人，都會被諷刺：「你們拍那麼多有用嗎？你
的長官敢播我的新聞嗎？」

　　「有一次郝柏村要選正副總統，他們是國民黨非主流派的，
　　八二三炮戰郝柏村到金門去，公司就派我去，那我覺得非
　　常動人，郝柏村看到八二三炮戰在金門那些戰死的將領，
　　他看他們的墓碑，然後一個人掉眼淚，我覺得非常動人，
　　那時候我不去理會他是主流派非主流派，我覺得他那個非
　　常的人性，那既然派我去，我就做個 1 分 40 秒，結果回來
　　被砍成 40 秒，已經原味盡失，我氣得不得了，但你有什麼
　　辦法，就是這樣的環境呀。（被剪的原因是）因為他是國民
　　黨，他非主流啊。」（受訪者 A2-3）

　　1993 年由學者組成的「澄社」出版《解構廣電媒體：建立廣電
新秩序》（鄭瑞城等，1993）一書，從研究與論述雙管齊下，呼籲

政府必須正視廣電媒體結構壟斷，對民主社會的負面影響。臺灣社會在這種廣電言論壟斷，但社會又持續開放的矛盾下，新興的有線電視業者嗅到了市場的缺口，當時尚未納入法令管制的有線「第四臺」，開始有了政論節目，1993 年 8 月《有線電視法》經立法通過由總統頒布施行，使「第四臺」正式合法化。港資的聯利媒體股份有限公司在同年成立了 TVBS，成為老三臺之外另一個電視言論市場的新選擇，隨後東森、三立、超視、真相、環球等電視臺紛紛成立，以衛星電視頻道的方式經營內容。1995 年開始各臺相繼成立 24 小時新聞臺，臺灣的有線電視新聞在 1990 年代後期百花齊放，搶食原來老三臺的市場大餅，此時，在民間強烈要求下，政府又釋出無線頻譜，成立另一家商業電視臺，1997 年民視開播，結束無線三臺寡占的局面。當年，另外一個重要的法案《公共電視法》亦經立法院三讀通過，臺灣自 1970 年代社會即不斷有催生公共電視的期待，在歷經二十多年，終於在 1998 年 7 月 1 日開播，為臺灣的公共媒體跨出時代的重要步伐。

　　1990 年代末期臺灣的電視界已經不再是三臺主導的局面，隨著有線電視臺開設新聞臺需要大量人力，增聘的新聞工作者人數增多，不但老三臺有不少資深記者跳槽，連報紙記者轉做電視的也為數不少。此時，新科技帶來的製播改變，尤其是 SNG（satellite news gathering）衛星轉播車引進，使新聞現場的畫面可以即時傳送到觀眾面前，有線電視新聞臺成立之後，因應 24 小時新聞之需，各家更大手筆採購，自此 SNG 連線成了電視記者報導的必備要件。

　　電視市場的競爭愈來愈激烈，無線電視臺的優勢逐漸喪失。以電視臺慣用的收視率調查觀之，1997 年有線電視和無線電視的占比約為各占 50%，2000 年時已形成有線達 57%，無線降至 43% 的局面，有線電視在市場上從此正式超越無線電視，臺灣的電視媒體除了無線五臺之外，還有 7 家有線新聞臺，可說是進入了電視媒體的戰國時代。此時，臺灣歷經了第一次政黨輪替，藍綠政治立場的壁

壘分明，也在媒體言論中產生了涇渭分明的選邊站現象，此現象和
1990 年代老三臺的新聞室控制如出一轍，媒體老闆的政治立場決定
了新聞的走向。在本研究受訪的記者中有多人均有相似的經驗。有
線新聞臺以每小時更新的即時新聞與開放、不節制的政論節目，吸
引了觀眾的感官，無線電視中的老三臺在言論市場上的邊緣化已難
挽回頹勢。

　　2003 年廣電三法（《廣播電視法》、《有線廣播電視法》、《衛星
廣播電視法》）修正通過，明訂政府、政黨、黨務、政務與選任公職
人員等，不得投資廣播與電視事業；政府、政黨須在廣電三法公布
施行後 2 年內退出投資，黨政公職人員須在 6 個月內退出並解除職
務。老三臺與上述相關的股權均須在期限內處理，中視率先於 2006
年完成股權轉移，賣給了《中國時報》榮麗集團；當年華視完成公
共化成為公廣集團的一員；台視則在 2007 年股權由政府拍賣，《非
凡電視台》老闆黃崧買下。老三臺雖然依法完成釋股，形式上黨政
軍退出媒體，但此時的媒體環境受商業力與政治力的雙重影響，新
聞自由的空間反不若當年。老三臺藉釋股轉型的市場機會已失，除
台視全然民營化較具競爭力，中視又於 2008 年賣給旺旺集團，經歷
幾次反媒體壟斷事件後，親中立場受社會質疑；而華視命運更為坎
坷，公共化後在公股釋出條例，與公共媒體角色的雙重限制，反而
定位不清，又隨著藍綠政黨輪替總經理更迭不斷，每屆董事會對於
其未來想像大不相同，無法對其經營有永續規劃，虧損嚴重，大幅
裁員減薪成了必然。

　　2010 年臺灣有 9 家衛星新聞臺、5 家無線電視，有線與無線電
視的收視比為 78%：22%，2018 年則呈現 82.8% 比 17.2%（見圖
3-2）。近十年，老三臺的優勢已成明日黃花，年輕觀眾甚至不曾聽
聞。此時，科技的發展使各臺不惜巨資投入 HD 高畫質的製播，另
一方面數位環境的改變，電視新聞的產製環境也隨之調整，各臺開
始經營網站、社群媒體與 APP，彼此的競爭從電視頻道擴增到網路

與社群平臺，但廣告量的日漸衰退已是殘酷的現實。從既有的資料來看，2004 年有 95.5% 的人表示昨天有收看電視，2013 年時已下降至 89.4%，而 2019 年則降至 83.6%（見圖 3-3），根據尼爾森的調查顯示，退休族的比例有增高的趨勢，電視媒體在 2010 年以後受網路、OTT 影響，及民眾已養成多頻道消費資訊的習慣，使得電視新聞面臨了另一種新的經營挑戰。所謂「剪線族」、「退訂」的情形愈來愈多，根據國家通訊傳播委員會的調查，全國有線電視的訂戶的成長率，自 2016 年起逐漸下滑，2017 年開始出現負成長，2021 年總訂戶數只剩 479 萬餘戶，普及率只有 53.51% 與 2016 年的 60.91% 相比確實下滑不少。[6]

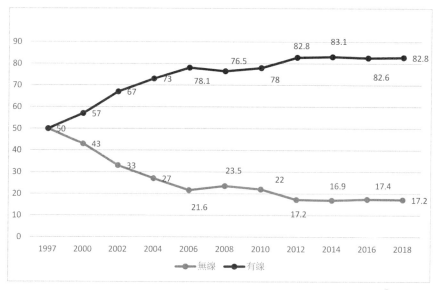

圖 3-2：1997-2018 年無線電視與有線電視的收視占比（%）[7]

資料來源：《中華民國廣告年鑑》第 9、17、20、23、25、29 輯；《2020 年台灣媒體白皮書》。研究者整理。

---

[6] 本資料來自國家通訊傳播委員會網站 https://www.ncc.gov.tw/chinese/news.aspx?site_content_sn=2989&cate=0&keyword=&is_history=0&pages=0&sn_f=44558

[7] 本資料彙整自多本廣告年鑑，後期的年鑑在回溯前期資料時，數字有些微出入。

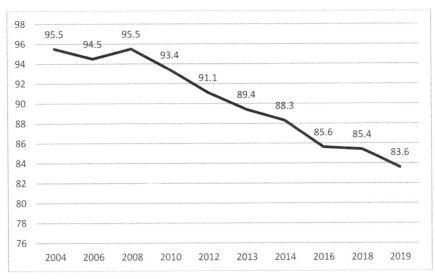

圖 3-3：2004-2019 **年電視媒體接觸率**（%）

資料來源：《中華民國廣告年鑑第 29 輯》；《2020 年台灣媒體白皮書》。研究者整理。

三、廣播媒體環境

　　解嚴之前，政府管制廣播頻道，為壓制匪波的需要，有些頻道的設立具有相當政治性，當時全臺有 29 家廣播事業，包括國民黨營的「中國廣播公司」、軍方色彩濃厚的「復興廣播電臺」，黨政軍經營的電臺數達 13 家，民營 20 家（行政院新聞局，2000）。1993 年政府宣布開放無線調頻頻率，接受申設新電臺，這個開放天空政策一出，超過百家業者躍躍欲試提出申請，被傳播學界喻為繼報禁開放之後「政府媒體政策的另一次大躍進」（徐佳士，1993）。

　　開放頻道的前提乃以「地方」、「區域」為主，同時，配合交通部頒布的「廣播電視無線電臺設置管理辦法」，在 26 條中將電臺依發射功率及電場強度分成甲、乙、丙及其他四類，也就是後來外界統稱的小功率、中功率及大功率電臺。這也鼓勵廣播走向在地化。政府陸續開放了 10 梯次的廣播頻率申請，至 1999 年年底，總共獲

准設立的電臺共 143 家，中功率 66 家、小功率 77 家，總電臺數為
171 家。1993 至 1999 年可謂是廣播開放的黃金年代，目前所熟知的
飛碟電臺、News98、人人廣播所屬的好事聯播網、KISS Radio 聯播
網都是開放天空後成立的電臺。在一個幅員不大的臺灣，擁有這麼
多的廣播電臺，市場競爭自然激烈，主管單位開放政策緊縮，根據
官方統計十年後的 2013 年，廣播的家數仍然只有 171 家（國家通訊
傳播委員會，2013 年 12 月）。其間雖有經營狀況不佳終止經營者，
但 2017 年客委會經營的「講客廣播電臺」及原住民族文化事業基金
會經營的「原住民族廣播電台」相繼成立，頻道總數仍維持 171 家。

　　頻道數增加、區域廣播電臺的多元，增加了廣播新聞採訪的機
會，但廣播的競爭終究不若電視，記者的人數成長有限，在地方
臺，記者甚至可能身兼採訪、節目製作，同時也有業務的壓力。受
新科技的影響，市場衝擊是 2015 年以來的嚴重課題，以採訪新聞起
家的廣播電臺人員縮編亦在所難免。

四、新媒體興起

　　2000 年網路興起與普及，帶動了主流媒體的採編播數位化，也
帶來了新媒體成立的市場機會。有臺灣趨勢專家之稱的詹宏志從各
大報高薪挖角成立了第一個網路原生媒體《明日報》，2000 年 2 月
14 日這個由 PChome 與《新新聞》合作的《明日報》，在臺北遠企
飯店風光舉辦了發布會，並宣稱這是「華文世界第一份『網路原生
報』」，擁有 200 名記者，每天將提供 1,000 則國內外新聞，每天發
送 3 次，將改變讀者的閱報行為與生活習慣（曹銘宗，2000 年 2 月
15 日）。以 2010 年後現在的新媒體環境來看，這種網路隨時可以閱
讀、資訊更新速度快的媒體，應該符合消費者的需求，但在當時網
路環境尚未成熟，行動化也是聞所未聞，這個新媒體最後在資金壓
力下，不得不提早關燈。2001 年 2 月 21 日宣布停止服務解散員工，
詹宏志並坦承這是一次「錯誤的號召」，讓這麼多新聞工作者投入

「這場任務艱鉅又『生不逢時』的大實驗」（彭慧明，2001 年 2 月 22 日）。而後，約有 150 位員工由新登臺的「壹傳媒」集團聘用。

　　2000 年年初歷經網路泡沫化後，網路環境反而日益更新，上網人數與網路使用時間持續成長，根據資策會的統計，2002 年全臺上網人數為 800 萬人，連網普及率為 36%（臺灣網路資訊中心，2002 年 9 月 1 日），到了 2011 年上網人數已達 1,695 萬人，上網家庭數達 620 萬，普及率約八成（馮景青，2015 年 8 月 27 日）。而今，我們已不再留意上網人數，轉而關心智慧手機的使用，根據 2018 年的調查，臺灣有三分之二的手機用戶每天使用時間超過 3 小時，最常使用手機的功能是：上社群網路、使用即時通訊聊天、拍照或錄影；有 57% 的人使用手機上網瀏覽看新聞（Data Yogurt, 2018 年 11 月）。由此可知，在近十年期間，科技發展速度之快，帶動了產業的變革與人們消費資訊習慣的改變。

　　2008 年因應匯流而生的《臺灣醒報》創立，以四媒合一（報紙、網路、電視與廣播）的多媒體融合多平臺傳送，跨足實體與網路。2009 年以社會企業型態為主的《新頭殼》及以商業模式經營的《NOWnews》成立，可謂是第二波網路原生媒體，他們的觸達率雖不若主流媒體，但對言論市場提供了另一種選擇。2011 年獨立媒體《上下游新聞市集》，以特定的農業、食物與環境為報導題材，走的是小眾，但內容扣緊了社會上對於食安的關切及環境的意識，故在此領域具一定影響力，其記者的報導自 2012 年以來屢屢獲得相關的新聞獎項。同年，《ETtoday 新聞雲》上線加入新媒體的競爭，這一波的網媒誕生也相當熱鬧。

　　這一波網路原生媒體的相繼成立，雖不若當年《明日報》的曇花一現，但因營利模式仍難突破，經營面並不輕鬆，資訊免費與廣告價值無法打平支出，生存有很大挑戰。在主流媒體環境持續惡化的情況下，吸引了一批記者從主流媒體出走，投入新媒體的嘗試，2014 年《風傳媒》開站，2015 年以深度報導為題材的《報導者》成

立，又為新媒體市場注入另一波能量。網路媒體產製門檻低，成本相對較低，因此，在新媒體的資訊大海中，亦有不少以小眾市場為訴求的媒體潮起潮落，但其規模可能都不若上述這些網媒，也不像這些媒體有具規模的記者定期供稿，產製新聞。

經過十年的試驗與市場更迭，網路媒體自 2007 年起，已成為臺灣民眾最常接觸的第二大媒體（僅次於電視）（動腦雜誌編輯部，2013 年 3 月），在 2010 年以後也逐漸確立了它作為與過去所慣稱的報紙、電視、廣播及雜誌四大主流媒體並駕齊驅的地位。根據統計，2016 年人們每天花在網路上的時間為 206 分鐘，比第二名的電視（146 分）高出許多，第三名則是雜誌（90 分鐘）、報紙敬陪末座只有 30 分鐘（中華民國廣告年鑑 29 輯，2017）；而在媒體的涵蓋率上，2017 年網路以 88.3% 超越久居第一的電視（86.1%），2019 年網路的涵蓋率上升至 93.5%，電視卻下滑至 83.6%（台北市媒體服務代理商協會，2020）

第五節　結論

解嚴後社會加速開放，帶動了臺灣民主化、經濟成長及社會多元意見，但相對而來的則是，一匹韁繩鬆脫的馬朝著未來奔馳，目標愈來愈模糊，社會整體的發展也無法滿足各方利益所需。媒體在這三十多年來的變遷，從黨政軍手中解放後，卻落入了商業市場驅力之手，新媒體介入社會的十年內，看似繁花茂盛，實則言論市場日益走向市場化、瑣碎化，困境可想而知，未來難以預見。

總結這三十多年媒體發展，可以約略區分成三個階段，報禁開放後至 1990 年代末期為開放時期，此時報紙興起、廣播釋照、有線衛星頻道初試啼聲，言論市場展現了多元且自由的氛圍；2000 年代則是盛衰交替市場導向時期，此時期報紙開始由盛轉弱，報禁解除初期成立的報紙紛紛吹起熄燈號；市場上四大報確立，《自由時報》

與《蘋果日報》逐漸取代《聯合報》與《中國時報》的主導地位。但電視媒體卻呈現榮景，有線衛星電視具競爭力，成為媒體主流，但頻道多競爭激烈，也加速了電視新聞的小報化。2010 年以後正式進入了新媒體匯流時代，多媒體呈現多平臺傳送已成產製常規，尋求轉型成了主流媒體的重要課題。

　　在此三個不同時期進入新聞界的工作者，面對的環境截然不同，在新聞場域中所養成的新聞慣習（habitus）亦有差異，這也影響了他們在新聞專業的表現與新聞價值的形塑。

1994、2004 與 2014
比較研究

第四章

三個時代的新聞工作者輪廓

「以前考電視記者時，都一定要保留男性名額，因為男生才能跑社會警政線，後來發現，女生也能跑，而且跑得不錯，跑新聞現在愈來愈不分性別了！」（A2-1）

　　誰為這個社會提供了民眾所需的新聞資訊？誰成為這個社會的守望者與監督者？這是新聞工作者研究第一個要回答的問題。誠如 Shoemaker 與 Reese（1996）指出，記者作為資訊的傳播者，在影響新聞內容的層級中居最核心裡層，他的個人背景、經驗、態度、信仰、價值觀都是重要的影響因素。回顧多年來，臺灣的傳播研究中，對於長期比較這些新聞工作者背景的變遷，仍然缺乏系統性研究，此乃本章欲討論的重點。

第一節　全球各國的新聞工作者輪廓

一、性別與年齡

　　在過去記者輪廓的調查中，較常使用人口學背景，甚或加入政經背景因素。首先，性別和年齡是所有記者背景中最基本的選項。Johnstone、Slawski 與 Bowman（1976）的全美新聞工作者調查發

現，以年齡來看，33.1% 為 30 歲以下，30-39 歲占 23.9%；換言之，新聞工作的主力在 40 歲以下的年輕世代（25-44 歲），性別男女比重相差懸殊，男性占 79.7%，女性只有 20.3%，與美國社會當時的勞力性別分布（66.4：33.6）有些不同。也就是說，1970 年代的美國新聞工作者是個以男性為主的職業，平均年齡 36.5 歲，超過 65 歲者非常少。

隨後在 1980 與 1990 年代的調查中發現，性別的不平衡依然存在，新聞室依然是以男性為主的工作環境，不過，男性的比例比十年前下降了約 10 個百分點，1982 年約有 66.2%（Weaver & Wilhoit, 1986）與 1992 年亦有 66%（Weaver & Wilhoit, 1996）的男性，在這兩個十年間，女性則從 1970 年代的 20.3% 成長至 34% 左右。同時，前述這兩個調查也發現，與 1970 年代相似的情形，記者平均年齡約在 32.4 歲（1982-83）與 36 歲（1992），25 歲到 44 歲仍是新聞工作的主力，1992 年時甚至占所有新聞工作者的 73.9%。

在 2000 年以後，美國新聞界的男女比重依然維持平均六成五比三成五的情形，女性的比例仍然沒有顯著的提升（2013 年的男女比為 62.5：37.5）。但是，在年齡層上的比重則有了不同的變化，2002 年時 25 歲到 34 歲（29.3%）、35 歲到 44 歲（27.9%）及 45 歲到 54 歲（28.2%）占比相當平均，這三個年齡層占了 85.4% 的比例。到了 2013 年的調查則發現，25 歲到 34 歲（19.4%）和 35 歲到 44 歲（19.3%）兩個年齡層明顯下降，從 1990 年代的七成占比降至只有三成八；而 45 歲到 54 歲（29.2%）及 55 歲至 64 歲（23.2%）兩個年齡層占比增加，尤以 55 歲至 64 歲的占比從 1992 年的 6.6% 明顯增加至 23.2%。2013 年的新聞工作者平均年紀則由 1970-1990 年代的 30 多歲提升到 47 歲，比當時全美的平均勞動年齡 41.7 歲還高（Willnat, Weaver, & Wilhat, 2017）（見表 4-1）。

表 4-1：1971-2013 **年美國新聞工作者年齡分布（%）**

	1971	1982-83	1992	2002	2013
小於 20 歲	0.7	0.1	0.0	0.0	0.0
20-24 歲	11.3	11.7	4.1	4.4	4.8
25-34	33.3	44.9	32.7	29.3	19.4
35-44	22.2	21.0	36.7	27.9	19.3
45-54	18.8	10.9	13.9	28.2	29.2
55-64	11.3	8.9	6.6	7.8	23.2
65 歲以上	2.3	1.6	1.5	2.3	4.2
總計	99.9	99.1	100.0	99.9	100.0
平均年齡	36.5	32.4	36.0	41.0	47.0

資料來源：Willnat, Weaver, & Wilhat (2017, p. 38).

　　自從 Johnstone 等人（1976）開展了里程碑式的新聞工作者調查後，其他國家也開始進行相關的調查。其中以 Weaver 主持的全球調查為代表，其中結合了不少國家參與。舉例來說，英國在 1995 年的調查發現，新聞工作者中男性仍占大半，只有 25% 的女性，八成以上的女性都在 39 歲以下（Henningham & Delano, 1998）。到了 2001 年時，男女的比例已縮小差距，女性高達 49%，在年齡的分布上，23-29 歲占比最多 23%，其次是 40-49 歲占 19%（Sanders & Hanna, 2012）。Thurman 與 Kunert（2016）參與「全球新聞研究」計畫所做的調查發現，英國有 45.2% 從事新聞工作，新聞工作者的平均年紀為 43.17 歲，最年長的是 80 歲，最年輕的則是 20 歲。不過，歐洲的另一個國家芬蘭的情形卻很不一樣，由於女性修習新聞相關科系的人數多於男性，因此，女性新聞工作者的比例一直高於男性，2009 年的調查發現 56.7% 的新聞工作者為女性（Jyrkiäinen & Heinonen, 2012），最新的調查女性的比例仍然有 55.2%（Väliverronen, Ahva, & Pöyhtäri, 2016）。

　　臨近的日本在 2007 年的調查發現，新聞工作者男性壓倒性地占有 97.6%，女性只有 2.1%（Oi, Fukuda, & Sako, 2012）；到了 2013

年，日本的男性新聞工作者仍有 82.1%，女性則比十年前提升不少，占 17.9%（Oi, Fukuda, & Sako, 2017）。而且，在 2007 年時，各年齡層中以 50-59 歲占比最突出，高達 60.2%，遠高於第二位的 40-49 歲（16.7%），值得一提的是 60 歲以上的新聞工作者也有 14.6%。可見日本社會普遍認為新聞工作者應由較年長者擔任，平均年紀是 53.39 歲，平均工作年資為 20.3 年（Oi, Fukuda, & Sako, 2012）。在最近的調查中發現，女性的比例已成長至 17.9%，但遠不如男性的 82.1%（Oi & Sako, 2017）。中國大陸的調查在 2010 年進行時，新聞工作者男女的比例與前述幾個國家不太相同，女性（52.9%）占比略高於男性（47.1%），其中女性大部分都任職於廣播、電視與報紙。這可能歸因於女性進入新聞傳播科系就讀的人數高於男性所致（Zhang & Su, 2012），這份調查也指出，中國大陸的新聞工作者普遍年輕化，48.1% 是 30 歲以下，30-39 歲占比也有 31.5%，遠高於 40 歲以上（15.3%），而 50 歲以上者只有 5.1%（Zhang & Su, 2012）。

　　簡言之，不同國家因社會文化背景的差異，在年齡和性別上，並沒有普遍一致的分布比重，除了日本之外，許多國家女性的新聞工作者比例近年來都有所提升。

二、教育程度與專業訓練

　　教育程度與專業訓練是另一個衡量新聞工作者個人背景影響力的指標。在最早 Johnstone 等人（1976）的調查中發現，超過八成的新聞工作者受過大學教育，只有 8.1% 擁有碩士學位。在任職的媒體上有些紛歧，雜誌與通訊社新聞工作者有八成上過大學，報紙只有 62.6%，電視為 58.7%，但每週發行的報紙（43.6%）及廣播（36.3%）新聞工作者大學畢業的比例都不到一半。這反映出當時的平面媒體以聘雇精英為主，廣電媒體的成員條件相對寬鬆，其教育背景來自新聞傳播科系的只有四成。總結來說，1970 年代初期，美國新聞工作者只有 58.2% 擁有大學學位，到了 1982-83 年，卻有

73.7% 的美國新聞工作者擁有大學文憑，1992 年則成長至 82.%，2013 年持續增加至 92%（Willnat, Weaver, & Wilhat, 2017）。

　　至於這些新聞工作者在求學階段所受的專業訓練，有多少比例是與傳播新聞相關？從美國跨四十年的資料來看，新聞教育也呈現漸近式的專業化過程，在求學階段主修新聞傳播專業的比例愈來愈多，從 1971 年的 42% 增加到 2013 年的 62%，在 2013 年的調查中更發現，有 72% 的受訪者在求學期間都修過新聞相關課程。

　　以歐洲地區的國家而言，Weischenberg、Malik 與 Scholl（2012）在 2005 年的調查發現，德國有三分之二的新聞工作者具有大學學歷，而大多數主修是社會科學（32%）與人文學（30%）。值得一提的是，德國的新聞訓練往往從實習開始，接著以約兩年的見習生身分參與新聞工作，才能獲得正式職缺。這份研究顯示，參與實習的新聞工作者從 1993 年的 32% 增加到 2005 年的 69%，顯見德國這種特殊的新聞訓練制度已愈來愈重要。和美國最不相同的是，只有 14% 的受訪者曾經修習過學院制的新聞相關課程。

　　在亞洲地區，中國大陸 1997 年的調查發現，有 83% 的新聞工作者擁有大學學歷，3% 則取得碩士學位；主修新聞傳播相關科系者占 32%，其他 68% 均為其他學門（羅文輝、陳韜文，2004）；2010 年時，有 72.3% 的新聞工作者擁有學士學位，21.1% 則是碩士以上的學位（Zhang & Su, 2012）。日本的情形則有高達 89.5% 的新聞工作者取得學士學位，3.8% 為碩士（Oi, Fukuda, & Sako, 2012），這與韓國的情形非常相似，有超過 97.1% 的新聞工作者擁有大學以上的學位，但是只有 21.9% 的人曾主修新聞傳播（Son, Kim, & Choi, 2012）。

　　雖然自 19 世紀中期以來，新聞專業化已是主流，各國陸續廣設新聞相關科系，但從以上各國的調查資料來看，新聞工作者雖擁有大學以上的學歷，卻未必每個國家的新聞人受新聞傳播教育的比例都很高。其中，又以德國的例子最為不同。

三、政治觀點與政黨傾向

　　新聞工作者理論上應是中立的，但大部分的人都有其對政治的觀點與支持的政黨。在美國的研究曾經指出，新聞人自許為社會改革者，多具有自由主義色彩，因此，在歷年的調查中，可以發現雖然自許為中立者居多數，但有近三成的受訪者認為自己的政治觀點是略為偏左傾向。1971 年略左偏向的比例是 30.5%，到了 1992 年為高峰達到 35.7%，在 2013 年則略為下降為 28.8%；而認為自己傾向右派（含極右派與略為右派）者，一直大幅低於左派，1971 年為 19%，1992 年時為 21.7%，2013 年為 12.9%。在 2013 年，回答中立的新聞工作者高達 43.8% 是歷年最高。這些數字與美國人的政黨傾向分布並不一致，美國人歷年來的右派人數向來比左派來得多（Willnat, et al., 2017）。

　　Willnat 等人（2017）進一步對照這四個十年，美國新聞工作者的政黨認同，結果發現與前述認同政治左派的情形一致，支持民主黨者自 1971 年到 2002 年都超過三成，2013 年略低為 28.1%；反觀支持共和黨的新聞人自 1971 年的 25.7%，一路下滑跌破 20%，2013 年只有 7.1%。有三成以上的記者認為自己是中立不偏任何政黨者，這個現象在 2013 年更高達五成。

　　雖然政黨傾向是記者個人特質中很重要的因素，在幾項全球的比較性研究中卻沒有凸顯此部分，亞洲地區以羅文輝、陳韜文（2004）針對兩岸三地的調查提供較具體的資料。在 1996-1997 年，中國大陸支持共產黨者有 54.2%，共青團居第二位占 19.4%，另有 25.8% 為無黨籍。

第二節　臺灣的新聞工作者輪廓

　　如第一章所述，臺灣的新聞人員研究自 1988 年以來，亦有學者

投入，但規模都不大，本研究以 1994、2004 及 2014 年的三次全臺大調查資料進行比較分析，可以清楚描繪歷經三個世代的變遷，臺灣新聞工作者的背景異同。

一、性別

首先，在性別方面，1994 年時，男性新聞工作者占 62.3%，女性只有 37.7%；2004 年時，男性略減為 57.6%，女性突破四成為 42.4%，十年之後的 2014 年，男女的比例並沒有太大的變化，為 55.2% 比 44.8%。如此看來，臺灣的新聞工作仍然是由男性主導，對照鄭瑞城（1988）在 1980 年代的調查，男女比例是報紙 8：2，電視 7：3，可以說隨著時代的變遷，女性愈來愈受到重視，女性從業人員的比例也逐漸成長，但似乎仍然無法達到完全的男女平權。

1994 年，報紙記者中只有 35.1% 是女性，電視臺的女性人數亦約三成五左右，廣播則可高達 54.4%。2004 年時，更有六成的廣播記者是女性，但報紙記者女性比例只有 41.7%，電視臺更少 39.4%。2014 年時，廣播的女性仍有五成五之多，居優勢；值得一提的是，電視臺的男女比例與十年前相較已有較多的改變，女性比例提升到 42.5%，而報社的男女比則是 55.4：44.6。在 2014 年，調查對象擴及通訊社及網路新媒體，通訊社的女性比例為 51.6%，略高於男性；新媒體則相反，它的男女分布與報紙相似（見表 4-2）。因此，從媒體類別比較可以發現，報紙和電視的女性比例 1994 到 2014 年持續成長；較不同的是，廣播媒體一直是女性比例高於男性。另一個需要進一步解釋的是電視臺的男女比例似乎不如外界想像，女性比例並沒有比男性多，這是因為電視臺的攝影記者多為男性，故男性比重仍占優勢。

如果進一步從年齡層的分布來看，34 歲以下的女性新聞工作者比例很高，1994 年占 76.9%，2004 年占 65.4%，2014 年則為 58.5%，其中又以 24 歲以下比例最高，1994 與 2014 年均達該年全體女性的

四成以上。這也表示女性新聞工作者在35歲以後離開業界的情形較多。不過，35歲以上的占比在三個年度的比較中，則呈現微幅的成長，顯示資深的女性新聞工作者留在職場的比例確有增加（見圖4-1）。

表 4-2：1994、2004、2014 **年新聞工作者性別分布（%）**

性別	1994				2004				2014					
	全體	報紙	電視	廣播	全體	報紙	電視	廣播	全體	報紙	電視	廣播	通訊社	網媒
男	62.3	64.9	64.8	45.6	57.6	58.3	60.6	40.0	55.2	55.4	57.5	44.9	48.4	55.8
女	37.7	35.1	35.2	54.4	42.4	41.7	39.4	60.0	44.8	44.6	42.5	55.1	51.6	44.2

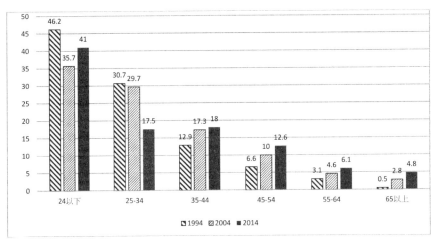

圖 4-1：**女性新聞工作者在三個年度年齡層分布（%）**

二、年齡

以平均年齡來看，三個年度的變化並不太大，1994年新聞工作者平均35.8歲，2004年平均35.9歲，2014年則略增為37.3歲。但從年齡層的分布來看，臺灣的新聞工作者以25-44歲為主力，但從1994到2014年歷經二十年，已有所改變。首先，不論哪個年度，臺灣的新聞工作者比重最高的是25-34歲，其中以1994年最多，占所

有人數的近一半（48%），2014 年時，這個年齡層的人數比重卻只剩下 36%。35-44 歲是次多的年齡層，約占三成，2004 年高達 39%。到了 2014 年，最大的改變是 45-54 歲的比重增多，從 1994 年的 10.2% 提高到 20%。這一方面顯示年輕人進入這個產業的人數不若以往來得多，一方面也意味著有更多的資深記者願意留在這個產業繼續工作（見表 4-3）。

表 4-3：1994、2004、2014 **年新聞工作者年齡分布（%）**

年齡	1994 (N=1,015)	2004 (N=1,162)	2014 (N=1,478)
24 以下	2.4	3.7	6.6
25-34	48.0	42.5	36.0
35-44	35.0	39.0	33.1
45-55	10.2	14.1	20.0
55 以上	4.5	0.7	4.3
總計	100.0	100.0	100.0
平均年齡	35.84	35.92	37.33

三、教育程度與專業訓練

九成以上臺灣的新聞工作者擁有大專以上的學歷，受過高等教育的訓練，在三個年度中，高中以下的學歷都低於 6% 以下，隨著年代的變遷，大專畢業的人數占比逐漸減少，從二十年前的 33.7% 到近年的 9.5%，反之，大學畢業的比例也從 1994 年的 48.5%，一路攀升到 2014 年的 62.2%。另外一個逐步成長的則是碩士學位的比重，從 1994 年的 11.4% 逐漸上升到 2014 年的 24.1%（見表 4-4）。學歷愈來愈高，一方面代表媒體用人重視教育程度，另一方面也是臺灣社會在 1994 年 410 教改運動之後，社會對於打破大學窄門的需求，因而在 1990 年代末期開始，教育部採取了廣設大學的政策，鼓勵專科學校與技職學院升格成為大學，因此，全臺灣的大學數量變多，

升學的「窄門」變寬，2004 年以後大學畢業的新聞工作者就遠高於 1994 年。

　　和亞洲的日本與韓國、甚或德國不同的是，臺灣的新聞工作者主修以新聞傳播為主的超過五成以上，1994 年有 55.2%，二十年後已經高達六成。這一方面顯示，自 1990 年代起，隨著大學開放，廣設新聞傳播科系，為業界培養了許多人才，另一方面也顯示臺灣新聞人才的專業化訓練充足（見表 4-5）。

表 4-4：1994、2004、2014 **年新聞工作者教育程度分布（%）**

年齡	1994 (N=1,003)	2004 (N=1,185)	2014 (N=1,498)
高中畢業	6.5	3.5	4.1
專科畢業	33.7	17.2	9.5
大學畢業	48.5	59.5	62.2
研究所畢業	11.4	19.7	24.1
總計	100.0	99.9	100.0

表 4-5：1994、2004、2014 **年新聞工作專業主修（%）**

年齡	1994 (N=927)	2004 (N=1,154)	2014 (N=1,463)
新聞傳播	55.2	58.9	60.9
其他	44.8	41.1	39.1
總計	100.0	99.9	100.0

四、政黨傾向

　　解嚴後的三十年正是臺灣政黨日趨多元化的民主化過程，身為肩負社會輿論重責的新聞工作者，在這三個年度中，所展現的面貌也十分不同。1994 年時，民進黨才成立不到十年，雖然反對運動在臺灣社會早已存在，但當時主導社會政經權力的依舊是國民黨。當時的新聞工作者有近一半表達不支持任何政黨，但有 25.9% 認同國

民黨，從國民黨分裂而成立的新黨得到了 16.1% 的支持；新興的民
進黨則只有 8.6% 的支持度。如果從各媒體的比較上來看，廣播幾乎
是一面倒地是泛藍的支持者（62.6%），電視臺中國民黨和新黨的支
持者也高達 51.4%，民進黨只得到了 5.6% 的支持度，反而是報紙的
從業人員有較多（10.4%）支持綠營。整體而言，1994 年的新聞工作
者中，扣除沒有政黨偏向者，仍呈現藍遠大於綠的情形（見表 4-6）。

　　2004 年時，臺灣已經歷了第一次政黨輪替，民進黨的陳水扁總
統已進入第二任執政，藍綠在政治版圖上各有斬獲，也各自分裂出
不同的政黨。此時的新聞工作者仍有四成表示不支持任何政黨。但
整體而言，認同民進黨的新聞工作者和認同國民黨者不相上下，均
為兩成多。不過，從媒體的類別來看，卻有相當不同的差異，報紙
新聞人支持國民黨（25.1%）大於民進黨（18.3%），而電視新聞人則
相反，民進黨支持者的比例（37.3%）大於國民黨（17.3%）；廣播
則依然是國民黨壓倒性多數的局面（48.5%）。如果，以泛藍和泛綠
兩大版塊來看，報紙從業人員的差距不大（29.7：29.0），但電視的
新聞工作者兩者的支持度則顯著不同，泛綠以 38.0% 遠大於泛藍的
18.5%（見表 4-7）。

表 4-6：1994 年新聞工作者支持政黨情形（%）

政黨	報紙 (N=751)	電視 (N=107)	廣播 (N=131)	總計 (N=989)
民進黨	10.4	5.6	0.8	8.6
國民黨	21.7	35.5	42	25.9
新黨	15.3	15.9	20.6	16.1
其他政黨	0.3	0	0	0.2
不支持任何政黨	52.3	43	36	49.2
總計	100.0	100.0	100.0	100.0

表 4-7：2004 **年新聞工作者支持政黨情形（％）**

政黨	報紙 (N=629)	電視 (N=415)	廣播 (N=99)	總計 (N=1,143)
民進黨	18.3	37.3	2.0	23.8
台聯黨	10.7	0.7	0.0	6.1
國民黨	25.1	17.3	48.5	24.3
親民黨	4.6	1.2	1.0	3.1
新黨	0.5	0.0	0.0	0.3
其他政黨	0.2	0.2	0.0	0.2
不支持任何政黨	40.7	43.1	48.5	42.3
總計	100.0	100.0	100.0	100.0

　　造成電視媒體新聞工作者在十年內政黨認同這麼大的**翻轉**，主要的原因是 2000 年以後，有線電視已成為臺灣民眾主要的收視新聞來源，各新聞臺競逐收視的同時，也開始在市場上依政黨傾向而有明顯區分，民視與三立的政黨傾向即十分鮮明，此時，執政的民進黨開始大規模的進行新聞置入，可能間接影響了新聞從業人員的政治認同。再則，無線電視除了中視仍在國民黨的控制之下，但台視與華視隨著政黨更迭，電視臺從高層到新聞部主管，亦從過去的藍色背景轉而有更多綠營支持者進駐，帶來新的一批新聞工作者，他們的政黨認同自然不同於以往。不只是電視，報紙記者的政治立場偏綠者亦比十年前有所成長。

　　十年之後 2014 年，國民黨再度執政，但新聞工作者選擇不支持特定政黨的比例增高，達 68.6%。兩大主要政黨在各媒體的支持度都不若前兩個年度。報紙新聞工作者仍是藍略大於綠，國民黨占 18.2%，民進黨占 12%；但電視新聞的情形卻與十年前相反，國民黨認同者 17.3%，民進黨則是 11.5%；廣播依然是國民黨認同者遠大於民進黨。有三分之二的新聞工作者不支持特定政黨，可能與藍綠政黨的競爭與惡鬥有關，新聞工作者選擇以超然的立場來報導與評論，也有可能因著這種惡質的政黨競爭，使不少新聞工作者隱藏了

自己的政黨傾向。電視媒體看起來是藍的認同者大於綠，但與十年前比較，實則綠營的支持者大量流失所致，也有可能在主流執政的氛圍中（2014年為國民黨執政），支持反對黨的新聞人傾向於不表態所致。2014年新增的網路新媒體類別中，新聞工作者的政黨偏向以支持泛綠多於泛藍，但差距不大（見表4-8，圖4-2）。

表4-8：2014年新聞工作者支持政黨情形（%）

政黨	報紙 (N=584)	電視 (N=660)	廣播 (N=118)	通訊社 (N=63)	網媒 (N=48)	總計 (N=1,473)
民進黨	12.0	11.5	2.5	4.8	12.5	10.7
台聯黨	0.5	0.0	0.0	0.0	2.1	0.3
國民黨	18.2	17.3	24.6	12.7	8.3	17.7
親民黨	0.2	0.6	0.0	0.0	2.1	0.4
新黨	1.0	0.3	1.7	0.0	2.1	0.7
其他政黨	2.1	0.6	1.7	4.8	4.2	1.6
不支持任何政黨	66.1	69.7	69.5	77.8	68.8	68.6
總計	100.0	100.0	100.0	100.0	100.0	100.0

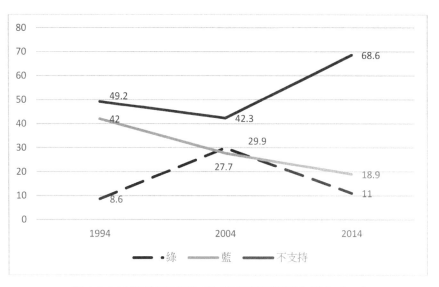

圖4-2：三個時期新聞工作者政黨支持傾向變化（%）

值得一提的是，廣播在歷年的調查都發現，新聞工作者偏向支持國民黨的比例較高，尤以 1994 與 2004 年均超過四成，這有可能是本研究調查的對象乃有新聞單位的廣播電臺，在上述兩個年度時，公營或黨營電臺有新聞部門者較多，從 1990 年代國民黨介入較深，所造成的影響亦延續到後十年。

第三節　三個時代的新聞工作者變遷

解嚴至今歷經三個十年，不同時期投身新聞工作所面臨的社會政經環境大不相同，我們可以概括地來看，這三個時期的新聞工作者輪廓是：

- 1990 年代：平均 36 歲，近六成大學以上學歷，五成受過專業的新聞教育，四成支持國民黨，近五成不支持任何政黨。
- 2000 年代：平均 36 歲，近八成大學以上學歷，近六成受過專業新聞教育，四成不支持任何政黨，但傾向泛藍與泛綠的支持占比接近三成，且偏綠者略高於偏藍。
- 2010 年代：平均 37 歲，八成六擁有大學以上學歷，六成受過新聞教育，政黨傾向維持中立者超過三分之二，支持泛藍或泛綠比例都不高。

三個年度代表了三個不同的時代，從性別的比例上可以明顯地看出，歷經二十年社會對於男女平權的倡議，女性的占比從 37.7% 提升到 44.8%。不只是女性比例的提高，女性的新聞主管也愈來愈多，《中國時報》、《聯合報》的總編輯都曾由女性出任，電視臺新聞部門的主管由女性擔任的比例亦比 1990 年代多。A1-7 是四大報中的女性高層主管，她回憶 2000 年後報社招考記者，已出現女性多於男性的情形，在她之前，政治、財經、教科文組的主管已經多為女性。

記者路線分配上，過去女性的刻版印象即是以生活、教育、

醫療、娛樂等路線為主，司法、社會與檢調經常是由男性主跑；但 2000 年有線電視新聞臺成為市場主流後，新聞室內有個不成文的規定：讓新進的記者不分男女都先主跑社會新聞，不論是劉邦友血案、白曉燕命案，都有不少女記者的採訪身影，她們跑命案、追司法案件、與警察搏感情拚酒量，樣樣都有不讓鬚眉之姿。受訪者 A2-5 形容：「社會新聞是沒有腳本的，所有東西是從零開始，如果你要訓練一個記者說故事的能力，就一定要從社會新聞開始。在新聞的現場，沒有男女之分！」

另一個值得一提的是，廣播新聞工作者的女性比例在三個年度裡都比男性高，可能的原因跟薪資有關，A2-9 任職廣播媒體二十年，她觀察廣播媒體的薪水起薪低於其他媒體，且升到某個幅度時即至天花板，這使得男性較不易留在此媒體發展。A2-9 則形容：「相對於其他媒體來說，我覺得廣播還是比較安定的工作環境，而且，廣播需要優美的音質，坦白說，這點女生比較吃香。」

不過，整體而言，女性在新聞資歷十六年以上的占比大幅減少，身為高階主管的 A1-7 觀察，家庭因素仍是重要阻礙，這點 A2-7 與 B2-5 也深有同感，在有了孩子後，工作調動均會以能兼顧母職為主。這個社會結構因素依然存在於臺灣，換言之，女性新聞工作者人數的占比高，仍在於年輕世代。不過，隨著男女平權意識的抬頭，男女比重有所改善，例如，《性別工作平等法》2002 年立法，育嬰假男女皆可申請，男性亦開始分擔家庭照顧的責任，使得女性 35 歲以後留在新聞界的比重有所成長。

如果單純從年齡的平均數，無法看出 1994 到 2014 年新聞場域內到底發生了何種年齡上的變化。從年齡層的分布可以發現，在 1994 與 2004 年新聞工作者最大的主力來自 25-34 歲，到 2014 年已經減少到四成以下，這一方面顯示 25-55 歲三個年齡層逐漸平均分散，資深新聞工作者占比增高，對於重要新聞的詮釋、新聞的選擇與角度有更成熟的經驗，有助於新聞品質的掌握。但另一方面，從

質性訪談中卻發現，新聞室內對於年輕人流失的感慨非常深，這種現象以報紙最明顯，2014 年的調查顯示，報紙新聞工作者在 25-34 歲有 33%，35-44 歲則只有 23.3%，45 歲以上則占了 37%；相較十年前，35-44 歲有 44.3%，的確是大幅下滑。A1-1 與 A1-2 在 1990 年代入行，現在居主管職，他們認為報紙新聞工作者的中生代斷層是必須正視的問題，「編輯室裡現在有點像阿嬤帶孫子，中生代少得可憐，可以培養的幹部都很難找了！」（A1-1）。中生代斷層也反映了報業自 2000 年中期以後逐漸衰退，使不少年輕世代選擇不再留在這個職場而中途轉業，報紙人才培育的確愈來愈艱困。但這似乎並不是臺灣獨有的，美國 2013 年的調查也發現，新聞工作者年齡層有老化情形，這也可能是全球報業在面臨數位化生存掙扎的共同課題。

　　在政黨支持傾向上，從 1994 年以來變化最大的是選擇中立不支持任何政黨的比例到 2014 年達到了近七成，而支持泛藍或泛綠的新聞工作者都不到 20%。1990 年代雖然已解嚴，但老三臺受黨政軍介入頗深，進入國民黨營媒體新聞工作者，人事單位常明示或暗示未入黨者須加入國民黨。A2-1 回憶，當年屬省府的電視臺，頭條新聞必須是省長宋楚瑜，中視頭條則必須是李登輝。筆者在中視服務時，編輯臺上如果有人同情民進黨，則會遭到群體攻擊。三十年來，國民黨的影響力在新聞工作者中逐漸式微，民進黨的影響力卻只在 2004 年首度執政時達到高點，但 2014 年的調查卻跌回 11%，只比 1994 年略高。C2-2 指出，「新一代的記者較沒有政黨包袱，更關心社會議題而非藍綠」。這也顯示新聞工作者在面對二十年來政黨輪替成為常態，更傾向以中立的立場來報導新聞。但不支持任何政黨的新聞工作者愈多，並不表示他的報導能持平與中立，2000 年後的媒體生態藍綠立場涇渭分明，對記者的報導自由影響至深。

第四節　結論

隨著時代的變遷，男女平權的觀念在許多先進國家已是社會追求的目標，但真正要達到這個理想仍然需要相當的努力。以美國為例，2013 年的調查男女的比例是 62.5：37.5，比英國女性有超過 45%、芬蘭和中國大陸女多於男的情形，略遜一籌。顯見社會存在的文化與結構因素仍然影響女性就業。臺灣在解嚴後三十多年的努力下，女性工作者的比例已從 37.7% 提升至 44.6%，與英國的比例相當，且女性擔任高階主管者眾。性別比例的接近固然是女性地位的提升，但在長久以來以男性思維為主的新聞工作場域中，能否在媒介組織和制度的脈絡下，促成新聞內容性別偏差的改善？媒介組織結構是否是性別中立？（蕭蘋，2004）都是另一個值得思考的問題。其次，從女性年齡層的分布來看，三個年度都集中在 34 歲以下，隨著年紀增加，比例也遞減，這顯示新聞工作要成為女性一生的志業有其難度，中年以後的新聞室內，仍然是男性大幅多於女性的生態。

從年齡分布的變化來看，1994 到 2014 年，25 到 34 歲比例下降，45-55 歲以上比例提高，這種現象和美國的調查相似，雖然看起來像是新聞工作者有老化的現象，但亦可解釋成資深記者變多了，尤其解嚴後入行的這群新聞工作者，願意持續留在新聞界的人數多，對新聞內容的掌握，與經驗的傳承都是有幫助，畢竟不少事件具有歷史性，這些都需要資深的新聞人用其特有的觀點來剖析。但年輕世代占比的下降反映的可能是這個行業的吸引力已不若從前，倒是值得新聞組織深思。

解嚴後三十餘年，民主開放已成熟，媒體工作者的政黨認同愈來愈傾向中立，並沒有使我們的媒體在內容上能客觀中立、理性論辯，媒體選邊站、利用事件政治化的情形愈來愈明顯，市場與政治因素仍影響著新聞人的報導偏向，新聞人的「中立」到底是厭惡藍

綠惡鬥？還是一種逃避與自我說服？又或是新聞人工作日常認知失諧的無奈？

第五章

新聞工作環境變遷：
滿意度與新聞自主

「新聞工作的成就感來自對社會有所貢獻，讓大家知道真相，看見別人沒有看見的。」（B1-6）

隨著時代的物換星移、社會政治經濟環境的改變、科技的日新月異，新聞工作者所面對的工作環境亦有所不同，1990 年代臺灣剛剛經歷解嚴與報禁開放，言論市場頗有呈現「百花齊放」之勢，新的媒體因應而生，既有媒體招兵買馬，擴增人力、改善工作環境，迎接新的市場。2000 年以後，報業市場因競爭過激而開始進行組織調整與縮編，有些媒體因不敵虧損退出市場；但電視卻因有線衛星新聞臺的蓬勃發展，而呈現「戰國時代」的白熱化激烈競爭，各電視臺求才若渴紛紛擴編，此時，網路科技、電腦化引進媒體組織，新聞工作者的工作環境由「純手工」轉而朝向「電腦化」。2010 年數位匯流已是新聞室不可逃避的環境，轉而進行更符合數位產製的組織調整，報社讀者大量流失裁員的情形更為頻繁。主流媒體向社群媒體擴張領土，要求新聞工作因應匯流需求的政策，更是時而變動時而更迭。

這也顯示媒體乃時代產物，任何的變動都影響新聞工作者的日常工作及所處環境。有學者以工作狀況（working condition）稱之，即概括指涉新聞工作者在工作場域所面臨的情況，包括工作滿

意度、職涯承諾、新聞自主、薪資待遇、及勞動情形。組織能否提供新聞工作者良好的工作狀況，決定了記者的工作態度與工作成就感，這也反映了這個行業能否永續發展的根本。本章先處理前四項的比較，至於新聞工作者的勞動問題，則另闢一章節單獨處理。

第一節　工作滿意度與職涯承諾相關文獻

一、工作滿意度各國的調查

工作滿意度（job satisfaction）是指一個人對他所處工作的態度（attitude），包括了他對工作條件（薪水、工作環境）及組織條件中的老闆、同事等因素的滿意程度（Bergen & Weaver, 1988）。工作滿意的員工可以增加他的自信心、提高對組織的忠誠度，甚而使其工作有較佳的品質（Tietjen & Myers, 1988），所以，工作滿意度對新聞組織尤其重要，因為記者的工作滿意度高低，影響了他對工作的承諾、組織的認同（Beam, 2006）。

工作滿意度的研究可追溯至 1930 年代由 Hoppock（1935）所進行的研究，至今已超過七十年，可說是組織行為研究中最常見的研究主題（Beam, 2006）。因此，在歷來的研究者不斷更新其理論模式之下，對於何種因素影響工作滿意度（如個人因素、組織因素），工作滿意度高／低造成哪些結果等，均有豐富的成果。例如，個人因素中的薪資、升遷、同事、上司、工作性質、組織溝通都可以影響工作滿意度；組織限制、工作壓力、工作負荷、工作自主性及工作角色等亦可能成為工作滿足的組織因素（Spector, 1997; de Cuyper & de Witte, 2006）。Seashore 與 Taber（1975）綜合了各項調查後，提出影響工作滿意度的前因後果模型，在此模型中環境因素與個人因素為影響的前因，工作滿意的結果則會在個人、組織與社會層面產生不同的現象。例如，個人歷經不滿意後，產生退卻、疾病；在組織

層面則影響工作生產力、曠職，甚而離職；更甚者，在社會層面影響國民生產毛額（GNP）的表現、政治的穩定與生活品質。

傳播領域最早開始研究新聞工作者的工作滿意度，起源於 Samuelson（1962），他發展了測量滿意度的 13 個指標，來檢測 1950 至 1961 年曾在美國新聞界工作的新聞人員，結果發現年資和工作滿意度有顯著相關，其他的影響因素包括：對報業未來前景的信心、領導階層因素、媒體成為自己未來的生涯等。但 223 個受訪者中，有 72 人已離開新聞界，離開的人則認為在新聞界看不到前景。這五十年來，新聞人員的工作滿意度持續被研究者關注，研究的變項也愈來愈多元。

Johnstone、Slawski 與 Bowman（1976）針對 1971 年美國新聞人員的調查研究，及 Weaver 與 Wilhoit（1992; 1996）接續 Johnstone 等人的研究，進行 1980 年代及 1990 年代新聞人員的調查，都將工作滿意度列為重要指標，並且顯示，1970 年代的美國新聞工作者有約 88% 表示對於工作滿意或非常滿意，1980 年後新聞工作者的工作滿意度下降至 84%，1990 年代再度下降至 77%，2002 年的調查卻發現滿意度上升到 83.9%，其中以廣播新聞人員的滿意度最高達 91%。Borwnlee 與 Beam（2012）認為新聞人員對工作滿意度自 1970 年代起一直維持相當的程度，與他們如何感知其工作環境很有關係，工作自主權高、對自己服務的新聞機構較認同者，工作滿意度高。薪水對不同年資的記者而言，也是工作滿意度的衡量指標。Beam（2006）則認為，新聞工作者的工作滿意度常受上司的態度影響，當老闆愈關心新聞品質，記者們的工作滿意度就愈高。

不過，2013 年媒體進入匯流時代後，美國的調查卻出現，新聞工作者回答「非常滿意」的百分比相較前十年下滑了近 10 個百分點，由 2002 年的 33.3% 降至 23.3%，雖然回答「滿意」與「非常滿意」的人仍有近七成五（74.6%），但比起歷年高達八成以上的百分比，著實少了不少。更重要的是，回答「非常不滿意」與「不滿意」

的人共 25.4%，也創了新高（Willnat, Weaver, & Wilhoit, 2017）。再進一步以媒體別來比對，每日出刊及每週出刊的報紙、及任職新聞供應社的新聞工作者，滿意度低於其他類型媒體，這與匯流時代新聞工作者必須多平臺工作有關。以年齡來看，這份調查也發現了 34 歲以下的年輕新聞工作者的滿意度比其他年齡層都低。3 位研究者發現這和過去的調查亦有相當大的差異（Willnat, et al., 2017）。

在千禧年前後，全球 31 國共同參與的全球記者調查中，可以一窺主要國家的新聞工作者工作滿意度情形。例如，英國在 2001 年的調查發現，78% 的新聞人都滿意他們的工作（Sanders & Hanna, 2012）；芬蘭 1993 年的調查時，77% 新聞工作者滿意他們的工作，但到了 2007 年卻增加到 84%，而且年輕新聞工作者的滿意度略高於資深者（Jyrkiäinen & Heinonen, 2012），這份研究同時指出，芬蘭新聞工作者認為，這是一份壓力大卻仍然滿意的工作。法國在 2008 年的調查有高達七成的新聞工作者對其工作表示滿意（McMane, 2012）。

亞洲地區的韓國在 1993 年及 2009 年做過兩次調查，結果發現，1993 年有八成五的新聞工作者對工作表示滿意及非常滿意，但到了 2009 年時已下降至五成二（Son, Kim, & Choi, 2012）。日本的 2007 年調查也顯示，只有 48.8% 的新聞工作者對其工作表示滿意，42.3% 的受訪者對工作並不滿意，這個結果與美、英兩國大不相同，研究者認為預測工作滿意度的最有力指標是新聞工作者對於組織目標及新聞工作現狀的評價，同時，日本媒體在面對數位匯流後新媒體競爭，閱聽眾大量流失，新聞品質每下愈況，均是極大的挑戰（Oi, Fukuda, & Sako, 2012）。就其調查的年度來看，與美、英兩國有五年的差距，這五年來新媒體的發展快速，為新聞業帶來的問題更為嚴重，是否也使這樣的不滿意的情形增加？但法國與芬蘭的調查亦是在 2007 與 2008 年進行，可見不同國家、不同制度下，新聞工作者面對的工作狀況不同，工作滿意程度差異頗大。

臺灣地區的工作滿意度研究在 1970 年代起陸續有些零星的研究（黃祝萍、趙婉成，1978；華英惠，1992；陳維聰，2006；李佩蓮，2010；盧聖芬，2006）亦在探討人口學變項、個人因素及工作環境因素對工作滿意度的影響。

正如美國在 2013 年的調查所顯示，數位匯流對新聞室內工作狀況的改變很大，影響所及正是新聞人對工作的滿意度是否愈來愈低？本研究基於此，將進行 1994、2004 及 2014 三個年度的比較，以瞭解環境變遷下的歷時性變化。

二、工作滿意度的雙因理論

正由於工作滿意度的研究已有相當長遠的歷史，因此，據此提出的理論亦不少，例如：需求層級理論（hierarcy of needs）、公平理論（equity theory）、ERG 理論（ERG theoy）及雙因理論（motivation-hygiene theory）。其中，雙因理論的應用十分廣泛。

雙因理論乃由 Herzberg、Mausner 與 Snyderman（1959）提出，雙因指的是「內在」（intrinsic，或稱激勵因子）與「外在」（extrinsic，或稱保健因子）兩種影響工作滿意與不滿意的因素，前者指的是可以激勵員工的工作意願，如：成就感、責任感、被賞識或肯定、工作中的成長與挑戰、工作自主等；後者指的是工作的基本需求，如薪水、公司政策、在公司中的人際關係、工作地位、工作條件等。雙因理論主張造成工作滿意與不滿意的原因不盡相同，內在激勵因子常是與員工工作滿意相關，組織能激勵員工常能提高其工作表現；而外在的保健因子則是造成工作不滿意的主因，但這並不表示，如果改善了外在因素員工就會在工作上感到滿意，滿意與不滿意是兩個相互獨立的構面（Herzberg, 1966）。

依此所發展出的工作滿意度指標被廣泛運用在各行業，新聞工作的研究也不少（羅文輝、陳韜文，2004；Shaver, 1978; Barret, 1984; Bergen & Weaver, 1988; Reinardy, 2009）。所發現的結果雖然都

證實了「內在」與「外在」因素對工作滿意度的影響，但對於那些指標具有較強的預測性，卻也各有差異。例如，Shaver（1978）的研究顯示，滿意度的最強預測指標是工作的升遷與成長；不滿意的最佳預測變項是薪水太低。Reinardy（2009）的研究發現，「組織支持」與「社會支持」是滿意度的主要因素，但「工作與家庭衝突」、「角色超過負荷」及「工作要求」則是工作不滿意的原因。羅文輝與陳韜文（2004）的研究卻發現，兩岸三地的新聞工作者對「工作的社會影響」、「工作自主」等內在激勵因子的滿意度較高，但外在保健因子中的「升遷機會」、「福利待遇」及「報酬收入」則滿意度較低。

　　因此，本研究以雙因理論為基礎，比較 1994、2004 及 2014 三個年度，新聞工作者在工作滿意度的影響因素。

三、未來去留職涯承諾

　　職涯承諾（career comitment）與專業承諾（professional commitment）相似，乃指個人對其專業領域目標、價值的認同與投入（Aranya & Ferris, 1984），亦可指對職業（vocation）或專業的態度（Blau, 1985）。新聞工作者的職業流動與去留，正可顯示其職涯承諾的強弱，過去在討論新聞工作者的工作滿意度時，經常會一併討論未來去留意向，以作為衡量指標。Johonstone 等人（1976）即以未來五年計畫「留在原組織工作」、「跳槽至其他媒體」、「到非新聞媒體工作」、「退休」或「未決定」等選項來探問新聞工作者的未來去留，他們稱此為職涯承諾。

　　誠如外界所知，新聞工作有其高度承諾的特性，所以歷來的調查均發現，未來留在媒體的新聞人仍居大多數。Willnat 等人（2017）比較 1982 年以來四個年度的調查發現，留在媒體工作的比例從 1980 年代的八成上下，到了 2013 年已降至七成三，其中，薪資待遇一直是最重要的影響因素，亦有新聞工作者期待轉換跑道得到新的挑戰。

　　雖然以「未來五年計畫」作為去留意向並不能直接證明新聞工

作者已有離職的決定，但仍有一窺其在新聞職涯的承諾。故在討論新聞工作者的工作狀況時，它仍是一個衡量的指標，亦是本章節想進一步分析的重點。

第二節　新聞自主相關文獻

一、新聞自主的內涵

　　新聞自主（news autonomy）是新聞工作專業的重要特性，歷來研究新聞專業性（news professionalism）的內涵時，專業自主一直都是研究者共同認為不可缺少的（Nayman, 1973; Ruotolo, 1987；羅文輝，1995）。許多學者都認同，新聞工作者在執行新聞編採任務時，必須本於新聞道德而有其自主的判斷，不受內部或外力影響，以實踐其在民主社會中，守望環境監督社會的角色（McQuail, 1992; Weaver, 1998）。

　　從工作的角度而言，擁有自主性可以增進工作表現、工作承諾、及工作滿意度（McDevitt, Gassaway, & Perez, 2002; Ryan, 2009），Reinardy（2014）在研究 900 位廣播新聞工作者時亦發現，這種工作的自主性不但可以使他們獲得工作滿足，同時亦生產出高品質的新聞。甚而有研究指出，新聞自主能降低新聞工作者的倦怠感（Jung & Kim, 2012）

　　雖然新聞自主指涉新聞工作者在每日新聞實踐中的自由度，但過往亦有學者嘗試界定其內涵。Johnstion 等人（1976）最早將新聞自主定義成四個面向：(1) 有決定強調該新聞重點的自由、(2) 有選擇採訪題材的自由、(3) 有決定自己採訪任務（story assignment）的自由、(4) 報導的內容未遭到他人修改。劉蕙苓（2011）則在其基礎上，另外增加「決定報導長度（篇幅）的自主權」。其後，Hughes、Garcés、Márquez-Ramírez 與 Arroyave（2016）亦從實證研究中歸結

新聞自由的兩個面向：(1) 對於新聞故事發展的掌控程度、(2) 對於新聞可以被刊播的自由程度。

　　新聞自主雖是新聞工作者的重要價值與工作精神，但它畢竟不是全然地在真空的理想環境中被實踐。新聞是機構的產品，亦是政治經濟結構下的產物，在新聞生產的過程中，媒體組織的科層組織的守門機制，也形成了不同程度的社會控制（social control）（Breed, 1955）。不同的政治社會環境、不同的媒體特性，使新聞自主亦有其界限與限制。Sjøvaag（2013）因而主張，新聞自主是結構與個人能動性相互拉鋸的動態過程。

二、新聞自主的相關研究

　　Johnstion 等人（1976）的調查發現，在 1970 年代美國的新聞工作者並非在研究者所發展的四項新聞自主指標上都擁有完全的自由度。75.9% 的受訪者認為他們在決定新聞內容強調重點上，擁有完全的自由；60.1% 的受訪者認為在選擇報導題材上有完全的自由；但只有 46.2% 的新聞工作者認為自己可以掌握指派新聞任務；32.3% 的新聞工作者認為他們的新聞稿件不會被其他人修改。可見在新聞工作中，組織內分工完成新聞產製過程中，新聞自主最能展現在較屬個人工作層次的選擇題材與決定新聞內容上，其他涉及守門流程的工作，仍難以有完全的自由。

　　Willnat 等人（2017）以自 1970 年代以來四個年度的調查進行比較發現，新聞工作者擁有的新聞自主愈來愈低，其中下滑最嚴重的是「擁有決定新聞內容重點自主權」，從四十年前的近 76%，每十年逐次下滑到 2013 年只剩下 38%；「選擇新聞題材的自主權」從四十年前的 60%，也一路下降到 2013 年的 34%；至於稿件被修改的情形，2013 年只有 14% 的受訪者回答未曾發生。這顯示了組織在新聞生產過程中的干預或協作，有愈來愈強的力量。

　　到底什麼是影響美國新聞界新聞自主下降的因素？Willnat 等人

（2017）認為與外在環境的變化有關。數位科技時代，新聞組織面對了將新聞調整成「觀眾取向」（audience-driven）的巨大壓力，市場導向新聞、廣告主的影響力都影響了新聞自主。在媒體營收不佳，組織削減人力、預算與資源的情況下，多數新聞工作者處於「沒錢」與「沒時間」的窘狀，前者指的是組織的預算持續緊縮，後者則是記者不再有足夠時間經營路線、思考如何報導。這亦是數位環境下所帶來的重大影響。

　　全球各國亦曾進行類似的調查，但不見得都能像美國一樣進行歷時性的比較，例如，McMane（2012）2007 年針對法國的調查發現，27% 的受訪者認為他們有完全的自主，61% 的受訪者則回答擁有部分自主，而且和年紀相關，愈年輕的受訪者愈覺得他們並沒有完全的自主權。英國在 2015 年的調查中發現，72.8% 的新聞工作者認為，在選擇報導題材上有完全或部分自主，77.8% 則在報導重點上有完全或部分自主（Thurman & Kunert, 2016）。亞洲地區的韓國曾在 1993 及 2009 年進行過兩次調查，都發現新聞自主是新聞工作者視為工作面向中最重要的價值，1993 年有 88.4% 的受訪者認為，他們在選擇及呈現新聞上有完全自主及相當自主，2009 年時比例提升到 90.9%（Son, Kim, & Choi, 2012）。大致而言，新聞自主和該國的政治體制有相當程度的關聯性，民主國家的新聞工作者認為擁有較多的新聞自主，但共產國家則在這方面相對限縮（Chen, Zhu, & Wu, 1998）。

第三節　1994、2004 與 2014 的工作滿意度

一、1994 年工作滿意度

　　本研究根據雙因理論的基礎，將屬於工作基本需求的「薪資所得」、「福利政策」、「休假」、「退休制度」、「考績評鑑」、「升遷」、

「進修制度」、「工作時間」、「工作量」、「工作穩定性」、「主管能力」及「工作環境」等十二項列為「外在保健因子」，經信度考驗 Cronbach's α 值為 .86；另外，「工作機構聲譽」、「工作成就感」、「工作對社會重要性」、「學習新知的機會」、「工作的挑戰性」、「主動與創新的機會」、「工作受社會尊重的程度」及「工作自主權」等八項稱為「內在激勵因子」，經信度考驗 Cronbach's α 值為 .87；兩者均達統計上的高信度。

整體來看，在 1994 年，新聞工作者對於「內在的激勵因子」滿意度（平均數 3.46）高於「外在保健因子」（3.04）。最滿意的是「工作對社會的重要性」（平均分數 3.67），其次是「工作機構的聲譽」（3.62）及「工作穩定性」（3.60）。前兩項都與內在因子有關；滿意度最低的則都是外在因子：「進修制度」（2.28）、「升遷」（2.62）及「考績評鑑」（2.79）。（見表 5-5）

本研究進一步將這些內外滿意因素進行影響因素分析，結果發現：預測外部保健因子的顯著因素是人口變項中的教育程度（β=-.12，$p<.01$）、薪水（β=.34，$p<.001$）與年資（β=.02，$p<.01$）；組織變項中的「服務地點」（β=-.09，$p<.05$）具有顯著的預測性；至於內部激勵因子的預測，在人口變項中則是教育程度（β=-.15，$p<.01$）、薪水（β=.23，$p<.001$），組織變項中則同樣是「服務地點」（β=-.10，$p<0.05$）（見表 5-1）。換言之，教育程度愈低、薪水愈高、年資愈深、及在地方服務的新聞工作者，他對外部保健因子（薪資、福利、升遷等）的滿意度愈高；而教育程度較低、薪水較高、在地方服務的新聞工作者，對於內部激勵因子（工作對社會重要性、挑戰性等）的滿意度愈高。總體來看，薪水、教育程度及服務地點是影響滿意度非常重要的因素。

表 5-1：1994 年內部與外部滿意度的影響因素階層迴歸分析

預測變項	外部保健因子（β 值）	內部激勵因子（β 值）
第一階層：人口變項		
性別（男）	.07	-.02
教育程度	-.12**	-.15**
主修	.02	.01
薪水	.34***	.23***
年資	.02**	-.00
Adjusted R^2	.15	.05
第二階層：組織變項		
服務地點（總社）	-.09*	-.10*
媒體類型（報紙）	.07	.07
Incremental adjusted R^2	.16	.06
Total adjusted R^2	.31	.11
F 值	16.48***	6.37***
樣本數	582	599

註 1：表中 Beta 值來自包括所有變項均輸入的最終迴歸方程式；變項編碼方式：性別（男=1，女=0）；服務地點（總社=1，分社=0）；媒體類型（報社=1，其他媒體=0）。

註 2：***$p<.001$, **$p<.01$, *$p<.05$。

二、2004 年工作滿意度

2004 年的「外在保健因子」滿意度平均分數比 1994年低，只有 2.90，而「內在激勵因子」滿意度仍然有 3.43。顯見驅動新聞工作者在職場上堅守崗位的，依舊是內在的激勵因子。進一步從 20 個滿意度題項來看，「工作機構的聲譽」依舊是第一位（3.64），其次是「工作對社會的重要性」（3.58），第三項則是「工作的挑戰性」（3.56），都屬於內在激勵因子。可見新聞工作者最在意的工作因素仍是內在能激勵他們堅守崗位的各項因素。至於在滿意度最低的部分，「進修制度」依舊是第一位，平均數只有 2.29，第二位是「升遷」（2.56），第三位為「工作時間」（2.65）。前兩者均與 1994 年相同，但「工作時間」卻是 2004 年列入新聞工作者的滿意度低的第三位，顯示 2004

年的工作環境改變，工作量增加為明顯的影響因素。雖然「外在保健因子」的分數都明顯偏低，但新聞工作者對「工作穩定性」及「主管的能力」的滿意度，卻高於其他指標，顯示組織內部的制度設計雖差強人意，但是新聞機構能提供穩定的工作環境，主管能有效領導，依然能獲得新聞工作者的肯定（見表5-5）。

進一步將這些內外滿意因素進行影響因素分析，依前例，將屬於工作基本需求的「薪資所得」、「福利政策」等十二項列為「外在保健因子」，經信度考驗 Cronbach's α 值為 .89；另外，「工作機構聲譽」、「工作成就感」、等八項稱為「內在的激勵因子」，經信度考驗 Cronbach's α 值為 .86；兩者均達統計上的高信度。在進行階層迴歸分析後發現，這個年度的人口變項中，教育程度（$\beta=-.07$，$p<.05$）和薪水（$\beta=.17$，$p<.001$）成為預測「外部保健因子」的顯著變項，在組織變項方面，能預測的變項比 1994 年略多，包括：服務地點（$\beta=-.16$，$p<.001$）及媒體類型（$\beta=.11$，$p<.01$）。資料顯示，教育程度較低、薪水較高、在地方服務、報社的新聞工作者，其對組織提供的各項升遷福利等外在基本需求的保健因子的滿意度較高（見表5-2）。

至於「內部激勵因子」的滿意度影響因素為何？從迴歸方程式中可以發現，人口變項中有教育程度（$\beta=-.09$，$p<.01$）、薪水（$\beta=.13$，$p<.01$）和年資（$\beta=-.11$，$p<.01$）等三項。換言之，教育程度較低、且年資較低、薪水較高的新聞工作者，其內部的激勵因子獲得滿足的程度也愈低。如果再搭配組織變項來看，「服務地點」（$\beta=-.26$，$p<.001$）和「媒體類型」（$\beta=.08$，$p<.05$）兩項仍是預測內在激勵因子滿意程度的顯著變項；換言之，在報紙服務、在地方工作者，內在激勵因子的滿意程度也愈高（見表5-2）。

與 1994 年相較，在預測變項上除了薪水、教育程度、服務地點是兩個年度共同影響工作滿意度的顯著因素之外，在 2004 年還增加了媒體類型及其他幾項顯著預測變項。換言之，我們可以這樣推

測，2004 年媒體大環境的改變，使得不同媒體別的工作滿意度有了差異，報紙新聞工作者、且在地方服務，工作滿意程度較高；在內部激勵因子的部分，除了前述幾項之外，還有年資愈少的人，其滿意程度愈高。

表 5-2：2004 年內部與外部滿意度的影響因素階層迴歸分析

預測變項	外部保健因子（β 值）	內部激勵因子（β 值）
第一階層：人口變項		
性別（男）	-.01	-.01
教育程度	-.07*	-.09**
主修	.04	.05
薪水	.17***	.13**
年資	.04	-.11**
Adjusted R^2	.06	.01
第二階層：組織變項		
服務地點（總社）	-.16***	-.26***
職位（非主管）	.03	-.00
媒體類型（報紙）	.11**	.08*
Incremental adjusted R^2	.09	.08
Total adjusted R^2	.15	.09
F 值	12.25***	10.26***
樣本數	883	889

註 1：表中 Beta 值來自包括所有變項均輸入的最終迴歸方程式；變項編碼方式：性別（男=1，女=0）；服務地點（總社=1，分社=0）；媒體類型（報社=1，其他媒體=0）；職位（非主管=1，主管=0）。

註 2：***p<.001, **p<.01, *p<.05。

三、2014 年工作滿意度

時序進入 2010 年代，新聞工作者在數位環境下既要因應外部競爭，又要面對組織不斷更迭的數位政策任務需求，在各項工作滿意度中，最高的前三名分別是「工作的挑戰性」、「學習新知的機會」及「工作穩定性」；滿意分數最低的前三名則是「進修制度」、「工作時間」及「升遷」，此三項均是外部基本保健因子。和 2004 年一

樣，「工作時間」成為滿意度最低的第三位，顯示新聞工作者所處的工作環境中，時間長的因素相當值得重視（見表5-5）。

　　本研究同樣地將這些內外滿意因子進行信度分析，依理論根據將屬於工作基本需求的「薪資所得」、「福利政策」等十二項列為「外在保健因子」，經信度考驗 Cronbach's α 值為 .90；另外，「工作機構聲譽」、「工作成就感」等八項稱為「內在的激勵因子」，經信度考驗 Cronbach's α 值為 .89；兩者均達統計上的高信度，可以在統計上進行合併。在進行階層迴歸分析後發現，這個年度的人口變項中，只有教育程度（β=-.11，p<.001）和薪水（β=.10，p<.05）成為預測「外部保健因子」的顯著變項，在組織變項方面，能預測的變項則是服務地點（β=.10，p<.001）。資料顯示，在中央（總社）服務，教育程度較低、薪水較高者，其對組織提供的各項升遷福利等外在基本需求的保健因子的滿意度較高（見表5-3）。

　　再進一步分析影響「內部激勵因子」的因素，經過階層迴歸分析後發現，人口變項中的性別（β=-.06，p<.05）、教育程度（β=-.09，p<.01）、薪水（β=.11，p<.01）與年資（β=-.14，p<.001）同樣具有顯著預測力顯示女性、教育程度較低、年資較淺、薪水較高的新聞工作者，其對內部激勵因子的滿意度較高；但在組織變項上，則只有「媒體類型」（β=.09，p<.01）具有預測力，這顯示：報社任職的新聞工作者，其內部激勵因子的滿意度較高（見表5-3）。

　　在三個年度的分析中，本研究發現「薪水」是共同的顯著影響因素，其他如教育程度、年資、服務地點或媒體類型都可能影響工作滿意度。

表 5-3：2014 **年內部與外部滿意度的影響因素階層迴歸分析**

預測變項	外部保健因子（β 值）	內部激勵因子（β 值）
第一階層：人口變項		
性別（男）	-.04	-.06*
教育程度	-.11***	-.09**
主修	.00	.04
薪水	.10*	.11**
年資	-.07	-.14***
Adjusted R^2	.01	.01
第二階層：組織變項		
服務地點（總社）	.10***	-.02
職位（非主管）	-.05	-.02
媒體類型（報紙）	.06	.09**
Incremental adjusted R^2	.02	.02
Total adjusted R^2	.03	.03
F 值	5.15***	3.67***
樣本數	1,131	1,138

註 1：表中 Beta 值來自包括所有變項均輸入的最終迴歸方程式；變項編碼方式：性別（男=1，女=0）；服務地點（總社=1，分社=0）；媒體類型（報社=1，其他媒體=0）；職位（非主管=1，主管=0）。

註 2：***p<.001, **p<.01, *p<.05。

四、三個年度的工作滿意度比較

　　1994、2004 及 2014 三個年度，整體平均滿意度是 3.45，只介於「無意見」（3 分）和「滿意」（4 分）之間，或可稱之為「有點滿意」。從年度比較來看，表 5-5 顯示 1994 年的整體滿意平均數為 3.49，到了 2004 年下降至 3.38，雖然 2014 年平均數看似上升，但從變異數分析（ANOVA）的統計檢定的事後比較顯示，與其他兩個年度並無顯著差異，主要的差異來自於 2004 年新聞工作者的工作滿意度的確比十年前低（F=3.91，p<.05）。換言之，1994 年的新聞人的工作滿意度比起 2004 及 2014 年更高。當然，整體滿意度難免過於籠統，本研究進一步將內外在因子的各項滿意度指標，逐一進行統計檢定，即可發現：總體而言，內在激勵因子的平均滿意度（3.50）

比外在保健因子（2.96）來得高，顯示驅動新聞工作者堅守崗位的，是能激勵他們的內在因素。

如果進一步細看外在因子和內在因子的變化，可以發現「外在保健因子」在1994年最高，亦即相較於其他兩個年度，此時的新聞工作條件，不論是薪資福利或制度、工作時間等，都比後兩個年度來得好，平均數統計顯示，有顯著差異。但「內在激勵因子」雖然一直都比外在因子高，三個年度的差異主要來自於1994年與2014年（見表5-4）。這個結果是否也顯示，當新聞人對外在因子滿意度愈低時，更需要藉由內在因子來激勵自己留在這個行業？

表 5-4：三個年度內外因子滿意度比較

工作滿意度	1994	2004	2014	F 值	事後比較
外在因子	3.04	2.90	2.96	10.21***	1-2, 1-3
內在因子	3.46	3.43	3.57	10.39***	1-3
整體滿意度	3.44	3.32	3.42	3.91*	1-2

註：此數值與表 5-5 之整體滿意度略有不同，乃統計方法不同，遺漏排除時，造成之差異。

就細項來看，三個年度中一直維持低滿意度倒數前三名的「進修制度」與「升遷」變動不大，反倒是「工作時間」的滿意度，從1994年的3.17到2004年及2014年都降至2.65與2.58，成為這兩個年度最不滿意的前三名；2004年與2014年的平均分數沒有統計差異，顯示這兩個年度與1994年的明顯差異（$F=86.82$，$p<.001$）。這個指標再搭配「工作量」一起觀察，可以發現1994年時，新聞工作者對「工作量」的滿意度是3.23，但2004年及2014年都顯著逐步下降至2.70與2.67（$F=82.58$，$p<.001$），2014年更位居最不滿意的第三名。這代表了2004年以後，新聞工作者的工作時間變長，工作量增加，2014年的情形更甚以往，新聞工作者感到難以承受。

歷來研究顯示「薪資所得」一直是影響滿意度很重要的因子，

從三個年度的比較亦可發現，新聞工作者對此的滿意程度呈現逐年下降，從 1994 年的平均數 3.06，降至 2014 年的 2.69（F=33.70，p<.001）。在「外在保健因子」中，同樣呈現逐年下降的還有「退休制度」（F=23.79，p<.001）；可見新聞工作者對組織能提供的薪水愈來愈不滿意，這部分將另闢章節進行討論。不過，「工作穩定性」指標在 2014 年成為最滿意的前三名，比 1994 年與 2004 年均有顯著成長，亦可顯示在這個年度裡，新聞工作者雖歷經裁員與組織縮編，對於所擁有的工作穩定感到相對滿足。

表 5-5：三個年度工作滿意度比較

工作滿意度		1994	2004	2014	F 值	事後比較
外在保健因子	薪資所得	3.06	2.87	2.69	33.70***	1-2, 2-3, 3-1
	福利政策	3.05	2.85	2.84	11.88***	1-2, 3-1
	休假	3.13	3.18	3.18	.74	
	退休制度	3.00	2.70	2.81	23.79***	1-2, 2-3, 3-1
	考績評鑑	2.79	2.74	2.81	1.33	
	升遷	2.62	2.58	2.67	2.68	
	進修制度	2.28	2.29	2.54	26.33***	2-3, 3-1
	工作時間	3.17	2.65	2.58	86.82***	1-2, 3-1
	工作量	3.23	2.70	2.67	82.58***	1-2, 3-1
	工作穩定性	3.60	3.48	3.71	18.46***	1-2, 2-3, 3-1
	工作環境	3.41	3.42	3.53	5.06**	2-3
	主管能力	3.13	3.28	3.51	32.86***	1-2, 2-3, 3-1
內在激勵因子	工作機構聲譽	3.62	3.64	3.63	.09	
	工作成就感	3.30	3.31	3.47	9.83***	2-3, 3-1
	工作對社會的重要性	3.67	3.58	3.67	3.35*	
	學習新知的機會	3.25	3.27	3.77	91.28***	2-3, 3-1
	工作的挑戰性	3.55	3.56	3.82	29.49***	2-3, 3-1
	主動與創新的機會	3.33	3.39	3.62	24.65***	2-3, 3-1
	工作受社會尊重的程度	3.55	3.38	3.18	33.32***	1-2, 2-3, 3-1
	工作自主權	3.40	3.31	3.36	1.85	
整體滿意度		3.49	3.38	3.47	3.91*	1-2

在「內在激勵因子」中，「工作成就感」（$F=9.83$，$p<.001$）與「學習新知的機會」（$F=91.28$，$p<.001$）、「工作的挑戰性」（$F=29.49$，$p<.001$）的滿意度，都呈現 2014 年比過往高的情形；其中，「工作的挑戰性」還成為 2014 年滿意度最高的指標。不過，「工作受社會尊重的程度」的滿意度卻逐次下降呈顯著差異，從 1994 年的 3.55 降至 2014 年只有 3.18，顯示媒體環境不佳，惡質競爭的結果，新聞人員的確感受媒體愈來愈不被社會尊重（見表 5-5）。

五、質性分析資料

（一）內在因子激勵工作滿意

在深入訪談的資料中，受訪者比較難依不同年代回憶其滿意與不滿意的差異，大半的區別在於薪水的變化與新聞自主的逐年限縮，這兩部分將在後面另闢專節討論。綜合而論，本研究發現 41 位受訪者提供的質性資料，支持量化研究的結論。換言之，對工作的滿意度大都屬「內在激勵因子」，例如工作對社會很有貢獻，可以讓民眾瞭解真相，形成社會討論擴大影響層面、幫受訪者或觀眾解決問題、影響政策（A1-1，B1-6，B1-3，B2-7，C2-2）。

> 「這個行業你說要賺大錢也是不太可能，但是問題點是有時候人家談論的過程當中說，你寫的新聞有人看有人在重視，因為記者這行業本來就不是一個營利為主的一個工作，所以我覺得興趣是占很大宗，如果你這個興趣熱情消失的時候，就是你這個工作也沒什麼好做的，……這小小的願望就是說讓人家看到，讓人知道說你在寫什麼，或是說你想要跟政府溝通什麼東西他們知道，那而且也會願意針對這個東西去反省、去改善，一個政策如果因為你而有所改變，我覺得這是一個滿有成就感的地方。」（B1-3）

　　當然，新聞的非常規性使天天都充滿挑戰，在重大歷史事件中自己可以參與其中、獲得第一手訊息（A1-1），天天都在解決難題，這對新聞工作者而言，也是某種成就感。有不少受訪者就直接指出，採訪到獨家新聞的樂趣（A2-5，B1-3，B1-6，C1-1）。

> 「尤其是在追一個複雜的新聞，要把那些線索釐清，這需要花很多時間，可是當我把這些都弄清楚了，這過程是很開心的……你給你自己成長跟肯定。」（C1-1）

> 「我就是用平面記者的方式來跑電視新聞，察顏觀色、廣結人脈，很多獨家都是在不經意的聊天中看到蛛絲馬跡，跑到大獨家時讓同業都傻眼，然後來追你的新聞，那就只有一個爽字可以形容！」（B2-7）

　　記者每天看新聞要接觸形形色色的人，這些人來自四面八方，使新聞工作者不但充滿挑戰，也充滿著新鮮有趣與刺激，也就是在新聞場域中看似競爭新聞，也藉由採訪的過程擁有了自動與被動的持續學習機會，所以，主跑交通線的記者對海陸空運的運作瞭解詳盡，主跑醫療線的記者比一般人多增加醫藥保健常識與人脈。

> 「因為不是做這個工作，你看我們哪有機會碰到一個部長、不管是官員或是學者各方面的領域，你有這個機會可以去問他，他把最精彩的東西講給你，我們不可能有這麼多機會接觸到這些人對不對，因為你這個工作理所當然可以接觸到他們，可以去聽第一手（資訊），其他的工作哪有！等於是人家付錢讓你去學習啊！」（A1-1）

　　由此可知，支撐新聞工作的熱情、理想與成就感，均來自於內

在因素，但在大環境的激烈改變下，熱情會消退，不滿意的因素增加，也帶來許多新聞工作者的怨言。

（二）內外在壓力驅使不滿意增加

在量化資料中，本研究發現「升遷」與「考績評鑑」是三個年度中一直居於滿意度極低的兩項，2014 年「工作量」則列入不滿意的倒數第三位，「工作時間」則居倒數第二。但當本研究用不提示的方式詢問受訪的新聞工作者，最不滿意的項目時，「升遷」完全不在答案中，而「考績評鑑」則變成了數位時代各家媒體用點閱率當做 KPI 來衡量記者的工作表現與績效，讓報社記者幾乎都用了「深惡痛絕」與「備受壓力」來形容。關於此，將在後面的章節以專文來討論，在此不贅述。

受訪者最常回答不滿意的工作因素是：工作時間太長與工作量太大。這和 2014 年的量化資料吻合。「太累」、「太忙」是經常在他們口中出現的形容詞，A1-1 與 A1-2 都是 1990 年代入行，歷經過三個不同的時間，他們表示，過去再忙也不會像 2014 年以後這麼「瘋狂」，「大家拚即時新聞、影音數量和業配量」（A1-1），記者雖然一直都被賦予「24 小時 stand by」的任務，但卻沒有像數位時代這樣真是「一刻不得閒」。B1-6 從報紙跳槽至網媒工作，特別感受這種作業方式與 2000 年代剛入行時的差異，經常覺得自己處於「需要休息要不然會疲乏」的壓力下，

「（以前）沒有一堆奇怪的壓力，讓你有時間去做你想做的新聞，以前我們六日需要有那個題目的時候，你平常都是在蒐集題材，六日做專題，那個你想做什麼都可以報，蠻自由怎樣都可以。現在是根本沒有時間讓你去做這些事情，我就覺得到下午就好累，然後六日也～～休假之後，以前沒有那麼累的時候，就算休假你也會來看一下（新

聞），現在不是，一休假就想要在家休息，完全不想看新
聞，不想要管報社有什麼事情！」（B1-6）

這些數位環境所產生的影響，有些受訪者表示倦怠感重，有些
認為新聞的社會地位不如從前，這份職業的尊榮感已經愈來愈少，
因而感到無力感深重。而在過去文獻中常提及的薪水問題，亦是受
訪者不滿意的原因，低薪或薪水調升幅度有限，使得新聞的熱情也
無法持續（C2-2，D1-1）。

第四節　薪水待遇

如前所述，薪水是影響工作滿意度的重要因素。從 1994 年報禁
開放後的百花齊放，2004 年報業進入新的競爭時代、有線電視加入
電視市場戰局，再到 2014 年報業蕭條媒體尋求轉型，二十年來新聞
工作者的「薪」事，其實並沒有隨著通貨膨脹而上揚。從表 5-6 的
統計可以看出，1994 年有近四成五的新聞工作者薪水落在 30,001-
40,000 元與 40,001-50,000 元區間，到了 2004 年時近五成的新聞工
作薪資所得區間則向上提高到 40,001-50,000 元與 50,001-60,000 元。
這應該是二十年來，新聞工作者所得最好的時候，到了 2014 年時，
近五成的新聞工作者又落回了 1994 年的水準：30,001-40,000 元與
40,001-50,000 元區間。

如果從平均薪資來看，1994 年為 49,005 元（SD=19,374），2004
年提升到 55,063 元（SD=18,130），但到了 2014 年不升反降，只有
50,711（SD=17,795）。根據《中華民國統計資料網》[1] 的歷年統計資
料顯示，1994 年國民所得毛額（GNI）為每人平均全年 236,588 元，
換算成每個月則是 27,215.67 元；2004 年則為 528,094 元，每月為

---

[1] 《中華民國統計資料網》網址：https://www.stat.gov.tw/ct.asp?xItem=37407&CtNode=3564&mp=4

44,007.83 元，顯示當時新聞工作者的薪水遠高於年均水準；可是到了 2014 年時，GNI 每年平均全年為 713,443 元，每月為 59,453.58 元，新聞工作者的薪水已無法達到此水準。低薪、愈來愈不受社會尊重成為 2014 年進入匯流時代的新聞工作的現實描述。

表 5-6：三個年度新聞工作者薪水分布

薪水	1994 N（%）	2004 N（%）	2014 N（%）
20,000 以下	10(1.0)	9(.8)	14(1.0)
20,001-30,000	140(14.0)	54(4.7)	102(7.1)
30,001-40,000	236(23.6)	153(13.4)	339(23.5)
40,001-50,000	200(20.0)	311(27.1)	382(26.5)
50,001-60,000	179(17.9)	262(22.9)	278(19.3)
60,001-70,000	102(10.2)	144(12.6)	134(9.3)
70,001-80,000	53(5.3)	82(7.2)	67(4.6)
80,001-90,000	33(3.3)	53(4.6)	54(3.7)
90,001-100,000	23(2.3)	39(3.4)	40(2.8)
100,000 以上	25(2.5)	39(3.4)	33(2.3)
總計	1,001(100.1)	1,146(100.1)	1,443(100.1)
平均薪水	49,005 (SD=19,374)	55,063 （SD=18,130）	50,711 (SD=17,795)
GNI（全年）	236,588	528,094	713,443
GNI（每月）	27,215.67	44,007.83	59,453.58

值得一提的是，二十年前後對於年輕人入行薪水的成長幾乎停滯。表 5-6 可以看到 1994 年和 2014 年平均薪資的成長有限，搭配深度訪談的質性資料，更可以看出差異。年資超過二十年的受訪者表示，他們在 1990 年代入行時，薪水約在 28,000 至 32,000 之間，如果當時加入老三臺，薪水和年終獎金分紅很快年薪超過百萬。2010 年入行的受訪者回答剛入行的薪水，亦是同樣的 28,000 至 32,000 規模，然而，歷經二十年的通貨膨漲，當年的 28,000 元與二十年後的 28,000 元已不等值，B1-4 甚至指出，他在 2007 年入行之後，報業就

一路下滑，前輩們所說的榮景已不復存在，薪水要調漲難上加難。
多位在 1990 及 2000 年入行的受訪者都提到，過去老三臺或報社都
有薪水調整的制度，新進人員從多少薪水敘薪，經由年終考績升級
加薪。

> 「我們早期的舊制，就像公務人員一樣它會隨著年資逐年遞
> 增的，按照你的職級比如說你是 200 元級、300 元級，每
> 年不管怎麼樣就隨著年資 200、300 的加薪上去，你只要表
> 現好，你的考績比如在一直維持甲等啊、優等啊、幾優幾
> 甲，你就可以跳大級，以前是這樣的制度在走。但現在完
> 全打破了！」（A1-2）

低薪高工時是現在新聞工作者的寫照，尤其剛入行的記者，薪
水真的「辛酸」。

> 「我們基本上算過，剛入行的記者跟加油站的員工收入差
> 不多。加油站員工 1 小時有 100-120 塊，一天做 8 小時就有
> 800 多塊；可是記者一天不只做 8 小時，年輕記者有時一天
> 工作長達 12-15 小時，他一個月有 32,000 好了，你這樣除下
> 來，他的時薪還不到 100！是不是很辛酸！」（B2-4）

有些報社開始以 KPI 作為加薪標準，為了挖角優秀人才不惜打
破制度破格調薪。電視臺亦不例外。C1-1 與 C1-2 都表示，只有不
斷地跳槽，才能累加式地讓薪水不斷地上漲 3,000 到 5,000 元不等。
至於電視臺的薪水，則因 2000 年有線電視加入競爭後，採取低薪策
略，新進新聞人員的薪資從 25,000 至 32,000 元不等，打破老三臺當
時新進記者可以領 50,000 元左右的待遇成規。2004 年以後在老三
臺優勢逐漸被有線衛星電視取代後，無線電視臺的新進人員再也沒

有如從前般風光的待遇，新進人員的薪水給得甚至比有線衛星臺還低。2000 年末期開始，臺灣的新聞業進入了新進人員低薪、薪水漲幅停滯的困窘期，至數位匯流時代的到來，產業內憂外患更劇，薪水低迷亦成了當代新聞工作狀況中，最不可承受之重。

第五節　對所屬媒體的評價

　　工作滿意度愈高的新聞工作者，對所屬媒體的評價自然較高。不過，令研究者好奇的是：這二十年來產業變化如此之大，外界對媒體的批判愈來愈嚴峻，身處於其中的新聞工作者，如何替自己的組織表現打分數？

　　從三個年度的比較來看，都有超過七成的新聞工作者認為，所屬媒體的機構的表現超過 70 分，大都集中在 70 到 89 分，只有極少數給予不及格的分數，這顯示雖然環境變遷，新聞工作者的工作狀況、勞動情形愈來愈不理想，但他們大多數仍然認同組織作為新聞機構的表現。

表 5-7：三個年度新聞工作者對所屬機構的評價

分數	1994 N（%）	2004 N（%）	2014 N（%）
100-90	69(7.1)	91(8.1)	103(7.2)
89-80	317(32.4)	405(36.2)	546(38.1)
79-70	333(34.1)	358(32.0)	480(33.5)
69-60	195(20.0)	178(15.9)	227(15.9)
59-50	47(4.8)	66(5.9)	45(3.1)
49-40	5(.5)	11(1.0)	14(1.0)
40 分以下	11(1.1)	11(1.0)	17(1.2)
總計	977(100.0)	1,120(100.1)	1,432(100.0)

第六節　新聞自主

一、三年度與媒體類別比較

　　新聞自主既是新聞專業的核心概念，瞭解大環境變遷下，新聞工作者知覺有多大程度的工作自主，即是我們衡量當代新聞工作者專業性的重要指標。在三個年度的調查資料中，新聞工作者知覺在執行新聞相關任務時的自主程度，呈現三角形的曲線變化（見圖5-1），1994年平均數為2.98（SD=1.14），到了2004年達到高峰，平均數為3.09（SD=1.16），可是到了2014年，下降至比1994年更低的水準，平均數為2.85（SD=1.14）。經統計檢定發現，這三個年度均有顯著差異（F=14.82，p<.001）。

　　如果進一步分析各年度各媒體的差異，可以發現：電視新聞工作的新聞自主一直是最低的，三個年度中一直處於平均數2.8以下，甚而在1994與2014年都只接近2.5，等於是五點量表的中間值；報紙則維持相當的平穩，維持在平均數3.06至3.23之間；而廣播新聞工作者的新聞自主變化最大，從1994年的2.95，一路成長，至2004與2014年，均已達平均數3.5。尤其是2014年，其他兩類媒體的新聞自主程度都明顯下降時，廣播仍然維持和2004年相同的水準。2014年新增加的網路新媒體的新聞自主程度則與當年的報紙不相上下，平均數為3.07（見圖5-2）。

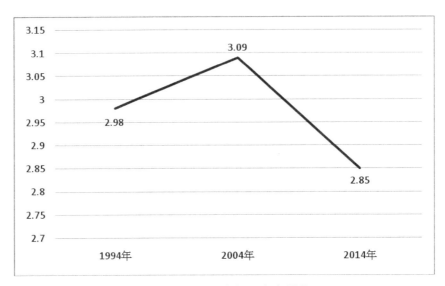

圖 5-1：三個年度新聞自主變化

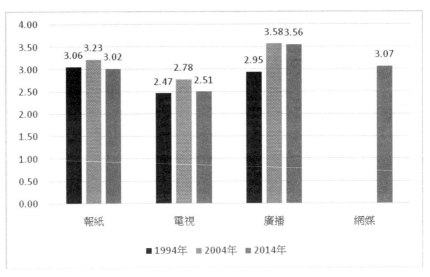

圖 5-2：不同媒體在三個年度中新聞自主的變化

　　在 2014 年，本研究新增了兩個題項，希望能更完整地呈現新聞自主的面向，分別是「在新聞題材選擇上的自主權」及「在決

定報導角度上的自主權」，調查結果顯示：整體而言，「在新聞題材選擇上的自主權」（2.90）略低於「在決定報導角度上的自主權」（2.97）。就媒體的差異來看，也非常一致，換言之，新聞工作者在報導角度上的自主程度比題材選擇上來得高。但它的分布亦是以廣播為最高，電視則最低，分別只有 2.45 與 2.57，且在題材選擇上的自主程度還不及五點量表的一半（見圖 5-3）。

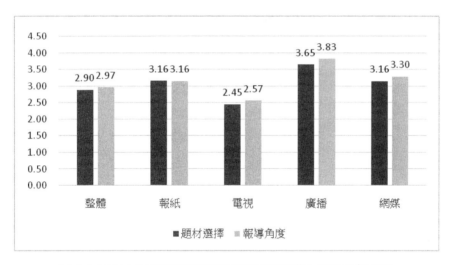

圖 5-3：2014 年各媒體新聞題材選擇與報導角度自主權分布

　　這個結果，我們亦可瞭解媒體組織運作差異，導致新聞工作者主觀感受到自主權的大小與限制。電視新聞以團隊作業（team work）為原則，編輯臺決定新聞題材再派遣記者前往採訪的常規明顯且普遍，新聞產製層層審稿過程中，長官指示「新聞切點」的情形亦常見，故電視新聞工作者的新聞自主程度低於其他媒體。報紙記者向來講求「單兵作戰」，他們常常穿梭於各政府機構、四處結交「朋友」作為其消息來源，有較大的自由度來選題與報導，加上網路引進新聞產製後，記者不回辦公室發稿，與組織的聯繫完全使用電話或其他通訊軟體，自然組織對其約束力相對較弱。廣播則是呈現成

長的現象，這可能的原因是，目前臺灣的廣播家數雖然很多，但實質仍建制記者跑新聞、編輯編播者，仍屬少數，他們的採訪點撒得較少，單兵作戰、競爭其實不大，自然組織的要求與限制較少。

如果我們對照這三個年度大環境與媒體產業的變化，1994 年有線電視剛發跡，三臺仍被黨政軍掌控，故電視新聞工作者的自主性最低（平均數 2.4）；2014 年產業景氣不佳，組織數位政策一再更迭，的確使新聞工作者明顯感受到新聞愈來愈不自主。但 2004 年新聞自主呈現上揚的數字，著實難以理解。在這個年度裡，臺灣媒體已普遍接受新聞置入性行銷，除了公共媒體之外，幾乎沒有任何一家媒體機構不被政府或財團買新聞。根據劉昌德（2012：90）的研究，此時的電視新聞勞工工作權受打擊，勞動條件下降，新聞專業自主也在市場商業壓力與組織控制趨嚴後，更形萎縮。在這種環境下工作的新聞人，為何仍然覺得自己擁有較高的新聞自主？反觀，1994 年是媒體解嚴後自由競爭的「美好歲月」，為何新聞工作者感受到的新聞自主仍然不如新聞被賣的年代？

可能的解釋是，媒體業配的任務雖然新聞工作者都可能接觸，他們並非天天都需執行，當本研究以「整體而言，你在你目前的工作上是否擁有充分自主權？」來詢問時，媒體工作者不會特別去強調執行業配的受限。另一種可能是，在羅文輝與劉蕙苓（2006）的研究即發現，愈常執行業配的記者，愈認同業配是可以被接受的。這種減輕認知失諧的「自我正當」化做法，也會削減他們對業配與新聞自主之間的衝突關係。當然，我們也不得不把這樣的數字放回 2004 年的時空脈絡中思考，第二次政黨輪替帶來媒體的自由評論，報業市場雖然已經下滑，但四大報鼎立的局面仍撐住紙媒的江山，以 180 億元的廣告收入突破了自 2001 年以來低迷的市場；電視市場雖較前兩年萎縮，依舊有可觀營收（中華民國廣告年鑑編輯委員會，2005）。在這樣一個競爭激烈，業外收入又可帶來利潤的環境下，新聞工作者的工作條件整體影響可能不大，因而對新聞自主權

知覺不降反升。另一個可能的解釋乃呼應張文強（2002）的研究指出，臺灣報社像是一個封建采邑，內部的權力運作細膩且多樣性地發揮影響，且隱身於科層制度與生產流程中，配合忠誠策略默默發揮了規訓的力量。亦即，組織仍然可以多方運用權力，來規訓新聞工作者，影響其主觀知覺新聞自主的空間大小。

二、質性資料分析

每個時期都有影響新聞自主的因素，本研究從質性訪談資料大致可以梳理出三個時期新聞工作受到限制的背景和原因。以下的分析亦可提供我們補實量化資料的不足與差異。

（一）黃金年代的新聞自主

1990 年代報禁開放後，是兩大報（《中國時報》與《聯合報》）寡占、老三臺獨占市場的時代，1993 年廣播開放天空政策的誘因下，帶動了各地大、中功率與小功率頻道的申請，加入廣播的競爭。解嚴帶來的是政治與言論的開放，在意見市場上的解禁，限制變少，媒體依賴高度自律來運作。但市場上仍然有「黨國意識」較強的媒體，例如：無線老三臺、《中華日報》與《中央日報》、《中廣》等，在言論自由上仍會受政治力的介入。尤有甚者，當時的三家無線電視臺分別隸屬臺灣省政府、國民黨與國防部，媒體主管經常受到「高層」關切。最明顯的是國民黨內部政爭時，挺省府的台視與挺國民黨中央的中視，經常在處理新聞的選材和角度上南轅北轍。

> 「我當時常常看到長官直接把記者寫的稿子全部改掉重寫，因為要符合高層的要求……甚至主跑府院、黨政的記者都要符合高層的期待。這種現象其實在當時老三臺非常普遍，久而久之，只要遇到跟黨政高層利害有關的新聞，記

　　者都會開始自我審查，因為要符合期待……現在想想很多荒謬的事，真的是管太多了！」（A2-1）

　　親綠傾向的《自由時報》自 1995 年起以贈報作為行銷手法後，約在 1997 年時，已和《中國時報》及《聯合報》形成三足鼎立的局面，對於主跑政治線的記者，同樣也面臨了與報社高層理念衝突時的兩難，A1-4 憶及當年曾企劃一系列非常重要的專訪，最後不被長官認同而消失在預定的版面上。

　　「當時我去跟長官爭取，長官說，如果你可以找別人罵罵他，這樣就可以登……只因為在我們這邊不認同他講的這些話，就要找人罵他，……我很不能接受，我覺得新聞不該是這樣，你可以不喜歡他講的，覺得他講的跟我的理念不契合，但你不能因為這樣不登，還要找人罵他，我覺得這是個分寸和原則。」（A1-4）。

　　不過，有趣的是，訪談這些經歷過三個年度的新聞工作者，他們即使對當年新聞的限制有所抱怨，卻仍舊十分懷念 1990 年代跑新聞的時光，因為政治力的干預雖然「鬼影幢幢」，但卻是媒體人與媒體組織相對高度自律的年代。A1-1 形容，「當時的新聞人都知道自己該做什麼，能做什麼，無力感沒有那麼重，沒有後來競爭帶來的失序」。即便在被干預較深的老三臺工作的 A2-3 也認為：「老實說，除了政治新聞之外，其他新聞真的很少被長官干涉，在路線上很能發揮，當時媒體沒有那麼多家，跑起新聞來也沒那麼混亂，大家相對很自律。」

　　1990 年代，臺灣的閱報率維持在七成左右這是個新聞的黃金歲月（劉蕙苓，2011），1997 年第四家無線電視《民視》開播，1993 年起雖然有線衛星電視新聞臺相繼成立，仍無法撼動老三臺在收視

市場的地位。當年的記者會有個不成文的規定，公關人員要等到 3 家電視臺及 4 家報社都到齊了才可以開始。此時的新聞自主，某種程度亦是建立在新聞工作者工作高成就感、及高度自律的基礎上。

（二）選邊站的新聞自主

2000 年政黨輪替後，報業市場隨著 2003 年《蘋果日報》登臺而掀起一波激烈競爭，使原來的三足鼎立很快地在 2004 年已經是四足鼎立，閱報率下滑業績不佳，帶來的是更多政治力與經濟力可以趁隙鑽入的機會。2003 年廣電三法通過，明令黨政軍退出廣電事業，雖然宣告了自解嚴以來束縛廣電媒體的力量可以鬆綁；實質上各種政治勢力藉機滲透的情形依然處處可見，且鑿痕明顯。

此時的三大因素影響了新聞自主，其一，首次執政的民進黨政府開啟了至今已停不下來的新聞置入性行銷，運用政府的龐大資源大量買媒體新聞版面，所謂上行下效，民間企業各類廣告主也爭相效法，在業務至上的組織目標下，新聞工作者交出部分產製的自主，提供廣告主審查與介入意見，已是新聞產製的常規（劉蕙苓，2011）。羅文輝與劉蕙苓（2006）的研究亦顯示，愈常配合執行業配的記者，認為自己的新聞自主愈低。經過十年的常規運作，受訪者對於「業配」的是非都認為沒有絕對的標準，「媒體營運不佳，有廣告壓力」、「需要共體時艱」（B1-1，B1-3）。

> 「之前有一段時間，記者要去拉業配，就是等於是弱化、削弱你監督的能力，因為他會用預算，連地方政府都可以拿預算來掐住你的喉嚨，那監督力道就非常弱了！」（B1-5）

關於新聞置入的影響，將在後面的章節進一步討論。

影響新聞自主的第二個因素是：媒體因市場競爭，已自動選邊站，使得言論市場中有「藍媒」與「綠媒」，臺灣的報紙與電視少

有在政治立場上「不偏不倚」的「中立媒體」。2000 到 2009 年，臺灣正巧歷經了兩次政黨輪替，不論「藍媒」或「綠媒」都在此過程中，分別扮演了「支持」及「反對」執政黨的角色。媒體有立場中外皆有，但過度的選邊站，並以強烈的意識形態來框架新聞，並非新聞專業的表現。

B2-1 自入行起就一直在親綠媒體，後來跳槽也會優先考慮「顏色」相近的媒體，主要的原因乃是意識形態接近，新聞產製邏輯相似，能夠接續與連貫。久而久之，受訪者開始習慣這種產製邏輯，甚而有受訪者直接使用「馴化」來形容自己的歷程（B2-3）。

> 「因為公司有立場，就會想辦法寫一個符合公司立場的，像涉及到阿共、日本的外交事務，我們出發（採訪）前就會被告知，有時自己也知道，就是我們不要中立的立場……」（B2-1）

其三，也是電視臺在激烈競爭下的自然產物，就是編輯臺的主導權愈來愈強勢。編輯臺決定了每日新聞議題，俗稱開出菜單，記者只是照著菜單把菜買回來，B2-1 形容這種運作方式像是「一個生產線的 machine（機器），每個在生產線上的人，都必須順著這個邏輯走」，映襯在新聞日常中，自主權變小也就是可預期的事。

> 「常常不但是題材已經是事先決定，製作人在開會時已經定了，採訪中心只是派記者完成任務，有時，家裡長官還會拿著某報的內容，直接跟你說，他要的就是這個切點、這個角度。」（B2-3）

> 「有線電視的競爭在新聞量和節目架構上都會有很多的改變，以前老三臺半小時到 1 小時新聞較短，架構不需要太計

較，但 cable 一節新聞 2 小時，如果不掌握新聞走向，只是把每則新聞串接起來，會沒法子編下去，很鬆散，所以需要緊密的結構，來黏住觀眾，因此編輯臺自然要掌控更多新聞的走向。」（A2-5）

新聞的非預期性很高，編輯臺如何能設定好議題，讓記者「依單買菜」？現任電視臺主管的受訪者 A2-5 表示，議題設定是變動的，也是編輯會議集體討論的產物，用這樣的方式乃在區隔和對手電視臺的差異，做出有特色的內容。循此思維進行，電視記者難有選擇題材與報導內容角度的自由度，這也是在量化資料中看出，其新聞自主低於其他媒體的所在。

（三）數位時代的新聞自主

2010 年以後進入數位匯流時代，媒體的新聞自主較過去壓力更大，除了 2000 年以來的業配行之有年形成常規，讓媒體工作者不得不因應與配合之外，每個新聞組織還要面對數位轉型的挑戰，這些不得不做的新聞實務改變，最多受訪者談到的是即時新聞帶來的影響。

C1-3 抱怨每天被編輯臺催促發即時新聞的壓力，致使他無法好好採訪，甚而經常在即時新聞上看到以自己的名字發出去的新聞，「那根本就是編輯臺照網路抄的，不是我寫的」，有些社會新聞事實還會被編輯臺竄改。

「我的稿子常動不動就被改到光怪陸離，採訪對象對我也很感冒，我有時都覺得自己不知道在做什麼……這對記者是一種磨損，沒辦法寫出完整的東西。」（C1-3）

C1-1 的困擾則是為了發即時新聞，必須不斷地停下採訪的思

緒，無法專心傾聽、質問，「他們要的就是你最好就是直接 copy 新聞稿就好，而不是一篇好新聞」（C1-1）。所以，很多受訪者都表示，這種到現場先拷貝主辦單位新聞稿的做法，已經是操作即時新聞的常規，某種程度而言，則是限制了自己採訪與發稿的自主。

　　數位強調的是多平臺多元發稿，因此，不同媒體機構也會因應多平臺而對第一線記者提出「多元的要求」，A1-2 即常常困擾自己一天跑新聞的行程規劃，因為「臺北家裡長官們」的不同要求，必須停下來額外處理，永遠要應付這個、應付那個，而沒辦法自主的處理想要採訪的新聞。

　　2010 年以後入行的記者，所面對的環境複雜，除了上述的數位狀況外，自十年前興起的新聞置入比過去滲透力更強，媒體組織也早已視為「常規業務」的一部分，記者的配合度自不在話下。C2-4 常常在跑業配新聞時，總被明示暗示不能批判廣告主的相關新聞，而公司長官要求記者放下手邊正在經營的題材，前去支援業配的例子，亦在受訪者中常見。經過十年的「學習」與「交鋒」，政府與廣告業主似乎練得更多「對付」新聞工作者的「十八般武藝」，甚而可以堂而皇之的「監控」。關於置入性行銷的影響，將在第八章深入討論。

　　總而言之，2010 年以後的環境複雜，過去舊的問題依然存在，新的狀況又令人疲於應付，此時的新聞自主，是多種情境交錯下的產物，數位政策改變的適應不良是其一，但社會撻伐不止的新聞置入更是其二，當環境愈不理想，新聞組織內部愈想強化控制，來主導新聞工作者的日常新聞實踐，以期能因應環境，帶來轉型與營收，只可惜的是，正如 A1-1 所感嘆「好的題材都被即時新聞『做』掉，養不起來！」，C1-1 的反思「業配打亂了記者採訪新聞的輕重緩急」，沒有更大空間的自主，無法挖掘出更多值得報導的好議題，不利於監督社會。

第七節　去留承諾

去留承諾是對未來的工作抱負（job aspiration），在新聞工作者研究中以「未來五年計畫」來探詢受訪者的意向，某種程度亦可作為預測新聞工作者離職意向（turnover）的參考。在三個年度的調查中，1994年時有55.7%的受訪者認為，未來五年仍然會在同樣一個新聞機構工作，15.0%會轉職至其他新聞工作，另外有11.7%則會離開新聞界，17.6%尚未決定。到了2004年時，留在原機構的比例下降至45.6%，轉職至其他新聞機構者有11.0%；離開新聞界的比例上升到19.8%，另外有更高比例的人（23.5%）尚未決定。這個趨勢十年之後更為明顯，只剩31.2%的受訪者表示會留在原機構，7.3%的受訪者轉任其他媒體；但有16.6%離開新聞界，而尚未決定的比例居然高達44.9%（見表5-8）。

表 5-8：三個年度未來五年工作計畫的比較（%）

未來工作計畫	1994 （N=986）	2004 （N=1,172）	2014 （N=1,487）
留在原新聞機構	55.7	45.6	31.2
轉職至其他新聞機構	15.0	11.0	7.3
離開新聞機構	11.7	19.8	16.6
未決定	17.6	23.5	44.9
總計	100.0	99.9	100.0

如果我們把「留在原新聞機構」及「轉職至其他新聞機構」兩項視為留在新聞界發展，可以發現：這二十年對新聞有專業承諾的人正在大幅遞減中，從1994年的70.7%，降到2000年的56.6%，到了2014年只剩下38.5%。雖然明確表示將離開新聞界的比例有上下的波動，但值得注意的卻是不斷增加的「未決定」比例，2014年有近45%，幾近超過一半！這顯示在此時，新聞工作者的職涯不確定

感非常大。這和美國的發現並不相同，美國在 2013 年的調查發現，比起 2002 和 1992 年，想離開的人比例下降，顯然去留與否和媒體環境有關，也跟整個社會對媒體的重視程度亦相關。

表 5-9：1994 年不同未來計畫與人口學背景的相關性（%）

人口學變項		留新聞界	轉業	未決定	總計
性別	男	72.4	10.0	17.5	100.0
	女	67.9	14.3	17.8	100.0
	χ^2=4.25, df=2, p>.05, N=988				
年齡	24 歲以下	69.9	26.1	13.0	100.0
	25-34 歲	65.1	14.3	20.6	100.0
	35-44 歲	75.1	9.7	15.2	100.0
	45-54 歲	81.2	5.0	13.9	100.0
	55 歲以上	79.5	5.1	15.4	100.0
	χ^2=24.46, df=8, p<.01**, N=988				
修習新聞課程	是	75.0	8.5	16.5	100.0
	否	64.8	15.1	20.1	100.0
	χ^2=9.26, df=2, p<.01**, N=624				
收入	30,000 以下	72.2	11.8	16.0	100.0
	30,001-40,000	65.9	12.2	21.8	100.0
	40,001-50,000	69.2	11.6	19.2	100.0
	50,001-60,000	63.5	15.3	19.3	100.0
	60,001-70,000	78.0	13.0	9.0	100.0
	70,000 以上	80.9	5.0	14.2	100.0
	χ^2=20.33, df=10, p<.05*, N=988				

本研究進一步想瞭解，到底這些想離開新聞界或尚未決定的人有哪些特質？因此，將三個年度的資料與人口學變項及組織變項進行卡方分析，企圖描繪其輪廓。從表 5-9、5-10 及 5-11 可以發現，1994 年想離開新聞界轉業的人，在性別上沒有差別，但到了 2004 年時，明顯地女性留在新聞界的意願較低，表達「尚未決定」的高過男性；2014 年無論男女想留在新聞界的比例都只有四成左右，「尚未

決定者」卻近四成，性別未達顯著差異。再就年齡層來看，1994 年
24 歲以下想離開新聞界轉業者比例較高，占該年齡 26.1%，「尚未決
定」者則以 25-34 歲年齡層最高有 20.6%。到了 2004 年，24 歲以下
的新聞工作者依舊以高比例（29.3%）表示想離開，但「尚未決定」
的比例更高達 34.1%，與想留在新聞界的 36.6% 幾乎相同，顯示這
個年齡層在 2004 年時面對媒體內外環境有更多猶豫；2014 年的情況
則有些不同，年輕新聞工作者表達離職的比例未高出平均數太多，
但「尚未決定」的比例偏高，24 歲以下占 48.5%，反而是 55 歲以上
者表達離開新聞界的比例最高，達 34.1%，他們有些表示想轉業，有
些則想提前退休。

表 5-10：2004 **年不同未來計畫與人口學背景的相關性（％）**

人口學變項		留新聞界	轉業	未決定	總計
性別	男	59.5	19.6	20.9	100.0
	女	52.5	20.2	27.3	100.0
	χ^2=7.36, df=2, p<.05*, N=1,168				
年齡	24 歲以下	36.6	29.3	34.1	100.0
	25-34 歲	52.7	21.9	25.4	100.0
	35-44 歲	58.4	18.1	23.5	100.0
	45-54 歲	65.2	18.6	16.1	100.0
	55 歲以上	76.6	3.3	20.0	100.0
	χ^2=23.05, df=8, p<.01**, N=1,172				
修習新聞課程	是	57.4	19.5	23.1	100.0
	否	57.3	19.7	23.0	100.0
	χ^2=.004, df=2, p>.05, N=950				
收入	30,000 以下	50.5	14.5	35.5	100.0
	30,001-40,000	57.6	17.2	25.2	100.0
	40,001-50,000	57.1	21.0	21.9	100.0
	50,001-60,000	51.3	23.0	25.7	100.0
	60,001-70,000	57.7	20.4	21.8	100.0
	70,000 以上	61.6	18.5	19.9	100.0
	χ^2=11.96, df=10, p>.05, N=1,137				

表 5-11：2014 年不同未來計畫與人口學背景的相關性（%）

人口學變項		留新聞界	轉業	未決定	總計
性別	男	40.6	23.0	36.4	100.0
	女	36.3	22.6	41.1	100.0
	$\chi^2=3.97$, df=2, $p>.05$, N=1,481				
年齡	24 歲以下	33.30	18.6	48.5	100.0
	25-34 歲	36.2	20.7	43.1	100.0
	35-44 歲	38.2	23.4	38.4	100.0
	45-54 歲	45.7	23.5	30.7	100.0
	55 歲以上	36.4	34.1	29.5	100.0
	$\chi^2=24.18$, df=8, $p<.01^{**}$, N=1,487				
修習新聞課程	是	38.7	22.5	38.8	100.0
	否	38.7	24.2	37.1	100.0
	$\chi^2=0.49$, df=2, $p>.05$, N=1,476				
收入	30,000 以下	33.0	21.7	45.2	100.0
	30,001-40,000	35.8	22.5	41.7	100.0
	40,001-50,000	42.4	18.7	38.9	100.0
	50,001-60,000	34.2	28.1	37.8	100.0
	60,001-70,000	39.6	23.9	36.6	100.0
	70,000 以上	44.8	24.0	31.3	100.0
	$\chi^2=17.85$, df=10, $p>.05$, N=1,437				

　　至於修習新聞傳播課程，對職涯的承諾是否有影響？在這些資料中，只有 1994 年發現未修習新聞傳播課程者，其離職轉業與尚未決定的比例都高於受新聞教育者。過去研究認為收入是影響離職轉業的重要因素，本研究發現：1994 年以 50,001-60,000 元收入者想離職轉業的比例最高，占該群體的 15.3%；至於尚未決定的則以 30,001-40,000 元。其他兩個年度則在各收入級距中並沒有顯著差異。我們或許可以解釋，在 1994 年 30,001-40,000 元屬 5 年以下年資，對未來的觀望濃厚，但 50,001-60,000 元者可能已有 6-10 年的年資，剛好新聞工作累積相當人脈與社會資本，是可以跳槽的好時機。至於 2004 與 2014 年雖然統計上沒有達到顯著相差，從百分比

來看，這個級距薪水者表達想轉業的比例都是最高的。

　　再進一步從組織變項的相關性統計檢驗來分析，從表 5-12、表 5-13 與表 5-14 顯示，1994 年雖然整體有七成受訪者想留在新聞界，但電視工作者只有 60.7%，想轉業的有 15.0%，回答「尚未決定」的則達 24.3%，與其他兩個媒體的比例呈顯著差異。我們很難想像當時是老三臺「賺錢」的黃金時代，年終獎金十分可觀，但想離開或觀望的新聞工作者卻是最多的。可能的原因，也許我們對照上節「新聞自主權」的分析結果，1994 年老三臺的分數是最低的，在黨政軍控制下工作，對於充滿理想與熱情的新聞人，總不免挫折。到了 2004 與 2014 年，電視仍然維持著較低比例留在新聞界，較高比例想轉業與觀望的情形。雖然此時，黨政軍已退出三臺，有線衛星電視已成為市場主流，但有線新聞臺的惡質競爭，對新進人員採低薪策略，工作時間長達 12 小時且沒有彈性，可能都是留不住人的原因。

　　從年資的分布來看，1994 年以 10 年以下的新聞工作者想轉業者居多，但有更大比例仍處於未決定的觀望狀態，2004 年的統計雖未達顯著水準（χ^2=16.78, df=10, p>.05），但 10 年以下的受訪者未決定的比例仍然是各級距中較高的；2014 年呈現兩個有趣的對比，21-25 年年資者計畫轉業的比例高達 26.7%，26 年以上者則更高至 40.6%，後者可能年紀較大不一定是轉業，也許選擇退休或停止工作；而 5 年以下及 6-10 年年資者未決定的比例均達 42.9%。再則，從服務地點來看，1994 和 2004 年均有統計上的顯著差異，服務於地方的新聞工作者留在新聞界的比例較高，而在中央工作的受訪者想轉業或觀望者較高，其中 2004 年在中央服務者有 21.3% 想轉業，地方新聞人卻只有 14.7%。這或可說明，1994 和 2004 年地方新聞工作環境較中央來得好，抑或地方記者獲得的尊重比中央來得更多些，使他們願意留在崗位上繼續奮鬥的比例較高。2014 年數字雖有差異，但統計並不顯著，正如擔任職務的差異亦未達顯著水準。

　　工作滿意度一直是預測離職強而有力的因子，1994 年回答工作

很滿意的人有 92.7% 計畫留在新聞界，且沒有人想轉業，只有 7.3% 的人表示尚未決定，有趣的是，回答很不滿意的人中，只有 38.9% 想轉業，11.1% 未決定，仍有五成的人表示要留在新聞界，此項統計已達顯著水準。這也許是在 1994 年媒體的工作條件與社會地位，仍然會使得新聞工作者願意忍受不滿意的工作而留在此領域。2004 年的情形則有所改變，回答很不滿意的人只有 26.4% 要留在新聞界，但有高達 56.6% 表示將離開，17.0% 未決定；相反的，表示很滿意的人，有 85.9% 會留在新聞界，只有 6.3% 將離開，7.8% 則未決定。這亦達統計顯著水準。顯示新聞職場的吸引力已不如十年前了。2014 年的環境更惡劣，表示很滿意的人只有 64.4% 願意留下來，10.1% 想離開，25.5% 未決定；而回答不滿意的人，只有 15.7% 願意留在新聞界，卻有 57.1% 的比例將離開，27.1% 未決定。這差異亦達統計的顯著水準。不滿意就「走人」的比例大幅提高，未決定觀望的人比例大增，顯示數位環境下媒體面臨的留人困境。

另一項衡量去留的指標是新聞自主，1994 年的資料顯示，新聞自主權高的受訪者願意留下來的比例高達 96.6%，幾乎沒有自主的人也有五成，且其差異達統計水準。2004 年時，擁有完全自主的受訪者願意留在新聞界的比例亦有 81.6%，但回答幾乎沒有自主的受訪者則只有 27.1% 願意留下，41.4% 選擇離開，31.4% 未決定；2014 年時，擁有完全自主的人只有 47.9% 願意留下來，15.5% 想離開，36.6% 未決定；而回答幾乎沒有自主的人只有 25.5% 想留在新聞界，35.3% 想離開，39.2% 未決定。這顯示了即便在新聞專業上擁有了最嚮往的完全自主權，仍無法成為吸引新聞工作者職涯承諾的重要因素，在 2014 年所面臨的數位環境，還有其他因素牽引著他們進行人生職涯轉換的抉擇。

表 5-12：1994 年不同未來計畫者與組織變項相關性（%）

組織變項		留新聞界	轉業	未決定	總計
媒體類別	報紙	71.5	11.1	17.4	100.0
	電視	60.7	15.0	24.3	100.0
	廣播	74.2	12.1	13.6	100.0
	χ^2=6.92, df=4, p>.05, N=986				
年資	5 年以下	66.1	13.1	20.8	100.0
	6-10 年	66.3	14.4	19.3	100.0
	11-15 年	74.2	10.7	15.1	100.0
	16-20 年	84.2	6.3	9.5	100.0
	21-25 年	83.7	2.0	14.3	100.0
	26 年以上	82.5	7.5	10.0	100.0
	χ^2=24.25, df=10, p<.01**, N=988				
服務地點	中央總社	68.5	12.1	19.4	100.0
	地方	77.0	10.4	12.6	100.0
	χ^2=7.56, p<.05*, N=986				
工作滿意度	很不滿意	50.0	38.9	11.1	100.0
	不滿意	50.5	25.2	24.3	100.0
	無意見	51.3	14.1	34.6	100.0
	滿意	78.6	7.0	14.4	100.0
	很滿意	92.7	0.0	7.3	100.0
	χ^2=114.35, df=8, p<.001***, N=982				
新聞自主權	幾乎沒有自主	51.0	20.4	28.6	100.0
	擁有部分自主	64.3	14.4	21.3	100.0
	無意見	52.8	13.9	33.3	100.0
	擁有相當自主	78.0	8.9	13.1	100.0
	擁有完全自主	96.6	1.7	17.5	100.0
	χ^2=54.43, df=8, p<.001***, N=986				

表 5-13：2004 年不同未來計畫者與組織變項相關性（%）

組織變項		留新聞界	轉業	未決定	總計
媒體類別	報紙	60.1	16.4	23.5	100.0
	電視	49.9	25.1	25.1	100.0
	廣播	64.0	19.0	17.0	100.0
	χ^2=17.71, df=4, p<.001***, N=1,170				
年資	5 年以下	52.4	21.7	25.9	100.0
	6-10 年	55.8	18.9	25.3	100.0
	11-15 年	57.9	18.8	23.4	100.0
	16-20 年	57.1	23.1	19.7	100.0
	21-25 年	68.2	19.7	12.1	100.0
	26 年以上	72.3	6.4	21.3	100.0
	χ^2=16.78, df=10, p>.05, N=1,172				
服務地點	中央總社	53.2	21.3	25.5	100.0
	地方	68.9	14.7	16.3	100.0
	χ^2=19.87,df=2, p<0.001***, N=1,168				
職務	主管	58.8	20.2	20.9	100.0
	非主管	55.3	19.7	25.1	100.0
	χ^2=2.60, df=2, p>.05, N=1,167				
工作滿意度	很不滿意	26.4	56.6	17.0	100.0
	不滿意	34.2	36.9	28.9	100.0
	無意見	43.8	12.5	43.8	100.0
	滿意	66.8	12.9	20.3	100.0
	很滿意	85.9	6.3	7.8	100.0
	χ^2=187.17, df=8, p<.001***, N=1,160				
新聞自主權	幾乎沒有自主	27.1	41.4	31.4	100.0
	擁有部分自主	47.7	26.6	25.7	100.0
	無意見	48.6	8.1	43.2	100.0
	擁有相當自主	65.0	14.5	20.5	100.0
	擁有完全自主	81.6	8.2	9.2	100.0
	χ^2=104.13, df=8, p<.001***, N=1,170				

表 5-14：2014 年不同未來計畫者與組織變項相關性（％）

組織變項		留新聞界	轉業	未決定	總計
媒體類別	報紙	42.1	22.4	35.5	100.0
	電視	33.6	25.2	41.3	100.0
	廣播	46.2	16.2	37.6	100.0
	網媒	40.0	19.3	40.7	100.0
	χ^2=15.19, df=6, p<.05*, N=1,484				
年資	5 年以下	36.4	20.7	42.9	100.0
	6-10 年	35.2	21.8	42.9	100.0
	11-15 年	39.2	20.5	40.3	100.0
	16-20 年	40.6	21.3	38.2	100.0
	21-25 年	54.3	26.7	19.0	100.0
	26 年以上	34.0	40.6	25.5	100.0
	χ^2=45.12, df=10, p>.001***, N=1,487				
服務地點	中央總社	36.7	23.5	39.8	100.0
	地方	43.6	21.1	35.3	100.0
	χ^2=5.24,df=2, p>.05, N=1,478				
職務	主管	40.3	25.6	34.1	100.0
	非主管	38.2	21.8	38.3	100.0
	χ^2=5.01, df=2, p>.05, N=1,466				
工作滿意度	很不滿意	15.7	57.1	27.1	100.0
	不滿意	24.7	36.3	39.0	100.0
	無意見	19.5	21.9	58.6	100.0
	滿意	43.8	17.4	38.8	100.0
	很滿意	64.4	10.1	25.5	100.0
	χ^2=172.23, df=8, p<.001***, N=1,475				
新聞自主權	幾乎沒有自主	25.5	35.3	39.2	100.0
	擁有部分自主	33.5	26.7	39.9	100.0
	無意見	19.4	11.1	69.4	100.0
	擁有相當自主	48.1	17.1	34.8	100.0
	擁有完全自主	47.9	15.5	36.6	100.0
	χ^2=62.04, df=8, p<.001***, N=1,480				

　　總結而言，工作滿意度與新聞自主是影響新聞工作者去留最重要的因素，年紀輕者在五年內計畫離開的比例也較高，地方的工作環境與記者的社會地位較高，可能也使地方記者較不傾向離職。過去文獻指出，女性離職的傾向比男性高，在本研究中只有 2004 年有此情形，其他兩個年度均無明顯的統計差異。特別注意的是，2014年回答「尚未決定」的比例如此之高（44.9%），代表了近四成五的人對新聞環境抱持著不確定且觀望的態度，他們大都屬於 10 年年資以下的新聞工作者，這提醒媒體組織應重新省思，當代數位政策下對於年輕新聞工作者，能提供何種永續志業願景的實質誘因與更合適的環境。

第八節　結論

　　新聞職場和一般職場看似沒什麼差異，從業人員一樣在工作上有甘有苦，有滿足亦有抱怨；但這個場域最特殊的是以新聞自主為專業核心，理想性與對社會有所貢獻的期待，成為支撐新聞人日常勞動的重要驅力。本章從二十年來環境變遷的過程，深入分析新聞工作者的工作滿意度、薪水待遇、對組織的評價、新聞自主權及去留承諾，經由量化的比較與質化的描繪，以瞭解 1990 年以來新聞工作環境的變遷。

　　自 1994 年以來，新聞人的工作滿意度呈現下降趨勢，本研究發現在三個年度中，教育程度、薪水及服務地點都對外在保健因子具有顯著的影響力，換言之，教育程度較低、薪水較高、在地方服務的新聞工作者對這些屬於組織升遷、待遇福利與同事關係等外在因子的滿足程度較高。另一方面，它們也同時影響了工作成就感、工作挑戰性等內在激勵因子的滿意程度。

　　當本研究把這 20 個內外在因子的指標，逐一進行三個年度的比較後發現，「升遷」與「進修制度」一直是受訪者滿意度最低的，值

得注意的是，工作量與工作時間的滿意度逐次降低，顯示大環境不佳，新聞工作者感受的工作質與量同步下滑，這是媒體組織必須要正視且嚴肅面對的問題。不過，新聞工作者都最滿意的因素大都和內在激勵因子相關，例如工作挑戰性、工作對社會的重要性等。從質化資料更可以深度地發現，這些能影響社會的使命感與成就感，是支撐他們仍在艱巨的環境中繼續挺進的動力。

自 1990 年代起，媒體歷經自由開放的黃金歲月、激烈競爭的春秋戰國時期到現在數位變動無恆常時代，可說是大起大落的二十年。從記者感知新聞自主權的變化即可看出，2010 年以後的每下愈況，這期間歷經了廣電媒體仍被黨政軍掌控的年代、媒體在政黨輪替後為市場需要而選邊站、業配置入充斥形成常規、再到數位時代的即時新聞亂了章法，新聞的自主權在每個時期都有其限制，也有其奮鬥的目標。

本研究更進一步發現，工作滿意度與新聞自主權是決定新聞工作者去留的關鍵因素，不過，隨著數位時代的各項不確定因素不斷升高，即便對工作滿意度高、感受到在工作上完全自主的人，願意留在新聞界的比例也大不如前，他們或者暫時不選擇離開，卻以「未決定」的觀望態度來看待未來的職涯。2014 年的調查中，「未決定」的比例比願意留在新聞界的來得高，「未決定」、「不確定」成了數位時代新聞工作環境的最佳註腳，當一切都充滿著不確定時，新聞人的未來將更茫然。

第六章

媒體角色的變與不變[*]

「如果我的工作無法幫助別人、改變社會，那麼我作為記者
將失去意義！」（A1-5）

第一節　媒體角色的意義

早在傳播研究發展之初，學者就討論媒體在社會具有四大
功能：守望環境、協調社會各組織提供解釋、傳遞文化及娛樂
（Wright, 1986），那麼，身為在媒體組織工作的新聞工作者，又如
何認知自己的角色呢？這將影響他們的報導方式與工作表現（羅文
輝、陳韜文，2004; Weaver & Wilhoit, 1986），這也是新聞工作者專業
性的重要衡量指標。

媒體角色的認知（media role perception）亦稱之為「新聞角
色（journalistic role）（Brownlee & Randal, 2012; Willnat & Weaver,
2014），它的內涵旨在瞭解新聞工作者認為新聞媒體在社會中的角
色、功能與責任（Johnstone, Slawski, & Bowman, 1976）。它和專業
性的討論中經常被提及的「專業意理」（professional ideology）有
所不同。專業意理乃記者在工作中所形成的工作價值與信念，它

---

[*] 本章部分內容改寫自〈新聞人員對媒體角色認知的變遷與第三人效果〉，《中華傳
播學刊》，31: 191-225。

包括公共服務、客觀性、新聞自主與新聞倫理等（Deuze, 2005）。
Shoemaker 與 Reese（1996）指出，新聞工作者對自己角色的認知
會影響到他們所產製的內容，自認為是資訊傳布者和自認為是詮釋
者的記者，對新聞的定義及對記者任務的看法可能會不相同。媒體
角色認知不僅會影響記者報導的客觀性（Skovsgaard, Albæk, Bro, &
deVreese, 2013），也可能影響記者在每日新聞實踐中的倫理抉擇，
因此過去的相關研究常將媒體角色認知、專業價值與專業倫理並列
成為衡量新聞專業性的重要面向（Johnstone, et. al., 1976; Weaver &
Wilhoit, 1986）。

　　媒體是重要的社會機構，其發展必然受社會與時代脈絡的影
響。不同的政治社會環境不僅影響媒體的體制與功能，更影響了記
者對媒體角色的認知（Deuze, 2005; Zhu, Weaver, Lo, Chen, & Wu,
1997）。近年來，數位科技的日新月異對媒體的內容、運作方式與傳
播形式均造成巨大衝擊，因此媒體的角色變遷也成為學界關注的課
題（Deuze, 2005; Lambert & Wu, 2014; Willnat & Weaver, 2014）。

　　回顧臺灣媒體環境的變化，可進一步思考社會變遷對媒體角色
的影響，自 1987 年解嚴後，臺灣社會在三十多年間，歷經自由開
放、市場競爭、數位匯流，社群媒體興起網民參與時代來臨，在在
都考驗著當代新聞工作者的專業角色定位。如果我們認為新聞的本
質是恆久不變的，那麼新聞工作者的角色，是否也應是禁得起時代
考驗？抑或，時代變遷下，有些角色功能已有所不同？

第二節　相關文獻

一、媒體角色研究的源起

　　「媒體角色」的討論源自於二次世界大戰後新聞界對於媒體倫理
及實踐的反思，由芝加哥大學校長 Robert Hutchins 所組織的「新聞

自由委員會」（Commission on Freedom of the Press），在 1947 年提
出了《一個自由且負責的新聞事業》（*A Free and Responsible Press*）
的研究報告，這也是「社會責任論」的源起，這個報告強調媒體除
了追求與享受《憲法》保障的新聞自由之外，必須要對社會負起責
任，並針對媒體提出五項要求，其中有兩個重點（Commission on
Freedom of the Press, 1947: 21-29）值得關注：

(1) 新聞媒體應對每日發生事件提供真實、完整（comprehensive）而
　　睿智（intelligent）的報導。
(2) 幫助澄清與呈現對社會的目標與價值。

　　在此之前，美國記者受自由主義思潮的影響，認為媒體應該是
反映意見的自由市場，新聞報導應服膺客觀報導原則，不應受政府
的干預與控制。但過分強調客觀報導、過度標榜新聞自由，及媒體
集中化與商業化的影響，造成聳動報導與篩選新聞盛行，也使社會
各界對媒體的表現迭有批評。社會責任論的出現，不僅修正自由主
義帶來的流弊，也賦予了媒體新的社會角色。但媒體到底應該是客
觀的呈現事實？還是該對新聞事件進行詮釋與分析（Johnstone, et al.,
1976; Nerone, 1995）？學者們對這些問題的討論與反思，使媒體角
色研究成為新聞界與學術界關切的課題。

二、媒體角色研究的演變

　　媒體角色研究最早始於 Cohen（1963）對美國華府外交記者
的分析，他發現在這群記者中存在著兩種不同的角色觀念（role
conceptions）：單純反映事實的「中立者」（neutral），及詮釋事實或
倡議主張的「參與者」（participant）。後續雖然也有學者針對記者角
色進行研究，但以 Johnstone 等人（1976）所發展出來的媒體角色認
知類型影響最大。他們參考 Cohen（1963）的分類，也分成「中立
者」與「參與者」，並認為「中立者」視記者是冷眼旁觀的第三者，

只對事件進行客觀的反應與陳述，報導依據事實，不帶成見；而「參與者」則認為自己在新聞報導中應扮演積極角色，必須對新聞提供解釋與分析。Johnstone 等人據此發展了測量媒體角色的量表，在1971 年對全美 1,000 多位新聞工作者進行調查，結果發現大部分的新聞工作者或多或少都具有兩者的特質，只有少數人是持單一角色的中立者或參與者。十一年後，Weaver 與 Wilhoit（1986）認為，將媒體角色分成「中立者」與「參與者」無法適當描繪美國社會中的媒體角色，特別是無法反映新聞工作者的對立（adversary）角色。因此，修改 Johnstone 等人的量表，並在 1982 至 1983 年間訪問 1,000 多位美國新聞工作者，結果發現美國新聞工作者認為媒體具有「資訊傳布」、「詮釋／調查」與「對立」三種角色。這份問卷的題項隨著年度不同而略有增減。

　　Willnat、Weaver 與 Wilhoit（2017）綜整了五個年度橫跨半世紀的調查，發現美國新聞工作者所認知的媒體角色第一位幾乎都是「調查政府的聲明與主張」，其次才是「迅速把資訊傳達給大眾」（但1992 年居第一位），「對複雜的問題提供分析與解釋」雖然在 1971 年以降的四個年度，都居第三或第四位，但到了 2013 年時卻躍升至第二位（見表 6-1）。這五個年度的比較，雖然有些媒體角色排序略有不同，但成為政府的「看門狗」（watchdog）幾乎是美國新聞界共同且恆常的價值。

　　不過，各地因為文化與社會條件的差異，記者對媒體角色認知未必相同。例如，Hanningham 與 Delano（1998）比較了英國、澳洲和美國的調查資料發現，新聞工作者角色認知最重要的前三名雖然差異不大，但英國的新聞工作者有 50% 認為對立者角色相當重要（美國只有 21%，澳洲 30%），同時也有 56% 認同記者應讓民眾表達意見。Hanningham 與 Delano（1998）解釋英國記者期待自己能成為政府或企業的對立者，是因為美國憲法第一修正案對新聞自由提供《憲法》的保障，英國記者缺少《憲法》的保障，因此更認同對立者

的角色。在媒介的娛樂角色方面，各地新聞工作者的看法不一，美國新聞工作者只有 14% 的人認為重要，但在英國卻有高達 47% 的新聞工作者認為重要，澳洲也有 28% 的受訪新聞工作者認為娛樂是媒體的重要角色（Hanningham & Delano, 1998）。由歐洲新聞學研究社群所發起的全球性新聞工作者調查（Worlds of Journalism Study），收集了全球 67 個國家或地區的 20,000 多個樣本，發現新聞工作者對於自己在社會上的角色仍然不脫：告知者（informers）、報導者（reporters）、監督者（watchdogs）、調查者（investigators）及教育者（educators）。不過，這份研究也指出，雖然監督角色獲得最多記者的認同，且是民主化國家的共同特點，但在不同的國家因民主化及開發程度不同，記者的角色認知也有所不同（Hantizsch, et. al., 2019）。

表 6-1：美國新聞工作者對媒體角色重要性的認知

媒體角色	回答「非常重要」的百分比 (%)				
	1971	1982	1992	2002	2013
調查政府的聲明與主張	76	66	67	71	78
迅速把資訊傳達給大眾	56	60	69	59	47
避免報導不能證實的新聞	51	50	49	52	45
對複雜的問題提供分析與解釋	61	49	48	51	69
對國家政策提出討論	55	38	39	40	39
對國際政策提出討論	--	--	--	48	51
集中報導最多民眾感興趣的新聞	39	36	20	15	12
提升民眾對知識與文化的興趣	30	24	18	17	21
提供大眾生活娛樂資訊	17	20	14	11	9
扮演與政府對立角色	--	20	21	20	22
扮演與企業對立角色	--	15	14	18	19
設定政治議題	--	--	5	3	2
提供民眾表達意見機會	--	--	48	39	31
鼓勵民眾參與	--	--	--	39	38
提供民眾可能的解決方案	--	--	--	24	32
總計（N）	1,313	1,001	1,156	1,149	1,080

資料來源：Willnat, Weaver, & Wilhoit (2017, p. 178).

三、亞洲地區的研究

在亞洲鄰近的日本，Oi、Fukuda 與 Sako（2012）的研究指出，日本新聞工作者認為，「提供正確的資訊」及「監督政府」是最重要的前兩名，第三名則是尋求社會正義（quest social justice），最不重要的是提供娛樂和公共論壇。不過這份調查也發現，在日本新聞實務上，新聞工作者認為「迅速把資訊傳給大眾」做得最好，但是，在調查政府的作為與活動上，他們並不是這麼成功。顯示理想與現實之間仍有些落差。韓國的新聞工作者則把「正確報導事實」列為首要角色，其次是「避免報導未經證實消息」，而「提供民眾討論全國議題的公共論壇」及「讓民眾表達意見」則被列為最不重要的角色（Son, Kim, & Choi, 2012）。

羅文輝、陳韜文（2004）等人在中、港、臺三地進行的調查發現，「迅速為大眾提供新的信息」、「依據事實報導新近發生的事件」分居第一、二位。他們進一步把媒體角色分成「資訊傳布」、「解釋政府政策」、「鼓吹民意」、「文化娛樂」與「對立」五種，經過分析後發現，「資訊傳布」的角色最重要，其次是「鼓吹民意」，「對立」角色最不重要。這樣的研究發現和美國的研究發現並不完全相同。

綜合來看，這些新聞工作者調查發現，新聞工作者認為媒體在社會該扮演的角色是「快速而正確傳播消息」、「提供複雜問題的分析與解釋」，但各國對於媒體的「調查政府聲明與言論」角色則有不同的看法。整體而言，民主國家的新聞工作者較重視「調查政府聲明與言論」的媒體角色。

第三節　三個年度媒體角色的變遷

本研究測量新聞工作者對媒體角色認知的量表，主要是參考 Weaver 與 Wilhoit（1986）、Willnat 與 Weaver（2014）所發展的題

項，1994 與 2014 年共有十二題，2014 年則因應數位環境，增加了三個與「公共參與」相關的題項，共計十五題。測量的方法是詢問受訪的新聞工作者，在這些題項中所列舉的各種媒體角色的重要性程度，由受訪者以「非常不重要」到「非常重要」的五點量表來選擇一個答案。以下將先討論個別年度的情形，再進行三個年度的比較。

一、1994 年媒體角色重要性

1994 年時，新聞工作者認為最重要的媒體角色是「依據事實正確報導新聞」，平均數為 4.74；「迅速把資訊傳達給大眾」（4.53）及「避免報導不能證實的新聞」（4.38）分居第二、三位。最不重要的角色則是「經常質疑企業的言行，與企業對立」（1.99）、「經常質疑政府官員的言行，與政府對立」（2.0）及「經常質疑政黨的言行，與政黨對立」（2.05）。可見，解嚴後百花齊放的媒體環境下，1994 年的新聞工作者認為提供正確的資訊，而非迅速傳播，是媒體最重要的角色。

從不同媒體的比較來看，各媒體在前三名的選項上與整體的呈現沒有差異，在進行 ANOVA 變異數分析及雪菲法事後比較檢定後發現，題項 5、6、8-12 均因媒體不同而有差異。首先，「對正在發展的國家政策提出討論」報紙記者比電視記者更為重視；其次，在「提升民眾對知識與文化的興趣」的角色功能上，電視新聞工作者對它的重要性評估，不如報紙及廣播新聞工作者來得高。「提供大眾娛樂與鬆弛」這個角色功能雖然整體來說，新聞工作者都不認為很重要，但媒體間彼此卻有差異，大體來說，報社新聞工作者給予的評價大於廣播，廣播新聞工作者的評價又高於電視。至於與對立相關的三個題項，則可以看出主要的差別，在於廣播工作者給予的重要性評估低於其他兩個媒體新聞工作（見表 6-2）。

表 6-2：1994 年媒體角色與媒體類型比較

媒體角色	全體	報紙	電視	廣播	F 值	事後比較
1. 迅速把資訊傳達給大眾	4.53	4.52	4.57	4.55	0.41	
2. 避免報導不能證實的新聞	4.38	4.36	4.50	4.36	1.42	
3. 依據事實正確報導新聞	4.74	4.74	4.74	4.79	0.65	
4. 調查政府的聲明與主張	3.84	3.89	3.73	3.61	4.95	
5. 對複雜的問題提供分析與解釋	4.22	4.27	4.04	4.12	4.91**	
6. 對正在發展的國家政策提出討論	3.98	4.04	3.72	3.89	5.71**	1-2
7. 集中報導最多民眾感興趣的新聞	3.71	3.76	3.63	3.57	1.94	
8. 提升民眾對知識與文化的興趣	4.21	4.26	3.88	4.18	8.93***	1-2, 2-3
9. 提供大眾娛樂與鬆弛	3.36	3.48	2.78	3.17	19.25***	1-2, 2-3, 3-1
10. 經常質疑政府官員的言行，與政府對立	2.00	2.02	2.20	1.73	6.57***	1-3, 2-3
11. 經常質疑企業的言行，與企業對立	1.99	2.02	2.13	1.76	4.29**	1-3, 2-3
12. 經常質疑政黨的言行，與政黨對立	2.05	2.06	2.28	1.83	5.16**	1-3

註1：表中數字除 F 值外皆為平均數。
註2：事後檢定 1=報紙，2=電視，3=廣播。
註3：1-2 表示報紙與電視有差異；然亦有 F 顯著在事後檢定中無法看出其差異的情形。
註4：*p<.05, **p<.01, ***p<.001。

二、2004 年媒體角色重要性

2004 年時，新聞工作者認為最重要的媒體角色是「依據事實正確報導新聞」，平均數為 4.66；「避免報導不能證實的新聞」（4.35）及「迅速把資訊傳達給大眾」（4.28）分居第二、三位。最不重要的角色則是「經常質疑企業的言行，與企業對立」（2.46）、「經常質疑政黨的言行，與政黨對立」（2.55）、及「經常質疑政府官員的言行，與政府對立」（2.66）。值得注意的是，在這個年度裡，媒體競爭激

烈，歷經政黨輪替，各項公共議題討論成為媒體關注焦點，新聞工作者認為「對複雜的問題提供分析與解釋」的角色也十分重要，平均數 4.20，與第三名的角色十分接近。

表 6-3：2004 年媒體角色與媒體類型比較

媒體角色	全體	報紙	電視	廣播	F 值	事後比較
1. 迅速把資訊傳達給大眾	4.28	4.21	4.35	4.41	4.61**	1-2
2. 避免報導不能證實的新聞	4.35	4.29	4.38	4.54	3.90*	1-3
3. 依據事實正確報導新聞	4.66	4.66	4.67	4.68	0.03	
4. 調查政府的聲明與主張	3.92	3.97	3.88	3.71	2.85	
5. 對複雜的問題提供分析與解釋	4.20	4.27	4.10	4.18	3.98 *	1-2
6. 對正在發展的國家政策提出討論	3.97	4.10	3.80	3.92	10.22***	1-2
7. 集中報導最多民眾感興趣的新聞	3.70	3.80	3.61	3.54	3.82*	1-2
8. 提升民眾對知識與文化的興趣	4.15	4.18	4.09	4.17	1.26	
9. 提供大眾娛樂與鬆弛	3.59	3.64	3.53	3.53	1.10	
10. 經常質疑政府官員的言行，與政府對立	2.66	2.74	2.60	2.40	3.94*	1-3
11. 經常質疑企業的言行，與企業對立	2.46	2.51	2.44	2.20	3.06*	
12. 經常質疑政黨的言行，與政黨對立	2.55	2.60	2.51	2.37	1.86	

註 1：表中數字除 F 值外皆為平均數。
註 2：事後檢定 1=報紙，2=電視，3=廣播。
註 3：1-2 表示報紙與電視有差異；然亦有 F 顯著在事後檢定中無法看出其差異的情形。
註 4：*$p<.05$, **$p<.01$, ***$p<.001$。

從不同媒體對媒體角色的評價也在部分題項上有顯著差異，「依據事實正確報導新聞」媒體之間一致給了最高評價，沒有差異。但居第二、三位的題項就在媒體間有差異，「避免報導不能證實的

新聞」的重要性，廣播新聞工作者給予的評價（4.54）高於報紙（4.29）；「迅速把資訊傳達給大眾」的重要性，則是電視新聞工作者的評價（4.35）高於報紙（4.21）。至於題項 5-7「對複雜的問題提供分析與解釋」、「對正在發展的國家政策提出討論」及「集中報導最多民眾感興趣的新聞」都是報紙新聞工作者的評價高於電視新聞工作者。最後，「經常質疑政府官員言行，與政府對立」的重要性雖然評價都不高，但報紙新聞工作者給予的重要性比廣播來得高，且達顯著差異（見表 6-3）。

三、2014 年媒體角色重要性

　　2014 年臺灣已進入數位匯流的媒體環境，新增的網路原生媒體和通訊社，亦納入調查中，此外，民眾參與乃其中的最大特色，故新增了三個相關的調查題項：「激發民眾參與重大議題的討論」、「提供民眾表達對公共事務意見的機會」、及「提供民眾解決社會問題的可能方案」。本研究在設計的 15 個角色中，平均數最高的前三名為「依據事實正確報導新聞」（4.78）、「避免報導不能證實的新聞」（4.58）、及「迅速把資訊傳達給大眾」（4.38）。新聞工作者認為最不重要的媒體角色則依序是：「經常質疑企業的官員言行，與企業對立」（3.12）、「經常質疑政黨言行，與政黨對立」（3.17）、與「經常質疑政府官員言行，與政府對立」（3.22）。因應新媒體提供大眾更多互動與表達的民主管道，本研究所設計的三個和公眾參與相關的題項，新聞工作者對它們的評價亦不低，平均數分別是：「激發民眾參與重大議題的討論」（3.93）、「提供民眾表達對公共事務意見的機會」（4.01）及「提供民眾解決社會問題的可能方案」（4.10）（見表 6-4）。

　　其次，以不同媒體別來看，亦可發現新聞工作者對媒體角色的認知也有差異。在 15 個角色中，有 9 個角色的重要性均因媒體類型不同而有顯著差異。媒體工作者認為最重要的前兩個角色都是「依據事實正確報導新聞」與「避免報導不能證實的新聞」，但不同媒體

表 6-4：2014 年媒體角色與媒體類型比較

媒體角色	全體	報紙	電視	廣播	通訊社	網路	F 值	事後比較
1. 迅速把資訊傳達給大眾	4.38	4.22	4.52	4.49	4.23	4.38	9.52***	1-2
2. 避免報導不能證實的新聞	4.58	4.52	4.60	4.67	4.67	4.52	1.41	
3. 依據事實正確報導新聞	4.78	4.80	4.75	4.80	4.88	4.73	1.36	
4. 調查政府的聲明與主張	4.00	4.07	3.95	3.86	3.94	3.98	1.49	1-2, 1-3
5. 對複雜的問題提供分析與解釋	4.23	4.35	4.16	3.98	4.28	4.19	5.40***	1-2
6. 對正在發展的國家政策提出討論	4.00	4.15	3.88	3.92	4.00	3.98	4.84**	
7. 集中報導最多民眾感興趣的新聞	3.58	3.63	3.60	3.20	3.47	3.65	2.81*	1-3
8. 提升民眾對知識與文化的興趣	4.00	4.01	3.99	3.97	4.09	4.06	0.23	1-3
9. 提供大眾娛樂與鬆弛	3.58	3.64	3.55	3.54	3.38	3.56	0.85	1-3
10. 經常質疑政府官員的言行，與政府對立	3.22	3.35	3.22	2.67	3.09	3.27	6.64***	3-5
11. 經常質疑企業的言行，與企業對立	3.12	3.20	3.14	2.62	3.02	3.17	4.82**	1-3, 3-5
12. 經常質疑政黨的言行，與政黨對立	3.17	3.31	3.15	2.62	3.13	3.15	6.72***	1-2, 2-5
13. 激發民眾參與重大議題的討論	3.93	4.09	3.84	3.56	3.91	4.13	7.40***	
14. 提供民眾表達對公共事務意見的機會	4.01	4.09	3.99	3.68	3.91	4.06	3.85**	
15. 提供民眾解決社會問題的可能方案	4.10	4.20	3.96	4.37	3.97	4.42	4.59**	
使用時間	101.6	106.7	98.8	84.8	104.6		1.45	

註 1：表中數字除 F 值外皆為平均數。
註 2：事後檢定 1＝報紙，2＝電視，3＝廣播，4＝通訊社，5＝網路新媒體。
註 3：1-2 表示報紙與電視有差異；然亦有 F 顯著在事後檢定中無法看出其差異的情形。
註 4：*p<.05，**p<.01，***p<.001。

的第三重要的角色卻有所不同，報紙（4.35）和通訊社（4.28）是「對複雜的問題提供分析與解釋」，電視（4.52）和廣播（4.49）則是「迅速把資訊傳達給大眾」；特別的是網路媒體新聞工作者所認知的第三個重要角色卻是「提供民眾解決社會問題的可能方案」（4.42），這些發現顯示網路媒體較重視公共議題的報導與鼓勵大眾參與討論，而報紙與通訊社較重視解釋與分析的媒體角色。經由單因子變異數分析，可以發現「迅速把資訊傳達給大眾」卻在報紙與電視之間有顯著差異（$F=9.52$，$p<.001$），電視比報紙更重視速度。再則，在「對複雜的問題提供分析與解釋」上，報紙和電視、報紙和廣播均有顯著差異（$F=5.40$，$p<.001$），也就是說，報紙新聞人員比廣播與電視新聞人員更重視分析與解釋的角色。

另外，在與政府、企業和政黨對立的角色上，不同媒體亦有顯著差異（$F=6.64$，$p<.001$；$F=4.82$，$p<.01$；$F=6.72$，$p<.001$），主要都來自報紙與廣播的差異，報紙新聞工作者對此角色重要性的平均分數均在3.20-3.30左右，明顯高於廣播的2.62左右。至於和公眾參與有關的三個角色的重要性，不同的媒體有顯著差異（$F=7.40$，$p<.001$；$F=3.85$，$p<.01$；$F=4.59$，$p<.001$）。在此部分，網路新媒體新聞工作者的平均分數高於廣播或電視；報社新聞工作者的分數也高於廣播或電視，顯示網路媒體與報紙新聞工作者比廣播、電視新聞工作者更重視媒體的「公眾參與」角色。網路媒體在成立時，臺灣已漸漸形成匯流環境，網路媒體進入市場即以鼓勵公眾參與作為和主流媒體的主要區隔，新媒體與主流媒體的特性差異明顯地反映在新聞工作者對媒體角色重要性的認知上。

四、三個年度媒體角色功能的比較

為了進一步收斂這些題項，以進行三個年度比較的統計檢定，本研究採用主成分因素分析（principal component factor analysis）與Cronbach's alpha兩種方法，在每一個年度進行信度與效度的檢驗。

因素分析的結果發現，在三個年度的調查，共同的十二個題項均呈現四個因素，可解釋變異量分別為 66.38%、74.03% 及 71.17%。其中「依據事實正確報導新聞」、「避免報導不能證實的新聞」、及「迅速把資訊傳達給大眾」等三個題項成為第一個因素，其信度 Cronbach's α 值 1994 年為 .57、2004 年為 .65、2014 年為 .59，本研究把這三個題項加起來，並除以 3，建構成「資訊傳布」角色功能。

　　第二個因素包括「調查政府的聲明與主張」、「對複雜的問題提供分析與解釋」與「對正在發展的國家政策提出討論」三個題項，其信度 Cronbach's α 值 1994 年為 .65、2004 年為 .82、2014 年為 .78，本研究也把這三個題項加起來除以 3，建構成「解釋監督」角色功能。此外，「集中報導最多民眾感興趣的新聞」、「提升民眾對知識與文化的興趣」與「提供大眾娛樂與鬆弛」等三個題項則形成第三個因素「娛樂文化」功能，其信度 Cronbach's α 值 1994 年為 .60、2004 年為 .73、2014 年為 .70。第四個因素「對立」功能，則由「經常質疑政府官員的言行，與政府對立」、「經常質疑企業的言行，與企業對立」與「經常質疑政黨的言行，與政黨對立」三個題項組成，其信度 Cronbach's α 值 1994 年為 .64、2004 年為 .95、2014 年為 .95。

　　此外，2014 年新增的題項「激發民眾參與重大議題的討論」、「提供民眾表達對公共事務意見的機會」與「提供民眾解決社會問題的可能方案」亦經主成分因素分析檢驗，呈現單一因素，可解釋 90.37% 的變異量，且其信度 Cronbach's α 值為 .83，因此本研究把這三個題項加起來除以 3，建構成「公眾參與」[1] 角色。

　　進一步針對這幾種角色進行統計檢驗，結果發現「資訊傳布」是臺灣新聞工作者最重視的媒體角色，平均數達 4.52，1994 年

---

[1] 此三題項修改自 Weaver 與 Willnat（2012）及 Willnat 與 Weaver（2014）之問卷量表，2 位作者原始命名為「大眾動員」，本研究認為在數位時代以鼓勵「公眾參與」命名更合適。

為 4.55，2004 年降至 4.43，但 2014 年又升高至 4.58（F=26.64，p<.001），顯示記者認為此角色在 2014 年時更為重要。「解釋監督」居第二位，平均數為 4.05，三個年度的數值並沒有顯著差異；「娛樂文化」角色，平均數為 3.71，1994 年為 3.76，2004 年升至 3.82，2014 年又降至 3.59，三個年度具顯著差異（F=23.83，p<.001）。

至於媒體的「對立」角色，臺灣新聞工作者在三個年度都認為是最不重要的角色（2.66）。但在 2014 年臺灣新聞工作者認為「對立」角色（3.71）的重要性遠超過 2004 年（2.55）及 1994 年（2.01），經統計檢定亦達顯著水準（F=305.71，p<.001）。這種發現顯示在臺灣新聞工作者心目中，「對立」角色的重要性逐漸提升。

值得一提的是，2014 年新增的「公眾參與」角色，平均數為 4.01，比同年的「娛樂文化」與「對立」角色來得重要，也顯示在數位時代，新聞工作者體認媒體鼓勵民眾參與的重要性（見表 6-5）。

表 6-5：三個年度媒體角色功能比較

角色功能	1994 平均數（標準差）	2004 平均數（標準差）	2014 平均數（標準差）	F 值	事後比較
資訊傳布	4.55(.48)	4.43(.06)	4.58(.55)	26.64***	1-2, 2-3
解釋監督	4.02(.73)	4.03(.80)	4.08(.86)	1.79	
娛樂文化	3.76(.81)	3.82(.90)	3.59(.96)	23.83***	1-3, 2-3
對立	2.01(1.01)	2.55(1.16)	3.71(1.24)	305.71***	1-2, 2-3, 1-3
公眾參與	--	--	4.01(.95)		

註 1：變項編碼方式：1 = 一點都不重要，5 = 非常重要；***p<.001, **p<.01, *p<.05。

註 2：事後比較：1=1994 年，2=2004 年，3=2014 年。

第四節　媒體角色的變與不變

歷經二十年、橫跨三個十年，臺灣的社會、甚或媒體環境均已有重大改變，我們可以看到新聞工作者對媒體角色重要性的認知，

有著恆常不變與因應時代而轉變的兩種不同面貌。以下，將結合質性訪談的田野資料，進一步分析詮釋。

一、恆久不變的「資訊傳布」

不論在哪個年度，新聞工作者認為最重要的角色是「資訊傳布」，它的重要性在 2014 年更甚過往。從訪談的記者中，請他們根據這幾種角色功能評分，共有 25 位記者完成評分，結果得分最高的亦是「資訊傳布」。A2-1 認為這是媒體工作者的基本角色，不論時代如何變遷都不會改變。

> 「你要給消費者最多的資訊，讓秀才不出門也知天下事，我們幫他守望環境，然後盡量提供給他們正確的資訊，……記者是觀察者、媒體是守門員，幫民眾守住錯誤資訊。」（A2-1）

多數受訪者都會提及資訊傳布的首要是傳遞正確的資訊，這也呼應了量化資料中的結果：在三個年度中都是新聞工作者認為最重要的角色。從量化數字顯示，2014 年這個角色的重要性評分較過去更高，這和 2010 年以後的環境有關，當社群媒體影響力日增，行動通訊已成為傳播主流時，資訊流量龐大且快速，造成查證困難，錯誤資訊充斥，使新聞的正確性飽受抨擊。因此新聞工作者更深刻感受除了「迅速把資訊傳達給大眾」之外，「避免報導不能證實的新聞」、「依據事實正確報導」更顯得重要。B1-2 反思：「現在網路資訊量太大，只有媒體才能幫民眾在最短時間內查證到正確的訊息，這也是媒體的責任。」

> 「『資訊傳布』不只是告訴大家說這個時間、這個地點有件事發生，而是應該要去確認，這個地點發生了什麼事情？

這件事情前因後果要有個比較完整的訊息，而不是片段比快。」（C1-5）

因此，無論從量化調查或質性訪談，正確報導都高居首位，多數受訪者也坦承，這個角色在數位時代的重要性更甚以往，顯示此乃新聞工作者心中恆久不變的重要媒體角色。

不過，在質性訪談中，「正確報導」似乎也成了受訪記者追求的「理想」，多數受訪者對於媒體組織現下熱衷競逐即時新聞，迫使他們沒有時間做好查證，亦或編輯臺上就先在「網路上抓到東西就抄」（C1-3），致使新聞出錯率大增，感到十分無奈且挫折，因此傳布正確訊息成為當代新聞工作者最迫切的期待與寄望。

二、翻轉社會的「解釋監督」

媒體次重要的角色是「解釋監督」，三十年來並無顯著差異，這顯示不論社會環境與媒體文化如何改變，新聞工作者認為監督政府、對事件提供解釋與分析仍然是媒體的重要角色。

在質性訪談中，有 10 位勾選「解釋監督」為最重要的角色。這 10 位記者認為，新聞不只是在報導一件事或一個事實，更重要的是要把事實背後的脈絡、意義與利弊都呈現出來。B1-4 舉例，他曾經處理過一個重大交通工程路線規劃的新聞，當時官方有甲、乙兩案，官方傾向於選擇甲案，在仔細收集資料與分析後，他發現甲案的路線問題很多、且破壞生態極嚴重，於是在定案會議前一天，以相當篇幅的調查報導，揭露「路線」權衡利弊的深度分析，最終改變了官方委員會的決議。「調查與詮釋可以讓真相更清楚，這是記者存在於社會很重要的功能」（B1-4）。

A1-5 則在 2008 年以後投入調查報導，曾完成不少調查報導，揭露政府弊端與財團不法圖利，他認為「社會有很多藏污納垢的事情必須挖掘出來……，透過深入且長期的追蹤，才能凸顯這些社會正

義」（A1-5），迫使政府改變政策與態度，財團守法，發揮媒體的影響力。

> 「畢竟一般民眾對於這麼複雜的事是無法、也沒有管道可以理解，如果我們不做，事實真相可能永遠沒有人知道，一般民眾也永遠搞不清楚！」（A1-5）

> 「社會上有很多不公平的事情，透過這樣的報導後，就是一種輿論壓力，……這種現象才能獲得改善，這就是媒體的解釋與監督重要的地方。」（C2-3）

B2-6 亦擅於製作調查報導，且屢屢獲獎，她覺得媒體作為第四權就該以監督為首要任務。

> 「質疑官員或詰問本來就是記者應該盡的天職，記者本來就是要站在權力的對面，去監督他、去解釋他，當然我強調是有所本的解釋，而不是什麼事情都只是單面收官員的訊息，幫他傳達訊息。例如像陳時中，他那個不是疫苗一直都遙遙無期嗎？為什麼不能問？問了還被網路酸民攻擊，真的很離譜！」（B2-6）

如果把這個結果與美國的跨年度調查相較，可以發現，美國新聞工作者認為媒體的恆久角色是「解釋監督」的「看門狗」（always the "watchdog"）；這也和 Hantizsch 等人（2019）針對全球新聞工作者所做的調查相似，監督角色（monitorial role）得到最高的評價。美國新聞界認為對於「快速傳遞資訊」和「避免報導未經證實內容」的重要性，在 2013 年以後已降至 50% 以下；而和監督解釋相關的角色「調查政府聲明與主張」及「對複雜的問題提供分析與解釋」反

而大幅增加，前者有 78.2% 的受訪者認為非常重要，後者亦有 68.8%
受訪者認為非常重要（Willnat, et al., 2017）。這亦顯示兩地的新聞
專業傳統差異，美國新聞界受社會責任論及監督制衡的歷史傳統影
響，一直認為新聞媒體是第四權，其主要功能是監督政府及對複雜
的新聞事件提供解釋與分析。眾所皆知的《華盛頓郵報》報導水門
事件，迫使尼克森總統下臺；《波士頓環球報》以近 600 則報導，揭
發 200 多名天主教波士頓區神父性侵孩童，受害者超過千人，指直
天主教會體制刻意隱瞞，讓性侵者持續存在教區。這個調查報導迫
使當地大主教下臺，也掀起了全球對於天主教性醜聞的關注。

　　美國新聞界視調查報導為崇高價值，不但許多媒體都設有調查
部門，讓調查記者能專心致力挖掘社會的不公與權力失衡。美國新
聞界最高榮譽普立茲新聞獎中，每年的調查報導獎都贏得社會尊
敬。臺灣新聞界雖也進行調查報導，但數量較少，亦非主流，故解
釋監督的重要性不若資訊傳布，此乃兩地新聞文化差異所致。有趣
的是，在質性訪談中，記者們提及採訪生涯中最得意的作品時，其
性質大都與監督有權者，促使社會正義得以伸張，現狀得以改變有
關。顯見，它對新聞記者而言，依然是十分重要、且具有能自我實
現的功能。

三、擴大影響的「公眾參與」

　　隨著數位匯流環境在媒體生態中逐漸成熟，新媒體平臺提供民
眾民主參與的機會愈來愈多，因此，2014 年的調查發現，「公眾參
與」也成為相當重要的媒體角色（合併指標平均數為 4.01），在網路
媒體工作的新聞工作者尤其重視此角色（平均數為 4.20），其重要性
僅次於「資訊傳布」（平均數 4.54）居第二位。網路記者較重視「公
眾參與」，可能的原因之一，是網路媒體以網路為傳播平臺，因此必
須更重視在網路或社群平臺的互動來凸顯其與傳統媒體的差異；再
則，網路媒體編制較小，因而更常使用網民生產的內容來彌補編採

資源的不足。值得注意的是，在所有受訪新聞工作者的心目中，「公眾參與」與位居第二的「解釋監督」角色的平均分數相當接近，顯示新聞工作者已普遍認為公眾已不再是消極地資訊接收者，他們在新聞生產與傳散、公共議題的表達上，都能積極參與，因此「公眾參與」已成為目前媒體的重要角色。

在質性訪談的受訪者都表示，在數位時代民眾透過各種不同的平臺，表達對事件或議題的意見與態度，是趨勢、也是民主的表現；他們也經常在這些留言與討論中，尋找新聞線索。他們所屬的媒體有些也會重視新聞留言串的民眾討論，甚而要求他們經營臉書，藉此與民眾互動。

> 「我自己有兩個帳號，一個是私人的，一個是開放給一般人的，因為常 PO 自己的新聞，還有幕後觀點，就會引起有興趣的人留言，有些人的建議非常有建設性，有時我也會透過這些人的評論，再私訊他們找到報導的線索。」（A1-1）

> 「現在我們不單只是經營一個新聞頻道，也要留意社群互動，所以，我們的小編都很厲害，他們花非常多時間和網民互動，如果仔細看，你會發現有些網民的意見真的很有水準，當然，酸民也很多……我覺得經營社群是個很好擴散影響力，讓觀眾一起參與的平臺。」（A2-5）

「公眾參與」角色本是民主時代的重要指標，但過去對新聞工作者而言，只能單方面期待自己的報導，能激發民眾討論、能夠提供民眾解決問題方案，至於實際成果如何？則較難掌握。社群媒體興起後，這種雙向互動的機制，的確帶動了參與的可能，也讓新聞工作者藉此嗅得民意風向。這並非臺灣獨有的現象，美國最近的調查亦顯示，「公眾參與」已超過「資訊傳布」成為第二大角色（Willnat, et al., 2017）。

四、低度重視的「娛樂文化」

本研究發現：受訪的新聞工作者較不重視「娛樂文化」角色，而且 2014 年比過去兩個年度更不重視。這個現象與目前媒體新聞娛樂化的情形並不相符。可能的解釋原因必須從大環境的變化來檢視。以娛樂化為訴求的《蘋果日報》於 2003 年進入臺灣市場後，不但原有的報紙發行量下降，造成有些報紙相繼停刊，連帶的媒體內容及編輯方針均受影響，愈來愈娛樂導向。2004 年進行調查時，《蘋果日報》所帶動的「娛樂文化」較受新聞工作者關注；在這十年期間，媒體相互影響，娛樂化已不再是「新」的市場工具，甚至成為新聞的常規，因此新聞人員對這種角色的評價也相對降低。

> 「我自己不喜歡娛樂性的新聞，或者是跟生活相關太軟的，當然，應該說它也有存在的必要，只是重要性真的比起其他功能來說，還是弱了些！而且現在要看這種資訊，去網路上找真的一大堆，也不需要記者浪費時間來報導！我們還是要好好做好監督！」（C2-5）

但也有 3 位記者認為「娛樂文化」應列在這幾項功能的第三位，次於資訊傳布與解釋監督。

> 「電視是用畫面說故事，它本身就具有娛樂感，我（觀眾）要畫面活潑熱鬧，你也不用跟我講什麼太多的道理，大家在比例上絕對是用這種心情在看新聞，你說要整個探討嚴肅的什麼議題，有時收視率就很差，觀眾還是期待多一點娛樂，只要一點點資訊就好！或者我們用這種娛樂軟性的方式，把議題放進去！」（B2-5）

五、最不重要的「對立」

「對立」，一直是新聞工作者最不重視的媒體角色。但本研究發現：在 2014 年「對立」角色重要性遠超過 1994 與 2004 年。這也許顯示媒體匯流對新聞的影響，在數位時代每一個人都可以利用各種網路平臺或社群媒體發言，媒體引用這些素材的比重愈來愈高（劉蕙苓，2014）。其中，不乏檢舉某些企業或政府單位的內容，媒體也競相成立「爆料專線」，鼓勵民眾上傳影片或提供資料，供媒體進一步報導。因此，媒體的「爆料」採訪文化已逐漸成形，亦可能影響「對立」角色在新聞工作者心目中的評價。多數受訪記者認為，新聞採訪需要監督有權的人，但不需要以絕對對立的方式來跑新聞。不過，「對立」本身亦有敵對的意涵，A2-2 把它列入最重要的角色。

「當初投入新聞界講白了，是為了反抗威權體制，所以，我們永遠站在主流的對立面，當時我入行時，有權的就是國民黨和老三臺，所以，我們要找問題，記者站在對立面能看到問題所在，當權者掌握全部資源時，你必須看到他看不到或做錯事的東西。」（A2-2）

其實，A2-2 所指稱的「對立」也帶有監督功能，只是他更重視這種帶有懷疑的質疑性。不過，在田野訪談中，本研究也發現許多記者在談到監督功能時，或多或少都有著「站在政府的對立面」的觀點，這也是我們以美國問卷進行調查時，在中西方文化語意差異，所造成的混淆，影響記者在答題時的判準。

第五節　結論

本章從文獻的爬梳，1994、2004、2014 三個年度的調查比較，

再輔以質化訪談，來呈現臺灣地區解嚴後三十年，新聞工作者的專業角色認知變遷。研究發現：以提供快速、正確消息為主的「資訊傳布」角色功能，是三十年來新聞工作者不變的首要角色；在美國和其他西方國家最為重視的「解釋監督」，反居第二位。這個結果和日本、韓國的研究相近：「正確第一」、「監督其次」。

　　造成這樣的結果可能來自於新聞文化傳統的差異。雖然解嚴後政治民主化，臺灣媒體享受的新聞自由程度已大幅度提升，但新聞一直受政治力與經濟力的影響（劉蕙苓，2011），尤其 2000 年後置入性行銷引進新聞界，媒體與官方、企業的關係更是千絲萬縷，如何監督有權者？成為挑戰與難題！因而影響臺灣新聞工作者的日常實踐，與其所思所想。另一方面也有可能來自於題項設計上的差異所致，美國調查問卷只問「避免報導不能證實的新聞」，臺灣的調查題項多增加了一題「依據事實正確報導新聞」；有可能影響受訪者答題的評價比重差異。

　　值得注意的是，鼓勵民眾參與的「公眾參與」角色在 2014 年時，其重要性幾乎與第二位的「解釋監督」角色功能接近，這也顯示數位環境下的媒體角色愈趨多元，也愈重視與民眾的互動，從傳統的「書生」與「精英」階級走入「凡間」。Jarvis（2014）指出，在數位時代中，傳統媒體正和社群建立另一種新的關係、發展新的傳送模式與內容形式。雖然科技對新聞界造成巨大衝擊，但也提供改善新聞媒體、擴展新聞影響力的機會。

　　最後，必須說明的是，新聞工作者對媒體在社會上的角色功能的認知，期待與理念追求的成分居多，展現在他們的每日新聞實踐中，不一定完全相符。Carpenter、Boehmer 與 Fico（2015）曾經分析美國新聞機構中，記者實際生產的新聞內容，到底是基於何種角色功能？結果發現，60% 都是「資訊傳布」，而非歷來調查所強調的「解釋監督」。因此，從認知與評價到產生行為，其間還有媒體組織的結構性因素、及新聞場域內各種作用力的衝突與協商，都影響新

聞工作者的角色認同與角色表現（Hanitzsch & Vos, 2017）。據此，亦可解釋為何在質性訪談中，受訪者談及媒體角色時雖然大都以「資訊傳布」為優先，但新聞工作者最有成就感的事卻是「改變社會」的「解釋監督」功能；「資訊傳布」角色中的「新聞正確性」雖然最為重要，然而在媒體的實踐表現上，卻愈來愈差強人意。

第七章

新聞人對爭議性編採手法的態度

「新聞現場有些狀況非得用一些所謂有爭議的方法，否則是
得不到真實的消息的……」(B2-1)

第一節　實務的兩難

　　在新聞專業中，倫理是最重要的核心，更是新聞工作者的專
業認同、工作價值與意理（ideology），及對社會大眾負責任的義務
（Dueze, 2005），然而在新聞實務工作的現場，卻經常面對倫理的兩
難與抉擇。本書將分兩個章節討論新聞工作者的倫理觀，本章先處
理對爭議性編採手法的看法，下一章則討論 2000 年以後，在臺灣新
聞界獨有的新聞置入性行銷引發的種種問題。

　　在新聞實作的場域，記者的採訪與編輯臺的守門與加工，向來
不是完全遵照一定的準則進行，因為在挖掘真相的過程中，受訪的
組織或個人不見得願意如實提供資訊，因此，有些記者就會採取一
些超出社會認可道德範圍的行動或做法，這即是爭議性編採手法
（羅文輝、陳韜文，2004）。

　　臺灣最有名的例子即是，2003 年 5 月 SARS 疫情嚴重導致臺
北市和平醫院封院，兩名《壹週刊》記者偽裝成病患家屬，留在院
內，並在院內觀察、採訪、發稿與拍攝，完成〈獨家直擊深入和平

醫院 100 小時〉（壹週刊，2014 年 05 月 12 日）之當期週刊「封面故事」，詳細描述了他們所目擊的現況：封院後醫院慌亂無序，由於沒有配套措施，造成不少醫護及行政人員無處可睡，只能在樓梯間打地鋪，在裡頭的醫護與病患的無助情形，外界難以想像。兩名記者後來被發現而扣下攝影設備，並強制送往隔離。此報導刊出後引發各界的震撼，對當時的防疫處理引起多方討論。

　　這是標準的「化身採訪」，也成了爭議性編採手法中最值得討論的案例之一：到底這 2 位記者能不能用這種疑似欺瞞的手法，來取得重要資訊與畫面，呈現給讀者？《壹週刊》在停刊前的最後一期文章中，攝影總監鍾國偉（2020 年 2 月 26 日）特別提到這段往事，指稱這位化名「老皮」的攝影同仁，當年冒著被感染的生命危險進入醫院，當時承受著心理和生理的雙重壓力，獲取該刊所有同仁的敬重。當時手機拍照功能不好，這位記者是用裝底片的小相機拍照，以小型 DV 錄製影片；為避免身分被發現，想盡辦法利用白天院方補充物資的機會，將底片和影帶交給院外等候的同事；入夜後則爬上屋頂，拋下裝有底片和影帶的小包裹，讓在外等待的接應的同事撿起帶回報社處理。

　　這似乎是電視或電影的戲劇情節，但卻真實地上演在記者的新聞採訪中。筆者在任職記者期間，福建省莆田發生臺灣旅行團大車禍，死傷嚴重；當時兩岸交流才剛開始，在中國大陸採訪必須申請許可，但因此為兩岸交流以來最嚴重的意外事件，對岸如何處理臺灣的罹難者？是家屬及觀眾最關心的事，且時間不等人，於是筆者亦偽裝成家屬前往，在進入廈門海關時被「識破」，因而遭「遣返」。這又是個明知有風險但卻願意冒險而為的例子。記者為何要如此？難道沒有其他辦法或管道取得相關消息嗎？新聞在報導「真實」時，用「不真實」的手法取得資訊，是否有違新聞倫理與社會道德？

　　在新聞實務的日常，揭弊是記者的職責，某種程度亦有收視率與點閱率的考量，無可避免地會觸及這些灰色地帶的採訪方式。新

聞倫理的教育中，這是個有意義的討論題材，卻不一定能有標準答案！本章將聚焦在新聞工作者如何看待這些所謂具爭議的編採手法？他們在何種情況下會採用這些非常規的方法？

第二節　相關文獻

一、新聞實作與情境倫理

　　Ethic 在《牛津字典》中指的是可以被廣為接受的行為準則，特別是涉及倫理道德的規範。Ethics 指的則是與此相關的倫理學。過往有學者從哲學的角度討論新聞倫理，而發展出「目的論」（teleogical）與「道義論」（deontological）兩種不同的學派。Hausman（1992 ／胡幼偉譯，1995：27-28）指出，目的論的核心是在衡量一項或一組行動的對或錯時，乃以其後果為考量的基準；道義論正好相反，它不以行動後果論，而重視良心至上的道德律，甚或是社會習俗為論證的根據。簡言之，就是後果論與非後果論的差別。

　　在新聞實作的現場，新聞工作者在面臨這些道德困境時，不見得完全一面倒地採取目的論或道義論的立場，來處理編採問題，往往因個案不同可能也有不同的考量。

　　Merrill（1977）提出另一種存在主義新聞倫理觀（existential journalism），主張記者在採訪過程中是主體，他必須回應環境，亦即回應他所處的情境，必須嘗試從情境的角度來思考一切。雖然 Merrill 所提出的看法，乃對記者作為行動主體有較樂觀而浪漫的想法，但他所提出的回應情境看法，卻是打破了上述兩種不同的倫理立場的對立。新聞實作上依情境而行、依情境而採取不同策略的倫理思考，亦即「情境倫理」（situational ethics），是晚近討論新聞實務時被廣泛引用的看法（Dennis & Merrill, 1984; Berkowitz & Limor, 2003）。Berkowitz 與 Limor（2003）指出，記者在新聞決策時考慮的

層面很廣，不只是個人層次、是否符合專業倫理規範，甚至會涉及組織、經濟及社會層次；同時，記者也很在意同儕之間的看法，因此，在處理實務個案的決策上，往往依情境不同有差異。例如，為了調查與揭弊，記者進入較機密或高風險場所，不得不化身採訪來降低受訪者的戒心；在不可能公開採訪或被拒訪的情形下，不得不採取祕密錄音的方式。

這樣說來，並不表示記者在面對各種不同採訪情境時，可以完全不依倫理規範任意而為；支持情境倫理的學者們仍然主張，新聞工作者仍然需要一套參考架構（framework），作為決策的依據；但在面對特殊狀況、萬不得已之時，可以適度修正、彈性調整甚或更改策略。

二、爭議性編採手法的相關研究

爭議性編採手法的研究始於 1980 年代，學者們對於新聞工作者角色認知與表現（role performance）的關切，特別要注意的不只是新聞工作者對於專業價值的評估與看法，更要重視他們如何將這些看法與價值，在日常的編採工作中表現出來，包括他們如何決策、如何實踐（Hanitzsch, 2007; Mellado, Hellmueller, & Donsbach, 2017）。

1981 年美國新聞界最高榮譽的普立茲獎由任職於《華盛頓郵報》的 Cooke 獲得，但事後卻被發現，Cooke 所報導的 8 歲男童染毒事件的主角，根本就是虛構的。此事在全美新聞界造成極大的爭議與討論，也引發了學者對於新聞工作者使用爭議性編採手法的關切。

Weaver 與 Wilhoit（1986）在此背景下進行全美第二次新聞工作者大調查時，就特別增加了七項具爭議的編採手法，詢問受訪者的態度。此七項為：(1) 違諾揭露機密消息來源；(2) 化身他人獲取內部資料；(3) 出錢買機密消息；(4) 未經同意使用私人文件；(5) 為採訪而糾纏不願受訪者；(6) 未經同意擅用單位機密文件；(7) 隱瞞身分受雇臥底採訪得到內部消息。結果發現，美國新聞界接受度最高的是

「受雇臥底得到內部消息」（67%），最低的是「違諾揭露機密消息來源」（5%）。

　　在 1990 年代以後的美國調查中，爭議性編採手法題項逐次增加，它不若其他主題受到關注，但在 1990 年代由 Weaver 主導，全球 14 個國家或地區所做的調查中，對於上述的這些爭議性編採手法的態度，各國的新聞工作者未必如美國的研究結果一般；唯一的共識是「違諾揭露機密消息來源」，各國的受訪者都認為是不適當的行為，消息來源必須獲得保護。1990 年代在美國新聞界獲得較高認可的「未經同意擅用政府或企業機密文件」，在臺灣只有 26% 的新聞工作者表示同意。「受雇臥底得到內部消息」在英國得到超過八成受訪者的認同，但在加拿大卻只有 36% 的受訪者認為可以接受（Weaver, 1998）。這顯示各國的社會文化條件不同，影響新聞工作者的倫理抉擇。2000 年以後，全球各國合作的調查中，仍有 18 個國家或地區持續進行爭議性新聞的調查，共識最高的仍然是「違諾揭露機密消息來源」，其他手法的紛歧依然因各地文化與環境差異而存在。

　　由歐洲主導的全球 66 國新聞工作者在 2012 至 2016 年進行的研究，所調查的題項較少，但樣本數高達 26,665 個，結果顯示：「使用隱藏麥克風或攝影機」所獲得的認同最高，達 66.5%，其次是「未經同意擅用政府或企業機密文件」，有 65%，第三位則是「受雇臥底得到內部消息」，有 54.6%。其他依序為「以假身分化身採訪」47.8%，「出錢買機密消息」41.6%。這項研究也顯示，各國之間差異十分大，以「未經同意擅用政府或企業機密文件」為例，瑞典、挪威、日本三國的認同度可達 90% 以上，但卡達（Qatar）、坦尚尼亞（Tanzania）的認同度不到 10%（Ramaprasad, et al., 2019）。

　　跨國的比較可以看出文化差異如何影響記者的新聞實踐，並尋找新聞倫理的普世價值。例如，在 2000 年代的調查中發現，日本新聞界對於「以假身分化身採訪」的接受度只有 1.7%，其次是「未經同意使用私人文件」及「受雇臥底得到內部消息」都分別只有 2.2%

與 5.5% 的支持度，是 18 國家（地區）中最低的（Weaver & Willnat, 2012）。Oi、Fukuda 與 Sako（2012）解釋，日本新聞界有著溫和、不喜爭議的特質，這樣既不會冒犯讀者，也不會得罪廣告主，日本新聞界認為，他們的工作就是協助化解衝突，而不是去反映它。

　　然而，單一地區的歷時性研究，更可以看出當地的社會變遷如何影響新聞界的價值與行動。以德國為例，2005 年的調查與 1993 年相較，變動最大的是「未經同意擅用政府或企業機密文件」，1993 年有 54% 的受訪者表示可以接受，2005 年時卻有 84% 的受訪者認為必要時可以採用（Weischenberg, Malik, & Scholl, 2012）。作者雖然未對這種改變多做解釋，但可以推測這樣的改變和德國當時的社會變遷密切相關。

　　最完整的歷時性研究仍屬美國，Willnat、Weaver 與 Wilhoit（2017）在比較自 1980 年代以來四個十年的調查資料發現：記者最不能接受的是「違諾揭露機密消息來源」，其次是「刊登未經證實的內容」；隨著時代的不同，有些編採方法得到的認同也不盡相同，例如，「受雇到組織臥底取得內部資料」在 1982 年的調查中，是所有手法中最被認可的，有 67% 的受訪者認為在某些情形下還算正當、可以接受；但到了 2013 年時，只有 25% 的新聞工作者認為可以接受。「出錢買機密消息」則在四個年度中愈來愈不被認可，亦可視為美國新聞界已不再常用此編採手法。另外，「未經同意使用企業或政府的機密文件」，在 1982 年的調查有 55% 的受訪者認為是還算正當的手法，但 1992 年及 2002 年的調查卻發現，有八成（82% 及 78%）的受訪者表示認同，但到了 2013 年又降回 58%。作者並沒有對這四個年度中如此劇烈的變化多做解釋，但強調在不少美國的調查報導中，取得至關緊要的重要文件，經常能揭露政府或企業的弊端，是美國新聞人較能接受的編採手法。另外，對於使用隱藏麥克風或攝影機的採訪方式，1992 與 2002 年都有六成的受訪者認為是正當的行為，但到了 2013 年認同的比例下降至 47%。

値得一提的是，「未經同意使用私人文件」在 1992 年及 2002 年均有四成的受訪者認為在某些情形下是正當行為，但到了 2013 年卻下降至 25%。Willnat 等人（2017）特別指出，在數位時代社群媒體環繞，人們大量地把自己的資訊、照片和影片上傳至虛擬網路世界，這種自我揭露的現象，新聞工作者在使用這些個人資料時，的確是個困難的課題（見表 7-1）。

表 7-1：美國新聞工作者對爭議性編採手法的接受度（%）

爭議編採手法	1982	1992	2002	2013
受雇臥底得到內部消息	67	63	54	25
未經同意擅用政府或企業機密文件	55	82	78	58
為採訪而糾纏不願受訪者	47	49	52	38
未經同意使用私人文件	28	48	41	25
出錢買機密消息	27	20	17	5
以假身分化身採訪	20	22	14	7
違諾揭露機密消息來源	5	5	8	2
使用隱藏麥克風或攝影機	--	60	60	47
用戲劇性或模擬演出手法報導	--	28	29	12
揭露強暴受害者的姓名	--	43	36	15
刊登未證實的內容	--	--	--	6

資料來源：Willnat, Weaver, &Wilhoit (2017, pp.206-207).

因此，重新審視臺灣在歷經二十年，三個不同時代，新聞工作者對這些非常規的編採方式的接受程度，有助於我們瞭解，新聞倫理的變與不變，及背後的原因。

三、影響使用爭議性編採手法的因素

哪些因素會影響記者使用或不使用這些非常規的編採方式？歷來的研究大致可以分成兩個部分討論：其一為記者個人因素，其二為媒體競爭。

記者的個人人口學變項對於爭議性編採手法使用的接受程度，

在有些國家的研究中已被證實，例如，德國在 2005 年調查發現，年輕女性較容易接受這些非常規的手法（Weischenberg, Malik, & Scholl, 2012），這和澳洲的研究結果相似，年輕且教育程度高者，較具冒險精神，對此的接受度比年長資深者高（Henningham, 1998）。美國的調查也發現：年輕、女性、具開放冒險性、高收入者，都能影響對此編採手法的接受程度（Weaver & Wilhoit, 2012）；但巴西的研究在性別上卻剛好相反，男性反而有較高的接受度（Herscovitz & Cardoso, 1998）。

年輕代表著新聞資歷尚淺，對新聞倫理的敏感度低，較容易接受具爭議性的編採方式，在實務上可以理解，但為何性別上會有差異？則是一個有趣的課題。

另一方面，影響新聞工作者對爭議性編採手法接受度的因素，則是與媒體的競爭有關。Henningham 與 Delano（1998）針對英國、澳洲及美國新聞人員爭議性編採手法認可度所做的比較發現，在「假扮他人化身採訪」、「出錢買機密消息」及「用演員模擬畫面或戲劇手法」等三方面，英國新聞工作者的接受程度都遠高於其他兩國，接受度甚而相差二、三倍之多。他們認為這可能由於英國、特別是倫敦的媒體競爭非常激烈，造成媒體更願嘗試用這種非常規方式取得新聞資訊。羅文輝、陳韜文（2004）針對臺灣、香港與中國大陸三地新聞人員的比較研究亦發現，新聞競爭愈激烈的香港和臺灣，新聞人員愈傾向於接受這些可能受到大眾非議的編採手法，而中國大陸的媒體仍受黨政控制，在 1997 年調查時，媒體的競爭尚在起步階段，新聞工作者對這些編採手法的容忍度較低。

除了上述兩項影響因素之外，亦有研究比較不同媒體之間的差別，例如，Henningham 與 Delano（1998）發現，「假扮他人化身採訪」、「使用隱藏麥克風或攝影機」及「用演員模擬畫面或戲劇手法」等三項，英國廣電媒體的容忍度高於報紙，甚而連一向成為新聞界標竿的 BBC 新聞工作者，在這三項的認同度並沒有比其他廣電媒體

低。此外，Willnat 等人（2017）在 2013 年的調查中發現，新聞自主愈高的記者，愈能容忍這些手法；而愈認同調查監督、或對立媒體角色的新聞工作者，愈能認同這些報導方式；但認同媒體為資訊傳布角色的新聞人，卻傾向於拒絕使用這些手法。

綜上所述，爭議性編採手法雖然是非常規手法，可能涉及新聞工作者倫理抉擇，因為應然與實然之間經常存在著差距，而且新聞採訪的情境並非一成不變，如何在當下權衡而採取合宜的措施，的確是新聞實務上不斷變化的課題。尤其進入數位匯流時代，記者面對的工作情境較過去更複雜，是否會促使新聞工作者對爭議性編採手法，有更寬容的態度？跨年代的歷時性研究則可以幫助我們回答這個疑問。此外，在國外的文獻發現，性別、收入、不同媒體屬性、對不同媒體角色認同者，都對於爭議性編採手法有預測力，臺灣的研究尚缺乏這些較深入的資料，亦是本章關注的重點。更值得一提的是，新聞實作隨情境變化特質，編採現場需依不同情境而有不同考量的做法，是情境倫理的核心，因此，本章的另一個重心則在關切新聞工作者是在何種情境中，採取特定的爭議性手法獲取資訊，其原因為何？

第三節　三個年度爭議性編採手法之比較

一、三個年度爭議性編採手法同意度的變化

本研究選擇了八項具有爭議性的非常規編採手法，在三個年度中均請受訪的新聞工作者勾選他們是否同意在某些情況下可以使用？或者絕對不同意使用（見表 7-2）。結果發現：1994 年時，接受度最高的前三項是：「使用假身分進行採訪」（43.7%）、「為採訪內幕，不表明身分到企業或組織工作」（40.3%）、及「即使受訪者不願意，但仍利用各種方式打擾對方，完成採訪任務」（37.7%）。最不能

接受的做法則是：「透露受自己保護的祕密消息來源的身分」（9.6%）及「未經同意，在報導中使用私人文件（照片或信件）」（12.7%）。

2004 年的調查資料發現，接受度最高的前三項略有差異，第一名仍是「使用假身分進行採訪」（38.7%），第二名亦為「為採訪內幕，不表明身分到企業或組織工作」（37.4%），但第三名則改成「未經同意，在報導中使用企業或政府的機密文件」（36.3%），此項與前兩名相差不多。至於最不能接受的做法仍和十年前相同，以「透露受自己保護的祕密消息來源的身分」（15.5%）為第一位，但百分比卻比十年前高；其次為「未經同意，在報導中使用私人文件（照片或信件）」（19.3%）。

2014 年的調查資料則和前兩個年度略有不同，接受度最高的前三項為：「為採訪內幕，不表明身分到企業或組織工作」（49.8%）、「使用假身分進行採訪」（49.3%）、「未經同意暗中錄音或錄影」（48.4%）。最不能接受的做法則和其他兩個年度相同，「透露受自己保護的祕密消息來源的身分」（14.2%）居第一位，「未經同意，在報導中使用私人文件（照片或信件）」（19.5%）居第二。

如果將三個年度進行比較，可以發現變化較大的是「為採訪內幕，不表明身分到企業或組織工作」，1994 年有四成新聞工作者同意此做法，到了 2004 年略降至 37.4%，但 2014 年時卻升高到近五成。這個變化或許跟《壹週刊》和《蘋果日報》帶動的「風氣」有關，致使其他媒體為挖掘內幕、或踢爆事件，更願意仿效他們的做法，來完成任務。其次，「未經同意，在報導中使用企業或政府的機密文件」的做法，在三個年度中均呈現成長，這和新聞工作者傾向獲得機密文件，揭發弊端的工作文化有關，特別是 2004 年起，媒體競爭愈來愈激烈，揭弊作為一種爭取觀眾與讀者的重要策略，也促使記者更願意使用這種非常規性的手法，來達到其目的。

值得一提的是「花錢買機密消息」，在美國新聞界的同意度愈來愈少，甚而不認為這是新聞編採該有的，但在本研究三個年度的調

查中，卻發現逐年度成長，從 1994 年的 27.8% 到 2004 年的 35.4%，2014 年時更達到 38.6%。雖然，新聞工作者認同這樣的行為，並不表示在業界此編採手法經常使用，但這個成長應該與新聞競爭有關。

在三個年度中成長最多的是「暗中錄音或錄影」，它甚至成為 2014 年新聞工作最同意的第三名，主要的原因可能拜新科技之賜，手機可以錄音、錄影的方便性，使新聞工作者在不易採訪的情況下，可以隨手使用。此外，在 2014 年本研究多問了兩個題項，其一是「以戲劇性或模擬演出手法處理新聞」的同意度，結果有 20.9% 的受訪者表示在某些情形下可以接受，而「洩漏性侵受害者姓名」則只有 1.1% 的受訪者同意。這兩個題項主要的目的乃在於和美國 2013 年的調查比較，臺灣在 2006 年已經通過《性侵害犯罪防治法》，在第 13 條明訂「宣傳品、出版品、廣播、電視、網際網路或其他媒體不得報導或記載有被害人之姓名或其他足資辨別身分之資訊。但經有行為能力之被害人同意、檢察官或法院依法認為有必要者，不在此限。」[1]，社會多年來在婦運團體的奔起倡議下，1994 年即提案社會必須對此訂立專法，直到 2006 年民進黨婦女發展部主任彭婉如遇害，各界輿論壓力紛至沓來，立法院加速於當年 12 月 31 日通過此法。媒體一方面在有法可循，一方面也基於社會責任，多年來保護受害者已成為新聞圈的共識，故贊同者非常少；反觀美國，此採訪手法雖然同意者逐年度下降，但 2013 年的調查仍有 15% 的受訪者認同透露受害者姓名。

另一個和美國 2013 年調查比較不同的則是「用戲劇性或模擬演出手法報導」，美國新聞界只有 12% 同意，但臺灣的新聞界卻有 20.9% 較高比例的同意度。不論是戲劇性手法或模擬演出，都涉及新聞呈現的真實性，這點在臺灣的部分電視新聞較常使用，也較有倫理爭議。

---

[1] 請參見《全國法規資料庫》之「性侵害犯罪防治法」，網址：https://law.moj.gov.tw/LawClass/LawAll.aspx?PCode=D0080079

表 7-2：三個年度新聞工作者對爭議性編採手法的同意度（%）

爭議性編採手法	1994	2004	2014
1. 使用假身分進行採訪	43.7	38.7	49.3
2. 為採訪內幕，不表明身分到企業或組織工作	40.3	37.4	49.8
3. 花錢買機密消息	27.8	35.4	38.6
4. 未經同意，在報導中使用私人文件（照片或信件）	12.7	19.3	19.5
5. 未經同意，在報導中使用企業或政府的機密文件	26.5	36.3	42.0
6. 即使受訪者不願意，但仍利用各種方式打擾對方，完成採訪任務	37.7	29.9	26.0
7. 未經同意暗中錄音或錄影	29.2	32.8	48.4
8. 透露受自己保護的祕密消息來源的身分	9.6	15.5	14.2
9. 以戲劇性或模擬演出手法處理新聞	--	--	20.9
10. 洩漏性侵受害者姓名	--	--	1.1

二、影響接受爭議度編採手法的因素

　　到底哪些因素影響新聞工作者對於爭議性編採手法的認同度？本研究把三年度的資料綜合匯整，首先將此八項題項加總進行信度考驗，Cronbach's α 係數為 0.73，顯示此題項內部一致性相當高，再將其加總除以 8 成為對爭議性編採手法的整體認同度。其次，再進行多元迴歸分析，依據文獻將人口學變項列為第一層，組織變項為第二層，與新聞專業性相關的新聞自主及媒體角色列為第三、四層。結果發現，在人口學變項中，年齡（β=-.12，p<.001）、性別（β=.04，p<.05）及收入（β=.08，p<.001）均可預測爭議性編採手法的認同度。換言之，男性、年紀較輕、收入較高者，對於爭議性編採手法採取較寬容的態度，這和國外的文獻發現不盡相同。在媒體組織方面，不論是媒體類別（β=.04，p<.05）及工作地點（β=.04，p<.05）均有預測性；即在報紙工作、服務地點在總社者，較能認同這種編採手法。這或許和報紙近年來競爭愈來愈激烈，且在總社或總公司服務的新聞工作者，感受到同業之間的競爭壓力較大有關。在新聞自主方面，美國最近的研究發現，是很強的預測變項

（Willnat, et al., 2017），但在本研究卻發現，它並不具有預測力；而在記者對媒體角色認知方面，本研究發現，「資訊傳布」角色（β=-.09，p<.001）與「對立」角色，均具預測力；也就是說，認為媒體「資訊傳布」角色愈不重要、認為「對立」角色愈重要者，對此爭議性手法的包容度明顯較大，其他兩種角色如「解釋監督」及「文化娛樂」則不具預測力（見表 7-3）。

表 7-3：三個年度整體爭議性編採手法的影響因素階層迴歸分析

預測變項	整體爭議編採手法認同度（β 值）
第一階層：人口變項	
性別（男）	.04*
教育程度	.02
收入	.08***
年齡	-.12***
Adjusted R^2	.02
第二階層：組織變項	
媒體類型（報紙）	.04*
服務地點（總社）	.04*
Incremental adjusted R^2	.02
第三階層：新聞專業	
新聞自主	-.01
Incremental adjusted R^2	.02
第四階層：媒體角色	
資訊傳布	-.09***
解釋監督	.03
文化娛樂	-.02
對立	.20***
Incremental adjusted R^2	.07.
Total adjusted R^2	.13
F 值	22.19
樣本數	3,380

註 1：表中 Beta 值來自包括所有變項均輸入的最終迴歸方程式；變項編碼方式：性別（男=1，女=0）；服務地點（總社=1，分社=0）；媒體類型（報社=1，其他媒體=0）。

註 2：***p<.001, **p<.01, *p<.05。

註 3：爭議手法態度：1=不贊同，2=無意見，3=某些情況下可以使用。

　　本研究進一步將這八種爭議性編採手法進行不同媒體的比較。在此必須說明的是，2014 年的調查多了網媒與通訊社，為了與其他兩個年度整合，就其性質，本研究把它們與報紙合併稱之為平面媒體。經由變異數分析結果發現，在這八項手法中，廣播新聞工作者對於它們的認可度都低於其他兩種媒體，這可能的原因是，臺灣的廣播電臺中有設新聞部或新聞編輯室的不多，因此，廣播的市場競爭性不若其他兩種媒體來得大，廣播新聞人員較不易越界，以非常規方式從事採訪。在這八項手法中，平面媒體的受訪者有三項比電視受訪者認同度高，且達顯著水準；分別是：「未經同意，在報導中使用私人文件（照片或信件）」（F=15.46，p<.001）、「未經同意，在報導中使用企業或政府的機密文件」（F=29.13，p<.001）、「打擾受訪者」（F=15.52，p<.001）。這可能由於平面媒體在採訪作業的便利性有關，它們不一定需要拍攝畫面，技術上更容易取得這些文件、也比電視能使用「各種方式」來接近不願受訪的人。

表 7-4：三個年度不同媒體新聞工作者對爭議性編採手法的同意度（%）

爭議性編採手法	平面	電視	廣播	F 值	事後比較
1. 使用假身分進行採訪	2.01	2.05	1.75	14.85***	3-1, 3-2
2. 為採訪內幕，不表明身分到企業或組織工作	2.01	1.96	1.84	5.36**	1-3
3. 花錢買機密消息	1.83	1.96	1.57	26.58***	1-2, 2-3, 3-1
4. 未經同意，在報導中使用私人文件（照片或信件）	1.42	1.39	1.26	15.46***	1-2, 2-3, 3-1
5. 未經同意，在報導中使用企業或政府的機密文件	1.91	1.79	1.52	29.13***	1-2, 2-3, 3-1
6. 即使受訪者不願意，但仍利用各種方式打擾對方，完成採訪任務	1.76	1.64	1.51	15.52***	1-2,1-3
7. 未經同意暗中錄音或錄影	1.84	1.98	1.63	20.93***	1-2, 2-3, 3-1
8. 透露受訪者自己保護的祕密消息來源的身分	1.26	1.39	1.26	14.96***	2-1, 2-3
整體爭議手法之同意度	1.75	1.78	1.54	31.27***	3-1, 3-2

電視新聞工作者則在「花錢買機密消息」（F=26.58，p<.001）、「未經同意暗中錄音或錄影」（F=20.93，p<.001）及「透露祕密消息來源」（F=14.96，p<.001）三項的認同度顯著高於平面媒體。其中，暗中錄音或錄影可能是電視作業必須取得聲音或畫面素材，否則無法「做」成新聞，因此提高了電視新聞工作者的接受度（見表 7-4）。

第四節　利潤競爭與爭議手法的認同度

從前述文獻中發現，有些學者提及市場競爭對於新聞工作者採取爭議性手法有相當影響，不過，仔細檢視相關研究發現，這些論點大半都是在既有的研究結論上進行推論，證據力略有不足。

為了進一步檢視市場競爭因素是否真的影響受訪者對此手法的認同度，本研究在 2014 年的調查中，增列了相關題項，詢問受訪者服務的媒體機構最重視的目標及個人最重視的目標。本研究將記者認為工作機構最重視的目標的六個題項，進行因素分析，結果：增加利潤、提高收視（聽）率／點率點／閱報率、及提升廣告營收等三個題項形成第一個因素（Cronbach's α=.84），重新命名為「組織市場至上」；第二個因素則是：提高新聞品質、提升新聞人員素質、及更新產製設備（Cronbach's α=.81），將其重新命名為「組織專業為重」，累積可解釋變異量達 74.6%。在個人最重視的目標上，以同樣的題項詢問，經因素分析後同樣萃取出兩個因素，結果與工作機構重視目標相同，第一個因素重新命名為「個人市場至上」（Cronbach's α=.82），第二個因素重新命名為「個人專業為重」（Cronbach's α=.86），累積可解釋變異量達 76.9%。

此外，本研究也將八個具爭議的編採手法，進行因素分析，萃取出兩個因素，第一個因素是：使用假身分進行採訪、不表明身分到企業或組織工作、花錢買機密消息、暗中錄音或錄影、未經同意使用企業或政府的機密文件，重新命名為「便宜手法」（Cronbach's α=.76）；第二個因素則是：未經同意使用私人文件、打擾受訪者、透露祕密消息來源，重新命名為「忽略受訪者權益手法」（Cronbach's α=.50），累積可解釋變異量達 51.7%。

經過階層迴歸分析後發現，在「便宜手法」的認同度上，「組織市場至上」（β=.07，p<.05）和「組織專業為重」（β=-.13，p<.001）均有顯著預測力，顯示組織愈重視市場、組織愈不重視專業，新聞工作者對於便宜手法的認同度愈高，且公司不重視專業的預測力高於公司市場至上。而在個人方面，只有「個人專業為重」有顯著預測力（β=.06，p<.05），換言之，個人愈重視新聞專業，對於這種手法的寬容度也愈高。看起來，這個結果似乎有些矛盾，媒體機構愈以追求利潤、市場為目標，勢必迫使新聞工作者在面對採訪現場時，採取更多便宜行事或權宜的做法，即便可能有些爭議亦可被包容，以滿足市場競爭的需求。但在個人層次上，重視利潤不是最重要的，反而是新聞品質的重視程度，決定了新聞工作者對於此種手法的接受度。但如果兩者相較，可以發現「個人專業為重」的預測力較弱，可能的解釋是新聞工作者個人在不受組織的干預情形下，對於採訪情境中何者可為？何者不可為有其專業判斷，故有較寬容的態度（見表 7-5）。

另一方面，「忽視受訪者權益手法」的預測因素，經階層迴歸分析後發現，不論是組織層次或個人層次的因素，均沒有顯著預測力。換言之，這個手法並不受市場或新聞專業因素的影響（F=.44，p>0.05）。從表 7-2 可以發現，2014 年的調查中，這八種爭議編採手法中，「忽視受訪者權益手法」所獲得的認同度都比其他手法來得低，這可能也是臺灣新聞界普遍的共識，認為這三種方式並不恰當，所以無論是組織層面或個人層面，都不構成影響新聞工作者態度的因素。

表 7-5：市場競爭對爭議性編採手法的影響因素階層迴歸分析

預測變項	便宜手法 （β 值）	忽視受訪者權益手法 （β 值）
第一階層：組織變項		
組織市場至上	.07*	-.00
組織專業為重	-.13***	-.00
Adjusted R^2	.02	-.00
第二階層：個人變項		
個人市場至上	-.02	.03
個人專業為重	.06*	-.03
Incremental adjusted R^2	.02	-.00
Total adjusted R^2	.04	-.00
F 值	8.11***	.44
樣本數	1,434	1,439

註 1：表中 Beta 值來自包括所有變項均輸入的最終迴歸方程式。

註 2：***p<.001, **p<.01, *p<.05。

註 3：爭議手法態度：1=不贊同，2=無意見，3=某些情況下可以使用。

第五節　新聞場域中的情境與爭議編採手法

　　在量化資料中，本研究發現臺灣新聞工作者對各種不同的非常規編採手法認同度並不相同，除了「透露祕密消息來源」在各年度都最低之外，「利用各種方式打擾受訪者」亦在三個年度中逐年遞減，顯示新聞工作者對於受訪者的尊重，比過往提升。其他六種編採手法的認可度，都呈現 2014 年較前兩個年度成長。新聞工作者對這些遊走倫理邊緣的編採方式，並非全然以高標準的新聞倫理對待之，乃因在實際的新聞場域，事件的發生及採訪任務的需要，有許多不可預測且必須當機立斷的決策過程，故如何權便、如何作為與不作為，有著複雜的當下因素。以下，將透過深度訪談的方式，進一步瞭解哪些情境因素，促使新聞工作者對這些編採手法採取較寬容的態度。

一、使用假身分採訪

　　又稱「化身採訪」，本研究發現在新聞實務中這個方法獲得愈來愈多新聞工作者的認同。理論上而言，用假身分涉及誠信問題，「一旦被發現是說謊造假很丟臉」（C2-3），也顯示用欺騙手法取得消息，「是不尊重自己的職業」（C1-5），但有多位受訪者表示，這種方式視情況可以被接受，特別是涉及公共利益的事件、調查報導，或踢爆揭發某些重要內幕，就應該可以採用。

> 「我今天去做一個調查報告，如果我說我是新聞記者，他一定不會讓我知道事情的全貌，……例如，我去調查醫療美容詐騙的事件，我如果變成消費者，也許對方就不會有戒心，會跟我說怎樣怎樣……所以，這會讓你的調查變得更有意義。」（B2-1）

> 「有很多東西用真實身分是問不出來的，……有些事情就真的是在檯面底下，你要那樣才能找的到！」（C2-6）

　　B2-2曾經主跑社會新聞，他看過有些同業以假身分潛伏在舞廳、黑道，揭發一些重大弊案，但因為涉及的利益十分龐大，「一旦讓對方知道你可能破壞他的重大利益時，你的人身安全就相對危險，……任何新聞價值都不應該拿生命去換！」（B2-2）這是他反對的原因。他也指出，社會線上有些報導會涉及八卦情色，所以有些媒體的長官也會要求記者化身為「顧客」，去酒店假「消費之名」行採訪之實，這種非關公共利益的八卦式報導，則不該被鼓勵。

　　本研究發現利用假身分採訪因記者路線不同而有差異，例如，政治線記者幾乎沒有用過，也不需要使用；但消費線、社會線或調查報導的記者則常常需要使用，他們對這種方式的態度更開放，也更不覺得有造假說謊欺騙之嫌。

二、不表明身分到企業或組織工作

這個手法和用假身分採訪相似但略有不同，因為要到企業或組織工作必然要用真實姓名，它的概念乃不表明自己是記者而「臥底採訪」。同樣涉及欺騙的道德爭議，但在三個年度的比較中，新聞工作者的接受度愈來愈高。

在本研究訪談的記者中少有人有此經驗，C1-3 表示初到《蘋果日報》時，曾經被報社派往某機構工作 1 個月，真實去體驗該工作的甘苦，職場的勞動條件不平等現象（鑑於保護受訪者原則，本研究無法詳細描述他所臥底的工作情形），1 個月後以相當大的篇幅刊登，引起社會重視。他回憶在工作時也和同事有不錯的情感，當新聞被刊登後，「大部分人第一時間知道，就覺得你是一個騙子！」（C1-3）。

即便被這些「前同事」這樣指責，但他認為臥底採訪去揭發某些現象，仍然相當有成就感，因此，在某些情形下仍有其必要。

> 「雖然說會面臨到道德上的衝擊，可是就臥底來說，臥底他如果是一個目標性明確，他是要去揭露事實的前提之下，是可以被接受，但像狗仔那些，我都是覺得有違學校教的……」（C1-3）。

多數受訪者沒有臥底採訪的經驗，但並不表示他們反對。他們同樣認為，涉及公共利益、資料取得不易的議題，並不排斥同業用這種方式，甚而有受訪者 A1-7 舉中國大陸富士康工廠曾經發生員工跳樓頻傳事件，中國大陸媒體以臥底採訪方式，深入富士康員工生活，如此凸顯一個企業體內部的管理問題與勞動狀況，就十分具有社會意義。但多數受訪記者卻反對某些媒體走八卦路線，派記者到酒店臥底，只為描寫羶色腥的新聞。

三、花錢買機密消息

付費購買重大的機密消息，在新聞學上稱之為「支票簿新聞學」（checkbook journalism），美國 2008 年轟動一時的安東尼（Casey Anthony）弒子案，ABC 新聞網曾經花 21 萬美金取得獨家訪問新聞當事人（轉引自 Willnat, et. al., 2017）。美國媒體競爭激烈，花錢買消息或取得獨家專訪的情形時有所聞，也引起爭議，美國專業記者協會（Society of Professional Journalists, SPJ）[2] 在 2014 年時曾重修倫理規範，並強調：支票簿新聞學破壞新聞工作者的獨立性，也威脅所購買消息的正確性。強烈建議新聞工作者不該使用此手法。英國在 2002 年也曾發生一起《世界新聞報》支付 1 萬英磅，給線人到某黑幫臥底，最後警方因此破獲該組織正密謀綁架足球名星貝克漢兒子的案件，線人提供的內幕消息，使該報獲得獨家詳細報導，且有多張警方逮捕嫌犯的現場照片，使該報銷售大增，當報導陸續刊出後，該報又支付 5 萬英磅給對方作為「紅利」（袁海，2002 年 11 月 3 日）。

受訪的新聞工作者大都沒有花錢買新聞的經驗，有些受訪者回答曾經有徵信社兜售偷拍照片或影片，也有珍貴的照片或影片，擁有者希望媒體機構能支付使用費用，在一般合理情況公司都會支付。有些受訪者對於花錢買消息並不贊成，因為「你扯上金錢以後，他就不再是那麼的純粹，……牽扯到金錢就會有誰提供訊息，跟誰想要去控制這個訊息的內容，你沒有辦法很中立去做這些事」（C1-5）。

不過，在實務上仍有少數個案是花錢購買機密消息，支持這種做法的新聞工作者都認為，如果消息（或素材）本身具有重大公共利益，且取得十分困難，則可以合理使用（B1-2，C2-2）。

---

[2] 見網址：https://www.spj.org/ethics-papers-cbj.asp

四、未經同意，在報導中使用私人文件

　　未經對方同意而使用個人的文件、照片，涉及個人隱私、洩漏個資及智慧財產權等法律層面問題，受訪的新聞工作者大都持保留態度。但是，也不得不承認在現今的採訪環境中，這種情況經常發生。A2-1舉自己處理過的例子，「如果一個名人他發生有爭議的事件，我們手上剛好取得了他的私人文件，經過查證確實是他的，且這個文件的公布極具新聞價值，又有公共利益，這就會被拿來使用」（A2-1）。隨著社群媒體盛行，個人經常將自己的照片、影片或文章放在臉書、IG及LINE上，更增加了記者取得私人素材的方便性。當新聞事件發生時，記者經常在爭取時效的情況下，並沒有經過事件當事人或關鍵人的同意，就直接翻拍、下載作為報導素材。C2-4與C2-2即坦承，他們經常在長官的要求下做這樣的事。

> 「因為你沒有辦法，沒有辦法一個一個去問他們，他們也許不會每天都在線上，他們也不會立刻回覆你，那長官他就是要發今天的新聞，所以你還是得用，那我們就是標註翻攝來源，就這樣子……事後有些人會打來抗議，說我沒有要讓你們用這張照片，那通常我們就是好吧，那就撤掉！」（C2-4）

　　競爭和截稿壓力，經常來不及得到允許而使新聞工作者擅自到社群網站上截取圖片、下載影片或翻拍，這種情形在社會新聞與災難新聞中常見。這裡的爭議在於，社群媒體上的資料本具透明性，它到底算是私人場域？還是公開場域？如果它具有公開性，媒體未經同意使用並不違法。這個兩難不只是在臺灣很難取得標準答案，即便在美國，亦同樣難以獲致結論（Willnat, et. al., 2017）。但在本研究的受訪者中，卻最多人表示應然面與實然面反差極大，換言之，

新聞同業如此行者比比皆是，有些媒體甘冒違反《自殺防治法》的風險，仍然將自殺者的臉書照片、及其他個資都報導出來。

A2-7 提及，在同業自律的努力下，近年來在重大社會事件上使用這種私人文件，電視媒體逐漸有些共識。「如果新聞當事人涉及的是較負面的事件，如自殺、性侵等，基本上我們就不會處理了，但如果像最近飛官因公殉職，是比較正面的角度，我們就會去截取他臉書的照片使用，但會將他的孩子馬賽克，做到保護的責任」（Z5）。

也有受訪者提到，重要新聞事件當事人的日記或遺書，經常也會被拿來使用。但這是否有逾越了侵犯個人隱私的分際？各方說法並不一致。

五、未經同意，在報導中使用企業或政府的機密文件

比起使用私人文件，未經授權使用企業或政府的機密文件，得到較多受訪記者的支持，乃在於政府及大財團都是必須被監督的對象，「涉及公共利益」、「危害公共安全」、「影響層面大」都應該被優先揭露。在新聞史上最有名的個案是攸關美國在 1940-1960 年代參與越戰的原因分析，直指並非協助越南，而是圍堵中共。這份被稱之為「五角大廈文件」（Pentagon Papers）的文件，被列為極機密文件，卻先後被《紐約時報》與《華盛頓郵報》揭露，造成美國社會極大的震撼。

> 「尤其是政府文件，常以機密文件當保護傘，媒體作為第四權，有監督政府之責，但是為避免報社吃官司，機密文件內容可報導，機密文件的圖片不能用，若要用時，會技巧流露給民代，讓他們去發布再引用。」（A1-1）

A1-7 和 A2-7 都舉 2020 年總統府某位高層的電腦遭駭客入侵後，流出許多私人郵電、紀錄文件，雖然未經對方允許，但其中涉

及到很多可受公評的公共政策決策過程，媒體不可能不用。「那段時間雖然總統府一直打電話來叫我們不要再用這些文件了，但這個情形之下，我們怎麼可能聽政府的！政府有比媒體大嗎？」（A2-7）。

A2-7 甚至舉出自己及同業都曾經因為涉及重大爭議事件的新聞，官方遲遲沒有明確的處理原則，「我曾經跑過重大勞資糾紛案，就會很想趕快知道政府到底要怎樣處理，所以，就會『調閱』（偷翻）一下卷宗，瞭解細節」（A2-7），主跑社會警政線的記者 A2-8 表示，他們也會去翻閱警方的訊問筆錄、檢察官卷宗，瞭解案件的進展關鍵；受訪的幾位主跑政府部會的記者則認為，必要時真的要想盡辦法，甚而會去翻查垃圾桶、廢紙區，尋找線索。當面對重要政策或爭議事件時，新聞工作者的確較常使用這種方式，來獲取消息，也認為其正當性應被認可。

A1-7 也指出，現在手機訊息傳播非常方便，企業內部高階主管的對話被揭露的情形，有時也會涉及揭弊或公共利益。例如 2020 年康軒文教集團董事長違反防疫規定，在居家檢疫期間居然到公司開會，被集團內員工家屬檢舉後，卻發生以 LINE 簡訊在內部撤查，且引發對吹哨者霸凌、逼迫離職等事件。這些 LINE 截圖就成為媒體可以考慮採用的素材，來印證吹哨者是否被迫離職。此事件關於弱勢勞工的權益，新聞工作者當然應該基於公共利益予以揭露。

六、糾纏受訪者

記者在採訪過程中，遇到新聞事件的關鍵人物，不願意受訪時，該放棄嗎？在新聞實務上有太多不同情境，很難有標準答案。理論上，願不願意受訪是個人的意願與權益，但當個人成為媒體追逐、必須採訪的對象，必然有其新聞價值。大體來說，A1-1 的區分可作為釐清界線的參考：「受訪者若是官員，一定要鍥而不捨追問，完成採訪任務；若是一般受訪者，會用各種方式說服對方受訪，但不包括威脅方式，而是曉以大義的方式。」（A1-1）官員有被監督的

義務，即使再不願意回答，受訪者認為都應該繼續「糾纏」，那怕是到家門口守候大半天，跟著官員行程到處走、到處問都是值得且必須的。另一方面，如果此事件涉及公共利益，新聞當事人不論是官員或平民百姓，這種「鍥而不捨」以各種方式「打擾」受訪者，仍被視為必要、可接受的方式（A2-1，B2-1，C2-3）。

　　新聞記者對待一般人的標準顯然比達官顯貴要寬鬆許多，也較能以同理心尊重對方。特別是一些被害者家屬、災難事件中罹難者家屬等，記者們的看法也較為紛歧，有人寧可漏新聞、被長官罵也不會去糾纏對方（C2-4，B2-2），但 B1-2 卻會用較被動地方式「既然受訪者覺得為難，那我就被動地在旁邊看或聽就好，不直接去問」（B1-2）。

　　「有些家屬、有些被害人是很願意被採訪的，因為他們真的需要幫助。也許他今天受害了，他可能一家之主被撞死了，那他不透過這樣的報導，沒有人知道他家裡的處境！那我會用這種方式跟他們溝通……那如果溝通好的話，他們有些還真的會願意被採訪。」（C2-3）

　　A2-7 特別提及，2014 年臺北捷運隨機殺人事件的嫌犯鄭捷，他的父母連續遭媒體守候、糾纏與騷擾，最後逼得父母公開向受害人下跪道歉。「爸爸媽媽其實很可憐，犯罪的人是孩子，為什麼他們要承受被媒體一直騷擾？」（A2-7），此事件之後，電視衛星公會發起自律機制，要求所有會員應謹守分寸，勿過度打擾家屬，尊重其人權。但這個做法卻常常因為媒體競爭而被打破，特別有些媒體即以聳動羶色腥為訴求，經常破壞自律原則。

七、未經同意錄音錄影

　　未經同意對受訪者錄音或錄影，多少涉及不尊重與誠信原則，

不贊同的受訪新聞工作者認為，這仍有欺騙之嫌，採訪應該光明正大。不過，這個手法從 1994 年開始，被認可的程度逐年上升，到了 2014 年已有接近一半的新聞工作者認同，可見在實務上採用的情形應該很普遍。尤其，2014 年已是數位匯流的時代，手機既可錄音又可錄影，其方便性更高，自然更頻繁地被使用。報紙記者多半在採訪時會錄音，一方面確保寫稿時受訪者的談話能正確無誤，一方面也在於保護自己，「有些受訪者明明說的是 ABCDE，結果經過媒體一報導，就急忙否認，說是媒體亂寫，所以，錄下來也是要證明我沒有亂寫！」（C1-1）。C1-5 的做法則是「先錄，再徵求對方同意後使用」。

除此之外，贊同在某些狀況下可以使用此方法的新聞工作者，大半都認為採訪主題如果涉及公共利益，對方又不願意向記者說明時，這時即使沒有獲得對方同意，也應該錄音錄影，以作為報導的素材。電視新聞作業上尤其常見，在這種爭議事件的採訪，「往往就是先開機，然後直接闖進去，因為不確定對方是不是願意受訪，但他的聲音和畫面又非常重要……」（B2-1）。C2-6 也提及，她在路線上經常報導和消費相關的糾紛，「店家通常都不會讓你拍，怎麼可能讓你知道他們在食物裡放了什麼不該放的……例如組合肉啊……那我們只好進去用手機拍來取得畫面」（C2-6）。

臺灣的媒體多元，競爭激烈，有些媒體為衝收視率或點率閱，傾向個人八卦或羶色腥的報導，記者為此而偷錄私人的談話、或像狗仔般偷拍這些名人私領域的生活。受訪的記者們對此都表示反對。

八、透露祕密消息來源

這個手法儘管在量化資料裡，每個年度有將近 10%-15% 的受訪者表示認同，但在本研究質性訪談中，卻沒有人認可，甚至不少受訪者認為這是記者的「天條」（A1-1，B1-2，C2-3，C2-4，C2-5），絕對不可以犯此嚴重錯誤，這無疑是打破了自己和對方的承諾（C2-

2），也是更明確地違反了作為新聞工作者的職業倫理與道德（A1-7）。

九、戲劇性造假手法

造假手法很多樣，戲劇性造假更涉及新聞真實性，尤其在社會新聞中經常出現。2017 年 10 月三立新聞臺播出一則新聞，報導民進黨大老吳乃仁上酒吧，影片直指「重回乃公酒吧現場」並訪問「爆料人」「葛先生」詳細描述吳乃仁當天酒吧唱歌及其他過程細節，但新聞播出後這位「葛先生」被質疑是以該臺社會記者後側背面（俗稱「拉背」），及變聲處理「造假受訪」。看不慣同事如此行徑的三立某主播，甚而氣憤地在臉書發文表示「找不到爆料人受訪，可以寫週刊轉述！自己演是哪招！」並揚言「拒播假新聞」，此事甚而引起國家通訊傳播委員會的關切（蘋果日報即時新聞中心，2017 年 10 月 16 日）。

這種類似的採訪手法不只出現在三立電視台，其他媒體亦曾發生，當找不到受訪者時，就找同事充當受訪者，有時還模擬現場狀況，只要馬賽克和變聲處理，觀眾或讀者很難分得清真偽。受訪的新聞工作者中，有人亦曾經以類似手法處理過新聞，他們不見得完全認同此法，但也提到「有圖有真相，公司會要求，有時長官也會要求，就真的難免」（A2-1）。

本研究發現這樣的手法較常出現在電視媒體的新聞實作場域，主要乃因電視是以影像作為說故事的工具，沒有了畫面無法製作一則電視新聞，所以「演」、「模擬」就似乎難免，但受訪者對於這種「模擬」的程度和情境，亦有底線，例如「基於事實模擬，就不是演，因為需要畫面，我們總不可能等事故再發生一次吧！」（B2-2）、「只要不是太誇張的動作，應該可以接受」（C2-2）。受訪者也表示，如果真的是模擬，應該在影片上打上「模擬畫面」字卡，以示對觀眾負責。

不過，模擬畫面在新科技介入後，各種 AR、VR 使用在新聞製

作上，產生了「擬真」的效果，這個手法未來需要更多的討論，才能在新聞真實本質與採訪報導的創意與便利，如何權衡孰輕孰重，釐得更清楚。

十、小結

綜合上述的質性訪談資料，本研究將新聞工作者採訪爭議性編採手法的可能情境，綜整如表 7-6。由此可知，公共利益是多數新聞工作者認為，可以採用這種非常規性手法的主要原因，當新聞事件涉及公共性時，這些方法是不得不然的權便之策。公共利益為前提經常伴隨著採訪不易、資料或畫面不易取得，故而採取這些非常規的做法。不過，在質性資料中，同樣發現媒體競爭、記者想獲得獨家的企圖，也會促使他們採取這些做法。

表 7-6：新聞工作者認為可採取爭議性編採手法的情境

爭議性編採手法	公共利益	採訪不易	市場競爭	關鍵人拒訪	保護自己	確保正確	畫面取得不易	八卦吸引人
假身分採訪	△	△						
未表明身分受雇	△	△						
花錢買機密消息	△	△					△	
未經同意使用私人文件	△	△	△					△
未經同意使用企業或政府文件	△	△	△					
糾纏受訪者	△		△	△				
未經同意錄音錄影	△	△			△	△	△	△
透露祕密消息來源	×	×	×	×	×	×	×	×
戲劇性造假或模擬手法							△	△

註：△為某些情況可以接受，× 表示絕對不可。

第六節　結論

　　本章從新聞場域的應然面與實然面討論新聞工作者對爭議性編採手法的態度，並聚焦在跨三個十年的比較，以瞭解社會變遷對此的影響。如果不論百分比的變化，1994 與 2004 年認同度都居第一位的是「使用假身分進行採訪」（分別為 43.7% 與 38.7%），但到了 2014 年卻退居第二位（49.3%），改由「不表明身分到企業或組織工作」（49.8%），後者在前兩個年度都是居第二位（40.3% 與 37.4%），因此，這兩項做法最被新聞工作者接納。至於第三名則各年度均有不同，1994 年為「利用各種方式打擾受訪者」（37.7%），2004 年則是「花錢買機密消息」（35.4%），到了 2014 年「未經同意暗中錄音或錄影」（48.4%）反而居第三位。

　　就各個手法百分比的年度變化來看，2014 年各項同意度的百分比都比其他兩個年度來得高，其中，變化最大的是「未經同意暗中錄音或錄影」，1994 年只有 29.2% 的同意度，2004 年上升到 32.8%，但 2014 年卻接近五成（48.4%），這個成長的趨勢與手機的方便性密切相關，記者可以利用手機在各種不同的新聞需求上使用。其次則是「未經同意，在報導中使用企業或政府的機密文件」，也從 1994 年的 26.2% 成長到 2014 年的 42%。這可解釋為臺灣社會在歷經解嚴後三十多年的開放，媒體的自我審查逐漸鬆綁，為公共利益揭發弊端與不法的新聞取向愈來愈為新聞室標榜，甚而成為競爭的策略，被監督的對象多半是政府與大企業，因而，新聞工作者對此手法的接受程度也愈來愈開放。不過，從全球各國的同意度比例（平均 65%）來看，並不算高，丹麥、法國和愛爾蘭等三國新聞工作者的接受程度均在九成以上（Ramaprasad, et al., 2019）

　　「透露祕密消息來源身分」的同意度與歷年來在各國調查的結果都相同，贊同者最低。但值得一提的是它比例逐次升高，從 1994 年的 9.6% 到 2014 年的 14.2%，雖然仍然是所有爭議性編採手法中

同意度最低的，但贊同的比例提高，且與美國 2013 年的調查相較
（2%），也有相當差距；甚或在 2000 年代全球 18 國的調查相較，
臺灣的百分比與韓國、新加坡相當，但高於其他國家（總平均數為
8.1%）（Weaver &Wilnat, 2012），這一方面是否代表了臺灣的新聞工
作者對此的承諾較鬆散？另一方面也顯示臺灣的新聞工作者自 2000
年以後，有較多的人支持違反承諾可以透露消息來源？我們無法得
知確切的原因為何？只能呈現被新聞工作者列為「天條」的這項做
法，在歷經時日後，的確有較過去鬆動的情形，亦是逾越新聞倫理
規範的可能性增加的表徵。

　　對於未經同意使用私人資料的認同度，雖然三個年度有略微成
長，但比例並不高，這表示新聞工作者對此手法的容忍度偏低。不
過，在實務界仍有些灰色地帶，讓新聞工作者經常截取他人在社群
媒體上的發言與照片，作為報導的素材，這些在網路虛擬空間的發
言，特別是 LINE 的對話串，很難界定屬公開言論，有些實屬私人對
話，被媒體未經同意就使用，亦有侵犯他人隱私之嫌。社群媒體興
起所帶動的網路對話與使用者生產內容，取得愈來愈方便，恐是倫
理道德與公共利益界線難以區分的難題。

　　這些手法進一步地延伸，目前媒體常使用某些社群媒體社團的
照片或影片，如「爆料公社」、「爆廢公社」、「黑色豪門企業」等，
這些影片或照片有不少是民眾上傳的行車記錄器、監視器或偷拍影
片，這些影片或照片拍攝的方式大都未經拍攝者同意，媒體之所以
能使用，乃因這些社團會宣稱，上傳影片者必須對於被媒體使用無
異議，這成為記者認為「得到使用許可」的理由，但如果拍攝者並
未經過當事人允許，記者仍然有利用「使用爭議性手法獲取內容」
的疑慮。這也是數位時代的新聞工作者要重新面對的倫理難題。

　　其次，在各變項的預測性方面，本研究發現人口變項中的男
性、收入較高、年紀較輕者，對爭議性編採手法的認同度較高。這
與過去在美國與德國的研究，在性別上有所不同，這可能顯示臺灣

的女性工作者較嚴謹而保守，所以對於必須遊走灰色邊緣的編採手法，比較不願跨越倫理界線。這將有待後續進一步研究證實。本研究也發現媒體類型與服務地點對於這種非常規手法的認同度具預測性，報紙新聞工作者、服務於總社或總公司者，較能接受這些手法，這乃因服務於總社所處的媒體競爭較為激烈有密切相關，這個結果對照到本研究以媒體別進行的比較分析，即可發現，廣播在各項的同意度均低於其他媒體，乃因臺灣的廣播新聞競爭不如報紙與電視來得大，這點在本研究進一步分析 2014 年的資料時，已得到證實，組織市場至上、愈不重視專業，愈能使新聞人認同這些「便宜手法」。

比較值得一提的則是，在 Weaver 與 Wilnat（2012）的研究中，新聞自主是預測爭議性編採手法的顯著變項，本研究發現它並沒有預測力。此外，它與記者對媒體角色的認知關聯性只有「資訊傳布」角色擁有負向預測性，「對立」角色則具正向預測力。這和美國 2012 年的研究類似，只不過，在美國的研究中，記者對於「解釋監督」角色具有正向的預測力，在臺灣則沒有顯著性。我們可以理解，當記者愈認同對立的角色，他使用這些非常規手法的合理化過程愈容易，當新聞人愈不認為新聞工作者必須傳播正確資訊、避免不實報導（此為資訊傳布重要內涵）的重要性，他則愈能說服自己用各種超出社會道德的採訪方式來完成任務。

最後，從情境倫理觀之，本研究發現公共利益和採訪不易是新聞工作者認為不得不採取非常規方式的重要情境。新聞實務情境的複雜性很難用單一標準衡量，公共利益優先經常是作為與不作為的判準；不過，在應然面與實然面中仍存在著模糊的線，公共利益與市場競爭經常伴隨而生、相互作用，有時相輔相成，有時背道而馳，當市場競爭偏激至高舉公共利益的旗幟，實則行八卦煽情之實時，這些爭議性的編採手法，也很容易淪為爭取收視率、點閱率與利潤的工具。

　　回顧臺灣自解嚴後三十多年的媒體發展歷程，A1-7、A2-7 與 A1-1、A1-3 都認為，臺灣媒體三十年前看似有秩序的採訪，隨著報禁開放、有線電視開放、《蘋果日報》登臺、再到數位匯流，「都讓過去套在媒體頭上的緊箍咒解放，採訪模式也更彈性靈活」（A1-7），觸碰紅線的機率大增，但對於人權的尊重，卻也因社會意識的抬頭，而有所進步與改善。例如，過去經常報導自殺、性侵的新聞，近年來電視臺自我節制下，已減少許多，甚而《性侵害防治法》、《兒童及少年福利與權益保障法》的制定，對於保護兒童與受害者已有法源，也使媒體對此類報導時，那條無形的線具象化。

　　模糊的線要如何畫下禁止與通行？需要新聞工作者的自律與智慧，數位時代新科技不斷更新而變化，新聞工作者面對的新情境與新挑戰更多元且複雜，情境與權便仍要在責任與倫理的原則下而行，誠如 Hulteng（1976）所云：如果新聞事業不能遵守倫理價值，將無法為社會所用，也就不再有任何存在的理由。

第八章

新聞人不可承受之重：
置入與業配

「因為人家給了預算，你的報導就被箝制，大家完全沒有辦
法監督，以前政治人物怕記者，現在剛好相反，記者怕政
治人物，真的是完全莫名其妙！」(B1-5)

第一節　業配置入的恩怨情愁

2017 年 5 月時任《中國時報》旅遊美食版記者的陳志東，在部
落格寫下〈中國時報請停止踐踏媒體尊嚴〉[1]，鉅細靡遺地描述了《中
國時報》如何接受來自各單位的業配，文中所謂的「編經版面」的
業配置入單，所羅列的單位林林總總，他也描寫了下單的業主如何
在新聞內容下指導棋，更用 LINE 截圖赤裸裸地呈現給讀者，並舉出
各種不同的看似新聞的內容，實則都是業主花錢買的，最終該報也
因業配而轉虧為盈。

陳志東語重心長地寫了一段話：

「其實，對記者來說，寫置入新聞很好，特別在我身處的
這個影視消費中心，寫旅遊美食消費時尚跟藝人消息，不

---

[1] 詳見網址：https://reurl.cc/14RkWm

用花腦筋，拿著新聞稿抄抄改改，寫的一定是捧業者的好
話，長官歡喜，業者開心，不只送禮，還撥給業配獎金，
寫一條置入新聞最少額外多賺 5、6,000 元，在低薪年代，
愛寫置入的年輕記者很有機會荷包滿滿。

但我們資深老記者不愛寫，即便只是吃吃喝喝的旅遊美食
新聞置入，我們也不想寫，更遑論去拉，因為我們看得到
它對社會的深遠影響與危害。」

他更指出，這些危害包括特定政治人物利用金錢，來主導具有
爭議的政策；企業明明有問題，卻可以花錢讓媒體為它包裝形象。
臺灣的媒體都接受了，風骨何在？

由於這篇文章呈現的數字與證據、及涉及的單位與個人，報導
的新聞個案都非常具體，因此，當年 6 月《中國時報》以「破壞報
譽，不可原諒」將其免職，[2] 後續陳與《中國時報》仍有關於勞資訴訟
的官司，但不在本文的討論範圍。

這個事件在 2017 年引起社會的重視，也讓長期以來媒體接受業
主金錢，配合報導的種種證據被攤在陽光下。尤其在新聞圈所引起
的震撼和討論更大，因為，這個圈內人人都知道的「祕密」，就像國
王的新衣一樣，赤裸裸地被戳破了！陳志東宣布正式離開《中國時
報》的臉書貼文，共有 427 則留言 939 次分享，可見其衝擊力道！

陳志東不是第一位因無法忍受業配對新聞專業與社會的危害而
離職的人。同樣是《中國時報》的記者，早在 2010 年 12 月黃哲斌
也曾大動作地寫下〈乘著噴射機，我離開《中國時報》〉[3] 一文，說明
自己無法接受業配干擾新聞自由，辭職的理由是「臺灣報紙業配新
聞領先國際潮流，自認觀念落伍告老還鄉」，黃哲斌當時發起了連

2　詳見陳志東臉書：https://www.facebook.com/catdrawer/posts/10209125994733620
3　見網址：http://puppydad.blogspot.com/2010/12/blog-post_13.html

署「反對政府收買媒體」，共有超過 110 個團體及 5,000 個人參與。隨後，筆者應卓越新聞獎基金會之邀，撰寫〈原來我這麼「不專業」？就這樣我離開了電視新聞界〉一文，回應黃哲斌之文，說明 2004 年筆者個人如何在執行業配的過程中，遭業主刁難羞辱，又必須為五斗米折腰忍辱負重合理化自己的行為，在不能忍受對新聞的理想與憧憬一點一點流失之際，毅然離職。此文亦引發許多轉載。

　　這波的反置入浪潮得到不少學界聲援，同年 12 月 26 日全臺 46 所大專傳播科系超過百位學者連署，並召開記者會反對政府進行新聞置入與業配。但各家媒體反應冷淡。可想而知，因為大家都做業配，大家都拿了錢當業主的「化妝師」。但民間反對的運動一直持續，促使立法院在 2011 年元月 12 日通過《預算法》修正案，62 條之 1 明訂「基於行政中立、維護新聞自由及人民權益，政府各機關暨公營事業、政府捐助基金百分之五十以上成立之財團法人及政府轉投資資本百分之五十以上事業，編列預算辦理政策宣導，應明確標示其為廣告且揭示辦理或贊助機關、單位名稱，並不得以置入性行銷方式進行。」[4]

　　2010 到 2011 年的反置入運動，在當時看似向前邁出了成功的一步，至少政府願意帶頭將此入法並建立規範。但十多年後對照陳志東事件，只能說當年的「成功」只是曇花一現的浪漫與樂觀，在新聞的現實環境中，置入與業配並沒有消失，各級政府也沒有因為《預算法》62 條之 1 的規定而乖乖守法，各大企業主更無視新聞的獨立性，反而以各樣名目買媒體、對記者下指導棋。

　　自 2003 年置入性行銷納入政府對外宣傳策略至今，已逾十八年，業配與置入成為記者不可承受之重，正一點一滴地侵蝕著新聞的專業與自主，也漸漸如當年所憂慮的，成為新聞組織的常規化作業，一切已理所當然（劉蕙苓，2011）。

---

[4]　相關條文見網址：https://law.moj.gov.tw/LawClass/LawSingle.aspx?Pcode=T0020001&FLNO=62-1 但與 2011 年通過之條文略有出入，乃因此法在 2016 年進一步修訂。

　　綜觀各國的記者研究，都會提到新聞業的衰退，新聞自主的空間愈來愈受限（Hamada, et. al., 2019; Willnat, Weaver, & Wilhoit, 2017）。影響新聞自主的因素很多，外在環境利潤下降的經濟因素是其一，但對臺灣新聞界而言，更直接的影響，則是作為一個新聞人，卻必須接受「外人」與「外力」干預採訪與編輯作業，這也是本章必須將此獨立討論的原因。在量化資料部分，本研究除了要比較 2004 年與《預算法》通過後的 2014 年，新聞工作者執行置入業配的情形是否有所不同之外，也將進一步分析置入性行銷對工作滿意度及離職意願的影響；同時以質化資料來深入描繪 2014 年以後的置入業配對記者的影響。

第二節　文獻探討

一、新聞廣告與新聞置入

　　置入性行銷源自於行銷學中的「產品置入」（product placement）或稱「品牌置入」（brand placement），它的特性是業主付費且經過策劃後，將廣告的訊息以自然又不特別凸顯的方式呈現，企圖影響消費者（Balasubramanian, 1994）。本來置入性行銷作為商業溝通的手段，在電視與電影中已行之有年，雖然有學者批評它可能侵蝕這些影視作品的藝術性或造成劇情不連貫（Wenner, 2004），但不只是美國十分蓬勃，近十多年來以影視輸出為傲的韓國亦頗為常見，歐盟也在 2007 年以正面表列方式，有條件放寬允許在某幾類節目中可以進行產品置入。英國則是開放得最晚，於 2011 年才允許幾類節目置入（劉蕙苓，2011）。

　　不論置入性行銷如何「包裝」與企劃，它畢竟是具說服性廣告的本質，因此，在歐盟與英國的開放中，都明訂兒童節目與新聞節目應禁止，前者基於兒童無判別力容易受影響，後者則因新聞乃基

於獨立自主不應受制於廣告主。不過，在置入性行銷盛行於影視產業之際，新聞廣告化（advertorial）亦開始於報紙雜誌逐漸成長（Stout, Wilcox, & Geer, 1989），剛開始的形式類似廣編稿，出現在特定的付費區塊，這主要乃因應媒體廣告收入減少，此種用新聞包裝廣告的方式，可以「看起來」像新聞，實質乃挪用新聞的公信力，以贏得更多閱聽大眾的目光（Stout, et. al., 1989; Cameron & Haley, 1992）。臺灣的情形亦不例外，根據洪雪珍（2003）的研究發現，自 1999 到 2002 年，三大報全國單版的「新聞廣告化」篇幅成長了 22%，甚而會入侵原有的新聞版面，其排版樣式亦愈來愈具多樣性。

新聞業依賴廣告營運，兩者之間拉鋸與尋找區隔互不干涉，本來就是此行業的運作特質，在臺灣將「新聞廣告化」具體打破新聞與廣告界線的則是「置入性行銷」一詞出現在政府的招標書中。2003 年政府採購文宣廣告的招標規格書中明訂，媒體必須進行各項政策的「置入性行銷」，置入的範圍包括與新聞相關的專題、系列報導等（蕭衡倩，2003 年 3 月 13 日）。自此，新聞置入成為臺灣新聞界的重要收入來源，政府帶頭民間大企業也跟進。各媒體為了爭取業外收入，無不成立各種專案小組，努力爭取政府標案與企業專案。尤有甚者，媒體組織內部由新聞部門與業務部門相互合作，一起為業主策劃、派記者採訪，再刊播業主想要的內容。劉蕙苓（2011）稱其為「廣告主導向新聞」。當時相關的研究也指出，超過六成的記者曾執行過這種新聞置入的任務（陳炳宏，2005；羅文輝、劉蕙苓，2006）。自此，新聞圈內業配、專案、編業合作等各種不同的稱呼隨之出現，而置入行銷則較少被新聞人提起，反而是外界較常稱之。

置入性行銷之所以會廣受媒體採納有其歷史背景。劉蕙苓（2011）分析 2000 年後政黨輪替民進黨初步執政，面對朝小野大的窘境急需利用各種方式對外溝通，以贏得民眾的支持，編列大量預算採購新聞成了最方便又快速有效之法；此時，臺灣媒體已進入競爭

激烈的戰國時代，報紙有《蘋果日報》進入市場，引進純市場導向的採編模式，電視新聞更因有線新聞臺接連開臺且站穩腳步，而打亂了1990年代無線電視臺壟斷局面，一起爭奪廣告市場大餅。媒體經營困難利潤下降，爭取廣告之外的業外收入，成了各家的主要策略，此時政府遞出的「橄欖枝」，就成為各家媒體爭相爭取的標的。

　　然而這種非常規的新聞產製卻引起學界的撻伐，在2005年《中華傳播學刊》第八期，甚至以「反思媒體中的置入性行銷」為主題，收錄多篇專題論文與專題論壇，來討論這個被稱之為「新聞與廣告倫理雙重崩壞」的現象（林照真，2005）。因此，2011年《預算法》修正案通過，在有法源基礎之下，國家通訊傳播委員會更在2012年頒布「電視節目從事商業置入行銷暫行規範」，以行政命令一方面鬆綁電視商業置入，一方面也明令新聞與兒童節目均在禁止之列。此規範在2016年廢除，因《廣電法》及《衛星廣播電視法》修訂，而發布「電視節目廣告區隔與置入性行銷及贊助管理辦法」，然其禁止置入之節目及其精神仍未改變。[5]

　　既然已有法律規定，通傳會也頒訂行政命令，理論上中央及各級地方政府都應該守法，不再編列相關預算要求媒體將政令宣導置入新聞節目中；但是，實然面則未必如此。王毓莉（2014）的研究顯示，《預算法》62條之1的約束力非常有限，因為即便招標書上明載廠商應遵守此法條規定，但實務操作上，政府可以不需要透過正式的合約，由得標廠商以「加值服務」、編列業務推廣費等名目，執行新聞置入，這些做法表面上看來沒有違法，實則很難分辨新聞是否仍然被置入。

　　本研究在2004與2014年進行兩次調查，問卷內容均涵蓋置入與業配的相關題項，因此，本章的第一個研究目的旨在瞭解，在新聞置入初期與《預算法》實施之後，新聞工作者執行置入與業配的情

5　其內容規範詳見網址：https://www.ncc.gov.tw/chinese/law_detail.aspx?site_content_sn=3442&sn_f=2597&is_history=0

形是否有所不同？是增加了業務量呢？還是因法律限制而減少了？

二、置入業配與新聞自主

　　置入業配一言以蔽之就是花錢買新聞，出錢者有權力主導新聞內容走向，這不但有違新聞的獨立性，衝擊新聞倫理；更重要的是損及新聞工作專業核心的新聞自主。羅文輝與劉蕙苓（2006）針對771 位臺灣記者的調查發現，愈配合媒體組織進行業配置入者，認為自己的新聞自主愈低。不過，在實務的場域，新聞自主是記者能動性的表現，即便執行這種所謂的業配專案，也不一定都完全沒有自主，甘於受業主的控制，其間有其動態的權力拉鋸。劉蕙苓（2011）進一步將這種新聞置入區分為「業配」與「專案」，前者為公關性質較大的業務配合採訪，後者則是專門企劃為業主量身訂制的新聞專案。她在深度訪談 30 位電視記者後發現，73.3% 的受訪者認為執行「業配」擁有大部分或完全的自主，但只有 33.3% 的受訪者認為執行「專案」擁有大部分或完全的自主，而且執行專案時報導內容遭業主要求修改的比例高於「業配」。

　　這個研究最大的不同則是深入記者執行置入場域，描繪新聞自主的動態變化，劉蕙苓（2011）發現，記者在面對廣告主干預，並非全然讓出自主權，反而會依照廣告主的主導性強弱，及記者對專業堅持的高低，產生四種不同的新聞自主策略，分別是：協商模式、主導模式、順服模式、與應付模式。年資和組織支持是形成不同自主策略的因素，資深記者專業堅持高，工作表現受肯定，手上握有所謂的「王牌」（trump card），容易從廣告主手中爭回較大的自主權；資淺記者的文化資本與社會資本較弱，面對與業主之間的拉鋸，較難爭得多一些自主，不過媒體組織對於專業的堅持，往往也成為年輕記者的後盾。

　　王毓莉（2014）的研究是在《預算法》執行後的 2011-2012 年，在深入訪談 16 位報紙與電視記者後，她發現：媒體組織為了業務

及經營考量，會使用不同的方法來馴服記者接受業配新聞，但記者未必全盤接受，他們會使用隱藏文本策略，從接獲置入任務到完成報導的每個階段，以不同的策略來抗拒；例如，在採訪階段敷衍應付、模糊置入重點、刁鑽尖銳地發問；在實際報導中，以「平淡報導法」、「轉換新聞焦點」、「帶入時事」、「提供新聞事實資訊」及「善用鏡頭語言」。

綜觀自 2003 年起以新聞置入或業配為題的碩博士論文共有 34 篇（含一部畢業製作之紀錄片《睜開左眼》），其研究範圍約可分為：對新聞產製的影響、對閱聽人效果的影響及對記者的影響三大方向。研究的年份並沒有因為政府施行新的《預算法》而減少篇數，可見其重要性及此現象在新聞界的普遍延續性。其中與新聞自主相關者就有 8 篇，以《預算法》修訂後所做的研究為例，或可看出業配的持續影響性。例如，許雅惠（2013）的研究指出，廣告主和記者都清楚業配新聞影響編輯臺新聞自主及公信力，更影響記者的專業認同，但她在田野資料中也發現，記者和媒體組織不會完全被動，仍有機會為自己開拓一些迴旋的空間。這和喻芝珊（2017）的研究結論相似。王韻智（2014）則進一步呼應，媒體組織文化的差異，直接影響新聞臺執行置入性行銷的策略，重視品牌形象的媒體，會採取「新聞掛帥以價制量」策略；而重視爭取閱聽人與廣告主的媒體，則採取資源整合的方式，使置入行銷「左右逢源整合接納」兩種不同組織文化的差異，對新聞自主與專業的影響即可分出差異。不過，趙品澧（2019）的研究，調查了包含 5 家平面與 11 家電視臺記者共計 429 份樣本，其結果發現：置入性行銷對記者的工作價值觀有負面影響，且負向影響新聞專業的主要構面「專業責任」、「專業知識」、「專業自主」與「專業承諾」。

由以上的研究，我們或許對新聞自主不全然悲觀，因為記者或媒體組織總有些能動性，可以在這個權力的拉鋸中找到伸展空間，但我們也必須很審慎地看待，這近二十年來置入變成新聞產製常規

後，理所當然地習以為常，是否新聞自主被馴服的比抗拒的更嚴重？且這個自覺會隨著習以為常而愈來愈鈍化！

三、新聞置入與第三人效果

要回答上述的問題，或許我們可以借用第三人效果理論來思考。第三人效果假設乃由 Davison（1983）所提出，他認為人們會傾向高估大眾傳播對他人態度與行為的影響，換言之，大多數人認為媒介訊息對自己的影響較小，但對別人的影響較大。這個假設有幾個重要層面：其一，「對自己影響的認知」意指受訪者認為媒體訊息對自己的影響；其二，「對他人影響的認知」是指受訪者認為媒體訊息對其他人的影響；其三，「第三人效果認知」則是指「對自己影響的認知」與「對他人影響的認知」之間的差異（Perloff, 2009）。當人們認為媒體訊息對他人的影響大於對自己的影響時，就產生第三人效果。

為什麼人們會認為媒體內容對別人的影響較大，對自己的影響較小？合理的解釋之一，是人們有一種「樂觀偏差」（optimistic bias）的傾向，人們會傾向認為自己比別人更能抗拒媒體訊息，更不易受到媒體訊息的影響（Gunther & Mundy, 1993; Henriksen & Flora, 1999）。從訊息特性的角度觀之，亦有研究指出，如果媒介內容是負面或不需要的，人們更可能會認為對自己比較沒有影響，而對別人的影響較大，這可能是人們為了迎合社會規範滿足自尊與自我價值所致（羅文輝，2000；Aronson & Mettee, 1968）。

雖然過去的研究並未討論新聞置入性行銷是否也會產生第三人效果，但本文認為這種業配新聞遊走新聞倫理邊緣，花錢買的新聞也不符合社會規範，因此，有可能像其他媒介負面訊息一樣，無法得到社會大眾的認可，對於處在接觸新聞資訊處理第一線的新聞工作者而言，更可能因為這種樂觀偏差，而認為執行置入新聞對自己的影響較小，對其他記者的影響較大。

此外，在羅文輝與劉蕙苓（2006）的研究中發現，新聞記者配合執行置入性行銷的頻率愈高，未來五年想留在目前工作單位的意願愈低。如果從第三人效果的假設來看，置入性行銷對自己的影響是個人層次的認知，而對他人的影響較屬社會層次的認知。記者可能會因為「對個人的影響」程度大小而影響其離職的意願。因此，本文依循此，亦欲藉此瞭解，新聞工作者認為置入業配對自己影響程度愈大，是否愈能預測其離職的意願。

第三節　2004 與 2014 年業配置入的變化與影響

一、2004 與 2014 年的比較

在兩個年度中，本研究首先問所有受訪的新聞工作者，是否曾接受上級指派進行「業務配合」或「專案配合」報導或編播新聞。本研究依據業界現狀，把新聞置入分成兩部分：廣告主購買廣告搭配新聞，此時新聞本身沒有直接收入，以「業務配合」。廣告主直接下預算買新聞，由媒體組織為其量身打造的新聞，稱其為「專案配合」。結果顯示，在沒有直接收入的「業務配合」方面，2004 年回答「從來沒有」的有 37.8%，回答「有時」的有 28.4%，「經常」的則有 7.2%；可是到了 2014 年時，回答「從未」的則下降到 13.6%，「有時」則上升至 45.1%，「經常」的則同樣上升至 21.1%。進一步將「從未」給予 1 分，依序至「經常」為 5 分，「無意見」為 3 分，以 t 檢定檢驗兩個年度的平均數差異，結果顯示 t=-17.46，$p<.001$，達顯著水準（見表 8-1）。這顯示，2014 年雖然《預算法》已經修正，但置入新聞的現象不減反增，所以從來沒有接觸過的人數，從十年前的三成多下降至只有一成，回答「有時」及「經常」的人數則從 35.6%，提高到 66.2%。換言之，有三分之二的新聞工作者的日常工

作，都會接觸到這種業配新聞採訪與編播。

　　其次，在有直接收入的「專案配合」方面，2004 年回答「從來沒有」的有 43.5%，回答「有時」的有 26.2%，「經常」的則有 5.8%；可是到了 2014 年時，回答「從未」的則下降到 24.4%，「有時」則上升至 38.2%，「經常」的則同樣上升至 16.2%。進一步用平均數方式進行 t 檢定，結果顯示 t=-12.54，$p<.001$，達顯著水準（見表 8-2）。雖然接觸專案新聞的新聞工作者沒有像業配新聞比例這麼高，但也有超過五成（54.4%）的受訪者表示，「有時」或「時常」會處理這樣的指派工作（見表 8-2）。這代表了，置入業配在進入新聞界近二十年後，早已見怪不怪，不接受也得接受的現實，大部分的記者的日常都和它有關。

　　進一步分析這種不增反減的原因，可以從兩個層面來討論，其一，2014 年各媒體所面對的市場競爭較 2004 年更為嚴峻，因為新媒體日新月異，消費者不再只依賴傳統媒體獲得資訊，因此，報紙發行量下降，電視觀眾流失，廣告收入減少，這些已成為全球的普遍現象（Aamidor & Kuyper, 2013; Dwyer, 2010），臺灣也不例外，根據《2015 台灣媒體白皮書》（台北市媒體服務代理商協會，2005）的統計資料顯示，2014 年網路已大幅超越報紙、廣播與雜誌，成為僅次於傳統電視（涵蓋率 88.3%）的第二大新興媒體（68.5%）（第一大新興媒體為戶外媒體，涵蓋率 80.6%）。媒體在面對不斷變化的數位環境，仍尋找不到可以獲利的經營模式時，繼續原有的新聞置入性行銷，似乎成為獲取業外收入，維持營業利潤的最有效方法。其二，政府修法只能規範公部門，卻無法禁止來自私部門的新聞置入需求。事實上，不但民營企業的置入性行銷難以禁止，連公部門的新聞置入都可藉由公關公司接手代為向媒體「下單」，因此各縣市地方政府以大型活動「包裹新聞置入」仍然常見。這些都使得新聞工作者感受到執行新聞置入的情形比過去更為普遍。

表 8-1：新聞工作者接受指派進行「業務配合」報導或編播新聞情形（%）

年度	從未	很少	有時	經常	無意見	平均數 （標準差）	t 值
2004	37.8	22.5	28.4	7.2	4.1	2.45(1.42)	-17.46***
2014	13.6	20.1	45.1	21.1	0.0	3.40(1.37)	df=2635

註1：2004 年 N=1,177；2014 年 N=1,460。
註2：***p<.001, **p<.01, *p<.05。

表 8-2：新聞工作者接受指派進行「專案配合」報導或編播新聞情形（%）

年度	從未	很少	有時	經常	無意見	平均數 （標準差）	t 值
2004	43.5	19.8	26.2	5.8	4.7	2.31(1.40)	-12.54***
2014	24.4	21.1	38.2	16.2	0.0	3.00(1.49)	df=2622

註1：2004 年 N=1,176；2014 年 N=1,448。
註2：***p<.001, **p<.01, *p<.05。

　　在 2014 年本研究進一步詢問，新聞工作者所被指派的這些有對價關係的新聞，出資者是誰？32% 受訪者的回答是「政府」，51.3% 則認為是「私人企業」，非營利組織有 7.6%，其他則占 9.2%（見表 8-3）。看起來政府不是最大業主，但其占比達三分之一，亦相當可觀；此外政府可能透過得標公關廣告公司，撥付預算採買新聞，因此這個比例可能被低估。可想而知，私人企業廣告主過去以託播刊登廣告方式，在媒體上露出任何行銷說服訊息，當置入新聞大門敞開後，廣告的採購方式可以有更多選擇與組合，與新聞搭配的組合

表 8-3：2014 年出資置入單位比例

單位	次數	百分比
政府部門	383	32.0
私人企業	614	51.3
非營利組織	91	7.6
其他	110	9.2
總計	1,198	100.0

已成常態，故在 2014 年的調查中，受訪的新聞者有一半以上認為，出資單位以這些私人企業最多。政治與經濟力雙重介入新聞產製的結果，對新聞界與社會都有極負面的影響。

二、執行新聞置入的影響

雖然此時談新聞置入已成了「老話題」，但本研究仍然關心記者會不會在日積月累地積非成是後，輕忽了這個新聞倫理爭議的任務，對自己的影響性。根據第三人效果假設，本研究在 2014 年時加入了相關題項。本研究測量執行置入性行銷採訪報導對記者「自己」的影響之方法，是請受訪記者評估自己接受指派進行業配或專案新聞時，會不會對「自己」的採訪報導有所影響。受訪者回答的方式是從下列選項中選擇一個答案回答：(1) 沒有影響；(2) 有一點影響；(3) 有些影響；(4) 有很大影響。測量執行置入性行銷採訪報導對其他記者影響的方法，是請受訪者評估一般記者接受指派進行業配或專案新聞時，會不會對「他們」的採訪報導有所影響。受訪者回答的選項分為：(1) 沒有影響；(2) 有一點影響；(3) 有些影響；(4) 有很大影響。

在分析此部分時，考慮執行此任務記者的直接性比其他新聞工作者（如編輯）更大，因此，本研究將此聚焦在 2014 年受訪的記者身上。根據第三人效果理論，受訪記者會認為執行置入性行銷對自己的影響較小，對其他記者的影響較大。為了驗證這個假設，本研究進行了配對（paired）t 檢定，檢定結果顯示，受訪記者認為執行置入性行銷對自己的影響（平均數=2.39，標準差=0.99）顯著小於對其他記者的影響（平均數=2.86，標準差=0.89，t=14.47，$p<.001$）（見表 8-4）。這顯示記者過度樂觀地看待新聞置入對自己新聞專業的影響，也呼應了在前節文獻討論中，不斷有研究指出，記者在執行置入時不是完全被動地將新聞自主拱手讓出，總是有些迴旋的空間。但矛盾的是，記者們還是認為，新聞置入對其他記者的影響是

大的。這從心理層次的認知失協理論中，或可幫助我們更明白，記者在面對如此倫理衝突，又必須接受現實時，如何地調適自己、說服自己，但卻不容忽視對整體新聞工作環境的影響。

表 8-4：2014 年記者執行置入行銷對自己及他人的影響（%）

變項	沒有影響	一點影響	有些影響	很大影響	平均數（標準差）	t 值
自己	24.0	25.9	37.4	12.7	2.39（0.99）	14.47***
他人	7.8	23.6	43.3	25.3	2.86（0.89）	

註 1：N=918。
註 2：***p<.001, **p<.01, *p<.05。

　　本研究進一步將第三人效果變項作為預測記者工作滿意度和離職意願的主要變項，以瞭解置入的影響性。測量工作滿意度的方法，是詢問受訪記者整體而言對目前工作是否滿意。受訪者回答方式採五點量表從 (1) 很不滿意，至 (5) 很滿意；得分愈高，表示工作滿意度愈高（平均數=3.46，標準差=1.09）。測量新聞記者離職意願的方法，是請受訪新聞記者回答下列三個問題：(1) 我計畫不久就會離開目前的工作機構；(2) 我會儘快辭去目前的工作；(3) 我可能在不久之後便會離開目前的工作機構。受訪者回答方式採用五點量表：(1) 表示很不同意，(5) 表示非常同意。主成分因素分析顯示，這三個題項呈現一個因素，可以解釋 80.06% 的變異量，因此本研究把這三個題項加起來除以 3 建構成受訪者「離職意願」指標（平均數=2.61，標準差=0.93），分數越高，代表受訪記者離職意願越高。

　　經由迴歸分析後發現：執行頻率愈低者對工作滿意度愈高（β=-.20，p<.001）；對自己的影響可以顯著預測工作滿意度（β=-.13，p<.01），但對其他記者的影響無法顯著預測工作滿意度（β=-.05，p>.05）。受訪記者認為執行置入性行銷對自己的影響越大，工作滿意度越低；但對其他記者的影響則對工作滿意度沒有顯著的影響（見表

8-5，第一欄）。

表 8-5：記者執行置入性行銷對工作滿意度及離職意願的影響

預測變項	工作滿意度（β 值）	離職意願（β 值）
第一階層：人口變項		
性別（男）	-.07	.06
年齡	-.10**	-.12**
教育程度	-.05	-.00
收入	.01	-.04
主修	.01	-.04
工作機構（報紙）	.06	-.03
Adjusted	0.016	0.015
第二階層		
執行置入性行銷頻率	-.20***	.17***
Adjusted	0.05	0.038
第三階層：第三人效果變項		
對自己影響	-.13***	.15***
對他人影響	-.05	-.04
Adjusted R^2	0.027	0.014
Total Adjusted R^2	0.093	0.067
樣本數	888	889

註 1：變項編碼方式：性別（1=男，0=女），主修（1=新聞／傳播，2=其他），工作機構（1=報紙，0=其他），執行置入性行銷頻率（1=從未，2=很少，3=有時，4=時常），對自己及他人影響（1=沒有影響，2=一點影響，3=有些影響，4=很大影響）。

註 2：***$p<.001$, **$p<.01$, *$p<.05$。

此外，在針對離職意願的預測上，迴歸分析的結果顯示（表 8-5，第二欄），執行頻率愈高愈傾向離職（β=.17，$p<.001$）；且對自己的影響可以顯著預測記者的離職意願（β=-.15，$p<.001$），但對其他記者的影響則對記者的離職意願沒有顯著預測力（β=-.04，$p<.05$）。認為執行置入性行銷對自己的影響越大，越可能辭職離開目

前的工作機構。

　　這個結果如果和晚近第三人效果研究發展相互對照，又有些不同。無論是 Davison（1983）提出的第三人效果假設，或 Gunther 與 Storey（2003）提出的「預設影響的影響」（The influence of presumed influence）理論，都認為「對他人影響的認知」才是影響個人態度與行為的重要因素，但本研究卻發現「對自己影響的認知」才是預測工作滿意度與離職意願的顯著變項。這樣的發現雖和過去第三人效果及「預設影響的影響」的研究發現並不一致，但和過去的健康傳播的研究發現卻有相似之處，健康傳播研究中的「延伸平行過程模式」（The Extended Parallel Process Model, EPPM）指出，當人們面臨與個人相關的各樣威脅時，會產生恐懼，因而採取他所感知有效能的反應行動，來避開危險或是控制恐懼（Witte, 1992; Witte & Allen, 2000）。換言之，即便是真的對個人或對社會有威脅，但個人對這個威脅感知的程度很低，就不會想去進行效能評估，也不會採取任何行動（因為沒有喚起恐懼）。因此，個人的危機感知（personal risk perception）比社會的危機感知（social risk perception）更可能促使人們採取保護措施。

　　從危機感知的角度觀之，執行新聞置入任務，記者們被要求配合採訪業主的任何廣告宣傳活動或政令宣導，對記者的自主權和個人尊嚴都構成威脅，面對這種威脅，比較可能產生有效能的態度與行為反應。這是為什麼「對自己影響的認知」比「對他人影響的認知」，更能顯著預測記者的工作滿意度和離職意願。

三、媒體組織特質與新聞置入

　　在過去的文獻中曾有研究指出，媒體組織的文化會影響其置入策略，但未有大規模的量化研究對此提出更具體的證據。本研究在2014 年的調查時，特別詢問受訪的新聞工作者兩個相關面向，其一，他認為他的工作機構高層目前最重視的目標有哪些？其二，他

個人認為工作機構目前應重視的目標為何？針對這兩個面向，本研究分別用 (1) 增加利潤、(2) 提高收視率／閱報率／收聽率、(3) 提升廣告營收、(4) 提高新聞品質、(5) 提升新聞人員素質及 (6) 更新產製設備等六個問題，詢問受訪者同意的程度。

　　結果發現，接近一半（49.9%）的受訪記者同意或非常同意工作機構最重視的目標是「增加利潤」，有 57.4% 的記者同意或非常同意工作機構最重視的目標是「提高收視率／閱報率／收聽率」，且有 54.6% 的記者同意或非常同意工作機構最重視的目標是「提升廣告營收」。相反的，在「提升新聞品質」方面，只有 33.2% 表示同意或非常同意，有 48.2% 選擇「無意見」不表態；在「提升新聞人員素質」部分同樣有超過四成的記者不表態，但表示不同意或非常不同意的有 29.7% 超過同意（含非常同意）的比例。最後，在「更新產製設備」方面，有 38.6% 的記者不同意（含非常不同意）公司重視此目標，比同意（含非常同意）的比例 22.5% 來得高（見表 8-6）。

表 8-6：記者認為工作機構高層目前最重視的目標的比例（%）

目標	很不同意	不同意	同意	非常同意	無意見	總計(N)
增加利潤	2.4	5.9	44.7	5.2	41.8	100.0 (1,075)
提高收視率／閱報率／收聽率	0.6	3.3	54.6	2.8	38.8	100.1 (1,088)
提升廣告營收	1.9	5.2	49.6	5.0	38.2	100.1 (1,078)
提高新聞品質	3.6	15.1	26.8	6.4	48.2	100.1 (1,083)
提升新聞人員素質	7.6	22.1	18.4	8.1	43.8	100.0 (1,082)
更新產製設備	11.0	27.6	11.9	10.6	38.9	100.0 (1,081)

　　反過來問記者個人認為工作應該重視的目標時，本研究發現記

者同樣覺得任職的公司或組織應該重視利潤與營收，但程度與比例上沒有公司高層來得高。表 8-7 顯示，在前三項與利潤、收視及營收相關的目標，記者表示同意（含非常同意）的比例，分別是 33.2%、45.2% 及 35.7%；然而，在與提升新聞品質與人員素質相關的目標方面，表示同意（含非常同意）的記者比例卻都超過一半，分別是64.6%、64.3% 及 57.5%。可見，記者對新聞品質的渴求遠超過組織重視的程度。

表 8-7：**記者認為目前工作機構最應重視的目標的比例（%）**

目標	很不同意	不同意	同意	非常同意	無意見	總計(N)
增加利潤	3.3	10.4	26.2	7.0	53.1	100.0(1,079)
提高收視率／閱報率／收聽率	1.0	3.5	40.2	5.0	50.2	100.1(1,081)
提升廣告營收	3.0	9.7	28.9	6.8	51.6	100.0(1,078)
提高新聞品質	0.6	3.6	59.8	4.8	31.2	100.0(1,082)
提升新聞人員素質	1.0	3.9	59.0	5.3	30.8	100.0(1,083)
更新產製設備	2.0	5.8	50.4	7.1	34.6	100.1(1,083)

　　進一步將這些目標進行因素分析，分別在媒體組織目標與個人重視目標兩項，各萃取出兩個因素。分別是：增加利潤、提高收視（聽）率／點率點／閱報率、及提升廣告營收等三個題項形成第一個因素（Cronbach's α=.85），依第七章的原則，重新命名為「組織市場至上」；第二個因素則是：提高新聞品質、提升新聞人員素質、及更新產製設備（Cronbach's α=.81），將其重新命名為「組織專業為重」，累積可解釋變異量達 75.7%。在個人最重視的目標上，以同樣的題項詢問，經因素分析後同樣萃取出兩個因素，結果

與工作機構重視目標相同，第一個因素重新命名為「個人市場至上」（Cronbach's α=.84），第二個因素重新命名為「個人專業為重」（Cronbach's α=.86），累積可解釋變異量達 77.6%。

　　本研究將記者進行業配置入的頻率當作依變項（預測變項），進行階層迴歸分析，結果發現，「組織市場至上」（β=.15，p<.001）和「組織專業為重」（β=-.16，p<.001）均有顯著預測力。換言之，組織愈重視市場，愈不重視新聞專業，則記者配合業配與專案置入的頻率愈高；但在個人認知目標的部分，不論是「個人市場至上」或「個人專業為重」，對於執行業配置入的頻率都沒有顯著預測力（見表 8-8）。這亦可解釋在執行業配置入的權力上，組織的主導性大過於個人，所以，不論個人是否認同媒體組織必須以新聞品質為重，都很難改變他必須執行這項被指派的任務，記者能夠掌握的自主迴旋空間，亦只有在執行任務當下，與業主或業務單位的拉鋸遊戲中，在某些時機點上取得優勢，但並非全然地占上風。

表 8-8：市場競爭對執行置入頻率的影響階層迴歸分析

預測變項	執行置入頻率 （β 值）
第一階層：組織變項	
組織市場至上	.15***
組織專業為重	-.16***
Adjusted R^2	.06
第二階層：個人變項	
個人市場至上	.02
個人專業為重	.00
Incremental adjusted R^2	.06
Total adjusted R^2	.12
F 值	16.15***
樣本數	1,020

註 1：表中 Beta 值來自包括所有變項均輸入的最終迴歸方程式。
註 2：***p<.001, **p<.01, *p<.05。

第四節　從掙扎到妥協：不可承受之重

　　既然置入已經不是新鮮事，在本研究受訪的新聞工作者「默認承受」的居多數。A1-2 用「同在一條船」來形容這種兩難，因為媒體業不斷走下坡，廣告比重的挪移，已從傳統媒體漸漸轉向數位平臺，爭取業外收入成為重要的策略，新聞置入成了「必要之惡」（A1-3，C1-1，C2-4）。但這並不表示，受訪的記者都贊成新聞被置入，多數受訪者談起業配的影響，都是負面且與新聞倫理衝突感甚深。有些媒體把業配列入記者的 KPI，更讓他們感到難堪與痛苦；尤其是身為地方新聞主管的特派員，經常肩上扛著很重的「業績壓力」，A1-4 直接形容這「簡直是奇怪的作為」。

　　與 2004 年置入開始大量被媒體採納之初相較，進入數位匯流時代的業配更多元了，因為每家媒體不只經營「本業」，還有網站、社群媒體，平面紙媒和廣播都跨足製作影音。因此，這些數位平臺也成為業配的「套裝組合」的一部分，換言之，一個業主只要有足夠的預算，不但能夠在傳統媒體上被新聞「包裝」，也能夠把這些具廣告的訊息，在該媒體所屬的數位平臺上露出。

　　自 2005 年以降的相關研究，有關新聞置入對記者自主權的影響、抑或記者如何在與業主拉鋸的過程中爭取自主、調適自我，已有相當的研究結論與成果。本研究進行質性深度訪談時，受訪記者所提供的田野資料，與之前的研究結論，差異不大。但基於新聞置入對於記者的影響甚深，以下仍將從新聞自主及社會影響等層面，來分析《預算法》修正通過後，記者們對於業配與置入的看法。

一、新聞人變「媒體人」

　　在田野資料中，不少受訪記者以半感慨、半自我嘲諷地提及媒體實施 KPI，帶給主管和基層記者的壓力，有些人笑自己現在不該稱「記者」，而要叫「媒體人」，因為沒有人說媒體人不能「拉生意」！

A2-1 是地方主管，她提到公司不賺錢時，地方的支出都被削減一半，連每個月要繳電費的錢都必須請總公司支付的窘境，那麼，業配是否該存在？就成了主管的兩難，畢竟生存是現實的，有時連記者也會被直接或間接的「鼓勵」去「拉」業配。A1-2 的調適方式就是「不把自己當廣告 AE 看待，有合作機會就提案，如果有需求就成交，這就是底線」。意思是維持基本尊嚴不求對方。

　　比起 2004 年，在地方政治生態上最大的改變，就是直轄市從原來的臺北市與高雄市，在 2010 年時成為五都，加入了新北市、臺中市和臺南市，2014 年桃園市也升格，使得臺灣現在是六都局面。直轄市所擁有的政治資源、地理幅員及財政預算都大於其他縣市；相對地，這幾位民選首長要獲取民意的支持，在媒體的策略上就須格外上心。這使得地方新聞主管與地方政府之間的互動更頻繁。受訪的記者表示，六都幾乎都有給媒體預算，有些是全期統包式，有些甚至會是各局處自行認養與分配預算（A2-1，B1-2），以確保這些施政都能被媒體報導，且朝有利於政府的角度報導。中央各部會早有一套政令宣傳的基本業配作業招標模式，媒體競相搶標的情形，十多年來從未曾間斷。

　　由於六都和中央的帶動效應，在不少縣市層次的政府單位，也出現「比照辦理」的情形，C1-5 所主跑的縣市其實財政狀況不理想，但縣長儘可能應媒體要求特別框列預算。

> 「××縣是一個非常窮窮到快發不出薪水來，就是沒錢，但是今天媒體開口要，你不得不給，你也是會想盡辦法擠出一個什麼樣的預算跟什麼名目去完成，避免你下次沒事就修理我這樣……我覺得其實是件很弔詭的事！」（C1-5）

　　除了各級政府之外，民間的企業或大型廟會活動，都是媒體主管爭取的重心，在媒體總部可能交由業務部門出面，但到了地方，

則常委以地方主管「重任」。A2-1 曾目睹為了一筆大型宮廟活動的預算，友臺的特派帶著同事晚上跟業主「拚酒」，因而感嘆「現在搏感情不是為了拿到新聞，而是為了拿業配！」。拿到業配固然「功在公司」，但對於這些自嘲是「媒體人」的新聞人而言，有太多蒼涼感！

二、必要之「惡」有多惡？

這個被不少受訪記者稱之為必要之「惡」的新聞置入，到底對新聞自主有多大的影響？過去有相關文獻從政治、經濟及組織層面來討論其對新聞自主的影響性（Sjøvaag, 2013），但在新聞自主的概念上，通常都會停留在將組織層面與個人層面混合，或籠統地用編輯自主（editorial autonomy）來涵蓋（Hamada et al., 2019），抑或如 Örnebring、Lindell、Clerwall 與 Karlsson（2016）發展出工作場域自主（workplace autonomy）概念，但都沒有就自主的內涵深入界定。本研究認為自主應包括媒體組織層面及個人層面兩部分，在新聞實務中有些自主權是掌控在記者個人手中，個人擁有相當的空間可以決定，例如過去研究經常指稱的對於新聞角度與題材的掌握、採訪對象的選擇等等。但有些是媒體作為一個組織必須與外力抗衡的自主性，如果媒體組織失去了這種自主性，則更可能影響記者個人的自主性。以下，本研究將從這兩部分來討論新聞置入的影響。

（一）對媒體組織的自主權影響

1. 業主視記者為買來的工具

雖然在置入的過程中，媒體不會完全沒有自己的立場與分寸，例如，遇到強力介入的廣告主，電視臺會搬出 NCC 對於新聞廣告化的罰款，以作為協調與抗拒的「擋箭牌」，使產製的新聞「被包裝」起來還像是「新聞」。但報紙並沒有主管機關，這種退讓或守住底線的程度，就常常因情況而異，甚至也可能節節敗退。例如，東部某

縣市的前任縣長被多位受訪記者稱「買很大」，這些「買」出來的新聞，業主的主導性經常是強勢的。

如前所述，各級政府常採用「統包」式採購，也就是一次採購在特定時間（3 個月、半年或 1 年），得標的媒體必須報導一定數量的新聞（例如 15 則），由該政府單位決定，哪些新聞該算進這個額度中，哪些新聞不算入。A2-1 舉她所參與的專案為例，1 年必須報導 15 則，但參與的各臺不見得每次都有人力前去「捧場」，在地方的採訪生態中，相互合作彼此分享拍攝影片是常規，但該政府執行人員卻在現場發現到家數不足，即便向別臺借到了影片製作成新聞，都不能算做是該額度內。

> 「比如說今天有 5 家業配，可是我今天只有 3 家去拍，另外
> 2 家用借的，他說不行，因為他們查了一下發現你人沒到，
> 反正就不算在 quota 中，你就是要補給他，最後，有的臺補
> 到 18-19 則，還規定首長出訪要隨行採訪，後來各家電視臺
> 就會都派記者隨行啦……」（A2-1）

此時的記者採訪，不是衡量新聞（首長出國訪問）是否重要，而是組織無力反抗這種已被簽訂的「合約」，即便對方要求不甚合理，仍必須被強迫「履約」。更有甚者，記者變成是出錢業主「擺場面」的重要道具，多家記者到了，排場夠，主人有面子，所以，即便新聞單位有更重要的新聞需要人力採訪，承諾一定會借友臺影片播出的情況下，業主也不能通融。因此，新聞置入被「賣」掉的，不只是那一則報導，而是媒體組織連帶地把新聞的選擇與取捨權與業主分享，即便成為業主的公關「擺設」亦無異議。

2. 業主可干涉新聞部門人事

在田野訪談中有個極特殊的例子，是地方政府因不滿某位記者

寫稿「修理」官員，此官員則以不再撥預算來要脅媒體主管，把該記者撤換調職，使記者面臨工作權益受損的威脅。新聞記者的任用與路線派遣，向來是媒體組織依功能需求與記者專長而決定，但出錢的業主可以為了確保自身利益，不再被想監督的記者「修理」，而以業配預算干預媒體的人事權，真是匪夷所思。

> 「像這樣，地方會被這種預算箝制，拿預算來掐進你的喉嚨，壓力真的很大……如果我們做記者的，都沒在監督政府，那也會被大家罵；以前政治人物會怕記者，現在剛好相反，記者怕政治人物，我覺得就是完全莫名其妙！」（B1-5）

上述兩種現象都屬結構性問題，一旦業主與媒體的買賣關係存在，原來互不相涉、甚或應該對立的兩個單位，卻產生了權力消長的動態關係，使媒體外部的力量直接介入新聞組織，影響媒體組織自主運作。

（二）對記者個人自主權的影響

業配的形式很多，業主的介入程度也有差異，在過去的研究也指出，並不是所有的業配記者都沒有自主權，但在決定採訪對象、採訪重點及報導篇幅上經常因業主已有定見，記者的自主性被削弱（劉蕙苓，2011）。在本研究受訪者中，亦有相似的經驗，被指定拍攝重點、被要求訪問特定對象、甚而完成的新聞必須由業主審查，有時業主還要求三修、四修……這些現象自 2003 年以降，並沒有改善只有愈來愈常規化。有受訪者就直言，「既然被置入了，就不能稱之為新聞，因為它和新聞的本質已經不同！」（C1-3）。「想挺起腰桿都難！」（A2-1）。在訪談的田野資料中，本研究整理了幾項特別值得一提的面向，進行較深入的描述。

1. 採訪過程外力監控直接介入

做過新聞置入的記者們都很清楚，必須依照業配單上要求的清單完成採訪，有些業主只希望能上版面即可，底線是報喜不報憂。但有些業主卻會在現場毫不掩飾地指揮記者，「好像他就是我的長官」（B2-2）。記者的專業訓練向來是掌握現場自主權，決定如何採訪，哪些是關鍵的人物必須進一步追問；在業配的任務中，卻處處受制於人，記者們對這種情況感到十分無奈。

> 「如果是好東西，怎麼會怕沒有媒體幫你 promote 呢？為什麼一定要用買的？所以這根本就深深打擊一個團隊的士氣，深深地削弱記者的存在感和成就感，……那是一種被人家看低的感覺……你不能講人家壞話，只能幫人家擦鞋，這種感覺真的很差！」（C1-4）

也有受訪記者舉了他所遭遇的情形，只能用「氣憤」二字來形容。因為某地方政府大量買了很多家媒體，政府單位的公關新聞處就不時派人到記者室「聊天」，實則「偷看」記者正在發的稿子，如果發現對該地方政府或某市長不利的消息時，就立刻通報上級，業主就會直接與該媒體高層「溝通」，於是，這個尚未發到編輯臺上的稿件，就「無疾而終」了！（C1-4，C1-6）

從介入前端的新聞採訪，到監控記者的日常發稿，並直接干預編輯臺的新聞選取，這看起來匪夷所思的做法，的確正發生在現階段已發展相當「成熟」的新聞置入業務中。媒體高層習以為常，記者要如何重新定位自己仍有監督的角色？這個衝突難解，不但嚴重傷害記者的尊嚴，連帶地也使媒體組織難以再取信社會大眾！

2. 負面報導淡化與消失

　　如前所述，業配的底線經常是業主無法接受負面報導，如果就單則「被買」的新聞而言，不做負面報導是受訪記者可以接受的，但出錢為大的現實環境中，這個情形往往被無限度擴大，延伸至所有跟業主相關的事件中，不管有沒有直接下預算，負面報導都會被「關切」，這是受訪記者最不能容忍之處。C2-4 舉例，他曾經採訪一則飲品新聞，消費者檢舉該品牌的過期產品仍上架販售，這是一則關乎民眾健康和食安權益的新聞，他依採訪原則打電話到該公司要求回應，沒想到遲遲等不到該公司公關窗口的回應，卻等到了一通來自公司長官的電話，告知他這則新聞不用做了，後來才發現原來這家公司是該媒體機構的「大業配主」。在他的採訪經驗中，被業配主「壓下來」或要求淡化的新聞真的不少。

> 「我有一次做一個汽車品牌的新聞，他們的車子配件有問題，消費者還組了一個社團，一起到該公司抗議，希望這家公司能給合理的回應，我也去現場瞭解、採訪，那事後回去做新聞時候，長官就特別交代說，因為這個業者是我們的業配主，你不要去指責他，就只要說有民眾去投訴，然後要強調業者有證明他們的這些裝備都經過試驗，是沒有問題的，就這樣結尾！」（C2-4）

　　這種情形不只是 C2-4 個人的經歷，許多受訪的記者都有類似的「遭遇」，所謂「有業配就會有壓力」（B1-5），要有心理準備真正的新聞就會被「搓掉」（C1-4，B1-5）。C1-6 主跑某市政府，因為該政府某些局處下了不少預算給報社，因此，在市政組記者們就會稱這些局處叫「奶媽」（不想稱其為「衣食父母」故以此稱之），「奶媽」的負面新聞就常常被「消失」。

「我們長官會要求『奶媽』的新聞要好好寫，不能亂寫負
面……比如說有時候看到他們有些問題，真想批評一下，
其實有些真的很重要，必須如實報導，但報稿報到長官那
裡，長官就會說：『這個其實還好吧！』，意思就是不用報
了！」（C1-6）

　　問題是：如果涉及民眾權益與公共利益相關的新聞，會因損及
業配主而被淡化處理，或被迫「消失」，那麼，記者的責任又在哪裡
呢？

3. 重大新聞遭限制咎責

　　延續上一個子題，業配主對負面報導的限制，干預力道強大，
如果在平常的中小型新聞上，記者可能可以自我合理化地說服自
己，為了報社或公司的整體利益，就「放過自己」（B2-2），但如果
遇到了重大新聞時，怎麼處理？這就考驗了每個編輯室主管的智
慧，及媒體經營者與業配主之間權力的拉鋸。在受訪的記者中，
1990 年代入行者有不少已擔任媒體組織較高階主管，他們都表示在
重大新聞上，媒體必然要守住底線，盡責報導，該咎責就咎責，「這
也關乎媒體的聲譽，總不能把白的說成黑的吧！」（A2-6）。但他們
也承認，在這個時候業務部門的「關切」的確壓力很大，總會希望
編輯臺能有折衷處理方案。大體而言，事件影響性愈大（像黑心油
事件），新聞組織面對社會壓力愈大，能拿回的自主性愈高。不過，
B2-3 也表示，有時也會在事件過一段落後，業配主會要求做一些
「修補性」的報導。

　　A2-1 的經驗比較特殊，在一次因地震引起的重大災情中，她親
自帶隊前去採訪，這個地方政府長期給媒體不少預算，在現場發現
所有的媒體都必須聽地方政府派來的協調人員的指揮，讓她真是既
驚訝又氣憤。

> 「他們說怎樣，你就要怎樣⋯⋯就是要做連線，也都要把
> ××市長36小時沒有闔眼，像這種對首長（救災）有利的
> 新聞放進去，他們不會明講⋯⋯如果我們昨天做了一則比
> 較負面的，今天就要馬上把它補回來⋯⋯你就會發現媒體
> 有多麼弱勢！」（A2-1）

在重大災難的現場，除了報導救災進度，媒體都會深入探討天
災發生是否有人禍加重災情？政府單位是否有應盡而未盡的公共責
任？如果政府是業配主，又有強勢干預力，那麼，災難的責任歸屬
就很難讓記者自由地挖掘與報導，反而成為形塑地方首長個人形象
的有利場域。這也是新聞置入所帶來的影響。

三、社會影響有多深？

新聞置入的常規化帶來的影響是負面且深遠的。從組織面來
看，不但是新聞自主受到干預，也是影響記者工作尊嚴，造成人才
流失的主要原因。從社會層面來看，失去監督能力的媒體，如何問
責？

在訪談中，有不少人提到有離職的念頭，但只有A1-6早幾年離
開主流媒體。她回憶在置入開始之後，整個報社的政策變得很怪，
好像政府買了版面就一定要為政策辯護，令她非常受不了！

> 「那時候勞委會跟報社做了很多編業（合作），他不斷灌輸
> 你說不要一次領喔，⋯⋯，問題是哪一種比較好呢？你如
> 果是專業記者，你要告訴讀者人民真正的訊息是什麼，可
> 是他（報社）因為跟勞委會有合作關係，所以他不斷用專
> 欄告訴你，你要這樣喔，不要一次領。問題是什麼？他
> （政府）沒有錢，所以他怕大家一次領，把錢給拿了，所以
> 那時候我就會發現置入性行銷已經變成政策辯護，那我就

覺得非常不應該……那當然那時候寫寫寫就是，那有時候
我也是比較不聽報社話啦，就是你要跟主管搞得非常那樣
（衝突）……」（A1-6）

　　勞保年金制於 2009 年實施，2008 年起政府用大量的預算來大量
「買」媒體的結果，為即將實施的政策宣傳鋪路，造成各媒體一面倒
地「一言堂」式報導，如何平衡多元意見本是媒體的責任，但「買」
太多也就買來了太多的限制，反而是不同意見被呈現的篇幅與機率
變小，這個影響是媒體監督機制失靈。

　　如果媒體機構對於業配置入的重視程度過高，直接壓縮到記者
在每日新聞工作的取捨標準，也是弱化監督的另一種後果。C1-1 雖
然是 2010 年以後才出道跑新聞，但換了好幾個不同的媒體，其中
的部分原因都和該媒體對業配過於重視有關。令她受不了的是，有
時長官可能一天給好幾個業配指示，影響她當天對於重要採訪的規
劃，其結果是，記者花太多時間在跑業配，太少時間去經營路線上
該處理的議題。

「我真的很生氣，就在 LINE 上回長官說：我不知道我到底
在跑什麼路線了！……如果真的要跑新聞，那新聞的輕重
緩急應該由我自己可以去判斷，如果今天，你不時地用那
些無聊事來干擾我，我很生氣……（那些事）讓我覺得很
噁心！……這就是新聞輕重緩急的錯亂！」（C1-1）

　　新聞輕重緩急的錯亂，帶來的是呈現給觀眾的新聞，與公共利
益相關的新聞及用錢包裝的新聞兩者失衡，大眾該看到的新聞比例
減少，被包裝成新聞的大量說服訊息充斥在媒體中，彼此界線不明
難以區分。傳統賦予媒體「第四權」的公共責任，即是使其監督有
權者，為公眾謀取公共利益；如果，媒體因大量接受置入而無法在

重要政策上呈現多元意見，無法為公眾深入而公平地分析與解釋，那麼，它將失去公共溝通的社會功能，對社會的影響是負面而且深具危害性。

第五節　結論：悲觀而無力改變的心頭之痛

本研究從量化與質化資料中分析新聞置入性行銷對記者的影響，在量化資料中本研究首先比較了新聞置入發展之初的 2004 年與施行《預算法》修正案後的 2014 年，新聞工作者在接受新聞置入的頻率。結果發現，雖然政府在民間壓力下修訂《預算法》，禁止政府及政府出資超過 50% 的法人，在媒體宣傳採購案中進行新聞置入；不過，統計數字卻顯示，2014 年新聞工作者被指派進行這項任務的頻率不減反增，十年前只有三成多（35.6%）的人的工作日常會接觸「業務配合」，十年後則有三分之二（66.2%）的受訪者認為，他們的新聞日常都與它有關。雖然直接收入的「專案配合」頻次較低，但同樣的也從十年前的三成，增加到五成（54.4%）的新聞工作者，會接受這樣的任務。

在量化資料中，本研究特別從第三人效果理論的視角，以 2014 年的資料進一步分析，結果發現：記者們認為新聞置入對自己的影響較小，對其他記者的影響則較大。第三人效果原本就有些「投射作用」，因為記者會過度樂觀地評估自己比較不會受影響，但卻會認為新聞置入對其他記者有較大的影響。這可從「認知失諧」（cognitive dissonance theory）的理論獲得解釋，當記者被迫必須去執行這些與專業衝突的任務，與他作為新聞工作者所追求的獨立、自主、負責等價值衝突時，他的倫理態度與行為嚴重矛盾，而產生認知失諧，要減緩這種衝突的方法，就是讓自己找到合理化的理由。但投射在他人身上時，卻反而映照了自身所處的境況。

在進一步利用迴歸分析統計後，的確發現執行新聞置入頻率愈

低者，對工作的滿意度愈高，執行頻率愈高者愈傾向於離職。另外，從第三人效果觀之，「對自己的影響性」可以顯著負向預測工作滿意度和正向預測離職意願。

此外，本研究也從組織重視策略差異進行分析，結果發現：媒體組織愈重視「市場至上」，記者執行新聞置入的頻率愈高；相反地，組織愈以「專業為重」，則記者執行新聞置入的情形愈少。顯然，組織的這把「保護傘」能撐得多大，對記者的專業執行有相當程度影響。

因此，在質化資料中，本研究從組織層面與個人層面來分析，新聞置入對新聞自主所造成的影響。在這個分析中，並沒有特別凸顯記者如何撐開個人自主的空間，來對抗外力的介入，因為，自2003年以降已有多篇研究討論這個主題。本研究想凸顯的是，在十年後的新聞實務現場，新聞置入如何地以更「精緻」、「多樣」的包裝組合，影響新聞組織的自主性，包括干預新聞部門的人事聘用任免、新聞的選擇與取捨。這些出錢的業主們又以何種更為細膩且不遮掩的方式，來介入、甚至監控記者的日常採訪，以達成其正面「吹捧」、淡化或壓制負面報導的目的。

Downie 與 Kaiser（2002）指出，新聞事業不能迴避利潤，新聞也很難脫離經濟而存在，但當利潤高過新聞所追求的價值時，新聞人就與商人無異。面對大環境的日益艱困，媒體業愈來愈視新聞置入為「必要之惡」；當新媒體興起，網紅四處，無處不業配之際，新聞媒體要繼續清高地說自己絕對不接受新聞置入，未免陳義過高。記者也並非活在真空中的空談理想，多數記者對「共體時艱」仍有一定共識，但他們之所以成為記者，乃因對於自己的專業與工作具有相當的反思性，工作尊嚴、監督社會、守望環境是他們的工作底線。這個底線如果一直必須靠王毓莉（2014）所言，用隱藏文本來抗拒，終究是小戰術（tactics），更重要的仍然是新聞組織的大戰略（strategy），這個保護傘才能撐得夠大，讓記者有更多的空間可以發

揮，也能確保媒體組織的聲譽與公信力。如果新聞組織撐不起這個保護傘，那麼，新聞置入將成為記者悲觀又無力改變的痛！

　　在這新的世代中，媒體面對來自網路、社群媒體的紛雜資訊與多元的競爭，新聞，意味著什麼？可能最後只剩下「信任」！任由新聞置入從裡到外改變新聞產製的生態與文化，最終，新聞還剩下什麼呢？記者對社會大眾而言，又還意味著什麼？

第九章

新科技、新工具的使用及影響[*]

「科技的發展使得新聞呈現的方式不斷變化……它就 push 我
們不斷的改變，我覺得我已經不是以前的記者了，因為我
不可能工作三十年都一成不變！」（A1-3）

第一節　科技帶來的媒體變革

　　媒體伴隨著科技而改變是不爭的事實，1450 年古騰堡發明金屬
活版後，得以大量印製《聖經》，帶動西方的文明；印刷術的日益
精進及商業與政治的需求，因而有了新聞業。在 1990 年代以前，報
紙的印刷使用鉛字排版，記者們要回報社振筆疾書，一字一句地寫
在一格一格的稿紙上，再由編輯與主管用紅筆修改，編輯要下好標
題、定版後，再交由美編人員編排，最後送交印刷廠由鉛字排版工
人依樣排版付印。電視雖然以影像傳播，但記者一樣要先把文字稿
寫在電視臺專用的稿紙上，供編輯臺審查、作標題及註記視覺效果
輔助。如果編輯或主播想修改記者寫的稿頭（又稱主播稿），那就要
用粗的紅筆在原稿上修改，才能在讀稿機中被看清楚。因為每個人
的字跡不同，所以「認字」成了編輯與主播的一大「專長」。記得筆

[*]　本文部分內容改寫自：劉蕙苓、羅文輝（2017）。〈數位匯流的新工具採納：記者
的社群媒體使用與影響評價〉，《新聞學研究》，133: 107-150。

者 1990 年代初坐主播臺時，經常為了某位非常愛改稿的主編龍飛鳳
舞的字跡所苦，一不小心就會「認錯字」而播錯語句，最後只好練
就一番隨播隨改稿頭文字的應變能力。

　　1980 年代起，全球媒體都展開了電腦化作業，初期對多數新聞
工作者而言，轉換過程十分難以適應，抗拒的心態較強（Garrison,
1983）。臺灣媒體以報紙推動電腦化較早，《聯合報》在 1982 年以電
腦檢字排版印刷出版，開啟臺灣媒體電腦自動化的新頁，隨後也帶
動其他報紙跟進。隨著電腦中文輸入法軟體愈來愈普及，記者使用
電腦輸入稿件普遍化，則是 1991 年以後（馮建三，1994）；電視臺
的記者寫稿電腦化則較晚，約在 1992 甚或 1995 年以後。當時盛行
的輸入法是倉頡、大易，記者們要花時間上課，背輸入法的字根，
還要考試，通過的標準是 1 分鐘能打出 30 字。這些都是 1990 年代
入行的記者印象最深的回憶。

　　Garrison（1995）指出，網路科技的發展改變了新聞工作者的
工作常規。的確，1990 年代中期，隨著電腦的發明、網路的興起，
記者的作業方式也改變了，平面記者不再需要每天回報社發稿，一
臺筆記型電腦加上一個可以傳輸的網路環境，就可以把稿件順利發
回報社。2000 年以後，新聞界開始逐漸進入數位匯流的工作環境，
2005 年 YouTube 成立、Facebook 對外開放使用、2006 年 Twitter 的
問世，開始了社群時代的新傳播形式，繼而兼具社群功能的即時通
訊軟體 LINE、WhatsApp 一一出現且被廣泛使用，更使得新聞的產
製作業又有了更大幅度的改變，記者不但大量使用這些具社群性的
工具，來輔助其新聞採訪，甚而使用 LINE 作為工作溝通的平臺。

　　科技對媒體的影響，不只是作業方式的改變，更是新聞本質與
新聞形式的變革。受網路普及化的影響，《中國時報》在 1995 年率
先成立《中時電子報》，架設網站提供新聞；《聯合報》也在 1999 年
成立《聯合新聞網》。2000 年臺灣開始有了網路原生報紙，PChome
集團一口氣從各大媒體挖角數百人，當年 2 月 15 日《明日報》創

刊，東森集團亦成立《ETtoday》。然而，前者雖標榜結合 BBS 與個人網頁功能，展現網路的平等自主發聲精神，但仍不敵網路泡沫化的浪潮，在一年後因當時的商業模式尚未成熟，又面臨資金缺口而宣布停刊；後者也在 2004 年轉型。然而，網路原生媒體的發展，並未因此終止，其後相繼有不少網媒成立，例如：《臺灣醒報》、《Now News》、《風傳媒》、《上報》及《報導者》，它們搭上社群的浪潮，各自在其營運上扮演相當角色，甚而以調查性報導為主的《報導者》，近年來在國內外各獎項上備受肯定。而今，在社群與行動接收的匯流時代，每家媒體都必須有多元的平臺來傳送新聞，獨立的新聞網站、強調互動的粉絲專頁、LINE 官方帳號，甚或與年輕世代溝通的 Instagram 官方帳號。新聞的傳送形式早已非 1990 年代所能想像。

　　匯流時代帶來新聞的新變革，也衝擊著傳統媒體。報業不敵網路免費閱讀資訊之便，發行量下降、組織裁撤、轉手出售者，在 2010 年以後時有所聞。例如 2013 年美國影響力極大的《華盛頓郵報》（*The Washington Post*）賣給亞馬遜公司（Amazon.com）的創辦人貝佐斯（Jeffrey, P. Bezos），結束了葛蘭姆家族八十年的經營；英國《獨立報》在 2016 年宣布停止發行紙本，改成網路版（"Independent to cease as print edition", 2016, February 12）。臺灣的情形也不例外，報紙停刊、裁員自 2000 年末期開始陸續出現，連發行量第一名的紙媒《蘋果日報》，亦在 2021 年也和《獨立報》一樣，停止紙本發行，全力投入經營網路版。

　　至於電視方面，1990 年代初期 CNN 大量使用衛星傳送技術，以 24 小時持續不斷播送現場連線的方式，報導波斯灣戰爭，更將新聞的定義從「已經發生」推向「正在發生」的事件。同樣的，1990 年代初期起，衛星新聞轉播車（Satellite News Gathering），簡稱 SNG 車開始引進臺灣電視新聞產製，大幅提升了電視採訪的作業效率，至 1990 年末期有線衛星新聞臺成立，大量購入 SNG 車，以作為 24 小時新聞臺的產製策略，大量地現場連線，使閱聽大眾經常觀看到

「正在發生」的大小事。

然而，在數位社群的時代裡，這種直播的形式已不再是電視臺的專利，各類媒體都會在重要新聞事件中，透過社群平臺進行直播。另一個等同於直播效應的，則是因應數位環境，消費者習慣立刻快速消費特色而生產的「即時新聞」，即時新聞進一步改變了新聞工作的生態與新聞形式。

本研究的資料剛好橫跨了 1990 至 2010 年三個時代，亦即網路問世到社群媒體興起的關鍵二十年，因而，我們可以藉由不同時代記者，如何使用這些不斷問世的「新工具」，輔助其新聞實作，進行歷時性的梳理。同時，本章更關注數位社群時代，記者如何評價這些新工具對他們工作的影響。

第二節　文獻探討

一、記者的網路使用脈絡

網路的源起雖於 1969 年美國國防部建立之先導研究計畫 ARPANET，供學術研究使用，但直到 1993 年美國政府提出國家資訊基礎建設（National Information Infrastructure, NII）才有更大的進展；經此帶動，全球各國紛紛跟進，網際網路風潮於焉成形（吳筱玫，2003）。臺灣的資訊高速公路計畫亦名為 INN，乃在 1994 年政府推動亞太營運中心計畫中，期待在全球都發展網路之際能與國際接軌。財團法人資訊工業策進會自 1996 年起針對上網人口進行調查，在 1996 年上網人口只有 44 萬人，到了 2004 年則已高達 892 萬人（轉引自劉蕙苓，2007）；2019 年的網路報告顯示，全臺 12 歲以上上網人數達 1,898 萬人，占總人口數的 85.6%（台灣網路資訊中心，2019）。根據蕃薯藤網站當年的調查，1996 年時，民眾在網路上的活動為「查閱生活休閒資料」、「閱讀新聞和雜誌」及「運用資料庫」；

2004 年則是「搜尋資料」、「通信（收發 Email）」及「閱讀新聞和雜誌等相關訊息」（轉引自劉蕙苓，2007）。可見從 1990 年代到 2000 年代初期，民眾上網習慣已略有不同，除了查閱和閱讀之外，2000 年以後收發電子郵件已是常態。到了 2019 年，進入行動通訊與數位匯流時代，民眾上網的活動則以「即時通訊」、「閱讀新聞資訊」及看「影音直播」等為主，2020 年的報告顯示，民眾使用的網路服務以「即時通訊」、「社群媒體」、「影音娛樂」及「收看新聞生活資訊」為主（台灣網路資訊中心，2019；2020）。由此可知，不論網路發展初期，抑或在行動接收時代，用任何載具閱讀新聞資訊都是民眾重要的網路活動；2010 年以後，使用社群媒體與即時通訊來交換分享資訊頻繁。

　　如前所述，1993 年起美國網路逐漸普及，記者在工作上利用電腦與網路的情形也愈來愈普遍。故此，有學者陸續以「電腦輔助新聞報導」（Computer-Assisted Reporting, CAR）或「資料庫新聞學」（database journalism）來描述這波「新工具」的使用（Garrison, 1995）。美國學者 Garrison 針對新聞組織使用此新工具的情形，進行了多年的觀察研究，他發現相較於 1994 年只有 66% 的使用率，1998 年電腦已普遍為新聞媒體採用，有九成的報社使用它來搜尋及分析資訊。同時，1994 年只有 57% 的報社使用網路資源，但到了 1998 年卻有高達 97% 的報社都使用網路資源輔助報導。記者們可以輕鬆地上網，連上各類網路資料庫，進行資料的蒐集與分析，這種方式既快速、省時，又可提升生產力與效率，尤其對深度報導助益頗大（Garrison, 2001）。這個研究發現和 Middleberg 與 Ross（2000）在 1997 年所做的全美 2,500 位編輯的調查結果相似，這份調查顯示有 93% 的受訪編輯表示，至少偶而會使用網路，但有半數幾乎天天上網。

　　臺灣本地的媒體電腦化在 1994 年以後逐漸成長，潘國正（1992）的研究調查《中國時報》地方中心記者使用電腦化的過程，

發現初期記者們有所疑慮且抱怨，但整體而言仍然支持報社的政策，只是在當時記者們打字的速度不若手寫稿件來得快，平均減緩了 38 分鐘。王毓莉（2001）在 1999 年針對《中國時報》與《工商時報》記者為對象，進行的 159 份問卷調查，結果發現當時所有的記者均已使用電腦進行寫稿，且有近九成的記者已有上網查詢資料的經驗。記者因工作上網每週的頻率有些紛歧，以 7 次以上比例最高，占 43.51%，但 1-3 次者亦有 34.35% 之多；每次上網的時間有近八成是在兩個小時以內。這個研究還發現，曾上網找尋新聞線索的受訪記者占 82.39%，記者使用網路尋找新聞線索的原因為：提高效率、上網方便及提高競爭力。最常使用的網路功能則是：全球資訊網、報社電子資料庫及線上資料庫。

田炎欣（2000）則以網路原生媒體《ETtoday》為個案，收集 83 份樣本，研究結果發現：網路工作者普遍年輕化，上網次數多且時間長，每天上網超過 10 小時者占五成，他們常利用網路找尋新聞訊息，並使用新聞媒體資料庫。受訪者認為兩年內上網搜尋將成為另一個新聞來源管道。至於使用 CAR 的方式，這個研究指出，在新聞實務上有兩種情形，其一，在新聞沒有發生前，記者會上網查詢各類線索；其二，新聞發生後，為加強報導而上網找尋與新聞相關的資料，如人物背景、故事，或相關背景，有時會加以整理查證後，發展成深度報導。

至於記者們到底在網路上進行哪些活動？除了前述的上網搜尋資料庫之外，Niebauer、Abbott、Corbin 與 Niebergall（2000）研究美國愛荷華州的平面媒體發現，傳送與接收廣告、照片、尋找檔案與接收讀者投書等，都是記者及編輯常進行的活動。在臺灣電視記者方面，彭芸（2000）曾在 1999 年以問卷調查訪問 4 家無線電視臺及 4 家有線電視臺，在 268 份樣本中發現：電視記者最常上網的目的是進行休閒娛樂，其次為找尋與新聞相關資料、蒐集新的新聞線索，但很少利用網路進行訪問、傳送稿件及進行新聞查證。這個研

究同時指出，在 1999 年電視記者上網遭遇的最大困擾是傳輸時間過慢，記者們也並沒有足夠的電腦配備。

　　從上述的相關研究，我們可以發現，網路在 1993 年起逐漸在全球開展，各國媒體使用網路的情形，亦在五年內有明顯的成長，不過，臺灣的情形是平面媒體的採納速度比電視媒體來得快速，這乃由於新聞作業較為單純、靜態使然，而電視臺則除了前端的採訪，還有後端的剪輯、後製及播出等，涉及的技術層面較複雜。不過，在 2000 年時，各家電視臺均已電腦化與數位化，加上網路頻寬的改善，電視記者不但更習慣上網，甚而利用網路進行影音傳輸也愈來愈普遍。與 1990 年代地方記者要使用微波傳送影像，出國採訪要訂衛星頻道與時間傳送畫面相較，電視作業的效率在 2000 年代中期已大幅提升，到了 2013-2014 年以後，隨著 4G 問世傳輸速度更快，電視臺用 4G 包立即直播新聞或傳送畫面的情形愈來愈普遍，也克服了有些 SNG 車無法開抵的區域畫面傳送的困難。

二、數位匯流下的記者社群媒體使用

　　從大環境來看，2004 年美國電腦出版商 O'Reilly Media 所宣稱：我們已進入 web 2.0 時代起（O'Reilly, 2007），所謂使用者自創內容（user-generated content）已成為此數位環境的特色，民眾不再只是觀眾或讀者，而是同時成為內容消費者與生產者（Jenkins, 2006），具有積極參與的能動性，他們喜歡發布內容，也熱愛在社群平臺上分享訊息。

　　故此，新聞的呈現也必須兼顧社群參與。愈來愈多的主流媒體開始經營社群網站，並透過這個平臺傳送新聞，爭取更多的讀者或觀眾（Greer & Yan, 2011）。Newman（2016）針對全球 25 國 130 位主要媒體高層的調查發現，過半數受訪者均認為，增加民眾線上與社群參與是未來最重要的經營策略。因此，採用這種新工具（new tool）已不是新聞工作者的選項（choice），而是無可避免的「必

要」，且在組織政策的帶動下，不得不擁抱（embrace）它（Hedman & Djerf-Pierre, 2013; Newman, 2009）。

社群媒體乃因社群或社會網絡而連結的平臺，它的定義並不清楚，Gulyas（2013）將其分類為：部落格、內容與群眾外包網站、微網誌、專業 SNS，一般 SNS 及影音分享平臺。Willnat 與 Weaver（2014）將其細分為微網誌（micrologs）、新聞部落格（journalists blog）、群眾外包網站（crowd sourcing）、影音視頻社群媒體（audio-visual SNS）、專業社群媒體（professional SNS）及市民部落格（blogs by citizen）。不同的研究者往往依其研究目的，給予不同的分類，並沒有一致的標準。況且，隨著科技的發展，它不斷地演化變動，很難給予固定的定義（Newman, 2009）。

自 2011 年起已有學者採用大規模的問卷調查記者使用社群媒體的情形。例如，Gulyas（2013）針對英、德、法及瑞典四國有效樣本 1,560 人的研究發現，超過九成的記者每週使用社群媒體，且近一半的記者會使用 3 至 4 種不同的社群媒體。Hedman 與 Djer-Pierre（2013）在 2011-2012 年於瑞典針對 1,412 位記者進行的調查發現，雖然有 65% 的記者每天使用社群媒體，不過，私人使用時間多於工作，只有三分之一的人每天在工作中使用社群媒體，但有一半的記者每天使用它作為私人溝通平臺。調查中也發現，記者最常使用的目的是關注持續被討論的議題（60%）、尋找新聞素材或角度（54%）、蒐尋資料（53%）。

Willnat、Weaver 與 Wilhoit（2017）於 2013 年在美國進行調查，共有 1,080 個有效樣本，結果發現，超過 40% 的美國記者認為社群媒體非常重要，美國記者較常使用社群媒體進行的活動（activities）是查閱突發新聞（78.5%）、查閱其他新聞組織發布的新聞（73.1%）、及尋找新聞線索或靈感（59.8%）；而與讀者或觀眾保持聯繫（keep in touch）則居第四位，占 59.7%。社群媒體具有強烈的互動特性，成員在此網路空間中自創內容、分享資訊、討論想法

與評論議題（Scott, 2010），但上述的調查卻都發現，記者使用社群媒體仍以採訪工作相關的查閱資訊為優先。

　　基於此，本研究將進一步分析，自 1990 年代起，記者因工作所需，在網路與社群媒體的活動有哪些？

三、從創新傳布理論看記者使用新工具之影響因素

　　不論是 1990 年代的網路，或 2000 年中期以後的社群媒體，在那個時代都是新聞工作所引進的新工具。因此，我們可以從創新傳布理論（diffusion of innovation）的視角，來瞭解記者使用這些新工具的影響因素。Rogers（2003）認為傳布（diffusion）是創新事物透過特定管道傳播，經過一段時間後被社會成員傳散的過程；它包括四個要素：(1) 創新、(2) 傳播管道、(3) 時間、(4) 社會系統。在他的系列性研究中認為，性別、年齡、教育程度及收入是預測新科技採納的顯著變項。過去的研究較少使用此理論來分析新聞工作者對網路的採納，Ekdale、Singer、Tully 與 Harmsen（2015）從創新傳布理論出發，研究記者的科技採納也發現，年輕記者比年紀大者更易採納社群媒體作為新聞採訪的工具；Hedman 與 Djerf-Pierre（2013）的研究也發現，性別、年齡、教育程度均對社群媒體的使用頻率有顯著影響，女性、年紀較輕、教育程度高的記者較常使用社群媒體。

　　除了人口變項之外，Rogers（2003）也指出組織因素也很重要，它影響著記者每日新聞工作實踐，更影響記者對工作的認識與態度，不同媒體所處的競爭環境有相當的差異，新聞產製的常規也不相同（Shoamaker & Reese, 1996），他們對新科技的依賴程度可能有所不同。Hedman 與 Djerf-Pierre（2013）發現媒體類型與記者使用社群媒體時間有顯著關聯性，網路記者比印刷媒體記者使用頻率高；在公共廣播與小報（tabloid press）工作的記者，也比在地方、區域或大城市工作的記者更常使用社群媒體。Willnat 等人（2017）的調查也發現，組織類型對於記者使用社群媒體的時間、社群媒體的型

態，均有顯著預測力。

　　因此，本研究據此進一步探問：自 1990 年代起，哪些人口學變項、組織變項會影響記者使用網路或社群媒體的時間與活動？

四、社群媒體使用與影響評價

　　早在 1990 年代記者普遍上網使用資料庫、蒐集訊息時，相關的研究就發現，記者們對於使用網路輔助採訪或產製新聞，有相當疑慮，資訊不正確、無用或不良內容（useless or bad content）是記者認為採用網路資訊的最大缺點。此外，消息來源無法查證、缺乏可信度則是記者認為最嚴重問題（王毓莉，2001；Garrison, 2000），這也使得記者在網路使用上較謹慎。

　　進入數位匯流的時代，資訊量更大且速度加快，媒體為了跟上速度，不得不採取較開放的態度來使用這些社群媒體的資訊。Gulyas（2013）即認為，社群媒體對新聞專業與每日工作實務的影響是值得關注的重要課題。在新聞專業的影響方面，相關研究已指出，這些內容瑣碎、無關公共性、查證困難、消息來源可信度堪憂（劉蕙苓，2015；Deuze & Yeshua, 2001; Örnebring, 2008）；使記者面臨數位匯流的新困境（Juntunen, 2010）。Hedman 與 Djerf-Pierre（2013）的研究顯示，九成的記者認為即使不靠社群媒體，一樣可以產製出品質優良的新聞；同時，有超過六成的記者認為，社群媒體的重要性被過度誇大了。Willnat 等人（2017）的調查顯示，記者多數不認同社群媒體可以增加新聞公信力，有四分之三的記者認為，網路新聞為了追求速度犧牲了正確性，近半數的記者認為社群媒體降低了新聞品質。簡言之，即便在工作中使用社群媒體已成新聞記者的常規，但社群媒體的可信度、正確性均受質疑，這個結論和 1990 年代記者使用網路的疑慮相似。

　　不過，這並不表示社群媒體對新聞工作毫無助益，也有研究發現，記者認為社群媒體可以增進工作效能（efficency），提升生產力

（productivity）（Gulyas, 2013），從資訊補貼（information subsidy）的觀點論之，社群媒體可以幫助新聞組織節省成本提高效能，同時增加多元消息來源（Moon & Hadley, 2014; Paulussen & Harder, 2014）。Willnat 等人（2017）的研究也指出，超過七成的記者認為社群媒體對其工作有正面影響，近八成的記者認為社群媒體有助於自我宣傳（selfpromotion），近七成的記者認為社群媒體可以使其更貼近閱聽大眾、更快速地報導新聞。

　　既然社群媒體已是記者不得不採用的新工具，那麼，使用的時間長度會不會影響他們對社群媒體評價呢？過去有不少研究採用「媒體使用」來預測閱聽大眾對媒體可信度的評估，這些研究都發現媒體使用對媒體可信度具有相當高的預測力（徐美苓，2015；羅文輝，2013；Wanta & Hu, 1994）；然而過去的研究均針對一般閱聽大眾進行比較與分析，卻少有人關注新聞工作者採用社群媒體輔助新聞工作，是否影響其對社群媒體的態度與認知。相關研究對此的探討十分有限，只有 Hedman 與 Djerf-Pierre（2013）的研究略微提到經常使用社群媒體記者，較同意在社群媒體普及的今日，必須重新思考記者的傳統角色，並以較積極開放的態度，來看待社群媒體對新聞專業的影響，至於使用時間長度是否與工作影響的評價相關，則沒有研究提及。

　　此外，社群媒體對記者而言，不單純只是「媒體使用」，更是一種新聞工作的資源與工具（Moon & Hadley, 2014），故本研究認為記者對其重要性的認知，應納入影響評估的預測變數中。

　　據此，本研究將探討記者認為社群媒體對其工作的影響為何？對其新聞專業的影響為何？在使用時間與對社群媒體重要性認知上，是否有顯著預測性？

五、相對利益與包容性對新工具使用的影響

　　在創新傳布理論中特別提及在決定採納時，創新事物須具有五

個重要特性：(1) 相對利益（亦做「相對優勢」）、(2) 相容性、(3) 複雜性、(4) 可試驗性及 (5) 可觀察性。其可解釋創新採納的變異量達 47% 至 87%（Rogers, 2003）。由於本研究在執行各期調查期間，不論是電腦上網或社群媒體使用均已十分普遍，故排除複雜性、可試驗性及可觀察性。

　　Rogers（2003）指出，新事物比原有的事物更好，則具有相對利益（relative advantage）（亦有學者譯成相對優勢），它通常指涉對使用者而言，其具有經濟上的利益、社會聲望或其他好處。在新科技採納的諸多研究中，常運用這個概念來預測新科技的採納行為，因為新科技能節省成本與增進效率（Moore & Benbasat, 1991; Rubin & Bantz, 1987）。Lin（1998）對美國中西部記者的研究即發現，記者認為電腦的相對利益愈高，愈能顯著預測其對電腦的採納。Ekdale 等人（2015）的研究也指出，當記者們認知到社群媒體對其有相當的助益及重要性時，較容易採納它。循此，在我們可以進一步將記者對社群媒體工作影響的評價視為相對利益，記者在社群媒體對工作影響的評價愈高，愈可能採用它們進行各種新聞工作活動。

　　至於相容性（compatibility）乃指新事物和使用者既有價值、信仰、經驗與需求相容的程度（Rogers, 2003）。過去已有不少研究發現，組織引進新科技與組織的既有知識、文化相容者，則組織成員採用的意願較高（Mehrtens, Cragg, & Mills, 2001; Min & Galle, 2003），對個人採用新事物的研究也都發現相容性是重要預測變項（Carter & Belanger, 2005）。在新聞領域相關的研究，Boyle 與 Zuegner（2012）針對美國 70 個報社的研究發現，相容性是媒體組織採用社群媒體的重要預測因素；目前沒有研究以相容性來預測記者的社群媒體活動。如前所述，新聞工作者使用社群媒體影響專業的評價呈現兩極，一方面認為可以增加多元意見，一方面卻質疑其資訊正確性與可信度。故記者在工作中採納社群媒體與其專業價值的相容性，仍有論辯的空間。依據相容性的概念認為，本研究認為，

記者對社群媒體專業評價可以作為相容性的指標，以瞭解它是否能預測他們在社群媒體的活動。

第三節　本章三年度研究分析說明

本研究橫跨 1990 至 2010 年代，每個年代的新工具均不相同，1994 年的調查是詢問記者使用電腦情形，2004 年電腦已十分普遍，則以詢問記者使用網路情形為主；至 2014 年則因社群媒體盛行，故以此為主要題項。因應每個時代的差異，在問卷設計上亦有所不同，故在資料分析上無法如前面幾章，就相同題項及類目進行歷時性比較分析。值得一提的是在「相對利益」的概念上，1994 年和 2004 年均以「提高工作效率」、「減少錯誤」、「工作時間」及「處理新聞稿件」四個題項詢問受訪者使用電腦或上網的幫助程度，但此題項無法應用在社群媒體使用上，故以記者對社群媒體工作影響的評價（共 8 題）視為相對利益。除此之外，本研究將這些分析聚焦在與採訪發稿直接相關的記者（含攝影記者），以看出其差異。

第四節　1994 年記者的電腦使用

媒體自 1980 年代已陸續電腦化，1991 年起記者以電腦寫稿也愈來愈普遍，1994 年本研究調查 749 位記者（含攝影記者），扣除無填答者，共計 560 位。其結果發現：有 64.8% 的受訪者認為，他的工作經常需要使用電腦，回答不需要的則有 30.4%。因此，我們可以推論，即便在 1991 年起各報社大力推動記者以電腦寫稿，至 1994 年仍有三分之一的記者，在工作上不使用電腦，可見記者工作電腦化的速度並不如想像中得快。如果就媒體別來看，報紙記者的使用情形較廣播及電視多，但未達統計水準的顯著差異（χ^2=7.54，df=4，p>0.05）（見表 9-1）。

表 9-1：1994 年記者在工作上使用電腦的需要性

需要性	報紙 N(%)	電視 N(%)	廣播 N(%)	總和 N(%)
經常需要	303(67.3)	29(53.7)	31(55.4)	363(64.8)
不需要	125(27.8)	23(42.6)	22(39.3)	170(30.4)
無意見	22(4.9)	2(3.7)	3(5.4)	27(4.8)
總和	450(100.0)	54(100.0)	56(100.1)	560(100.0)
χ^2=7.54, df=4, p>.05				

至於記者平常利用電腦處理哪些工作？本研究發現「輸入稿件」最多（55.7%），其次是「建立個人資料」（38.6%），「查詢新聞相關資料」則居第三位（30.2%）。其他如分析資料、利用電腦使用其他資料庫、排版或電腦繪圖的比例均不高（見表 9-2）。

表 9-2：1994 年記者利用電腦處理的工作

利用電腦處理工作	N(%)
輸入稿件	417(55.7)
建立個人資料	289(38.6)
查詢新聞相關資料	226(30.2)
分析資料	45(6.0)
編版或排版	36(4.8)
利用電腦網路使用其他資料庫	98(13.1)
電腦繪圖	28(3.7)
其他	26(3.5)

註：N=749，此為複選題。

在新聞工作中使用電腦的相對利益如何？本研究發現受訪者認為最有幫助的是「提高工作效率」，回答「很有幫助」及「有些幫助」者共占 90.1%；其次為「處理新聞稿件」，占 89.4%，至於是否能有效減少「工作時間」？受訪者雖然大都表示肯定，但占比較其他項目低，為 72.2%（見表 9-3）。

表 9-3：1994 年記者認為電腦對其工作上的幫助情形

幫助項目	很有幫助 (%)	有些幫助 (%)	沒有幫助 (%)	無意見 (%)
提高工作效率	54.8	35.3	6.9	3.1
減少錯誤	44.0	38.5	13.6	3.8
減少工作時間	39.7	32.5	23.2	4.6
處理新聞稿件	49.6	39.8	8.0	2.5
查詢資料	56.8	30.5	8.9	3.8

　　至於使用電腦的困擾，有超過三成的人認為「當機」及「操作不熟練」最常見，可以想見一個新工具對新聞工作者而言，需要更長的時間適應，並解決技術問題（見表 9-4）。

表 9-4：1994 年記者使用電腦的困擾情形

困擾情形	N(%)
使用速度慢	146(19.5)
當機	263(35.1)
操作不熟練	234(31.2)
電腦病毒	90(16.3)
其他	61(11.1)

註：N=552，此為複選題。

　　綜觀 1994 年的電腦之於新聞媒體，雖然各媒體已經採取相關政策，但從本研究調查發現，1994 年仍然有三分之一的受訪者在工作上不使用電腦，可見從手寫到打字的轉換過渡是漫長的過程。尤其，當時多家媒體都要求記者學習倉頡或大易輸入法，訪談這個年代入行的記者，背字根都是大家痛苦的回憶，因為採訪工作已經很忙了，還要花時間背這些「有的沒的」，面對這樣「新工具」操作不熟練，使工作效率更差，有些更資深的記者抗拒心更重，索性就繼續用稿紙手寫。這也和國外的研究發現類似，電腦引進初期遇到最大的阻礙是記者的抗拒心態。

第五節　2004 年記者的網路使用

　　1990 年代末期，幾乎所有記者都採取電腦發稿，編輯室的電腦化作業也已完善。進入 2000 年後，隨著頻寬加大，上網速度增快，臺灣的上網人數也超過 800 萬。網上的各種資訊平臺與網站紛紛問世，例如，盛極一時的蕃薯藤網站、奇摩、無名小站，都受到網友們的歡迎，線上遊戲更是蓬勃發展。2004 年的臺灣社會，各具規模的組織與公司無不架設網站，作為品牌的門面與外界溝通的橋梁，最具指標性的大學學測成績公布，考生亦可上大考中心網站查詢（孟祥傑，2004 年 2 月 25 日）。可見，網路已進入臺灣社會應用廣泛。

　　作為採訪社會脈動的記者，上網更是不可或缺的工作。在 2004 年本研究的調查集中於記者在工作日常中的網路活動有哪些？哪些因素可以預測他們的網路活動？

一、記者上網時間及網路活動

　　在受訪的 822 位記者中，只有 2 位回答他的工作不需要接觸電腦，99.7% 的記者工作上必須使用電腦，有三分之一（34.4%）的受訪者第一次接觸網際網路是在 1994 年以前，到了 1997 年則有 75.5% 的記者都接觸過網路，而本調查之 2004 年中，則有 99.9% 的記者表示接觸過網路。平均每天使用網路的時間為 6.06 小時。

　　至於，他們在網路上從事哪些活動來輔助工作？本研究顯示他們最常從事的活動是「尋找背景資料」（平均數=3.62），其次為「發稿」（平均數=3.54）、「閱讀本地新聞」（平均數=3.53）及「尋找新聞線索」（平均數=3.42）居第三及第四位。至於記者們在網路上最不常做的事則是「進行訪問」（平均數=2.12）、其次為「在網路討論或 BBS 發表意見」（平均數=2.27）、「使用國外資料庫」（平均數=2.51）及「閱讀網誌」（平均數=2.56）（見表 9-5）

表 9-5：2004 年記者在網路上從事的活動

使用網路進行的活動	平均數
1. 尋找新聞線索	3.42
2. 尋找新聞題材	3.32
3. 尋找背景資料	3.62
4. 查證事實	3.11
5. 發稿	3.54
6. 使用公司內部資料庫	3.41
7. 使用其他媒體的資料庫	3.11
8. 使用公立機構電子資料	3.12
9. 建立個人常用資料庫	3.01
10. 使用國外資料庫	2.51
11. 與受訪者聯繫	2.83
12. 與同業聯繫	3.01
13. 進行訪問	2.12
14. 閱讀本地新聞	3.53
15. 閱讀國際新聞	3.05
16. 閱讀網誌	2.56
17. 閱讀網路討論區或 BBS	2.63
18. 在網路討論區或 BBS 發表意見	2.27

註 1：使用網路進行的活動：1= 從未，2= 很少，3= 有時，4= 經常。
註 2：N=852。

　　為了簡化資料以便進行較深入的分析，本研究將記者使用網路所進行的活動（工作）進行主成分因素分析，在分析過程中將因素負荷量在 0.4 以下的題項刪除，結果顯示這些題項可以呈現四個因素。第一個因素包括「尋找新聞線索」、「尋找新聞題材」、「尋找背景資料」、「查證事實」及「閱讀本地新聞」，本研究將其重新建構成「查閱資訊」指標（Cronbach's α=.78）；第二個因素為「閱讀網誌」、「閱讀網路討論區或 BBS」、「在網路討論區或 BBS 發表意見」及「閱讀國際新聞」，我們把它建構為「蒐尋並發表意見」（Cronbach's α=.79）；第三個因素為「與受訪者聯繫」、「與同業聯繫」及「進行訪

問」，建構成「採訪聯繫」（Cronbach's α=.69）；第四個因素則有「使用公司內部資料庫」、「使用其他媒體資料庫」、「建立個人常用的資料庫」，建構成「使用資料庫」指標（Cronbach's α=.69）。全部可解釋的變異量為 65.72%。

　　本研究將這新建構的四大類網路活動進行媒體之間的比較，結果發現除了「查閱資訊」（F=3.35，p<.05）之外，其他類型的活動，媒體之間並沒有統計上的顯著差異，「尋找資訊」都是各媒體記者最常做的活動，「蒐集及發表意見」則是受訪者最不常做的工作（見表9-6）。

表 9-6：2004 年不同媒體記者在網路上從事的活動比較

使用網路進行的活動	全體	報紙	電視	廣播	F 值	Scheffe Test
查閱資訊	3.40	3.38	3.45	3.32	3.35*	未顯示
蒐集及發表意見	2.63	2.63	2.67	2.45	2.53	
使用資料庫	2.65	2.70	2.57	2.77	4.04	
採訪聯繫	3.16	3.17	3.16	3.16	.01	

註：F 值顯示有顯著差異，但在事後比較並沒有顯示其差異。

　　至於記者使用網路的困擾情形，則以垃圾郵件最多（平均數3.60），可想而知此時上網普遍，許多通訊往來、採訪通知均以電子郵件為工具，信件過多也成了記者的困擾。其次是電腦病毒（平均數2.91），傳輸速度太慢位居第三（平均數2.83），至於和內容相關的兩個選項：「內容貧乏」及「資料查證困難」，倒不是記者們最困擾的，但後者居第四位（見表9-7），這和王毓莉（2000）的研究相似，記者們對於網路的可信度仍多所保留，原因在於查證困難。

表 9-7：2004 **年記者使用網路的困擾情形**

困擾情形	平均數
內容貧乏	2.55
資料查證困難	2.73
傳輸速度太慢	2.83
操作不熟練	2.14
電腦病毒	2.91
垃圾郵件	3.60
隱私與網路安全	2.96

註 1：N=805。
註 2：回答經常=4，有時=3，很少=2，從未=1。

二、影響記者上網時間和網路活動的因素

　　本研究進一步把這些調查資料進行預測分析，想瞭解哪些因素對記者上網時間長短，及他們在網路上的活動有顯著的影響。這裡要說明的是，基於創新傳布理論，認為相對利益是個人採納新科技的重要因素，因此，本研究請記者評估上網對其工作的幫助，將「提高工作效率」、「減少錯誤」、「縮短工作時間」、「處理稿件」及「查詢資料」等五項合併成「相對利益」，其信度值 Cronbach's α=.85。

　　結果顯示，在人口變項方面，性別、年齡、收入都有顯著預測力，女性（β=-.14，p<.001）、年紀較輕者（β=-.31，p<.001）、收入愈高（β=.22，p<.001），使用網路的時間愈長；在組織變項方面，都有顯著預測力；在報紙服務（β=.20，p<.001）、在總社或總公司工作（β=.11，p<.001）的新聞工作者使用網路時間較長；此外，相對利益（β=.13，p<.001）亦有顯著預測性，換言之，愈認為網路對其工作具有幫助者，上網的時間愈長（見表 9-8）。

表 9-8：2004 年影響記者上網時間因素階層迴歸分析

預測變項	上網時間
第一階層：人口變項	
性別（男）	-.14***
年齡	-.31***
教育程度	.06
收入	.22***
Adjusted R^2	.11
第二階層：組織變項	
媒體類型（報紙）	.20***
服務地點（總社）	.11***
Incremental Adjusted R^2	.15
第三階層：相對利益	
相對利益	.13***
Incremental adjusted R^2	.17
Total adjusted R^2	.43
F 值	21.88***
樣本數	739

註1：表中 Beta 值來自包括所有變項均輸入的最終迴歸方程式；變項編碼方式：性別（男 =1，女 =0）；服務地點（總社 =1，分社 =0）；媒體類型（報社 =1，其他媒體 =0）。

註2：*** $p<.001$, ** $p<.01$, * $p<.05$。

　　至於對於網路活動的預測性，在「查閱資訊」方面，最具顯著預測力的變項是「上網時間」（ $\beta=.26$ ， $p<.001$ ），其次為「相對利益」（ $\beta=.21$ ， $p<.001$ ，組織變項中的「服務地點」（ $\beta=.11$ ， $p<.01$ ）及「媒體類型」（ $\beta=-.12$ ， $p<.001$ ）亦有顯著預測力。換言之，上網時間愈長、愈認為上網對其工作有所助益者、在非報紙類媒體服務、服務地點在總公司（社）者，愈常上網查閱資訊。

　　在「蒐集及發表意見」方面，最有利的預測變項仍然是上網時間（ $\beta=.26$ ， $p<.001$ ），其次是「服務地點」（ $\beta=.15$ ， $p<.001$ ），其他人口變項及「相對利益」均無顯著預測力。「使用資料庫」方面，除了「上網時間」（ $\beta=.24$ ， $p<.001$ ）及「服務地點」（ $\beta=.12$ ， $p<.001$ ）具顯著預測力之外，人口學變項中的性別、年齡及收入均有預測

力，換言之，除了上網時間愈長、在總公司服務者之外，女性、年紀較大、收入較少者，使用資料庫的情形愈多。此外，在「採訪聯繫」上，仍然以「上網時間」（β=.26，p<.001）及「服務地點」（β=.08，p<.05）具顯著預測力，「相對利益」亦有相當顯著的預測力（β=.13，p<.001），除此之外，收入亦有預測力（見表9-9）。

表 9-9：2004 **年影響記者網路活動階層迴歸分析**

預測變項	查閱資訊	蒐集及發表意見	使用資料庫	採訪聯繫
第一階層：人口變項				
性別 (男)	-.04	.02	-.10*	-.03
年齡	-.01	-.08	.12*	.01
教育程度	.02	-.03	.01	.01
收入	.05	-.03	-.11*	.11*
Adjusted R^2	.03	.03	.02	.03
第二階層：組織變項				
媒體類型 (報紙)	-.12**	-.02	.02	-.07
服務地點 (總社)	.11**	.15***	.12**	.08*
職位 (非主管)	.02	.01	.02	-.00
Incremental Adjusted R^2	.04	.06	.04	.04
第三階層：網路使用				
上網時間	.26***	.26***	.24***	.26***
Incremental Adjusted R^2	.11	.12	.09	.11
第四階層：相對利益				
相對利益	.21***	.03	.06	.13***
Incremental adjusted R^2	.15	.12	.10	.12
Total adjusted R^2	.37	.34	.21	.30
F 值	15.58***	11.17***	8.46***	11.11***
樣本數	732	734	735	732

註1：表中 Beta 值來自包括所有變項均輸入的最終迴歸方程式；變項編碼方式：性別（男=1，女=0）；服務地點（總社=1，分社=0）；媒體類型（報社=1，其他媒體=0）；職位（非主管=1，主管=0）。

註2：***p<.001, **p<.01, *p<.05。

三、小結

　　綜整來看，記者在網路上的活動，最明顯的預測變項是「上網時間」及「服務地點」，在各項活動上都扮演著重要角色，上網時間愈長，愈會在網路上從事各項工作；而在總公司（社）工作的記者，其在網路上從事各項活動的頻率也較地方記者高，這可能的解釋是新聞組織在推動電腦化及網路化的過程中，在總公司的政策執行貫徹性較高，記者分工作業細緻，能依其採訪工作所需進行各項網路活動；但地方採訪生態較多元，記者常常往返於各地，某種程度處於「疲於奔命」的狀態，故上網的情形不若在中央主跑記者來得多。

　　依據創新傳布理論所發展出的「相對利益」指標，在「查閱資訊」及「採訪聯繫」上具有顯著的影響性，但在「蒐集及發表意見」與「使用資料庫」上則否。這可能是由於後兩項活動記者的使用頻率較低，所以，即便是上網對他的幫助很大，但卻不會驅使他進行這兩項活動。在 2004 年的網路環境，媒體直接使用網路訊息做新聞的情形非常少，運用資料庫來處理或分析新聞的比例也不高，因而使記者認為，上網的相對利益愈高，只有在查閱資訊和採訪聯繫上愈頻繁。

第六節　2014 年記者的社群媒體使用

一、社群媒體使用的時間與活動

　　在 2014 年針對 1,099 位記者進行問卷調查，部分問卷設計題項參考 Willnat 與 Weaver（2017）的研究，結果發現：有 53.3% 的受訪者表示，他所服務的新聞單位已有關於社群媒體使用的相關規定，只有 29.2% 的人回答「沒有」，另外 17.4% 則表示不清楚。這顯示擁抱社群媒體已是新聞單位的重要策略。此外，97% 的記者每天都使用社群媒體輔助新聞工作，平均每天使用的時間為 101.6 分鐘。

其中，報社記者使用的時間最長，達 106.7 分鐘，網路媒體記者為
104.6 分鐘，電視記者則是 98.8 分，最短的廣播記者使用 84.8 分鐘
（見表 9-11）。這可能有幾種原因，其一為廣播相較於其他媒體，其
市場競爭性較弱，發稿與獨家的壓力較小；其二，雖然現在廣播記
者已非單純傳送聲音，也需要將文字檔傳送回公司發布在網頁上，
但因發稿需要的作業時間（剪輯聲音）較長，因此，可能壓縮了其
使用社群媒體的時間；其三，廣播播報新聞的時間短，所需的新聞
篇幅較其他媒體小，亦是可能的原因。

　　至於新聞記者使用社群媒體的活動，最多的則是「查看其他
新聞媒體正在報導的消息」，有 90.2% 的記者有時或經常進行此活
動；其次是「查閱最新消息」（89.2%），第三高的活動則是「與同
業保持聯繫」（85.1%），「找到更多補充資訊」也有相當高的比例
（83.5%）。較少進行的活動則是「回應讀者或觀眾的評論」（31.1%）
及「在社群媒體上發表評論」（33.1%）（見表 9-10）。

表 9-10：2014 **年記者使用社群媒體活動情形**

社群媒體活動	從未 %	很少 %	有時 %	經常 %
1. 查閱最新消息	1.9	8.8	35.2	54.0
2. 查看其他新聞媒體正在報導的消息	1.6	8.2	31.4	58.8
3. 監看負責路線中的社群媒體相關最新討論	4.9	12.8	38.9	43.4
4. 尋找新聞的素材或線索	3.0	14.1	42.6	40.3
5. 尋找不認識或無法接觸的消息來源	4.2	15.0	42.6	38.2
6. 查證與確認資訊	5.7	17.6	38.5	38.1
7. 找到更多補充資訊	3.4	13.0	42.2	41.3
8. 訪問受訪者	12.3	30.3	34.3	23.2
9. 認識負責的路線中更多人	4.7	22.0	42.3	31.0
10. 留意工作中認識的人的動態	3.9	18.0	43.0	35.0
11. 與採訪對象／消息來源保持聯繫	5.7	20.8	42.1	31.4
12. 與同業保持聯繫	3.1	11.9	38.3	46.8
13. 與我的讀者或觀眾保持聯繫	19.5	34.7	30.3	15.4
14. 在社群媒體上發表評論	24.6	42.3	22.2	10.9
15. 在社群媒體上的回應讀者或觀眾的評論	29.9	39.0	20.9	10.2

N=1,095

　　本研究進一步將上述的十五項活動進行主成分因素分析（principal component analysis），在分析過程中，把因素負荷量較低，且具重疊負荷（double loading）的第 8 題項刪除。其結果顯示剩下的十四項活動呈現三個因素。第一個因素包括下列題項：「找到更多補充資訊」、「查閱最新消息」、「查看其他新聞媒體正在報導的消息」、「查證與確認資訊」、「尋找新聞的素材或靈感」、「尋找不認識或無法接觸的消息來源」及「監看負責路線中的社群媒體相關最新討論」，就其內容均和查閱與蒐集資訊有關，因而將此因素命名為「查閱蒐集訊息」（Cronbach's α=.90）。第二個因素的題項包括：「留意工作中認識的人的動態」、「與採訪對象／消息來源保持聯繫」、「認識負責的路線中更多人」及「與同業保持聯繫」，這些和記者執行採訪任務時建立新聞相關之關係、與採訪對象及同業保持聯繫有關，此因素命名為「維繫新聞關係」（Cronbach's α=.86）。第三個因素則包含了「在社群媒體上回應讀者或觀眾的評論」、「在社群媒體上發表評論」及「與我的讀者或觀眾保持聯繫」（Cronbach's α=.87），這三個題項都是記者試圖以社群媒體為平臺，和讀者或閱聽大眾互動，因而命名為「參與大眾互動」。全部可解釋的變異量為 68.25%。

　　合併後建構的三個變項其平均數分別是「查閱蒐集訊息」為 3.18，標準差為 0.63；「維繫新聞關係」為 3.09，標準差為 0.70；「參與大眾互動」則為 2.24，標準差為 0.85。可見，記者在使用社群媒體時，以「查閱蒐集」為最多，「參與大眾互動」反而最低。

　　進一步將媒體型態與這三類活動進行 ANOVA 檢定，則可發現在「查閱與蒐集」（F=8.35，df=4，p<.001）、「維繫關係」（F=2.82，df=4，p<.05）及「互動溝通」（F=7.91，df=4，p<.001）均有顯著差異。經由雪費（scheffe'）事後檢定比較發現，「查閱蒐集」主要的差異仍然在於廣播與報紙或電視，「互動溝通」差異則是電視與其他媒體類型之間。此外，廣播無論在查閱與蒐集資訊、維繫關係或互動

溝通上，平均數皆為最低；而電視記者似乎是社群媒體的積極使用者，在三個變項上有兩個指標均得到較高的分數（見表 9-11）。

表 9-11：2014 **年媒體型態與記者使用社群媒體活動情形**

新媒體活動	全體	報紙	電視	廣播	網路	F 值	事後比較
查閱與蒐集	3.18	3.18	3.25	2.88	3.09	8.35***	1-3, 2-3
維繫關係	3.09	3.13	3.10	2.90	3.02	2.82*	
互動溝通	2.24	2.20	2.36	2.00	2.02	7.91***	2-1, 2-3, 2-4
使用時間	101.6	106.7	98.8	84.8	104.6	1.45	

註 1：表中數字除 F 值外皆為平均數。
註 2：事後檢定 1= 報紙，2= 電視，3= 廣播，4= 網路新媒體（含通訊社），1-2 表示報紙與電視有差異；然亦有 F 顯著在事後檢定中無法看出其差異的情形。
註 3：*p<.05, **p<.01, ***p<.001。

二、記者社群媒體使用及活動的影響因素

延續 2004 年的調查，本研究進一步分析哪些因素影響記者社群媒體使用時間和社群媒體活動。本研究進行階層迴歸分析，首先將「記者使用社群媒體時間」視為依變項，第一層先輸入人口變項中的性別、年齡、教育程度及收入；第二層再輸入組織因素中的媒體類型、工作地點與職位。階層迴歸分析的結果發現（見表 9-12）：此七個變項中有五個可以顯著預測記者使用社群媒體的時間。其中，在人口變項中，年齡的預測力最高（β=-.21，p<.001），其次是教育程度（β=.09，p<.01）與性別（β=-.09，p<.05）。在控制人口變項後，組織因素中的工作地點（β=-.16，p<.001）及職務（β=-.11，p<.01）亦具顯著預測力。亦即：女性、年紀愈輕、教育程度愈高、工作地點在地方、任主管職者，使用社群媒體的時間愈長。女性、年紀較輕、及主管使用社群媒體的時間長不難理解，但本研究卻發現工作地點在地方的新聞工作者，使用社群媒體的時間較工作地點在總公司的記者更具預測力。可能的原因是：地方記者與總社的空間距離較遠，使得新聞的蒐集與社群的聯繫更需要靠虛擬空間及科技輔

助，來完成採訪任務及與上級溝通。

表 9-12：2014 年預測記者使用社群媒體時間之階層迴歸分析

預測變項	社群媒體使用時間（β 值）
第一階層：人口變項	
性別（男）	-.09*
年齡	-.21***
教育程度	.09**
收入	.07
Adjusted R²	.04
第二階層：組織變項	
媒體型態（報紙）	.04
工作地點	-.16***
職位（非主管）	-.11**
Incremental adjusted R²	.07
Total adjusted R²	.11
樣本數	946

註 1：表中 β 值來自包括所有變項均輸入的最終迴歸方程；變項編碼方式性別（0=
　　　女性，1=男性）；媒體類型（0=其它媒體，1=報紙）；主管（1=非主管，0=主
　　　管）；工作地點（1=總社，0=地方）。

註 2：***p<.001, **p<.01, *p<.05。

　　此外，本研究也用階層迴歸分析探討人口變項、組織因素及社
群媒體使用時間等變項對記者在社群媒體的三大活動「查閱蒐集訊
息」、「維繫新聞關係」及「參與大眾互動」的預測力。階層迴歸分
析的結果發現，年齡、工作地點與使用時間對「查閱蒐集訊息」具
有預測力，其中社群媒體使用時間的預測力最高（β=.39，p<.001），
其次是工作地點（β=-.20，p<.001）；使用社群媒體時間愈長、在地
方分社工作的記者，愈常利用社群媒體查閱新聞及蒐集資料。在
「維繫新聞關係」上，性別、工作地點與使用時間都具有預測力；
其中，使用時間的預測力仍然最高（β=.31，p<.001），工作地點次
之（β=-.11，p<.001），性別最低（β=-.08，p<.05）。亦即使用時間愈
長、工作地點在地方、女性記者愈常利用社群媒體維繫新聞關係。

在「參與大眾互動」方面，則是工作地點及使用時間具有預測力，其中，仍以社群媒體使用時間預測力最高（β=.25，p<.001），次為工作地點（β=-.11，p<.01）。換言之，社群媒體使用時間愈長及在地方工作的記者，愈常在社群活動中進行與讀者或觀眾的參與大眾互動。綜合來看，人口變項不是預測記者社群媒體活動的重要因素，組織的預測力比人口變項佳，特別是工作地點變項在社群媒體的三大類活動中都有顯著預測力；更進一步分析，在控制人口變項與組織變項後可以發現，社群媒體的使用時間對社群媒體活動具有最顯著預測力（見表 9-13）。

表 9-13：2014 年預測記者社群媒體活動的階層迴歸分析

預測變項	社群媒體使用（β 值）		
	查閱蒐集訊息	維繫新聞關係	參與大眾互動
第一階層：人口變項			
性別 (男)	-.02	-.08*	.00
年齡	-.08*	-.03	.07
教育程度	-.02	.01	.01
收入	-.02	.01	-.02
Adjusted R^2	.011	.013	.00
第二階層：組織變項			
媒體 (報紙)	-.01	.02	-.06
工作地點	-.20***	-.11***	-.11**
職位 (非主管)	-.07	.00	.06
Incremental adjusted R^2	.057	.036	.024
第三階層：社群媒體使用			
使用時間	.39***	.31***	.25***
Incremental adjusted R^2	.197	.122	.081
Total adjusted R^2	.27	.17	.11
樣本數	949	940	946

註 1：表中 β 值來自包括所有變項均輸入的最終迴歸方程；變項編碼方式性別（0=女性，1=男性）；媒體類型（0=其它媒體，1=報紙）；主管（0=非主管，1=主管）；工作地點（1=總社，0=地方）。

註 2：***p<.001, **p<.01, *p<.05。

三、社群媒體使用對工作及專業的影響

（一）社群媒體使用對工作的影響

本研究設計了七個題項詢問記者們社群媒體對他們的影響，表 9-14 顯示，受訪的記者中，有 63.8% 同意或非常同意「使用社群媒體能讓我更能推銷自己及我的作品」，61% 左右同意或非常同意使用社群媒體可以「更貼近讀者或觀眾」及在工作中「有效地溝通」。但是，也有 63.3% 不同意或很不同意使用社群媒體「可以減少工作負荷」，至於使用社群媒體是否能提升個人處理新聞的公信力則呈現中立的比例最高，共占 43.3%；表示很不同意或不同意的達 36.6%，只有 20.1% 同意或非常同意。有近五成（49.3%）比例的記者認為社群媒體可以讓他們更快速地報導及報導更多新聞（見表 9-14）。

表 9-14：2014 年記者認為社群媒體對其工作的影響（%）

社群媒體活動對工作影響	很不同意	不同意	中立	同意	非常同意
1. 宣傳自己與作品	1.7	6.9	27.6	51.0	12.8
2. 貼近讀者或觀眾	1.4	6.6	30.3	50.5	11.2
3. 工作有效溝通	0.8	7.0	31.3	50.0	10.9
4. 減少工作負荷	14.1	49.2	25.8	9.1	1.7
5. 提升我的公信力	7.9	28.7	43.3	18.0	2.1
6. 快速報導	3.0	15.3	32.4	40.2	9.1
7. 報導更多新聞	3.6	14.5	33.2	38.6	10.1

N=1,095

本研究進一步將這七個題項進行主成分因素分析，結果萃取出兩個因素，第一個素包括的題項分別是「宣傳自己與作品」、「貼近讀者或觀眾」及「工作有效溝通」；第二個因素的題項則有：「減少工作負荷」、「提升我的公信力」、「快速報導」及「報導更多新聞」；就其內涵將因素一命名為「溝通宣傳」，平均數為 3.72，信度分析之

Cronbach's α 為 .85；因素二命名為「提升效率」，平均數為 3.06，
信度分析之 Cronbach's α 為 .77；全部可解釋變異量為 68%，均具
信度水準，可建構成兩個新的變項。本研究再將此兩個新的變數視
為依變項，而將「社群媒體使用時間」、「社群媒體重要性」視為自
變項，進行多元迴歸分析。結果顯示，社群媒體使用時間對工作
影響均不具預測力，但社群媒體重要性對「溝通與宣傳」（β=.15，
p<.001）與「提升效率」（β=.16，p<.001）均有顯著預測力（見表
9-15）。可見，社群媒體使用時間的長短，並不會影響記者對工作影
響的評價，但記者認為社群媒體在其工作重要程度愈高，愈認為它
具「溝通宣傳」及「提升效率」的作用。

表 9-15：2014 **年媒介使用、媒介重要性對社群媒體評估的預測**

預測變項	工作影響（β 值）		專業影響（β 值）	
	溝通與宣傳	提升效率	威脅專業品質	擴展多元影響
社群媒體使用	.24	.005	.03	-.01
社群媒體重要程度	.15***	.16***	.00	.21***
Adjusted R^2	.023	.025	.001	.04
樣本數	1,063	1,059	1,058	1,054

註：***p<.001, **p<.01, *p<.05。

（二）社群使用對專業的影響

在社群時代裡，記者們認為社群媒體對新聞專業的影響一直有
兩極的看法，本研究以六個題項先詢問記者們的意見，表 9-16 顯
示，在問卷的六個題項中，有超過八成的記者同意或非常同意「使
用社群媒體犧牲正確性」，71.7% 的記者同意或非常同意社群媒體
「威脅新聞品質」，67.9% 的記者同意或非常同意社群媒體「降低傳
統新聞價值」。不過，也有超過七成的記者同意或非常同意社群媒體
「增加了新聞影響力」與「多元觀點」。

表 9-16：2014 年記者認為社群媒體對新聞專業的影響（%）

社群媒體活動對工作影響	很不同意	不同意	中立	同意	非常同意
1. 降低傳統新聞價值	1.0	13.4	17.7	50.5	17.4
2. 威脅新聞品質	1.3	9.7	17.4	44.7	27.0
3. 增加影響力	0.9	8.9	17.0	55.6	17.5
4. 增加多元觀點	1.0	6.1	17.0	57.9	17.9
5. UGC 威脅新聞誠信	1.0	10.6	26.6	43.9	18.0
6. 犧牲正確性	0.6	3.6	13.3	42.4	40.1

N=1,094

　　進一步將這六個題項進行主成分因素分析，結果萃取出兩個因素，分別是「降低傳統新聞價值」、「威脅新聞品質」、「UGC 威脅新聞誠信」、「犧牲正確性」為第一個因素，命名為「威脅專業品質」，平均數為 3.20；「增加影響力」及「增加多元觀點」為第二個因素，命名為「擴展多元影響」，平均數為 3.66。全部可解釋變異量 62.32%，第一因素可解釋 39.56% 的變異量，這四個題項的 Cronbach's α 值為 .77，可進行題項合併建構成新的變數「威脅專業品質」。第二個因素可解釋 22.76% 的變異量，Cronbach's α 值為 .56，本研究也把這兩個題項合併成「擴展多元影響」。

　　在進行多元迴歸分析後發現，使用時間長度與重要程度均對「威脅專業品質」不具預測力，但「社群媒體的重要程度」對「擴展多元影響」具預測力。這表示，不論記者使用社群媒體的時間有多長、它們有多重要，都不影響他認為社群媒體威脅新聞專業的看法。但覺得社群媒體對其新聞工作重要程度愈高的記者，認為它愈能擴展多元影響（見表 9-15）。

四、社群媒體評價與活動

　　為了進一步探究記者對社群媒體的影響評價是否能預測其在社群媒體的活動，本研究將社群媒體評價中的「工作影響」與「專業

影響」的變項為自變項，三類社群媒體活動為依變項，分別進行兩次迴歸分析。結果發現：在「工作影響」方面，無論是「溝通宣傳」（$\beta=0.17$，p<.005）或「增進效率」（$\beta=0.11$，p<.001）均對「查閱蒐集訊息」有顯著預測力，且「溝通宣傳」對其他兩個活動「維繫新聞關係」及「參與大眾互動」均有顯著預測力；但「增進效率」（$\beta=.12$，p<.001）對「參與大眾互動」有預測力，對「維繫新聞關係」不具預測力。換言之，愈認同社群媒體在工作上具「溝通宣傳」的記者，在社群媒體的三種活動的表現愈積極；但愈認同社群媒體在工作上可「增進效率」的記者，只在「查閱蒐集訊息」和「參與大眾互動」表現積極，不會影響其對「維繫新聞關係」活動的表現（見表 9-17）。

表 9-17：2014 年社群媒體的工作影響對社群媒體活動之預測

預測變項	社群媒體活動（β 值）		
	查閱蒐集訊息	維繫新聞關係	參與大眾互動
溝通宣傳	.17**	.23***	.16***
提升效率	.11***	-.00	.12***
Adjusted R^2	.055	.051	.058
樣本數	1,062	1,080	1,055

註：***p<.001, **p<.01, *p<.05。

其次，在專業影響方面，「威脅專業品質」變項對社群媒體的三類活動均不具預測力，但「擴展多元影響」則對此三類活動均有顯著預測力。換言之，愈認同社群媒體可以擴展多元影響的記者，愈會積極地在社群媒體中進行「查閱蒐集訊息」、「維繫新聞關係」及「參與大眾互動」；但是，即便記者認為社群媒體「威脅新聞品質」，也不會減少他們在社群媒體的活動（見表 9-18）。

表 9-18：2014 年社群媒體的專業影響對社群媒體活動之預測

預測變項	社群媒體活動（β 值）		
	查閱蒐集訊息	維繫新聞關係	參與大眾互動
威脅專業品質	.04	-.03	-.05
擴展多元影響	.15***	.16***	.12***
Adjusted R^2	.025	.024	.013
樣本數	1,055	1,073	1,070

註：***$p<.001$, **$p<.01$, *$p<.05$。

五、小結

　　在 2014 年的調查中發現，記者在社群媒體中最常進行的活動為「查看其他媒體正在報導的新聞」，其次是「查閱最新消息」，最不常做的是「回應讀者或觀眾評論」。這樣的結果和 Hedman 與 Djerf-Pierre（2013）及 Willnat 與 Weaver（2014）的研究發現相似，也再度證明了，雖然社群媒體強調互動與交流，但對記者而言，採訪才是首要任務，因為採訪任務需要蒐集資料，監看同業的一舉一動，這些都是基本常規，並不因匯流時代而有所改變。如果就這十五項活動所綜整的三大類：「查閱蒐集訊息」、「維繫新聞關係」及「參與大眾互動」來看，「查閱蒐集訊息」的平均數仍然最高（3.18），「維繫新聞關係」的平均數（3.09）次之，顯示社群媒體著重互動、分享的社群性對新聞工作有相當的影響，記者們常透過社群媒體來維繫同業、採訪對象及其他工作上的關係。反倒是「參與大眾互動」的平均數只有 2.24，說明與閱聽大眾在社群媒體上互動，比較不是記者重視的工作，也不是他們使用社群媒體的主要目的。Willnat 等人（2017）的研究發現，美國新聞工作者使用社群媒體活動，「與讀者或觀眾保持聯繫」比例高居第四位，達 59.7%，但本研究發現，臺灣記者在此活動的比例只有 45.7%，居倒數第三位，這也顯示本地記者在社群媒體的參與互動仍較保守。

　　就媒體類型來看，記者在社群媒體中進行的「查閱蒐集訊息」

及「參與大眾互動」活動會因媒體型態不同而有差異，「查閱蒐集訊息」的差異在廣播媒體和報紙或電視之間，這也再次說明廣播新聞產製的生態與其他媒體有明顯差異，值得關注的是電視記者最常使用社群媒體「查閱蒐集訊息」及「參與大眾互動」，這可能與各家電視臺近年來大量採用網路影音資訊、不斷強調「爆料」、民眾上傳影片及鼓勵主播成立 Facebook 粉絲專頁有關。

在預測社群媒體使用與活動方面，本研究發現：年齡、性別、教育程度與工作地點均對社群媒體使用具有預測力，收入卻不具預測力。較值得一提的是組織因素中的工作地點，Rogers（2003）曾指出，組織如果擁有較多資源，愈有利於創新，在總公司工作應擁有比地方分社更多的資源，為何在地方分社工作的記者使用社群媒體工作的時間較長？這應該與中央與地方新聞採訪的特性，及新聞室內對於地方新聞的定位有關。在中央採訪的記者以駐守政府及機構單位為主，時常可以穿梭各處室拜訪消息來源，面對面進行採訪，時間的壓力較大；地方新聞在各新聞部門較常定位為「人情趣味」，而這種資訊與素材的取得過去要靠口耳相傳，現在地方記者可以經由社群網站上成立的地區性社團（如花蓮同鄉會、我是中壢人）取得，其資訊的多樣化程度更甚於傳統的口耳相傳，這也增加了地方記者使用社群媒體工作的動機。

在社群媒體對工作的影響方面，有近六成的記者同意社群媒體「可以宣傳自己」及「貼近讀者或觀眾」，這和 Willnat 等人（2017）相較，人數比例略低；同時，本研究也發現有高達六成的記者不認同社群媒體可以「減少工作負荷」，這和美國的研究發現也很相近。這顯示了社群媒體的問世，固然增加了工作效率，但是對新聞工作者而言，隨之而來的是更大的工作負荷，因為社群媒體上訊息量多，素材多元，比起傳統依賴機構與路線的採訪，記者更忙碌。值得一提的是，本研究發現記者很少在社群媒體上進行「參與大眾互動」活動，但卻有超過半數記者認同社群媒體「可以宣傳自己」及

「貼近讀者或觀眾」，這看似矛盾的現象，可能由於近年來媒體機構更視「向社群發展」為重要政策，將重要新聞在社群平臺傳散，使記者所產製的新聞可以透過多元管道被大眾接收與討論，這也是記者對於社群媒體正面的影響評價。但媒體機構向社群發展的政策，不一定能直接影響記者使用社群媒體的各種活動，記者首要任務仍在採訪與發稿，致使記者在社群媒體中與大眾互動的比例較低。

本研究使用社群媒體使用時間與社群媒體重要性兩個變項，來預測記者對社群媒體的工作與專業影響評價，結果發現社群媒體的使用時間長短不具預測力，真正影響記者評價的是對於社群媒體重要性的認知。過去研究指出，媒介使用會影響閱聽人對此媒介的態度或媒介公信力，本研究並未支持此論點，可能是因為記者不是一般閱聽大眾，他們是媒體素養程度相當高的專業資訊產製者，對資訊的判斷與分辨能力較強，故社群媒體使用對其影響評價的影響力不明顯。

此外，本研究援引創新傳布理論的相對利益與相容性概念來檢視記者對社群媒體影響評價與活動之間的關聯性。在工作影響方面，「溝通宣傳」對三類活動具有顯著預測力；「提升效率」除了「維繫新聞關係」之外，對「查閱蒐集訊息」及「參與大眾互動」具有顯著預測力。這些發現顯示記者對社群媒體相對利益的認知，會影響他們進行社群媒體活動；相對利益愈高，愈可能利用社群媒體進行各項新聞相關活動。然而，在專業影響方面，由於社群媒體資訊的可信度與正確性備受質疑，記者們認為其「降低專業品質」即表示與既有的新聞專業相容性低，故對社群活動完全沒有預測力；相對而言，「擴展多元影響」因為和新聞價值相容，對記者的社群媒體活動具有顯著預測力。本研究發現也再次證明了創新傳布理論中，相對利益與相容性對記者的新科技採納行為具有影響力，然而，任何新科技要和新聞專業相容，恐怕不是一朝一夕可以達成，其間的矛盾與拉鋸或許正是新聞工作者的挑戰與學習。

第七節　新工具、新作業、新衝擊

在 2014 年時，本研究曾經詢問所有受訪的記者，社群媒體對他們工作的重要程度如何？結果有 46.52% 的受訪者回答「非常重要」及「很重要」；42% 認為「有一點重要」，認為「不重要」及「一點都不重要」的只有 11.5%。這顯示社群媒體已經是匯流時代的新聞產製必需品。但從量化的資料中亦可發現，記者們並不是全然地認為這些新工具是正面無害的，它們是時代產物，記者身處時代的浪潮，不得不使用它們，在工作上溝通與宣傳、甚或提升效率，或許有相當的助益，甚而藉此多元傳散，能達成擴展多元的影響力。但是，網路上紛雜的資訊開始未經嚴格篩選地進入新聞內容的領地，正確性被犧牲，品質與誠信漸漸流失，仍是記者非常在意的嚴肅課題。在匯流的社群時代裡，記者們使用著新工具，連帶著要不斷適應新的作業模式，迎接新的挑戰。以下將從質性訪談資料中，進一步討論新工具使用對記者的影響。

一、新的作業模式

（一）即時多工

傳統採訪（一枝筆、一支麥克風）的作業方式，如今因為匯流的需要，平面與廣播記者需要錄影，所以一人多工成為必然的新作業模式。電視記者也要習慣直接用手機打短訊息，即時發回公司供稿。A1-2 是走過科技時光隧道的資深記者，她形容：

「以前很習慣用筆記速記，那我後來根本沒辦法一邊拍一邊拿筆記，就會靠錄音筆……因為要錄影就沒有手可以記……，你知道嗎？人的腦力非常有限，記憶新鮮時可以很快下筆，有筆記就會有印象存在……但現在我常要回來

重新聽、整理稿子，這花我很多時間和力氣，我的工作方式、型態都改變了！」（A1-2）

時間有限要做的事變多，是許多受訪者在數位時代的感受，科技使傳播的速度變快，閱聽大眾接收資訊的速度感也跟著加快，負責產製的記者不再受限於 1 天發 1-2 則稿件，即時新聞的不斷更新，影響著大家的採訪與寫稿節奏。

「以前電視臺的畫面傳送，如果你出國的話要訂衛星，所以我們有充分的採訪作業時間，現在只要有 wifi，一下飛機找到強的 wifi，你就可以傳畫面了，什麼都要搶快，記者能反應的時間真的很短，連在國內也是一樣，沒時間好好經營關係，這種降落傘式的新聞更明顯！」（A2-2）

（二）新溝通模式

另一個新的作業模式的變革，更在於科技改變了溝通的形式。過去沒有手機，但凡有任何工作指派、採訪事宜，多半使用 B.B.Call 呼叫記者，再用電話聯繫討論，這個時間的主動權掌控在記者手中，「如果你正在忙，可以選擇晚一點回 call，但現在完全不可能，長官直接在 LINE 上知會你，你就得立刻回應」（A1-3）。

自從 LINE 被引入臺灣成為全民的即時溝通工具後，新聞界更是將它利用到「淋漓盡致」。採訪使用它、各單位公關都會設記者聯絡群組，在其中發布消息、傳送照片與影片，甚而利用這個群組接受採訪。這個新的溝通模式，非常迅速取代了電話，成為新聞界的主要工具，連記者與公司（報社）主管之間的溝通都使用這種方式，主管不用打十多通電話，一個指令就可以透過一個溝通群組，幾秒鐘之內下達完成，讓群組中的十多位（甚至更多）同仁都知曉。記者如有意見，亦可在群組中同步讓同事們瞭解與溝通，它為新聞工

作帶來了更多的便利。

> 「像我們在新聞現場採訪完了，要做 CG（電腦繪製圖卡）
> 的文字和草圖，可以先用 LINE 先傳回公司，或後製要影片
> 做什麼片頭搶先看之類，也可以用它直接傳個三、四十秒
> 回去，等到我們回公司時，CG 已經做好了，就不用再等，
> 可以直接剪接。」（C2-3）

　　正由於它的即時與便利，使得所謂隨時待命的記者們，成了真的 24 小時的資訊接收者，他們隨時都要看 LINE 中的訊息，「常常一邊寫稿，一邊刷 LINE，看看有沒有更新的消息」（C1-1），當群組過多，訊息量過大時，也經常有漏接訊息的困擾與焦慮。

（三）新採寫模式

　　過去記者十分仰賴消息來源，故在業界常有「養線」之說，穩固而可信任的「線民」，可以提供具影響力的線索。所以逛官員、民代辦公室，喝茶聊天成了記者的日常，一方面培養感情，另一方面則可以在言談間透出些蛛絲馬跡供後續追蹤。有些官員也樂於辦「吹風會」，在傍晚特別騰出時間來和記者「聊天」，似有若無地透點口風。現在的記者們會利用臉書、IG 找人受訪，甚而以此和非常規型的受訪者聯絡；記者認識新的可能受訪對象時，也總會習慣性地問「可以加 LINE 嗎？」。可見社群媒體改變了記者的採訪模式，電話已大量被這些新科技取代。此外，展現在新聞內容上，過去官方、專家與權威人士的發言占了大半，但在數位時代，「爆料」與「素人」成為主流，於是，記者每天的功課不再只是逛辦公室，更要逛遍所有可能的社群網站、PTT，節取「網友說」。

> 「現在他（長官）會想要（在內容裡）加入鄉民的意見，

或是什麼網路觀察之類的，以前就只要問一些意見領袖就可以了，現在則希望你能夠去 PTT 找一些網友意見……那當然這個我是非常排斥，只是叫我去節錄一段人家鄉民的 comment 的東西，我不喜歡這樣！」（B1-4）

拜網路無限大之賜，現在記者的發稿量大增，也因為即時新聞的需要，新的採寫模式不再是好好地完整寫完一篇新聞稿，而是「先有東西就要發出去」，「不求完整，只比快」（B1-6），其結果常常是同樣一則新聞，有可能一天要發好幾次，「一個稿子要不斷地一直更新」（B1-4，C2-2），每一次更新就要花一番氣力與工夫，無形中記者的壓力又增加了些。

但凡一個新的科技工具的引進，都會帶來適應的問題，對習慣「慢工出細活」的資深記者而言，抗拒與適應的過程總會在新聞組織中出現。不過，對於年輕記者而言，網路與社群媒體的存在，是很自然的日常，在使用上沒有太多過渡調適的問題。C1-4 即表示，每天追蹤 PTT、部落格、Facebook，甚或自己加入的 LINE 群組的訊息及手機 APP 的推播，已經是她的日常，雖然很忙碌，但也習慣了。

「現在的年輕人更速食，他們跑新聞的方式也較速食，不論是消息來源啊，或是作業模式、採訪工具跟線索都是，現在有網路、有 LINE，以前同業要互通訊息要花很大力氣，現在不用，現在一 LINE 就通通一網打盡，因為他們的工具跟社會的改變，連帶著思考的模式也和我們不同。」（A2-5）

二、新的挑戰

新工具帶來新的挑戰，這挑戰有利有弊。多數記者肯定網路與社群媒體的傳散，使他們的新聞作品被更多人閱讀觀看，透過非常

規的消息來源，也能在網路上找到更不同的觀點放入新聞內容中。

（一）爭取社群力的挑戰

在報社擁抱社群的政策鼓勵下，記者們要開始學習將自己的作品放在不同的社群平臺上，有「發動議題」的能力才能在新媒體時代展現媒體的影響力。A1-1 是報社中階主管，她談到作為主管，現在要學習如何用多元的方式將新聞傳播出去，過去只單純核稿、調度，現在要思考的則是如何讓新聞影響力擴散。

> 「現在的新聞不會是只有一天的壽命，完全看你有沒有被分享出去，或你在網路上有沒有能見度。有時，同一則新聞，看報版的人反而少，但網路上卻有相當不錯的點閱率，有時，這種收看版塊的挪移，也會擔心造成報版的萎縮。」（A1-1）

過去報紙和廣播並沒有確切的閱讀率或收聽率，所謂的市場及閱聽人喜好，比較仰賴經驗與想像；但在網路時代，每個新媒體平臺的後臺，都可以精準地看到點閱率，這也造成了媒體的另一層壓力，主管們追逐點閱率的壓力，轉嫁給記者，「既要快又要多」的新聞產製，成為匯流時代記者的挑戰，因為有些新聞部門會把這些點閱率變成考核記者的 KPI，當數字導引了新聞走向，速度帶動了新聞稿量時，表面上看來，新聞媒體的確趕上了這個講究速度的快速列車，但其後果卻也備受爭議。

（二）品質回得去嗎？

誠如網路發展之初，記者們對於使用網路的憂心，在社群媒體中紛雜的訊息，依舊難以查證，如何能確保新聞的正確性與品質？一切都源自於求快速的量產邏輯，而忽略了新聞產製過程中，更細

緻嚴謹地求證以確保正確無誤。A2-2 即坦承，現在在新聞現場反應的時間不及，但似乎大家也習慣了，對於錯誤的容忍度愈來愈高，一不小心就會發現有個資料或敘述有問題；即便目前各媒體都有網路，且可以用即時更正的方式把錯誤新聞更新，但「這種不正確的內容，即便是更新了，能挽回的事實其實有限，因為第一時間已經擴散出去了，結果就是已查證更新的真正事實被忽略了！」（A1-1）。B1-6 形容，現在的新聞採訪常常是「先抄了再說」，不管正確性與否，沒有時間查證是多數受訪者的困擾。C1-1 雖是年輕世代記者，但對於一天到晚從社群平臺上「抄抄寫寫」十分反感，她覺得這樣的做法讓新聞的價值變得廉價。

> 「記者最有趣的地方，就是你能夠去接觸別人接觸不到的，
> 如果你一直仰賴那個平臺……每個人都有臉書啊，馬英九
> 有，陳佩琪有，大家去 follow 就好，為什麼要來看你的新
> 聞，你去抄，這種沒有真的採訪的新聞，真的就很糟，是
> 很廉價的。」（C1-1）

大環境改變了，採訪工具愈來愈多元了，閱聽大眾的主動消費性愈來愈高了，數位時代面對的是個較 2005 年以前更複雜的新聞地景，在這樣的景況下，追求優質品質的理想與目標，還回得去嗎？受訪者對這個答案沒有一致地看法，但「迷失」與「迷惘」卻常出現在受訪的言詞中，而更深的無奈在於多工下的疲憊。關於數位匯流下的勞動狀況及其影響，在之後的章節中，本書將有更詳細的討論。

走筆至此，以 A2-2 對科技的反思作為最後的結語。

> 「科技跟全球化來了之後，很多做新聞的角度和參與的方式
> 也不太一樣了，這對不同世代改變很多，我感受比較深的

影響包括對新聞的判斷、新聞來源、新聞的處理方式、產製和常規，甚至新聞的呈現和取得，都改變了！」（A2-2）

不斷推陳出新的科技，帶動不斷變遷的新聞環境，新聞人的適應力也在變動中浮沉、挺進，因為，不捨放棄的是新聞的核心價值！

第八節　結語

早在 1980 年代，Weaver 與 Wilhoit（1991）就曾在全美新聞工作者調查中詢問科技對新聞工作的影響，當時，有 100% 的受訪者都認為科技可以改善工作的品質（improve quality of work），有一半的受訪者認為科技可以節省時間。但兩位作者總結其研究結論時卻認為，從長遠來看，這些新科技會改變新聞人所創造的訊息的本質（nature），對整體社會來說不見得有利。

本研究橫跨了前後二十年的三個年度，1994 年電腦剛引進媒體時代，大多數記者用它輸入稿件及建立資料庫，超過九成的人認為這項新科技對提高工作效益頗有助益，也能有助於處理稿件、減少工作時間。對新科技持正向的態度占多數。到了 2004 年，幾乎所有的記者都使用電腦，拜資訊高速公路建置及頻寬速度之賜，記者的網路活動愈來愈多元，他們最常上網「查閱資料」、「聯繫採訪」，較少「使用資料庫」及「蒐集及發表意見」。進入數位匯流的 2014 年，本研究發現 97% 的記者每天使用社群媒體來協助工作，最常在社群媒體上做的事，和 2004 年的調查非常接近，以「查閱蒐集訊息」為最多，「維繫新聞關係」次之，發揮社群媒體互動雙向特性的「參與大眾互動」，記者們反而較少進行。

顯然可以看出前兩者（查閱資料及維繫關係）是記者採訪工作的核心，所以他們願意投入更多心力在新科技的使用上，與工作核

心較無直接關係者，記者無心也無力進行。前兩個年度在新科技使用上的困擾，大都與技術問題相關，2004 年的調查只有六成的受訪者對於網路上資訊查證困難感到困擾，當時使用網路資料直接當作新聞素材的情形不普遍；但到了 2014 年，本研究進一步請記者評估社群媒體對其工作影響時，則出現了正反兩種不同的觀點，在提升工作效率的同時，超過八成的受訪者認為社群媒體犧牲了新聞的正確性，七成的記者認為威脅新聞品質。這樣的態度變遷，也印證了 Weaver 與 Wilhoit（1991）當年的看法，擁抱新科技雖是不得不然的新聞經營策略，卻不能浪漫地認為科技萬能，新聞本質的變貌可能是更值得憂心的課題。

　　至於 2004 與 2014 年的新科技使用影響因素，性別和年齡在兩個年度都扮演重要角色，年紀輕、女性較常使用這些新科技；至於教育程度只有在 2014 年有預測性，而收入則在 2004 年有預測性。比較值得一提的倒是服務地點的預測力，在 2004 與 2014 年雖然都有顯著性，但地點卻剛好相反，2004 年以在總部（總公司）服務的記者上網時間較長，但 2014 年卻是以地方記者使用社群媒體的時間較多。這也顯示新科技使用因採訪情境不同，使用的情形也有所差異。2004 年智慧型手機尚不成熟，上網的工具主要依靠電腦，地方記者採訪的幅員廣大，從甲地到乙地來回車程較遠，且地方型的採訪更重視「泡茶聊天」文化，地方記者自然不如在中央主跑路線的記者，隨時可以帶著筆電到部會的記者室（備有完善的網路設備）上網查資料、打稿件。但 2014 年後，從社群媒體而來的題材來源愈來愈多元，地方記者無法像過去一樣只靠傳統的地方型採訪模式取得新聞線索，再加上即時新聞的要求，地方記者瀏覽以地方社團為主的社群網站，尋找線索的機會大增，這可能也是促成地方記者大量依靠社群媒體的原因。

　　Willnat 等人（2017）針對美國記者使用社群媒體的研究結論指出，雖然記者們對其有褒有貶，但持正面態度者仍多於負面，特

別是年輕世代的接受度更高。科技的確改變了新聞工作的形式與常規，由歐洲學者所主導的全球新聞人員研究也發現，社群媒體對新聞工作的影響性逐漸增加（Hanusch, et al., 2019），看似「回不去」的科技發展，作為使用者的新聞工作者而言，只能在莫忘新聞初衷的基礎上，繼續前行。正如 A1-3 所言：「科技的發展使得新聞呈現的方式不斷變化……它就 push 我們不斷的改變，我覺得我已經不是以前的記者了，因為我不可能工作三十年都一成不變！」

數位匯流時代的
新聞工作者

第十章

記者的 3L 人生
數位時代的工作狀況與趕工儀式[*]

> 「在一個重要的記者會現場，我還沒聽完所有的談話，就會
> 被編輯臺一直 LINE 說，× 報即時已經發兩則了，叫我趕
> 快發即時回來⋯⋯」（C1-1）

第一節　追新聞現場的立即感

2016 年 9 月 27 日全球矚目的美國總統大選首場辯論，《紐約時報》（*The New York Times*）和《華盛頓郵報》（*The Washington Post*）在臉書（Facebook）上直播，民眾不需要守在電視機前，在社群媒體上可即時看到候選人的攻防，《紐約時報》甚至在網站上提供即時事實查證（fact check）機制，使觀眾可以立刻藉此查驗候選人發言的真偽。[1] 2016 年 5 月 10 晚上 9 點，臺灣各家媒體利用 Facebook 現場直播（live streaming）法務部召開的死刑犯鄭捷執行槍決後記者會。鄭捷於 2014 年 5 月 21 日在臺北市捷運車廂內，持刀隨機殺人，釀成 4 死 22 傷慘劇，引起社會震撼，此次執行死刑亦是臺灣民眾關注

---

* 本文改寫自劉蕙苓（2018）。〈臺灣記者的 3L 人生：數位時代的工作狀況與趕工儀式〉,《傳播與社會學刊》，43: 35-67。

[1] 參見網址：http://www.nytimes.com/2016/09/27/us/politics/fact-check-debate.html?smid= fb-nytimes&smtyp=cur&_r=1

的大事。媒體利用社群平臺如 Facebook 新設的直播功能播送畫面已非新鮮事，不論是電視或網路、平面媒體，在重要事件現場，記者透過手機都可以藉這種簡單的直播方式傳送最新畫面，立即呈現在消費者眼前。每遇重大事件直播時，透過社群媒體平臺觀看和討論的人數十分熱烈，這也成了數位行動時代媒體傳送訊息的新模式。

另一個場景是，在臺灣許多記者會的場合，可以看到記者們忙著埋頭寫稿，利用即時通訊軟體 LINE 將 100 字左右的精華訊息傳送回媒體組織，立即發布在各種數位平臺上。這就是臺灣新聞界目前經常使用的「即時新聞」。不但如此，記者在採訪的過程中，也必須經常透過 LINE 和長官報告新聞內容、接受長官指派的任務。即時通訊軟體具即時通訊及社群性，如 WhatsApp、WeChat 與 LINE 是數位時代的產物，全球各地使用的軟體並不相同，臺灣則以 LINE 的使用率最高。

這種採訪環境已和過去大不相同，不但凸顯了社群媒體對新聞傳布的重要性，也意味著在數位時代，新媒體工具推陳出新後不斷地被納入新聞實務作業已是趨勢（Hedman & Djerf-Pierre, 2013; Lee, 2015; Newman, 2009）。數位匯流改變了新聞的地景，它帶來了速度感加快，也帶來了記者多工的實質改變（Dwyer, 2010; Spyridou & Veglis, 2016）；媒體組織不斷進行新的嘗試，企圖找出新聞的新藍海，影響所及則是記者的工作樣態改變了，這些改變有哪些？又意味著什麼？

數位匯流已經不是新名詞，而是新聞業正在經歷的產業轉型與專業調適過程。自 2000 年起不少研究從組織、新媒體、消費文化及專業倫理等不同面向切入，關切科技對新聞業造成的影響（Deuze, 2008; Ekdale, Siger, Tully, & Harmsen, 2015; Hermida, 2010; Willnat & Weaver, 2016）。近年來，行動通訊與社群媒體興起所帶動的新型態數位環境，更將互動、對話與使用者參與文化帶入；此時，專業邊界模糊似乎正是新聞記者面對的重要挑戰（Lewis, 2012; Gulyas,

2013）。新聞界和學術界面對這種環境快速變遷，不免有許多憂心。從大的社會結構來看，當代社會的特色即為時空壓縮（time-space compression）（Harvey, 1989），生活步調快速，即時性的速度文化成為社會節奏的脈絡（Tomlinson, 2007）；亦有學者指稱我們正處在流動多變又重視速度感的液態生活（liquid life）中（Bauman, 2005），媒體作為社會機構的一員，無法自外於此文化脈絡，那麼，從社會脈絡出發來觀看數位匯流的新聞工作面貌，是否可以有不同的視野與發現？

　　本研究企圖從較宏觀的社會脈絡重新思考此現象之意義。因此，本章的研究目的之一是以 2014 年記者調查之大規模的量化資料，分析瞭解數位時代記者的工作狀況；其二則是在當代社會強調液態、流動與速度等特質的脈絡下，再以質性訪談資料，深入探討這些工作狀況的改變，對記者的每日新聞實踐有何影響？

第二節　文獻探討

一、數位行動與新聞消費的變遷

（一）液態現代性與液態新聞學

　　在行動通訊主導傳播的時代，社會學家 Bauman（2000）提出的「液態現代性」（lquid modernity），近年來被不少學者提及。Bauman（2005）認為流動（fluidity）的液態（liquid）是當代社會的重要特質。他指出，當代社會處於成員行動快速變遷，使其慣習（habitus）與常規（routine）都來不及形塑，這種生活液態性（liquidity of life）即是液態現代社會的特質，無法維持固定形狀與樣態，亦無法持久。Bauman（2000）以「固定（體）的」（solid）來指稱現代性，相對應的則是「液態現代性」，並以流動、液態作為其重

要隱喻。他認為，過去在現代性社會中所形塑的生活形態，時間的概念並不重要；但在這個流動的液態現代性社會中，卻無法忽視時間的重要性，因為「流動」可以輕易移動，不易停止；可以輕易溶接、鑽進或浸透。流出（flow）、湧流（spill）、濺出（splash）都是其形容詞，它具有輕便（lightness）的特性，可以快速移動、輕易變化（Bauman, 2000, p. 2）。因此，社會生活更重視「短期」、「瞬時」（instantaneity），「速度即權力」成為重要特徵（華婉伶、臧國仁，2011）。保持機動、隨時可用、具備彈性、隨時準備出發則是液態生活的要素（Bauman & Tester, 2001／楊淑嬌譯，2004）。於此，液態與固態最大的區別在於連結鬆散與薄弱（Bauman, 2000），人與人的關係變得流動不定、公私交錯（黃厚銘、曹家榮，2015）。

（二）新聞無所不在

這種資訊不斷被傳散與再製的循環，亦正是新聞資訊消費環境的急遽變遷。在社群媒體已成為傳播主流的匯流時代，人們獲取資訊的來源已逐漸從主流媒體的實體或網站轉移到社群媒體平臺，他們不但收看這些資訊也參與討論與分享（Hermida, Fletcher, Korell, & Longan, 2012）。以美國為例，2016 年有超過六成的成年人從社群媒體中獲得新聞訊息（Gottfried & Shearer, May 26, 2016）；根據臺灣資策會（2016 年 8 月 25 日）的調查也顯示，2016 年多數消費者在個人電腦上的許多行為已轉移到手機上，其中有七成的受訪者利用手機看新聞與氣象資訊，這形成了有別於過往的新聞消費型態，對新聞產製端的挑戰極大。

社群媒體提供源源不絕、隨時更新即時資訊的數位環境，Hermida（2010）認為它提供了輕薄且永遠開機（always-on）系統，使大眾處於新聞與事件永遠在其四周、隨時隨處可得的知曉系統（awareness system）中，此系統由專業新聞人與非專業的閱聽大眾互動與協作而成，提供不同的資訊蒐集、傳散、分享與展示，也

提供新聞媒體與一般民眾不同程度的參與平臺，創造了使用者有多重企圖、多重角色的生態系統。Hermida 稱之為「新聞無所不在」（ambient journalism）[2]。在此環境下，傳統的主流媒體必須更仰賴社群平臺，或傳散新聞、或蒐集網民發布的資訊作為新聞素材；Twitter、Facebook 等社群媒體宛如新聞過濾器般，不斷地以公開或個人的途徑為閱聽大眾過濾、推送新聞（Pentina & Tarafdar, 2014），閱聽大眾也可以透過它來發布消息、分享資訊。

因此，數位匯流的新聞產製乃處於一種不斷隨著科技變動的環境，新聞常規更具液態的流動特質，速度似乎也較過去更為重要，其影響更值得關注。

Bauman 的概念受到新聞界的關注，Deuze（2008）即以此概念提出液態新聞學（liquid journalism），來重新思考當代社會中新聞的角色。他認為當代社會不穩定、易變、難以預期的特質，已經決定並且界定了人們、媒體與社會互動的方式，這也決定了人們如何消費新聞。媒體既是社會機構，則必須把社會文化脈絡納入，在數位文化中，當消費者也成為新聞生產者之際，新聞工作者對角色的認同、新聞專業的衝突都必須從新的視野來重新思考。Saltzis（2012）研究英國 6 家主要媒體新聞網站對突發新聞（breaking news）的即時更新情形，他認為在網路時代必須重新思考新聞已不是固定的整體（fixed entity），經由此種不斷更新的循環，所謂的新聞已很少真正結束（finished），而是持續進行式。

二、數位匯流中的新聞產製

因應數位行動與匯流，數位優先（digital-first）（Ekdale, siger, Tully & Harmsen, 2015）已主導了新聞產製邏輯。首先，匯流新聞室（convergence newsroom）的成立或形成跨媒體（cross-media）工作，

---

[2] ambient journalism 有學者翻譯成「氛圍新聞學」，本研究認為此名詞仍難掌握作者的原意，故以意譯稱之「新聞無所不在」。

相關的研究與討論近幾年非常多（Dupagne & Garrison, 2006; García Avilésa, Meier, Kaltenbrunnerc, Carvajal & Kraus, 2009; Smith, Tanner & Duhe, 2007）。例如，美國有些區域將集團所屬的報紙、廣告與電視媒體合署辦公，彼此分享資源、共同討論企劃新聞走向。有些媒體的匯流則是以自身的媒體屬性進行新聞室內工作的匯流與整合，例如，美國 FOX 新聞在 2013 年 10 月、[3] BBC 在 2013 年 3 月也重新更新其新聞室與攝影棚，[4] 強調匯流功能及多平臺使用的特性，新聞人與科技人攜手合作推出數據與視覺式的新聞呈現亦是新的產製方式（The New York Times, January 2017）。這些對每日新聞生產運作邏輯與新聞室工作文化亦產生影響，首先，在編輯臺的生產運作，從過去單一平臺的思考必須轉向多平臺的考量；其次，在組織經營策略上，除了生產新聞內容之外，還要經營網站與社群媒體；甚或跨媒體合作也成了必然趨勢；最大的改變則是擁抱社群成為新聞室的新政策（Newman, 2016）。

從內容來看，使用社群媒體或網民自製內容已形成產製常規（劉蕙苓，2013，2014；Lee, 2015; Paulussen & Harder, 2014）消費者對於近用媒體的需求增加，主流媒體亦相繼成立專責部分或網頁鼓勵民眾上傳影片（如 CNN 的 iReport）[5]，這些網友透過不同平臺提供的內容也會被主流媒體選用成為新聞素材的一部分（林照真，2013；劉蕙苓 2013；Lee, 2012; Wardle & Willams, 2010）。

由於速度成為數位匯流的特色，媒體更重視以最快的速度透過社群平臺或行動載具將內容傳散。例如，英國《衛報》（*The Guardian*）以直播部落格（live blogging）方式，在其網站平臺上以多媒體形式即時報導、且不斷更新資訊、加入專家評論，並接受網

---

[3]　參見網址：http://nation.foxnews.com/2013/10/07/shepard-smith-tours-revolutionary-fox-news-deck

[4]　參見網址：https://www.bbc.co.uk/mediacentre/latestnews/2013/tv_news_move

[5]　參見網址：http://ireport.cnn.com/

友回應與評論（Thurman & Walters, 2013）。即時新聞成了新聞室的另一個新常規。國外媒體對即時新聞有不同的稱呼，Breaking News 最為常見，如 CNN；也有媒體稱其為 Latest News 或 Real Time News。王毓莉（2018）認為 Breaking News 較常指涉突發新聞，Real Time News 的字意較接近中文的「即時」概念，指的是正在發生的事，或平面媒體截稿後發生的新聞事件報導。臺灣的即時新聞源自 2013 年，至 2014 年太陽花學運時，因應社會大眾對於學運資訊的焦慮，各媒體開始大量採用此種即時更新資訊的報導方式，有些報社甚至視其為記者的「關鍵表現指標」，簡稱 KPI。

面對環境快速變化，誠如 Bauman（2005）所言，常規不斷調整、甚至來不及形塑，新聞記者的工作狀況與樣態如何？面對的專業挑戰如何因應？都值得關切。

三、數位環境中的新聞記者

（一）新聞超人與時間飢荒

匯流不只是媒體經營的轉變，在新聞記者工作上也產生不小的變化。較大的改變是講求「多技能」一人多工的情形愈來愈普遍，尤其是在重視影音圖像的數位環境中更為明顯。平面記者常被要求除了要會寫文稿外，也要懂得拍照、錄影與剪輯、甚至進行其他網路多媒體的報導（Dwyer, 2010; Pavlik, 2001），現在也要進行現場直播（Lee, 2015）。因此不但在採訪時就得思考如何供給不同性質的媒體平臺，也要瞭解與不同媒體消費者溝通的差異。

多變與不穩定的環境，使新的產製策略形成快速且易變，記者新的工作任務也愈來愈複雜。除了一人多工之外，隨著行動通訊的普遍而衍生的新策略，如經營社群媒體與消費者溝通、使用社群通訊軟體等，都影響新聞工作者的日常實務運作（Ekdale, Siger, Tully, & Harmsen, 2015; Tandoc & Vos, 2016）。

看起來是採訪變得多元了，新聞工作者也可藉此學會多種技術，但 Spyridou 與 Veglis（2016）卻形容這些新任務無疑想讓記者成為「新聞超人」（super journalists），未能重視其勞動情形與工作負荷。相關的研究中也顯示，記者認為追求數位優先使工作量變重了、甚而要多做許多額外的工作，令他們無所適從（Reinardy & Bacon, 2014），而且對於不同媒體特性的掌握與適應仍有困難。但到底哪些工作負荷量變重了？仍需要進一步的研究分析。尤其令人憂慮的是，在數位優先、社群媒體至上的工作文化中，記者都面臨 Parkes 與 Thrift（1980）所謂的「時間飢荒」（time famine）（轉引自 Reinardy & Bacon, 2014）的壓力，在有限的時間裡要完成太多的工作，新聞工作品質並沒有提升反而下降（Smith, Tanner & Duhe, 2007; Tameling & Broersma, 2013）。甚而，在部分媒體中，這種一人多工的情形也成為媒體減少記者聘用的藉口，使新聞內容朝向膚淺化與瑣碎化（王維菁，2013；Reinardy & Bacon, 2014）。記者面對這些數位的新策略，仍有適應的困難與矛盾（Ekdale, Siger, Tully, & Harmsen, 2015），使得工作壓力變大（Reinardy, 2011）；至於記者在數位環境中的壓力來源為何？也值得進一步探究。

（二）邊界模糊的新聞日常

在液態現代性特質明顯的社會，快速變遷的流動特質逐漸影響了既有的固態（不變）的規則，科技經常扮演啟動新常規的重要角色。牛津大學路透新聞研究所 2017 年的研究報告（Newman, 2017）顯示，未來社群平臺的影響力持續擴大，影音現場直播、具社群性的通訊軟體（messaging applications）將是新聞傳布的重要工具（Gottfried & Shearer, May 26, 2016）。相關的研究在歐洲、美國及臺灣均已顯示，記者在工作中愈來愈常依賴社群媒體（劉蕙苓、羅文輝，2017；Gulyas, 2013; Hedman & Djer-Pierre, 2013; Willnat & Weaver, 2016）。他們最常在社群媒體中進行的活動則是與資訊蒐

集相關的查閱新聞、尋找新聞線索，其次也利用社群媒體與同業保持聯繫（劉蕙苓、羅文輝，2017；Lee, 2015; Willnat & Weaver, 2016）。雖然與閱聽大眾互動不是最重要的目的，卻也愈來愈受重視（Hedman & Djer-Pierre, 2013; Willnat & Weaver, 2016）。多數記者肯定它可以提升工作效率，使新聞讓更多人收看，卻對其威脅新聞品質仍感憂慮（劉蕙苓、羅文輝，2017；Lee, 2015; Willnat & Weaver, 2016）。

Hedman 與 Djerf-Pierre（2013）研究瑞典的新聞記者使用社群媒體的情形，驗證了 Hermida「新聞無所不在」現象，進而提出「無所不在的新聞人」（ambient journalist）的概念，他們是社群媒體的重度使用者，年輕記者居多，利用社群媒體蒐集資訊、傳散新聞、建立人脈與關係、甚至形塑個人品牌，對社群媒體的評價高過其他記者，無時無刻不擁抱社群媒體。不過，這篇研究並未將記者使用即時通訊軟體的情形考量進去。當代科技的創新，社群媒體的功能愈趨多元，具社群特性的通訊軟體如 WeChat、Whats App 或 LINE 等的影響日益重要；以臺灣而言，LINE 的使用率最高，已成為記者工作上溝通的主要工具，是否因而擴大了「無所不在」的工作模式？值得本研究深入探究。

Hedman 與 Djerf-Pierre（2013）的研究同時也發現，在高度使用社群媒體的工作環境中，公私領域邊界的模糊似乎已是現象之一，愈年輕的記者愈能接受這種情形，愈資深的記者則較為抗拒。誠如 Bauman（2005）所言，在液態的生活中，流動帶來邊界模糊，然而此邊界的模糊未必只展現在社群媒體使用的公私不分上，是否也展現在記者對於新聞專業界線的認知愈來愈模糊？ Deuze（2007）認為，當代媒體工作亦具流動性，在工作、生活及生產與消費之間，都處於持續模糊的過程中；相關研究也指出，在高度仰賴社群媒體的情境中，既有的新聞實務與規範勢必受影響（Hedman & Djerf-Pierr, 2013; Hermida, 2010），至於如何受影響？則有待本研究進一步

探索。

（三）速度優先的新聞實作

速度是液態生活的特質。Tomlinson（2007）認為，速度原是物理特質的中性名詞，然而伴隨著現代科技的發展與資本主義的價值，卻已與社會巧妙接合鑲嵌在我們日常生活中，具有文化意義。這種速度文化（the culture of speed）開展了當代即時性社會的到來（the coming of immediacy）。Tomlinson（2007）認為「即時性」具有三種核心概念：其一，迅速傳散、隨手可得及迅速使慾望獲得滿足；其二，不只是文化上的速度感加快，在日常生活中，速度亦成為目標；其三，傳播科技被整合進入現代生活中，全球化與去邊界化，改變了人與人的關係及生產的方式。Tomlinson（2007）的概念部分也來自於 Bauman（2000）的液態現代性的啟發，他指出，輕便、柔軟構成了當代速度文化的重要特質，作為新聞機構的社會成員，不免在其影響下，對速度更為敏感。

Lee（2015）以「速度優先新聞學」（speed-driven journalism）形容社群媒體環境下的新聞產製特性，記者發稿速度已跳脫了傳統的截稿時間表，隨時利用各種不同社群平臺傳布或更新訊息已成常態（王毓莉，2018；Ju, Jeong, & Chyi, 2014; Lee, 2015），這種競相比快的新聞競賽，無非就是想獲取閱聽眾的目光，以點擊率換得更多的利潤。速度優先成了當代媒體的主流產製邏輯（Fention, 2010; Phillips, 2010），速度又如何導引了記者的新聞實踐呢？此乃本研究關切的重心之一。

面對速度優先而生的產製常規，負面效應始終成為新聞工作者難以解決的困擾。首先，使用社群媒體內容查證困難或流於形式（劉蕙苓，2014），使新聞專業自主弱化，新聞倫理（新聞的正確性與客觀性）議題叢生（Lin, 2013），Phillips（2010）指出，在這種強調速度與競爭的壓力下，記者們被要求快速地發布新聞。「產量」必

須比以前更多，常常沒有意識到需要查證；甚而，產生兩種現象：其一，因為怕漏新聞，不得不時時監看同業的發稿情形；其二，記者被壓榨出來的新聞報導越多，他直接借用別人新聞的機率也越高。王毓莉（2018）更直指，即時新聞造成廢文充斥、新聞內容農場化。Reinardy（2010）進一步提醒，這種強調快速採寫、快速發稿的新聞邏輯，使記者背棄傳統新聞的核心價值。Lee（2015）深度訪談 11 位美國報紙記者發現，這種速度至上的新聞產製並不能提升報紙的可信度；專業守門不足、犧牲正確性與新聞品質，使新聞工作者面對的倫理衝突更加難以調適（劉蕙苓、羅文輝，2017；Willnat & Weaver, 2016）。

相關的研究指出，這幾年新聞記者為了追逐即時新聞，影響新聞自主，已使其身心承受極大壓力，有過度及重複勞動的情形，隨之而來的是離職、轉職意願提高（王俑菁，2016；王毓莉，2018），記者的倦怠感也隨之增加（Liu & Lo, 2018）。

不過，「即時」所擴及的領域已不只是單純地發稿與報導，還有工作中打破空間、零時差的通訊與溝通，這兩者的交互影響，恐怕才是數位環境下記者所面對的新工作狀況及壓力所在。因此，本研究循此提問：在新聞無所不在的社會脈絡下，速度優先主導新聞產製，對記者的新聞工作與專業產生何種影響？

第三節　數位環境的工作狀況

在量化資料部分將分三個部分呈現：工作方式改變、工作量改變及工作壓力。分述如下：

一、工作方式改變：LINE 成主流

首先，在工作方式改變方面，有超過八成的受訪者在工作時經常「工作時利用即時通訊軟體聯絡溝通」，如果加上回答「有時」利

用通訊軟體的比例則高達 96%，居第一位，可見使用即時通訊軟體已是記者新常規。第二位的則是「工作時需要身兼多重職務」，受訪者回答有時或經常的比例為 77%；「需要採用網路新媒體素材」居第三位，有 74.6% 的人回答有時或經常（見表 10-1）。這三種最常使用的工作形式，也正是數位環境中的工作特色。

表 10-1：數位環境的工作方式改變情形

工作方式改變	從未 %	很少 %	有時 %	經常 %
1. 工作時利用手機拍攝畫面	8.6	19.4	31.1	40.8
2. 工作時利用即時通訊軟體聯絡溝通	0.9	3.0	11.3	84.7
3. 工作時需要身兼多重職務	7.9	15.1	25.6	51.4
4. 發稿需要使用多種媒體形式	8.9	21.6	29.3	40.1
5. 發稿需要同時供給集團內媒體或合作媒體	11.9	23.5	29.8	34.7
6. 需要採用集團內媒體稿件或素材	10.6	28.3	35.4	25.7
7. 需要採用網路新媒體素材	5.7	19.7	33.8	40.8
8. 需要採用更多民眾投訴或爆料題材	13.8	28.2	30.6	27.4

N=1,091

二、工作量改變：隨時收發訊息

其次，新聞工作者認為數位環境下，在工作量改變方面：居第一位的是「工作時隨時在收發訊息情形增加」，有 93.3% 的受訪者回答有時或經常，回答經常的比例高達 67.8%。第二位的則是「工作超時」，回答有時或經常占 90.2%，超過六成的新聞記者都表示他們經常工作超時。第三位的是「發稿量增加」占 87.5%，回答經常的人有四成，和「要做很多因應新媒體需要的額外工作」（46.9%）相近（見表 10-2）。可見，隨時發稿、隨時在線溝通已成為記者的常態，因應而產生的則是工作超時與發稿量增加。

表 10-2：數位環境的工作量改變情形

工作量改變	從未 %	很少 %	有時 %	經常 %
1. 開會次數增加	9.5	35.6	36.5	18.5
2. 工作時隨時都在收發訊息情形增加	0.9	6.8	25.5	67.8
3. 發稿量增加	1.8	10.6	41.5	46.0
4. 要做很多因應新媒體需要的額外工作	9.5	20.3	23.3	46.9
5. 工作超時	1.1	8.7	27.5	62.7

N=1,088

三、工作壓力源：學新工具發即時

　　另一方面，收視率與閱報率下滑已是這幾年在實務上可以感受的趨勢，因此，媒體也嘗試發展新媒體環境中的新聞傳布與產製，只是成效仍難評估。進一步詢問他們在數位環境中的壓力來源有哪些時，本研究發現超過八成的記者在此環境中有相當大的壓力，這些壓力分別是：必須不斷學習新科技技術（91.2% 回答同意或非常同意）、發稿速度加快、發即時新聞（89.1% 回答同意或非常同意）、必須花時間認識新的社群媒體或新型網站（88.7% 回答同意或非常同意）、必須到新媒體上尋找報導題材（88.2% 回答同意或非常同意）。而且，此四項中，有三項有超過一半的新聞工作者表示很同意（見表 10-3）。顯示，發即時新聞、為了加速發稿必須尋找新的題材，又必須應付不斷演化的新科技與新媒體，的確對新聞工作者造成相當大的壓力。

　　綜合以上的統計顯示，數位環境一人多工已是常態，因為資訊傳送速度加快，可以看得出來，新聞工作者為了因應速度而產生的工作型態，如工作中隨時使用通訊軟體（臺灣常用 LINE）、發稿速度加快，即時新聞成為重要工作，為了「趕上時代潮流」、「加速發稿」及「擴大發稿素材來源」，新聞工作者普遍有學習新科技、認識新媒體的焦慮；因為新型態的社群媒體出現，可能代表了新的閱聽人流向與興趣偏好。新聞工作原來就是個和速度脫離不了關係的行

業，但在新聞室常規化及專業守門之下，速度仍可掌控；然而，數位環境中速度似乎打破了舊有的常規，成為主導新聞產製的要素，這又將產生何種影響？以下將從記者深度訪談的資料進一步分析。

表 10-3：數位環境的工作壓力來源

工作方式改變	很不同意 %	不同意 %	無意見 %	同意 %	很同意 %
1. 工作量加重	0.7	7.0	7.4	37.4	47.5
2. 發稿速度加快、發即時新聞	0.5	4.8	5.5	34.6	54.5
3. 必須到新媒體上尋找報導題材	0.5	5.9	5.5	37.1	51.1
4. 必須不斷地學習新科技技術	0.3	4.1	4.4	38.9	52.3
5. 必須花時間認識新的社群媒體或新型網站	0.9	4.8	5.6	39.6	49.1
6. 必須花時間和網路上的觀眾或讀者互動	3.8	19.4	8.2	41.3	27.3

N=1,092

第四節　記者的 3L 人生樣態

綜合前述量化分析，數位環境下的記者工作樣貌，一言以蔽之，就是 3L 人生：為了應付即時新聞必須「即採即發」（Latest），為了因應社群媒體新功能而要隨時有直播的準備（Live），及速度優先下的即時通訊與溝通的新工作型態（LINE）。本研究在質性訪談資料分析後，就數位匯流環境下工作改變的影響分述如下：

一、打破時間常規

（一）即採即發時時截稿

新聞產製面臨的時間壓力大，且新聞又具不尋常性，因此，為了有效管理，新聞產製仍然有其因應的時間常規。以報社為例，記者下午兩點至三點要回報今日發稿重點，截稿時間約為晚間八點，在截稿前記者把今天採訪所得一次全數寫完傳回報社即可。但在媒

介組織強調即時新聞的要求下，記者一天的發稿次數變多了，換言之，除了原訂的截稿時間之外，時時刻刻都是截稿時間。因為，所謂「即時」即是立刻、馬上的代名詞，受訪的記者一天發即時新聞的數量可以從 2 則到 10 則不等。有受訪者表示，幾乎每小時就發 1 則 1、200 字左右的短新聞。多數受訪記者抱怨「不知道自己在發什麼」（C1-1）、「隨便到網路上找東西應付」（B1-3）。如果記者沒有主動發即時新聞，報社內勤人員甚至會主動關切，要求發稿。

> 「有發過 1 天 8 則的，前幾個禮拜跟著柯文哲（臺北市市長）去跑一日雙塔的時候，即時我也是半天就會發 4 則，2、300、2、300 字，其實我也不知道我根本在寫什麼，很不重要的東西。」（C1-2）

> 「有時候整天發到 7 條，因為我們的即時的要求，有時候不是這麼急，7 條是非常特例，大多時候是 2、3 條，那 2、3 條一般我們會看，像我不是一有什麼就馬上發，我會看狀況，今天它是社會重大矚目案件，或是今天這件案件出人命，意外傷亡的，重大事故的，我會當下用手機傳直接回報。」（C1-5）

時時截稿的情境，對報社記者是打破了既有的採訪常規。以往報紙記者和電視記者最大的差異即是，他們有更多時間可以細緻地找尋線索，查證資料，寫出更具深度、更有觀察分析的報導；但「即採即發」的常規已然形成後，新聞產製的時間重新被結構與分配，這種分配與結構的方式無定律，也無法掌握輕重。主管追求數量不求品質，甚而不求新聞價值，「只要有就好」；那麼，第一線的記者應該如何權衡「數量」和「新聞價值」的輕重？有些記者會對主管採取迂迴或拖延策略，讓自己擁有較多時間採訪有品質的新

聞；但「即時」宛若是一場難以終止的競賽，記者須不斷更新資訊、並想像閱聽人也在乎「立刻更新」的重要性，似乎記者與消費者都參與這場速度競逐。

> 「有時候發一發會有一種競逐賽的感覺，但也許也沒有人真的想要跟我比賽啦！但就是會想搶著發，然後有錯字就趕快再跟內勤說，趕快更新……每天都有種『搶快』的感覺。」（C1-2）

（二）採訪的破碎化

數位環境中的採訪要應付的事與人都變多了，素材要提供給集團不同單位使用、要時時發即時新聞、一人多工、在重大新聞時要利用簡單的手機連線直播……，多數報紙記者想念原本單純的採訪環境和心無旁騖經營路線的過往。採訪過程的破碎化是必然、也是不可逆趨勢，有些受訪者不斷地提到這段「過渡」歷程很難調適，有些受訪者對此抗拒大。採訪情境破碎化的樣態可以反映在兩個主要的現象上：其一，在一個重要的記者會、重要人物發表談話上，記者難以專心傾聽並提出重要的問題，幾位受訪者都提到現在的採訪情境無暇提問的專業衝突與困境。然而，提問卻是記者在現場的重要任務，如果記者無暇發問，只成為「記錄者」，那麼，他所報導的新聞與其他資訊區別何在？

> 「像我上次去海基會25週年的記者會，馬英九一致詞完，結果長官打來說，你趕快發個2、300字的東西回來。但那個活動是一直進行的，馬英九走了還有吳敦義等等，你要花時間寫很精確，總統談話你不能亂寫耶，但是現在進行什麼你真的無暇他顧，你如果是現場聽打，重點在哪裡，事後要花很多時間去補吳敦義（致詞）那一段，你要去重

新聽他的情境，他是為什麼講這句話，前面是在講什麼，所以我就覺得很煩，又要很精確，我就覺得壓力很大……只是我會覺得對一個記者來說好殘忍喔，你這邊要這個，那邊要那個，不是說你現在可以專心寫，而是現場同時進行，……很恐怖耶！」（C1-1）

另一個場景則是在速度與多變的新媒體環境下，一人多工的角色愈來愈明顯，報社記者要發文稿，還要拍影片；受訪者 C1-3 表示，他每天採訪時都用兩個相機，一手拍照、一手錄影，完全沒有多餘的手可以記筆記，那麼，要如何發稿呢？他練就的本事是：盡量先用心記住相關資訊，先發即時新聞，等有空再查看剛才的錄影畫面檔案，補寫完整的稿子。採訪的過程一心多用，很難專心，受訪者的發言可能需要反芻之後才能提問，但因為現場太忙、時間太破碎，沒有空（手）可以記下當下的疑問與值得追蹤的重點，使報導很難深入。他稱自己現在「變得很弱智、完全沒辦法反應」。

理論上，有線新聞臺記者經常現場連線（live），應該比較能適應即時發稿的工作情境，但近兩年電視臺也開始發展新媒體，每家的建制不同，有些電視臺記者仍會被要求在採訪的現場，既要進行電視臺連線報導，也要進行臉書直播連線，忙碌、時間壓縮、採訪破碎化依然存在。

「因為我們平常已經夠忙了，我們到現場蒐集訊息、要找人或是要立刻掌握現在的訊息，然後 SNG 還要連線，有時候已經覺得很忙了。那今天公司又叫你說你還要再來一個直播，現在掛在線上，……就是其實它增加我們的工作量，我們採訪的時間也被壓縮到不知該怎麼兼顧。」（C2-3）

即採即發造成了採訪破碎化，一人多工造成了記者一心多用，

使記者們難以專心工作，過去所形塑的工作時間節奏與常規已不適用，更加重了記者們的時間飢荒感，與無法為新聞品質把關的挫折感。

二、模糊界線難分

（一）流動易變的新聞定義

Tuchman（1978）曾指出，新聞組織常規的建立是為了配合新聞工作的節奏，在有限的時間內進行資源有效的調配，因此，新聞常規也框限了記者的採訪與報導範圍，在某種程度上常規也定義了新聞。當傳統的時間分配被打破、且重新分配與重組後，即時新聞的不斷更新、時時截稿的特質，使得既有的新聞常規也跟著調整，傳統對新聞的定義變得流動難掌握。因應紙本迅速衰退，擁抱數位與社群成為媒體經營的重要政策，因此，衝高每則新聞的點閱率幾乎是臺灣報紙一致的方針，甚而有報社以此作為考核記者的 KPI 指標。每月、每季統計個人發稿的總點閱率，記者為了達到標準有不同的應變方式：有的不經仔細查證與採訪，就把每天收到的採訪單位新聞稿直接節錄成即時新聞、有的則時時盯著名人 Facebook、或各類社群網站，尋找可以發稿的素材。更有甚者，記者不發稿，內勤的編輯也做起「抄寫剪貼」的即時發稿者，真正記者「自採自訪」的新聞反而淹沒在大量二手、三手資訊中。那麼，新聞應該是什麼？似乎已愈來愈模糊、易變。

> 「因為一般的民眾對於媒體沒有這麼瞭解，所以他們會認
> 為說新聞網站上面的東西都是記者跑出來的，可是一個即
> 時網站中有一部分是內勤抄寫的、一部分是外勤跑線跑出
> 來的、一部分是廣編，或其他之類，對於民眾來講是重要
> 的事才是新聞，可是對於重要的定義會模糊，所以一般民

眾可能會說記者快來抄，或者他們會罵記者連這個也要發
之類的，但他們沒有想到說這個原來不是記者發的，所以
這個改變是媒體自己本身，覺得這個界線變得很模糊。」
（C1-2）

　　多數記者表示，他們並不想不假思索地拷貝公關稿、也不想一
天到晚盯著名人的 Facebook；但是，政策如此、長官要求，只好嘲
笑自己現在是「剪貼機」與「發稿機」，至於發的稿子是不是新聞？
有些受訪者表示，「被記者選出的內容仍具公共價值」（B1-3）、「應
該仍有報導的價值」（C2-2）；但是，多數記者仍然認為，網路資訊
泛濫無法仔細查證就據以報導，的確讓新聞公共價值的界線愈來愈
模糊了。
　　一位受訪者在訪談時拿出她主跑相關路線的即時新聞點閱率統
計表，發現除了天氣變化、重大突發事件之外，健康相關新聞點閱
率較高；另外，就屬爆料、羶色腥資訊可以聚集高人氣。例如，行
政院政務委員張景森在臉書上「貼女乳照約爬山遭批性騷」的即時
新聞，1 星期累積超過 10 萬的點閱率。有受訪記者表示，像這種有
10 萬以上點閱率的新聞，1 個月只要發 1-2 則，就達標了（A1-1，
B1-1）。網路即時新聞仍然複製了實體媒體市場運作的機制，由於
集體閱聽分享，它的偏鋒現象更明顯。受訪的記者也坦承，有時為
了交差或達標，不得不到臉書上或相關爆料網站上尋找一些「味道
重」的資訊改寫。「改寫」和「原創」的差異，在於「改寫」應付了
即時，可能不及或直接忽略了查證資訊的真偽。新聞守門的作用在
於確保資訊真實性以維護可信度，記者的報導價值是，向大眾說明
與詮釋資訊的重要性與公共意義，當即時新聞成了記者日常工作發
稿的重心，大量「改寫」網友說，使各新聞網站上的「即時新聞」
版面，成為內容農場（content farm）[6] 的集散地，影響所及，什麼是

---

[6] 指以各種手段（轉貼、複製、偽造）取得大量文章的網站，其內容不經篩選、品

「新聞」已愈來愈難捉摸了！

（二）公私不分永不關機

拜新科技之賜，臺灣記者普遍使用 LINE 作為通訊、社群分享之用，同事、同業、甚或採訪單位都有群組以方便聯繫，受訪的記者每個人的智慧型手機中都有數十個到上百個因工作使用的 LINE 群組。無時無刻不開機、「永遠掛在線上」，成為他們的工作寫照。他們在同事的工作群組中，傳送稿件、影片、及後製繪圖相關資訊，也接受長官的工作分派指令。另一方面，他們在同業的群組中，交換採訪訊息、會稿，誰也不敢不緊盯著群組隨時叮叮咚咚傳來的即時訊息，以免漏接新聞。現在，連各單位的公關人員也都習慣性地成立群組，利用它們統一聯絡記者、發新聞稿及採訪通知，甚至發言人藉此接受媒體提問及回應意見。

LINE 成了記者分分秒秒都不得不看的「良伴」，記者們依賴它、長官依賴它、採訪對象也依賴它，它成了比臉書更具中介性的即知系統（awareness system）。記者晚上發完稿，理論上已經下班了，仍處在隨時待命接收訊息的緊張狀態，這種集體的資訊焦慮卻正是現下新聞工作者的現況。有趣的是，記者們大都對此不勝其擾，但卻深陷其中；大部分受訪者在接受本研究訪談時，都會不時地、無意識地反覆查閱是否有新的訊息，有記者就直接說「新聞業現在是被 LINE 綁架了」（C1-1）。

> 「因為大家在上面交換太多訊息了，你透過那個掌握同業動態啊，消息來源動態啊，我有時候寫稿寫一寫還會看一下 LINE，有沒有新的（消息）……有時候你 LINE 不回，會被認為你不敬業，我主管會問我說，我上次不是在 LINE 寫過了嗎……，他們就覺得你沒有時時刻刻在關注。你發

質堪慮，甚而常使用誇張的用詞與標題來吸引消費者，旨在衝高網路流量。

個 Email 也好吧，至少還可以存起來，現在全部 LINE，沒有 Email 了，真的好討厭 LINE，怎麼會濫用成這樣子。」（C1-5）

「我剛才 1 個小時沒有看 LINE，有一個群組就已經有上百個未讀訊息了，所以我得趕快看一下，大家在討論什麼，有時看很快就會漏掉一些重要新聞。像上次有個單位很早就發採訪通知，我把 LINE 滑開後就沒有再把那個通知記下來，我就忘了明天有那個採訪，就真的漏掉了。」（C2-5）

不少受訪者抱怨，當新聞產製系統的每個環節都採用 LINE 群組溝通時，群組裡的每個人都不時地被迫接收訊息（很可能你並不是當事者，但你在這個群組中），集體創造了隨時接收的情境，使得記者生活的公私領域愈來愈難劃分。受訪者 A1-1 的主管經常在晚上 10 點以後，以 LINE 群組發訊息交待非立即性任務，但群組人多，訊息流動快速，等到她早上醒來後根本來不及追溯前晚的訊息，因而有好幾次被主管認為「漏接」訊息，使得她現在晚上也得緊繃神經。即時通訊的廣泛使用，使記者下了班，仍然處於上班的狀態，有記者苦笑形容現在真的「24 小時分秒無休」（C1-5）。

「影響很大，因為你會時時刻刻去注意公司發出了訊息是否跟你有關，所以當這個 LINE 存在的時候精神緊繃，你會時常去注意是不是有什麼大事、是不是有 call 我回去、是不是有在 LINE 上面宣布什麼我沒有注意到，那沒注意到可能隔天就出 trouble，就你必須去緊盯它的動態，有時候事情發生在半夜的話就更慘，你又不能把它關掉，如果不是叫你，你又不知道會不會叫你，你就整夜都睡不好。」（B2-2）

工作與生活難以劃分，呼應了在液態現代性中，人的生活破碎化與去邊界化。本研究發現，生於網路世代的年輕記者，似乎比較能掌握這種特性，這可能是他們成長的經驗伴隨著網路新科技的不斷更新演化，也慣於適應新事物。受訪的年輕記者 B2-2 甚至表示，他們這一代記者已經愈來愈適應在 LINE 中收發訊息、利用它處理一切工作所需，有些人也很少每天使用電子郵件收發訊息，工作與生活全在 LINE、臉書與 IG（Instagram）上聯繫、溝通。年輕世代工作展現的特質更具生活液態性（Bauman, 2005）。

三、競逐速度的新趕工儀式

（一）競賽追逐的即時趕工

Bauman（2000）對於液態現代性的基本描述奠基在速度之上，輕盈與流動性使得速度成了主要核心。媒體的新聞產製以速度為競賽的目標並非新鮮事，但過去在時間常規化下，速度有其限制性，只有在重大新聞時，電視新聞臺會彼此競逐現場連線，為觀眾掌握「最快」、「最新」資訊。對平面媒體而言，沒有網路的即時性就少了即時發稿與即時更新的管道，所有的新聞只能等到明天出刊，同業間比較的基礎是獨家、新聞觀點。然而，網路與社群媒體加入產製系統後，「速度優先」帶來了新的遊戲規則，臉書直播、即時新聞、即時通訊成了遊戲中的三個利器，因此，這場以速度為目標的遊戲就在個人與組織間展開沒有終點的競逐。

首先，就組織而言，即時新聞引導了一天的新聞競賽，受訪者最常提及的則是 × 報的即時新聞，幾乎成為競賽的追逐目標，「在一個重要的記者會現場，我還沒聽完所有的談話，就會被編輯臺一直 LINE 說，× 報即時已經發 2 則了，叫我趕快發即時回來」（C1-1），任職於 × 報的記者則指出，該報的即時新聞已經建制成一套標準作業，「有時我還在現場採訪，編輯臺就先發了 1、2 則即時，

所以，有些即時不是我們記者發的，資訊也常出錯」（C1-2），或者
「就一早分配給我們一些爆料的線索，叫我們趕快打電話問一問就可
以發……即時新聞最讓人詬病的地方就是點閱率，因為除了要快之
外，他們還要用一些幻想來填充。幻想或標籤啦，女生一定要是漂
亮的女大（學）生啊，一定要爆乳長腿，用這樣子讓觸及的人多，
而且一定要放進標題，一定要求你要這樣做，就算我文章進去，標
題也會被改」（C1-3）。

　　過去電視臺依賴早報與晚報發展後續新聞的常規，也因即時新
聞出現有了改變。受訪的電視臺記者都表示，長官看到報紙的即時
新聞時，經常在 LINE 上下指令，要求改變採訪重點；尤有甚者，在
每小時都得提供新聞的稿源壓力下，也會出現靠即時新聞「做新聞」
的情況。

　　「他們（長官）要我寫，又不要我出門去（採訪），叫你下
　　午做 2 條，我說你確定這不用我自己出門，他說不用了，
　　你下午再抄 2 條，《蘋果》（日報即時）都有寫了。我真的
　　訊息來源只有《蘋果》，他不讓我出門採訪，尤其是那種都
　　有畫面，他說你那個資料帶做一做就好了，比方說捷運的
　　東西，捷運的畫面我們超多，他就不會讓我們出門……我
　　寫的所有的文字都是《蘋果》告訴我的。」（C2-2）

　　就個人來說，速度競逐的壓力容易傾向求量不求質的產製邏
輯，「多發多賺」點閱率是個人的績效，有些報社列入年度考績，有
些則發獎金以資鼓勵。以考績與獎金來考核或鼓勵記者的標準，過
去著重在記者的優秀採訪與獨家表現，現在則把有品質疑慮的即時
新聞「產量」與「產能」列入其中，多數受訪記者覺得挫折難解。
組織政策也驅使記者追逐「產量」，於是，跨越路線發稿、不論公共
性意義的稿件充斥了即時新聞，再透過 LINE 或社群媒體接收傳散的

即時性，這些「輕便」更增加了速度感。但輕便、流動不易累積，也難求品質，數量換算成點閱率，似乎簡化成等同於影響力，卻不一定符合新聞專業（抑或就此改寫了新聞定義），記者要在理想中的優質新聞與衝數量的即時新聞中拔河，倫理衝突的壓力與調適仍然尚未找到平衡點。

（二）獨家瞬間消逝

速度競逐帶來傳統新聞常規的鬆動，還展現在獨家新聞的重要性上。獨家是記者重要的新聞專業成就感來源之一（shoemaker & Reese, 1996），但即時新聞太快了，記者的獨家很難（有耐心）「壓」到晚上發稿、在第二天見報，然而，如果在即時新聞裡發稿，又非常輕易地被其他媒體「改寫」。

> 「對我來講有個很大的改變，就是以前你會很守護自己的獨家，那是非常非常重大的事情，……現在，大家對於新聞的要求沒有那麼高，因為它很快就會出來，很快就可以更正，就不會那麼斤斤計較，……現在的獨家不是那麼重要，很多人有這樣的講法，不要再以為獨家是重大的事情，因為有即時的關係，你現在發了獨家，5分鐘後就沒有人記得這是誰發的獨家了，沒有意義了。……因為資訊量太大了，時間感不同，大家在不同的平臺上看東西，所以已經不是什麼東西是最新的，而是哪個東西先被你看到了就是新的。」（B1-1）

Couldry（2003, p. 3）指出，就人類學的觀點，儀式具有三個不同層次的概念：(1) 習慣性行為（habitual action）。具重複性的行為模式，可能不具任何意義；(2) 公式化行為（formalized action）。具經常性及意義性的模式；(3) 含有超驗性（transcendent value）價值的行

為。新聞場域中以速度為主的常規正是一種新的趕工儀式，這種儀式講求形式，彼此競逐，甚而迷戀速度（張文強，2016）。擁抱速度超越了習慣性行為、或公式化行為的層次，速度對當代的新聞工作而言，代表了可以轉換成點閱率與收視率，藉此可以牢牢抓住消費者的重要利潤價值。然而，速度也逐漸沖淡了新聞工作者慣以強調的查證事實、經營路線、追蹤議題，這些都與新聞專業的核心背道而馳。

第五節　結論：掌握速度？或失速？

本研究從 Bauman 的液態現代性理論概念出發，討論流動與速度作為當代社會文化特質，記者在此社會脈絡下，面對數位環境快速變遷的工作狀況及其影響。本研究首先以量化分析發現，在工作方式改變方面，最明顯的是 96% 的記者在工作時經常或有時使用通訊軟體聯絡溝通；工作量改變方面，則有 93.3% 的記者認為有時或經常處於隨時收發訊息的情境中；此外，九成的記者都認為（同意或非常同意）不斷學習新科技技術、發即時新聞是分居第一、第二的工作壓力來源。進一步深度訪談的質性資料中發現，速度優先的產製邏輯，使得記者工作加重且加速，因速度而生的工作常規包括：隨時使用通訊軟體工作（LINE）、隨時發稿（latest）、即時在社群媒體直播（live）。這些新常規使新聞記者過著 3L 的生活，他們對新科技的發展有著跟不上學習速度的焦慮與渴求，而這種競逐速度的工作似乎還找不到可以掌控的節奏，致使記者不但一人多工，也要一心多用、永遠開機，趕時間（即時發稿）與趕數量（達到組織要求即時新聞則數與點閱率 KPI）的工作樣態，形成了記者的新趕工儀式。

記者的 3L 生活可視為新聞工作在社會液態化的產物，有著即時行動、流動應變、邊界模糊的液態特質。過去對數位時代的記者

研究，大半關心社群媒體使用及影響（Hedman & Djer-Pierre, 2013; Lee, 2015; Willnat & Weaver, 2016），或科技採納與調適（Ekdale, Siger, Tully & Harmsen, 2015）；少有從當代社會以速度為核心概念的角度，討論速度優先之下所產生的新常規及其影響；尤其是「即時」成為速度感的意義時，在記者每日工作中最重要的兩個面向：溝通與報導，已產生巨變，此乃本研究重要貢獻。

此外，這種追逐速度的工作特質，有幾點值得進一步討論：

一、永不關機的新聞無所不在

首先，隨採隨發、時時截稿的工作常規使得記者很難有完整的採訪情境，破碎化的採訪使新聞工作者專注處理新聞變得更加困難。此外，當即時通訊軟體（LINE）成為記者的必備工具時，加重了記者永不關機、隨時「在線」的負擔，工作與生活難以分割。為了跟上社群媒體新型態的直播特性，記者隨時待命連線，也壓縮了採訪的時間。影響所及是新聞品質與專業守門堪憂，記者普遍感到工作負擔加重。本研究發現，Hermida（2010）所指「新聞無所不在」已是臺灣數位環境的現況，Hedman 與 Djerf-Pierre（2013）提出「新聞人無所不在」的概念，已不限於年輕記者，更是所有數位環境下記者的描繪。本研究認為「永不關機」更能貼切形容他們的工作樣態。造成記者「永不關機」的並不全然是 Hermida、Hedman 與 Djerf-Pierre（2013）所指的社群媒體，具有即時性與社群性的通訊軟體與社群媒體的加乘作用（且前者更甚後者），造成了媒體組織對於「新聞無所不在」的市場想像及目標策略，使記者有著不得不隨時「在線」的焦慮與壓力。

其次，即時新聞即是對「新聞無所不在」市場想像下的典型策略。大量製造即時新聞使得新聞的定義易變且難以掌握，甚而與資訊等同一詞，專業守門的重要性削弱後，新聞的價值也將折損。從閱聽大眾的角度來看，數位環境所建構出的即時知曉生態系統，已

使得大眾接收訊息的管道來自四面八方，接受的資訊破碎而片段，「即時接收、即時更新」，正是 Saltzis（2012）所謂不斷更新無終點的新聞特質，這似乎正是當代消費者所面對的接收情境，但當數位環境帶來了過多去脈絡的資訊時，新聞要提供何種內容，才能與資訊洪流區隔，找到其價值呢？這恐怕也是新聞工作者要再深入思考的嚴肅課題。

二、缺乏等待的液態新聞產製

　　這些現象都是速度優先產製邏輯下的產物。速度原是新聞競爭的重要項目，在社群媒體未興起前，只有電子媒體因其特性，以現場連線或插播「重大最新消息」與「突發新聞」報導；紙媒則因第二天才出刊，有較充分時間採訪，但仍需在截稿時間內完成工作。在此環境中，速度與新聞專業孰重孰輕或許不是新聞室內爭論的重要議題；研究也顯示，新聞工作者認為新聞正確性比速度更重要（Lo, 2012）。然而，社群媒體所帶動的新傳播模式，使得速度感改變了，Tomlinson（2007）所宣稱的「即時性」成為當代社會的特質，「等待」的時間感不見了，「立刻得到滿足」（Bauman, 2000）的欲求，似乎成為社會生活、消費與人際關係的主軸。某種程度而言，新聞記者的 3L 現象，似乎可以視為新聞業回應當代即時性社會不得不然的措施。不過，常態性的競逐速度帶來對於速度的價值至上，也形成了新聞工作的新趕工儀式，大家在其中重複著不適應、不情願但又不得不為的儀式性行為，這時速度所牽引的儀式有著換取利潤的迷思。

　　然而根據 Ju、Jeong 與 Chyi（2014）的研究卻發現，美國報業雖然投入大量心力經營社群網站，但是廣告效益卻不見樂觀，所謂的可獲利的模式至今仍然不明確。那麼，我們不禁要重新提問：數位時代大量依賴社群媒體與速度優先所產製的新聞既見不到獲利流動與靈巧彈性，亦未全然否定新聞對社會的公共價值。這和華婉伶

與臧國仁（2011）的研究結論相似，新聞場域中乃具液態與固態現代性交雜共存之現象，彼此相互影響。因此，在持續變動的社會特質中，如何重新界定其角色，並尋求適宜的行動策略，是新聞工作者因應社會液態化的當務之急。

三、掌握速度

科技變化一日千里，即時性帶來了重視速度的當代社會文化，Tomlinson（2007）指出，即時性並非不好，也不能完全用過去現代性的機械性速度定義思考。在即時性狀態下，生活充滿各種可能，誠如 Bauman（2000）所言，人在其中具有彈性，充滿靈活與快速轉換、移動與調適的特性。速度並非萬惡，速度若在節奏中尚可掌握，將使人成為靈敏而優雅的演出者（Tomlinson, 2007）。如何讓新聞工作者能更顯機動與靈敏，掌握速度與即時性，而非受速度控制，乃數位環境中新聞工作者的重要挑戰，因為一旦失速了，將不知航行何處！

第十一章

我累了！
記者的工作倦怠及其影響

「太累了，每天長時間工作生活很沒有品質，也不能真的下班⋯⋯公司給很多壓力時，久了對身體也很不好，比較大的問題是太忙不能正常吃飯，一直在餓肚子會覺得很累⋯⋯」（C2-3）

第一節　萬能記者鐵金鋼？

　　數位匯流使得媒體採訪與產製的環境改變，現在的記者比過去更忙了，除了原本新聞工作中的趕截稿、擔心漏新聞與找不到採訪對象等壓力外，在新聞實務的場合，記者們要採訪，要發即時新聞，每天還得應付來自於各種網路社群媒體隨時可能傳布的資訊，或辨其真偽，或循線挖掘。「多技能」（multi skill）的一人多工也成為匯流環境中記者的必要條件，全球平面媒體都在此新的環境中，寫文稿、拍照、錄影與剪輯，甚而用多媒體形式發稿，樣樣都要兼顧（Dwyer, 2007; Pavlik, 2000）。因此，現在的記者真可謂「十八般武藝樣樣具備」。

　　更值得關注的則是，數位環境資訊更新快速之下，「隨時待命」似乎已經成為工時加長的同義詞。根據 2014 年 10 月「媒體工作者勞動權益小組」所公布的一項調查顯示，臺灣的記者平均每週工作時

數為 53.73 小時，比一般行業平均值 45.2 小時高出許多，且有近五成的記者感到身心疲憊（王顥中，2014 年 10 月 26 日）。2016 年勞動部勞動及職業安全衛生研究所也公布調查指出，近八成記者每天工作超過 10 小時，有三成記者睡眠品質不好，還常伴隨著壓力出現各種頭痛、下背痛及眼睛不適的症狀（江睿智，2016 年 2 月 26 日）。

　　工時長、工作負荷加重，再加上工作壓力大，使得記者不但沒有享受到新科技帶來的便利，反而因此而承受更大的身心俱疲感，「武藝樣樣具備」的新聞工作者不一定就是完勝不敗的「無敵鐵金鋼」。2018 年 5 月國家通訊傳播委員會召集電視新聞業者、工會代表討論記者的工作性質與新實施的「一例一休」的彈性處理原則，與會的記者工會代表都強烈表達，不論在何種狀態下，必須持守「七休一」基本底線，當年 2 月才發生花蓮大地震造成 17 死的慘劇，在場的電視記者指出，他的公司要求他們連續上班超過 12 天，身心俱疲不堪負荷！一位記者代表甚至直白地表示：「你每天工作 12 個小時，大家必須要用自虐的方式，告訴資方『我好努力，讓我升官』，那臺灣變成什麼島呀？不要讓我們媒體工作人員再爆肝了！」[1]

　　記者是為社會提供正確、負責的消息的人，沒有健全的工作環境、沒有合理的工作條件，讓他們可以處在良好的身心狀態下發揮所長，如何能確保新聞的品質及新聞業的永續呢？

　　歷年來在新聞記者的研究中，都重視工作滿足和離職意向，因為工作滿意可能影響新聞工作者的工作態度、生產力與工作承諾（羅文輝、陳韜文，2004）。但是，在如此多的新聞研究中，卻極少關注新聞工作者壓力大、工時長的工作性質，是否造成工作倦怠？工作倦怠（burnout）會帶來工作品質惡化，伴隨著離職、曠職及個人的情緒低落與苦惱，而產生某些身心枯乾耗竭感（Maslach & Jackson, 1981）。進入數位匯流的媒體環境後，已開始有學者關注到新聞產製生態的改變，記者所承受的工作壓力與負荷較過往更大，

1　筆者當天以學者專家身分受邀出席，故全程記錄此會議。

因而，必須更重視記者的工作倦怠情形（Reinardy, 2011; Willnat & Weaver, 2014）。臺灣新聞界所處的環境更是高度競爭、工作負荷大且工時過長，2015 年 4 月更引發臺北市勞動局針對新聞媒體行業勞動檢查，結果發現 34 家電子與平面媒體全數違法，76.6% 的記者每日工作時間超過 12 小時（游凱翔，2015 年 4 月 20 日）。這些都顯示，在記者勞動的研究領域中，工作倦怠是值得深入探究的課題。

本章的研究採用 Maslach、Jackson 與 Leite（1996）發展的 MBI-GS 工作倦怠量表來探究臺灣新聞工作者的倦怠情形，希望能瞭解臺灣新聞記者的倦怠情形與類型；並分析倦怠程度與類型的記者在工作滿意、專業承諾、離職意向與未來計畫等面向上的差異。此乃大規模抽樣調查，其結果應更具代表性及學術價值。

第二節　文獻探討

一、工作倦怠

（一）工作倦怠概念發展

工作倦怠（burnout）是衡量個人工作滿足與工作壓力的重要因子。Burnout 在《牛津字典》的解釋是由於努力工作過度造成身體與心理上的疲憊與疾病的狀態（the state of being extremely tired or ill, either physically or mentally, because you have worked too hard）[2]。這個概念最早由 Freudenberger（1974）使用來形容另類健康診所工作者所經歷的情緒消耗（emotional depletion），及失去工作的動機與承諾。但真正被廣泛使用則是由美國心理學家 Maslach 與 Jackson（1981）在 1970 年代末期以此發展了衡量 MBI（Maslach Burnout Inventory）量表，用來測量工作者的倦怠程度。這個量表包含了三個

---

[2] 牛津線上字典：http://www.oxfordlearnersdictionaries.com/definition/english/burnout?q=burnout

構面：情緒耗竭（emotion exhaustion）、去個人化（depersonalization）及個人成就感低落（reduced of personal accomplishment）。情緒耗竭指的是過度勞動後引起個人對工作產生情緒性或認知性距離與枯竭感。它是倦怠的最重要因素。去個人化則是指對服務對象產生了冷漠疏離感；個人成就感低落則指工作者在工作中效率不彰（inefficacy）（Maslach & Jackson, 1981）。自此開展了各職業領域工作倦怠研究。

　　Maslach 與 Jackson（1981）認為，倦怠是一種持續且具積累的過程與症狀，它的形成原因複雜，和工作環境及人際因素都有關聯，這種長期經歷工作與情緒壓力的狀態，將影響其工作表現與專業認同（Maslach, Schaufeli, & Leiter, 2001）。MBI 量表在設計之初乃為了助人行業（human service occupations），亦即工作者的工作特性是與服務客戶或消費者有關；而後引起教育界的興趣，又被運用在教育工作上。自此，MBI 量表運用的行業廣泛，從社會工作者、心理學家、教師、醫護人員到警察均適用（Pines & Aronson, 1998; Maslach, Schaufeli, & Leiter, 2001）。

　　正由於這份量表較著重在人與人的關係，人與工作的關係仍然顯得不足，因此，Maslach、Jackson 與 Leite（1996）又發展了 MBI-GS（Maslach Burnout Inventory-General Survey）量表，他們認為這個量表可以衡量工作者面對工作情境（context）所產生的工作倦怠心理狀態，尤其對於測量專業工作者較具效度，也較能運用到其他廣泛的行業別中。此量表同樣分成三個構面：耗竭（exhaustion）、譏誚態度（cynicism）及專業效能低落（reduced professional efficacy）。「耗竭」指的是工作者的資源消耗殆盡，導致精力喪失，感覺身心疲憊，以致無法應付專業工作之需求。「譏誚態度」指工作者對工作表現出冷淡、漠不關心以及疏遠的態度，此強調為人與工作的關係。「專業效能」指工作者對於過去與現在的成就感到滿意的程度，可以評估個人未來繼續努力工作的期望。當耗竭與譏誚態度程度愈

高、專業效能程度愈低時，則表示此工作者愈具有工作倦怠現象（Maslach, Jackson, & Leite, 1996）。

（二）新聞工作者工作倦怠相關研究

MBI-GS 量表共計十六題，被廣泛運用在各種不同的工作領域中，以醫護人員、教師最多，新聞記者的倦怠研究反而不多。在1990 年代即有學者用 MBI 量表測量美國新聞人員的倦怠感，結果發現新聞工作者確實經歷了工作倦怠，且職位不同倦怠程度亦有差別，工作環境、工作壓力都與工作倦怠相關（Cook, Banks, & Turner, 1993）。後續的研究則以 Reinardy（2006）所進行的美國記者的研究較有系統，他首先在 2005 年針對美國 APSE（Associated Press Sports Editors）體育編輯（sports editors），使用 MBI 量表進行問卷調查，結果發現這些新聞人員有高程度的情緒耗竭及去個人化現象，但個人成就感卻相當高。同時也發現年紀較輕、較無經驗、在較小的報紙工作的記者，有較高的情緒耗竭與去個人化情形。Reinardy（2008; 2011）後來的幾篇研究都改採晚近發展的 MBI-GS 量表，在2008 年發表的研究中，同樣是測量美國體育線的新聞工作者工作倦怠感，結果發現這些新聞人員的耗竭與譏誚程度中等，但卻有相當高程度的專業效能，資淺記者的倦怠程度比資深記者來得高。

亞洲地區的記者工作倦怠研究有 Kim（2006; 2009）自 2006 年起針對南韓的電視與報紙所做的一系列研究，Jung 與 Kim（2012）以 MBI-GS 量表研究南韓 10 家全國性報紙的記者與後勤工作者（non-reporting staff），他們也發現了相似的結果，也就是新聞工作者的倦怠程度都展現在耗竭與譏誚構面上，且耗竭的程度較譏誚更大，但在專業效能低落構面則相對較低。

媒體大環境的改變、利潤下降、新媒體發展及數位匯流等現象，對新聞工作者造成的高度工作壓力與工作需求，Reinardy（2011）認為，這將使得記者的倦怠感增加。過去學界較重視新聞工

作者的工作滿足，自 Johnoson、Slawski 與 Bowman（1976）以降的
新聞工作者研究，均將工作滿足列為重要題項，本研究認為新聞記
者的工作倦怠的現象更值得關切，這可能是影響工作滿足的重要原
因。Willnat 與 Weaver（2014）在完成 2013 年的全美新聞人員調查後
表示，匯流時代工作的改變與新的工作需求增加，更可能引發記者
的倦怠感。

　　如前所言，臺灣新聞工作者的研究中，不乏工作滿意度的相關
研究，但對於工作倦怠的研究卻非常少。2010 年以前只有林信昌與
臧國仁（2000）針對主跑臺北市政府的平面媒體記者所做的研究，
他使用 MBI 量表進行測量，結果發現新聞工作者工作倦怠的情形不
嚴重，工作壓力愈強者其倦怠感愈強，且工作倦怠和專業承諾呈負
相關。此研究執行期間在 2000 年之前，當時的臺灣媒體環境競爭不
高，亦無新媒體競爭及匯流環境影響工作改變的因素，可想而知記
者的倦怠程度不高，而且有相當高的個人成就感。但數位環境改變
了媒體的生態和記者的工作常規，倦怠成了值得關注的新課題。

二、工作負荷、新聞自主與倦怠

　　在人力資源領域中，近年來以「工作要求－資源」模式（Job
Demands-Resources model，簡稱 JD-R）受到關注，Demerouti、
Bakker、Nachreiner 與 Schaufeli（2001）指出，在工作環境中，工
作要求（job demands）和工作資源（job resources）可能影響員工的
健康及工作動機，過度的工作要求會產生職業倦怠，正向的工作資
源會減緩工作要求的影響，投入程度也會增加。根據工作要求資源
模型，工作需求和工作資源為兩項不同影響員工倦怠感的基本心理
過程，工作需求意指員工在工作時所需要投入的各種身體、心理、
社會及組織的資源；而工作資源指的則是工作所提供給員工的各種
身體、心理、社會及組織的資源，例如工作自主性、有成長的空間
等等，對達到工作目標刺激員工的成長、學習及發展具正向效益

（Bakker & Demerouti, 2007）。據此，過量的工作需求會消耗員工心理和身體的能量，而工作資源的匱乏會減少動機並有不好的工作表現，使員工對工作產生譏誚心態。

（一）工作負荷

工作負荷意指個人被指派或期望的工作量，亦是工作需求的重要核心（Veldhoven, 2014）。在有限的時間內有太多的工作要完成時，員工會感到負荷過度（Burke, 2003）。Jyrkiainen 與 Heininen（2012）調查芬蘭新聞工作者之工作狀況，發現有 45% 的受訪者在超時工作增加的狀況下，感到有壓力；有 40% 的受訪者認為額外指派的工作有增加；有 70% 的受訪者指出，最嚴重的問題是工作太趕時間壓力感大增。這和王維菁（2013）針對臺灣記者進行的研究結果相似。因此，越趨沉重的工作負荷使新聞工作者產生更多壓力，可能也會使記者的倦怠感增加。

（二）新聞自主

新聞自主為新聞工作的核心，在工作場所，自主性意指依照個人意向處理工作的自由（Demers, 1995），在新聞工作場域中，新聞自主涉及新聞工作者在產製新聞擁有自主權，不受外在或內在因素干預（Weaver, 1998）。從 JD-R 觀點論之，自主性是心理的重要資源，在刺激工作動機、投入工作和工作表現扮演重要角色（Fernet, Austin, Trepanier, & Dussault, 2013）。除此之外，自主性可避免工作壓力和減緩工作需求的影響（De Jonge, Demerouti, & Dormann, 2014）。Jung 與 Kim（2012）針對韓國記者的研究也發現，新聞自主對工作倦怠的三個面向均有顯著預測力。

三、工作滿意度、離職意向與倦怠

（一）工作滿意度與倦怠

工作滿意度意指個人對自己工作的喜好程度（Spector, 1997），或是否能透過工作達到期望或需求的心理狀態（Demers, 1995）。工作滿意度的高低直接影響工作表現與組織承諾，過去在不同領域所進行的研究都顯示，員工的倦怠感愈深，對工作的滿意度愈低（Hombrados-Mendieta & Cosano-Rivas, 2011; Ybema, Smulders, & Bongers, 2010）。

以新聞人員為主的研究討論實不多見，Reinardy（2008）針對體育記者與編輯的研究發現，滿意度愈高的新聞工作者，它的倦怠情形愈低，其中，耗竭與譏誚呈負相關，專業效能方面則是呈現專業效能愈高、工作滿意度愈高。新聞領域研究工作滿意度，常遵循 Johnstone 等人（1976）的傳統，以單一題項詢問記者的滿意程度；Jung 與 Kim（2012）則以工作本身（work itself）、升遷機會、薪水、同事及主管等五個組成工作滿意度構面，他們發現工作滿意的不同因素對倦怠的不同構面預測力亦不同，前述五個因素對譏誚全都有預測力，但只有工作本身及薪水對耗竭具有顯著預測力，同時，工作本身、主管因素及薪水的滿意程度愈高，專業效能低落的情形愈低。

本研究認為，工作滿意度包含了很多不同的概念，單一題項處理對於瞭解倦怠影響哪些工作滿足原因可能有所不足，故本研究將依雙因理論發展工作滿足構面，並瞭解不同倦怠類型的記者在此構面的滿足情形。

（二）承諾與倦怠

專業承諾（professional commitment）常和組織承諾（organization commitment）相提並論，其實其概念有些差異。專業承諾指的是一

個人的工作表現影響其自尊（self-esteem）的程度（Lodahl & Kejner, 1965）。Aranya 與 Ferris（1984）則認為，專業承諾是個人對特定專業領域的認同與投入，包括對專業中的目標與價值的認同，願意為此專業付出心力，及渴望繼續成為此專業領域的成員。這個角度出發的研究也有學者直指，專業主義就是工作承諾的一種形式（Morrow & Goetz, 1988）。

新聞領域的研究在 1970 年代，由 Johonstone 等人（1976）所做的美國記者研究即關注此議題，他們使用職涯承諾（career commitment）來討論新聞工作的滿意度及離職傾向，發現年輕記者的職涯承諾較資深記者低，Becker、Sobowale 與 Cobbey（1979）更以 Johonstone 等人的資料進行分析，他們指出工作滿意度是預測承諾的重要因素；不過，在這兩個研究中，並沒有清楚地定義所謂的職業承諾或專業承諾為何？而以「未來五年你計畫在同樣的組織工作？」及「未來五年你最想在媒體工作？或其他地方工作？」兩個題項來測得「組織承諾」與「專業承諾」概念。而後在大規模記者研究中，使用專業承諾或生涯承諾測量，常常循此相同的模式（Brownlee & Beam, 2012），但它可能較偏向離職傾向的意義，與「承諾」本身還有些差距，且單一題項的測量方式仍有其不足。本研究認為，專業承諾乃在於對專業工作的認同、情感與持續行為，較適合在新聞工作中使用。

在研究工作倦怠的其他職業領域中，已有不少研究提及倦怠的結果導致組織承諾降低（Leiter & Maslach, 1988）。Jung 與 Kim（2012）針對韓國報紙新聞工作者的研究，使用組織承諾來檢驗倦怠的預測性，結果發現譏誚態度與專業效能低落會降低新聞工作者對組織的承諾，但耗竭構面卻沒有顯著影響。相關的研究較少提及專業承諾、專業表現與倦怠的關係，然而，從過去的研究中發現，工作倦怠的確會影響工作表現（Cropanzano, Rupp, & Byrne, 2003; Keijsers, Schaufeli, Le Blanc, Zwerts, & Miranda, 1995）。新聞工作者的

工作表現和新聞查證、平衡報導相關，是否也會因倦怠情形不同而有差異？亦是本研究關切的重點。

（三）離職意向與倦怠

離職（turnover）是指個人因某些原因自願離開任職的機構（Mobley, Horner, & Hollingsworth,1978），過去的研究大半以離職意向（turnover intention）來測量員工離職的可能性。如前所述，Johonstone 等人（1976）乃以「未來五年你是否有計畫留在新聞界」作為離職意向的測量指標。雖然在其他行業的研究中顯示，倦怠的確影響員工離職，但在新聞領域的討論仍不多見。Reinardy（2009; 2011）在 2007 年的調查是較新的數據，顯示有 25.7% 的新聞工作者想離開這個行業，離職的主要原因是對工作不滿意、薪水太低、壓力大、倦怠感。Reinardy（2011）特別指出，科技匯流時代，追求利潤的經濟因素遠比傳統新聞工作所面臨的截稿、跑獨家新聞壓力更大，工作時間變長，隨時掌握新媒體的變化與趨勢，造成新聞工作者倦怠感增加，許多新聞工作者都對未來是否繼續工作存在著不確定性。尤其特別的是，Reinardy（2011）發現，基層新聞工作者的倦怠感比管理階層大，更有離職的念頭；而且，年輕人對於未來是否要繼續留在新聞界工作的意願，不若資深記者高。在進一步的訪談中發現，不少想離職的年輕人表示，希望未來能找壓力小一點的工作，能擁有自己個人的生活。這和韓國新聞界的情形相似，Jung 與Kim（2012）發現，倦怠的三個構面都對離職傾向有顯著預測力，顯示新聞工作的倦怠情形和離職願意的關聯性極高。

綜觀過去的研究，大半在測試倦怠感的前因（工作負荷、角色壓力、工作壓力），或是後果（工作滿足、離職意願），試圖尋找影響倦怠的預測模型。但是，誠如 Maslach 與 Jackson（1981）所言，工作倦怠是一種長期積累的情況，它也是一種程度的概念，其構面之間的關係亦相對複雜。如果我們一直在建構預測模型，會不會忽

略了倦怠構面的組成可能會有不同的類型，而呈現出不同的表現？
如果耗竭是對工作的心力交瘁、譏誚是對工作的消極態度、專業效
能低落是對專業成就的否定，那麼，新聞工作者中會不會因為個人
在此三構面的感知程度不同，而有不同的倦怠形式呢？因此，本研
究除了進行一般的理論模型預測之外，亦想跳脫以往的研究邏輯，
試圖尋找不同的倦怠型態，及其影響性。

第三節　測量工具說明

本節將簡述測量工具如下：

一、工作倦怠

本研究採取 Maslach Burnout Inventory-General Survey（MBI-GS）
量表，共有十六個題項，五題為耗竭（如，工作了一天我覺得精疲
力盡；整日工作使我精神緊繃），五題為譏誚態度（例如：我對目前
的工作興趣已漸降低；我對目前的工作熱情已漸消減），另外六題則
為專業效能，但以反向題詢問（例如：當我完成重要任務時，我覺
得十分興奮；我能有效地解決工作中的問題）。以四點量表測試（1
為從未，2 為很少，3 為有時，4 為經常），為了測試其量表是否具
有效度，本研究亦進行因素分析，萃取出三個因素即原量表之三個
構面，轉軸後的可解釋變異量累積為 66.66%。其中，耗竭的五個
題項的 Cronbach's α 值為 .89；譏誚的五個題項的 Cronbach's α 值為
0.87；專業效能的六個題項的 Cronbach's α 值為 .85。都符合 α 值必
須高於 0.7 之信度標準。

二、工作負荷

本研究請受訪者指出在過去幾年中工作負荷量的情形，共計四
個題項：(1) 工作時隨時收發訊息情形增加；(2) 發稿量增加；(3) 必

須做很多因應新媒體需要額外的工作；(4) 工作超時。以四點量表測試（1 為從未，2 為很少，3 為有時，4 為經常），在因素分析後顯示這些選項均在同一因素中，可解釋變異量 58.19%。

三、新聞自主

本研究綜合過去研究，以此三個題項來進行測量：(1) 在選擇新聞報導時，有多少自主性？(2) 在決定強調新聞報導觀點時，有多少自主性？(3) 在現在的工作中，有多少自主性？回答選項從 1（幾乎沒有自主性）到 5（幾乎有完整的自主性）。主要成分因素分析結果顯示這些選項皆在同一因素中明顯聚集，可解釋變異量 81.1%。

四、工作滿意度

本研究以多題項方式測量工作滿意度，依 Herzberg（1966）的「雙因理論」原則發展十七個題項，每個題項以五點量表測量（1 為很不滿意，5 為很滿意）。經因素分析檢定後，萃取出三個因素，轉軸後的可解釋變異量累積為 66.66%，因素一包括：薪資、福利、休假、退休、考績、升遷、進修制度、主管能力（Cronbach's α=.89），與相關文獻中的「外在因素」相符，故以此命名；因素二包括：工作成就感、工作對社會重要性、學習新知的機會、工作的挑戰性、主動與創新的機會、工作受社會尊重的程度及工作自主權（Cronbach's α=.90），亦與相關文獻中的「內在因素」相符，亦以此命名。特別的是，因素三包括工作時間與工作量兩個題項（Cronbach's α=.88），雖然過去文獻應歸類為「外在因素」，但本研究經因素分析發現其獨立於「外在因素」之外，顯見在工作滿意度的題項中，它們必須單獨處理，故命名為「工作時量」。

五、專業承諾

本研究界定專業承諾指個人對其所屬專業的情感、認同與持續

待在此行業的意願。以四個題項五點量表測量：(1) 我不會離開新聞界從事其他工作；(2) 如果有機會重新選擇，我仍然會選擇新聞工作；(3) 即使別的行業付我較高的薪水，我也不會離開新聞界；(4) 新聞工作是值得終身從事的工作。四個題項的信度 Cronbach's α 值為 .84。

六、專業表現

本研究界定專業表現指個人在執行專業工作時的工作表現，依過去研究新聞記者必須在報導中善盡查證、平衡報導的責任，這也是新聞工作的專業要求。因此，本研究以三個題項四點量表測量：(1) 處理新聞時，我通常努力做好查證工作；(2) 處理新聞時，我通常努力做到平衡報導；(3) 處理新聞時，我通常努力撰寫完整的報導。三個題項的信度 Cronbach's α 值為 .84。

七、離職意向

本研究的離職意向則參考過去相關研究，以多題項五點量表測量：(1) 我計畫不久離開目前工作；(2) 我會儘快辭去目前工作；(3) 我不會很快離開目前工作（反向題）；(4) 我可能不久後就會離開目前機構；(5) 只要找到更好的工作，就辭去目前工作。題項間的信度 Cronbach's α 值為 .81。

第四節　倦怠類型的量化資料分析

一、記者的倦怠情形

在 1,099 位新聞記者的問卷調查中發現，最多人感受到耗竭，其中，「工作一整天感到精疲力盡」占比最高，有 31.5% 認為經常有此感覺，53.1% 的人回答有時如此。其次是「工作讓我覺得心力交

瘁」，有 22.3% 經常如此，高達 57.3% 的記者認為有時如此。第三高的則是「整日工作使我精神緊繃」，有 75% 的人回答經常或有時如此。這也顯示新聞工作的高度壓力所帶來的身心疲憊。

其次，譏誚態度的情形雖不比耗竭高，但有些題項也反應了記者目前的倦怠情形。28.5% 的記者表示經常覺得「我只想做我的工作不被打擾」，44.8% 的記者表示有時如此，59.9% 的記者經常或有時覺得「我對目前工作的興趣已漸降低」，59.1% 的記者經常或有時覺得「我對目前工作的熱情已漸消減」。

表 11-1：工作倦怠各題項的分布（%）

	題　　項	從未	很少	有時	經常	M
耗竭	工作讓我覺得心力交瘁	1.6	18.9	57.3	22.3	3.00
	工作一整天後，我感到精疲力盡	1.0	14.2	53.1	31.5	3.15
	每天起床想到又要面對一天的工作，就覺得很累	4.8	29.9	45.0	20.3	2.81
	整日工作使我精神緊繃	1.7	23.3	48.0	27.0	3.00
	我對我的工作產生倦怠感	4.7	30.6	46.6	18.1	2.78
譏誚	我對目前工作的興趣已漸降低	7.8	32.3	44.7	15.2	2.67
	我對目前工作的熱情已漸消減	9.5	31.5	43.9	15.2	2.65
	我只想做我的工作不被打擾	4.8	21.9	44.8	28.5	2.97
	我愈來愈不相信我的工作有任何貢獻	19.2	39.7	31.0	10.1	2.32
	我懷疑我的工作是否具有重要性	20.6	37.4	31.5	10.6	2.32
專業效能低落	我能有效地解決工作中的問題	0.3	3.4	41.0	55.3	3.51
	我覺得自己對所服務的媒體機構有相當貢獻	1.5	8.7	49.1	40.7	3.29
	我自認能勝任目前的工作	0.7	3.1	38.4	57.7	3.53
	當我完成重要任務時，我覺得十分興奮	0.6	7.6	37.0	54.8	3.46
	在新聞工作中，我完成了許多有價值的事	0.8	11.6	48.1	39.5	3.26
	在新聞工作上，我自信能有效地把工作做好	0.5	5.0	38.6	56.0	3.50

註：1.「專業效能低落」為反向題項，在統計構面時會依反向計分。
　　2. M 為平均數。

正如過去的研究，新聞工作者並沒有明顯的專業效能低落的情形，在各題項上反而呈現專業效能高的情形，例如「在新聞工

作上，我自信能有效地把工作做好」，56% 的記者認為經常如此，
38.6% 回答有時如此；「我能有效地解決工作中的問題」，55.3% 的記
者認為經常如此，41% 回答有時如此；有近九成的記者認為經常或
有時覺得「我覺得自己對所服務的媒體有相當的貢獻」（見表 11-1）。

　　經合併後工作倦怠的三個構面平均數分別是耗竭為 2.99（標準
差為 0.63）、譏誚 2.61（標準差為 0.70）、缺乏專業效能 1.56（標準
差為 0.48）。如果從四點量表來看，臺灣記者的工作倦怠以耗竭最高
（中數為 2.5）、譏誚比中間值略高，但在專業效能的表現上並不低；
換言之，新聞這份工作雖然很累、很乏，有時也會讓人失去熱情，
但記者們卻仍然有相當的成就感。這大體上和國外的記者研究相似。

二、記者倦怠集群分析

　　誠如前述，本研究好奇的是，記者的工作倦怠是一種程度，每
個構面的情形又如此地不同，那麼，可不可能在這些工作倦怠的情
形中找出不同的類型？本研究進一步進行集群分析。分析的步驟
為：(1) 先以華德法（Ward's Method）找到最佳分群數目，本研究取
得之最佳分群數為三群；(2) 再以 K-means 集群分析法進行分群；(3)
最後再區別分析檢驗區隔效果，其正確分類率為 96.1%。此三類的
倦怠類型為表 11-2。

表 11-2：工作倦怠集群分群與均數

倦怠構面	集群（平均數）		
	集群 1	集群 2	集群 3
耗竭	2.87	2.44	3.67
譏誚	2.65	1.83	3.35
缺乏專業效能	1.71	1.30	1.66
人數 (%)	471(42.86)	335(30.48)	293(26.67)

　　在三群中呈現出不同的樣態：集群 3 共有 293 人，占整體的

26.67%，在耗竭與譏誚上的分數是三群中最高的，在四點量表中均超過 3 分，但在缺乏專業效能上並沒有太嚴重的情形。顯示這群人在工作上經歷的倦怠情形最嚴重，常感到工作的心力交瘁，對工作的興趣與熱情也很低、甚至懷疑自己的工作價值。本研究將這群人命名為「高倦怠消極型」。集群 2 共有 335 人，占整體人數的30.48%。這群人在三個構面的分數都是最低的，他們沒有很高的耗竭，對工作產生負面的態度的情形亦低。換言之，他們面對高壓且繁重的新聞工作，很少覺得疲累或倦怠，對工作的熱情高，且很少懷疑自己的工作沒有貢獻；同時，他們自認在專業效能上有相當不錯的表現。本研究將他們命名為「低倦怠熱情型」。此外，集群 1共有 471 人，是三群人數中最多的，占整體的 42.86%。他們在耗竭與譏誚上的表現平均數略高於中間值，也就是說他在工作上的體力、心力耗竭疲憊感及對工作的熱情與積極性，都是不高不低，換言之，他們在工作上的疲乏倦怠感及熱情興趣都「還好」，某種程度而言，新聞就是一份工作而已，值得一提的是，他們在缺乏專業效能的分數雖然不高，卻是三群中最高的（是相對缺乏專業效能的一群）。這群人的特質應該是典型的「不冷不熱」，因此，本研究命名為「中倦怠安於現狀型」。

　　進一步檢視這三群組與人口統計變項的關係可以發現，大體而言，每一群組的性別、學歷與薪水等變項分布情形沒有顯著差異，都是男性多於女性，以 30-50 歲為最大比例，且受大學以上教育，薪水在 30,000 到 50,000 元區間最多。但在年齡上，三個群組卻有顯著差異，其中「高倦怠消極型」的記者在 30-40 歲的比例高達 42.3%，高於其他兩群（$\chi^2=0.02$，$p<.05$）。可能顯示，這個年紀正好是個人開始面臨成家及生涯規劃的關鍵階段，面對新聞工作的壓力及未來性何去何從，較多人感到無力（見表 11-3）。

表 11-3：倦怠類型與人口統計變項交叉分析

人口變項		集群			總計	檢定值
		低倦怠 熱情型	中倦怠 安於現狀型	高倦怠 消極型		
性別	男	63.9	59.1	56.7	56.9	χ^2=0.17
	女	36.1	40.9	43.3	40.1	df=2 N=1,098
年齡	30 以下	30.7	32.9	24.6	30.0	χ^2=0.02*
	30-40 歲	31.0	33.5	42.3	35.1	df=6 N=1,099
	40-50	28.4	25.3	27.6	26.8	
	50 以上	9.9	8.3	5.5	8.0	
學歷	大學以下	17.3	15.9	12.3	15.4	χ^2=0.38
	大學	58.2	60.5	65.2	61.1	df=4 N=1099
	研究所以上	24.5	23.6	22.5	23.6	
薪水	30,000 以下	6.6	7.4	4.8	6.5	χ^2=0.42
	30,000-40,000	23.3	23.1	18.8	22.0	df=10 N=1,099
	40,000-50,000	18.2	18.5	22.5	19.5	
	60,000-70,000	8.7	9.1	9.2	9.0	
	70,000 以上	16.7	14.6	12.3	14.6	

註：***p<.001, **p<.01, *p<.05。

三、倦怠型態與組織因素

本研究關切不同的記者倦怠型態與組織因素的關係為何。經卡方檢定後發現這三個群組的人在是否擔任主管、服務地方或總社（公司）都沒有顯著差異，可是，在媒體類型上卻呈現顯著差異。「低倦怠熱情型」中以報紙記者最多，占 43.0%，「中倦怠安於現狀型」和「高倦怠消極型」則是電視記者的比例高於報紙，其中「高倦怠消極型」的電視記者比例更高達 50%。這顯示電視記者的工作倦怠程度高與對工作的積極性趨於保守和消極。反之，報社記者則較具理想性與新聞熱情（見表 11-4）。

表 11-4：倦怠類型與組織變項交叉分析（%）

組織變項		集群			總計	檢定值
		低倦怠熱情型	中倦怠安於現狀型	高倦怠消極型		
媒體類別	報紙	43.0	38.4	39.4	40.1	$\chi^2=0.01^*$
	電視	36.7	45.0	50.0	43.8	df=8
	廣播	7.8	6.8	5.5	6.8	N=1,096
	通訊社	4.8	4.5	2.7	4.1	
	新媒體	7.8	5.3	2.4	5.3	
地點	總社	71.6	73.0	64.9	70.4	$\chi^2=0.052$
	地方	28.4	27.0	35.1	29.6	df=2
						N=1,089
職務	主管	19.0	16.8	14.9	17.0	$\chi^2=0.41$
	非主管	81.0	83.2	85.1	83.0	df=2
						N=1,084

註：$***p<.001, **p<.01, *p<.05$。

四、倦怠型態與工作滿意度

不同倦怠類型的記者在工作滿意度上是否也會呈現不同的情形？本研究將工作滿意度分成外在因素、內在因素及工作時量三個構面，以單因子變異數分析發現，不同倦怠類型與三個滿意度構面均有顯著差異（$F=97.68$，$p<.001$）。「低倦怠熱情型」的記者在此三個構面中的滿意分數都是最高的，其中內在因素平均數有 4.63，可見新聞工作中的挑戰、工作自主與成就感成為記者很重要的激勵因子；不冷不熱的「中倦怠安於現狀型」記者則在各項分數中居中，這也很符合這類記者的特性，在工作的各面向上的態度都採「中庸之道」，即便是如此，在內在因素的滿意度上，仍有 4.09 分，亦可稱得上滿意度高。不令人意外的是「高倦怠消極型」的記者在各面向的分數都最低，不過，其所表現出最不滿意的構面則是「工作時量」，只有 1.18 分。其實，3 種倦怠類型的記者在「工作時量」構面的分數都不高，不但都低於中間值，且「中倦怠安於現狀型」與

「低倦怠熱情型」兩類記者在此因素的標準差都高於 1，這顯示工作時間和工作量是記者們最不滿意的因素，然而，他們彼此之間對滿意與不滿意的差異也較大，此三個構面在三群記者中都呈現顯著差異（見表 11-5）。

表 11-5：倦怠類型與工作滿意度交叉分析

工作滿意度		倦怠類型			總計	事後比較
		低倦怠熱情型	中倦怠安於現狀型	高倦怠消極型		
外在因素	平均數	3.15	2.80	2.25	2.76	1-2, 2-3, 1-3
	標準差	0.74	0.77	0.78	0.84	
		F=108.43, df=2, N=1,084, p<.001				
內在因素	平均數	4.63	4.09	3.33	4.05	1-2, 2-3, 1-3
	標準差	0.70	0.84	1.06	1.00	
		F=176.75, df=2, N=1,091, p<.001				
工作時量	平均數	2.91	2.63	1.81	2.50	1-2, 2-3, 1-3
	標準差	1.04	1.08	0.87	1.10	
		F=97.68, df=2, N=1,086, p<.001				

五、倦怠類型、專業承諾與專業表現

至於不同倦怠類型的記者在專業承諾與專業表現上是否有差異？首先，三種倦怠類型的人在專業承諾的差異，經統計檢定具有顯著差異（F=119.82，p<.001）。從表 11-6 可以發現「低倦怠熱情型」的平均數最高為 3.51（標準差 =0.84），其次是「中倦怠安於現狀型」，平均數為 3.02（標準差 =0.84），最低的是「高倦怠消極型」，只有 2.45（標準差 =0.84），經 Scheffe 法事後比較，三者彼此間均有差異，「高倦怠消極型」和其他兩群人的差距較大，顯示倦怠感重的確是造成新聞工作者專業承諾低落的重要原因。

其次，在工作倦怠類型與專業表現的差異方面，經單因子變異數分析，三組的平均數有顯著差異（F=18.91，p<.001），其中「低倦

怠熱情型」的平均分數最高（3.80，標準差為 0.43），最低的是「中
倦怠安於現狀型」（平均數為 3.59，標準差為 0.52），「高倦怠消極
型」平均分數則為 3.72，標準差為 0.49。經 Scheffe 法事後檢定發
現，三組的差異主要來自於「中倦怠安於現狀型」和其他兩組的差
異，而「低倦怠熱情型」與「高倦怠消極型」在專業表現上並沒有
顯著差異。

　　過去的研究都指出，倦怠程度愈高愈容易影響工作表現，但在
本研究中卻發現記者不論是否具有高度的理想或已身心疲累，在專
業表現上仍然維持一定的程度。反倒是對新聞工作抱持著「不冷不
熱」的記者們，在專業表現上略遜一籌。這可能的解釋必須參照這
三群記者在倦怠的「缺乏專業效能」構面中的分數，「安於現狀」的
記者平均分數（1.71）較其他兩群高，亦即專業效能較低而影響了他
們在專業工作的表現（見表 11-6）。

表 11-6：倦怠類型在專業承諾與表現的差異

		倦怠類型			總計	事後比較
		低倦怠 熱情型	中倦怠 安於現狀型	高倦怠 消極型		
專業 承諾	平均數	3.51	3.02	2.45	2.99	1-2, 2-3. 1-3
	標準差	0.84	0.84	0.84	0.94	
		F=119.82, df=2, N=1,088, p<.001				
專業 表現	平均數	3.80	3.59	3.72	3.69	1-2, 2-3
	標準差	0.43	0.52	0.49	0.49	
		F=18.91, df=2, N=1,086, p<.001				

六、倦怠類型與離職意向

　　最後，本研究關心的是不同倦怠類型的記者在職業承諾上的表
現是否有差異？表 11-7 顯示在單因子變異數分析後，不同倦怠類型
的記者的離職意向有顯著差異（F=146.95，p<.001）。「高倦怠消極
型」的記者離職意向最高（平均數 3.25，標準差 0.78），「安於現狀」

的記者次之（平均數 2.76，標準差 0.69），「熱情理想型」記者的離
職意向最低（平均數 2.28，標準差 0.68）。

表 11-7：不同倦怠類型在離職意向的差異

離職意向	倦怠類型			總計	事後比較
	低倦怠 熱情型	中倦怠 安於現狀型	高倦怠 消極型		
平均數	2.28	2.76	3.25	2.76	1-2, 2-3, 1-3
標準差	0.68	0.69	0.78	0.80	
$F=146.95$, df=2, N=1,090, $p<.001$					

第五節　倦怠、自主、工作滿意度及
離職意向整合模型[3]

　　前述乃以簡易統計及倦怠類型分類來描述，新聞工作者的倦怠
情形，及在各項指標上的表現。如前所述，「專業效能低落」的數值
表現一直不明顯，亦即不論個人是否呈現耗竭或譏誚態度，他的專
業效能依舊不低。Schaufeli 與 Bakker（2004）強調個人工作中能力
與成就感的專業效能，應視為工作投入（work engagement），而不應
視為倦怠構面。事實上，過去亦有些研究針對這些構面的效度和信
度進行檢視，發現專業效能低落的確和其他兩個構面相關性較低，
以耗竭及譏誚作為主要倦怠感因素，更能精確表達倦怠，反而，
專業效能可以視為非必要因素（Lee & Ashforth, 1993; Schaufeli &
Bakker, 2004）。

　　本研究嘗試建構因果模型來進一步探究倦怠與工作負荷、新聞
自主、工作滿足及離職意向的關係，故採取較嚴謹的方式，只將耗

---

[3]　本節部分內容修改自 Liu, Huei-Ling & Lo, Ven-hwei (2018). An integrated model of
workload, autonomy, burnout, job satisfaction, and turnover intention among Taiwanese
reporters. *Asian Journal of Communication*, 28(2), 153-169.

竭與譏誚當作倦怠的構面。並依工作要求資源模式，將工作負荷視為工作要求，新聞自主視為工作資源，來檢驗它們與其他變項的因果預測性。

表 11-8：預測耗竭和譏誚態度的階層迴歸分析

預測變項	倦怠	
	耗竭 （β 值）	譏誚態度 （β 值）
第一階層：人口學變項		
性別	-.03	-.02
年齡	-.02	.11***
教育程度	.00	.01
收入	-.05	-.02
新聞主修	.02	.00
Adjusted R^2	.002	.001
第二階層：自主性		
新聞自主	-.16***	-.29***
Incremental adjusted R^2	.012	.069
第三階層：工作負荷		
工作負荷	.38***	.15***
Incremental adjusted R^2	.13	.02
Total adjusted R^2	.15	.09
F 值	26.11***	15.88***

註 1：表中 Bata 值來自包括所有變項均輸入的最終迴歸方程式。
註 2：編碼方式：性別（1=男性，0=女性）；主修（1=新聞，0=其他）；新聞自主（1=幾乎沒有自主，5=完全自主）；工作負荷（1=完全沒有，4=經常），耗竭與譏誚（1=完全沒有，4=經常）；工作滿意度（1=非常不滿意，5=非常滿意）；離職意向（1=非常不同意，5=非常同意）。
註 3：***$p<.001$; **$p<.01$; *$p<.05$。

　　本研究將人口學變項、新聞自主、工作負荷及倦怠的兩個構面依階層迴歸分析方式依序輸入，在表 11-8 中可以看出，工作負荷是耗竭最強的預測變項（$\beta=.38$，$p<.001$），它和譏誚態度亦呈正相關（$\beta=.15$，$p<.001$）。同時，本研究更關注新聞自主對倦怠的影響，在

控制人口學變項及工作負荷的影響後，新聞自主成為對譏誚的預測性最強的因素（β=-.29，p<.001），它對耗竭亦同樣具有預測力。換言之，記者認為新聞自主性愈高，他感受到的耗竭與譏誚態度愈低。

表 11-9：倦怠對工作滿意度與離職意向的階層迴歸分析

預測變項	工作滿意度 （β 值）	離職意向 （β 值）
第一階層：人口學變項		
性別	-.05	.01
年齡	-.07*	-.15***
教育程度	.00	-.05
收入	.01	-.01
新聞主修	.02	-.05
Adjusted R^2	.005	.015
第二階層：自主性		
新聞自主	.10***	-.12***
Incremental adjusted R^2	.042	.065
第三階層：工作負荷		
工作負荷	-.05	-.03
Incremental adjusted R^2	.031	.004
第四階層：倦怠		
耗竭	-.21***	.04
譏誚態度	-.36***	.37***
Incremental adjusted R^2	.23	.21
第五階層：工作滿意度		
工作滿意度	-----	-.17***
Incremental adjusted R^2	-----	.02
Total adjusted R^2	.31	.31
F 值	51.08***	46.80***

註 1：表中 Bata 值來自包括所有變項均輸入的最終迴歸方程式。
註 2：編碼方式：性別（1=男性，0=女性）；新聞自主（1=幾乎沒有自主，5=完全自主）；工作負荷（1=完全沒有，4=經常），耗竭與譏誚（1=完全沒有，4=經常）；工作滿意度（1=非常不滿意，5=非常滿意）；離職意向（1=非常不同意，5=非常同意）。
註 3：***p<.001; **p<.01; *p<.05。

　　如前述文獻所顯示，倦怠常導致工作滿意度下降、甚而員工有離職意向。為了檢驗這些變項對工作滿意度與離職意向的預測性，本研究將人口學變項、新聞自主、工作負荷及倦怠的兩個構面都依階層迴歸方式依次輸入。在表 11-9 中顯示，工作倦怠與工作滿意度呈現顯著相關，在控制人口變項、新聞自主及工作負荷的影響後，本研究發現耗竭為預測工作滿意度的最顯著因子（β=-.21，p<.001），譏誚的預測性亦呈顯著性（β=-.36，p<.001），換言之，當記者的耗竭與譏誚程度愈高時，工作滿意度愈低。

　　在表 11-9 亦顯示另一條階層迴歸方程式顯示，在控制人口學變項、新聞自主及工作負荷的影響後，譏誚為離職意向最強的預測因子（β=.37，p<.001），但耗竭和離職意向並無顯著相關（β=.04，p>.05），換言之，如果只是單純地體力耗竭並不會引起記者想離職的意願，而是對這個工作不再有熱情、不再覺得有所貢獻的譏誚態度，導致他們有強烈離職的意願。在表 11-9 同時控制人口學變項、新聞自主、工作負荷、耗竭及譏誚之影響後，工作滿意度成為離職意向的反向預測因子（β=-.17，p<.001）。這顯示記者工作滿意程度愈高，離職意願愈低。

　　為檢驗因果模型，本研究使用 Amos 22.0 來進行路徑分析（path analysis）。分析結果顯示卡方檢驗結果並不顯著，卡方值 χ^2=3.33，df=1，p>.05（χ^2/df 的比值 =3.33）。比較配適指標（CFI=.99）、標準配適指標（NFI=.99）、非規範配適指標（TLI=.97）及近似誤差均方根（RMSEA=.04）顯示模型為可接受的配適度。模型在耗竭方面，解釋 15.3% 的變異數，譏誚為 8.6%，工作滿意度為 30.0% 及離職意向為 29.5%。

　　如圖 11-1 所示，路徑分析顯示新聞自主性影響耗竭（β=-.17，p<.001）、譏誚（β=-.26，p<.001）、工作滿意度（β=.08，p<.01）及離職意向（β=-.15，p<.001）。工作負荷也影響耗竭（β=.38，p<.001）、譏誚（β=.17，p<.001）和離職意向（β=-.06，p<.05）。耗竭（β=-

.23，p<.001）及譏誚（β=-.36，p<.001）和影響離職意向（β=-.17，p<.001）的工作滿意度有關。路徑分析證明新聞自主性和耗竭及譏誚呈顯著負相關，而工作負荷和耗竭及譏誚呈顯著正相關。研究也顯示耗竭和譏誚與工作滿意度呈顯著負相關，進而對離職意向有負向影響。

此外，本研究採用是還在大樣本增加效果量的 Sobel 檢定來檢驗假設。在本研究之理論模型中，中介變項為工作滿意度。Sobel 檢定結果顯示，Z 分數透過工作滿意度作為中介途徑，為 8.44（p<.001），因此研究有證據支持工作滿意度為耗竭和離職意向之中介變項。工作滿意度也是譏誚和離職意向之潛在中介變項，Sobel 檢定顯示透過工作滿意度為中介路徑之 Z 分數為 5.81（p<.001）。因此，工作滿意度證實為譏誚和離職意向之間的重要中介變項。

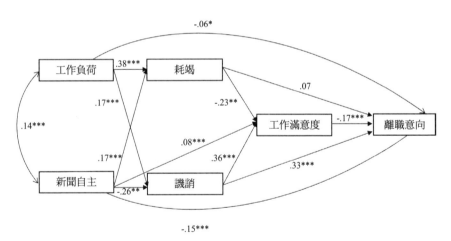

圖 11-1：預測離職各變項之路徑分析

註：*p<.05, **p<.01, ***p<.001。

第六節　質性資料分析：失去熱情的累！

一、耗竭致使身心俱疲

從 Maslach 等人（1996）對於倦怠構面耗竭（exhaustion）的定義來看，員工在工作中的資源已耗盡，精力喪失，產生身心俱疲無法應付工作需求的狀態。簡而言之，其實它和工作負荷過重、產生極大壓力與精神緊繃有關。在田野資料中，發現的現象也不出這兩大類。

（一）疲累不堪

大部分受訪記者對於現在的工作環境有著明顯地不安與不滿，「累！」，是他們共同的字眼。我們不難想像在數位時代，多工、應付即時新聞、稿源要供應媒體組織不同單位的需求，這都使第一線的新聞記者，每天處於疲於奔命的狀態。工作時間太長，沒有足夠的休息時間是新聞現場的常態，電視臺記者一天工作 11 到 12 小時很常見，報社記者也好不到哪裡去，每天被編輯臺「叮嚀」發即時新聞的壓力，讓他們像「陀螺」般地成天轉不停。

> 「太累了，每天長時間工作，生活很沒有品質，也不能真的下班，每天要求這麼多獨家，但獨家愈來愈難，公司給很多壓力的時候，我覺得久了對身體不好，會影響健康。比較大的問題是，常常太忙不能（正常）吃飯，一直在餓肚子，就會覺得很累。」（C2-3）

> 「時間基本上就是用在工作上，沒有時間去做別的事，每天的生活和新聞綁在一起，以至於下班之後，什麼事情、電腦都不想碰，也不想看！」（C2-4）

　　B2-1 甚至用「壓榨」來形容上司對他工作的要求，致使他身心俱疲，「每天早上起床都覺得沒休息夠，還是很累！」。每天處於缺乏休息的狀態，有些記者開始意識到身體長期疲累出現狀況，有些人經常胃痛，有些人經常出現莫名的焦慮，有些人覺得自己反應都變得制式而遲鈍。

「我常覺得有種腦細胞死了很多的感覺，很常到了下午以
　後，就完全忘了早上寫了什麼……」（C2-4）

　　雖然 2016 年起，政府實施一例一休，勞動部也數次進行媒體的勞動檢查，要求媒體業者應注意記者工作超時的問題，但在新聞實務的現場，記者們工作長達 10 小時以上者比比皆是。電視臺最常做的是要求記者先刷卡下班，再回公司繼續「加班」，報社則變相拉長休息時間。

「平常工時……他是讓你工作 10 個小時有 2 個小時休息
　時間，但實際上會用這個休息時間來去調配，比如說你 8
　點、9 點上班，那一般來說是 10 個小時，大概是 7 點下
　班，但如果你是晚上 9 點下班，他就叫你把休息時間填 4
　個小時、填 5 個小時去做改變。……也不可能說時間到
　了，現在你上滿 8 小時就不管了，你就可以下班了，因為
　有很多後續的事情還是要發稿，那時候就是要看長官夠不
　夠仁慈，要不要讓你申請加班費。」（C1-6）

　　新聞工作本來就具所謂「責任制」特質，一方面來自於有大新聞發生時，屬於自己路線的新聞，很難跑了一半就換手交給同事，另一方面也來自記者自己的責任心與使命感。但是，媒體主管過度使用「責任制」時，往往造成記者的疲累與緊繃。

（二）緊繃與焦慮

新聞記者每日尋找新聞素材，也和同業競爭，跑到好新聞是快樂，也是壓力；跑不到好新聞更是無形的焦慮。現在則更要和數位競爭、和時間賽跑，處於時時發稿的緊繃下，隨之而來的焦慮感比過去更大。受訪的好幾位記者都有共同的經驗：雖然名義上下了班，但還是覺得很緊張，會不時地看著手機，等著有突發事件要回公司處理。有些記者抱怨，這種焦慮是集體性的，有時是主管過度焦慮，使記者跟著緊張，帶動了惡性循環。

> 「長官很焦慮，跟他上班就會很緊張、很緊張，一直會想：
> 怎麼辦？然後（大家）就像無頭蒼蠅亂竄！」（C2-4）

二、錯綜複雜的譏誚態度

譏誚態度指的是工作者對工作所表現出的冷淡、漠不關心及疏遠態度。在新聞現場的田野資料顯示，記者產生譏誚態度的原因很多元，且各因素之間交錯地相互影響。壓力大、工作負荷過重所導致的身心俱疲是原因之一，十多年來新聞置入的影響，使記者專業受挫；新聞編輯選材愈來愈偏市場導向，重收視與點閱率；這些都是經年累月使記者對新聞業產生冷漠、灰心與挫折的原因。

（一）發即時太消磨

大部分受訪者對即時新聞的態度都較負面，主要的原因並不是因此工作量大增，而是即時新聞影響了整個新聞產製的標準，讓記者們沒有辦法好好採訪、好好寫稿。C1-6 形容，有時趕著發即時，被迫拿著手機就開始打字，手機打字限制多，他只能痛苦地適應。C1-2 則認為「即時新聞消磨記者的熱情，浪費了記者跑線的時間」、「這樣的工作成就感越來越低，覺得跑新聞的動力就一直下降」（A1-

2）。

> 「即時拿來變成新聞的替代，很容易錯誤百出引來批評，對
> 新聞行業不瞭解的人，就會對記者的觀感下降，對記者本
> 身也是一種磨損！」（B2-5）

> 「（因為即時）你沒有辦法實現自我理想，因為很多時間都
> 要被切割處理一些很無聊的即時，對於線上記者來講是很
> 大的體力上、理想上的磨損，會讓你覺得沒有前進的動
> 力！」（C1-5）

（二）做業配沒自主

置入業配成為新聞產製的常態，對於新聞自主權的侵害，在第
八章已詳述，記者仍覺得業配打擊士氣，使他們對新聞的熱情消磨
殆盡。C2-4 就明白指出，雖然業配已是常態，自己也並非不能接
受，但經常因為業配「新聞就被業主搓掉，令人十分挫折！」。有些
媒體為「平眾議」，還會特別給寫業配的記者獎勵金，但不少記者卻
直指這是件「不開心」、「沒動力」、「很不自由備受壓迫」的事（C2-
5，B2-2，B1-6）。

> 「這是個多麼諷刺的事，自己辛苦跑的好東西，上不了版
> 面，可是我寫的業配卻上了全國版，這種事一而再，再而
> 三，我就覺得十分不平衡，真的就鬥志全消了，做記者幹
> 嘛呢？替人擦鞋嗎？」（C1-1）

C1-4 甚至用「削弱記者存在感與成就感」來形容，業配之於他
的衝擊，成天只要跑那種「歌功頌德」、「你好棒棒」的新聞，幫業
主「包裝」，「自己有時都覺得噁心」，還壓縮了他跑新聞的時間和精

力，真的十分困擾。

　　業配是記者不可承受之重，相關的影響在第八章已討論，在此就不再詳述。十多年來業配生態愈趨常態化，記者雖然不得不接受，但也體認到這樣的環境扼殺新聞專業，消磨了當初進入這個行業所懷抱的熱情與理想，致使記者們開始懷疑自己所做的新聞，到底有何意義？！

（三）吸睛瞎新聞傷專業

　　新聞業走下坡已是不爭的事實，面對新媒體資訊泛濫的競爭，面對臺灣如此小的市場卻有著過度擁擠的媒體分食廣告大餅的現狀，於是市場導向明顯幾乎是各家商業媒體不得不採取的策略。吸睛、聳動、獵奇、極端衝突與對立的新聞往往比具公共性的新聞，更容易贏得收視率與點閱率，也成為新聞取向的主流。C2-1 直接形容，這樣新聞常常是「很瞎的新聞，不想做但還是要乖乖做！」，B2-5 則形容這些新聞「很 boring，很沒營養！」記者被指派要製作這類新聞，與其專業價值的衝突感極大。

　　「面對自己做的新聞，根本就是不必要的，是完成長官命令做出來的，這些做出來的東西都沒有辦法說服自己，那你能說什麼？這些沒有意義的新聞，那你做記者的價值在哪裡？」（C2-2）

　　「以前自己挖掘議題很好玩，也覺得很有意義，現在則是長官說這個東西點擊率很高，網友覺得很有趣，要我們去做，結果去訪之後發現不一定是這樣，但還是要處理，真的是很沒意義、又不重要！但就是要做！」（B2-3）

　　在田野訪談中，可以發現記者們對於新聞界極端向市場傾斜的

不滿非常大，這種無法做真正符合公共價值新聞的無奈與挫折，常令他們覺得與當初進新聞界的理想不符，也懷疑自己的工作到底對社會還有何價值？有些記者開始提及想離開新聞界的念頭，有些則羨慕已經「看破」而離開的同事或同業。

「對新聞有憧憬進來的，那種失望甚至離開的速度非常快，他跑沒 2、3 年，自己就會覺得每天不知道在幹嘛？那是一種心靈上的空虛，因為沒有找到自己的價值，每天都在抄（網路），他們也很無奈！因為環境如此！」（B1-4）

三、尋找調適的專業效能

不論是國外近幾年針對記者倦怠的研究，亦或本研究的結果都發現，記者雖有相當程度的耗竭與譏誚態度，但並沒有專業效能低落的情形。畢竟，記者不只是個公共服務的行業，也是個靠理想、熱情支撐專業承諾的工作，新聞專業價值是這個行業運作的核心，也是記者不會輕言放棄的一環。

面對數位環境的工作負荷量大，他們疲憊不堪；面對業配、向市場傾斜的產製邏輯，他們挫折無力；但在本研究的量化資料分析中發現，大部分的記者仍然願意堅守崗位，把工作做好。這其間有著極大的心理衝突，但在理想與現實找到平衡與調適，成了記者們的學習與挑戰。不過，在田野中，本研究發現記者在面對新聞專業工作，也有兩種不同的心態。

（一）堅守底線迂迴抗拒

比起十年前、甚或二十年前，記者決定採訪與新聞角度的自主性，確實下降了不少，編輯臺與內勤主管下指導棋的情形愈來愈普遍，長官要求多，有時已超越了新聞專業的考量時，記者們要如何

應對？有不少受訪記者採取的是盡可能「堅守底線迂迴抗拒」，至於「底線」是什麼？每個記者則有不同的認知。

國外的研究雖然顯示，年紀輕的記者倦怠感較資深者高，但本研究卻沒有支持這樣的結果。C1-2 與 C1-3 都是年輕世代記者，他們都認為自己能勝任工作，且在工作中找到新聞對社會的價值，這也是支撐他們繼續留在新聞業的重要原因。

> 「多數時候 maybe 我只能當個記錄打字員，但我會盡量去發現一些問題，去解決問題；1 年中可能發 1、2 件（則），3、4 件（則新聞），可能還是讓我有點小小成就感。」（C1-2）

C1-3 主跑社會新聞，經常處理凶殺、暴力事件，該報注重此類新聞，長官經常給予很多框架指示新聞走向，讓他常常覺得自己像個「發稿機」，專業判斷不受重視。但最終，他也找到了抗拒的策略，使自己在工作能有所調適。

> 「剛開始比較菜鳥時，他們給你很多指令，你可能會想說跟他們反駁，後來也知道沒有用！……主管們都是希望煽情，但第一線的人，其實你做為一個人，不會想去撩撥這種感情，就會想用消極的方式去反抗……久了之後，你自己可以判斷說，這些到底是不是重要的，我就會利用一些方式鑽漏洞，不要去做他們要什麼就給什麼的事！」（C1-3）

守住自己所界定的底線，在有限的自主空間中，實踐新聞價值的理想，這其中充滿了與環境、與權力拉鋸的心理過程，但似乎也說明了新聞這一行的理想性依然存在，只是，當這些記者談起調適

的過程時，總覺得這些理想與心願有些悲壯！

（二）一份薪水一份工作

在量化資料中，發現有一群不冷不熱安於現狀的記者，沒有很高的熱情，也沒有很嚴重的疲倦感。在田野資料的對應中，可以深入地瞭解這群人的心態。A2-1 是電視新聞中階媒體主管，她觀察所屬的記者，有些已經完全順從這個環境了，甚至有點「公務員」心態。

> 「每天就是要這麼多量，以量化的方式，公司量化我，然後我就量化你，做起來就當作是一份薪水，然後耗一耗時間就下班了。」（A2-1）

的確，新聞再怎麼理想崇高，畢竟也是一份養家活口的工作，也許「底線」不用那麼「遠大」，只要完成上級交付的任務，讓自己能把它單純的當作一份工作「做好」，就對得起自己、也對得起公司了。C2-4 形容，這種工作型態久了，就習慣了，也麻木了！

> 「我自己形容我們是製造業，一個工廠，大家都是機器人，做帶（新聞影帶）機器人，素材進來加工一下，做一做、編一編，然後再丟出去給觀眾看……有時時間不夠，根本找不到人問，那我也只好有什麼用什麼。」（C2-4）

深度訪談的資料中發現，電視記者抱持著這樣心態的，的確比報紙記者多，這可能和電視臺受長官指揮的限制大，新聞自主空間小有關，報社記者不進辦公室，成天在外「走撞」，在採訪新聞的自由度上彈性較大，使他們能發揮的空間也多了些。

第七節　結論

　　本研究發現臺灣記者的工作倦怠感以耗竭情形最明顯（構面平均數為2.99），超過七成的人經常或有時覺得「工作心力交瘁」、「工作精疲力盡」、「工作精神緊繃」；其次是譏誚態度（構面平均數為2.61），近七成以上的記者經常或有時覺得「只想做我的工作不被打擾」、「對工作的興趣已漸降低」；不過，在專業效能低落方面並不明顯（構面平均數為1.56），反而有九成的記者經常或有時覺得「對服務的媒體相當有貢獻」、有八成以上的記者也在「能有效解決工作上的問題」回答經常或有時如此。這大體上符合了過往對新聞工作者倦怠研究的發現（Reinardy, 2008; 2011; Kim, 2009; Jung & Kim, 2012），新聞記者對新聞工作的熱情與理想使其展現相當程度的專業效能，這也提供我們重新思考倦怠的「專業效能低落」構面，可能並不合適用在新聞工作這個職業上，它的信度與效度仍有待商榷（Schaufeli & Bakker, 2004）。即便有高的專業效能，但這並不表示記者們沒有倦怠的情形，身心俱疲及工作興趣漸減都是長期積累的結果。

　　本研究跳脫過去倦怠研究的框架，進一步將記者的倦怠情形以集群分析分成三群，分別是：「中倦怠安於現狀型」、「低倦怠熱情型」、「高倦怠消極型」。從各構面平均分數來看，「低倦怠熱情型」的記者倦怠情形最輕；而「高倦怠消極型」的記者則是出現明顯倦怠情形，這類人數共有293人，占全體的四分之一強（26.67%）；「中倦怠安於現狀型」記者倦怠感的耗竭與譏誚態度平均數均略高於中間值，人數最多共471人（42.86%）。看起來，工作倦怠嚴重的比例似乎不高，但我們或可嚴肅地看待安於現狀或倦怠消極這兩型人所處的倦怠狀態，他們在耗竭與譏誚態度兩個構面的平均數都高於中間值，其比例占全體的七成左右，顯示大部分的記者都有倦怠的情形。

　　在人口變項交叉分析中，「高倦怠消極型」有四成以上是 30-40 歲的記者，他們面臨的工作倦怠感卻比其他年齡層嚴重，可能的原因是，這個階段正是年輕人成家育子時期，也是開始仔細思考人生未來生涯之時，面對生涯、家庭與工作各方壓力及現實的新聞環境，可能造成其倦怠感更重。值得一提的是，這個年齡層的記者，正是媒體組織的青壯代，脫離了菜鳥的經驗不足，邁向採訪成熟階段，也應該是媒體機構大力仰賴的新聞主力，如果這些新聞主力倦怠感最明顯，那麼，因倦怠而引起的工作品質及經驗傳承等，都將是組織的難題。本研究的發現和過去研究顯示年輕記者倦怠感重（Reinardy, 2006; 2011）不盡相同，主要原因可能是研究者對年齡的界定方法有差異，Reinardy（2006）的研究只以 40 歲作為分界，之後 2011 年的研究則分成 34 歲以下，35-48 歲及 49 歲以上三個年齡層。亦可能是不同國家面對的社會與媒體產製環境不同而有差異。

　　與組織變項的交叉分析中，292 位消極倦怠型的記者有五成乃電視記者，這顯示了電視新聞的工作環境較其他媒體更容易使記者身心俱疲，熱情漸失。即或不然，電視產製環境也造成了記者們「不冷不熱」，只把新聞當成工作，其占比在「中倦怠安於現狀型」中亦相當高。反之，面臨數位衝擊最大的報紙，這兩年來趕即時新聞、拍影片、發稿量劇增等工作狀況，卻仍在「低倦怠熱情型」中占比最高（43.0%），顯示相對於其他媒體，報紙記者仍能在此情況下擁有較多空間可以使記者實踐工作理想與熱情。媒體屬性差異所導致倦怠情形的差別，也值得電視經營者思考如何創造有利的環境改善記者的倦怠情形，提升其對新聞工作的熱情與行動實踐。

　　此外，進一步將三種類型的記者與工作滿意度、專業承諾、專業表現、離職意向、未來計畫等變項進行比較，三類型在各變項的平均數均有顯著差異，「高倦怠消極型」的分數在各變項上均低於其他兩群，「低倦怠熱情型」在各變項上的分數均為最高，「中倦怠安於現狀型」則次之。唯一例外的是在專業表現上，「高倦怠消極

型」的分數卻高於「中倦怠安於現狀型」，其差異達顯著水準，這可能的解釋是，記者雖然倦怠但由於專業效能高，所以，即便耗竭與譏誚情形較明顯，仍然對其工作專注；反之，「中度倦怠安於現狀」的記者對工作的執著可能沒那麼深，會不會因此而較有「應付」的心態、對工作的自我要求較低，因而在專業表現上較低？如果這個解釋成立的話，本研究認為媒體組織更應該重視其形成此現象之原因，因為這群新聞工作者雖然對工作不是最不滿意、也不是最想離開新聞界，但在工作表現上有可能未盡理想！而其占比卻最大！新聞工作品質與專業表現是對社會負責之重要基石，但超過四成的記者在工作上的專業效能如此，並非好現象。所幸，這群人的專業效低落情形並不嚴重，其專業表現亦在中間值以上。

值得一提的是，從本研究的資料來看，無論記者的倦怠程度如何，工作滿足的「內在因素」均高於中間值，顯示新聞工作對社會的影響、工作的自主等仍是記者一致肯定的因素，本研究發現「工作時量」成為獨立因子，且記者的滿足感普遍低於「內在」與「外在」因素，和過去研究發現薪水是造成不滿足的有力因素（Shaver, 1987; 羅文輝、陳韜文，2004）不盡相同，可能是因為匯流環境工作改變，工作量變大與工作時間變長所致，此現象若不能改善，恐將使記者的倦怠感增加，這也是媒體組織必須慎思之處。

此外，本章研究以路徑分析將倦怠的兩個構面（耗竭與譏誚）的「前因」與「後果」建構影響模型，結果發現工作負荷和新聞自主是影響倦怠的重要因子。這點在質性訪談中更得到進一步的印證，沉重的工作負荷與工作時間長，使記者處於身心耗竭並產生譏誚心態，但當記者擁有相對大的新聞自主權，作為其工作的重要資源時，就可改善倦怠的情形。在質性田野中不斷喊「太累了！」的受訪記者，也會因為在實務場域的完全自主性，而以熱愛工作來「戰勝」疲憊。

另一方面，在建構模型的過程中，本研究也發現譏誚比耗竭對

工作滿意度關聯性更高，從定義上來看，譏誚指的是對工作不再有熱情、產生消極的態度，當這種心態出現時，也顯示記者對工作的不滿意度升高。雖然在過去其他職業別的倦怠研究都證實，倦怠直接影響工作滿意度、甚至離職；但本研究卻發現，工作滿意度實則是倦怠和離職意向的中介因素，更有意義的發現是，譏誚和離職意向有直接和間接的關聯性，然而耗竭卻僅是透過工作滿意度，和離職意向間接相關。這顯示，倦怠的不同構面對離職意向的影響性並不相同，在不同行業可能有不同的影響性。新聞業的高度承諾及理想性，可能導致記者即使身心疲累，但要等到「不知為何而戰、失去起初的熱情」、「死心了」，才會有離職的念頭。以質性田野訪談資料顯示，匯流下的數位政策，追求即時搶快搶量搶點閱率，的確消磨了受訪記者的新聞熱情，當跑新聞的成就感愈來愈低，工作愈來愈空虛時，記者要不就掛冠求去，要不就成了不冷不熱，只當「一份薪水、一份工作」的「新聞工人」。這絕不是新聞業之福。

誠如 Maslach 與 Jackson（1981）所言，倦怠是一種持續且日積月累而引起的症狀，它不會突然出現，一旦出現了大量工作者集體感到重度倦怠感時，對組織的影響將是負面且長遠的。世界衛生組織 2019 年已將職業倦怠列入《國際疾病分類》（ICD）中，確認其為「職業現象」（occupational phenomenon），雖非醫學病狀（medicalcondition），但它會影響個人的健康狀態（Burn-out an"occupationalphenomenon": International classification ofdiseases, May 28, 2019）。本研究指出臺灣的新聞記者 70% 都有相當程度的工作倦怠感，其身心疲累的情況最明顯，這與 1990 年代末期的研究結果大不相同，這也顯示科技帶來的產製改變，不但沒有減輕記者的工作量，反而帶來了更多的工作負荷與更多的倦怠，隨之而來的是對新聞工作承諾的降低，離職意願升高，因為累了，不如歸去！當記者們有此想法時，靠經驗積累的新聞專業如何傳承？組織如何培養人才？都將成了艱難的課題！

第十二章

自新聞業出走的抉擇：
數位時代的記者離職歷程研究 [*]

> 「我覺得不只是在我的工作職涯裡面、在媒體裡面看不到未來，我也看不到媒體的未來⋯⋯」（N04）

第一節　新聞業不再是穩定的飯碗

全球新聞媒體自 2000 年中期後，在大環境遽變、數位化轉型下，面臨巨大挑戰，市場競爭激烈、閱報率與收視率逐年下降、組織裁員、減薪等時有所聞，有些學者甚至用「危機」（crisis）來形容新聞業（羅世宏、胡元輝編，2010；McChesney & Nichols, 2010; Reinardy, 2011; Viererbl & Koch, 2019）。

從大環境來看，人們漸漸習慣透過網路、社群媒體及行動載具收看新聞資訊，從傳統載具上所得到的營收自然減少，但在數位載具上付費閱讀的習慣依然不高，雖然《紐約時報》的數位收入表現不錯，但牛津大學路透新聞研究所 2019 年針對全球 200 位媒體高層所做的調查顯示：全球媒體付費策略仍處於成長與收入有限的窘境，廣告收入持續下滑使生存依舊困窘，組織縮減與裁員仍然發生在若干媒體（Newman, Fletcher, Kalogeropoulos, & Nielsen, 2019）。

---

[*] 本章修改節錄自劉蕙苓（2020）。〈自新聞業出走的抉擇：數位時代的記者離職歷程研究〉，《新聞學研究》，144: 49-96。

誠然，新聞付費牆（paywall）成為未來媒體的重要收入策略，但人們習慣免費閱讀，主管們認為寄望以此收支平衡並不容易，數位策略的嘗試並沒有使媒體走出困局（Chyi, 2013; Cook & Attari, 2012; Newman, et al., 2019）。

數位環境變動極大，使新聞組織面臨內憂外患，必須積極進行策略調整，這已是近十多年來媒體經營的主要課題。除了對外擴大收入外，對內如何調整記者的工作節奏與型態，以符合數位接收的新聞消費環境更是重要。前面幾章已提及媒體工作者多工、使用社群媒體經營人脈、尋找新聞線索、與消息來源建立關係；再到通訊軟體手機不離身、即時新聞即採即發，在在都是數位環境下新聞記者的新挑戰（王淑美，2018；林翠絹，2018；劉蕙苓，2018；Lee, 2015; Wenger & Owens, 2012）。

這樣的工作型態，有其不得不然的原因，但反映在記者的工作狀況與新聞品質上，卻有相當的隱憂。首先，記者的勞動條件日益惡化，薪資不升反降（戴伊筠，2010）；新聞品質難以在多工與即採即發的壓力下兼顧，多數記者對此感到挫折與焦慮（Tameling & Broersma, 2013）；其次，假新聞充斥，社會對新聞工作者的不信任也與日俱增（Figenschou & Ihlebæk, 2019; Goyanes, 2019）。根據蓋洛普在 2016 年發布的民調指出，美國人對媒體的信任度已從 1997 年的 53% 下滑至 2016 年的 32%，創下新低（Swift, September 14, 2016）。過去媒體所擁有的權威性亦受到挑戰，昔日影響力不再，較難得到民眾較多的信任（Figenschou & Ihlebæk, 2019; Goyanes, 2019）。牛津大學路透新聞研究所 2020 年的報告亦指出，全球受調查的 40 個國家或地區中，臺灣只有 24% 消費者認為媒體值得信任，居倒數第三，比韓國（21%）高兩名，媒體表現被列為極度不佳（Newman, Fletcher, Schulz, Andi, & Nielson, 2020），可見新聞行業的榮景已今非昔比。臺灣社會流行一種說法：「小時不讀書，長大當記者」，雖是網友們的諷刺語，卻也凸顯當代新聞工作者的窘境。

　　環境改變使新聞業不再是穩定的工作，新聞愈來愈不受尊重，隨之而來的則是：記者還想留在媒體工作嗎？ Willnat、Weaver 與 Wilhoit（2017）在 2013 年的調查發現，雖然想留在新聞界的比例仍占多數，但回答「未決定」比例卻很高，顯示新聞工作者面對未來的不確定感；本書第五章針對臺灣的比較性研究更發現，1994 年時認為未來五年想留在媒體的比例有 70%，但二十年後，媒體進入數位匯流的 2014 年，只剩 38.5%。可見相較於匯流之前，不想留在新聞界的人增多。Willnat 等人（2017）提醒，數位化對新聞工作者所造成的工作負荷與倦怠（burnout），影響其對新聞業的專業承諾至深，也造成離職意願升高（Reinardy, 2011）。雖然沒有具體的離職率統計，但全球新聞業工作機會減少已是不爭的事實，臺灣亦然。過去十多年有些新聞工作者被裁員、有些則自願離開這個行業。新聞一直是充滿理想與實踐社會責任的行業，時至今日，它到底是一種志業？還是一個人生中繼站？

　　記者自願離職是媒體組織人才流失的損失，對新聞品質亦影響深遠。本研究指的離職是職涯轉換，不再從事相關新聞工作，而非跳槽轉至其他媒體服務。此外，過去對於離職的研究，都以「離職意向」（turnover intention）為主，雖然記者有離職傾向會更容易離職，但有想法到實際行動之間，仍有相當的距離。本章研究以實際離開新聞工作之「前記者」為研究對象，深入探問其經驗。據此，本章研究目的為：瞭解新聞記者產生離職意向至採取離職行動的歷程，並在此歷程中受哪些因素影響。

第二節　文獻探討

一、新聞業與離職研究

（一）離職研究的脈絡

離職（turnover）是指個人因某些原因離開任職機構，終止與組織的關係，Price（1977）將離職分為自願離職（voluntary turnover）與非自願離職（involuntary），後者乃因組織裁員、強迫退休等因素離開，前者則為員工自願離開工作單位。員工自願離職可能影響組織的人力資源、打擊員工的士氣，對組織的生產力與表現也有負面影響，因此是學術界與產業界共同重視的課題（Gummer, 2002; Blau, 1993; Reinardy, 2011）。Hom、Lee、Shaw 與 Hausknecht（2017）綜整自 1920 年代 Bills（1925）發表第一篇實證研究至今，百年來離職研究的脈絡指出，工作滿足是最常被使用的重要預測變項，晚近亦有研究將意義建構與認同作為個人去留的重要指標（Rothausen, Henderson, Arnold, & Malshe, 2017）。可見，離職研究已有相當多元且豐富的討論。

新聞工作者的離職研究量雖不算豐富，但每個時代都有研究者關注其中，1970 年代 Moss（1978）對美國 Texas 報紙新聞工作者的研究發現，1972 至 1976 年的離職率平均是 28%，發行量小、30 歲以下的記者離職率較高，這個研究很粗略，無法看出離職者是跳槽？還是離開新聞界？Fedler、Buhr 與 Taylor（1988）針對佛羅里達地區已離開新聞界的工作者所做的研究顯示，薪水低、工作條件差、管理不佳是他們離開的主要原因，而在轉換新工作後除了薪水高、工作條件佳之外，他們獲得更多的自由。時序進入 2000 年後，女性新聞工作者離職的議題亦受到關注（Elmore, 2009; Reinardy, 2009）。

離職研究最常使用離職意向作為測量依據（Chen, Ployhart, Thomas, Anderson, & Bliese, 2011; Jung & Kim, 2012; Reinardy, 2011;

Wang & Yen, 2015）。在 Johnstone、Slawski 與 Bowman（1976）進行全美新聞人員調查時，以「未來五年你是否有計畫留在新聞界」為測量題項，1970 年代有 62% 想待在原單位，21.8% 想換其他新聞工作，只有 6.6% 想離開新聞界。Willnat 等人（2017）比較了過去四個跨十年的調查發現，雖然美國大部分新聞工作者表示，未來仍會待在新聞界，不過，回答「未決定」的人卻從過去不到 2% 升高至 11%。他們認為這和數位環境下的工作狀況與工作滿足有關，使新聞工作者對於未來去留的看法持保留態度。在本書第五章的比較分析也發現：1994 年想留在新聞界的人有 70.7%，十年後下降至 56.6%；進入數位環境後，2014 年只剩 38.5%；雖然想離開媒體的比例只有 16.6%，比十年前低一些，但填答「未決定」者卻高達 44.9%，比 1994 年的 17.6% 高出一倍以上，顯示臺灣新聞工作者近一半對未來的職涯抱持不確定感。

　　研究顯示，不確定感會增加員工的離職意圖（Ashford, Lee, & Bobko, 1989），隱含著記者對這個行業的承諾產生疑慮。2010 年以後的離職研究，關切的是數位環境中的新聞工作者工作狀況及其對離職的影響，研究者不再只侷限於工作滿足作為離職傾向的預測變項，更關切數位環境下壓力大與過勞引起的倦怠對離職的影響（Liu & Lo, 2018; Reinardy, 2011; 2013）。

（二）離職的歷程

　　大部分的離職研究都以「離職意向」為主，這有兩個缺點：其一，使用離職意向作為測量忽略了有意向不一定會付諸行動（Hom, Mitchell, Lee, & Griffeth, 2012）；其二，離職是個歷程，這個歷程中夾雜著很多複雜的抉擇過程，且有其時間因素（Abelson, 1986; Mobley, 1977）。Mobley（1977）最早提出離職決策過程（the employee turnover decision process），他認為人們在出現離職想法後，會歷經數個歷程：(1) 評估離職的利弊；(2) 找新工作的意圖；(3) 採

取找工作行動；(4) 評估新工作；(5) 現職與新職比較；(6) 去／留意圖；最後產生 (7) 去／留行動。這過程絕非單純地能以工作滿足與離職線性關係來描述，需要較深入的探索。此模式雖後續有研究依循探討其效度與適用性（Hom, Griffeth, & Sellaro, 1984; Mowday, Koberg, & McArtheur, 1984），但大部分研究仍直接以此作為離職研究的重要文獻，而忽略過程的討論。

　　Mobley（1977）的模式較偏心理層次，前提是個人先歷經了工作不滿意的階段，不談其他離職因素。Abelson（1986）提出整合性離職過程模式（integrated turnover process model）來凸顯個人去留抉擇的複雜性，且經歷的幾個階段（見圖 12-1），他指出：個人因素、組織因素、環境因素會影響個人離職決策。個人因素包括年齡、家庭責任等；組織層級則有組織規模、薪酬待遇、個人成長機會、工作自主、組織氣氛；環境因素則指外在大環境變化、公司聲譽及市場競爭等。

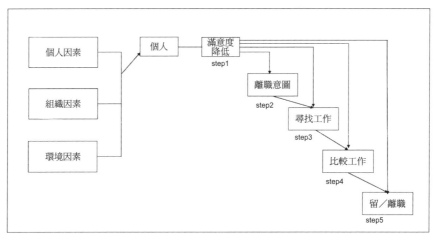

圖 12-1：整合離職過程模型

資料來源：Abelson (1986, p. 65)。

　　這三大因素影響離職過程，且歷經五個階段：第一階段個人工

作滿意度降低，第二階段則產生離職意向，隨後尋找其他工作意圖、比較現在與未來的工作，最後才會採取留／離職行為。這個模式把工作不滿意的外在因素一併考慮，較能綜觀個人從有離職意向到真正離職的過程。本研究在此架構下，基於外在環境數位匯流的影響已在前節敘明，接著將進一步聚焦於個人與組織兩部分討論。

二、數位環境下的新聞組織與新聞人

　　儘管匯流已非新的環境變化，媒體業並沒有擺脫困境，多年來為了因應數位環境的急速且多變樣態，新聞組織不斷地採取各種策略。從匯流新聞室的建立、讓媒體工作者可以跨平臺產製（Doudaki & Spyridou, 2014; Smith, Tanner, & Duhe, 2007）、資料新聞學（data journalism）興起；或是新聞傳散管道多元：從紙本、電視頻道，到網路、經營社群粉絲專頁，再到行動 APP（mobile news apps），均是科技帶來的改變。

　　組織對數位政策的調整與多變，雖是科技變化使然，卻也讓記者經常處於無所適從、感受工作的不確定性。Milliken（1987: 137）曾定義不確定性乃個人缺乏足夠的資訊，無法準確地預測組織環境的未來，也直接影響個人對工作的安全感、工作角色定位與未來前景的憂慮（Jackson, Schuler, & Vredenburgh, 1987）。研究顯示，個人對工作的不確定感，會產生焦慮、壓力、增加工作不滿意程度，甚而提高離職意向（Ashford et al., 1989; Matteson & Ivancevich, 1990; Paulsen, et al., 2005; Pollard, 2001）。工作不確定感對員工的影響，在組織研究中已有相當的成果，但新聞行業的研究並不多見，Örnebring（2018）研究歐洲 14 國新聞工作者對工作不確定性的看法時發現，記者都已認知這個行業不再是永久的工作，年輕世代較能接受自己工作的變動及轉職的可能。

　　另一個存在於組織中的因素是主管與記者對於數位政策價值認知的差異。Smith 等人（2007）調查美國的一些地方電視臺，在匯流

政策實施過程中，主管與基層記者的態度。結果發現：記者們認為數位匯流影響新聞品質與新聞專業衝突的嚴重性，更甚於主管們的感受。隨著科技工具愈來愈多元，跨平臺協調、與記者的溝通更有別於以往，Van den Bulck 與 Tambuyzer（2013）的研究卻發現，媒體主管們經常處於溝通混亂的困擾，記者們甚至覺得他們聽命於太多長官，彼此之間的溝通常有不足之處。這使得主管和記者之間關係緊繃，主管的領導風格則會影響基層員工對工作的不確定感及工作表現（Waldman, Ramirez, House, & Puranam, 2001）。

在組織策略不確定的數位環境中，對記者的直接影響就是工作量與工作技能都要比過去更多。由歐洲學者所主導的全球記者調查，2012 至 2016 年在 67 個地區調查 27,500 名新聞工作者發現：大多數國家的記者都認為，在過去五年環境的變化，使他們的工作時間增長，但對於新聞議題的研究時間卻相對減少（Hanusch, et al., 2019）。上述調查並未包括臺灣，但臺灣的研究在本書第十章亦發現：超過九成的記者認為他們常常超時工作；有八成以上的記者表示發稿量比過去增加，使得他們處於隨時發稿、一心多用、永不關機、隨時在線的新趕工儀式中。

隨著組織不斷調整數位策略、削減新聞產製資源，速度至上的產製常規成形，這種工作壓力與負荷較之過往更甚，記者的工作倦怠增加（Reinardy, 2011）。「倦怠」一詞由 Freudenberger（1975）提出，乃是個人面對過多的壓力而產生情緒消耗、失去起初的工作動機與熱情，影響所及甚至會出現一些生理病症，如頭痛、腸胃不適、失眠等。有關工作倦怠的相關文獻，在本書第十一章已經介紹過，茲不在此贅述。

三、衝擊事件、心象受阻與推拉力

個人產生離職意向後到採取離職行動必然歷經一連串決策過程。Lee 與 Mitchell（1994）以 Beach（1990）的心象理論（image theory）決策模式為基礎，提出「自願離職展開模式」（unfolding model of voluntary employee turnover）。心象理論主張人們決策過程時，會檢視（screening）既有的心象（包括價值、目標與策略），當資訊或選擇符合過往的心象時，容易做出相應的決定。在此基礎下，Lee 與 Mitchell（1994）認為，個人離職的決策是多種路徑的選擇過程，不一定全都與工作滿足有關，有些可能是衝擊事件（shock）引發個人檢視過去的匹配框架（matching frame）或腳本（script）進而評估心象，如果個人覺得在工作上無法達成自我的價值、目標與策略，與其產生衝突且無法再忍耐的狀態，即形成心象受阻（image violation），就會導致他有另謀工作的意圖。衝擊事件可能是預期、非預期、偶發的情況或環境（如同事車禍身亡、中樂透、突然重大人生遭遇）。

　　自願離職展開模式認為個人離職有四類不同的決策路徑（見表 12-1），依是否有衝擊事件、心象受阻及工作滿足而有所不同。路徑 1 是指個人遭遇衝擊事件，會搜尋自己過去是否有處理（回應）類似事件的框架或腳本，如果找到了匹配腳本就會依此腳本而行。Lee 與 Mitchell（1994）舉了懷孕作為衝擊事件，個人依據過去的經驗懷孕辭職，沒有任何心象受阻或工作不滿意的問題而離開職場。路徑 2 則是遭遇衝擊事件但無法在記憶中搜尋相稱的回應原則，因而產生心象受阻，但無法確定是否與工作不滿意相關，也不涉及找工作與評估離職的各種可能性，直接選擇離開。路徑 3 遭遇衝擊事件，無法在記憶中搜尋相稱的回應原則，產生心象受阻，同時對工作不滿意，因而展開後續的找工作或替代選擇評估進而離職。路徑 4a 與 4b 都屬於個人沒有遇到明顯的衝擊事件，但 Lee 與 Mitchell（1994）認為員工在工作一段時間後，會評估目前的工作是否有回應工作環境的匹配腳本，如果沒有則產生與個人的價值、目標甚或策略衝突的心象受阻，對工作不滿意，有人直接離職（4a），有人則是採取找工作一連串評估過程才離職（4b）。

表 12-1：個人離職決策路徑

路徑	衝擊事件	匹配腳本	心象受阻	工作不滿意	尋找工作	替代性選擇評估	是否已有備選工作
1	是	是	不確定[a]	否	否	否	否
2	是	否	是	不確定	否	否	否
3	是	否	是	是	是	是	是
4a	否	否	是	是	否	否	否
4b	否	否	是	是	是	是	是

註：[a] 指可能不確定適用或未發生。
資料來源：Lee, Mitchell, Wise, & Fireman (1996, p. 9)。

　　衝擊事件對離職的影響開啟了離職過程研究新的領域，它和過去 Mobley（1977）所提出的衝動行為（impulsive behavior）相似，但 Mobley 並未深入討論這個概念，只是提醒離職過程不全然是理性行為，有時可能是伴隨著衝動；Lee 與 Mitchell（1994）在此基礎上發展新的模式，凸顯它的重要性，強調離職開展模式應以多元的方法（深度訪談或模擬式問卷）繼續測試其適用性；但後續的研究大都集中在探討衝擊事件的性質。例如，將衝擊事件進一步區分為與工作無關、與工作相關、與組織相關等不同的衝擊事件啟動離職決策路徑（Lee, Mitchell, Wise, & Fireman, 1996）。Holtom、Mitchell、Lee 與 Inderrieden（2005）綜整六個不同調查資料、含括不同行業的 1,200 位離職者研究，發現 64% 的離職者都經歷衝擊事件。Lee 等人（1996）進一步證實採取路徑 1 與路徑 2 的人從離職意向到採取離職行動的時間，比路徑 3 與路徑 4 短；Donnelly 與 Quirin（2006）分析 72 個符合上述四種離職決策模式的樣本，將經濟因素與性別納入，發現經濟考量是預測離職的最強因素，女性因衝擊事件離職的比例高於男性。這個研究還發現非經衝擊事件而離職者（路徑 4）占 45%，可惜的是研究者的重心都放在衝擊事件，對此著墨有限。

　　綜整離職展開模式的路徑雖有不同，但大體來說可以把離職的過程分成三個階段：(1) 離職意念啟動階段。此階段的重點在於個人

是否遭遇衝擊事件，引發心象受阻的調適，如果無法調適則會產生工作不滿意度大增，而啟動離職的念頭；(2) 去留評估歷程。此時有些人會開始尋找工作或替代性選擇，但有些人雖沒有找替代工作，也會進行離職的各項評估；(3) 採取離職行動。

過去從此模型出發的研究，都預設其線性發展的過程，甚而將焦點放在衝擊事件的討論上，忽略了離職決策可能是事件、評估與決策反覆交錯的複雜歷程，相關研究對於第二階段「去留評估歷程」與第三階段「決定行動」的著墨甚少。以路徑 4 而言，衝擊事件雖然沒有發生在離職意念之初，但有可能發生在找工作、去留評估歷程階段。換言之，在決定離職的最後一刻，是否也可能是經由特定事件，觸發個人採取離職行動？如果有，這些事件的特性為何？這也是本研究欲探究之處。

其次，個人有了離職意念之後，即進入不斷評估的過程，最後才採取行動，其間包括影響個人去留的阻力與助力。Viererbl 與 Koch（2019）研究德國記者轉職到公關領域的過程，他們認為離職的決策必然有推力（push factor）與拉力（pull factor），從 17 位轉職的受訪者深度訪談中發現，記者離職的推力有：工時長、不利私人生活、缺少工作安全感、合約保障少、缺乏個人發展機會等；至於促使記者轉職的拉力則有：合理的工時、社會福利、較高的工作安全感、較長的合約確保薪資結構、正向的工作氛圍、感知自己的重要性、未來性等。

以推力和拉力來描繪離職決策過程的考慮因素，可以補足過去對離職過程研究中對於「找工作、選擇評估」階段的不足，並進而描繪其動態過程。如果新聞是一個高度承諾的行業，亦或進入這個行業的人對它充滿理想與專業期望，會不會在決策過程中，可能出現阻礙因素及促成因素兩個不同方向的作用力？

據此本研究參考自願離職展開模式相關概念，將離職歷程區分成「離職意念的啟動」、「去留評估歷程」與「採取行動」三部分，

前者以心象受阻與衝擊事件為分析重心，第二部分則著重在促成因素與阻礙因素的討論。鑑於本研究對於衝擊事件發生時間點的關切，亦將它單獨列為第三部分分析重點。

第三節　研究設計

本研究訪談以滾雪球方式獲得樣本，並以 2013 年後從臺灣主流媒體自願離職的報紙與電視記者為主，至資料飽和為止，共訪談前電視與報紙記者各 10 人。以 2013 年為基準乃因此時臺灣媒體在數位轉型上已有相當多的策略，如要求記者使用社群媒體工作、通訊軟體 LINE 納入組織與個人的工作流程已普及，且即時新聞亦逐漸成為常規，新聞工作所面對的環境與過去已大不相同，較能在相似的環境中進行比較分析。本研究亦考慮不同年齡與年資面臨離職的因素可能有差異，故此樣本也盡量多元。在此必須說明的是，受訪者主跑新聞路線多元，從政治、文教、生活、環境及地方新聞都有，為顧及受訪者隱私，不將其一一羅列出來，受訪者資料見附錄。研究訪談自 2018 年 7 月進行至 2019 年 7 月止，採用半結構式問題訪談，每位受訪者訪談時間均超過 1 小時，訪談後整理成逐字稿，再依質性資料分析方式。

本研究依據研究問題設計共 15 個訪談問題，其中，由於衝擊事件與心象受阻乃較新的概念，為求謹慎，參考 Lee 等人（1996）的訪問題項，並納入新聞界的情境酌予修改，說明如下：

(1) 離職意念的產生

Q：可否形容你第一次想離開新聞界的念頭為何時？當時的情形為何？

(2) 衝擊事件

Q：當時是否有什麼特別的事件讓你想要離開新聞界？如果有，請描述一下該事件。

Q：你最後決定離開新聞界時，是否有受特別的事件影響？如果有，請描述一下當時的情況。

(3) 心象受阻

Q：可否回憶一下，你當時的工作狀況與你個人對作為新聞工作者的目標、專業價值是否相符？

第四節　資料分析

本研究雖以自願離職展開模式的概念為基礎，正如前文所言，此模式仍難兼顧離職歷程複雜性，在資料分析時以前述文獻所歸納之「離職意念的啟動」、「去留評估歷程」、「決定行動」等三階段進行描述與分析。

一、離職意念啟動

受訪的 20 位記者對於何時開始有離職意念的回憶相似度很高，大部分循路徑 4 離職（只有 4 位是路徑 3），在離職意念啟動之初並沒有受衝擊事件影響，但 Lee 與 Mitchell（1994）指出，員工在工作了一段時間後，亦會產生心象受阻導致工作不滿，而啟動離職決策。那麼，是什麼樣的積累經歷產生心象受阻呢？大部分受訪者的共同感受是：日積月累的倦怠、專業身分認同衝突無法兼顧新聞品質；其中專業衝突則是心象受阻的重要狀態。以下分幾部分進一步描述：

（一）「新聞超人」積累的倦怠感

已有很多研究顯示數位環境記者多工的情形，以及速度至上帶來的壓力，像「新聞超人」般（super journalists, Spyridou & Veglis,

2016）。受訪者對於他們離職前的工作描述，常常是離不開手機、經常滑臉書、查 LINE 等長官指示、接收各界來的資訊。多工、即時、多重競爭帶來的不只是壓力，更是日積月累的身心疲憊。

　　本研究在進行訪談時，請每位受訪者就離職前 3 個月的狀態來填答 Maslach、Jackson 與 Leite（1996）的 MBI-GS 量表（以五點量表作為量尺），瞭解他們離職前的倦怠情形。結果發現：受訪者平均的耗竭情況分數為 4.1，有 4 位超過 4.5；產生譏誚態度的分數較低平均是 3.7，這個構面受訪者的回答差異性較大，有一半的受訪者平均數超過 4，但也有人分數低於 3；反倒是在專業效能的題項較為一致，他們都認為自己即便在離職前都具有相當專業的表現與自信。換言之，這些離職的記者們都歷經了明顯的耗竭情形，但這種身心俱疲的狀態不見得會影響他們的專業表現，有些人雖然疲憊但仍然熱愛新聞工作，有些人則熱情不再！但不論景況如何，大部分受訪者都認為自己能執著地堅守崗位、完成使命。

　　深入訪談這些受訪者離職前的工作狀態，有一半以上的人都會用：累、疲倦、全天精神緊繃、莫名地緊張與焦慮、過度換氣、習慣性走快步、性子愈來愈急來形容自己。更有一半的受訪者有病症：心悸、胃痛、反覆尿道發炎、月經不順與嚴重經痛、失眠、爆瘦 15 公斤、胖 20 公斤。有三分之一的受訪者表示他們因為這些病症必須看醫生吃藥，甚至吃安眠藥才能入睡。

> 「每天精神緊繃，沒有辦法按時吃飯，常胃痛，……常常MC 來痛啊，痛到站不起來，……我幾乎是只要放假，就是跑醫院……就是說很嚴重的那種……導致你整個身心靈都是在很不好的狀態。這也是讓我決定要離開一個很大的原因。」（N04）

受訪者中最常提及的是睡眠問題，N06 已有 18 年的年資，稱得

上電視「老手」，她嘗試看精神科吃藥等方法仍然無效，最後為了睡著開始喝酒，離職前常常宿醉上班。有些人經常在工作時莫名其妙地焦慮緊張，一直無法緩解。

> 「長期下來我有一點，就是焦慮症，……過度換氣，就是會
> 沒有辦法呼吸。……然後可能又會因為緊張的關係，其實
> 會蠻常失眠的。所以就是身體上和精神狀況都不是很好，
> 我覺得後期有這樣子，所以那時候就有一點萌生（退意），
> 是不是我不適合這個行業？我覺得這真的太累了，壓力太
> 大了。」（M05）

數位環境下的工作壓力大，工作負荷大增，使新聞工作者都面臨了過勞而產生的身心耗竭，因為日積月累地太累了，壓力太大了，因而對於這份工作的熱情與興趣開始減退，有些受訪者開始心生不如歸去的念頭，有些則否定自己，產生退縮心態。M08 的耗竭分數達 5，她在離職前 3 個月經常想用請假來逃避工作，也極度懷疑自己的工作能力與工作價值，譏誚分數達 4.8。雖然，整體來看，受訪者的譏誚分數平均比耗竭來得低，但彼此的落差較大，有些人雖然疲累，但對新聞工作仍有相當的理想，覺得就算環境不好，但只要做一天記者就要好好工作，這也顯示新聞工作的高度承諾特質。受訪者所產生的譏誚心態而言，大部分都與專業角色衝突有關。

（二）挫折無解的心象受阻

心象受阻是自願離職展開模式的重要概念。新聞工作具有公共價值，歷來研究都指出，傳布資訊、對重大社會議題解釋、對政府政策監督乃其重要角色認同（劉蕙苓、羅文輝，2017；Willnat, et al., 2017）。數位優先速度為上的邏輯近年來主導媒體產製，報紙記者面對的最大壓力是即時新聞即採即發，「早上起床後就一直在處理

新聞」（M05），採訪變得不重要、查證不重要，「趕快抄趕快發稿」
（M09），讓記者們處於極度「茫然」、「困惑」、「衝突」和「鬱卒」
的景況，這與他們進入新聞界的期許及專業價值產生極大的衝突。

> 「我每天都很『鬱卒』，然後又被拖著，天啊又要做這些
> 事，這些事就是沒什麼意義……到最後我每天寫稿都蠻沒
> 勁的……因為不知為何而戰，自己留在這個崗位上，它被
> 需求的部分是不是還存在？」（M03）

M07 是位資深的報社攝影記者，得過幾次新聞獎，對自己在瞬
間捕捉事件現場的新聞敏感度相當引以為傲，但在報社決定大幅提
高自製影片及直播後，他經常被派往事件現場負責架設簡單設備進
行直播，平面攝影專業完全無法發揮，他認為記者不是只為賺錢，
而是「專業的尊嚴與自我期許」，當記者變成「工程人員或工讀生」
時，角色衝突不斷升高。

> 「我到最後離開前 3 個月在幹嘛嗎？打燈！我們都在做直
> 播！……我的薪水沒有少，但我覺得我被羞辱了！」（M07）

對電視記者來說，即時連線是新聞臺的常規，不會造成太大困
擾，但自 2010 年以來三器（瀏覽器、監視器、行車紀錄器）主導新
聞內容，受訪的 10 位離職電視記者都提到這種不斷被要求上網路找
素材做新聞的不以為然，甚至「深惡痛絕」（N01），亦有受訪者形容
自己作為記者的角色，已經從報導者、社會公共利益的維護者，變
成「影印機」與「內容農場製造機」。

> 「常常要我做一些根本沒辦法做到的東西，有一次就是一
> 則很扯的新聞，南投傳出有獼猴強姦母雞，很無聊，但網

路上傳得很大。我們去找當事人，去找飼主，他那時候說
他只是聽說，因為有同業就憑著聽說就寫得很聳動，長官
還是一定要我去……我當場就摔電話，我就覺得我不想做
了！」（N01）

N02 與 N06 都主跑政治新聞，在收視率與競爭的壓力下，政
治新聞在非選舉期間愈來愈邊緣化，使他們常被指派去做「網路爆
料」、「網友說」新聞，「這是新聞嗎？」、「這重要嗎？」、「比得上我
在立法院挖的新聞重要嗎？」這些疑問常常出現在他們的腦海中。

「那天我被指派去做一個新聞，網路上有一個影片，網友
嘗試把橡皮筋綁在西瓜上面，看到幾條橡皮筋的時候西瓜
會爆掉？我那天如果不是做重要性還不太差的新聞時，我
可能還沒有這麼的錯愕，但是我覺得今天我信心滿滿地要
去做（重要）新聞，卻被這種新聞給取代掉後，這個挫折
感真的太大。……但這種類似的經歷是不勝枚舉的，非常
多！」（N02）

記者的工作是發現有社會意義的議題，到新聞現場將事實記錄
下來，透過專業的採訪與守門報導給社會大眾，達到守望與監督的
社會角色。受訪者認為新聞工作的本質是：生產有品質、負責任又
具影響力的內容；自己從事新聞工作可以實現社會公平正義、作個
有影響力的人。但是，組織進行的數位轉型策略，重利潤、重數
字，反而讓他們的報導經常是沒有意義的、沒有正面影響力、沒有
營養的「垃圾」（N03），使他們對自己作為專業新聞工作者的定位產
生嚴重衝突，這種不知為何而戰的疑惑，無力改變現況的無奈，最
終啟動了離職的念頭。因此，不論循何種路徑離職的受訪者，都面
臨相似的心象受阻情形。

（三）引發辭意的衝擊事件

有 4 位受訪者提及因某特定事件引發他們的離職想法，3 位所指的特定事件與工作有關，都跟組織施行某項他們無法認同的政策相關，但受訪者 N06 的經驗很特別，她因衝擊事件的反思，而動了想離職的念頭。她表示，這是受 2008 年莫拉克風災，在災區採訪的故事所觸動：

「有一個阿伯哭著跟我說，老奶奶（老伴）很老了，7、80歲都跟著我，都沒有拍過婚紗照，本來是要帶她去拍婚紗照，結果颱風來她就走了！我當下是哭著連線，我當下是很想走了，我有列了人生的 list，我就想說我有什麼事情是我很想做的⋯⋯」（N06）

N06 認為自己人生除了當記者，還有一些未完成的夢想，對於人生無常的深刻體驗，觸動了她計畫離開新聞界的念頭，加上當時的工作壓力讓她常常無法入眠，於是有了離職的規劃與準備。

綜上所述，離職是一個複雜的過程，本研究發現受訪者萌生離職意念階段，大部分不是受衝擊事件影響，反而是在日積月累的數位環境下工作，引發長期身心俱疲的嚴重耗竭，進而對此環境下能否繼續完成新聞專業角色的疑惑，而產生心象受阻，使他們啟動離職意圖。在離職意念啟動初期，受明顯的衝擊事件影響者仍是少數。總結來看，倦怠和專業角色衝突是大部分受訪者產生離職意念的主要原因，正所謂體倦、心累，熱情無力支撐時，只好轉念說再見。

二、去留評估歷程：推力與拉力的拔河

從有了離職念頭到實際產生離職行為之前，大半會歷經尋找

新工作、評估新工作的過程（Mobley, 1977; Ableson, 1986; Lee & Mitchell, 1994）；本研究稱此為「去留評估歷程」。

　　受訪的 20 位中，從有離職念頭到實際離開新聞界，最長的歷經了 6 年，最短的則是 3 個月，一半以上的人表示至少歷經了 1 年以上的思考，才下了人生重大的決定，離開熱愛的新聞業。在這段時間裡，不斷地有兩種力量相互拉扯，致使他們在去留之間很難抉擇。本研究將其稱為阻礙因素（拉力）與促成因素（推力）。茲分述如下：

（一）阻礙因素（拉力）

1. 熱愛新聞不捨放棄

　　20 位受訪者都提及想離開時，面對的最大衝突是：如何說服自己不愛這個行業？超過一半的受訪者為新聞科系畢業，即便非主修新聞傳播的受訪者，當初都充滿著對新聞理想與社會使命而入行。因此，想離開時首要面對的是：說服自己放棄。「給自己機會適應環境變化」、「相信自己可以在其中找到工作的價值」是大多數受訪者說服自己留下來，在艱困環境堅守崗位的理由。N02 從高中就立志當記者，大學沒能如願念新聞，非常執著地攻讀名校的新聞研究所，在啟動離職念頭後，一直說服自己用熱情留下來。

> 「我仍然在中間去尋找一些能動性，……我一直告訴自己，
> 至少我讓這則新聞不要到完全淪喪的地步，至少不要有錯
> 字、不侵犯隱私……我會用這些小小的，當時可說是小確
> 幸，來讓我對新聞工作仍保持一些熱情。」（N02）

　　有三分之二的受訪者都提及會用「比較式」自我說服策略，亦即：做 10 則新聞中即便 8 則都是「自己不滿意的」、「很沒意義的」，

但有 1 到 2 則是對社會有幫助的，即是支撐新聞工作的價值。

> 「10 分裡面有 9 分是我不開心的，但是我會去看那 1 分，
> 我認為可以做的事情、可以好的地方。我會靠著那『1』去
> 活下來。可是這個『1』會削減。因為當它可能過了 1 個月
> 之後變 0.8……再來變 0.5……當它消失到只剩下 0.01 的時
> 候，你就知道……不行了，你該離開了。」（N09）

2. 沒有專長的憂慮

本研究發現大部分受訪者都提及，使他們在去留間反覆猶豫的
另一個因素是：除了會跑新聞、寫新聞之外，還有其他專長嗎？這
些專長可以讓他們轉到哪個行業？5 年年資以下記者的焦慮來自於
他們與其他同齡者比較，重新學習新的專長起步較晚，擔心重入新
行業的競爭性可能不及他人。M10 在上網尋找新的工作時，就發現
「自己什麼都不會」。

> 「以前就是只會採訪跟寫稿嘛，然後頂多再做影音。但是我
> 現在看他們很多要的是……文書處理上的，Excel 什麼的，
> 然後，包括行銷上面很多……我會害怕他們不想要沒有這
> 個經驗的人……」（M10）

10 年年資以上的新聞工作者則有更深的焦慮和茫然，因為轉行
代表要離開自己熟悉的「舒適圈」，承擔更大的風險。

> 「因為我們這種資歷不可能從基層做起，但要找到合適的位
> 置，也是可遇不可求，新聞工作是很有風骨的行業，我沒
> 有自信自己能否放下身段？能不能調適得很好？」（N06）

　　綜觀 20 位受訪者離職後選擇的行業，有 4 位從事企業或公營事業公關，7 位自由接案，都算是以新聞技能轉入相關領域，M01 轉入生物科技業則是完全重新學習「打開新的觸角」。

3. 經濟負擔

　　過去研究顯示，經濟因素常是造成離職的主要原因，本研究發現對資深記者而言，反而是阻礙因素。10 年年資以上的記者薪資已有一定水準，是維持家計與生活開支的穩定收入。他們想離開時，會仔細計算如何維持家計？這也是他們從有離職意向到採取離職行動都超過兩年以上的原因。「很多同業跟我那個時候一樣，只是撐著，不敢走，怕家庭有負擔」（N07）；M02 等到符合退休條件（滿 25 年）領了退休金後離開，因為「有了保障和安全感」（M02）；N06 等了 6 年多，只因為當時剛買房子，有沉重的房貸壓力，無法保證下一份工作會更好、更穩定，決定等貸款還完後再離開。

> 「我想要自己比較沒有後顧之憂一點，我知道不會沒有工作，就在 × 臺我可以講話很大聲、走路有風、有自己的舒適圈，所以要離開舒適圈要有很大的誘因，那時候就是等房貸還完。」（N06）

　　經濟因素對年輕記者離職較不構成阻礙，因為薪水還不足以提供他們重大的誘因留下來，反而是媒體業長期低薪促成了離職的動力。

　　過往研究顯示，專業承諾高者離職意願低，但研究卻很少發現「沒有專長」的憂慮，可能會成為記者離職抉擇的阻礙拉力，至於這些考慮因素最終能不能真的「拉」住他們，則必須視當下的「推力」力道大小。

（二）促成因素（推力）

拉力的另一方即是推力，它對於記者決定離職扮演重要角色。在訪談者的經驗中，離職過程中的推力大致可分述如下：

1. 江河日下的新聞業

幾乎每位受訪者都提及新聞業的社會地位大不如前，媒體數位轉型後沒有帶來收益，反而降低新聞品質，記者可以不出門採訪就做好幾則新聞，讓「網友都笑記者快來抄」、「小時不讀書長大去當記者」，儘管受訪者都不同意社會這種戲謔的說法，但也不得不承認，媒體愈來愈走極端，失去作為社會公器的責任，自己在組織的要求下，也不得不做這些自己都不認同的事。

> 「我那時候，其實講難聽一點，常常在抄人家新聞。我非常不喜歡抄人家新聞，然後我覺得抄新聞這件事情，會讓我的價值、我人生的價值越來越降低。……這也會影響家人和親友對你工作的態度。」（M05）

這種衝突與感慨在 10 年年資以上的受訪者言談中更明顯，他們經歷過媒體影響力大的時代，深信媒體可以改變社會、監督政策，讓民眾受惠；但隨著數位時代來臨，他們有一種「無法回到過去，但也難以離開當下」的無力感（張文強，2015，頁 104」）。特別是「爆料」社團主導新聞走向後，「你看現在誰相信媒體？」、「媒體報導現象都是可以被操弄的」（M01，N05），「根本就在逼記者失去獨立自主的能力，成為工具」（M09），「他們只需要新鮮的肝，不需要專業」（N07）；擁有 25 年資歷的 N01 即點出記者的困境：

> 「以前採訪大家都對記者很尊重，大家遊戲規則清楚，也

　　遵守專業倫理，那現在呢？記者會記者來不來不重要，只
　　要他們的稿子能餵給媒體就好……或者我也不用請你來採
　　訪，只要在臉書上發個聲明，反正你們就會來抄！這是個
　　不需要新聞專業的行業了！」（N01）

　　已有研究指出，媒體信任度下降，記者的新聞自主不斷退縮，
受訪者感受這個行業不再受人尊重，既是個不需要新聞專業的行
業，留下來的意義就來愈模糊了。

2. 茫然感與沒有安全感

　　記者的未來是什麼？繼續當記者、當有影響力的資深記者！但
是，大環境持續惡化，媒體組織能否提供新聞工作者這樣的期待？
受訪者遲疑的居多，他們對工作的意義開始動搖，有相當深的茫然
感與缺乏安全感。超過 10 年資歷的受訪者對未來的茫然，乃因組織
不斷地縮版、裁員、變相減薪，「下一個被裁的會不會是我？」的不
安全感，促使他們覺得「此時不走可能就（年紀太大）走不了了」
（M06）。M02 五十多歲，在報社表現傑出，正是處理新聞最成熟的
時期，提出退休申請時被主管慰留，仍堅持離開。她表示，眼看報
社內有些同事、甚至主管被優離後，又用 6 折薪水回聘，「他還繼續
當主管，但薪水比手下的記者還低，真是情何以堪！」、「不想將來
也成為這樣的人！」（M02）。M07 離職前也有相似的心情。

　　10 年年資以下的受訪者最常提及的是，對於新聞工作作為一種
「志業」的茫然，這份茫然也促使他們選擇在 30 歲前後，重新思考
了自己的生涯。因為 30 歲是人生的重要選擇點，還有機會選擇，還
年輕可以重新開始，決定給自己重新出發的機會。

　　「我覺得我不只是在我的工作職涯裡面、在媒體裡面看不到
　　未來，我也看不到媒體的未來……我發現吶，我認識的所

有的一些資歷比我深的前輩……，他們到現在還會待在媒
體的原因，不是因為他們不想轉職，而是他們走不了。」
（N04）

3. 薪資無成長空間

　　研究顯示，薪資是影響個人離職最重要的因素之一，本研究亦
發現媒體環境不好，薪水調升幅度有限或幾乎不調，的確是受訪者
考慮更換跑道的重要原因。這種情形在年輕世代尤為明顯，新聞業
不景氣後，長年待在同一家媒體調薪的可能性很低，年輕記者必須
不斷地跳槽才能得到加薪的機會，但跳槽只不過是「從一個不好的
環境到另一個不好的組織」（M04），選擇實在不多，而且整體薪資水
準仍不見提升。7 位受訪者都不約而同地提到，畢業後的前兩年與大
學同學薪水差不多，但多年後同學再聚，自己的薪水停滯不前，同
學卻「工作上比你有氣勢」、「薪水比你高很多」。

　　「其實年紀慢慢大了，然後到年終可能要包給長輩，你那
　　時候突然發現，哇，大家年終都是 2、3 個月，然後我們
　　《一ㄥ的要死要活，很拚跟好像沒有很拚，都一樣 0.75 個
　　月……你突然會覺得，那是不是要想一下了。」（M10）

　　「應該說我人生的前三分之一好了，可能是為了理想或者
　　一些理念，我不太在意錢多錢少這件事，但到了 30 歲，就
　　會想是不是應該來賺一點錢？……我媽常講說，我在你這
　　個年紀時就開始存錢、買房子……我們離那個很遠啊！」
　　（M01）

　　薪水和工作付出不成正比，「不斷燃燒熱情卻不能當飯吃」時，
轉而思考另謀較有前景、又可制度化調薪的行業，成了受訪者離職

很重要的、可能是最強的推力。

離職過程是拉力與推力相互拔河的反覆過程，受訪者在採取行動前的掙扎與猶豫，往往處在「留下來痛苦、離開也茫然」（M03）的兩難，當推力過大時就「決定放過自己」（A05），選擇出走。

三、衝擊事件作為「最後一根稻草」

下定決心採取離職行動前，是否經歷特別事件的刺激，而加速決定？受訪者的回憶幾乎是肯定的，而且認為在去留反覆思量時，這個「最後一根稻草」具有決定性影響力。由於具體的事件涉及個人身分容易被辨識，基於研究倫理，未經對方同意本研究不詳細描繪，只將事件進行分類說明，並輔以事件發生當下受訪者的心情。

（一）與組織相關

1. 數位政策變動頻繁

有 10 位受訪者表示在離職前經歷的事件與組織數位變革有關，其中最多人提及的是媒體不斷嘗試新的數位政策，3 個月不到又改一次，「一直改，改到無所適從」，有些媒體在實行新的政策時，人員與組織重組，「就走一批人、來一批新的人」，眼看組織縮編同事紛紛被資遣，有受訪者決定「與其被資遣這麼不堪，還不如自己走人」（M07）；N09 為主管，眼看組織 2、3 個月就進行數位政策調整，每一次變動都無法理解原因為何？最後決定「把自己也『請』走」。

記者不只需要配合政策調整，也成了數字管理下的「生產作業員」與「業務員」。「生產作業員」指的是媒體組織將發稿的點閱率導入 KPI 管理後，記者每個月要「填一大堆報表」計算自己是否達標，因而引發工作上的反感，有些人在歷經填表數算自己 KPI 的過程中執筆三嘆，「真的沒有辦法說服自己，破 50 萬點閱和社會意義的關聯在哪裡？……然後叫記者去拉業務，怎麼會是我的事呢？這也

會列在 KPI 裡！」（M06）。

近年來媒體組織開發多元傳播管道，要求記者必須努力請親朋好友訂閱各式 APP、追蹤粉絲專頁，有些媒體還把它列入考核中，「報社還會公布大家誰推廣了多少個⋯⋯主管還會去檢查每個人的推廣成績⋯⋯（沒達標的）還會被約談」（M03），M03 與 M02 同時提到這是把記者當業務員，「我還要去跟網紅打交道、合作議題，去搭人家的順風車、又去抄那幾個網紅的文章⋯⋯這對我是一種凌遲！」（M02）。

M09 再過兩年即可領退休金，因報社數位政策下發生許多令人不滿的事件與衝突，最後選擇放棄退休金。

> 「我那時候真的在想⋯⋯一直跟報社在那邊不愉快的話，我真的不曉得有沒有那個命，可以再熬兩年多，去領⋯⋯那1、200萬⋯⋯搞不好再熬下去，跟報社一直生氣、生氣、生氣，到最後氣出病來啊！」（A09）

與組織相關的事件還包括了升遷受阻、組織違反合約等，使受訪者決定另尋人生職涯的春天。

2. 主管領導風格高壓易怒

本研究發現有 7 位受訪者提及的衝擊事件和長官的領導風格有關。研究顯示主管的領導風格與員工離職意向有關（Waldman, et al., 2001），這 7 位受訪者最後離職的事件都和主管執行編採任務的風格有關，有些受訪者指出主管對於記者的感受沒有同理心，有些則表示主管把自己「扛不住」收視率或點閱率的壓力轉嫁到記者身上，有些則是和主管產生理念不同的嚴重衝突。

數位環境下的新聞工作者普遍處於高度壓力下，主管扮演承上啟下的角色，如果無法掌握合宜的領導方式，編輯室內的緊張

關係常使記者「不爽」、「失望」、「氣憤」、「走人」。「主管脾氣差」（M06，M08，M09）、「經常莫名其妙亂發脾氣」（N05，N08，M10），受訪者形容直屬長官的高壓易怒，常有「情緒暴力」，「不想再這麼受辱地被罵」，促使他們加速了原來搖擺不定的決定。M05 形容，在長官的高壓之下，經常上班都「很害怕」、「覺得世界末日到了」。亦有 2 位受訪者表示，他們花盡全力報導重要獨家新聞，但長官並不支持，沒有給予應有的版面，反而用能得到收視率或點閱率的新聞取代，使他們對新聞環境非常失望，決定掛冠求去。

（二）與個人相關

1. 疾病反覆發作

在訪談個案中 M08 因長期處於高壓環境中，耗竭狀態嚴重，身體某些病症反覆發作，雖然就醫仍無法痊癒，最後選擇離開新聞界，還給自己健康身體。

2. 女兒的一篇作文

N01 的經驗十分特別，下定決心離職的事件與工作無關，而是私人家庭層面，源自於無意間翻閱女兒的作文，使他檢視一生熱愛的新聞工作，是否還值得繼續犧牲家庭與生活，當時他離法定退休年資還差幾個月。

「（作文）題目是幸福，我大概記得幾段，她裡面寫她覺得的幸福是每天回家可以跟家人吃一頓飯，然後可以坐下來訴說今天發生什麼事，可以跟家人分享，這種喜悅和收穫。第二段一開始就寫說，我很愛我的爸爸，可是，我爸爸在善盡他的社會責任，……所以只要是刮風、下雨、地震，中間有發生過九二一地震，她說只要是發生天災，爸

爸都去盡社會責任，她都只能抱著媽媽哭，……看完我整
個崩潰，我打個電話給我老婆說我不想做了……第二天我
就丟辭呈。」（N01）

雖然衝擊事件扮演著個人離開新聞界的關鍵角色，但它無法獨
自影響記者離職。記者要向新聞說再見的原因錯綜複雜，每位受訪
者都在決策過程中，考慮工作未來性、個人生涯與家庭等因素，只
是新聞業對記者而言仍有理想與實踐社會責任的憧憬，去與留的抉
擇要比跳槽到其他媒體困難許多。然而處於每日工作時間長、長期
高壓倦怠之下，熱情消磨後，這些特別的事件反成了加速器，促成
強大的推力，把他們推向新聞業之外。

四、記者離職的決策歷程

離職決定是複雜的過程，每個階段受不同的因素影響而產生動
態變化，它們很難單獨成為決定個人離職的因素。本研究依據 20 位
訪談者的經驗，建構記者自新聞界出走決策歷程（見圖 12-2）。在
此歷程中，大環境因素、組織因素與個人因素交織影響。首先是
新媒體進入資訊傳布市場與傳統媒體競爭，傳統媒體利潤下降，影
響力亦不如以往；媒體組織為了因應環境變化不斷採取新的措施，
形成了記者多工且即採即發的工作狀況，這些成為極大的壓力源，
使記者呈現日積月累的倦怠，對工作產生無力感，且新聞專業角色
的認知衝突升高，致使心象受阻而啟動離職意念；進入去留評估階
段時，一方面尋找工作，可能有新工作邀約的機會；一方面亦出現
去留的阻礙拉力與促成推力相互拉鋸，最終因為衝擊事件形成加速
器，再次強化先前的心象受阻而決定離職。值得一提的是，本研究
發現，只有 4 位受訪者在離職意念啟動之初受衝擊事件影響，反倒是
所有的受訪者在採取離職行動之前，都因衝擊事件而加速了辭職的
決定。

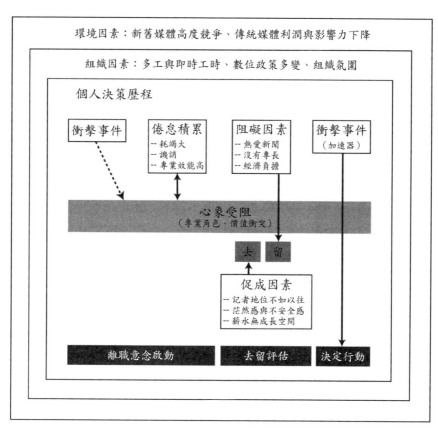

圖 12-2：記者自新聞界出走決策歷程

　　在深入分析受訪者的離職歷程，本研究發現，心象受阻是個人內在的重要動力。Rothausen 等人（2017）認為，個人對於工作常賦予意義（sense making），當他對於工作的認同與幸福感知的威脅升高時，工作的意義產生動搖，會重新評估去留以解決內心緊張狀態，這種情況可能是循環的過程。此評估決策歷程受價值、目標與策略影響（Beach, 1990）。在離職意念啟動之初，受訪者的敘述常使用「受辱」、「沒有尊嚴」、「凌遲」、「不知為何而戰」與「無力」等字詞來形容當下所處的內在感受，這些都隱含著工作目標與價值「自我認同」的衝突；在去留評估階段中，可以看出受訪者內在的矛盾與

糾結，一方面念念不忘獨立自主、貢獻社會的新聞熱情與理想；一方面卻對現狀不滿充滿無力感與不安全感，以及對現行採訪環境輕忽專業，讓自己漸漸淪為「快抄手」、「業務員」與「內容農場製造機」的沮喪，並對社會普遍貶抑新聞專業價值文化感到挫折。

　　數位環境變遷快速，商業媒體組織嚴重向市場傾斜，盲目地追求點閱率時，迫使新聞工作者必須遷就組織的政策，致使其對新聞專業價值、獨立自主公共角色產生衝突與矛盾，他們必須不斷地調整過去所認知的新聞專業常規，但個人價值（服務公眾為主）與組織價值（利潤至上）衝突不斷升高，個人持守的底線甚至節節敗退，從「大幸福」變成「小確幸」，使心象受阻的情形未減反增，在此歷程中形成內在的反思動力：我要成為何種記者？我在新聞這個行業的工作意義為何？這個反思在去留評估階段反覆循環，歷經的時間長短不一，有人數個月，有人長達 6 年。最終等待衝擊事件踩下關鍵油門，促使個人採取離職行動來緩解、甚至結束心象受阻所產生的種種不安與焦慮。

第五節　結論：人才流失、信任流失

　　本研究深度訪談 20 位自 2013 年起離開新聞界的「前」記者，修改自願離職展開模式理論概念，將離職歷程分成三階段，探究記者離職的決策歷程。本研究旨在瞭解新聞組織人力資源管理的問題，亦期待能對離職相關理論有所貢獻。以下將從幾方面進一步討論：

一、過勞與心象受阻啟動意念

　　本研究發現，受訪者多數不是受明顯的衝擊事件影響而有離職的念頭，故衝擊事件在初期不是多數記者想離開新聞界的「刺激」。大部分的人在離職前均歷經了重度的耗竭，有一半受訪者曾出現病症，可見數位環境的倦怠狀態日積月累之下，加上組織數位政策多

變，且不符合期待，造成新聞工作者的心象受阻，對自己應該成為社會公器的角色認知產生嚴重衝突，才使他們萌生離職意念。

4 位明確指出因特定事件引發離職想法者，有 3 位所指之事乃與組織數位政策有關，姑且不論衝擊事件在離職過程中的角色，此三個案亦與組織數位政策造成記者壓力、衝突有關。只有 1 位有離職念頭之初與此無關，而是衝擊事件使他重新思考人生的意義。

這個結果一方面印證了倦怠的確是員工採取離職行動的重要驅力，另一方面卻也與過往自願離職展開模式的研究不盡相同，可能的原因是：Lee 與 Mitchell（1994）在提出此模式之後，大部分的研究太著重於衝擊事件，試圖找出衝擊事件的各種不同類型，或進行細緻分類與擴充（Maertz Jr. & Kmitta, 2012）；因此，大半研究的重點都放在此模式所提出的離職路徑 1-3，而忽略了對路徑 4 的深度探索。本研究發現正好補足了此不足，而聚焦在心象受阻。換言之，不論是否有衝擊事件發生，心象受阻乃是新聞記者離職意念啟動的重要「鑰匙」，並在離職歷程中成為個人內在反思的動力。這可能與新聞行業公共性與社會責任的本質有關，進入此行業的人對於服務公眾具有高度熱忱與理想性，當記者長期處於與其價值、信念不符的工作環境中，自己無法再適應與容忍，反思工作的價值與意義愈來愈遠離初衷，則選擇離去。

二、衝擊事件的作用時機

衝擊事件是離職展開模式重要的概念，它假設有些人在有離職意念時乃受此影響，重新思考工作與自身的信仰與價值是否相符，而啟動離職念頭。雖然本研究發現，大多數受訪者有離職意圖之初，不是受特定事件刺激，並不表示衝擊事件對離職過程完全沒有作用力。本研究發現每位受訪者在決定離職、遞出職呈之前，都可以明確回憶受到哪個事件影響。這樣的發現並未在原來自願離職展開模式中。如果重新考察 Lee 與 Mitchell（1994）提出的衝擊事件，

它具有迫使個人重新評估與思考目前的工作環境之作用；他們亦指出，衝擊事件可能不只一件，有可能是連續發生，在離職決策過程中，新的事件也有可能會取代舊的，而使個人改變離職路徑。

　　循此基礎，本研究的受訪者離開新聞界歷程，並非大多數人沒有歷經衝擊事件反思離職，乃是事件作用的時機點在最終一刻。這可能的原因是：記者對新聞工作有高度承諾，離開這個行業的拉力與推力的拔河，比跳槽到其他媒體更大，故衝擊事件的作用力在「決定行動」階段更明顯且重要。此時的衝擊事件可能是強化了先前心象受阻的狀態，迫使個人採取行動，來緩解或消除心象受阻的焦慮與不安。

三、去留拔河的力道

　　本研究發現在去留評估階段，阻礙因素（拉力）為：熱愛新聞工作、沒有專長的擔憂、及經濟負擔不允許資深者冒險離職；促成因素（推力）則是：記者社會地位不如以往受尊重、面對組織變動與新聞業前景不佳的茫然與不安全感、及年輕記者薪水成長空間有限等。大體上而言，和過去對離職影響因素的研究結果相似，但沒有專長成為阻礙因素在過去研究較少發現。整體來看，正向激勵記者願意留下來的內在因子只有「對新聞的熱情」，其餘兩項為外在因子且具消極性，阻礙因素的力道不足，可能使受訪者更傾向離職。

四、對媒體組織管理的啟示

　　本書第五章已指出，與 2004 年相較，想留在新聞界的新聞工作者從 55.6% 下降到 38.5%，近 45% 的人以「未決定」來呈現其對未來職涯的期待，16.6% 明確表示要離開這個行業。這是新聞媒體組織必須正視的警訊，這也是離開新聞界的「前記者」為何值得研究的價值所在，因為人才流失不利於新聞界的發展。此外，媒體組織在發展數位政策時，應重視記者過勞的問題。Reinardy（2011）指出，

雖然無法證明倦怠與新聞品質何為因？何為果？但其相關性值得重視。Reinardy（2013）在其後的研究直指，組織的支持往往可以降低新聞工作者的倦怠感，可惜的是，在數位環境中，記者並沒有獲得組織高度的支持，致使工作負荷過重、倦怠感大增，不如歸去感油然而生。本研究的發現亦呼應了 Reinardy 的結論，值得媒體組織正視。

本研究發現，受訪者所指涉促使他們決定離開的衝擊事件，有十件與組織有關，有七件與長官的領導風格相關。近幾年媒體組織為了在數位環境中更具競爭力，進行不少方向調整，如編制調整、裁員、發展即時新聞、開發即時收看的 APP；組織數位政策的模糊或變動過大，使記者的工作不確定感增加，安全感降低；過去研究亦顯示，當個人工作不確定感增加時，對未來的前景亦不看好（Jackson, et al., 1987; Örnebring, 2018），離職的念頭亦相對較高（Paulsen, et al., 2005; Pollard, 2001）。

尤其，本研究發現有 7 位受訪者最後離職的關鍵乃是長官的領導風格，數位環境下的媒體業面臨的挑戰過於以往，主管承擔的壓力可能不只是過往單純的「好品質」的新聞，更有每週、每月的 KPI 數字和報表，在高壓環境下的情緒管理與員工溝通成了重要課題。特別是在這高度不確定的工作環境中，領導模式往往決定了員工的工作表現（Waldman, et al., 2001），不良的領導風格可能導致員工離職。因此，媒體組織應強化溝通，營造良好的工作氛圍，並給予記者善盡公共責任的報導空間，才能留得住人才。

五、結語

人才是新聞組織的核心，本研究藉由 20 位自新聞界出走的受訪者經驗，凸顯數位時代媒體經營面臨組織溝通與人力資源管理的挑戰，希望藉此能使實務界有更多反思。人才快速流動將失去經驗傳承，如何能有好品質的新聞？新聞乃具有信任商品（credence good）

的本質（McManus, 1992），一旦媒體不生產優質新聞，信任流失所
導致的危機恐更甚於發行量下降與收視率下跌的後果！

尾聲：

世代交織與未來想像

第十三章

世代異同的新聞工作形貌

「我們上一代是幸福的新聞工作者，我們下一代要在惡劣環境中入這一行，值得敬佩，至於我這一代，就是處在角色轉換的夾心餅乾。」（B1-4）

第一節　繁華落盡期待轉型的行業

　　幾位 5 年級的新聞同業在面臨子女選擇科系時，都不約而同的阻止孩子填「新聞系」，因為媒體環境惡劣，工時長壓力大，社會地位大不如前。曾幾何時，在民國 70 年到 80 年代，政大新聞系被許多優秀的高中生，放棄更有「前途」的科系，以第一志願考進，而今，在政大傳播學院開始實施大一、大二不分系後，大三選擇要念新聞系的學生，已是傳院三個科系（新聞、廣電與廣告）中，人數最少的。1 位在有名的私立大學新聞系任教的老師，問全班 60 位學生，將來想當記者的舉手，只有 5 位，再問：將來絕對不當記者的呢？臺下舉手的人數眾多！時空環境的差異，新聞業正走在繁華將落盡期待再創新局的十字路口上。

　　新聞業「沒落」、「危機」是實務界和學術界經常使用的詞彙，但臺灣的新聞業在歷經 2000 年中期的大起落，部分媒體停刊後，至今仍然維持著市場競爭激烈的局面，每年仍然有不少社會新鮮人投

入這個行業。自 1988 年開放報禁以來，這三十多年，歷經了至少四個世代的新聞人，在這個場域貢獻己力、服務社會，解嚴前進入媒體的世代大半已退休，或接近退休；至今在職場上的則以解嚴後的世代為主，三十多年來我們大致可以把他們分成三個世代：解嚴後報禁開放之初（1988 年到 1999 年左右）進入媒體的世代，本研究稱他們叫「解嚴後世代」，另外一個世代則是 2000 至 2009 年入行的世代，稱他們叫「千禧世代」；第三個世代則是 2010 年以後進入媒體的世代，此時媒體匯流已然成形，使用各式新媒體採訪、報導已是常規，故稱他們叫「新媒體世代」。本文捨棄了過去文獻如蕭阿勤（2008）、林富美（2006）所進行的世代分類，單純地以解嚴作為劃分的分水嶺，並以新聞工作者入行的時期為起始點，來作為世代的區隔。主要的理由乃在於解嚴後報禁開放，媒體業開始歷經興衰，有其內在和外在環境因素，較能解釋目前在新聞實務場域的世代異同。

這三個世代的新聞人每天為我們的社會產出各式各樣的新聞，他們雖然都面臨同樣艱困的媒體環境，每天面對正在十字路口思索轉型之路的新聞未來，但由於他們的成長背景不同，新聞養成訓練也不盡相同，本章將從不同世代的眼光來看待，他們在新聞的實作形貌與價值觀上的異同。

第二節　世代、場域、慣習下的新聞人

世代研究（generation study）源自於 Mannheim（1970）所提，他認為研究世代，有助於瞭解社會結構及其智識運動（intellectual movements）、甚至是社會變遷。每個世代的成員均有其共同、特定的經驗與歷史事件，致使他們形成了這個世代的整體（unity of a generation）。Mannheim（1970）特別指出，世代的概念和一般社會學指稱的階級是不同的概念，但它和某種結構的概念卻頗為相似，

且有著生物學（和出生時代相關）和社會學形構的考量，一個人身處於某個世代，他可能和同世代的人出生的時期相同，在社會過程中有著共同的社會事件經歷，甚至是身處於相同的位置（location）。這將形塑這個世代的集體記憶與世代文化，他們有共享的價值觀、品味與慣習（Edmunds & Turner, 2002），用以區隔他們和其他世代的重要依據。這些歷史過程宛如專屬於那個時代的文化，深深地烙印在那個世代人的思想、行為、甚至流行文化中。例如，「解嚴後世代」大都是 5 年級生，校園民歌是他們的集體記憶；「千禧世代」成長於「五月天樂團」、「SHE」、張惠妹及蔡依林的歌聲中，這些歌手至今仍然活躍於流行音樂界；但「新媒體世代」的年輕人開始聽的歌手，就不只是臺灣代表性的蕭敬騰、林俊傑、張懸，還有韓國流行音樂。

　　蕭阿勤（2005）曾經以 Mannheim 的世代研究觀點出發，來檢視臺灣 1970 年代戰後世代在歷經特殊的政治與社會變遷，特別是在國際上外交挫敗後，如何形成「回歸現實」世代，他指出，他們的世代認同鑲嵌在國族歷史敘事中：使其成為回歸現實世代的，是他們在國族歷史敘事中定位自我、尋求存在意義而積極實踐的結果。國族歷史敘事所形塑的世代認同，是特定社會變遷的產物，也是激發社會變遷的重要能動，它是一種歷史現象（蕭阿勤，2005，頁 1）。他更指出，世代的概念並非自然浮現，而實為他們藉之理解自我、社會與時代，並且企圖改變現狀的概念範疇，這也導致了戰後世代開始普遍積極投入公共事務，成為臺灣社會文化變遷的重要力量。

　　回到 Mannheim 提出世代概念的初衷，和 Bourdieu（1977）當年提出的場域、結構、實作與慣習（habitus）的概念有些許相似之處。在 Bourdieu 看來，社會空間是由人的行動場域所組成的，社會結構和行動者在各場域中實際的行動關係緊密，在場域中具有鬥爭性與遊戲感，行動者依據所占的位置而使用不同的鬥爭手段，來達成鬥爭的目的，在此同時也可能保持或改造場域的結構（高揚宣，

2002）。Bourdieu（李猛、李剛譯，1992），認為慣習是一種生成原則（generative principle），它可以使行動者有能力應付各種非預期的情境，它又是一種稟性系統，它經由將過去的各種經驗可以結合在一起的方式，融會一氣，隨時成為感知、體會與行動的基底，而能透過圖式、類比式的轉移去解決類似的問題（宋偉航譯，2009），甚至展現在實作上有著「即興之作」之感。對 Bourdieu（1984）而言，慣習是創造的，能體現想像力，甚而影響人的生活品味與生活型態。慣習本身又與結構息息相關。它本身不是只是結構中的結構（正在進行的結構）（structuring structure），用來組織實作並對實作產生感知，它也是結構化的結構（structured structure），它透過不斷地重新結構，來影響實作，甚而對場域有所作用。

　　因此社會生活之所以有其規律性，乃在於慣習引導促成所致，當代新聞工作者雖然身處於新聞場域中，但慣習的形成乃受特定的經濟與社會條件影響，不同世代所受到的社會結構因素不同，教育背景有異，自然形成不同的慣習，這些慣習會影響實作，所以，同處於新聞場域中，世代差異也會產生不同的慣習與不同的實作。

　　黃順星（2013，頁 242）在研究臺灣政治記者的想像與實作中，曾經觸及世代的課題，他引用 Edmunds 與 Turner（2002）的主張，一旦在世代成員間存在共同的慣習，這個世代將成為一股顯著的社會力量，如果再加上特殊的歷史創傷事件整編到世代的日常實作時，又將成為這個世代的特殊符碼。在研究 1970 年代到 1980 年代的記者時，他發現這種「知識分子」的身分象徵一直烙印在這些新聞人身上，因而產生了世代意識，但不同世代的意識是很難複製在另一個世代身上，因為不同時代的新聞工作者，都要面對當時社會權力的競爭與改變，展現出不同的因應方式與心態。隨著社會的變遷，重商邏輯的出現，當年的「文人」的新聞志業，也漸漸被「新聞工作」取代，展現在新聞實作上亦有著顯著的差異。

　　本章並沒有企圖以深入的探索世代集體記憶、集體情感，對新

聞場域中的權力變遷、競逐及其影響。但本文既橫跨了解嚴後三十年，歷經三個世代，即想藉此描繪這三個世代，他們的實作經驗與新聞價值的變與不變。

第三節　解嚴後新聞場域中的世代養成

以世代差異的論點來討論解嚴後不同世代的慣習如何影響新聞專業實踐、甚而探究不同世代對新聞業價值的想像異同，是本章想嘗試的做法。既不以前人的世代劃分為依據，本研究所勾畫出的三個世代如表 13-1。這三個世代他們成長的環境不同，「解嚴後世代」出生於 1961 至 1977 年，他們入行的時間點在報禁解除後到 1990 年代末期，這群 5 年級及 6 年級前段的新聞人，在開始受教育時，讀的是教育部編定的統一課本，歷史與地理課本中，中國大陸的篇幅遠多於臺灣，這一代人受的是標準的填鴨式教育。在教育的潛移默化下，「解嚴後世代」普遍有「大中華」思想，對中國大陸有種莫名的情愫，每到國慶日時領導人總會慷慨激昂的喊著「三民主義統一中國」。

1979 年臺灣經歷了兩件大事，其一是中美斷交，失去了美國的依靠臺灣要在國際上走自己的路，另一件大事則是，社會上開始有了反對執政黨的各種聲音，於是美麗島事件轟動一時。他們經歷過蔣經國親民領導的時代，也記得當 1988 年蔣總統過世時，眾人排隊前往瞻仰儀容，出道早一點的新聞人，還曾經採訪過他的靈柩移靈慈湖，民眾夾道哀悼的新聞。

1987 年解嚴後帶來隔年的報禁開放，有志辦報的業者紛紛大舉招兵買馬，當時新聞的就業市場非常好，少了政治的束縛，報業的採訪限制少了，記者可以自主揮灑的空間大，但老三臺仍分別被黨政軍所控制，在重大黨政新聞上仍不時接到「上級」的指導與禁播令，電視的影響力雖然大，但記者的自主空間卻相對小，服從性高。

　　解嚴也代表了臺灣社會進入了邁向民主自由開放的過渡階段，1988 年起至 1990 年代初期，各項群眾運動頻繁，甚至時常上演脫序互毆暴力場面，當年，不少主跑群眾運動的記者也曾有過被群眾包圍、被毆的經驗。筆者個人在一次反軍人干政遊行中，差點被群眾擲向國民黨中央黨部的汽油彈擊中，是當年最深刻的記憶。反對陣營針對執政黨各項不同議題而發動群眾上街示威遊行，初入這一行的記者們，很多人都經歷了與示威民眾一起遊行，採訪臺鐵 1,400 位火車司機集體罷工，也對臺灣社會的發展有了更深切的反思。A2-7 當年主跑社會運動，對她而言是開啟了人生另一個思考社會問題的角度。

「我就是站在旁邊，我突然覺得你看到的那些人就是觀察，關廠工人，那時候非常多。你縱使知道他們立刻就要三餐不繼了，你知道他們那時候狀況非常慘，你只能想盡辦法讓他們的聲音出現，那你是沒有辦法做些什麼，可是那時候社會運動的記者你可能會捐錢，會因為你覺得他們可能就要快過不下去，你可能會惻隱之心，啊我們幾個社會運動的記者一起捐錢啊，稍微幾天讓他們能夠買一點東西吃或幹嘛，可是你很難真的實際去介入……終於知道坐在現場是有風險的，因為你不知道會發生什麼事，也許消防車一下就來了，他可能會噴水，你可能就會被噴濕了，你也不清楚會不會有警察拿警棍來驅離，這種事是難以預料你也無法預期，你不知道政府的態度會多強硬，所以我會真正去感受到說做社會運動，你真的去參與了，你要付出那個代價，那個代價是你自己都很難想像那個代價會是什麼，那作為一個旁觀者一個記錄者，我覺得差太多了，你就好好記錄當下發生的大事件，這些事件真的後來也會變成臺灣社會整個往前走的（力量）！」（A2-7）

在告別 1990 年代之際，九二一大地震的震撼，幾乎各媒體都全體動員到災區採訪，這個臺灣史上數一數二的大災難，成了這個世代記者共同的經歷。地震後的災區有如戰後廢墟，在炎熱的 9 月裡，空氣中瀰漫著死者的屍臭。A2-3 這樣形容：

> 「這輩子跑過很多次空難，見過很多次屍體，但沒有一次像這樣被震撼到只能不住流淚，當你看到沿路上擺放的遺體，多到來不及處理，有些就用布蓋著，有的就用一個很簡單的木箱子裝著，他們的親人呢？有些只剩下孩子，那些孩子的眼神充滿著疑問……這跟電影裡戰爭後的廢墟有什麼兩樣！我只能一邊擦著眼淚，一邊採訪……」（A2-3）

儘管是個開放、競爭、自由的採訪環境，這個世代的新聞人有更多空間發展自己的採訪人脈、拓展議題，他們有些傳承自解嚴前世代的理想，對社會充滿改革的熱情，對新聞的專業獨立自主有較高的期許，絕少有業務部門到新聞部「壓」新聞的可能。A1-7 就對她所屬的世代有這樣的形容：

> 「這個世代有一種翻攪世局的活力，與臺灣民主脈動同聲息，身上總還是抱著傳統的『家國情懷』，以民主或以言論自由為己任，百無禁忌，也是經歷臺灣媒體黃金歲月的一代，不論是迎來民主或享受高薪，相對更堅持新聞專業，也是相對入行後受到更完整訓練的一代。」（A1-7）

的確受訪的解嚴後世代的記者們，大部分都會形容自己追求新聞專業，受過嚴謹的新聞訓練，A1-6 甚至以「努力建立典範」來稱呼這個世代的使命。不過，這個世代也是歷經媒體興衰最真實而衝擊最深的一代，他們入行時薪水不錯、在新聞圈與社會上受人尊

重，每個人有獨特的跑獨家新聞手法，寫起特稿針砭時事，官員或讚許或立即改善；但在二十年的媒體變遷，時至今日，有不少人已是資深記者或高層主管，肩上扛著的是媒體老闆對於業務與媒體轉型的壓力，這對當年自信受過嚴格新聞專業的新聞人來說，要調適自己去面對、甚至迎合經濟導向的新聞邏輯，他們的衝擊比其他世代來得更深！A1-3 已年過 50，曾經是一名傑出的報社記者，在路線經驗上以獨家擊敗多人，贏得該路線其他同業的尊重，但面臨數位環境後，還要和年輕人一樣學網路、製作影片，企劃主題，每天盯著點閱率的變化，「過去的很多跑新聞的經驗都要先放下，重新思考數位的各種可能」（A1-3）。有受訪者也不免自嘲自己是從「黃金歲月」走到了「落寞的一代」（A2-3）。

「千禧世代」指的是 2000-2009 年入行的新聞工作者，他們在教育成長過程中（1980-2000 年），民間已喊出了教育改革的口號，部分教育改革的種子已散在民間各處，其中，以 1989 年成立的森林小學為代表，強調給孩子更多自主學習與尊重；這也或多或少影響了臺灣教育現場的教學方式。由李遠哲擔任主委兼召集人的「行政院教育改革審議委員會」經過 1994-1996 年的研議，提出多項改革方案。在他們成長的年代是臺灣經濟起飛之際，所謂「臺灣錢淹腳目」，但也帶動了房價飆漲，一般受薪階級很難在都會區買得起房子。此時的臺灣社會已過渡到較成熟的民主社會，因此，各種利益團體發起的公民運動十分活躍，其中，有彭婉如基金會對女權的提倡，1980 年代末期開始興起的同志運動，1993 年起每年為勞工權益走上街頭的「秋鬥」。此時，街頭抗議與倡議已逐漸成熟、理性，少有出現十年前暴力衝突的場面。換言之，比起「解嚴後世代」，他們成長的環境相對安定、富足而開放。

這批年輕人在千禧年起陸續從大學畢業，所進入的新聞業，卻是一個充滿著變數的十年。延續著 1999 年九二一地震的災區報導與重建，是很多新聞人必採訪的主題，隨之而來的 2001 年納莉風災，

不但地震重建區受重創，臺北市也成了水鄉澤國，位於南港的中國電視公司被如注的洪水灌進地下室及一樓，建臺以來保留的珍貴影帶全泡在水裡，當時中視員工每天輪值用清水及藥水沖洗影帶，企圖搶救及還原影像的場景，成了各大媒體報導的焦點。這十年中，除了天災，還有幾項重要的歷史事件，都是新聞人必守的現場，2013 年非典型肺炎 SARS 流行造成 73 人死亡，和平醫院封院。當時赴第一線採訪的記者們都要隔離上班，有些人甚至不敢回家，怕傳染給家人，B2-2 回憶：「那陣子每天都要戴著 N95 口罩，守在和平醫院，葉金川每天固定出來跟記者報告進度，其實心裡非常害怕，有時家裡（公司）又突然說，哪個區、哪條街可能要封了，要調我們過去支援……只要一聽到又有人死，心裡就更恐懼……遇到沒負責採訪的同事，我都會主動離他遠遠的，怕他被我傳染……但沒辦法，這就我的工作職責！」即便恐懼但仍然堅守崗位。2004 年總統大選投票日前一日的「三一九槍擊案」，不少社會線和黨政線記者著實忙了近半年，2006 年紅衫軍倒扁百萬人圍城，又創了臺灣群眾運動的新紀錄，史無前例的「海角七億」貪污案也被他們碰上了。此時的社會氛圍，記者們已習慣藍綠政黨輪替，對於政黨也沒有過高的期待，也有足夠的心理準備隨時面臨的重大天災意外，2009 年果真是以再度重創南臺灣的八八風災，告別了這充滿變化的十年。

這充滿變化的十年，也是媒體由盛轉衰的十年。2000 年電視產業因有線衛星新聞臺穩定成長，求才若渴，就業機會相對增多，但有線臺的薪資結構不成熟，新進者低薪尤有甚者月薪只有 22,000 元，而有名氣的資深記者或主播，卻動輒以年薪數百萬起跳。有線衛星新聞臺進入競爭白熱化階段，挖角風氣極盛，有時，經常一個團隊（例如政治組）就會從 A 臺轉到 B 臺工作。相對於電視臺，報業的變化則十分巨大，因《出版法》廢除，在香港頗受爭議的《蘋果日報》得以順利登臺，帶來一切向市場看齊的新聞產製邏輯，加上《自由時報》的崛起，2000 年中期以後，有些規模較小的報紙不

敵市場衝擊，則紛紛吹起熄燈號，其中包括《中時晚報》和老牌的
《民生報》。B1-4 在 2004 年進入新聞界，待的第一間規模較小的報
紙，經常欠薪，後來到了大報又面臨報業市場重新洗牌，看著報紙
的發行量逐漸衰退，仍堅持做報紙記者。

> 「我覺得我們這一代就是在轉換角色的一代，常聽老一輩說
> 他們可以花很多時間跑一則好新聞，但我們這一輩已經很
> 難了，報社每年都要你共體時艱……但對我來說，有地方
> 表現比待遇更重要些，我還是希望能做些對社會有意義的
> 報導。」（B1-4）

「千禧世代」承襲著「解嚴後世代」對新聞專業的持守，在職場
訓練上有較嚴謹的在職教育或「師徒制」，他們對於新聞的理念也和
上個世代類似：

> 「媒體第四權的角色很自然地就會在我採訪過程中流露出
> 來，希望讓不合理的事能藉此被呈現。」（B1-3）

> 「遇到事情要先能把關，先懷疑不一定是真的，要能嚴謹地
> 去查證，不然，隨便出去自己都會覺得那就是假的，對社
> 會是很傷的。」（B1-6）

> 「跑到有意義的新聞，能夠參與大事件，那個新聞魂就出來
> 了，我就會使盡全力地去報導。」（B2-2）

總而言之，「千禧世代」搭上了媒體黃金時代的末班車，早點
入行的才嚐到受人敬重薪水也不錯的日子，但很快地報業下滑，電
視頻道過多，使得市場過於擁擠，各種只要能賺錢的方法，媒體高
層都不放過，新聞置入與業配就是最大的「變革」。對他們來說，

「解嚴後世代」的「幸福歲月」遙不可及，但上一代所樹立的新聞典範，即便環境艱困卻要努力恪守。平面媒體的工作不再穩定，電視臺的新進人員普遍低薪，過去有制度調薪的規則已被打破，跳槽成為加薪的必然。

　　此時的媒體環境因為兩黨的競爭，也因為市場使然，媒體開始「選邊站」，藍媒、綠媒的標籤很自然地被閱聽人區分，這個世代面對的挑戰則是如何在所屬媒體的標籤下發揮專業。A1-4 一語道破了這個世代的困境：

　　「這時的臺灣社會愈來愈多元分疏，社會價值越來越需要
　　記者透過不同的專業能力去進行各種不同的專業報導，所
　　以，對專業的要求愈來愈高；但另一方面，他們碰到的更
　　大問題是，如何在所屬媒體被貼上很深的藍綠標籤下，掙
　　脫這種困境！」（A1-4）

　　進入 2010 年以後的臺灣社會，政黨輪替已成常態，帶來的負面影響則是政黨之間的惡鬥成為常態。此時進入媒體工作的新聞人，可說是全新的世代，他們大部分是教改下被養成的一代，多元、勇於表達意見、重視自我權益是他們的特質。他們也可以稱之為「數位原住民」，在他們成長的環境中，網路、部落格、手機已是日常，不用花時間學習與適應。在採訪的現場，他們可以一邊聽受訪者談話，一邊快速地用手機打簡單的資訊發快訊或即時新聞。他們成長的過程中，有些人已參與過公民運動，對各種公民議題充滿著興趣、甚至熱情。或許是歷史造就的必然，2013 年的洪仲丘事件，與 2014 年的太陽花學運，都與網路串連有關，也都和這群新世代關切的主題相關，他們躬逢其盛站在歷史的浪尖上，不論自己的立場為何，成為專業的報導者是他們必須接受的挑戰。

表 13-1：不同時代的成長環境與經歷對照表

出生年代	成長時社會環境	媒體環境	入行後經歷大事
解嚴後世代 1961-1977 （1988-1999 入行）	■ 蔣經國統治後期 ■ 美麗島事件 ■ 中美斷交 ■ 教育部統一課本 ■ 大學聯考一試定終身	■ 解嚴後新興報業紛紛成立，百家爭鳴 ■ 老三臺仍然由黨政軍掌控	■ 1990 社會運動大量出現 ■ 兩岸逐步開放 ■ 1993 尹清楓命案 ■ 1997 白曉燕案 ■ 1999 九二一地震
千禧世代 1978-1987 （2000-2009 入行）	■ 臺灣開始民選總統 ■ 歷經兩次政黨輪替 ■ 房價飆漲 ■ 教改工程上路 ■ 各種公民運動興起	■ 有線電視蓬勃發展，老三臺邊緣化 ■ 2003《蘋果日報》登臺 ■ 2000 年中期後幾家報紙熄燈引發失業潮 ■ 置入性行銷	■ 2001 納莉風災 ■ 2003 SARS ■ 2004 年三一九槍擊案 ■ 2006 紅衫軍倒扁百萬圍城 ■ 2008 金融海嘯 ■ 2009 八八風災
新媒體世代 1988 以後 （2010 以後 入行）	■ 政黨輪替成為常態 ■ 政黨惡鬥頻繁 ■ 教科書採一綱多本 ■ 大學入學多元化	■ 數位匯流形成 ■ 媒體不再以單一形式呈現報導 ■ 社群媒體盛行 ■ 數位行動接收新聞消費型態成熟	■ 2013 黑心油食安 ■ 2013 洪仲丘事件 ■ 2014 太陽花學運 ■ 2014 鄭捷隨機殺人事件 ■ 2015 馬習會 ■ 2016 小燈泡事件

　　但受媒體「靠邊站」的影響，這群新世代的記者也開始嚐到群眾運動中的不理性行為，例如，中天記者在反服貿遊行中，進行 SNG 即時連線，但一旁的群眾卻包圍她，頻頻喊著：「中天假新聞……」，只因她所屬的媒體被歸為支持服貿且親中的「紅媒」。但這位記者依然非常專業地完成了她的現場連線報導。突破媒體既有的框架，不受現場民眾和情緒的影響，而展現專業是他們的挑戰。

　　「我在現場看到朋友，甚至我弟都跑去靜坐，但我很清楚自己在這其中要觀察什麼？觀點是什麼？雖然在現場的人一直罵、一直罵，說《服貿》有什麼好？！但是我很清楚，我是個政治記者，我沒有辦法不用政治去解讀它，不去從

政治利益的角度思考，不管我是支持還是反對，我在現場
就必須觀察和思考這些！」（C1-1）

　　這時的媒體環境已進入數位匯流，各組織紛紛成立各種新媒體
平臺，進行新媒體嘗試，即時新聞是其一，隨手拍影片傳回編輯
臺、幫其他新媒體平臺發稿……他們進入的是一個全新的媒體環
境，媒體特質的邊界早已被打破，多工、工時長、工作時壓力大已
是這個時代跑新聞的形容詞。每位受訪者都可以說出，一則重大社
會事件，他們早已沒有截稿時間，有新消息就要發新聞、要更新即
時，有人一天連發 10 則！ C1-6 形容，他們這一代就是被期許「要
有三頭六臂，多工，但錢少」的「發稿機器」（C1-3），也就是「搭
上主流媒體末班車的一群」（C1-5）。

　　不一定是「解嚴後世代」那種家國情懷，但利用多元資料和創
意巧思的採寫技巧，幫助一個地方即將要廢棄的碼頭保存下來，引
來了當時文化部部長的關注，「這新聞本來是地方版的，後來卻上了
全國版，我就覺得我真的有一點功用，成就感蠻大的」（C1-2）。不
過，有趣的是，C1-2 自己卻認為，當記者不是新聞使命使然。

　　「我當記者是滿足我一些對工作的想法，例如，記者可以
　　不用進辦公室，對我來講很棒！當記者可以到處跑，自由
　　度高，又可以瞭解這個世界，我可以用記者這個工作去發
　　問、發現一些問題！」（C1-2）

　　在本研究進行訪談期間，這群「新媒體世代」的年輕記者入行
最長的七年，大部分都不滿 30 歲或剛邁入 30。他們在量化調查資料
中約有 365 人，占 24.3%。他們每天在新聞線上「追分趕秒」，和上
一代不同的是，記者不一定是他們一生的志業，有些受訪者坦承喜
歡新聞工作，「工作的成分大於志業」，「年輕的時候能這樣玩玩很有

意思」，又或者「把新聞業當作未來行業的跳板」，但也許不會一輩子待在這個行業裡，因為「在這個行業裡愈來愈看不到未來」（C1-5，C2-3，C2-4，C2-5，C2-6）。

> 「我常有種茫然、不知所措的感覺，留在公司沒辦法加薪，那其他工作環境也未必會比較好，我們同業很多人有這樣的心情，大家都說好想跳槽，可是真的要他選擇時，他又覺得好想離職去做別的事，但要做什麼？也不知道，就是茫然。」（C2-3）

> 「雖然你有些理想，你的理想會一直不斷被消磨，你只能退而求其次，在現實環境中去堅持你能堅持的，久了，會問自己：要堅持多久？環境沒有更好，反而更差！」（C1-5）

有趣的是，當詢問這些「新媒體世代」的年輕記者，既然環境如此不好，如果再讓你重新選擇，還會想當記者嗎？所有人的答案都是「會」，因為新聞工作的社會意義，從大到家國政治，小到協助弱勢，都是影響力與成就感。

第四節　三代新聞人交織的新聞實作

依照 2014 年問卷調查的資料來區分，大約可以把 29 歲以下的受訪者歸為 2010 年以後入行的「新媒體世代」，30 到 39 歲則屬 2000 年入行的「千禧世代」，40-55 歲為「解嚴後世代」，56 歲以上則是「解嚴前世代」。這樣的推估並不精準，只能作為分析的參考。本研究發現，在新聞場域中，世代的分布如表 13-2。「新媒體世代」共有 366 人，占 24.8%；「千禧世代」490 人，占 33.2%；「解嚴後世代」有 575 人，占 38.9%；「解嚴前世代」只剩 47 人，占 3.2%。

表 13-2：各世代的人數與百分比分布

世代年齡	人數	百分比（%）
29 歲以下	366	24.8
30-39 歲	490	33.2
40-55 歲	575	38.9
56 歲以上	47	3.2
總和	1,478	100.0

　　因此，我們可以說，在臺灣的新聞場域中，的確是「解嚴後世代」、「千禧世代」及「新媒體世代」交織的環境。在如此分類中，本研究很訝異地發現，「解嚴後世代」的占比最高，他們比較把新聞當成「志業」，在傳統典範與數位典範中學習、磨合與適應。在入行時可能從來沒有想到，他們的新聞志業與理想在歷經市場的變動後，要開始向廣告主妥協，要開始學習經營社群。正如 A2-7 所言：「為了公義才會願意繼續堅守崗位，如果只是為了生活，應該早早轉行！」

一、典範與重新學習的「解嚴後世代」

　　解嚴後媒體市場開放，大量人才進入新聞界，這批年輕人懷著熱情和理想，想站在歷史的浪頭上，見證臺灣民主化的過程。1990 年代初期，老三臺的招考動輒上千人報考，但只錄取 3-5 名；《中時》和《聯合》考記者要向附近的學校借考場才能容納得了這麼多考生。當年，《聯合報》招考的記者還號稱「黃埔一期」、「黃埔二期」⋯⋯可見那時媒體多麼昌盛。這些考進來的新聞工作者，都是精英中的精英，他們見證了媒體最繁華、美好的歲月，但他們也是歷經媒體由盛轉衰，必須把「振衰起敝」、「轉型求創新」扛在肩上的一代。

（一）完整的新聞專業訓練

　　這一代在進入職場時，媒體市場雖有競爭但並不惡質，跑新聞

的步調較緩慢，於是，媒體機構有充裕時間可以給予他們完整的訓練。大體來說，初入媒體的新鮮人都會有幾週到 1 個月不等的職前訓練，有些媒體甚至會發給編輯手冊，讓大家瞭解機構文化、採訪規範、專業要求等。這一代「師徒制」的訓練方式也很普遍，要求甚至更為嚴格，A1-2 回憶自己在進入報社前幾週所寫的稿子，都要經過長官一再修改，但仍然不能「上稿」，因為「品質還不夠好」。有些媒體的要求會更細緻且具體。

> 「今天我去訪問一個王太太，主管會問我她叫什麼名字？是不是真的有這個人？你真的有問到嗎？他不允許記者坐在家裡寫新聞的！」（A1-3）

A1-3 第一份工作是在 C 大報，現在已位居另一個媒體的副總編輯，但她覺得當年專業的養成，是因 C 報的前輩們給予的養分。

> 「那時有很多很厲害的前輩，他們不但筆很犀利，對新聞的判斷與觀點也非常精準，有時我們做一個題目，常常是採訪主任親自跳下來，親自跟我們溝通要怎麼做……我覺得那個時候我們很受教，有典範，有實際的教導。」（A1-3）

那是個沒有網路的時代，所有的記者都要回媒體機構寫稿，A1-4 主跑政治，他回憶在解嚴後國家一連串的改革過程，充滿著政治意義，不是菜鳥可以理解的。前輩們在辦公室內直接跟他分析講解，把他的文稿拿來通篇討論，這種學習是難得與珍貴的。

> 「我遇到兩種前輩，一種是給你典範，讓我知道做記者就是要做到這樣的『大記者』；另一種是導師，他告訴你如何把新聞拆開來看，深入事件的本質，不要被那些熱熱鬧鬧的

> 外在迷惑，才能看穿事情的真相……這是需要時間慢慢溝
> 通的，當記者不回報社後，所有事情都電話溝通，我也很
> 難再把這種經驗傳承下去！」（A1-4）

電視臺除了重視文稿之外，更重視聲音表現，A2-1 入行在老三臺，她的文稿與音質被訓練了 40 天，在長官認可後，新聞才能播出。

> 「當時要先跟著前輩跑新聞，做完新聞後被批評指點，就是
> 要把你訓練到用字遣詞都沒問題了，才讓你上線，因為面
> 對觀眾你必須是準備好的，你必須是 qualified 的。」（A2-
> 1）

這個世代的受訪者幾乎每個人都有被長官退稿、稿件直接扔進垃圾桶的經驗。但這個世代的記者卻充滿著熱情與使命感。

（二）追求新聞自主

這一代遇上了解嚴後的社會開放，報社多了，社會言論百花齊放，過去隱藏在報紙背後的那隻干預的手，突然鬆了！報紙增張後對於內容的需求增加，給記者很大的自由空間，A1-3 與 A1-4 主跑的路線不同，但都表示，當時報社在新聞採訪上的干預很少，可以自己企劃想做的題材。「即便我寫的報導採訪對象有什麼意見，我們總編都只是把意見轉給你參考，不會多講一句話」（A1-3）。另外一個面向則反映在國際重要事件的採訪上，媒體大致上都自費派記者前往，不願接受招待，以顯示其獨立報導的新聞自主。

1994 年原屬臺南幫吳三連經營的《自立晚報》賣給三重幫國民黨市議員陳政忠，自立報系的記者擔心原來標榜無黨無派，願意給予社運、異議篇幅的獨立自主的編輯政策，會因此而受影響，因而

自立報系記者結合了一些學者發起「901 新聞自主而走遊行」，呼籲新資方能簽署編輯室公約，因而促成了 1995 年「臺灣記者協會」的成立，這也是臺灣第一個非媒體老闆，完全由記者所發起成立的團體。

「當社會各個自主領域都在解嚴之後，社會力迸放的同時，新聞界自己的高度自省和改革行動，是我們這一代必須付諸行動，來衝撞當時的體制……對外，我們要爭取臺灣從威權末期走向民主化過程中的新聞自主，免於受政治力操控，然後由下而上成立新聞自主團體，來加強橫向連結，這是我們這個世代記者，在這種氛圍下被激發的行動。」（A1-5）

相對於報紙的積極行動，1990 年代初期，老三臺仍屬黨政軍掌控，一般財經、民生和社會議題，雖然可以充分發揮新聞自主，但在政治新聞的報導尺度上受限較大，黨政高層每遇敏感議題，總會直接下指導棋，要能在政治新聞上做到平衡報導難上加難。這是這一代無線電視記者最深層的痛。

「那時候去採訪野百合運動，經常被扔雞蛋，現場的學者請我不要用學生的 close 景，我也答應了，採訪完回公司做新聞，再回到現場時被罵得更凶，因為我的新聞後面接了 3 分鐘國民黨找來的學者，批判學生應該要回校園讀書……我根本不知道新聞是這樣排的，想起來這種政黨管制真的是很荒謬！」（A2-1）

如果對照現在媒體各自選邊站所做的報導，當時的新聞操作似乎也不算荒謬，但在解嚴後的年代，言論多元社運多樣，當年的記

者理想性高，很難接受新聞被如此偏頗操作，因此，有些電視記者仍在可施展的空間中尋找縫隙，讓一些議題及不同角度可以適度曝光。

> 「我記得有一陣子，長官告誡我們不可以用民進黨立委
> ×××的質詢，因為太犀利了，可是我聽了一整天委員會
> 中，只有他的質詢最有料，最有新聞點，而且對社會非常
> 重要，所以，我就故意遲交帶子，等到新聞上了，才自己
> 拿到副控給導播，當然，播完後長官非常生氣，把我臭罵
> 一頓，但我心安理得。」（A2-3）

這種苦悶到了 1993 年 TVBS 開播，1995 年 TVBSN 成為全臺灣第一個 24 小時新聞頻道後，標榜言論中立多元，不受政黨影響，才打破了黨政軍壟斷的局面，隨著 1990 年代中期以後，各家新聞臺陸續開播，雖然市場占有率仍不敵老三臺，但電視記者的新聞自主卻因此多了更大的空間。

總結而言，「解嚴後世代」是爭取新聞自主，也享受新聞自主的一代，他們雖然在歷經民主化過程中，曾在報導上受到干預，但比起其他兩個世代，他們所獲得的新聞自主是豐富而有成就感的，也因此創造出許多擲地有聲的報導，因著他們的執著針砭時事與努力監督社會，經常贏得官員的尊敬、甚而「畏懼」。

（三）路線專業人脈豐沛

這一代是相對優質良性競爭的新聞環境，獨家是他們展現專業實力，實踐公共責任的重要指標，要能拿到獨家，除了要有專業的路線知識之外，還要有經營人脈的技能。B2-6 曾形容她的前輩跟黨政高層的關係不但熟，而且「簡直像朋友」，這點讓她望塵莫及。筆者過去在採訪的場合中，也曾遇到 D 報的記者，在記者會中，只跟

官員用眼神就可以交換訊息，第二天寫出一篇大獨家。這些都是平日耕耘的結果。

除了平日逛辦公室、找人聊天之外，有些記者還會約受訪者吃飯、喝咖啡，但這只是「基本功」。A2-2 認為「你要把新聞做到公正客觀，而且要到位，讓受訪者尊敬，久而久之別人就信任你、尊敬你了，自然有獨家時就會想到先給你」。這點跟 A1-1 的經驗類似，她的習慣是，即便是一個簡單的記者會，她都會事先做好功課，查一下今天主要人物的背景，「比別人早到，可以趁記者會開始前認識彼此；比其他同業晚走，我可以再觀察有沒有一些蛛絲馬跡可以再深入追問、採訪的？」（A1-1），主跑教育線的她，小到國小、幼稚園老師，大到中研院院士、大學教授，到處都是她的人脈，也因此可以獲得不少寶貴的資訊，揭發弊端。A1-1 表示，她的同事中有很多人在特定領域的鑽研令她敬佩，「跑軍事的，對每個軍事基地、飛機性能的瞭解，可以分析到十分透徹；跑能源會的記者，我也很佩服，能源是多難的東西，他可以在記者會中就公然跟能源會主委討論起核四的技術問題……這就是記者有沒有用心要成為這個領域的專家」（A1-1）。

人脈的經營往往因路線有差異，社會線的傳統就是到警局泡茶聊天，消防線則是拚酒，很少有記者會拒絕這樣的場合，因為「喝了酒就是『兄弟』，既然是『兄弟』有新聞一定要通知！」（A2-6）。黨政線則因黨派不同也有差異，國民黨執政，資源多錢也多，請吃飯的地方大都是飯店；民進黨當時剛成立，理想性還很高，有時就和記者在小店、甚或路邊攤吃起來，邊吃邊喝邊聊。當年很多黨政記者因為路線經營得非常深入，甚至有些「革命情感」，因此，2000年政黨輪替時，主跑民進黨的記者就因而隨著綠營轉移主跑總統府，2008 年馬英九當選總統時，同樣的情況又複製一次。

（四）電視記者專業化

解嚴以前的社會封閉，3 家電視臺雖然競爭，但同質性高，當時新聞時段只有半小時，但一則新聞的長度可以達 5-6 分鐘，採訪的素材較單調，有時一則新聞就是一位受訪者的談話。解嚴後言論開放，各種議題都想透過媒體發聲，三家無線電視臺開始定期招考新血，加入採訪的行列。記者多，能採訪的面向就更多元，再加上科技進步，新的攝影器材更新，半小時新聞就必須容納更多則的新聞，此時，電視臺的年輕主管帶回來美國三大電視網製作新聞的形式與特色，將這批新血的基本技能訓練成回歸電視新聞本質：注重聲音、畫面、訪問的必要性與重要性。因而，記者必須到現場，到了現場必須訪問到關鍵人物，絕不能只憑二手資料做新聞。新聞開始重定規格，一則標準為 90 秒，甚至更短。如此一來，電視記者開始重視如何在短時間內說故事的技巧，三臺雖互為競爭，也彼此學習。1991 年起各臺開始將新聞延長為 1 小時，但一則新聞的長度依然維持著 90 秒上下的規模。這可以說臺灣電視新聞記者愈來愈走向專業化與精緻化。

「我們的訓練就是這樣，每個人一身功夫，又快又好又能做很多事，如果今天只給你 1 分鐘，你做 1 分 10 秒，就是超秒，那是要被罵的，所以我們那時做的新聞雖然非常精簡，但觀眾坐在那裡看新聞，不會覺得浪費時間，他該看的都看了，雖然大家都說我們有言論控制，但品質把關很嚴，新聞基本上都是精緻的。」（A2-3）

1995 年以後，有線新聞臺加入競爭的市場，再加上電腦繪圖的使用，這種重視畫面、聲音的電視新聞形式，也就愈來愈感官化。

（五）新科技的衝擊與適應

走過媒體極盛的繁華，這個世代的記者不能說不懂科技的重要性，在每個新科技引進媒體產製的階段，他們都需要學習。1990年代初期的手寫新聞稿，到後來每個人都要會背字根打中文，改以電腦發稿與排版，初期的抗拒與排斥到後來也都學會適應。他們都經歷過使用 B.B.Call、大哥大作為通訊的時代，而今，在數位時代，新的工具不斷推陳出新，這群從時光隧道走過來的資深記者，在學習與適應上有著兩種截然不同的反應。

當上高層主管的，經常要開會、與中階主管一起去上新媒體相關課程，不斷學習。除了要瞭解科技趨勢變化，還要思考數位策略的走向，如何帶領媒體轉型。但媒體要轉向何方，才是對的方向？有如「大哉問」！A2-5是電視臺的高階主管，她坦承壓力非常大。

> 「現在是我被迫要跟他們（年輕世代）學，被迫要適應他們，但我又必須固守老的傳統，我也不能把（傳統專業）丟掉，但也要思考如何善用科技啊……真的很掙扎，既不能被牽著走，又不能不理它，這就是一種很兩難的轉變（型）。」（A2-5）

未當主管的資深記者們也要開始學習網路世代的種種新工具，要會在網路上找線索、在 FB 上找訪談資源、LINE 時時查看不能漏接；報社記者還要學拍影片，文字記者自拍自剪的情況在地方跑新聞更普遍，這跟過去用筆速記的採訪模式完全不同，A1-2 在南部地方跑新聞，經常是相機（錄影）、錄音筆、紙筆並用，在新聞現場很難兼顧，經常耗費心力與時間，因而自嘲是「用神仙般的能耐在跑新聞」。在受訪的記者中，亦有人嚴重適應不良，對新聞業的數位轉型方向不定，「累死基層」感到挫折與沮喪。

「人力吃緊，工作環境惡質，很多我們這一輩的感慨的居
多，像我們這樣年紀還留在這一行的，都是有些理想的，
到了快要退休了遇到這些事，真的是情何以堪，很挫折，
有些人講起來都會落淚……」（A1-4）

　　A1-1 是中階主管，她用「大船轉彎總是慢一點」來形容現下媒
體轉型的光景，中階主管承上啟下，要考核同仁的即時新聞 KPI，要
把報社重要新聞利用社群媒體發動議題，使其具有擴散效果，有時
同仁忙不過來，她還會幫年輕同仁寫稿補足 KPI 要求的數量。每天
都在分秒忙碌中渡過，但她看待新科技的態度卻很正面。

「我大學上過殷允芃老師的課，她跟我們說：新聞工作就是
you are paid to learn，每天都在學習，而且是人家付你錢讓
你去學習……我覺得我們不能抗拒改變，而是要在制度裡
找到自己的價值。」（A1-1）

　　總之，身為解嚴後的第一代，他們享受過當記者被人尊敬的尊
榮，待遇好、社會地位高，對新聞自由的追求充滿理想，但二十年
來媒體的變化，致使他們面對的衝擊比其他世代來得大，挫折感也
高，但仍然持守在新聞崗位上的，卻有著兩種正負極端的態度。

二、承先啟後的「千禧世代」

　　2000 年以後入行的「千禧世代」大都已有超過十年的新聞資
歷，在他們新聞在職養成的過程裡，經歷了水淹臺灣的納莉風災與
八八風災、令人驚恐的 SARS，在政黨輪替已成常態的政治環境中，
還歷經了疑雲重重的三一九槍擊案，及國家元首涉嫌的貪腐案！每
一次的社會變動都是記者磨練自己，考驗其專業能力的最佳時刻。
他們有成熟的新聞判斷力，也有廣而深的人脈，使他們理當能在新

聞專業上有突出的表現。

（一）被前輩嚴格訓練

但他們終究是承先啟後，承襲了來自典範世代的專業，B2-5 形容自己這一代是「刻苦耐勞、耐操耐磨」，當年被前輩訓練的方式也嚴格許多。

> 「不是我們比較笨、講好聽點是比較老實，也熱愛新聞，尊敬前輩，所以，前輩們說一就是一，說二就是二，我們就是努力地跟他們學習那份堅守崗位的精神。」（B2-5）

> 「我當年（做新人）寫稿子的時候，有好幾次被總編輯叫去，他直接用手改，改完後把它丟到垃圾桶裡，我們（這輩）是這樣被教出來的，所以對新聞寫作上，會有自己既定的樣子，但是，現在沒有人會這樣教下一輩。」（B1-4）

雖然每個媒體有差異，但有些受訪者形容，上一代對這批當年的新鮮人的訓練，有點像「師徒制」，不但寫稿會「手把手」地教，指出新聞稿的疑慮與問題，提供解決的可能方法，這些入行的「菜鳥」們也是從前輩們如何發問？如何切入新聞點？來自我學習。這些前輩甚至會帶著新人們去觀摩如何認識人脈、結交採訪上的朋友。除了最基本的「泡茶聊天」之外，B1-3 初跑地方新聞時，對在地的政治人物完全沒有概念，前輩就帶著他參加一些聚會，「看起來好像是晚上他們在喝酒應酬，我們在旁邊打雜而已，但就是讓我有機會認識些地方的大人物，這種就像『師父領進門』，後面如何再去建立穩固的關係，當然還是要靠自己摸索」（B1-3）。例如，主跑立法院的 B1-5 就指出，人脈幫助他釐清了立法院的政治生態，這是政治線記者養成很重要的一環，「因為政治裡充滿了太多爾虞我詐，所

以，釐清政治生態之後，才不會被騙、被利用」（B1-5）。

因此，這一代的新聞人，在採訪、寫稿與路線人脈的經營上，承襲了較多「解嚴後世代」的傳統，嚴謹、重視文稿的責任，看重路線上人脈的深層經營，因為，這些都是產出專業新聞的關鍵。幾位受訪者都表示，他們在路線上能拿到影響深遠的獨家，都是因著有深厚人脈的支持，在大膽衝鋒陷陣時，這些路線上的「朋友」提供了很多確認資訊無誤的查證工作。

不過，值得一提的是，2000 年代正是電視新聞競爭白熱化的時期，有線衛星新聞臺從 1990 年代末期起陸續開臺後，在此時已有至少 8 家 24 小時新聞臺，到了 2000 年代中期以後，大量起用新人加入新聞戰場，不見得每家電視臺都能對這些新人給予正規訓練，反而造成這一代的電視記者良莠參差，能學習的典範更少，養成之路較報紙記者辛苦且困難。B2-3 是 2002 年入行，十多年來曾待過 4 家新聞臺，親身經歷八八風災橋斷、水淹、滅村，仍坐流籠向災區深處挺進，為報導第一手災情不眠不休。他最感念的仍是 × 臺，在那裡他得到的訓練嚴格而完整。

> 「那時長官很年輕，也很有衝勁，督促得很勤，所以我就慢慢瞭解到要如何在最短的時間查證，獲得正確的訊息，要如何把新聞寫得有畫面感，我的報導風格都是那個時候建立的……但後來到 Y 臺後，就差很多了！」（B2-3）

（二）新聞置入衝擊

不過，B1-4 曾說他們這「千禧世代」是「夾心餅乾」，剛好遇到了媒體由盛轉衰的轉型期，所以，承襲自「解嚴後世代」的專業，卻被新聞置入衝撞得難以調適，最諷刺的是自己平常監督的對象，現在卻可以用錢買新聞，讓自己來吹捧他的政績，B1-4 形容「真的

覺得角色混亂、人格分裂了！」，在媒體走下坡的業績壓力下，這群曾被訓練要監督政府、守望社會的記者們，要開始調適自己，要接受他所監督的對象負面報導被淡化！有些地方記者因為已經有十年以上的經營關係與人脈，還會被報社或公司指派去拉業務，這種角色的轉變亦正是華婉伶與臧國仁（2011）所形容的「兼具新聞、廣告與業務的角色」。

當然，新聞置入的衝擊不是只有這一代才有，對「解嚴後世代」與「新媒體世代」同樣存在，最大的不同是，「新媒體世代」在入行之時，「置入」與「業配」早就是新聞產製的常規了，不用懷疑與討論，在媒體環境營收減少急遽，這種「必要之惡」是必然要接受的。

（三）被《蘋果》牽引的日常

不過，這群 2000 年以後入行的記者，在被嚴格訓練的同時，也面對了來自《蘋果日報》登臺後的衝擊。B1-3 發現，《蘋果》的記者不太重視路線經營，「剛開始就跟你玩爆料、打弊案，他不跟你玩傳統那一套吃飯、套交情，它走出另一條市場，的確讓人驚嚇！」（B1-3）。《蘋果》這種完全顛覆臺灣新聞傳統，完全以市場取向的策略，的確使得當時入行的新記者們，一度處於不知所措的窘境。B1-5 待過《中時》、《聯合》及《蘋果》，他比較這三報的差別在於，前兩大報的編輯臺對記者的採訪觀點較尊重，記者也較有發揮的空間，但《蘋果》則是內部編輯臺的控制性很強，「他們在內部就會討論說，到底什麼樣的新聞點才是符合《蘋果》讀者的需求，就指引你該怎麼做，怎麼寫，包含大量使用圖表讓讀者一看就懂！」（B1-5）這種不按牌理出牌的跑新聞方式，的確給報紙同路線的記者們帶來相當大的壓力。

《蘋果》的新聞走向曾經一度影響了臺灣媒體的「爆料風」，尤其，電視新聞臺紛紛成立「爆料專線」，早上看《蘋果》「生」出新聞是當時電視新聞的重要日常，「你到現場發現狀況跟《蘋果》講得

不一樣，家裡的長官還會堅持要照報紙的那樣報！」(B2-2)。由於新聞臺每天需要的新聞量多，「看報紙跑新聞」成為這一代電視記者的常態。B1-4 初入行時在有線新聞臺，對於這種跑別人已報導的新聞感到沒有成就感，於是轉而到報社發展。但更多留在電視圈的記者們並不表示都贊同這樣的做法，只是「在無奈中習慣了」(B2-5)。

對其他三大報而言，這種不重視過程只重視結果的新聞策略，有忽略過程細節對社會重要意義的風險，反而在既有的市場上固守地盤。不過，受訪的幾位中生代記者都認為，《蘋果》視覺化的影響，的確使得各報改變了過去重文字輕圖像的思維，這個轉變一直持續至今，也影響了他們如何教導年輕世代。

「我剛進來的時候，一篇稿都是 700 字起跳，你寫 1,000 字也鼓勵你，但現在我都會要求記者，你只要寫 500 字就好，400 字也不算少，如果是 700 字那就是要上頭版！這是《蘋果》帶來的影響。」(B1-3)

（四）遊牧的職場生存法則

身為前輩的 A1-1 形容「千禧世代」是一群容易移動的世代，「當他們有足夠的經驗、有足夠的資本或是有那個機會，他就會毫不猶豫地離開，我們報社常辛辛苦苦培養了人才，但他們說跳槽就跳」(A1-1)。

如前所述，2000 年代中期以後，報業開始走下坡，《中時晚報》、《民生報》及其他市場規模較小的報紙陸續停刊，留下以四大報為主的市場競爭，各報在市場每下愈況之下，為了撙節，暫停原來每年晉級調薪制度，但又為了延攬優秀人才，不斷向外「挖角」，「挖」來的人員的薪水常常打破原來的薪制。於是，這群新聞人視跳槽移動為平常。在田野訪談這個世代的新聞工作者，大部分都換了

好幾個媒體，「從一而終」者較少見。

> 「因為你跳槽薪水可能一下子就加 5 千 1 萬元，但留在原單位，了不起每年加 5 百 1 千，這是自我價值很被貶抑的！」（B2-1）

> 「你隨便從 X 報或 Y 報挖來，價碼馬上從 1 萬元起跳，然後你對那些正期考進來的人，卻薪水微調一點點，甚至不動，那個待遇跟你的新聞工作沒有辦法取得平衡的時候，這就是自然會出現的結果，……跟我同期進來的，幾乎都走了！」（B1-4）

華婉伶和臧國仁（2011）訪談了 2006-2008 年進入新聞界的 5 位記者，得到的結論與本研究相似。這種現象以電視臺尤為常見，他們的頻繁跳槽宛若「遊牧民族」般的移動。在電視業界尤其特別，不時會出現一整個團隊（例如政治組）集體跳槽的情形。影響所及是他們專業從 A 換到 B 再換到 C，他們忠誠度的對象不再是媒體機構，而是自己所主跑的新聞路線。只有在專業路線上力求表現，做好記者個人品牌，讓同業看見，才有機會與條件在下一個服務機構中，談得較好的薪水待遇。此外，電視新聞界培養「自己人馬」壯大籌碼也因此常見。這種不停移動的現象隨著媒體環境的惡質化，再加上 2009 年起實施勞退新制，年資可以帶著走，使記者的「進出」更容易，這個現象一直持續到新媒體世代，仍然沒有減緩。

「千禧世代」是媒體的中生代，在上一代的眼中，他們是「很好用」的一群新聞工作者，在新世代的眼中卻是努力堅守新聞崗位，當上中階主管的則盡力帶兵練兵，但有些卻是在惡劣的環境中「想離開（新聞界）卻離不開」（C2-6）的一群，因為有了一定的年紀和資歷，轉業不見得容易。

三、重視自我的新媒體世代

「新媒體世代」的人數占比只有 24.8%，這群新世代的新聞工作者，他們在新聞實作上的慣習與前兩個世代差異較大，也是頻繁出走的世代。

（一）重視生活重視自我

在前兩個世代眼中，「新媒體世代」宛如 3C 達人般事事仰賴網路與手機，好像沒有網路和手機，新聞就跑不出來！他們運用新科技的採訪靈活，在網路找資料的能力迅速。B2-1 形容，這群年輕世代的記者，用手機打字之快令人折服，「比方我們一群人在訪問某人，當場很多人幫忙拿麥克風，那個妹妹（年輕記者）她就兩手在那邊一直按按按，我們訪完，她也幫我們把逐字稿打完了！」（B2-1）。凡事搶快，輕忽查證，似乎總不如前人的「一步一腳印」，是前兩個世代對他們的形容。有主管甚至抱怨年輕人對工作時間的重視超過想像。

> 「時間一到，記者全部下班了，辦公室只剩主管們在看新聞，跟我當年當新人時完全不同，我們都是新聞播完，被長官檢討完才敢下班。」（A2-6）

> 「我們這個世代的人覺得 24 小時待命很正常，現在小朋友不是喔，他覺得我就是要下班了，有時新聞有狀況你請他問一下東西，跟他說我算你加班好不好？他一樣會念說：明明我已經下班了你為什麼還叫我做事？」（B1-6）

「新媒體世代」的記者在多元觀點的教育下成長，被鼓勵要勇於表達自己的意見與爭取權益，所以，當勞動部開始實施一例一休、進行勞檢後，媒體也對於記者工作時間做了彈性妥協，過往「24 小

時責任制」，在這一代的記者身上的重要性已不似過往般視為「神聖的責任」。因為，對他們而言，疲累了一天的工作之外，還希望擁有自己的私生活，而不是 24 小時都奉獻給工作。C1-1 即抱怨有時這種工作「沒有生活品質可言」。更多的年輕人期待工作與生活能夠兼顧。

> 「你知道嗎？有時工作壓力大到，你連休個假都還要想專題、拿著手機到處拍些畫面，就怕交不出長官指定的獨家，我覺得這個工作讓我完全沒有私人的生活與空間。我後來發現這樣真的不行！」（C2-6）

> 「我真的滿顧及我自己的生活，就是覺得工作是工作，生活是生活，這是我比較大的堅持。」（C1-4）

這個情形的影響，使得日常編輯臺在採訪新聞確認、工作交接時，總會出現或大或小的狀況，甚或影響新聞品質。但這並不表示，這群新世代的年輕記者在遇到重大事件時，仍然會「準時下班」，在他們入行之後，這個社會同樣發生了不少天災人禍，他們依舊會堅守崗位完成任務。

（二）新聞觀點淺碟

新世代的記者的慣習的確與前兩個世代差異較大，但他們也會抱怨前輩們的「黃金歲月」早就是「神話」，當年做新聞的方式與新聞的定義，在現代環境中有些已經不適用。幾位年輕記者談到寫新聞的角度，都認為在嚴肅的議題找到人情趣味的新聞點很重要。

> 「就算是跑政治新聞，我們這一代會去看一些符合現在的話題性，還有這些話題衍生出來的現象，如果有趣的話就

會去寫，可是我們的前輩們就比較喜歡政治方面、政治角
力，他們覺得那樣的新聞比較重要，我們這些網路世代，
比較著重軟性的。」（C1-5）

　　這種不同角度看待新聞的方式，不能說是不對，而是網路世代
對於硬性資訊過量的反感，因而傾向於以較「淺」、較「庶民」的角
度來看待嚴肅的議題。當然，他們新聞養成的過程中，相較於上一
代，受前輩指導的機會和時間較少，也缺乏值得尊敬的典範可以學
習，所以，自己摸索的過程也許受同業影響反而較深，甚而彼此模
仿；因而在前輩眼中，他們是「很能處理即時新聞，但也很速食」
（A2-5），甚而形容他們很「淺碟」，「沒有自己的觀察和想法」（B1-
6）。

　　但這群新世代的記者卻為自己辯論：「誰造成了我們要快、要
趕新聞？」（C1-4）、「誰讓我們寫新聞寫到不知道自己在寫什麼？」
（C1-3）媒體環境改變了，在數位優先、速度至上的前提下，年輕
記者的職場養成經常是在「追、趕、跑、跳、碰」中，長官要求的
愈快速，他們愈沒有機會停下來思考，新聞的觀點該如何切入與鋪
陳；C1-2 主跑政治新聞，他認為即時新聞的影響，使他經常「被迫
複製、貼上再重組成一則新聞，但政治人物的說法其實都不是這麼
表面的，但我沒有時間沉澱下來好好思考」。電視尤其重視感官，讓
年輕記者自然而然地往「有畫面不一定有觀點」的方向做新聞！身
為主管的 A1-3 道出了數位時代訓練新人的難處：

「我以前用一個人可以花三、五年讓他慢慢學，但現在不
行，沒有時間可以 cover 你，每個人手上都要很多事，你
（年輕記者）就要快速成長，所以我們對記者的容忍度也沒
有那麼高，在指責上也比較直接，沒辦法適應的，就會離
開！……常常就在換記者，非常頭痛。」（A1-3）

「2000年以後的這群記者，就是淺碟，大環境並不鼓勵他
們做有深度的東西，網路培養了這樣一群沒有耐心的族
群，這些人不願意坐在電視機前、在手機螢幕前看長的東
西……所以媒體必須爭奪觀眾的眼球，開始就譁眾取寵！
這群年輕人進這個行業看到的就是這樣的新聞，也很難完
全怪他們！」（A2-3）

C1-4與C2-3卻表示，他們的長官願意花時間跟他們溝通新聞，
這對他們找到新聞切入點的幫助非常重要。可見，好的典範與好的
訓練仍然是可以改變這種淺碟的新聞觀點。

（三）跑新聞群體性與獨立性

隨著電視新聞競爭激烈，編輯臺掌控新聞走向與議題主導的權
力愈來愈大，每天的新聞內容有一半以上是製作人和編輯臺預先設
定好，再分派由各組記者去完成採訪，B2-1是政治組的組長，他形
容在每分鐘收視率主導新聞走向的電視環境中，「小朋友」是來不及
成長與解讀新聞的。

「比方我現在每天的工作，就已經幫他解讀好了，他要什麼
新聞，不要什麼新聞，我覺得他們不可能知道為什麼要這
條，不要那條；……他在執行這條新聞的時候，我已經開
始幫他想他下午要做什麼，我就告訴他，做這條的角度是
什麼，你要有 source A、B，要有 stand……他（的新聞）其
實是被安排好的 ABC。」（B2-1）

「這有點像編輯臺先開菜單，『小朋友』就照菜單把菜買回
來，這其實是不好的，新聞應該是要由記者在外面跑出來
的，但現在的環境如此，你叫這些人如何去跟官員、跟消

息來源培養感情，去養線、養人脈？」（B2-4）

　　說來諷刺，電視需要畫面，理當扛著攝影機到新聞現場拍攝，但網路太方便了，三器的畫面太好用了，所以，記者不出門也可以做新聞，很多新進記者的養成是這樣過來的，所以，他們只能看圖說故事，問題在於：很多新聞需要大量的現場觀察與發問，省略了這些，所做出來的新聞就「不像新聞」了！C2-5 形容「縱使有再大的新聞熱情，很快就被折損了！環境太惡劣了，電視臺老是做三器新聞，我一個 3 年的記者每個禮拜出去跑新聞的次數都可以數得出來！」。

　　電視記者們逐漸發展出一種所謂「會稿」的常規，每天早上在 LINE 群組中先商量好，今天的採訪議題，由誰出面去約訪哪位受訪者，大家再集體採訪，好處是大家都不漏新聞，但做出來的新聞就是「同一個角度，沒有自己的觀察」（B1-6）。採訪的集體性相對弱化了記者獨立跑新聞的能力，獨立跑新聞卻是重要議題、重大獨家、重大揭弊的必備能力。

　　相對於電視記者的依賴編輯臺，在報社的年輕記者們擁有的獨立跑新聞空間較大，他們也能享受追線索過程與結果的成就感，深挖一些新聞內幕的樂趣，不過，比起過去，也有報社記者抱怨，前輩們過去所享受的自主空間，在他們這一代少了很多，「編輯臺有時還是會有很多意見，有時我常覺得沒有自己的空間好好做新聞」（C1-3）。

（四）路線經營理念落差

　　「經營路線」是記者跑新聞的重心，如何建立自己的人脈、與重要受訪者打好關係，甚至要到部會首長的私人手機，能在關鍵時刻直接問關鍵問題，都是新記者們仍然在學習的過程。但新世代的記者不見得喜歡前輩們的應酬文化，他們總是聽前輩們說起，如何和

消息來源打交道，要學會和官員、企業應酬「交朋友」，尤其是主跑警政、社會路線，向來有「拚酒搏感情」，換得獨家的傳統。雖然這樣的文化仍然是記者結識人脈的方法之一，但 C1-4 表示，這一輩的記者很多人和她一樣，並不覺得應該這樣去換新聞。

> 「老實說，他們要找記者吃飯、喝酒，我沒什麼興趣、也沒有意願；但你要找我聊天我是很開心的，但不一定要請一桌，我們這一代真的不在乎這些，如果我的新聞要這樣才換得到，我也不要這個新聞！」（C1-4）

培養人脈一方面為了拿到第一手的新聞，二方面為了查證新聞，新世代的記者偏向以較個人的方式培養人脈，擅用網路新媒體查閱資料；但卻又喜歡用集體（例如教育線集體）的方式設定議題，採訪特定對象，甚而在 LINE 群組事先討論今天的採訪議題。這在前輩們的經驗中較為少見。

（五）頻繁出走的一代

年輕世代進入這一行正是媒體江河日下之時，他們或許不像前輩們把新聞當作志業，在訪談資料中可以看出，他們大部分雖然對新聞都抱有熱情和理想，但也深知不一定會在這個行業待一輩子。低薪、採訪環境惡質、記者不再是被社會尊重的行業等因素，都是原因。

> 「主管們常覺得人家都會理記者，就會給一堆奇怪的要求，但現在的日子早就不是這樣了，我們在新聞現場所受到的待遇也跟前輩們大不相同。」（C1-1）

「看不到未來在哪裡」（C1-3，1-5，C2-2，2-5）是促使他們想從

新聞業出走的重要因素。C1-1 表示，和他同期進新聞界的人，這兩年紛紛轉職，留下來繼續奮鬥的人愈來愈少，本研究受訪的記者中後來亦有人離開新聞界。看在前輩們的眼中，卻對他們的頻繁流動有另一種解釋。A1-1 與 A1-3 都已是主管，他們都抱怨新世代的記者抗壓性不足，在快速節奏的新聞行業裡，主管對於記者的責備有時「很直白」，年輕記者受不了！甚至被罵幾次後就直接辭職不幹！

> 「之前的記者比較願意為新聞付出，比較沒有這麼多抱怨，
> 　現在記者常常是不滿意就離開……他們要的是生活品質，
> 　好像新聞工作沒有重要到他可以犧牲生活品質。」（A1-3）

其實，年輕記者的抗壓不足、重視自我大於新聞責任，或許都是新世代的特質，但更大的結構性問題，仍然在於媒體環境的每下愈況，空有理想卻沒有實際的組織配套支持，年輕世代面對的憧憬和熱情，很容易消散。C1-1 甚至用「被虧待」一詞來形容他們這個世代，來不及被完整的訓練，被要求的工作責任與義務不符新聞現實。當社會認知的「夕陽產業」沒有足夠的支撐力時，出走，成為必然。新聞組織在面對新世代記者的頻頻走出，人才斷層已難免，經驗傳承更是困難。B1-3 是中階主管，就常感嘆「找不到人當記者！」。

儘管前輩們對這個世代有諸多「一代不如一代」的評價，但也有受訪者看到了這一代記者的特質。

> 「他們有想法，創意和靈活度都很厲害，有人覺得他們沒有
> 　深度，但我不這樣看，我覺得是媒體載具不同了，訊息方
> 　式改變了，所以深度出不來，……他們當記者的方式很不
> 　一樣！」（A2-7）

第五節　結論：彼此包容共榮共好

　　Bourdieu 曾論及新聞場域的特質，他批評當時的新聞場域呈現在大眾眼前的景象是由兩種不同的勢力所構成，其一是以聳動題材為報導主流的記者，其二則是標榜著分析評論應有其客觀性的記者，他們在社會上取得合法性。但新聞場域受市場制約的影響，同樣的轉化在新聞工作者自身（舒嘉興，2001）。時至今日再重新思考這位社會學大師的批判與反思，仍可看出他對新聞工作者承擔社會文化責任的期盼。

　　解嚴至今超過三十年，臺灣的新聞場域內由三個不同世代撐起新聞內容與品質，他們的成長背景不同，在職場上經歷過的歷史事件不同，在記者養成階段所歷經的媒體環境亦不相同，造成他們在新聞實作上的慣習差異。在新聞場域中，他們或有遊戲性的爭取權力，或有鬥爭，這也是世代交織必然的現象與結果。在田野訪談中，亦可以看出每個世代看待自己，與看待其他世代的觀點差異，但不論他們用何種方式採訪、何種觀點詮釋事件、用何種形式製作新聞，亦或他們是否把新聞工作當作是一生奉獻的志業，至少在他們身為新聞工作者的當下，仍然願意付出、願意努力，願意堅持追求對社會有意義的事，願意發揮影響力讓社會更好，這種公共價值的信念，卻未曾因世代差異而有所改變。

　　前輩們對於「新媒體世代」的種種新聞實作的慣習，經常有著無法忍受的無奈，例如，「罵不得」、「操不得」、「文字能力太差」、「不看重新聞」、「沒有自己的想法」……這些或許是 Z 世代成長過程中所形塑的慣習，也或許就是新聞現場的現實，或許也是對新手的偏見。在世代交織的場域中，他們或許是在媒體快速變遷下來不及好好訓練的一代，入行到上線的時間不若前兩個世代如此按部就班。但這些「菜鳥」會成長（也許他們需要的時間更長些），他們面對科技的正向態度，應是未來媒體轉型的有力條件；更重要的是，

這些年輕世代會步上世代交替的歷史位置，他們對新聞的詮釋與觀點或許隨著時代的變遷與前輩們不同，但歷史的巨輪向前滾動之際，新聞的變與不變仍需要一棒接著一棒來創新與持守。

在媒體如此艱困之際，世代之間的相互尊重、體諒與包容更為重要，唯有如此才能共榮共好，為新聞工作的傳承找到代代相傳的掌燈者，讓記者這個名詞不至於消失在歷史的洪流中。

第十四章

結語：想像未來

「記者不會消失，這個社會還是需要這個行業的存在，負責
記錄、告訴人們發生了什麼事？為什麼發生？」（B1-6）

2000年代中期以後，網路盛行，新興的社群媒體不斷地以各種
服務吸引全球的消費者後，「危機」這個字眼即一直出現在各種不同
的媒體研究與新聞論述中。報紙吹熄燈號及發行量下滑，電視面臨
剪線族不再訂閱有線電視，根據美國 eMarketer 市調公司的統計，自
2017年起，美國不收看電視的族群逐年上升，剪線族亦在增加中，
2017年比前1年多了33%。[1] 臺灣的 NCC 在2021年發布的統計，
2020年12月有線電視的訂戶也跌破500萬，只有486萬餘戶。[2]

在危機中尋求轉型或重建新聞業的呼聲與行動持續了十幾年，
我們看到的是隨著新科技浪潮的不斷推進，新聞業的未來也在重重
荊棘中尋找出路。儘管社會上不斷地有人稱新聞業是「夕陽產業」，
但美國學者 Schudson（2018）在其出版的《為什麼新聞業依然重要》
（*Why Journalism Still Matters*）書中指出，即便網路發展危及專業新

---

[1] 詳見：https://www.emarketer.com/chart/211419/us-pay-tv-nonviewers-by-type-2016-2021-millions

[2] 參見NCC網站：https://www.ncc.gov.tw/chinese/news_detail.aspx?site_content_sn=2989&cate=0&keyword=%e6%88%b6%e6%95%b8&is_history=0&pages=0&sn_f=45698

聞組織的生存，但這種專業化的新聞業（professional journalism）比以前更加重要，他以美國新聞事件為例說明，這些專業記者能為社會提供事件的脈絡與多元意見，這種老派的古典新聞專業即是美國民主所需。他甚至開宗明義地引用傳播學者 Daneil Hallin 的看法，認為這些由專業機構訓練出來的記者「對於專業規範的承諾（committed）強過政治理念」（Schudson, 2018, p. 1）。Schudson 的這本書出版後，有不少學者引介評論，但義大利傳播學者 Díaz-Dorronsoro（2020）卻為文指出，不單單是新聞業重要，新聞工作者的重要性更甚，因為在這社群媒體、人們可以相互溝通與互動的時代，人們更需仰賴值得信賴的聲音，那是來自於媒體組織的新聞工作者所產製的。

誠然，本研究是以新聞工作者為主的書籍，亦呼應 Díaz-Dorronsoro 的主張，專業的新聞業固然重要，但能否有對專業強烈承諾，願意劍及履及的新聞工作者更為重要。在本章將從回顧全書的研究結果、綜觀新聞工作者對此產業的未來想像、以及他們在科技洪流中所預見的新聞變革與不變價值等，作為本書的最後結語。

第一節　解嚴後三個年代的比較性研究結果

本書以 1994、2004 及 2014 三個年代的臺灣記者調查結果進行量化的比較與質化的分析，這三個年度也正是臺灣從解嚴開放過渡到民主化社會的重要歷程，在此歷程中新聞工作的群像，正可反映媒體與時代的關聯性。茲將主要研究結果分述如下：

一、臺灣新聞工作者的輪廓變遷

解嚴後的三個時代，從事新聞工作的人，平均年齡的變化不大，都維持在 36-37 歲，其中以 25-44 歲為主力，占比在七成以上；但在性別比例、教育程度、政黨支持度上，歷經二十多年臺灣社會

的變化，卻有所不同。

　　首先，在性別上的變化最大，新聞工作者中男女的比例，從1994年的62.3%：37.7%，到2004年成為57.5%：42.5%；2014年時比例再調整為55.1%：44.9%。這說明了，解嚴後的臺灣社會，女性在新聞職場上的占比與男性愈來愈接近，其中，較特別的是，在媒體類別的比較中，廣播電臺的新聞工作者自1994年起一直都是女性多於男性。此外，女性在媒體擔任高階主管者已不罕見，可見女性在新聞工作中角色已愈來愈重要。

　　其次，在教育程度方面，1994年有近六成（59.9%）的新聞工作者擁有大學以上的學歷，五成受過專業新聞教育；新聞工作者在後來的二十多年間，大學以上的學歷比例持續成長，2004年時則有近八成（79.2%），其中有近六成受過專業新聞教育；2014年時則有超過八成（86.3%）是大學以上學歷，其中有六成受過新聞教育。特別值得一提的是，在這二十年間，研究所畢業的比例由1994年的11.4%成長至2014年的24.1%。高學歷成為臺灣新聞業人才的特色。

　　在政黨支持度上，尤其可以反映臺灣二十年來從一黨專政到政黨輪替的現實，雖然有較多比例的新聞工作者表示不支持任何政黨，但在藍綠支持度上卻呈現三個年度極不同的變化，1994年支持國民黨者有42%，支持民進黨只有8.6%，可以想像當時國民黨長期執政所累積的資本，對新聞界有相當的影響力；但政黨輪替後的2004年，除兩大黨外，另有分屬藍綠的小黨成立，此時，支持泛綠的比例（29.9%）略高於泛藍（27.7%）。可是，到了2014年政黨輪替已成常態，支持藍綠的新聞工作者都不到20%，表明不支持任何政黨的反而升高到68.6%。顯示新聞工作者愈來愈企圖擺脫政黨的影響，而以獨立自主的方式處理新聞。

二、新聞工作環境變遷

　　二十多年來隨著媒體發展的起落，新聞工作的狀況也有了相當

的變化，這些展現在新聞工作者對於各項指標的變化上亦不相同。首先，在三個年度中，新聞工作者對工作的整體滿意度在 1994 與 2014 年相差無幾，平均數分別為 3.49 與 3.47，但 2004 年卻下降至 3.38。如果進一步用雙因理論將二十個內在與外在因子進行細項比較分析，則可以發現內在激勵因子的平均值，比外在保健因子來得高，顯示新聞環境變遷中，內在激勵因子是新聞工作者工作的重要驅力。在這三個年度中，「升遷」與「進修制度」一直都是新聞工作者滿意度最低的；但值得注意的是，隨著大環境的改變，「工作量」與「工作時間」的滿意程度逐次降低，亦是現階段媒體經營者必須嚴肅面對的課題。

工作狀況的第二個指標是薪水待遇，它是影響工作滿意度最重要的因素。從平均薪資來看，1994 年為 49,005 元，2004 年提高到 55,063 元，但到了 2014 年不升反降，只有 50,711。如果把這個平均薪資與國民所得毛額對照，可以發現，1994 年與 2004 年都高於國民每人平均月薪，但 2014 年卻遠低於國民每人平均月薪。2000 年中期以後，媒體榮景逐漸褪色，低薪成了 2010 年代新聞業的現實。

第三個指標則是新聞自主，本研究發現在這三個年度中，新聞工作者知覺其新聞自主的程度，以 2004 年最高，平均數達 3.09，其次是 1994 年 2.98，最低的是 2014 年的 2.85。1994 年雖然是解嚴後的黃金歲月，但因為黨政軍控制廣電媒體，故電視新聞工作者的自主性低，影響整體平均數；2004 年成為三個年度中自主性最高的一年，即便置入性行銷已在媒體盛行，可能的原因是一方面當時的媒體競爭性高但廣告收入可觀，新聞工作者的收入亦高；其二，記者不會天天被指派進行業配，所以，主觀感受的新聞自主性在媒體一片榮景之下，相對提高。進入數位時代後，多工、即時新聞帶來的壓力，使新聞工作者普遍感受新聞自主性低。

第四個指標是去留承諾。本研究發現新聞工作者對於未來五年的工作想像，隨著年度的變化有顯著差異。1994 年有 55.7% 的人表

示會留在原來的新聞機構，2004 年下降至 45.6%，到了 2014 年則只剩下 31.2%。想離開新聞界的比例，在 2004 及 2014 年都比 1994 年高。最值得注意的是「未決定」的比例，1994 年只有 17.6%，到了 2004 年升高至 23.5%，但 2014 年則有 44.9%，等於將近一半的新聞工作者對於未來的去留給了不確定的答案，而且以年輕記者的占比高，34 歲以下者超過四成都表示「未決定」，這顯示年輕世代對於新聞業的未來前景有些茫然，立場游移，也沒有堅定的承諾。

三、媒體角色重資訊傳布

新聞工作者對媒體角色的認知，會影響其對新聞的採訪，甚至如何衡量新聞輕重，報導取向，故在衡量記者專業性時，它成為重要的指標。自 1994 年起，三個年度的調查發現，臺灣本地的新聞工作者認為最重要的媒體角色，一直沒有改變：以提供快速、正確消息為主的「資訊傳布」角色優先。在美國新聞界標榜「看門狗」（watch dog）的「解釋監督」角色，臺灣的新聞工作者反而列為第二位。這樣看來，是否記者就輕忽了對社會的監督？從質性訪談的資料來看，記者們仍然肯定這是媒體的重要使命，只是在臺灣記者的新聞日常中，傳布資訊的新聞編採占了較大的比重。在 2014 年的調查中，因應數位時代重視溝通與互動，本研究新增了「公眾參與」的相關題項，結果發現記者認為這個角色的重要性，幾乎與第二名的「解釋監督」相差無幾。

此外，新聞工作者對「娛樂文化」角色的重視程度較低，最不重視的則是「對立」角色，在 1994 及 2004 年平均分數都相當低，不過，在 2014 年的調查中卻發現，它的平均分數提高至 3.71，比當年「娛樂文化」角色的平均數（3.59）高，這可能與數位時代「爆料」透過各種社群媒體傳送更為容易，媒體便於取材，這些內容常是對立取向，因而影響了新聞工作者對它的評價。

四、爭議性編採手法

　　新聞倫理涉及了新聞實作中的應然面規範，但新聞工作者每天遭逢的事件情境，有時可能不是簡單的規範與否可以處理的，因此，在實務的場域中，有時會採取一些可能具有爭議的手法，這些手法有些觸及倫理底線，有些則處於灰色地帶。在 1994、2004 及 2014 年，本研究以八項業界經常會使用且具爭議性的編採手法，詢問新聞工作者的接受態度。結果顯示，「使用假身分進行採訪」在前兩個年度，記者的認同度都居第一位；但到了 2014 年時卻退居第二位，而由「不表明身分到企業或組織工作」取代，「不表明身分到企業或組織工作」在前兩個年度都居第二位。第三名在各年度中都不相同，1994 年是「利用各種方式打擾受訪者」，2004 年則為「花錢買機密消息」，2014 年為「未經同意暗中錄音或錄影」。此外，被新聞界視為「天條」的「透露祕密消息來源身分」在歷年的同意度都是最低的。

　　其中，「未經同意暗中錄音或錄影」的變化最大，從 1994 年的 29.2% 同意度到 2014 年上升到接近五成（48.4%），這與數位時代手機錄音的方便性有關。另一個變化較大的則是「未經同意，在報導中使用企業或政府的機密文件」，自 1994 年的 26.2% 成長到 2014 年的 42%。這應與臺灣走向民主開放社會後，過去的自我審查漸漸鬆脫，揭弊監督的採訪被新聞室視為重要策略，企業與政府是社會有權力者，自然成為媒體監督對象。

　　本研究發現，新聞工作者之所以會採取這些爭議性手法，大半都與公共利益及重要新聞採訪不易有關。進一步將這些爭議性手法分成兩大類：「便宜手法」及「忽視受訪者權益手法」，並以市場競爭作為預測變項，結果發現，組織愈強調市場至上，新聞人對便宜手法的同意度愈高；反之，組織愈以專業為重，新聞人對便宜手法的認同度愈低。但它們對於「忽視受訪者權益手法」都不具預測

力。據此，雖說公共利益乃新聞工作者重要的判準前提，但在市場惡質競爭時，媒體也可能高舉公共利益大旗，實則跨越了倫理的紅線，只為贏得收視率與點閱率。因此，如何在複雜的採訪情境中作權變的決策，仍然必須基於媒體的社會責任與倫理價值。

五、置入行銷有增無減

「置入性行銷」這個名詞運用在新聞上的起源在 2003 年，民進黨執政時的政府採購標規中，此後媒體接受來自政府及商業的置入情形愈來愈普遍，也成了業界公開的祕密，一般簡稱業配。本研究在 2004 年進行調查時，正是媒體盛行置入之初；在民間及學界的壓力下，政府於 2011 年通過《預算法》修正案，禁止政府及公營事業在辦理政令宣導時，以置入性行銷方式進行。故此，本研究 2014 年之調查，亦能看出立法禁止的效果。在比較了這兩年的調查數字後發現，不論是間接收入的「業務配合」或直接收入的「專案配合」，2014 年都比 2004 年顯著成長。同時，組織愈重視利潤與市場，新聞工作者執行置入的次數愈多；反之，媒體愈重視專業，置入被執行的次數則愈少。

置入行銷十多年來已經成為媒體產製新聞的常規，不單是中央政府，地方政府買媒體的情形更是普遍，這使得業主視記者為「買來的工具」，強勢干預新聞產製，甚而新聞部門的人事；使得媒體組織與個人的新聞自主都受到嚴重的影響，業主負面新聞經常淡化或消失，媒體無法盡監督之責。雖說 2010 年以後，媒體面對數位浪潮的衝擊，經營日益艱困，使得媒體、甚至新聞工作者都將其視為「必要之惡」，但在外在壓力下，新聞工作者能撐出多大的自主空間，來確保工作尊嚴與履行社會責任？是難解的習題。

六、新科技、新工具的使用

新聞業隨著新科技的發明，而在不同的階段產生不同的產製變

化，成為記者的新工具。1994 年本研究在進行調查時，正是媒體開始使用電腦之初，超過六成的新聞工作者表示，他們的工作必須經常使用電腦，最常利用電腦做的事是「輸入稿件」，其次是「建立個人資料」與「查詢新聞相關資料」。超過半數的受訪者認為電腦在「提高工作效率」及「查詢資料」上很有幫助，但「當機」和「操作不熟練」卻是他們最感困擾的事。

到了 2004 年，對記者來說的新工具已經從電腦變成了網路，99.7% 的記者回答在工作上必須使用電腦，99.9% 的記者都接觸過網路，平均每天使用的時間達 6 小時以上。他們在網路上最常從事的活動是：尋找背景資料、發稿、閱讀本地新聞、尋找新聞線索。

2014 年的新工具則是社群媒體，97% 的記者每天在工作中會使用社群媒體，平均每天使用的時間是 101.6 分鐘，他們透過社群媒體從事的活動，以「查閱其他媒體正在報導的新聞」最多，其次是「查閱最新消息」、「與同業保持聯繫」，較少「回應讀者或觀眾的評論」，也很少「在社群媒體發表評論」。網路雖然強調網民互動的重要性，但對記者來說，採訪才是首要任務，參與網民的互動並不受本地記者的重視。

網路流量速度增快、社群媒體的多元，也使數位時代的新聞採訪生態與以往不同，記者利用社群媒體找到受訪者或認識新的消息來源，加上 UGC（使用者自創內容）的普遍，社群媒體成為記者每天必逛的虛擬空間。雖然有近六成的記者同意社群媒體「可以宣傳自己」及「貼近讀者或觀眾」，但卻有六成的記者並不認同社群媒體可以「減少工作負荷」，同時記者們亦擔心大量使用社群媒體的內容，會威脅新聞品質與專業。

第二節　匯流時代的新聞記者樣態研究結果

科技對媒體的影響隨著新的發明問世、被引進新聞產製，而對

新聞產製產生或大或小的變化。在 2000 年中期，傳播文化界對於匯流（convergence）的討論已經開始，且涉及的層面從新聞產製端到文化影響面，愈來愈廣泛。從字面上來看，「匯流」在英語字典裡的解釋為：兩種以上事務、活動、現象「會合」或「聚合」的現象。政治學家 Ithiel de Sola Pool 早在 1983 年的著作《自由的科技》（*Technologies of Freedom*）可能是最早以這個名詞來描繪科技創新對社會、媒體影響的學者。他指出，科技使過往涇渭分明的界線愈來愈模糊，包括媒體之間、人際間傳播、甚或大眾傳播均受其影響，過往個別傳送訊息的形式（如電話、電報、電視、報紙），未來都會因為科技革命而匯聚整合（轉引自 Jenkins, 2006, pp. 10-11）。這項「預言」在網路尚未普遍之前，我們現在所稱的新媒體尚未問世之時，故 Ithiel de Sola Pool 也被稱之為「匯流先知」。

在 2000 年中期有兩個與傳播相關的討論脈絡，對於媒體產業的發展頗具影響性。其一是以美國文化研究學者 Jenkins 所著的《匯流文化》（*Convergence Culture*）（2006）為主，閱聽大眾不再是被動的訊息接收者，他們既是內容的消費者，也是生產者；因著科技平臺的 web 2.0 特性，他們可以主動參與、表達意見，發揮集體智能（collective intelligence），形成不可忽視的群眾力量。

另一個脈絡則是和媒體產業直接相關，討論媒體對新科技環境因應時，已將匯流視為一種新的媒體策略。Kolodzy（2006）則指出，媒體匯流是一種思考新聞、產製新聞及傳播新聞的新方式，媒體組織應掌握多平臺內容流動、多元媒體產業協力合作、及消費者流動的特性，以達到內容多元、服務公眾的目的。因此，跨媒體（cross-media）工作、重新建構匯流新聞室（convergence newsroom）的情形，在各先進國家逐一展開，使新聞產製的地景也為之改變（Erdal, 2007; Garcia Aviles & Carvajal, 2008）。

新聞產製地景改變帶來的是記者工作的改變，工作型態有別以往，更忙、更累、更緊繃。在本書的第二部分，則從勞動、倦怠與

離職等層面，來檢視匯流時代記者面臨的壓力與挑戰。

一、新聞超人的新趕工儀式

　　數位環境改變了記者工作狀況，在量化調查中，有高達 96% 的記者表示，工作時有時或經常要「使用即時通訊軟體聯絡溝通」（例如 LINE、FB Messenger）；77% 的記者表示工作中有時或經常「需身兼多重職務」。至於工作量的改變，93.3% 的記者表示在工作時有時或經常「隨時在收發訊息情形增加」；90.2% 的記者表示他們有時或經常「工作超時」。在工作壓力的部分，記者們認為最大壓力來自於「必須不斷學習新科技技術」、「必須花時間認識新的社群媒體或新型網站」及「必須到新媒體上尋找報導的題材」。

　　本研究發現要求記者一人多工的現象已成常態，加上速度優先的產製邏輯，使記者宛如「新聞超人」，他們過著一心多用、公私不分、永不關機的 3L 人生：即時發稿、隨時使用通訊軟體工作、即時在社群媒體直播。影響所及，競逐速度帶來了速度價值至上的新趕工儀式，在此環境中，採訪愈來愈破碎化，新聞的定義與價值愈來愈模糊。新聞界大量依賴即時通訊軟體 LINE，加重記者無法關機，必須隨時「在線」的負擔與焦慮。身處於其中的記者，對於新聞無心力掌握品質與正確性，有著倫理焦慮卻身不由己。

二、倦怠感增熱情漸失

　　數位環境下的記者壓力大、挑戰大，工作量比以往更多，增加記者的倦怠感。根據倦怠的文獻指出，它具有三個構面：耗竭、譏誚態度及專業效能低落。本研究發現超過七成的記者覺得自己工作時「心力交瘁」、「工作精疲力盡」、「精神緊繃」，此乃代表臺灣的記者耗竭程度高。在譏誚態度上，亦有超過七成的記者表示「只想做我的工作不被打擾」、「對工作的興趣降低」，但整體構面的平均數略低於耗竭。不過，即便是記者們有耗竭及譏誚態度，但他們的專業

效能低落構面分數很低，顯示，他們在如此身心俱疲的狀態下，仍然顯示自己「對服務的媒體有相當貢獻」、「能有效解決工作上的問題」等專業效能。

值得注意的是，「高倦怠消極型」的記者有四成年紀在30-40歲，這群人是媒體的中生代，也是媒體組織必須培養接棒的人才，過去的研究顯示，倦怠是造成離職的重要因素，媒體組織宜正視這群中生代的工作狀態，避免人才流失。另外，在不同的媒體比較中，本研究也發現「高倦怠消極型」的記者群中，有五成是電視記者，這也顯示電視新聞的工作環境比其他媒體更容易造成記者身心俱疲、熱情漸失。反之，雖然近年來報紙記者被要求一人多工，大量發即時新聞，大家都苦不堪言，但在「低倦怠熱情型」中，報社記者的占比相較其他媒體高，這也可能是報紙記者的自主空間較大，能實踐新聞理想的可能性較大所致。

在質性訪談資料中發現，疲累不堪、焦慮緊繃是記者們對工作現狀的形容，會產生對工作冷淡或漠不關心的譏誚態度，則原因較複雜。大半都與新聞室的政策相關，例如，即時新聞太多無法做好新聞，因而消磨理想與工作熱情；經常要做業配新聞自主受到極大的限制；長官為了收視率或點閱率硬要記者做些吸睛但對社會毫無幫助的新聞，也使記者難拾熱情。即便如此，記者們仍然覺得自己應該堅守崗位，完成工作，因而產生自我調適的專業效能。有些記者會堅守底線迂迴抗拒，找到自己在新聞工作中的價值；有些則消極地說服自己：一份薪水一份工作，完成上級交待的任務即可，新聞理想不必如此「遠大」！

三、體累心倦轉念說再見

雖然沒有正式的統計，但從訪談記者的口中，都會提及記者的流動率近年來愈來愈高，過去只是在新聞圈內跳槽，而現在，新聞業不再是穩定的飯碗，不再擁有崇高的社會地位，自新聞業出走則

成了另一種流動的選項。從相關研究中可以得知，倦怠、工作滿意度都是造成離職的主要原因。本書從 20 位離職轉行的前記者的深度訪談資料中發現，多數受訪者在離職前都歷經了過勞的倦怠情形，甚至有一半的受訪者出現心悸、胃痛、失眠……等不同的病症，因而成為他們離開新聞界的重要驅力。再加上媒體組織數位政策多變，有些又與新聞的公共價值嚴重衝突，使記者覺得無法達成自我的價值、目標與策略，產生 Lee 與 Mitchell（1994）所謂的嚴重的心象受阻，使他們萌生去意。

但離職不是衝動的決定，勢必經歷一段去留評估的歷程，在此歷程中，受訪者經常面臨了拉力與推力的拔河，會阻礙他們離開的拉力是：對新聞工作的熱愛、沒有專長的憂慮、及經濟負擔使資深者不敢冒險。相對的，促使他們離開的推力則是：記者的社會地位大不如前、面對新聞業前景不佳與沒有安全感，及年輕記者薪水成長空間有限等。整體看來，激勵記者留下來的內在因子不多，使受訪記者容易離職。

值得一提的是，每位離職者在離職前都歷經了衝擊事件，來反思自己的工作職涯。受訪「前記者」談及的衝擊事件大半與媒體組織有關，其中又以長官的領導風格最多。可見在數位環境的工作壓力下，主管們學習如何溝通與領導成了重要課題。

第三節　想像未來

解嚴以來，臺灣的社會在民主開放中邁步，伴隨著民主體制的新聞業，亦在報禁開放、黨政軍逐步退出媒體後，歷經興盛、社會尊崇的第四權，到惡質競爭品質下降，再到數位時代的營運困難、轉型成效難料。這不單單只是臺灣的問題，也是全球媒體面臨的共同處境。新聞業的未來在哪裡？是很多新聞人心中的疑問與思索。

在面對數位環境的液態化特性，一切領域的邊界都模糊，記者

的定義也顯得脆弱，因為人人皆媒體的時代，所謂的公民記者亦可行使採訪報導的任務，專業化的新聞業有未來可言嗎？英國學者Conboy（2019）甚至從批判的角度提出，新聞業從未有過未來，也沒有必要開始有未來，他認為我們應該反思，歷史給予新聞業的理想化與神話。他進一步提問：數位時代的種種變化只是動搖新聞的基礎嗎？還是重新讓人思索新聞學認識論的改變？Conboy 最後將希望寄託在公共傳播上，對商業化的新聞媒體不抱希望。這是對新聞業比較極端的否定論。

　　牛津大學路透新聞研究所在 2019 年曾對新聞的未來提出研究報告，報告中指出未來的媒體變化有五個趨勢：(1) 我們將從媒體組織作為守門者的世界，移轉至媒體依然產製議題，但平臺業者卻控制閱聽眾近用的機會。(2) 這種向數位媒體的遷移，通常不會產生過濾泡泡（filter bubbles），而是機緣巧合與偶然的接觸資訊，使人們可以接觸更多元的資訊來源。(3) 人們對新聞業的關注愈來愈少，在某些國家或地區，新聞業甚至失去了公眾的信任。(4) 資助新聞的商業模式受到挑戰，弱化新聞專業，使媒體因政治與商業的壓力而更加脆弱。(5) 新聞比過往更為多樣化，最好的新聞也更勝以往（Nielsen & Selva, 2019）。

　　這樣的預測大體上與本書對數位時代記者研究的結論相符，民眾對新聞業的公信力漸失，在政治與商業雙重壓力下，媒體為求生存不得不低頭。但這卻不表示新聞業已經不重要，Nielsen 與 Selva（2019）在報告中指出，一些媒體集中資源致力於報導正確消息及深度的調查報導，在德國與法國均有嚴謹的事實查核機制，以遏止假新聞，而以特定族群為主的網媒，亦能傳遞非主流的意見。因此，在許多方面來看，當今最好的新聞業勝於過往，因為它比以前更容易近用、更及時、具有更多元資訊及互動性，又能使閱聽人參與互動表達意見。其中，媒體持續致力於調查報導揭露不法的影響力更大。

　　本書並不主張新聞業沒有未來，沒有前景可言，而是在資訊愈多元紛雜的時代，如 Schudson（2018）所言，專業化的新聞業其重要性無可取代。亦如 Díaz-Dorronsoro（2020）所稱，專業化的新聞工作者更顯其時代意義。但未來的記者工作為何？ Picard（May 2015）曾透過專業記者協會（Society of Professional Journalists）針對 509 位西方國家記者進行調查，以瞭解他們對未來工作的想像。受訪記者認為，新聞業未來將更艱鉅，且機構性的支持也會減少，記者將不得不更努力工作，但未來的薪水卻可能會下降，工作的不穩定持續增加。由於產製新聞的數量大增，有近八成的受訪者認為他們永遠無法真正下班（off work），而他們也預測未來的獨立性與新聞自主將不如以往，同時必須考慮透過社群媒體、公開露面等各種方式來經營個人品牌，甚至考慮創業的可能性；因為他們不能指望媒體機構可以永遠給他們穩定或全職的工作。近半數的受訪者也認為，未來要界定新聞記者會變得愈來愈困難，因為有太多組織或個人對所謂的「新聞」有興趣，都可以自稱為記者，這種混雜（hybrids）的現象，將是未來的趨勢。

　　至於臺灣的新聞工作者，如何看待新聞業的未來？及新聞工作者的未來呢？以下將從質性訪談資料中，分別討論。

一、新聞人對新聞業未來看法的量化調查

　　在 2014 年的調查中，本研究曾經詢問網路及新科技不斷影響我們生活的未來，新聞人對新聞業、主流媒體及網路等新媒體未來的預期如何？結果如下（見表 14-1）：

（一）對新聞業的未來看法

　　28.7% 認為新聞業會越來越差，23.6% 表示會差一些，20.2% 表示會和現在差不多，17% 認為會好一些，另外 10.5% 覺得會越來越好。整體而言，對未來較樂觀的比例為 27.5%，較悲觀的比例為

52.3%，表示對未來看壞的比例仍然較大。

（二）對主流媒體未來的看法

26.8% 認為主流媒體會越來越差，24.3% 表示會差一些，24.1% 表示會和現在差不多，14.5% 認為會好一些，另外 10.3% 覺得會越來越好。整體而言，對未來較樂觀的比例為 24.8%，較悲觀的比例為 51.1%，表示對未來看壞的比例是看好的比例的一倍。

（三）對網媒及新媒體未來的看法

8% 認為網媒與新媒體會越來越差，5.6% 表示會差一些，21.1% 表示會和現在差不多，37.6% 認為會好一些，另外 27.7% 覺得會越來越好。整體而言，對未來較樂觀的比例為 65.3%，較悲觀的比例為 13.6%，顯示超過近三分之二的受訪者對網媒及新媒體的發展持樂觀看法。

表 14-1：新聞工作者對新聞業未來看法（%）

	越來越好	會好一些	和現在差不多	會差一些	越來越差	總和
新聞業	10.5	17.0	20.2	23.6	28.7	100.0 N=1,489
主流媒體	10.3	14.5	24.1	24.3	26.8	100.0 N=1,492
網媒與新媒體	27.7	37.6	21.1	5.6	8.0	100.0 N=1,495

（四）世代看法的比較

如果我們把「越來越好」給 1 分，「越來越差」給 5 分，將此 3 題進行三個世代的比較，可以發現：對新聞業未來的看法，「解嚴後世代」（平均數 3.57）和「新媒體世代」（3.24）有顯著差異（$F=7.48$，$p<.001$），換言之，作為老一輩的「解嚴後世代」比年輕

的世代更為悲觀。至於對主流媒體的看法，則三個世代的平均數均
有顯著差異（F=7.09，p<.001），最不看好的是「解嚴後世代」（平均
數 3.52），其次是「千禧世代」（平均數 3.47），相對樂觀的則是「新
媒體世代」（平均數 3.21）。最後，對於網媒與新媒體未來發展的看
法，三個世代都較樂觀，平均數都在 2.19 至 2.37，統計上並無顯著
差異（F=3.17，p> .05）（見表 14-2）。

　　這個統計發現相當有趣，在第十三章本書提及新聞場域乃由三
個世代的慣習與實踐交織而成，「解嚴後世代」是受嚴格訓練、建
立典範的一代，他們入行時充滿著理想，許多人以新聞業為一生志
業；而「新媒體世代」則是來不及訓練就上戰場，較不成熟又自
我利益取向的一群，他們雖對新聞有熱情，卻不一定把新聞當成志
業。可是對於新聞業及主流媒體的前景，反而是年輕世代比老一輩
更樂觀。這可能的原因是，大家比較的基礎不同，「解嚴後世代」的
悲觀來自於新聞業和主流媒體已經回不去過去重視專業與新聞自由
的新聞室文化特質；而年輕世代的人生事業才剛開始，他們面對未
來仍有無限可能，有潛力改變與創新這個行業的新形式，所以，相
對樂觀些。如果這樣的推論是成立的，我們對於年輕世代該有更多
的期待，因為他們是將來要接棒主導新聞業的一群，他們不放棄新
聞業與主流媒體，新聞業與主流媒體的未來才有希望。

表 14-2：各世代對新聞業未來的看法平均數比較

	新媒體世代	千禧世代	解嚴後世代	F 值	事後比較
新聞業	3.24	3.38	3.57	7.48***	1-3
主流媒體	3.21	3.47	3.52	7.09***	1-2, 2-3, 3-1
網媒與新媒體	2.19	2.24	2.37	3.17	

註：「越來越好」=1，「會好一些」=2，「和現在差不多」=3，「會差一些」=4，「越
　　來越差」=5。

　　接著，從質性訪談的資料中，歸納出受訪記者們對於新聞業未

來的看法，大致而言，支持專業的新聞媒體存在必要性的記者占多數，雖然有人也戲稱這個行業是「夕陽工業」，但卻肯定如果沒有專業的新聞機構，無法傳遞正確的消息，社會的監督系統也會因此混亂。

二、質性分析：回不去，只能向前

（一）分眾取代大眾，大媒體將不存在

多數記者都認為，在資訊多元紛雜的數位時代，人們不只靠傳統的大眾主流媒體獲取消息，因此，傳統媒體已經沒有絕對的優勢，過去所謂的極具影響力「大媒體」不一定會繼續存在。

> 「雖然媒體機構一直往數位方面投資，到現在還看不到賺錢的機會，但我覺得這個變化是回不去的，我們已經沒有絕對的優勢，所以（影響力）會漸漸變小，這個變化不是立即的，而是慢慢改變的。」（A2-4）

> 「未來的媒體會跟社會一樣走向分眾，我覺得不用再去想大眾媒體這件事了，因它不可能存在。」（A-5）

記者之所以對主流媒體的看法趨於保守，也不認為它們未來的影響力可以像過去一般，主要來自於數位時代閱聽人的資訊消費習慣已十分多元，民眾對於媒體品牌的認同不若過去。

> 「現在大家都用 APP 接收訊息，看到新聞就刷一下，不會特別覺得哪一報有什麼重要，網路把所有的資訊都打散變成 buffet（自助餐），由消費者自己去取用，不像傳統的報紙和雜誌，製作精心的套餐，把重要的消息編好給你看。

這樣下去，資訊傳遞會愈來愈個人化，而不是品牌化，當
然也會造就個人偏食的情形，有些新聞你永遠都看不到！」
（C1-1）

（二）主流媒體還會存在嗎？

多位受訪者都直指，目前媒體機構花相當心力投注網路，及新
的數位敘事的研究開發，都是為了吸引新世代的觀眾，但它是否能
帶來新的商業模式？卻仍然是個未知數。但未來主流媒體是否會消
失？是否在社會上還能擁有某種價值？大體而言，記者們的看法多
數仍然認為，主流媒體不會消失，但它仍有相當的影響力。

「我認為傳統媒體的影響力還在耶，傳統媒體還是主導了
議題，有些新媒體討論的事情，必須主流媒體取材、報導
之後，可能才變成廣泛被討論、甚至被政府單位重視的議
題，這是傳統媒體的價值。」（C1-4）

1. 紙媒的轉型

多數記者認為，紙媒可能會隨著網路愈來愈為社會普遍使用而
愈來愈少，但紙媒的戰場應該是轉移到網路上，而不是真正的消失。

「紙媒會慢慢限縮跟網路一起，這是必然的趨勢，也是不可
逆的情勢，未來絕對要走這條路的，要不然廣告也撐不起
來。」（C1-4）

在執行這個質性研究訪談即將結束之際，我們仍不時聽到紙媒
裁員的消息，報禁解除後第一個創刊的《聯合晚報》在 2020 年 6 月

2 日宣布停刊；一向對數位化投入不遺餘力，且首創付費會員制的《蘋果日報》也無預警地在 2021 年 5 月 17 日發行最後一次紙本後，大量裁員超過 300 人，全心投注網路版經營。這似乎在預告紙媒未來的前景並不樂觀。不過，仍有少數受訪記者認為，紙本報紙有其特殊的優勢，不會輕易地消失，也許經營不下去的會一一消失，但它終究會有一些留在市場上。

> 「我覺得報紙就差不多是這樣，可能也只能維持這樣的量了，因為紙媒在平面上還是有優勢，它不受即時新聞的壓力，真的可以好好寫一整版的主稿和配稿，讓讀者完整地知道事件的來龍去脈，用版面來告訴你新聞的重要與不重要，一目了然，這是網路版很難做到的，在網路上就是一條一條條列，也不知道它的重要性如何，讀者就自己隨便看。」（B2-2）

對紙媒而言，兼顧紙本與網路兩大不同特性的內容策略經營，的確不容易，畢竟報紙排版的議題設定與美學呈現，仍是媒體十分重要的特色，及其價值所在。《中國時報》的「翻爆」APP、《聯合報》的「原版報紙資料庫」及《臺灣醒報》都以電子檔的方式，提供讀者編輯完成的紙本電子版，亦獲得不少讀者的喜愛。所以，現階段要斷言紙媒完全消失，恐怕還太早。

2. 電視不再侷限於電視

數位環境的變化對電視的衝擊不像報紙般明顯，但卻是緩慢漸進式的。以臺灣各研究單位所做的調查都顯示，電視是民眾接收資訊前兩名的媒體，但各家電視臺也意識到平臺的力量已足以影響民眾獲取資訊的偏向，因此，各臺都積極經營社群媒體，同時，也在 YouTube 上開設直播帳號，讓民眾不必透過電視螢幕即可收看新聞。

相對於報紙，記者們對未來的電視發展較為樂觀。

> 「我本來也日夜都很擔心新媒體什麼時候會取代我們（電視），但後來也一直抱持著一個信念，就是說，像當初電視發明出來了，不能取代廣播一樣，我覺得電視它有一定的功能在。」（A2-1）

> 「現在很多人都直接用行動裝置或平臺在看電視新聞，我覺得電視就是也要思考如何轉型啦，要不然，你的收視會下降，廣告會愈來愈少，還是有危機。」（C2-3）

對年輕世代來說，使用行動載具看電視新聞已是常態，電視新聞將不會只出現在電視機裡，這是正在改變的現狀。不過，在匯流時代，媒體的邊界也模糊了，影音畫面不再是電視獨有的說故事工具，「真正對電視有威脅的是直播」（C2-2），過去，SNG 轉播將現在正在發生的事傳送到觀眾面前，是電視新聞有別於其他媒體的強項，在重大災情、事故及重要新聞上，都能發揮立即效用；但現在不論是網媒或平面媒體都重視直播，因為在即時性社會的消費者必須立即得到消費與滿足的情況下，把現在發生的新聞現場透過簡單的直播設備，傳送出去並不複雜。以《聯合報》為例，新聞部影像中心下設有影音組／直播組，隨時支援現場直播。此外，在 2021 年 5 月新冠疫情本土案例持續升溫及各縣市之際，各縣市政府經常（甚至每日）自行透過臉書直播，公布疫情與相關防疫措施，都已打破唯有電視可以轉播畫面的限制。久而久之，電視新聞的直播優勢是否還存在？在何種情形之下仍具優勢？這可能是電視新聞經營者必須思考的問題。

當然，電視以影像說故事的特質，其他媒體無法輕易與之競爭，這其中仍然有電視新聞產製的高專業門檻，包括人員的說故事

技巧、拍攝剪輯專業、後製團隊的支援等。

第四節　記者，會消失嗎？

雖然受訪的記者們對於主流媒體的未來前景不樂觀，但並非絕望。可以肯定的是，未來的新聞形式仍然會持續變貌，只是什麼是會改變的？什麼又是新聞不變的核心？在討論這個問題之前，也許我們該呼應 Picard（May 2015）的預測：在人人都可稱之為記者的今日，記者的角色為何？記者這個角色是否還有存在的必要？

這個提問不只是針對臺灣的社會，在全球媒體都面臨人員削減、財務窘困與轉型挑戰之際，記者人數比過往少，且機器人寫稿已可取代部分記者的工作時，記者的重要性是否已不復當年？此外，自媒體發達，人人都可以上傳影片，人人都可以爆料，有些非營利組織甚而對資訊宣傳興趣濃厚而自採自製新聞，公民記者亦可以記者頭銜參與採訪時，這些機構內的專業記者還有存在的必要嗎？

Willnat、Wearver 與 Wilhoit（2017: 360-361）在比較自 1970 年代起的五個年代的記者調查後，在 *The American Journalist in the Digital Age: A Half-Century Perspective* 一書的結尾，仍然強調：專業的新聞工作者是維持民主政治的命脈，他們提出了三點理由：(1) 從歷史的發展觀之，雖然新聞工作勞力較過去減少，但美國這半世紀以來，新聞工作者所受的教育愈來愈好，經驗愈來愈豐富。(2) 對監督有權者的承諾一直維持相當強度，且新聞工作者有相當高程度的利他主義（altruism）的精神。(3) 雖然某些專業性的面向，例如工作的謹慎周全、工作滿意度及新聞品質都在下降，但它仍然維持著相當的水準。

眾所皆知，新聞學的制度化成形於 19 世紀下半葉，專業化記者因而產生，無論時代如何變遷，Deuze（2005）認為，新聞記者

共享的專業意理（ideology）仍然以公共服務、客觀性、自主、立即性及倫理等價值為主。Reese（2001）認為這種專業意理可視為記者們在新聞實作中作決策的參考依據。因此，彭芸（2017）指出，新聞記者乃是「為公共利益而付出心力的人」，重點在「公共利益」，舉凡一切為私利發文者，都不能稱之為記者。Aamidor 與 Kuypers（2013）認為，記者之所以重要乃在於其基於公共責任為我們監督社會，查證與過濾資訊，這也是有品質的新聞（quality journalism）在數位浪潮中依然屹立不搖的理由。

一、記者存在的理由

在質性深度訪談中，本研究詢問了記者們同樣的問題，發現大部分的記者認為即便是工作愈來愈不穩定，媒體市場被瓜分，工作與生活愈來愈無法切割清楚，他們仍然肯定記者在當今及未來社會存在的價值。

> 「記者不會消失，這個社會還是需要這個行業的存在，負責記錄及告訴大家發生了什麼事，為何發生？及事件背後的意義是什麼……現在我們在跑線常常也會遇到很多自稱公民記者，他覺得他不是鄉民，但說坦白的，那些人產出的東西，真的有辦法提供社會大眾閱讀嗎？他們真的夠專業嗎？在立法院裡，會議怎麼開？法案怎麼形成的？藍綠攻防什麼的……他們真的不會比我們清楚！」（B1-6）

愈是重要的事件（如新冠肺炎疫情），愈是突發的天災人禍，愈是需要專業媒體訓練出來的記者，站在第一線提供訊息。因為所謂的「人人皆媒體」，這些素人與鄉民提供出來的資訊，真假難辨，缺乏查證，人云亦云者比比皆是。雖然在媒體競爭即時新聞的壓力下，疏忽查證的例子時有所聞，但至少媒體仍有基本的守門機制。

再則，在資訊過量的社會中，閱聽大眾應該如何評價與解讀這些事件？受過專業訓練的記者能提供的詮釋觀點是重要利基。

「記者除了報導之外，還可以提供觀點，尤其是重要事件，我們一定要有觀點或用特稿，去告訴讀者說，這個到底在搞什麼？你應該知道他們在玩什麼，不要輕易地被一些事件的表象給騙了！觀點是我覺得做記者很有價值的部分。」（B1-5）

B2-6擅長調查報導，她認為記者存在的目的，就是代表社會大眾質問有權力的人，人們有權利知道更多真相，透過嚴謹的調查抽絲剝繭，釐清社會真相，進而促使政策改變，這是一般鄉民難以做到的事。

「如果記者不存在了，誰來替大家發問？很多時候即便你在盡自己的本分，還是會被放大檢視說，為什麼記者要問這些問題？為什麼要忤逆官員？但質疑官員或詰問有權力的人，本來就是記者應盡的天職，記者本來就該站在權力的對面，去監督他、解釋現象，像那個疫苗不是一直都遙遙無期嗎？為什麼不能問？」（B2-6）

綜上可知，受訪的記者們仍然以古典新聞學的理念來看待記者的角色與存在價值。在面對數位衝擊下，已有學者對於新聞學研究是否已在進行典範轉移，提出不同的論述（Singer, 2014; Reese, 2016），例如，Reese（2016）特別提到過去所謂的影響媒介內容的層級模式（hierarchy of influence model），建立在較穩定的關係中，以瞭解記者和他們的常規如何運作。但現在，因為數位環境出現後，各層級之間的關係變得模糊不穩定，所謂的公共領域也以新的形構

被建構，其間涉及新聞工作、組織安排及全球連結，這些都影響著新的論辯空間（deliberative space）的產生，因此，要有新的視野來重新檢視新聞學理論。在社群媒體不斷興起之際，對公共領域的影響為何？又會對民主體制有何影響？這些新的新聞生態系統必須投入更多的心力繼續研究。

Reese（2016）把新聞學放置在更大的社會架構看待，提醒我們社會改變的影響不可忽視，媒體可能只是一個中介空間（mediated space），還有其他系統影響著社會的變動。但對記者而言，面對這樣的改變，所需要持守的專業意理是否有所不同呢？本文認為，不管環境如何改變，沒有公共利益、沒有利他精神，則失去了記者之所以為記者的本質。

二、從自省出發

「新聞業一定要存在，要不然你怎麼會知道今天發生什麼事，因為你不能靠爆料公社吧！」（A2-7）

對很多唱衰新聞業的人來說，這句話可能是最好的回答，社群媒體再怎麼強大，卻無法取代專業的新聞工作者在新聞現場的收集、判斷與查證，提供我們每日所需的重要資訊。因此，記者的存在儘管艱困，卻無法輕易被取代。但記者們也深切瞭解，數位環境的變化難以預測，要強調自己在社會的價值，必須從自省出發，才能展望未來。

（一）角色的變與不變的掌握

資訊過量的時代，到處充斥著似是而非夾雜的假資訊，人們在自己的同溫層中選擇自己想看的消息，忽視其他消息。隨著社群媒體的分享而擴散，似乎越多人點閱的消息，就愈有價值。受訪的記

者（B2-5，A2-3，B1-5）坦承這種市場法則也是現下主流媒體的商
業邏輯，向點閱率與收視率靠攏的產製策略，久而久之，將使新聞
的角色漸漸改變。A2-5 坦承，他有很深的焦慮感，因為「面對這種
不確定的狀況，新聞的定義愈來愈模糊，我不知道以後的新聞定義
是否會改變？會不會變得我都無法認同了？」。

> 「臺灣的主流媒體還是有一定的影響力，消失是不太可能
> 的，只是它扮演的角色可能會跟過去不太一樣，因為現在
> 是市場法則，靠點閱率嘛，媒體自然會往那個方向走，所
> 以，以前比如說大家一直在講第四權監督的角色，可是現
> 在可能已經弱化了，變成單純地發布訊息或娛樂性質比較
> 多。」（B1-5）

如果，媒體的角色只是單純的發布訊息，把官員記者會新聞稿
剪貼上傳，或把娛樂性、羶色腥的消息占比提高，那麼，它與其他
的網路資訊的差異就會愈來愈小。因此，記者要省思的是，在當代
的環境中，如何掌握新聞之所以對社會有其公共性之核心，這項挑
戰比過去更大。

> 「記者的門檻感覺上是無限下降，人人都可以爆料，如果你
> 每天都用爆料公社的素材，也許也是好題材，但這樣就叫
> 好記者，那也太容易當了！就是因為人人都可以自稱為媒
> 體，要做個好記者的標準反而更高，你如何在一個事件或
> 議題中，看到它背後的原因，一路追追追，而查到了令人
> 訝異的真相，這樣的東西出來，它會讓社會大眾看了有共
> 鳴、有感動，覺得這才是真的記者！」（A1-5）

> 「這不是誰比較早 PO 出新聞來、誰下的標比較聳動，誰

就贏了的事，而是在於我們追求事件真相時，有沒有盡力查證，用我們的專業及不同的高度去看事件及它背後的意義，我覺得這些都是鄉民們做不到的！」（B2-5）

掌握新聞的核心與記者的監督角色，是恆久不變的真理，但說來有點悲涼的是，受訪的記者對於媒體經營的現狀感到無力與無奈者居多。換言之，應然面該掌握的原則與核心，到了新聞日常的利潤現實與主管決策時，實然面卻成了爭取、妥協與協商的場域，未盡如願者亦常有之，倫理衝突於焉產生。

（二）莫忘初心做好新聞

面對愈來愈要求速食的新聞消費環境，「做好新聞」已不是記者的基本要求，而是要經常提醒自己的工作理念。新聞的呈現形式會改變，組織的政策會向利潤與政治傾斜，但「堅持和追求有意義的事」（B2-5）卻是記者的本分。在訪談的過程中，本研究發現記者們對於新科技的快速變化都有焦慮感，怕新的科技應用在新聞產製時，自己學不來、跟不上，A2-4是電視臺的高階主管，在製作會議中同仁們經常會討論，如何用又新又炫的技術呈現新聞，也會對記者的新聞採訪與製作呈現有相對應的要求，但她後來的反省卻是：

「我覺得現在的記者很辛苦，他們什麼都要會，尤其是新科技技術層面，要學的東西愈來愈多，剛開始我也這樣覺得，這應該就是現在記者的本質，但後來我發現用了這麼多科技做出（視覺）好好看的新聞，最後就忘記了你本來要幹嘛，就是技巧追求極致時，新聞的本質不見了！所以，新聞是什麼這件事是永遠不能忘的。」（A2-4）

換言之，當組織盲目追求科技時，記者們要回到初心，固守做

真正的好新聞。機器人寫稿已經不是未來式，而是現在進行式，記者和機器人寫出的稿的差異正是記者價值的所在。

> 「你要能發掘議題、發掘真正對社會有幫助的新聞、要能挖出獨家來，這些才是有意義的事，如果機器人都可以做到的事，那麼報社要你這個人來幹什麼？」（B1-1）

做好新聞，不只是體現了身為新聞工作者的社會責任，也因此讓讀者、受訪者都看到記者的價值，更重要的是自身的價值也被自己肯定。但是，做好新聞除了記者養成的經驗與敏銳度之外，還要有足夠的時間，電視記者每天趕場「堵麥」、「拍現場」、「做連線」、趕回公司做新聞；報社記者成天趕發即時新聞，時間對他們而言，何其零碎！要求更多的時間，又何其奢侈！

> 「真正想花時間做好新聞的，大有人在；我們有一群和我年紀相仿的同業，大家共同的想法就是：我需要花時間做好新聞，不管1天1則，或1星期1則也好；如果做不到，有些人就會選擇去適合他的地方。」（B1-4）

適合的地方不一定是離開原新聞機構，有些資深記者開始請調到新聞專題部分，製作深度報導或調查報導。例如，「東森新聞台」屢獲金鐘獎及曾虛白新聞獎肯定的節目《聚焦全世界》，就是由資深記者舒夢蘭和攝影記者陳一松遠赴世界各地進行深度採訪的優質節目。前TVBS資深政治記者林上筠離開採訪第一線，在組織的支持下進行一連串的調查報導，如〈帳篷下的祕密〉、〈派遣工的正義──我不是你的免洗筷〉等，都獲得十七屆與十八屆卓越新聞獎的肯定，更影響了政府的相關決策。獲得2019年卓越新聞獎「社會公器獎」的《聯合報》「願景工作室」，自2012年成立以來，以報社

的優秀記者為基底的採訪團隊，以融媒體方式報導社會各種多元議題，不但關注社會，也促使行動產生。

當然，有些記者選擇離開主流媒體的大傘，開創新的調查報導，讓社會議題的公共性可以更深度地被挖掘、被追蹤。這幾年不論是以網媒形式成立的《報導者》或以獨立記者的方式的報導，都成為臺灣另一股新興的社會守望監督力量。近年來，這些記者的表現都受到相當的肯定。

「現在年輕人對主流媒體不信任，他們也不看這些媒體，我希望藉由調查報導這種古典新聞學的方式，可以跟年輕世代對話，如同我自己年輕的時候受到《人間》雜誌的影響一樣，……當他們願意對媒體有信心時，臺灣的民主就不會因為年輕世代對媒體不信任而走不下去。」（A1-5）

「在報社我是環境記者，我的戰場就是環保署，頂多就是每天看那些來抗議的農民伯伯，如果這件事跟高雄有關，就會叫地方記者來配個稿過來……可是，當我是一個人（獨立記者）時，我就可以花很多時間看資料，然後真的要接觸這些受害人，去到現場……當你只要站在那個地方，每天聞到那種酸臭味，你就知道什麼是污染，那你就會發現你的使命感，就是我覺得它不該是那樣，我希望它變成對的，所以我就會努力地寫出不對的東西，讓它變成對的。」（B1-6）

第五節　尾聲：邁向未來之路

英國牛津大學路透新聞研究所 2020 年的《數位新聞研究報告》指出，目前的環境使得新聞工作者不再具有獨占性，來控制消息的

傳散，人們大量依賴社群媒體及其他平臺來取得更多、更廣的消息來源及「另類事實」（alternative facts），這些內容有些和官方發布不同，有些有誤導之嫌，甚至完全錯誤（Newman, Fletcher, Schulz, Andi, & Nielsen, 2020）。報告中亦指出，2020 年全球面臨新冠肺炎疫情嚴峻，各樣假訊息的傳播對社會影響極大，新聞業的重要性再次被重申，因為優質的內容在重大醫療衛生事件中，極為重要。

　　不過，從本書的各章節不同主題的研究中可以發現，新聞界面對數位化挑戰所產生的問題卻有增無減。在大環境不利新聞業發展，利潤模式不清楚，記者被迫必須順應組織政策生產點閱率或收視率高的新聞，及應付即時新聞的重量不重質，其間產生的倫理衝突經常無法緩解。工作量大增、低薪、工作壓力大，使新聞工作者處於倦怠狀態。更嚴重的是，社會對主流媒體的信任度日益下滑，英國牛津大學路透新聞研究所 2020 年的數位新聞研究報告顯示，臺灣只有 24% 的人表示對媒體的信任，排名在調查的 40 個國家或地區中，倒數第三。媒體失去了公眾的信任，那麼，在媒體機構工作的記者如何能得到外界的尊重與信任呢？

　　如果這個社會都不重視記者，媒體產業活不下去了，誰來養記者？記者何以為家？社會的言論市場是更為紛雜？還是平靜無波？誰來向有權力的人質問？誰來追蹤議題？誰來監督政府？

　　美國紐約市立大學的新聞學者 Jarivs 在《媒體失效的年代》一書中指出，「承認吧：沒有人對新聞的未來，有任何概念！」（陳信宏譯，2016，頁 9）。因為我們常用過去的經驗來定義未來。他建議我們要用更開闊、更有創意的想法來想像未來，才能找到新聞的新價值與機會。顯然，過去這種垂直式的媒體組織將漸漸被去中心化的媒體生態系統取代，既而各種平臺的崛起，如 Google、YouTube、Facebook，甚而更地方型或分眾型的平臺興起，將是主導資訊傳散重要的過濾器，也是人們賴以取得新聞內容與其他資訊的管道，而從自己媒體網站所獲得的流量卻相對較少。Culpepper 與 Thelen

（2020）甚至稱這些為「平臺權力」（platform power），它們利用科技演算及具經濟規模的資源，提供消費者接觸貨物、服務及資訊的管道。我們也不得不承認，平臺利用演算法所提供到閱聽人眼前的新聞，已與過去傳統專業守門大不相同。這些大量的新聞到底是重要的？公眾所需的？還是只是視野窄、同溫層極厚、甚或大眾想要卻不一定客觀真實的資訊？在這樣去中心又被平臺掌控的傳播環境，新聞人的價值該如何被看見？在本書的尾聲，茲提出幾點建議供新聞人與新聞組織參考：

一、以開放的態度與公眾對話

　　傳統上記者發完稿後就不需要和他的讀者或觀眾有太多的交流，但在講究互動與協作的匯流時代，記者或許可以用開放的心態來適應新環境的改變，利用主導性強的社群平臺參與公眾的對話。這幾年已有不少學者談及記者經營個人品牌（彭芸，2017；張文強，2015；Molyneux, Lewis, & Holton, 2019）。過去記者不擅此道，也深怕因此破壞自己的中立客觀立場，但在社群平臺擁有相當權力之際，用些心力與公眾在平臺上溝通與對話，甚或經營自己的部落格或粉絲專頁，似乎亦是彰顯自我與新聞價值的方式之一。在田野訪談中，有數位記者都表達自己愈來愈覺得經營個人品牌的重要，其中，A1-1是一位資深的教育記者，她積極經營部落格與臉書，只要採訪過的受訪者都加入好友名單，也參與各類跟教育相關的社團，她在臉書上轉貼自己的新聞，讓讀者討論，再從討論中找到更值得切入的新聞角度供後續追蹤；她的臉友從中研院院士到小學老師、家長，非常多元且關心教育議題。久而久之，臉友們有內幕消息時便會直接私訊告訴她，提供她新聞線索。每當她轉貼自己的新聞時，臉友們即立刻分享出去。如此正向的循環，使她在教育議題上常有獨家，或獨有觀點的報導，也為她自己贏得了這群「粉絲」的尊重與信任。

當然，在如此忙碌的新聞節奏中，要再花力氣去經營社群平臺，對記者來說的確是一個額外的負擔。Holton 與 Molyneux（2017）的研究即顯示，有些記者在組織的要求下，最後只流於在社群平臺上轉貼自己的新聞，較少參與公眾的討論；甚而，他們對以此經營品牌感到有損其專業身分（identity），而會盡量在社群中展現其專業性而不觸及個人的私領域。

Jarivs（陳信宏譯，2016）認為，在數位時代新聞工作者應扮演組織者、倡議者與教育者的角色；在本研究第六章亦指出，愈來愈多的記者認為媒體的角色應鼓勵公眾參與，因此，對話變得比過去單向式的新聞刊登要更符合現在環境的需要。只是，如何對話？不淪為小編式的對話，考驗新聞工作者的智慧。

二、調查報導與深度報導凸顯價值

誠如 Tomlinson（2007）所言，現下是個講究速度的即時性社會，消費者愈來愈速食，在平臺上流動的資訊也會愈來愈輕薄短小，精緻內容愈來愈少。但在茫茫資訊大海中，如何能凸顯價值？精緻的調查報導和深度報導仍有其重要區隔性，更具影響性。然而，媒體不賺錢只好人員精簡，大部分的機構無法騰出多餘的人力，花更多的時間進行議題的挖掘與追蹤，以此為主要內容產製的《報導者》和《端傳媒》近年來已有相當不錯的表現，前者更在 2020年在 SOPA「亞洲卓越新聞獎」中，一舉拿下九個獎項。在得獎後該媒體表示：「此次《報導者》得獎作品的特色是監督政府的治理失能、揭露跨國的人權侵害、跨國犯罪，與重大的生態破壞。成為有力量的第四權的媒體監督，不受任何力量滲透，是我們的初衷，但我們也一直提醒自己，調查報導新聞要 harsh（嚴厲），但也要 fair（公平），針對拿下經濟報導首獎的〈中國金主、菲國總部、臺灣代工──看不見的線上博弈帝國〉報導，評審寫下：『揭露了跨國線上

博弈，是公平與平衡的報導。」希望一切都可以理性和可受公評。」[3]

2021 年「臺灣扶輪社公益新聞金輪獎」以〈毒渣現形記〉調查報導獲評審團特別獎的記者林上筠在得獎感言中說道：「當我們看到中南部很多阿公阿嬤，他們的家園被這些工業廢棄物濫倒時，都敢怒不敢言，因為背後有非常多政商、黑道的層層壓力，但有時我們在想媒體能帶給社會什麼改變？或許就是一些法律漏洞、一些灰色地帶的轉變，讓我們有改善的價值，讓我們可以發揮媒體監督的力量。」[4]評審團特別指出，此作品把農業安全、食品安全與環境安全完全扣連，其影響力極大；且記者不但親赴各種現場拍攝，採訪過程甚具危險性，由於題材涉及科學，記者採訪多元且進行深度訪問，具完整性。

調查報導及深度報導受到媒體的重視，乃因其對社會議題的深入追蹤與挖掘，往往能呈現社會不公義的現象，進而發揮媒體監督社會的影響力，這也正是記者能贏得社會信任的重要策略。因而美國電視新聞界的調查報導招牌節目 CBS 的《六十分鐘》（60 Minutes）能歷久不衰，並成為美國電視記者最嚮往的工作環境。只是，這樣的報導所耗費的時間與成本與每日新聞相差甚大，並非每位記者都能獲得長官的支持，從事這樣的報導。一般跑線的記者雖然疲於應付每日新聞，但若能自我期許在行有餘力之際，能因路線上的線索發展出更深入的報導，將更能彰顯新聞的價值與自身的專業。

三、記者的另類出路：獨立記者

媒體機構內的新聞人員是提供社會新聞資訊的重要來源，遺憾的是，有熱忱、有理想的新聞工作者，在此時卻面對了組織數位政策變動不定，商業模式仍難獲利，而在採訪與報導上受到諸多來自

3　參見《報導者》網址：https://www.twreporter.org/a/awards-2020-sopa

4　參見「臺灣扶輪社公益新聞金輪獎頒獎典禮」網址：https://www.youtube.com/watch?v=x62g6AIcu7c&ab_channel=taiwanrotary

組織的限制。從本書第五章的分析即可發現，新聞工作者的自主性在 2014 年下降很多，對未來留在新聞界的承諾亦隨之下降。

對新聞仍抱持理想，願意報導對社會有意義新聞的人，既然受限於組織政策而很難伸展，那麼離開組織當個獨立記者，是否更可以發揮所長，實踐社會責任？陳順孝（2014）認為這些獨立於組織外的記者，為陷入黑暗期的臺灣新聞界點亮燭光，他們證明靠著新的營運模式，仍然可以生存，又可以不受組織政治立場、經濟壓力的限制，因而成為新聞專業發展的新路。

談及獨立記者一般都會提及自《聯合報》離開的朱淑娟，因為對報導充滿熱情而成立「環境報導」部落格，持續深入分析探索重要的環境議題，建立了她的專業形象，每每發文就被轉載上萬點閱率，2010 年以〈中科三期：環評與司法的論戰〉獲曾虛白先生服務獎，同時又以〈中科四期風暴從這裡開始〉及〈水的難題系列報導〉分別擊敗其他入圍的平面及電視媒體記者，而獲得卓越新聞獎的平面媒體即時新聞獎及電視類專題新聞獎，以獨立記者參賽一舉獲三獎打破了卓新獎的紀錄，2015 年又再度獲第十四屆卓新獎的肯定。

陳順孝（2014）在分析臺灣 21 位獨立記者的生存發展時發現，他們從單打獨鬥走向相互扶持，也會供稿給主流媒體，而且他們對主流媒體的合作是有選擇性的，以受專業肯定的媒體為主，如《天下雜誌》、《商業周刊》或公共電視等。

不過，成為獨立記者並不浪漫，誠如朱淑娟所說這是「走一條人少的路」（朱淑娟，2016）。在國外的研究亦發現，離開媒體組織大傘的獨立記者們，雖然擁有高度的新聞自主，甚至能沉浸在社群媒體中，積極地與公眾互動，以建立個人品牌（Holton, 2016），但是他們經常面對收入不穩定的窘境（Mathisen, 2017）。本書的田野訪談中亦訪談了 2 位獨立記者，都坦承經濟上的不穩定的確是較大的障礙，正如陳順孝（2014）的分析資料所言，實際收入起伏其實很大，最低時只有 3,000 元，但也有人最高月入曾達 10 萬元，平均而

言，資淺者月入約 3 萬元，資深者則可在 4 萬到 9 萬之間。但每個人的狀況差異很大。

獨立記者的起步較為艱辛，建立個人的專業品牌尤其重要。如能在有制度的媒體機構歷練過之後，擁有相當的人脈、路線專業知識及新聞專業的判斷力與觀點，或許有利於日後的發展，但這絕對不是一條容易的路。未來他們若能與主流媒體有更多的合作，或許能對臺灣的整體生態帶來更大的轉變。

四、重點還是人才

即便臺灣的媒體業持續下滑，但新興的網媒如《風傳媒》、《上報》、《ETtoday》等，仍具一定的市場力與影響力。看似媒體仍然很多，但並沒有讓我們的言論更加多元，主要的因素在於這些年來，我們的記者養成來不及供應這麼多的需求。人才是媒體最重要的資產，沒有好的素質，生產不了優質的作品與有觀點的新聞。在田野訪談中，幾乎每位受訪者都會談及媒體對於人才培養的重視程度不足，在追趕即時新聞的壓力下，甚而讓記者淪為與「小編」相似的角色，不但記者挫折且無成長空間，也失去了媒體的公信力。

人才培養需要投注時間和心力，對資深的記者應給予更大的空間，使其能發揮追蹤議題的能力，畢竟在資訊過量的時代，媒體應該有領導與倡議議題的社會角色。新一代的記者養成已不若過往紮實，在有些機構幾乎已不再有「新生訓練」就直接讓新記者上戰場，從此任憑他們在戰場上從跌撞、失敗、挫折中成長。但有些成長可以從失敗中獲得，有些成長則需要師父引領與導正。新世代的記者是未來新聞傳承接棒的一代，他們對新科技的吸收能力強，成長的背景使他們更靈活且有創意，甚至能以新的眼光看世界，但是新聞報導的基本功夫若不夠紮實，哪怕有再多花俏炫目的科技輔助，終究無法完成優質的新聞。

數位時代的記者隨著新聞形式、呈現方式的改變，需要具備更

多與其他領域的人合作的溝通能力，跨領域的學習成為記者精進的方法，期待媒體組織能深切體認，能夠讓媒體永續經營的不是科技，而是訓練有素的優質人才。

五、留下來，需要更大的勇氣

如果你問這群新聞工作者，當初為什麼會入行？「對新聞充滿熱情」、「想改變社會」、「追求真相」、「幫助更多需要幫助的人」……這些理想支撐著他們每天的忙碌、緊張與疲憊，當這些理想被實踐時，他們心中的滿足與成就感絕非金錢可以換得的。但當這些理想不斷被現實消磨時，有些人開始思考出走的可能，近年來從新聞業轉職的人不少。要離開熱愛的新聞界並不是件容易的事，但是，在媒體最艱困的時刻，願意留下來，堅守崗位持續奮鬥的這群新聞工作者，則需要更大的勇氣！因為面對未可知的未來，還有更多的挑戰與難關等著他們。

這些挑戰有些難以預想。例如，社群時代政府單位擅於使用直播並開放網友即時留言評論，營造全民參與的氛圍。但這種類似「實境秀」的直播，使記者從採訪者變成被觀看者，面對非理性的網友，一有不慎也會出現社群霸凌的情形。陳秀鳳（2021 年 5 月）研究新冠肺炎發生以來，中央疫情指揮中心直播記者會中，政府官員、記者與網友三者關係互動的影響發現，記者在直播當下對於官員的尖銳質問，當官員無法回答時，卻常被網民以情緒字眼點名批評該名記者；這種不理性的評論會產生快速分享的擴散效應，宛如網路霸凌。最典型的例子即是 2020 年 3 月 17 日《中國時報》記者提問質疑政府是否因為控制篩檢量營造臺灣「沒有社區傳播的『假象』」？當天該名記者的家人、小孩照片迅速被網友搜出，甚而有人揚言對她不利，致使她非常崩潰，直問「批判本來就是我的工作，這件事對我傷害非常大……請問我到底哪裡做錯了？」（轉引自陳秀鳳，2021 年 5 月）。陳秀鳳（2021 年 5 月）亦發現，在這種被「網

友監督」的直播記者會上，使記者產生壓力，甚而產生寒蟬效應，對於官員的質問不是採取溫和措詞，就是等記者會結束後再私下採訪。

社群時代的採訪樣態多變，有權者可以利用各種方式（買網軍、操控記者會劇本）來限制記者的採訪與發問，但監督社會，捍衛新聞自由，創造公開透明的對話環境，仍是新聞工作者的核心價值，也是媒體建立公信力的基石。期待這群努力扮演第四權的新聞人，能不畏艱難，秉持初衷向前挺進。

已逝的政大新聞系教授賴光臨，曾在給畢業生的勉勵中寫道：**「新聞事業對社會可以為福，可以為禍，端看新聞記者堅持專業理想與否。政大新聞人宜時時刻刻以此惕勵！」**這金玉良言亦值得給留下來繼續在新聞戰場奮鬥的新聞人時刻惕勵。雖然環境複雜多變，新聞自由已不復當年，但歷史告訴我們，新聞自由不是從天而降，乃是在新聞日常中不斷協商、衝撞中爭取而來的！

留下來的，需要更大的勇氣！更值得敬重！

參考文獻

一、中文部分

中華民國廣告年鑑編輯委員會（1997）。《中華民國廣告年鑑第九輯》，臺北：台北市廣告代理商同業公會。

中華民國廣告年鑑編輯委員會（2005）。《中華民國廣告年鑑第十七輯》，臺北：台北市廣告代理商同業公會。

中華民國廣告年鑑編輯委員會（2008）。《中華民國廣告年鑑第二十輯》，臺北：台北市廣告代理商同業公會。

中華民國廣告年鑑編輯委員會（2011）。《中華民國廣告年鑑第二十三輯》，臺北：台北市廣告代理商同業公會。

中華民國廣告年鑑編輯委員會（2013）。《中華民國廣告年鑑第二十五輯》，臺北：台北市廣告代理商同業公會。

中華民國廣告年鑑編輯委員會（2017）。《中華民國廣告年鑑第二十九輯》，臺北：台北市廣告代理商同業公會。

王俔菁（2016）。〈網路即時新聞對電視新聞工作之影響〉，國立政治大學傳播學院碩士論文。

王淑美（2018）。〈網路速度與新聞：轉變中的記者時間實踐及價值反思〉，《中華傳播學刊》，33: 65-98。

王毓莉（2001）。〈「電腦輔助新聞報導」在台灣報社的應用：以中國時報、工商時報記者為研究對象〉，《新聞學研究》，68: 91-115。

王毓莉（2014）。〈台灣新聞記者對「業配新聞」的馴服與抗拒〉，《新聞學研究》，119: 45-79。

王毓莉（2016）。〈台灣四大報即時新聞發展對於新聞專業影響之研究〉，《國際新聞界》，38(12): 76-94。

王毓莉（2018）。《兩岸新聞場域分析：新聞勞動、績效管理、新聞專業表現》，臺北：揚智。

王維菁（2013）。〈科技變遷下的台灣新聞記者薪資：現狀與出路──批判政經取向之思考〉，《中華傳播學刊》，23: 73-124。

王靜嬋、許瓊文（2012）。〈獨自療傷的記者？從社會支持取徑檢視記者創傷壓力的調適〉，《中華傳播學刊》，22: 211-257。

王韻智（2014）。《組織文化與新聞置入性行銷策略：以兩家電視台為例》，國立臺灣大學新聞研究所碩士論文。

王顥中（2014 年 10 月 26 日）。〈工時長、壓力大、病一堆「媒勞權」調查：記者沒勞權〉，《苦勞網》。取自：http://www.coolloud.org.tw/node/80547

台北市媒體服務代理商協會（2015）。《2015 年台灣媒體白皮書》，臺北：台北市媒體服務代理商協會。取自：https://maataipei.org/download/2015%E5%AA%92%E9%AB%94%E7%99%BD%E7%9A%AE%E6%9B%B8/

台北市媒體服務代理商協會（2020）。《2020 台灣媒體白皮書》，臺北：台北市媒體服務代理商協會。取自：https://maataipei.org/download/2020%E5%AA%92%E9%AB%94%E7%99%BD%E7%9A%AE%E6%9B%B8

台灣資策會（2016 年 8 月 16 日）。〈2016 Q2 台灣民眾媒體接觸率與使用行為〉，臺北：資策會新媒體創新小組。取自：https://datayogurt.tw/article/info/9/489

台灣網路資訊中心（2019）。《2019 台灣網路報告》，財團法人台灣網路資訊中心。取自：https://report.twnic.tw/2019/

台灣網路資訊中心（2020）。《2020 台灣網路報告》，財團法人台灣網路資訊中心。取自：https://report.twnic.tw/2020/index.html

宋偉航譯（2009）。《布赫迪厄作品：實作理論綱要》，臺北：麥田。（原書 Bourdieu, P. [2000]. *Esquisse d'une theeorie de la pratique. Preeceede de trois etudes d'ethnologie Kabyle*. France: Du Seuil.）。

李立峰、鄧鍵一（2013）。〈社會變遷、媒體互動，以及電台聽眾參與節目在香港的演變〉，《傳播與社會學刊》，24: 23-60。

李猛、李剛譯（1992）。《實踐與反思：反思社會學導引》，北京：中央編譯出版社。（原書 Bourdieu, P., & Wacquant, P. [1992]. *An invitation of reflexive sociology*. Chicago: University of Chicago Press.）

李順德（2018 年 1 月 31 日）。〈談三十年夠了李永得看淡兩岸破冰行〉，《新新聞》1613 期。取自 https://www.storm.mg/article/393054

田炎欣（2001）。《ETtoday 記者對電腦輔助新聞報導的使用研究》，銘傳大學傳播管理研究所在職專班碩士論文。

何定照（2013 年 8 月 2 日）。〈udn tv 開播不只是電視全方位全媒體全形式〉，《聯合報》A6 版。

江睿智（2016 年 2 月 26 日）。〈勞安所：近八成記者每日工時逾十小時〉，《經濟日報》。取自：https://video.udn.com/news/317027

吳筱玫（2003）。《網路傳播概論》，臺北：智勝。

李佩蓮（2010）。《電視新聞媒體組織文化，組織承諾，工作滿意度與工作績效之關係研究──電視記者的觀點》，國立政治大學傳播學院碩士論文。

林信昌、臧國仁（2000）。〈新聞從業人員之工作倦怠現象：以臺北市平面媒體路線記者為例〉，《新聞學研究》，63: 91-135。

林富美（2006）。《台灣新聞工作者與藝人：解析市場經濟下的文化勞動》，臺北：威秀。

林照真（2005）。〈「置入性行銷」：新聞與廣告倫理的雙重崩壞〉，《中華傳播學刊》，8: 27-40。

林照真（2013）。〈為什麼聚合？有關台灣電視新聞轉借新媒體訊息之現象分析與批判〉，《中華傳播學刊》，23: 3-40。

林翠絹（2018）。〈數位優先新聞室：《海峽時報》網絡新聞匯流與轉型分析〉，《傳播與社會學刊》，43: 73-102。

林麗雲（2008）。〈變遷與挑戰：解禁後的台灣報業〉，《新聞學研究》，95: 182-212。

孟祥傑（2004 年 2 月 25 日）。〈大學學測 151 起手機違規創新高〉，《聯合報》，A12 版。

洪雪珍（2003）。《台灣報紙廣告新聞化現象的研究》，臺灣大學商學研究所碩士論文。

胡幼偉譯（1995）。《良心的危機：新聞倫理學的多元觀點》，臺北：五南。（原書 Hausman, C. [1992]. *Crisis of conscience: Perspectives on journalism ethics.* New York, NY: Harper Collins.）

香港商群吧有限公司台灣分公司（2011）。〈2010 年報紙媒體發展與回顧〉，《中華民國廣告年鑑》第 23 輯，頁 59-66。臺北：台北市廣告商代理同業公會。

徐佳士（1993）。〈五年前報禁開放的惡夢，是否會在廣播上重現？〉，《天下雜誌》，142 期。取自：https://www.cw.com.tw/article/article.action?id=5037000

徐美苓（2015）。〈影響新聞可信度與新聞素養效能因素之探討〉，《中華傳播學刊》，27: 99-136。

袁海（2002 年 11 月 3 日）。〈英國狗仔不擇手段 " 辣妹綁架案 " 竟系小報策劃〉，《人民網 - 江南時報》。取自：新浪網 http://sports.sina.com.cn/g/2003-06-04/0426452513.shtml

高揚宣（2002）。《布爾迪厄》，臺北：生智。

動腦雜誌編輯部（2013 年 3 月）。〈傳統衰退：線下媒體逆風成長〉，《動腦雜誌》，443: 92-103。

國家通訊傳播委員會（2013 年 12 月）。〈102 年 12 月廣播電視事業許可家數〉。取自：https://www.ncc.gov.tw/chinese/files/14010/2028_31498_140106_1_C.PDF

許雅惠（2013）。《電視業配新聞的處理策略：記者的採編製之研究》，國立政治大學傳播學院碩士在職專班論文。

張文強（2002）。〈媒介組織內部權力運作與新聞工作自主：封建采邑的權力控制與

反抗〉，《新聞學研究》，73:29-61。

張文強（2015）。《新聞工作的實用邏輯：兩種模型的實務考察》，臺北：五南。

陳世敏、彭芸、羅文輝（1988）。《制定新聞記者法可行性之研究》，行政院新聞局專題研究報告。

陳信宏譯（2016）。《媒體失效的年代》，臺北：天下文化。（原書 Jarvis, J. [2014]. *Geeks bearing gifts: Imagining new futures for news*. New York, NY: CUNY Press.）

陳炳宏（2005）。〈廣告商介入新聞產製之新聞廣告化現象：兼論置入性行銷與業自主〉，《中華傳播學刊》，8: 209-246。

陳順孝（2014）。〈記者獨立之路：臺灣獨立記者的維生策略與互助機制〉，《傳播研究與實踐》，4(2): 25-54。

陳維聰（2006）。《人格特質、工作特性與工作滿足關連性研究：以國際新聞編輯〔編譯〕人員為例》，國立政治大學傳播學院碩士論文。

曹銘宗（2000 年 2 月 15 日）。〈網路原創報紙明日報昨上線〉，《聯合報》，14 版。

喻芝珊（2017）。《業配新聞產製與置入性行銷分析》，世新大學新聞系碩士論文。

游凱翔（2015 年 4 月 20 日）。〈媒體勞檢北市上網公布〉，《中央社》。取自：http://www.cna.com.tw/news/firstnews/201504200023-1.aspx

華英惠（1992）。《新聞從業人員工作滿足之研究》，國立政治大學新聞研究所碩士論文。

壹週刊（2014 年 5 月 12 日）。〈獨家直擊深入和平醫院 100 小時〉，《壹週刊》。取自：https://tw.nextmgz.com/realtimenews/news/3342737

彭慧明（2001 年 2 月 22 日）。〈台灣第一家網路原生媒體解散明日報宣布關閉〉，《聯合報》，3 版。

華婉伶、臧國仁（2011）。〈液態新聞：新一代記者與當前媒體境況：以 Zygmunt Bauman「液態現代性」概念為理論基礎〉，《傳播研究與實踐》，1(1): 205-237。

彭芸（2000）。〈我國電視記者的網路使用〉，中華傳播學會 2000 年會，6 月 25 ～ 27日。取自：http://ccstaiwan.org/paperdetail.asp?HP_ID=763

彭芸（2017）。《數位時代新聞學》，臺北：雙葉。

馮建三（1994）。〈從報業自動化與勞資關係反省傳播教育〉，《新聞學研究》，49: 1-29。

馮景青（2015 年 8 月 27 日）。〈台灣上網人口達 1998 萬人上網率 80.3%〉，《中時新聞網》。取自：https://www.chinatimes.com/realtimenews/20150827004663-260412?chdtv

黃祝萍、趙婉成（1978）。〈記者對工作滿意度之探討〉，《報學》，5(10): 66-70。

舒嘉興（2001）。《新聞卸妝：布爾迪厄新聞場域理論》，臺北：桂冠。

黃順星（2013）。《記者的重量：台灣政治記者的想像與實作 1980-2005》，高雄：巨流。

楊淑嬌譯（2004）。〈與包曼對話〉，高雄：巨流。（原書：Bauman, Z., & Tester, K.

[2001]. *Conversations with Zygmunt Bauman*. Cambridge, UK: Polity.）

趙品禮（2019）。《置入性行銷與新聞記者工作投入間關係之研究——新聞倫理的干擾效果及工作價值觀與新聞專業的中介效果》，國立高雄師範大學工業科技教育學系碩士論文。

黃厚銘、曹家榮（2015）。〈「流動的」手機：液態現代性的時空架構與群己關係〉，《新聞學研究》，124: 39-81。

資料優格 Data Yogurt（2018 年 11 月）。《2018 台灣 4G 用戶媒體使用與接觸行為研究》，經濟部工業局。

臺灣網路資訊中心（2002 年 9 月 1 日）。〈我國上網人口突破 800 萬人大關〉，《台網中心電子報》。取自：http://www.myhome.net.tw/2002_09/articl/articl_0102.htm

劉昌德（2012）。〈舊時王謝堂前燕：台灣電視新聞勞動五十年簡史〉，《中華傳播學刊》，22: 67-98。

劉蕙苓（2007）。〈網路的新聞再現 1994 VS 2004：以聯合報為例〉，《資訊社會研究》，12: 143-177。

劉蕙苓（2011）。《新聞多少錢？置入性行銷對電視新聞的影響》，高雄：巨流。

劉蕙苓（2013）。〈為公共？為方便？電視新聞使用網路影音之研究〉，《中華傳播學刊》，24: 165-206。

劉蕙苓（2014）。〈匯流下的變貌：網路素材使用對電視新聞常規的影響〉，《新聞學研究》，121: 41-87。

劉蕙苓（2015）。〈數位匯流下的倫理自覺與抉擇：以台灣電視記者引用新媒體素材為例〉，《傳播與社會學刊》，33: 85-118。

劉蕙苓（2018）。〈台灣記者的 3L 人生〉，《傳播與社會學刊》，43: 39-71。

劉蕙苓（2020）。〈自新聞業出走的抉擇：數位時代的記者離職研究〉，《新聞學研究》，144: 49-96。

劉蕙苓、羅文輝（2017）。〈數位匯流的新工具採納：記者的社群媒體使用與影響評價〉，《新聞學研究》，132: 107-150。

劉蕙苓、羅文輝（2017）。〈新聞人員對媒體角色認知的變遷與第三人效果〉，《中華傳播學刊》，31: 191-225。

潘國正（1992）。〈中文報業電腦化使用者之研究〉，交通大學傳播研究所碩士論文。

鄭瑞城（1988）。《透視傳播媒介》，臺北：天下文化。

鄭瑞城、王振寰、林子儀、劉靜怡、蘇蘅、瞿海源、……李金銓（1993）。《解構廣電媒體：建立廣電新秩序》，臺北：澄社。

盧聖芬（2006）。〈電視記者工作滿意程度與離職意願及行為的關聯性分析〉，國立政治大學傳播學院碩士論文。

蕭阿勤（2005）。〈世代認同與歷史敘事：台灣一九七〇年代 [回歸現實] 世代的形成〉，《台灣社會學》，9: 1-58。

蕭衡倩（2003 年 3 月 13 日）。〈偶像劇、綜藝劇看得到政令宣導〉，《聯合晚報》，第

2 版。

蕭蘋（2004）。〈新聞專業中的性別政治：媒介組織對女性記者及其報導的影響〉，《新聞學研究》，81: 85-123。

戴伊筠（2010）。〈全球報業營運趨勢與產業現況〉，羅世宏、胡元輝編《新聞業的危機與重建：全球經驗與台灣省思》，頁 16-43。臺北：先驅媒體社會企業。

鍾國偉（2020 年 2 月 26 日）。〈壹週刊的 19 個祕密：來自和平醫院的 DV 帶〉。取自 https://tw.nextmgz.com/realtimenews/news/492440

羅文輝（1995）。《新聞從業人員專業價值觀之研究》，行政院國科會專研究報告。

羅文輝（2000）。〈媒介負面內容與社會距離對第三人效果認知的影響〉，《新聞學研究》，65: 95-129。

羅文輝（2013）。〈報紙與電視新聞可信度：1993、1998 和 2003 年度的比較研究〉，張茂桂、羅文輝、徐火炎編，《台灣的社會變遷 1985～2005：傳播與政治行為》，頁 65-91。臺北：中央研究院社會學研究所。

羅文輝、陳韜文（2004）。《變遷中的大陸、香港、台灣新聞人員》，高雄：巨流。

羅文輝、劉蕙苓（2006）。〈置入性行銷對新聞記者的影響〉，《新聞學研究》，89:81-125。

羅世宏、胡元輝編（2010）。《新聞業的危機與重建──全球經驗與台灣省思》。臺北：先驅媒體社會企業。

蘋果日報即時新聞中心（2017 年 10 月 16 日）。〈三立主播被爆拒播假新聞　遭主管「叫進辦公室罵」〉，《蘋果新聞網》。取自：https://tw.appledaily.com/new/realtime/20171016/1223210/

二、外文部分

Aamidor, A., & Kuypers, J. A. (2013). Why journalism matters. In A. Aamidor, J. A. Kuypers, & S. Wiesinger (Eds.), *Media smackdown: Deconstructing the news and the future of journalism* (pp.1-29). New York, NY: Peter Lang.

Aamidor, A., Wiesinger, S., & Kuypers, J. A. (2013). *Media smackdown: Deconstructing the news and the future of journalism*. New York, NY: Peter Lang.

Abelson, M. A. (1986). Strategic management of turnover: A model for the health service administrator. *Health Care Management Review, 11*(2), 61-71.

Allcott, H., & Gentzkow, M. (2017). Social media and fake news in the 2016 election. *Journal of Economic Perspectives, 31*(2), 211-36.

Aranya, N., Pollock, J., & Amernic, J. (1981). An examination of professional commitment in public accounting. *Accounting, Organizations and Society, 6*(4), 271-280.

Aranya, N., Pollock, J., & Amernic, J. (1981). An examination of professional commitment in public accounting. *Accounting, Organizations and Society, 6*(4), 271-280

Aronson, E., & Mettee, D. (1968). Dishonest behavior as a function of differential levels of induced self-esteem. *Journal of Personality and Social Psychology, 9*, 121-127.

Ashford, S. J., Lee, C., & Bobko, P. (1989). Content, cause, and consequences of job insecurity: Atheory-based measure and substantive test. *Academy of Management Journal, 32*(4), 803-829.

Bakker, A. B., & Demerouti, E. (2007). The job demands-resources model: State of the art. *Journal of Managerial Psychology, 22*, 309-328.

Balasubramanian, S. K. (1994). Beyond advertising and publicity: Hybrid messages and public policy issues. *Journal of Advertising, 23*(4), 29-46.

Barrett, G.H.(1984). Job satisfaction among newspaperwomen. *Journalism Quarterly, 61*(3), 593-599.

Bauman, Z. (2000). *Liquid modernity*. Cambridge, UK: Polity.

Bauman, Z. (2005). *Liquid life*. Cambridge, UK: Polity.

Beach, L. R. (1990). *Image theory: Decision making in personal and organizational contexts*. Chichester, UK: John Wiley & Sons Inc.

Beam, R.A. (2006). Organizational goals and priorities and the job satisfaction of U.S. journalists. *Journal of Mass Communication Quarterly, 83*(1), 169-185.

Beam, R.A., & Kim, E., & Voakes, P. S. (2003). Technology-induced stressors, job satisfaction and workplace exhaustion among journalism and mass communication faculty. *Journalism & Mass Communication Educator, 57*(4), 335-351.

Becker, L. B., Sobowale, I. A., & Cobbey, R. E. (1979). Reporters and their professional and organizational commitment. *Journalism and Mass Communication Quarterly, 56*(4), 753.

Bergen, L.A. & Weaver, D. (1988). Job satisfaction of daily newspaper journalists and organization size. *Newspaper Research Journal, 9*(2), 1-13.

Berkowitz, D., & Limor, Y. (2003). Professional confidence and situational ethics: Assessing the social-professional dialectic in journalistic ethics decisions. *Journalism & Mass Communication Quarterly, 80*(4), 783-801.

Blau, G. J. (1985). The measurement and prediction of career commitment. *Journal of Occupational Psychology, 58*(4), 277-288.

Blau, G. (1993). Further exploring the relationship between job search and voluntary individual turnover. *Personnel Psychology, 46*(2), 313-330.

Bills, M. A. (1925). Social status of the clerical workerand his permanence on the job. *Journal of Applied Psychology, 9*(4), 424-427.

Breed, W. (1955). Social control in the newsroom: A functional analysis. *Social forces, 33*(4), 326-335.

Bourdieu, P. (1977). *Outline of a theory of practice*. Cambridge, UK: Cambridge University Press.

Bourdieu, P. (1984). *Distinction*. Cambridge, MA: Harvard university Press.

Boyle, K., & Zuegner, C. (2012). News staffs use Twitter to interact with readers. *Newspaper Research Journal, 33*(4), 6-19.

Brownlee, B. J., & Beam, R. A.(2012). U.S. journalists in the tumultuous early years of the 21st century. In D. H. Weaver & L. Willnat (Eds.), *The global journalist in the 21st century* (pp. 348-362). New York, NY: Routledge.

Burke, R. J. (2003). Hospital restructuring, work load, and nursing staff satisfaction and workexperiences. *The Health Care Manager, 22*(2), 99-107.

Burn-out an "occupational phenomenon": International classification of diseases. (2019, May 28). Retrieved from World Health Organization Web site: https://www.who.int/mental_health/evidence/burn-out/en/

Cameron, G.T., & Haley, E. (1992). Feature advertising: Policies and attitudes in print media. *Journal of Advertising, 21*(2), 47-55.

Carpenter, S., Boehmer, J., & Fico, F. (2016). The measurement of journalistic role enactments: A study of organizational constraints and support in for-profit and nonprofit journalism. *Journalism & Mass Communication Quarterly, 93*(3), 587-608.

Charles,A. (2011). Introduction: Resistance is useless. In A. Charles, & G. Stewart (Eds.), *The end of journalism: news in the twenty-first century* (pp.1-17). Bern, Swizerland: Peter Lang.

Chen, C., Zhu, J. H., & Wu, W. (1998). The Chinese journalist. In D. Weaver (Ed.), *The global journalist: News people around the world* (pp. 9-30). Cresskill, NJ: Hampton Press.

Chen, G., Ployhart, R. E., Thomas, H. C., Anderson, N., & Bliese, P. D. (2011). The power of momentum: A new model of dynamic relationships between job satisfaction change and turnover intentions. *Academy of Management Journal, 54*(1), 159-181.

Chyi, H. I.(2013). *Trial and error: US newspapers' digital struggles toward inferiority. Media Markets Monographs14.* Pamplona, Spain: University of Navarra.

Cohen, B. (1963). *The press and foreign policy.* Princeton, NJ: Princeton University.

Commission on Freedom of the Press. (1947). *A free and responsiblepress: A general report on mass communication: newspapers, radio,motion pictures, magazines, and books.* Chicago, IL: University of Chicago Press.

Conboy, M. (2019). Journalism has no future: A hypothesis for the neo-liberal era. *Journalism, 20*(1), 17-20.

Cook, B.B., Banks, S.R., & Turner, R.J. (1993). The effects of work environment on burnout in the newsroom. *Newspaper Research Journal, 14*, 123-136.

Cook, J. E., & Attari, S. Z. (2012). Paying for what was free: Lessons from the New York Times paywall. *Cyberpsychology, Behavior, and Social Networking, 15*(12), 682-687.

Couldry, N. (2003). *Media rituals: A critical approach*. NY: Routledge, Taylor &Francis Group.

Culpepper, P.D. & Thelen, K. (2020). Are we all amazon primed? Consumers and the politics of platform power. *Comparative Political Studies, 53*(2), 288-318.

Cropanzano R, Rupp D. E., & Byrne, Z. S. (2003) The relationship of emotional exhaustion to work attitudes, job performance, and organizational citizenship behaviors. *Journal of Applied Psychology, 88*(1): 160-9.

Davison, W. P. (1983). The third-person effect in communication. *Public Opinion Quarterly, 47*(1), 1-15.

De Jonge, J., Demerouti, E., & Dormann, C. (2014). Current theoretical perspectives in work psychology. In M. C. W. Peeters, J. de Jonge, & T. W. Taris (Eds.), *An introduction to contemporarywork psychology* (pp. 89-114). Chichester, UK: Wiley & Sons.

De Cuyper, N., & De Witte, H. (2006). Autonomy and workload among temporary workers: Their effects on job satisfaction, organizational commitment, life satisfaction, and self-rated performance. *International Journal of StressManagement, 13*(4), 441.

Demers, D. P. (1995). Autonomy, satisfaction high among corporate news staffs. *NewspaperResearch Journal, 16*(2), 91-111.

Demerouti, E., Bakker, A. B., Nachreiner, F., & Schaufeli, W. B. (2001). The job-demands-resourcesmodel of burnout. *Journal of Applied Psychology, 86*, 499-512.

Dennis, E., & Merrill, J. C. (1984). *Basic issues in mass communication: A debate*. New York, NY: Macmillan.

Deuze, M. (2005). What is journalism? Professional identity and ideologyofjournalists reconsidered. *Journalism, 6*(4), 442-464.

Deuze, M. (2007). Convergence culture in the creative industries. *International journal of cultural studies, 10*(2), 243-263.

Deuze, M. (2008). The changing context of news work: Liquid journalism for a monitorial citizenry. *International Journal of Communication, 2*, 848-895.

Deuze, M., & Yeshua, D. (2001). Online journalists face new ethical dilemmas: Lessons from the Netherlands. *Journal of Mass Media Ethics, 16*(4), 273-292.

Díaz-Dorronsoro, J. M. (2020). Journalism matters but journalists matter even more. *Church, Communication & Culture, 5*(2), 284-287.

Donnelly, D. P., & Quirin, J. J. (2006). An extension of Lee and Mitchell's unfolding model of voluntary turnover. *Journal of Organizational Behavior, 27*(1), 59-77.

Downie, L. Jr., & Kaiser, R. G. (2002). *The news about the news: American journalism in peril*. New York, NY: Random House.

Doudaki, V., & Spyridou, L. P. (2014). News content online: Patterns and norms under convergence dynamics. *Journalism, 16*(2), 1-21.

Dupagne, M., & Garrison, B. (2006). The meaning and influence of convergence: A qualitative case study of newsroom work at the Tampa News Center. *Journalism Studies, 7*(2), 237-255.

Dwyer, T. (2010). *Media convergence*. Maidenhead, UK: Open University Press.

Edmunds, J., & Turner, B. S. (2002). *Generations, culture and society*. London, UK: Open University Press.

Ekdale, B., Siger, J. B., Tully, M., & Harmsen, S. (2015). Making change: Diffusion of technological, relational and cultural innovation in the newsroom. *Journalism & Mass Communication Quarterly, 92*(4), 938-958.

Elmore, C. (2009). Turning points and turnover among female journalists: Communicating resistance and repression. *Women's Studies in Communication, 32*(2), 232-254.

Erdal, I. J. (2007). Researching media convergence and cross media news production: Mapping the field. *Nordicom Review, 28*(2), 51-61.

Fedler, F., Buhr, T., & Taylor, D. (1988). Journalists who leave the news media seem happier, find better jobs. *Newspaper Research Journal, 9*(2), 15-23.

Fenton, N. (2010). Drowning or waving? new media, journalism and democracy. In N. Fenton (Ed.), *New media, old news: Journalism and democracy in the digitalage* (pp. 3-16). London, UK: Sage.

Fernet, C., Austin, S., Trepanier, S., & Dussault, M. (2013). How do job characteristics contribute toburnout? Exploring the distinct mediating roles of perceived autonomy, competence, and relatedness. *European Journal of Work and Organizational Psychology, 22*(2), 123-137.

Figenschou, T. U., & Ihlebæk, K. A. (2019). Challenging journalistic authority: Media criticism in far-right alternative media. *Journalism Studies, 20*(9), 1221-1237. doi: 10.1080/1461670X.2018.1500868

Freudenberger, H. J. (1974). Staff burnout. *Journal of Social Issues, 30*, 159-165.

Freudenberger, H. J. (1975). The staff burn-out syndrome in alternative institutions. *Psychotherapy: Theory, Research & Practice, 12*(1), 73-82.

Gans, H. J. (1979). *Deciding what's news: A study of CBS evening news, NBC nightly news, Newsweek, and Time*. New York, NY: Vintage Books.

Garcia Aviles, J. A., & Carvajal, M. (2008). Integrated and cross-media newsroom convergence: Twomodels of multimedia news production-the cases of Novotécnica and La Verdad multimedia in Spain convergence. *Convergence: The International Journal of Research into New Media Technologies, 14*(2), 221-239.

García Avilés, J. A., Meier, K., Kaltenbrunner, A., Carvajal, M., & Kraus, D. (2009).

Newsroom integration in Austria, Spain and Germany: Models of media convergence. *Journalism Practice, 3*(3), 285-303.

Garrison, B. (1983). Impact of computer on the total newspaper. *Newspaper ResearchJournal, 15*(1), 63-72.

Garrison, B. (1995). *Computer-assisted reporting.* New York, NY: Lawrence Erlbaum Associates Publishers.

Garrison, B. (2001). Computer-assisted reporting: Near complete adoption. *Newspaper Research Journal, 22*(1), 65-79.

Gillmire, D. (2004). *We the media: Grossroots journalism by the people, for the people.* Sebastopol, CA: O'Reilly Media.

Gottfried, J., & Shearer, E. (May 26, 2016). News use across social media platforms 2016. Pew Research Center. Retrieved from: http://www.journalism.org/2016/05/26/news-use-across-social-media-platforms-2016/

Goyanes, M. (2019). Antecedents of incidental news exposure: The role of media preference, use and trust. *Journalism Practice, 14*(6), 714-729. doi: 10.1080/17512786.2019.1631710

Greer, J. D., & Yan, Y. (2011). Newspapers connect with readers through multiple digital tools. *Newspaper Research Journal, 32*(4), 83.

Gulyas, A. (2013). The influence of professional variables on journalists' uses and views of social media. *Digital Journalism, 1*(2), 270-285.

Gummer, B. (2002). Finding and retaining employees: The best versus the best suited. *Administration in Social Work, 26*(2), 83-102.

Gunther, A. C., & Mundy, P. (1993). Biased optimism and the third-person effect. *Journalism Quarterly, 70*(1), 58-67.

Hamada, B., Hughes, S., Hanitzsch, T., Hollings, J., Lauerer, C., Arroyave, J., ...Splendore, S. (2019). Editorial autonomy: Journalists' perception of their freedom. In T. Hanitzsch, F. Hanusch, J. Ramaprasad, & A. S. de Beer (Eds.), *Worlds of journalism: Journalistic cultures around the globe* (pp. 133-160). New York, NY: Columbia University Press.

Hanitzsch, T. (2007). Deconstructing journalism culture: Toward a universal theory. *Communication Theory, 17*(4), 367-385.

Hanitzsch, T., & Vos, T. P. (2017). Journalistic roles and the struggle over institutional identity: The discursive constitution of journalism. *Communication Theory, 27*(2), 115-135.

Hanitzsch, T., Hanusch, F., Ramaprasad, J., & de Beer, A. S. (2019). *Worlds of journalism: Journalistic cultures around the globe* (pp. 161-198). New York, NY: Columbia University Press.

Hanusch, F., Tandoc, E.C., Dimitrakopoulou, D., Muchtar, N., Rafter, K., Ramirez, M.M....Sacco, V. (2019). Transformations: Journalists' reflections on changes in news work. In T. Hanitzsch, F. Hanusch, J. Ramaprasad, & A. S. de Beer (Eds.), *Worlds of journalism: Journalistic cultures around the globe* (pp. 259-282). New York, NY: Columbia University Press.

Harvey, D. (1989). *The condition of postmodernity* (Vol. 14). Oxford, UK: Blackwell.

Hedman, U., & Djerf-Pierre, M. (2013). The social journalist: Embracing the social media life or creating a new digital divide? *Digital Journalism, 1*(3), 368-385.

Henningham, J. (1998). Australian journalism. In D. H. Weaver (Ed.), *The global journalist: news people around the world* (pp.91-107). Cresskill, NJ: Hampton Press.

Henningham, J., & Delano, A. (1998). British Journalists. In D. H. Weaver (Ed.). *The global journalist: News people around the world.* Cresskill, NJ: Hampton Press Inc.

Henriksen, L., & Flora, J. A. (1999). Third-person perception and children: Perceived impact of pro-and anti-smoking ads. *Communication Research, 26*(6), 643-665.

Hermida, A. (2010). Twittering the news: The emergence of ambient journalism. *Journalism practice, 4*(3), 297-308.

Hermida A, Fletcher F, Korell D, & Logan, D. (2012) Share, like, recommend: Decoding the social media news consumer. *Journalism Studies, 13*(5-6), 815-824.

Herscovitz, H. G., & Cardoso, A. M. (1998). In In D. H. Weaver (Ed.), *The global journalist: news people around the world* (pp.417-432). Cresskill, NJ: Hampton Press.

Herzberg, F. (1966). *Work and the nature of man.* Cleveland, OH: The World Publicshing.

Herzberg, F., Mausner, B., & Snyderman, B. (1959). *The Motivation to Work.* New York, NY: Johnson Wiley & Sons.

Holtom, B. C., Mitchell, T. R., Lee, T. W., & Inderrieden, E. J. (2005). Shocks as causes of turnover: What they are and how organizations can manage them. *Human Resource Management, 44*(3), 337-352.

Holton, A. E. (2016). Intrapreneurial informants: An emergent role of freelance journalists. *Journalism Practice, 10*(7), 917-927.

Holton, A. E., & Molyneux, L. (2017). Identity lost? The personal impact of brand journalism. *Journalism, 18*(2), 195-210.

Hom, P. W., Griffeth, R. W., & Sellaro, C. L. (1984). The validity of Mobley's (1977) model of employee turnover. *Organizational Behavior and Human Performance, 34*(2), 141-174.

Hom, P. W., Mitchell, T. R., Lee, T. W., & Griffeth, R. W. (2012). Reviewing employee turnover: Focusing on proximal withdrawal states and an expanded criterion. *Psychological Bulletin, 138*(5), 831-858.

Hom, P. W., Lee, T. W., Shaw, J. D., & Hausknecht, J. P. (2017). One hundred years of employee turnover theory and research. *Journal of Applied Psychology, 102*(3), 530-545.

Hombrados-Mendieta, I., & Cosano-Rivas (2011). Burnout, workplace support, job satisfaction and life satisfaction among social workers in Spain: A structural equation model. *International Social Work, 56*(2), 228-246.

Hoppock, R. (1935). *Job satisfaction.* New York, NY: Happer.

Hughes, S., Garcés, M., Márquez-Ramírez, M., & Arroyave, J. (2017). Rethinking professional autonomy: Autonomy to develop and to publish news in Mexico and Colombia. *Journalism, 18*(8), 956-976.

Hutleng, J. L. (1976). *The messenger's motives: Ethical problems of the news media.* Englewood Cliffs, NJ: Prentice-Hall.

Jackson, S., Schuler, R., & Vredenburgh, D. (1987). Managing stress in turbulent times. In A. W. Riley & S. J. Zaccaro (Eds.), *Occupational stress and organizational effectiveness* (pp. 407-442). New York, NY: Praeger.

Jarvis, J. (2014). *Geeks bearing gifts: Imagining new futures for news.* New York, NY: CUNY Journalism Press.

Jenkins, H. (2006). *Convergence culture: Where old and new media collide.* New York, NY: New York University Press.

Johnstone, W. C., Slawski, E. J., & Bowman, W. W.(1976). *The news people: A sociological portrait of American journalists and their work.* Urbana, IL: University of Illinois Press.

Ju, A., Jeong, S. H., & Chyi, H. I. (2014). Will social media save newspapers? Examining the effectiveness of Facebook and Twitter as news platforms. *Journalism Practice, 8*(1), 1-17. doi:10.1080/17512786.2013.794022.

Jung, J., & Kim, Y. (2012). Causes of newspaper firm employee burnout in Korea and its impact on organizational commitment and turnover intention. *The International Journal of Human Resource Management, 23*(1), 3636-3651.

Juntunen, L. (2010). *Explaining the need for speed: Speed and competition as challenges to journalism ethics.* New York, NY: Peter Lang.

Jyrkiäinen, J., & Heinonen, A. (2012). Finnish journalists: The quest for quality amidst new pressures. In D. H. Weaver & L. Willnat (Eds). *The global journalist in the 21th century* (pp.181-196). New York: Routledge.

Keijsers, G. J, Schaufeli, W. B., Le Blanc, P. M., Zwerts, C., & Miranda, D. R. (1995) Performance and burnout in intensive care units. *Work and Stress, 9,* 513-27.

Kim, D.Y. (2006). Job burnout in Korean newspaper journalists, *Korean Journal of Human Resource Management, 13*(2), 1 -17.

Kim, D. Y. (2009), Job burnout in Korean broadcasting journalists, *Korean Journal of*

Broadcasting and Telecommunication Studies, 23(1), 7-449.

Kolodzy, J. (2006). *Convergence journalism: Writing and reporting across the news media.* Maryland, MD: the Rowman & Littlefield.

Lambert, C. A., & Wu, H. D. (2014). Traditional journalism in transition:Taiwan media professionals construct new work roles. *Asia PacificMedia Educator, 24*(2), 239-256.

Lee, A. M. (2015). Social Media and Speed-Driven Journalism: Expectations and Practices, *International Journal on Media Management, 17*(4), 217-239.

Lee, F. L. F.(2012). News from YouTube: professional incorporation in Hong Kong news paper coverage of online videos. *Asian Journal of Communication, 22*(1), 1-18.

Lee, R. T., & Ashforth, B. E. (1993). A longitudinal study of burnout among supervisors and managers: Comparisons between the Leiter and Maslach (1988) and Golembiewski et al. (1986) models. *Organizational Behavior and Human Decision Processes, 54*(3), 369-398.

Lee, T. W., & Mitchell, T. R. (1994). An alternative approach: The unfolding model of voluntary employee turnover. *Academy of Management Review, 19*(1), 51-89.

Lee, T. W., Mitchell, T. R., Wise, L., & Fireman, S. (1996). An unfolding model of voluntary employee turnover. *Academy of Management Journal, 39*(1), 5-36.

Legard, R., Keegan, J., & Ward, K. (2003). In-depth Interview. In J. Ritchie & J. Lewis (Eds.), *Qualitative research practice: A guide for social science students and researchers* (pp. 138-169). London, UK: Sage Publications Ltd.

Leiter, M. P., and Maslach, C. (1988), The Impact of Interpersonal Environment on Burnout and Organizational Commitment. *Journal of Organizational Behavior, 9,* 297-308.

Lewis, S. C. (2012). The tension between professional control and open participation: Journalism and its boundaries. *Information, Communication & Society, 15*(6), 836-866.

Lin, C. A. (1998). Exploring personal computer adoption dynamics. *Journal of Broadcasting & Electronic Media, 42*(1), 95-112.

Lin, C. C. (2013). Convergence of new and old media: new media representation in traditional news. *Chinese Journal of communication, 6*(2), 183-201.

Liu, H.L., & Lo, V. H. (2018). An integrated model of workload,autonomy, burnout, job satisfaction, and turnover intention among Taiwanese reporters, *Asian Journal of Communication, 28*(2), 153-169. doi:10.1080/01292986.2017.1382544.

Lo, V. H. (2012). Journalists in Taiwan. In D. H. Weaver, & L. Willnat (Eds.), *The global journalist in the 21ˢᵗ century* (pp.104-112). New York, NY: Routledge.

Lodahl, T. M., & Kejner, M. (1965). The definition and measurement of job involvement. *Journal of Applied Psychology, 49,* 24-33.

McChesney, R. (1999). *Rich media, poor democracy*. New York: The New Press.

Maertz Jr, C. P., & Kmitta, K. R. (2012). Integrating turnover reasons and shocks with turnover decision processes. *Journal of Vocational Behavior, 81*(1), 26-38.

Mannheim, K. (1970). The problem of generations. *Psychoanalytic review, 57*(3), 378-404.

Mathisen, B. R. (2019). Entrepreneurs and Idealists—Freelance Journalists at the Intersection of Autonomy and Constraints. *Journalism Practice, 13*(8), 1003-1007.

Matteson, M. T., & Ivancevich, J. M. (1990). Merger and acquisition stress: Fear and uncertainty at mid-career. *Prevention in Human Services, 8*(1), 139-158.

Maslach, C., & Jackson, S. E. (1981). The measurement of experienced burnout. *Journal of Occupational Behaviour, 2*(99), 99-113.

Maslach, C., Jackson, S. E., & Leiter, M. P. (1996). *Maslach burnout inventory manual* (3rd ed). Mountain View, CA: CPP.

Maslach, C., Schaufeli, W. B., and Leiter, M. P. (2001), 'Job Burnout,' *Annual Review of Psychology, 52*(1), 397-422.

McChesney, R. W., & Nichols, J. (2010). *The death and life of American journalism: The media revolution that will begin the world again*. New York, NY: Nation Books.

McDevitt, M., Gassaway, B., & Perez, F. G. (2002). The making and unmaking of civic journalists: Influences of professional socialization. *Journalism and Mass Communication Quarterly, 79*, 87-100.

McMane, A. A. (2012). The French journalist. In D. H.Weaver & L. Willnat (Eds.), *The global journalist in the 21st century* (pp.187-204). New York, NY: Rourledge.

McManus, J. H. (1992). Serving the public and serving the market: A conflict of interest? *Journal of Mass Media Ethics, 7*(4), 196-208.

McQuail D (1992) *Media Performance: Mass Communication and the Public Interest*. Thousand Oaks, CA: SAGE.

Mehrtens, J., Cragg, P. B., & Mills, A. M. (2001). A model of Internet adoption by SMEs. *Information & management, 39*(3), 165-176.

Mellado, C., Hellmueller, L., & Donsbach, W. (Eds.). (2017). *Journalistic role performance: Concepts, contexts, and methods*. New York, NY: Routledge.

Merrill, J. C. (1977). *Existential journalism*. New York, NY: Hastings House.

Middleberg, D., & Ross, S. (2000). *The eighth annual middleberg/Ross survey of media, Euro RSCG Middleberg report*. Retrieved from: http//www.middleberg.com/toolsforsucess/fulloverview-2002.cfm

Milliken, F. J. (1987). Three types of perceived uncertainty about the environment: State, effect, and response uncertainty. *Academy of Management Review, 12*(1), 133-143.

Min, H., & Galle, W. P. (2003). E-purchasing: Profiles of adopters and nonadopters. *Industrial Marketing Management, 32*(3), 227-233.

Mobley, W. H. (1977). Intermediate linkages in the relationship between job satisfaction and employee turnover. *Journal of Applied Psychology, 62*(2), 237-240.

Mobley, W. H., Horner, S. O., & Hollingsworth, A. T. (1978). An evaluation of precursors of hospital employee turnover. *Journal of Applied psychology, 63*(4), 408.

Molyneux, L., Lewis, S. C., & H. A. E. (2019). Media work, identity, and the motivations that shape branding practices among journalists: An explanatory framework. *New Media & Society, 21*(4), 836-855.

Moon, S. J., & Hadley, P. (2014) Routinizing a new technology in the newsroom: Twitter as a news source in mainstream media. *Journal of Broadcasting and Electronic Media, 58*(2), 289-305.

Moore, G. C., & Benbasat, I. (1991). Development of an instrument to measure the perceptions of adopting an information technology innovation. *Information Systems Research, 2*(3), 192-222.

Morrow, P. C., & Goetz, J. F. (1988). Professionalism as a form of work commitment. *Journal of Vocational Behavior, 32*(1), 92-111.

Moss, M. (1978). Reporter turnover on Texas daily newspapers. *Journalism Quarterly, 55*(2), 354-356.

Mowday, R. T., Koberg, C. S., & McArthur, A. W. (1984). The psychology of the withdrawal process: A cross-validation test of Mobley's intermediate linkages model of turnover in two samples. *Academy of Management Journal, 27*(1), 79-94.

Nayman, O. B. (1973). Professional orientation of journalists: An introduction to communicator analysis studies. *Gazette, 19*, 195-212.

Nerone, J. C. (Ed.). (1995). *Last rights: Revisiting four theories of thepress*. Champaign, IL: University of Illinois Press.

Newman, N. (2009). *The rise of social media and its impact on mainstream journalism: A study of how newspapers and broadcasters in the UK and US are responding to a wave of participatory social media, and a historic shift in control towards individual consumers*. Oxford, UK:University of Oxford, Reuters Institute for the Study of Journalism. Retrieved from: https://reutersinstitute.politics.ox.ac.uk/publication/rise-social-media-and-itsimpact-mainstream-journalism.

Newman, N. (2016). *Media, journalism and technology predictions 2016*. Oxford, UK: Oxford, UK:University of Oxford, Reuters Institute for the Study of Journalism. Retrieved from: http://digitalnewsreport.org/publications/2016/predictions-2016/#1-lookingback-to-2015-a-year-of-distributed-content-autoplay-videos-and-animated-gifs

Newman, N. (2017). *Journalism, media and technology trends and predictions 2017*. Oxford, UK:University of Oxford,Reuters Institute for the Study of Journalism.

Retrieved from: https://reutersinstitute.politics.ox.ac.uk/sites/default/files/Journalism%2C%20Media%20and%20Technology%20Trends%20and%20Predictions%202017.pdf.

Newman, N., Fletcher, R., Kalogeropoulos, A., Levy, D. A. L., & Nielsen, R. K. (2017). *Reuters Institute Digital News Report 2017*. Oxford, UK: University of Oxford, Reuters Institute for the Study of Journalism. Retrieved from: http://www.digitalnewsreport.org/

Newman, N., Fletcher, R., Kalogeropoulos, A., & Nielsen, R. K. (2019). *Reuters Institute digital news report 2019*. Oxford, UK: University of Oxford, Reuters Institute for the Study of Journalism. Retrieved from: https://reutersinstitute.politics.ox.ac.uk/sites/default/files/inline-files/DNR_2019_FINAL.pdf

Newman, N., Fletcher, R., Schulz, A., Andi, S., Nielson, R. K. (2020). *Reuters institute digital news report 2020*. Oxford, UK: University of Oxford, Reuters Institute for the Study of Journalism. Retrieved from: https://reutersinstitute.politics.ox.ac.uk/sites/default/files/2020-06/DNR_2020_FINAL.pdf

Nerone, J. (2015). Journalism' crisis of hegemony. *Javnost: The Public, 22*(4), 313-327.

Niebauer, W. E., Abbott, E., Corbin, L., & Neibergall, J. (2000). Computer adoption levels of Iowa dailies and weeklies. *Newspaper Research Journal, 21*(2), 84-94.

Nielsen, R. K., & Selva, M. (January, 2019). *More important, but less robust? Five things everybody needs to know about the future of journalism*. Oxford, UK: University of Oxford, Reuters Institute for the study of Journalism. Retrieved from: https://reutersinstitute.politics.ox.ac.uk/our-research/more-important-less-robust-five-things-everybody-needs-know-about-future-journalism

Oi, S., Fukuda, M., & Sako, S. (2012). The Japanese journalist in transition: Continuity and change. British journalists. In D. H. Weaver & L. Willnat (Eds). *The global journalist in the 21th century* (pp.52-65). New York: Routledge.

Oi, S., & Sako, S. (2017). Journalists in Japan. *Country report of worlds of journalism study*. Retrieved from: https://epub.ub.uni-muenchen.de/36330/1/Country_report_Japan.pdf

O'Reilly, T. (2007). What is Web 2.0: Design patterns and business models for the nextgeneration of software. *Communications & Strategies, 65*(1), 17-37.

Örnebring, H. (2008). The consumer as producer: Of what? User-generated tabloid content in The Sun (UK) and Aftonbladet (Sweden). *Journalism Studies, 9*(5), 771-785.

Örnebring, H. (2018). Journalists thinking about precarity: Making sense of the "new normal". *International Symposium on Online Journalism, 8*(1), 109-127.

Örnebring, H., Lindell, J., Clerwall, C., & Karlsson, M. (2016). Dimensions of journalistic workplace autonomy: A five-nation comparison. *Javnost: The Publc, 23*(3), 307-326.

Paulsen, N., Callan, V. J., Grice, T. A., Rooney, D., Gallois, C., Jones, E.,... Bordia, P. (2005). Job uncertainty and personal control during downsizing: A comparison of survivors and victims. *Human Relations*, *58*(4), 463-496.

Paulussen, S., & Harder, R. A. (2014). Social media references in newspapers: Facebook, Twitter and YouTube as sources in newspaper journalism. *JournalismPractice*, *8*(5), 542-551.

Pavlik, J. V. (2001). *Journalism and new media*. New York, NY: Columbia University Press.

Pentina, I., & Tarafdar, M. (2014). From "information" to "knowing": Exploring the role of social media in contemporary news consumption. *Computers in Human Behavior*, *35*, 211-223.

Perloff, R. M. (2009). Mass media, social perception, and the third-personeffect. *Media Effects: Advances in Theory and Research*, *3*, 252-268.

Phillips, A. (2010). Old sources: New bottles. In N. Fenton (Ed.), *New media, old news: Journalism & democracy in the digital age* (pp.87-101). London, UK: Sage.

Picard, R. G. (May 2005). *Journalist's perceptions of the future of journalistic work*. Oxford, UK: University of Oxford, Reuters Institute for the Study of Journalism. Retrieved from: https://www.reutersagency.com/en/reuters-community/ journalism-media-and- technology-trends-and-predictions-2017

Pines, A., & Aronson, E. (1988), *Career Burnout: Causes and Cures*, New York, NY: The Free Press.

Pollard, T. M. (2001). Changes in mental well-being, blood pressure and total cholesterol levels during workplace reorganization: The impact of uncertainty. *Work and Stress*, *15*(1), 14-28.

Price, J. L. (1977). *The study of turnover*. Ames, IA: Iowa State Press.

Ramaprasad, J., Hanitzsch, T., Lauk, E., Harro-Loit, H., Hovden, J. F., Väliverronen, J., Craft, S. (2019). Ethical considerations: Journalists' perception of professional practice. In T. Hanitzsch, F. Hanusch, J. Ramaprasad, & A. S. de Beer (Eds.), *Worlds of journalism: Journalistic cultures around the globe* (pp. 199-232). NewYork, NY: Columbia University Press.

Reese, S. (2001). Understanding the Global Journalist: A Hierarchy-of-influences Approach. *Journalism Studies*, *2*(2), 173–87.

Reese, S. (2016). The new geography of journalism research. *Digital Journalism*, *47*, 816-826.

Reinardy, S. (2006). It's gametime: The Maslach Burnout Inventory measures burnout of sports journalists. *Journalism & Mass Communication Quarterly*, *83*(2): 397-412.

Reinardy, S. (2008). Survey measures burnout in newspaper sports editors. *Newspaper*

Research Journal, 29(2): 40-54.

Reinardy, S. (2009). Beyond satisfaction: Journalists doubt career intention as organizational support diminishes and job satisfaction declines. *Atlantic Journal of Communication, 17*, 126-139.

Reinardy, S. (2010). Need for speed onto internet clashes with journalistic values. *Newspaper Research Journal, 31*(1), 69-83.

Reinardy, S. (2011). Newspaper journalism in crisis: Burnout on the rise, eroding young journalists' career commitment. *Journalism, 12*(1), 33-50.

Reinardy, S. (2013). Boom or bust? US television news industry is booming but burnout looms for some. *Journal of Media Business Studies, 10*(3), 23-40.

Reinardy, S. (2014). Autonomy and perceptions of work quality: Drive the job satisfaction of TV news workers. *Journalism Practice, 8*(6), 855-870.

Reinardy, S., & Bacon, C. (2014). Feast and famine? Local television news workers expand the offerings but say they are hungry for quality journalism. *Journal of Media Practice, 15*(2), 133-145.

Rogers, E. M. (2003). *Diffusion of innovations* (5th ed.). New York, NY: Free Press.

Rothausen, T. J., Henderson, K. E., Arnold, J. K., & Malshe, A. (2017). Should I stay or should I go? Identity and well-being in sensemaking about retention and turnover. *Journal of Management, 43*(7), 2357-2385.

Rubin, A. M., & Bantz, C. R. (1987). Utility of videocassette recorders. *American Behavioral Scientist, 30*(5), 471-485.

Ruotolo, A. C. (1987). Professional orientation among journalist in three Latin American countries. *Gazette, 40*: 131-142.

Ryan, Kathleen M. (2009). The Performative Journalist: Job Satisfaction, Temporary Workers and American Television News. *Journalism: Theory, practice and Criticism, 10*(5), 647-664.

Saltzis, K. (2012). Breaking News Online: How news stories are updated and maintained around-the-clock. *Journalism Practice, 6*(5-6), 702-710.

Sander, K., & Hanna, M. (2012). British journalists. In D. H. Weaver & L. Willnat (Eds.), *The global journalist in the 21st century* (pp.220-233). New York: Routledge.

Samuelson, M. (1962). A standardized test to measure job satisfaction in the newsroom. *Journalism Quarterly, 39*(3), 285-291.

Seashore, S. E. & Taber, T. D. (1975). Job satisfaction indicators and their correlates. *The American Behavioral Scientist, 18*(3), 333-368.

Schaufeli, W. B., & Bakker, A. B. (2004). Job demands, job resources, and their relationship with burnout and engagement: A multi-sample study. *Journal of organizational Behavior, 25*(3), 293-315.

Schudson, M. (1978). *Discovering the news: A social history of American newspapers*. New York, NY: Basic Books.

Schudson, M. (2018). *Why journalism still matters*. Cambridge, UK: Polity Press.

Scott, D. M. (2010). *The new rules of marketing and PR: How to use social media, blogs, news releases, online video, and viral marketing to reach buyers directly*. New York, NY: John Wiley & Sons.

Shaver, H. C. (1978). Job satisfaction and dissatisfaction among journalism graduates. *Journalism Quarterly, 55*(1), 54-108.

Shoemaker, P. J., & Reese, S. D. (1996). *Mediating the message: Theories of influences on mass media content* (2nd ed.). New York, NY: Longman.

Singer, J. B. (2014). Trajectories in digital journalism embracing complexity. *Journalism Studies, 15*, 706-709.

Sjøvaag, H. (2013). Journalistic autonomy: Between structure, agency and institution. *Nordicom Review, 34*(special issue), 155-166.

Skovsgaard, M., Albæk, E., Bro, P., & de Vreese, C. (2013). A realitycheck: How journalists' role perceptions impact their implementationof the objectivity norm. *Journalism, 14*(1), 22-42.

Smith, L. K., Tanner, A. H., & Duhe, S. F. (2007). Convergence concerns in local television: Conflicting views from the newsroom. *Journal of Broadcasting &Electronic Media, 51*(4), 555-574.

Son, Y. J., Kim, S. T., & Choi, J. (2012). Korean journalists in the 21st century. In D.H. Weaver & L. Willnat (Eds.). *The global journalist in the 21th century* (pp. 66-77). New York, NY: Routledge.

Spector, P. E. (1997). *Job satisfaction: Application, assessment, causes, and consequences* (Vol. 3). Thousand Oaks, CA:Sage publications.

Spyridou, L. P., & Veglis, A. (2016). Convergence and the Changing Labor of Journalism: Towards the 'Super Journalist' Paradigm. In A. Lugmayr and C. D.Zotto (Eds.), *Media Convergence Handbook Volume 1: Journalism, Broadcasting, and Social Media Aspects of Convergence* (pp. 99-116). Berlin, DE: Springer.

Stout, P. A., Wilcox, G. B., & Geer, L. S.(1989). Trends in magazine advertorial use. *Journalism Quarterly, 66*, 960-964.

Swift, A. (2016, September 14). Americans' trust in mass media sinks to new low. *Gallup*. Retrieved fromhttps://news.gallup.com/poll/195542/americans-trust-mass-media-sinks-new-low.aspx

Tameling, K., & Broersma, M. (2013). De-converging the newsroom Strategies for newsroom change and their influence on journalism practice. *International Communication Gazette, 75*(1), 19-34.

Tandoc, E., & Vos, T. P. (2016). The journalist is marketing the news: Social media inthe gatekeeping process. *Journalism Practice*, *8*(10), 950-966.

Tietjen, M., & Myers, R. (1998). Motivation and job satisfaction. *Management Decision*, *36*(4), 226-231.

The New York Times (2017, January). Journalism that stands apart: The report of the 2020 group. *The New York Times*. Retrieved from: https://www.nytimes.com/projects/2020-report/

Thurman, N., & Kunert, J. (2016). Journalists in the United Kingdom. *Country report of worlds of journalism study*. Retrieved from: https://epub.ub.uni-muenchen.de/30989/1/Country_report_UK.pdf

Thurman, N., & Walters, A. (2013). Live blogging–digital journalism's pivotal platform? A case study of the production, consumption, and form of live blogs at Guardian. co. uk. *Digital Journalism*, *1*(1), 82-101.

Tomlinson, J. (2007). *The culture of speed: The coming of immediacy*. London, UK: Sage.

Tuchman, G. (1972). Objectivity as strategic ritual: An examination of newsmen's notions of objectivity. *American Journal of sociology*, *77*(4), 660-679.

Tuchman, G. (1978). *Making the News: A Study in the Construction of Reality*. New York, NY: The Free Press.

Väliverronen, J., Ahva, L., & Pöyhtäri, R. (2016). Journalists in Finland. *Country report of worlds of journalism study*. Retrieved from: https://epub.ub.uni-muenchen.de/30116/1/Country_report_Finland.pdf

Van den Bulck, H., & Tambuyzer, S. (2013). Collisions of convergence: Flemish news workers' and management's perceptions of the impact of PSB newsroom integration on journalistic practices and identities. *International Communication Gazette*, *75*(1), 54-75.

Veldhoven, M. V. (2014). Quantitative job demands. In M. C. W. Peeters, J. D. Junge, & T. W. Taris (Eds.), *An introduction to contemporary work psychology* (pp. 117-143). West Sussex, UK: John Wiley & Sons.

Viererbl, B. & Koch, T. (2019). Once a journalist, not always a journalist? Causes and consequences of job changes from journalism to public relations. *Journalism*. doi: 10.1177/1464884919829647

Waldman, D. A., Ramirez, G. G., House, R. J., & Puranam, P. (2001). Does leadership matter? CEO leadership attributes and profitability under conditions of perceived environmental uncertainty. *Academy of Management Journal*, *44*(1), 134-143.

Wang, C. H., & Yen, C. D. (2015). Leadership and turnover intentions of Taiwan TV reporters: The moderating role of safety climate. *Asian Journal of Communication*, *25*(3), 255-270.

Wanta, W., & Hu, Y. W. (1994). The effects of credibility, reliance, and exposure on media agenda-setting: A path analysis model. *Journalism Quarterly*, *71*, 90-98.

Wardle, C., & Williams, A. (2010). Beyond user-generated content: A production study examining the ways in which UGC is used at the BBC. *Media, Culture &Society*, *32*(5),781-800.

Wenger, D. H., & Owens, L. C. (2012). Help wanted 2010: An examination of new media skills required by top US news companies. *Journalism & Mass Communication Educator*, *67*(1), 9-25.

White, D. M. (1950). The "gate keeper": A case study in the selection of news. *Journalism Bulletin*, *27*(4), 383-390.

Weaver, D. H. (1998). *The global journalist: News people around the world*. Cresskill, NJ: Hampton Press.

Weaver, D. H. & Wilhoit, C. G. (1986). *The American journalist: A portrait of U.S. news people and their work*. Bloomington, IN: Indiana University Press.

Weaver, D. H. & Wilhoit, C. G. (1991). *The American journalist: A portrait of U.S. news people and their work* (2nd ed.). Bloomington, ID: Indiana University Press.

Weaver, D. H. & Wilhoit, C. G. (1996). *The American journalist in the 1990s: US news people at the end of an era*. Mahwah, NJ: Lawrence Erlbaum.

Weaver, D. H., & Willnat, L. (2012). *The global journalist in the 21stcentury*. New York: Rourledge.

Weaver, D. H., & Willnat, L. (2012). Journalists in the 21st century: Conclusion. In D. H.Weaver & L. Willnat (Eds.), *The global journalist in the 21st century*. (pp.529-551). New York, NY: Routledge.

Wenner, L. A. (2004). On the ethics of product placement in media entertainment. Mary-Lou Galician (Eds.) *Handbook of product placement in the mass media*. New York: Haworth Press.

Weischenberg, S., Malik, M., & Scholl A. (2012). Journalists in Germany in the 21st century. In D. Weaver & L. Willnat (2012). *The global journalist in the 21st century* (pp. 205-219). New York, NY: Routledge.

Willnat, L., & Weaver, D. H. (2014). *American journalist in a digital age: Key findings*. Bloomington, IN: School of Journalism, IndianaUniversity.Retrieved from: https://larswillnat.files.wordpress.com/2014/05/2013-american-journalist-key-findings.pdf

Willnat, L., & Weaver, D. H. (2016). Changes in U.S. Journalism: How do journalists think about social media? *Journalism Practice*, *10*(7), 844-855, doi: 10.1080/17512786.2016.1171162.

Willnat, L., Weaver, D. H. & Wilhoit, G. C. (2017). *The American journalist in the digital age: A half-century perspective*. New York, NY: Peter Lang.

Witte, K. (1992).Putting the fear back into fear appeals: The extended parallel process model. *Communication Monographs, 59,* 329-349.

Witte, K., & Allen, M. (2000). A meta-analysis of fear appeals: Implications for effective public health campaigns. *Health Education & Behavior, 27,* 591-615.

Wright, C. R. (1986). *Mass communication: A sociological perspective* (3rd ed.). New York, NY: Random House, Inc.

Ybema, J. F., Smulders, P. G. W., & Bongers, P. (2010). Antecedents and consequences of employee absenteeism: A longitudinal perspective on the role of job satisfaction and burnout. *European Journal of Work and Organizational Psychology, 19*(1), 102-124.

Zhang, H., & Su, L. (2012). Chinese media and journalists in transition. In D. H. Weaver & L. Willnat (Eds.). *The global journalist in the 21th century* (pp. 9-21). New York: Routledge.

Zhu, J. H., Weaver, D., Lo, V. H., Chen, C., & Wu, W. (1997). Individual, organizational, and societal influences on media role perceptions: Acomparative study of journalists in China, Taiwan, and the UnitedStates. *Journalism & Mass Communication Quarterly, 74*(1), 84-96.

【附件一】深度訪談者資料

一、解嚴後入行者（2000 年以前）

編號	入行時間	性別	主跑路線	教育程度	新聞傳播主修	現任媒體屬性
A1-1	1994	女	教育	大學	是	報紙
A1-2	1990	女	地方、市政、醫藥	大學	否	報紙
A1-3	1989	女	教育、體育	大學	否	報紙
A1-4	1987	男	黨政	大學	是	報紙
A1-5	1991	男	黨政	大學	否	報紙
A1-6	1998	女	環境、農業、科技	大學	否	獨立
A1-7	1987	女	黨政	碩士	是	網媒
A2-1	1988	女	財經、地方	大學	是	電視
A2-2	1992	男	國際外交、政治	碩士	是	電視
A2-3	1988	女	交通	碩士	是	電視
A2-4	1991	女	政治、專題	碩士	否	電視
A2-5	1997	男	社會	大學	是	電視
A2-6	1989	男	駐外	大學	是	電視
A2-7	1988	女	勞工、社運	大學	是	電視
A2-8	1994	男	社會、地方	博士	是	電視
A2-9	1991	女	交通部、市政	碩士	是	廣播

註：「現任媒體屬性」指本研究訪談時該記者任職的媒體屬性，受訪者可能在過去任職過報紙、電視再到網媒或成為獨立記者；也有人從網媒再轉往報紙、電視發展。此外，本研究將《中央社》列入網媒。

二、2000 年以後入行

編號	入行時間	性別	主跑路線	教育程度	新聞傳播主修	現任媒體屬性
B1-1	2000	女	文化	碩士	否	報紙
B1-2	2000	男	地方、市政	大學	是	報紙
B1-3	2000	男	財經、地方	碩士	是	報紙
B1-4	2004	男	文教、交通	大學	是	報紙
B1-5	2006	男	黨政、內政部	大學	是	網媒
B1-6	2008	男	黨政、立法院	碩士	是	報紙
B2-1	2003	女	地方、立法院	大學	是	電視
B2-2	2002	男	生活、社會	大學	否	電視
B2-3	2004	男	地方、社會	大學	是	電視
B2-4	2000	男	黨政、總統府	大學	是	電視
B2-5	2000	女	社會、檢調	大學	是	電視
B2-6	2002	女	黨政、調查報導	大學	否	電視

三、2010 年以後入行

編號	入行時間	性別	主跑路線	教育程度	新聞傳播主修	現任媒體屬性
C1-1	2012	女	兩岸	碩士	是	網媒
C1-2	2013	男	地方、黨政	大學	是	報紙
C1-3	2013	男	社會	大學	是	報紙
C1-4	2013	女	地方、文化	碩士	是	報紙
C1-5	2013	女	地方	大學	是	報紙
C1-6	2010	男	地方、司法	大學	是	報紙
C2-1	2014	女	教育	大學	是	電視
C2-2	2013	女	兩岸	大學	是	電視
C2-3	2013	女	社會	大學	是	電視
C2-4	2014	女	地方	大學	是	電視
C2-5	2013	女	財經、政治	碩士	否	電視
C2-6	2012	女	生活	大學	是	電視

四、離職記者訪談

編號	年資	離職時年齡	性別	教育程度	新聞傳播主修	離職時間	媒體屬性
M01	7	31	女	大學	是	2017	報紙
M02	25	54	女	大學	是	2018	報紙
M03	11	35	女	碩士	否	2017	報紙
M04	5	27	女	大學	是	2014	報紙
M05	6	30	女	碩士	是	2017	報紙
M06	16	40	女	大學	否	2015	報紙
M07	14	44	男	大學	否	2017	報紙
M08	3	25	女	大學	是	2013	報紙
M09	25	52	男	大學	否	2013	報紙
M10	6	30	女	碩士	是	2016	報紙
N01	25	52	男	碩士	是	2015	電視
N02	5	31	男	碩士	是	2013	電視
N03	8	32	女	碩士	是	2016	電視
N04	7	31	女	大學	否	2016	電視
N05	2	25	女	大學	是	2018	電視
N06	18	43	女	大學	否	2014	電視
N07	12	38	男	大學	否	2015	電視
N08	3	26	女	大學	否	2018	電視
N09	25	50	女	碩士	否	2017	電視
N10	11	44	女	大學	是	2016	電視

【附件二】
1994 年新聞從業人員研究問卷

一、下面是一些新聞媒介經常做或嘗試做的工作，請依照您個人的看法，指出這些工作重不重要。

	非常重要	相當重要	有點重要	一點都不重要	無意見
1. 迅速把資訊傳達給大眾。	□	□	□	□	□
2. 避免報導不能證實的新聞。	□	□	□	□	□
3. 依據事實正確報導新聞。	□	□	□	□	□
4. 調查政府的聲明與主張。	□	□	□	□	□
5. 對複雜的問題提供分析與解釋。	□	□	□	□	□
6. 對正在發展的國家政策提出討論。	□	□	□	□	□
7. 集中報導最多民眾感興趣的新聞。	□	□	□	□	□
8. 提升大眾對知識與文化的興趣。	□	□	□	□	□
9. 提供娛樂與鬆弛。	□	□	□	□	□
10. 經常懷疑政府官員的行動，和政府對立。	□	□	□	□	□
11. 經常懷疑企業的行動，和企業對立。	□	□	□	□	□
12. 經常懷疑政黨的行動，和政黨對立。	□	□	□	□	□
13. 推動社會改革。	□	□	□	□	□
14. 支持社會運動。	□	□	□	□	□
15. 聲援弱勢團體。	□	□	□	□	□
16. 幫助民眾瞭解政府官員的施政理念。	□	□	□	□	□
17. 幫助民眾瞭解當前的國家政策。	□	□	□	□	□
18. 幫助民眾瞭解政黨的政治理念。	□	□	□	□	□

二、接下來我們想瞭解您對新聞界一些爭議性問題的看法，這些問題有些新聞從業人員同意，有些不同意。我們把這些爭議問題整理成下列陳述句。請您依照個人的感覺及瞭解，指出您是否同意這些陳述句。

	很同意	同意	不同意	很不同意	無意見
1. (1) 為了採訪方便，記者可以不表明身分而進行採訪。	□	□	□	□	□
(2) 就您的觀察，上述的情況在新聞界很普遍。	□	□	□	□	□
2. (1) 為了採訪方便，記者可以利用假身分進行採訪。	□	□	□	□	□
(2) 就您的觀察，上述的情況在新聞界很普遍。	□	□	□	□	□
3. (1) 為了報導新聞，新聞從業人員可以花錢買機密消息。	□	□	□	□	□
(2) 就您的觀察，上述的情況在新聞界很普遍。	□	□	□	□	□
4. (1) 記者可以透露受自己保護的祕密消息來源的身分。	□	□	□	□	□
(2) 就您的觀察，上述的情況在新聞界很普遍。	□	□	□	□	□
5. (1) 如果不涉及法律責任，即使未經同意，記者可以在新聞中使用私人文件（如照片、信件）。	□	□	□	□	□
(2) 就您的觀察，上述的情況在新聞界很普遍。	□	□	□	□	□
6. (1) 如果不涉及法律責任，即使未經授權記者可以在新聞中使用企業或政府的機密文件。	□	□	□	□	□
(2) 就您的觀察，上述的情況在新聞界很普遍。	□	□	□	□	□
7. (1) 即使消息來源不願接受採訪，記者為了採訪，可以利用各種方法打擾消息來源，以完成採訪任務。	□	□	□	□	□
(2) 就您的觀察，上述的情況在新聞界很普遍。	□	□	□	□	□
8. (1) 為了採訪內幕消息，記者可以不表明身分到企業或其他組織工作。	□	□	□	□	□
(2) 就您的觀察，上述的情況在新聞界很普遍。	□	□	□	□	□
9. (1) 未經受訪者同意，記者在採訪時可以暗中錄音。	□	□	□	□	□
(2) 就您的觀察，上述的情況在新聞界很普遍。	□	□	□	□	□

三、接下來這個部分，我們想要瞭解您對目前工作的滿意程度，請您依照個人的感覺，指出您對下列事項的滿意程度。

	很滿意	滿意	不滿意	很不滿意	無意見
1. 薪資所得（包括稿費、津貼及獎金）	☐	☐	☐	☐	☐
2. 福利政策	☐	☐	☐	☐	☐
3. 休假	☐	☐	☐	☐	☐
4. 退休制度	☐	☐	☐	☐	☐
5. 考績評鑑	☐	☐	☐	☐	☐
6. 升遷	☐	☐	☐	☐	☐
7. 進修制度	☐	☐	☐	☐	☐
8. 工作時間	☐	☐	☐	☐	☐
9. 工作量	☐	☐	☐	☐	☐
10. 工作機構的聲譽	☐	☐	☐	☐	☐
11. 工作穩定性	☐	☐	☐	☐	☐
12. 工作環境	☐	☐	☐	☐	☐
13. 主管的能力	☐	☐	☐	☐	☐
14. 工作的成就感	☐	☐	☐	☐	☐
15. 工作對社會的重要性	☐	☐	☐	☐	☐
16. 學習新知的機會	☐	☐	☐	☐	☐
17. 工作的挑戰性	☐	☐	☐	☐	☐
18. 主動與創新的機會	☐	☐	☐	☐	☐
19. 工作受社會尊重的程度	☐	☐	☐	☐	☐
20. 工作自主權	☐	☐	☐	☐	☐

四、接下來，我們想要瞭解您在工作時使用電腦的情形。

1. 您平常工作時，會使用電腦處理哪些新聞工作？（可複選）
　　☐ 不使用電腦　　　　☐ 輸入稿件　　　　　☐ 建立個人資料
　　☐ 查詢新聞相關資料　☐ 分析資料　　　　　☐ 編版或排版
　　☐ 利用電腦網路使用其他資料庫　　　　　　☐ 電腦繪圖
　　☐ 其他（請說明）＿＿＿＿＿＿＿＿＿＿

2. 您的工作機構有沒有為您配置電腦設備？（可複選）
□ 沒有　　　　　　　　□ 配置桌上型電腦　　　□ 配置個人手提型電腦
□ 其他（請說明）＿＿＿＿＿＿＿＿＿＿＿＿＿＿＿

3. 您平常工作時，需不需要使用電腦？（可複選）
□ 經常需要　　　□ 偶爾需要　　　□ 不需要　　　□ 無意見

4. 就您個人而言，最想接受哪些電腦訓練？（可複選）
□ 不想接受任何訓練　　□ 文書處理　　　　□ 電腦排版
□ 電腦繪圖　　　　　　□ 資料庫查詢　　　□ 網路作業系統
□ 其他（請說明）＿＿＿＿＿＿＿＿＿＿＿＿＿＿＿

5. 您覺得使用電腦對您在處理下列新聞工作有沒有幫助？
（未使用電腦者請跳答第 7 題）

	很有幫助	有些幫助	沒有幫助	無意見
(1) 提高工作效率	□	□	□	□
(2) 減少錯誤	□	□	□	□
(3) 工作時間	□	□	□	□
(4) 處理新聞稿件	□	□	□	□
(5) 查詢資料	□	□	□	□

6. 您在使用電腦時，哪些情況最使您感到困擾？（可複選）
□ 使用速度慢　□ 當機　□ 操作不熟練
□ 電腦病毒　　□ 其他（請說明）＿＿＿＿＿＿＿＿＿＿＿＿＿

7. 您覺得新聞工作人員需不需要學習使用電腦？
□ 很需要　　　□ 需要　　　□ 不需要　　　□ 很不需要
□ 無意見

8. 您覺得新聞機構需不需要採用電腦設備？
□ 很需要　□ 需要　□ 不需要　□ 很不需要
□ 無意見

五、最後我們想知道您的個人資料，請您仔細填寫，以幫助我們進行統計分析。

1. 您的性別是：□ 男 □ 女
2. 您今年幾歲（實歲）＿＿＿＿＿＿＿歲
3. 您的婚姻狀況是：□ 已婚　□ 未婚　□ 離婚　□ 其他
4. 您的最高學歷是：
　□ 高中畢業　□ 專科肄業　□ 專科畢業　□ 大學肄業

　　□大學畢業　□碩士班肄業　□碩士班畢業　□博士班肄業
　　□博士班畢業

5. 您在大學主修的科系為（可複選）
　　□新聞系
　　□大眾傳播或相關科系
　　□社會科學（政治、心理、社會等）
　　□商學系
　　□自然科學（理、工、農、醫等）
　　□人文科學（文、史、哲、藝術等）
　　□法律
　　□其他

6. 您在研究所主修的科系為（可複選）（未就讀研究所者請跳答第7題）
　　□新聞系
　　□大眾傳播或相關科系
　　□社會科學（政治、心理、社會等）
　　□商學系
　　□自然科學（理、工、農、醫等）
　　□人文科學（文、史、哲、藝術等）
　　□法律
　　□其他

7. 您是否曾修過新聞傳播方面的課程？（新聞傳播科系畢業者請跳答第8題）
　　□是 □否

8. 您從事新聞工作前後已有多久？＿＿＿＿＿年（不滿一年以一年計）

9. 您在目前的工作機構已有多久？＿＿＿＿＿年（不滿一年以一年計）

10.您的工作職務是：
　　(1) 職稱：＿＿＿＿＿＿＿＿＿＿＿
　　(2) 主要工作（版面名稱或主跑路線）：＿＿＿＿＿＿＿＿＿＿

11.您在目前的工作機構每個月收入（含津貼、加給、稿費）平均大約為：
　　□20,000 元以下　　□20,001-30,000 元　　□30,001-40,000 元
　　□40,001-50,000 元　□50,001-60,000 元　　□60,001-70,000 元
　　□70,001-80,000 元　□80,001-90,000 元　　□90,001-100,000 元
　　□100,000 元以上

12.您的籍貫是：
　　□本省籍閩南人 □本省籍客家人
　　□外省人　□原住民
　　□華僑　　□其他

13.請問您覺得您在政治理念上比較支持哪一個政黨？

□ 中國國民黨　　□ 民主進步黨　　□ 新黨

□ 其他政黨　　□ 不支持任何政黨

14. 請問您認為您目前的工作機構在政治理念上比較支持哪一個政黨？

□ 中國國民黨　　□ 民主進步黨　　□ 新黨

□ 其他政黨　　□ 不支持任何政黨

15. 整體而言，您對您目前的工作滿不滿意？

□ 很滿意　　□ 滿意　　□ 不滿意

□ 很不滿意　　□ 無意見

16. 整體而言，您在目前的工作上是否擁有充分的自主權？

□ 擁有完全的自主權　□ 擁有相當的自主權　□ 擁有部分的自主權

□ 幾乎沒有的自主權　□ 無意見

17. 如果請您對您的工作機構在新聞報導的表現上評分，最高 100 分，最低 0 分，60 分及格，您會給幾分？

□100-90 分　□89-80 分　□79-70 分　　□69-60 分

□59-50 分　□49-40 分　□40 分以下　　□ 無意見

18. 在未來五年，您最想到哪裡工作？

□ 留在目前的工作機構

□ 到其他新聞機構工作

□ 到其他行業工作

□ 不知道

19. 您有沒有參加新聞專業工會、公會或協會？（可複選）

□ 參加新聞從業人員工會

□ 參加新聞從業人員公會或協會

□ 沒有參加

20. 您是否加入下列政黨：

□ 國民黨

□ 民進黨

□ 新黨

□ 其他政黨

□ 未加入政黨

21. 您平常最常讀哪幾份報紙：

(1) ＿＿＿＿＿＿＿＿　　(4) ＿＿＿＿＿＿＿＿

(2) ＿＿＿＿＿＿＿＿　　(5) ＿＿＿＿＿＿＿＿

(3) ＿＿＿＿＿＿＿＿　　(6) ＿＿＿＿＿＿＿＿

22. 您平常最常讀哪幾份雜誌：

(1) ＿＿＿＿＿＿＿＿　　(4) ＿＿＿＿＿＿＿＿

(2) ＿＿＿＿＿＿＿＿　　(5) ＿＿＿＿＿＿＿＿

(3) _____　　(6) _____

23. 您平均每星期有幾天會看電視新聞？
　　□ 每天都看　□ 六天　□ 五天　□ 四天
　　□ 三天　　　□ 二天　□ 一天　□ 不看

24. 請問您在總社（台）或分社（台）工作？
　　□ 總社（台）□ 分社（台）

【附件三】
2004 年新聞從業人員研究問卷

> 一、首先我們想瞭解您對新聞工作的看法，請您指出您是否同意下列這些陳述句。您同意的程度分為：很同意、同意、不同意、很不同意及無意見五種。請依照您個人的同意程度在陳述句右邊的□中打 ✓ 。

	很同意	同意	不同意	很不同意	無意見
	1	2	3	4	5
1. 我不會離開新聞界，從事其他工作。	□	□	□	□	□
2. 如果有機會重新選擇工作，我還是會選擇新聞工作。	□	□	□	□	□
3. 即使別的行業付我較高的薪水，我也不會離開新聞工作。	□	□	□	□	□
4. 新聞工作是值得終身從事的工作。	□	□	□	□	□
5. 您是否同意下列的說法？	□	□	□	□	□
(1) 目前新聞工作的競爭越來越激烈。	□	□	□	□	□
(2) 目前新聞媒介的經營越來越困難。	□	□	□	□	□
(3) 目前您工作的新聞機構財務狀況越來越拮据。	□	□	□	□	□
(4) 目前您工作的新聞機構會要求新聞人員幫忙拉廣告。	□	□	□	□	□
(5) 目前您工作的新聞機構會要求新聞人員進行「廣告業務配合」採訪。	□	□	□	□	□
(6) 目前您工作的新聞機構會要求新聞人員進行「專案配合」採訪（例：有收入的編業合作案、政府標案）。	□	□	□	□	□

二、下面是一些新聞媒介經常做或嘗試做的工作，請依照您個人的看法，指出這些工作重不重要。

	很同意	同意	不同意	很不同意	無意見
	1	2	3	4	5
1. 迅速把資訊傳達給大眾。	☐	☐	☐	☐	☐
2. 避免報導不能證實的新聞。	☐	☐	☐	☐	☐
3. 依據事實正確報導新聞。	☐	☐	☐	☐	☐
4. 調查政府的聲明與主張。	☐	☐	☐	☐	☐
5. 對複雜的問題提供分析與解釋。	☐	☐	☐	☐	☐
6. 對正在發展的國家政策提出討論。	☐	☐	☐	☐	☐
7. 集中報導最多民眾感興趣的新聞。	☐	☐	☐	☐	☐
8. 提升大眾對知識與文化的興趣。	☐	☐	☐	☐	☐
9. 提供娛樂與鬆弛。	☐	☐	☐	☐	☐
10. 經常懷疑政府官員的行動，和政府對立。	☐	☐	☐	☐	☐
11. 經常懷疑企業的行動，和企業對立。	☐	☐	☐	☐	☐
12. 經常懷疑政黨的行動，和政黨對立。	☐	☐	☐	☐	☐
13. 推動社會改革。	☐	☐	☐	☐	☐
14. 支持社會運動。	☐	☐	☐	☐	☐
15. 聲援弱勢團體。	☐	☐	☐	☐	☐
16. 幫助民眾瞭解政府官員的施政理念。	☐	☐	☐	☐	☐
17. 幫助民眾瞭解當前的國家政策。	☐	☐	☐	☐	☐
18. 幫助民眾瞭解政黨的政治理念。	☐	☐	☐	☐	☐

三、接下來我們想瞭解您對新聞界一些爭議性問題的看法，這些問題有些新聞從業人員同意，有些不同意。我們把這些爭議問題整理成下列陳述句。請您依個人的感覺及瞭解，指出您是否同意這些陳述句。

	很同意	同意	不同意	很不同意	無意見
	1	2	3	4	5
1. (1) 為了採訪方便，記者可以利用假身分進行採訪。	☐	☐	☐	☐	☐
(2) 就您的觀察，上述的情況在新聞界很普遍。	☐	☐	☐	☐	☐
2. (1) 為了報導新聞，新聞從業人員可以花錢買機密消息。	☐	☐	☐	☐	☐
(2) 就您的觀察，上述的情況在新聞界很普遍。	☐	☐	☐	☐	☐
3. (1) 記者可以透露受自己保護的祕密消息來源的身分。	☐	☐	☐	☐	☐
(2) 就您的觀察，上述的情況在新聞界很普遍。	☐	☐	☐	☐	☐
4. (1) 如果不涉及法律責任，即使未經同意，記者可以在新聞中使用私人文件（如照片、信件）。	☐	☐	☐	☐	☐
(2) 就您的觀察，上述的情況在新聞界很普遍。	☐	☐	☐	☐	☐
5. (1) 如果不涉及法律責任，即使未授權，記者可以在新聞中使用企業或政府的機密文件。	☐	☐	☐	☐	☐
(2) 就您的觀察，上述的情況在新聞界很普遍。	☐	☐	☐	☐	☐
6. (1) 即使消息來源不願接受採訪，記者為了採訪，可以利用各種方法打擾消息來源，以完成採訪任務。	☐	☐	☐	☐	☐
(2) 就您的觀察，上述的情況在新聞界很普遍。	☐	☐	☐	☐	☐
7. (1) 為了採訪內幕消息，記者可以不表明身分到企業或其他組織工作。	☐	☐	☐	☐	☐
(2) 就您的觀察，上述的情況在新聞界很普遍。	☐	☐	☐	☐	☐
8. (1) 未經受訪者同意，記者在採訪時可以暗中錄音。	☐	☐	☐	☐	☐
(2) 就您的觀察，上述的情況在新聞界很普遍。	☐	☐	☐	☐	☐
9. (1) 當上級要求配合「廣告業務」時，記者可以配合採訪、寫稿及報導。	☐	☐	☐	☐	☐
(2) 就您的觀察，上述的情況在新聞界很普遍。	☐	☐	☐	☐	☐
10.(1) 當上級要求配合執行「專案」（例：有收入的編業合作案、政府招標案）時，記者可以配合採訪、寫稿及報導。	☐	☐	☐	☐	☐
(2) 就您的觀察，上述的情況在新聞界很普遍。	☐	☐	☐	☐	☐

四、這個部分，我們想要瞭解您對目前工作的滿意程度，請您依個人的感覺，指
　　出您對下列事項的滿意程度。

	很滿意	滿意	不滿意	很不滿意	無意見
	1	2	3	4	5
1. 薪資所得（包括稿費、津貼及獎金）	☐	☐	☐	☐	☐
2. 福利政策	☐	☐	☐	☐	☐
3. 休假	☐	☐	☐	☐	☐
4. 退休制度	☐	☐	☐	☐	☐
5. 考績評鑑	☐	☐	☐	☐	☐
6. 升遷	☐	☐	☐	☐	☐
7. 進修制度	☐	☐	☐	☐	☐
8. 工作時間	☐	☐	☐	☐	☐
9. 工作量	☐	☐	☐	☐	☐
10. 工作機構的聲譽	☐	☐	☐	☐	☐
11. 工作穩定性	☐	☐	☐	☐	☐
12. 工作環境	☐	☐	☐	☐	☐
13. 主管的能力	☐	☐	☐	☐	☐
14. 工作的成就感	☐	☐	☐	☐	☐
15. 工作對社會的重要性	☐	☐	☐	☐	☐
16. 學習新知的機會	☐	☐	☐	☐	☐
17. 工作的挑戰性	☐	☐	☐	☐	☐
18. 主動與創新的機會	☐	☐	☐	☐	☐
19. 工作受社會尊重的程度	☐	☐	☐	☐	☐
20. 工作自主權	☐	☐	☐	☐	☐
21. 整體而言，您對目前的工作	☐	☐	☐	☐	☐

五、接下來，我們想要瞭解您對下列工作情況的看法。

1. 您是否曾為您所服務的機構拉廣告？
　　(1) ☐ 從未　(2) ☐ 很少　(3) ☐ 有時　(4) ☐ 時常　(5) ☐ 無意見
2. 您是否曾接受上級指派進行「廣告業務配合」採訪？
　　(1) ☐ 從未　(2) ☐ 很少　(3) ☐ 有時　(4) ☐ 時常　(5) ☐ 無意見

3. 您是否曾接受上級指派進行「專案配合」採訪（例：有收入的編業合作案、政府招標案）？

(1)□ 從未　(2)□ 很少　(3)□ 有時　(4)□ 時常　(5)□ 無意見

六、接下來，我們想要瞭解您在工作時使用電腦的情形。

1. 您平常工作時，會使用電腦處理哪些新聞工作？（可複選）

(1)□ 不使用電腦　　　　(2)□ 輸入稿件　　　　(3)□ 建立個人資料

(4)□ 查詢新聞相關資料　(5)□ 分析資料　　　　(6)□ 編版或排版

(7)□ 利用電腦網路使用其他資料庫　　　　　　(8)□ 電腦繪圖

(9)□ 其他（請說明）＿＿＿＿＿＿＿＿＿＿＿＿＿＿＿＿＿＿

2. 您的工作機構有沒有為您配置電腦設備？（可複選）

(1)□ 沒有　　　　　　　(2)□ 配置桌上型電腦

(3)□ 配置個人手提型電腦

(4)□ 其他（請說明）＿＿＿＿＿＿＿＿＿＿＿＿＿＿＿＿＿＿

3. 您平常工作時，需不需要使用電腦？（可複選）

(1)□ 經常需要　　　　　(2)□ 偶爾需要　　　　(3)□ 不需要

(4)□ 無意見

4. 就您個人而言，最想接受哪些電腦訓練？（可複選）

(1)□ 不想接受任何訓練　(2)□ 文書處理　　　　(3)□ 電腦排版

(4)□ 電腦繪圖　　　　　(5)□ 資料庫查詢　　　(6)□ 網路作業系統

(7)□ 其他　　　　　　　(8)□ 都已經會

5. 您覺得使用電腦對您在處理下列新聞工作有沒有幫助？

（未使用電腦者請跳答第 7 題）

	很有幫助	有些幫助	沒有幫助	無意見
	1	2	3	4
(1) 提高工作效率	□	□	□	□
(2) 減少錯誤	□	□	□	□
(3) 工作時間	□	□	□	□
(4) 處理新聞稿件	□	□	□	□
(5) 查詢資料	□	□	□	□
(6) 新聞的深度	□	□	□	□
(7) 新聞的廣度	□	□	□	□
(8) 讀者的回應	□	□	□	□

6. 您第一次接觸網際網路，是在西元幾年？

(1) □1994 年以前　(2) □1995 年　(3) □1996 年

(4) □1997 年　(5) □1998 年　(6) □1999 年

(7) □2000 年　(8) □2001 年　(9) □2002 年

(10) □2003 年　(11) □2004 年　(12) □ 從未使用網路（請跳答第七部分）

7. 您每天平均使用網路幾個小時？（包括工作與非工作使用）

(1) □1 小時以內　(2) □1 小時　(3) □2 小時

(4) □3 小時　(5) □4 小時　(6) □5 小時

(7) □ 6 小時　(8) □7 小時　(9) □ 8 小時

(10) □9 小時　(11) □10 小時　(12) □11 小時

(13) □12 小時　(14) □13 小時或以上

8. 您使用網際網路，是否經常對下列情況感到困擾？

	從未	很少	有時	經常
	1	2	3	4
(1) 內容貧乏	□	□	□	□
(2) 資料查證困難	□	□	□	□
(3) 傳輸速度太慢	□	□	□	□
(4) 電腦閱讀吃力	□	□	□	□
(5) 操作不熟練	□	□	□	□
(6) 電腦病毒	□	□	□	□
(7) 垃圾郵件	□	□	□	□
(8) 隱私與網路安全	□	□	□	□

9. 請問您在新聞工作中，通常運用網路來進行哪些工作？

	從未	很少	有時	經常
	1	2	3	4
(1) 尋找新聞線索	□	□	□	□
(2) 尋找新聞題材	□	□	□	□
(3) 尋找背景資料	□	□	□	□
(4) 查證事實	□	□	□	□
(5) 發稿	□	□	□	□
(6) 使用公司內部資料庫	□	□	□	□
(7) 使用其他媒體的資料庫	□	□	□	□

(8)　使用公立機構的電子資料　　　　　　　□　□　□　□

(9)　建立個人常用的資料庫　　　　　　　　□　□　□　□

(10)　使用國外的資料庫　　　　　　　　　　□　□　□　□

(11)　與受訪者聯繫　　　　　　　　　　　　□　□　□　□

(12)　與同業聯繫　　　　　　　　　　　　　□　□　□　□

(13)　進行訪問　　　　　　　　　　　　　　□　□　□　□

(14)　閱讀本地新聞　　　　　　　　　　　　□　□　□　□

(15)　閱讀國際新聞　　　　　　　　　　　　□　□　□　□

(16)　閱讀網誌（Blog）　　　　　　　　　　□　□　□　□

(17)　閱讀網路討論區或 BBS　　　　　　　　□　□　□　□

(18)　在網路討論區或 BBS 發表意見　　　　　□　□　□　□

七、最後我們想知道您的個人資料，請您仔細填寫，以幫助我們進行統計分析。

1.　您的性別是：(1) □ 男　　　(2) □ 女

2.　您今年幾歲（實歲）＿＿＿＿＿＿歲

3.　您的婚姻狀況是：

　　(1) □ 已婚　　(2) □ 未婚　　(3) □ 離婚　　(4) □ 其他

4.　您的最高學歷是：

　　(1) □ 高中畢業　　(2) □ 專科肄業　　(3) □ 專科畢業　　(4) □ 大學肄業

　　(5) □ 大學畢業　　(6) □ 碩士班肄業　(7) □ 碩士班畢業　(8) □ 博士班肄業

　　(9) □ 博士班畢業

5.　您在大學主修的科系為（可複選）

　　(1) □ 新聞系

　　(2) □ 大眾傳播或相關科系

　　(3) □ 社會科學（政治、心理、社會等）

　　(4) □ 商學系

　　(5) □ 自然科學（理、工、農、醫等）

　　(6) □ 人文科學（文、史、哲、藝術等）

　　(7) □ 法律

　　(8) □ 其他

6.　您在研究所主修的科系為（可複選）（未就讀研究所者請跳答第 7 題）

　　(1) □ 新聞系

　　(2) □ 大眾傳播或相關科系

　　(3) □ 社會科學（政治、心理、社會等）

　　(4) □ 商學系

　　(5) □ 自然科學（理、工、農、醫等）

　　(6) □ 人文科學（文、史、哲、藝術等）

　　(7) □ 法律

　　(8) □ 其他

7. 您是否曾修過新聞傳播方面的課程？（新聞傳播科系畢業者請跳答第 8 題）

　　(1) □ 是　　　(2) □ 否

8. 您從事新聞工作前後已有多久？＿＿＿＿＿＿年（不滿一年以一年計）

9. 您在目前的工作機構已有多久？＿＿＿＿＿＿年（不滿一年以一年計）

10. 您的工作職務是：

　　(1) □ 記者（助理記者、在家記者、資深記者、主任記者等）

　　(2) □ 主播／主持人　　(3) □ 攝影記者　　　(4) □ 製作人

　　(5) □ 執行製作　　　(6) □ 編輯（主編、編播、助理編輯等）

　　(7) □ 編譯　　　　(8) □ 研究人員　　(9) □ 主筆

　　(10) □ 撰述委員　　　(11) □ 其他（請說明）　＿＿＿＿＿＿＿＿＿

11. 您的職位是：

　　(1) □ 總經理／副總經理　　　(2) □ 總編輯／副總編輯

　　(3) □ 經理／副理　　　　(4) □ 總監

　　(5) □ 製作人　　　　　(6) □ 主任／副主任／主編

　　(7) □ 召集人／組長　　　(8) □ 未擔任其他主管或副主管職務

　　(9) □ 其他（請說明）

12. 您在哪一種媒體服務？

　　(1) □ 報紙　　　　　(2) □ 電視　　　　　(3) □ 廣播

13. 您服務的所在地是：

　　(1) □ 總社／總公司　　(2) □ 地方中心／分社（含駐地）

14. 您在目前的工作機構每個月收入（含津貼、加給、稿費）平均大約為：

　　(1) □ 20,000 元以下　　(2) □ 20,001-30,000 元　　(3) □ 30,001-40,000 元

　　(4) □ 40,001-50,000 元　　(5) □ 50,001-60,000 元　　(6) □ 60,001-70,000 元

　　(7) □ 70,001-80,000 元　　(8) □ 80,001-90,000 元　　(9) □ 90,001-100,000 元

　　(10) □ 100,000 元以上

15. 您的籍貫是：

　　(1) □ 本省籍閩南人　　(2) □ 本省籍客家人

　　(3) □ 外省人　　　　(4) □ 原住民

　　(5) □ 華僑　　　　　(6) □ 其他

16. 請問您覺得您在政治理念上比較支持哪一個政黨？

　　(1) □ 民進黨　　　　(2) □ 台聯　　　　(3) □ 國民黨

　　(4) □ 親民黨　　　　(5) □ 新黨　　　　(6) □ 其他政黨

(7) □ 不支持任何政黨

17. 請問您認為您目前的工作機構在政治理念上比較支持哪一個政黨？

(1) □ 民進黨　　　　(2) □ 台聯　　　　(3) □ 國民黨

(4) □ 親民黨　　　　(5) □ 新黨　　　　(6) □ 其他政黨

(7) □ 不支持任何政黨

18. 整體而言，您在您目前的工作上是否擁有充分的自主權？

(1) □ 擁有完全的自主權　　(2) □ 擁有相當的自主權

(3) □ 擁有部分的自主權　　(4) □ 幾乎沒有的自主權

(5) □ 無意見

19. 如果請您對您的工作機構在新聞報導的表現上評分，最高 100 分，最低 0 分，60 分及格，您會給幾分？

(1) □100-90 分　　(2) □89-80 分　　(3) □79-70 分

(4) □69-60 分　　(5) □59-50 分　　(6) □49-40 分

(7) □40 分以下　　(8) □ 無意見

20. 在未來五年，您最想到哪裡工作？

(1) □ 留在目前的工作機構

(2) □ 到其他新聞機構工作

(3) □ 到其他行業工作

(4) □ 不知道

21. 您有沒有參加新聞專業工會、公會或協會？（可複選）

(1) □ 參加新聞從業人員工會

(2) □ 參加新聞從業人員公會或協會

(3) □ 沒有參加

22. 您是否加入下列政黨：

(1) □ 民進黨

(2) □ 台聯

(3) □ 外國民黨

(4) □ 親民黨

(5) □ 新黨

(6) □ 其他政黨

(7) □ 不支持任何政黨

23. 您的工作主要與下面哪一類內容有關：（請只勾選一項）

(1) □ 黨政新聞

(2) □ 財經新聞

(3) □ 文教新聞

(4) □ 社會新聞

(5) □ 健康衛生新聞

(6) □ 體育新聞
(7) □ 影視／娛樂新聞
(8) □ 生活、休閒消費新聞
(9) □ 國際新聞
(10) □ 兩岸新聞
(11) □ 地方新聞
(12) □ 市政新聞
(13) □ 司法新聞
(14) □ 專題（含新聞雜誌記者）
(15) □ 專案
(16) □ 其他，請說明 _____

【附件四】
2014 年新聞從業人員研究問卷

1. 您從事新聞工作前後已有多久？＿＿＿＿＿＿年（不滿一年以一年計）
2. 您在目前的工作機構已有多久？＿＿＿＿＿＿年（不滿一年以一年計）
3. 您平常最常收看或閱讀的媒體是（請單選）：

    (1) □報紙　　　(2) □電視　　　(3) □廣播　　　(4) □網路

4. 您的主要工作主要與下面哪一類內容有關？（請單選）

    (1) □黨政新聞　　　(2) □財經新聞　　　(3) □文教新聞

    (4) □社會新聞　　　(5) □醫療衛生新聞　　　(6) □體育新聞

    (7) □影視／娛樂　　　(8) □生活、休閒、消費　　　(9) □國際新聞

    (10) □兩岸新聞　　　(11) □綜合性地方新聞　　　(12) □司法新聞

    (13) □專題（含新聞雜誌、新聞訪談）　　　(14) □專案

    (15) □工作與上述路線或內容無關

    (16) □其他，請說明 ＿＿＿＿＿＿＿＿＿＿＿＿＿＿＿

一、下面是一些新聞媒體經常做或嘗試做的工作，也是新聞工作者對於媒體角色的看法，請依照您個人的看法，指出這些工作重不重要。並請您依個人認為的重要程度，在下列陳述句右邊的□打 ✓，或以■標示。

	一點都不重要	有點重要	相當重要	非常重要	無意見
	1	2	3	4	5
1. 迅速把資訊傳達給大眾。	□	□	□	□	□
2. 避免報導不能證實的新聞。	□	□	□	□	□
3. 依據事實正確報導新聞。	□	□	□	□	□
4. 調查政府的聲明與主張。	□	□	□	□	□
5. 對複雜的問題提供分析與解釋。	□	□	□	□	□
6. 對正在發展的國家政策提出討論。	□	□	□	□	□
7. 對國際事務提供分析與解釋。	□	□	□	□	□
8. 集中報導最多民眾感興趣的新聞。	□	□	□	□	□
9. 提升民眾對知識與文化的興趣。	□	□	□	□	□

	1	2	3	4	5
10. 提供大眾生活休閒資訊。	☐	☐	☐	☐	☐
11. 提供大眾娛樂與鬆弛。	☐	☐	☐	☐	☐
12. 經常質疑政府官員的言行，與政府對立。	☐	☐	☐	☐	☐
13. 經常質疑企業的言行，與企業對立。	☐	☐	☐	☐	☐
14. 經常質疑政黨的言行，與政黨對立。	☐	☐	☐	☐	☐
15. 設定政治議題。	☐	☐	☐	☐	☐
16. 激發民眾參與重大議題的討論。	☐	☐	☐	☐	☐
17. 提供民眾表達對公共事務意見的機會。	☐	☐	☐	☐	☐
18. 提供民眾解決社會問題的可能方案。	☐	☐	☐	☐	☐

19. 整體而言，您所服務的機構在報導新聞告知大眾如何？

(1) ☐很差；(2) ☐普通；(3) ☐還好；(4) ☐非常傑出；(5) ☐無意見

二、接著，我們想瞭解您對新聞報導的影響力的看法。並請您依個人的看法，在下列陳述句右邊的☐打 ✓，或以█標示。

	沒有任何影響	有一點影響	有部分影響	相當有影響	有很大影響
	1	2	3	4	5
1. 新聞報導對您自己在下列事項有多大的影響？					
(1) 對社會事件的瞭解	☐	☐	☐	☐	☐
(2) 對社會事件的態度	☐	☐	☐	☐	☐
(3) 對政府政策的瞭解	☐	☐	☐	☐	☐
(4) 對政府政策的態度	☐	☐	☐	☐	☐
2. 您認為，新聞報導對一般民眾在下列事項有多大的影響？					
(1) 對社會事件的瞭解	☐	☐	☐	☐	☐
(2) 對社會事件的態度	☐	☐	☐	☐	☐
(3) 對政府政策的瞭解	☐	☐	☐	☐	☐
(4) 對政府政策的態度	☐	☐	☐	☐	☐
3. 您認為，新聞報導對政府官員在下列事項有多大的影響？					
(1) 對社會事件的瞭解	☐	☐	☐	☐	☐
(2) 對社會事件的態度	☐	☐	☐	☐	☐
(3) 對政府政策的瞭解	☐	☐	☐	☐	☐
(4) 對政府政策的態度	☐	☐	☐	☐	☐

三、接下來我們想瞭解您平時的工作狀況，請依您個人的感受在下列陳述句右邊的□中打 ✓，或以■標示。

	從未	很少	有時	經常
	1	2	3	4

1. 過去一年你的<u>工作量</u>的改變情形：

	從未	很少	有時	經常
(1) 開會的次數增加。	□	□	□	□
(2) 工作時隨時在收發訊息情形增加。	□	□	□	□
(3) 發稿量增加。	□	□	□	□
(4) 要做很多因應新媒體需要的額外工作（如：經營部落格、FB，發即時新聞⋯⋯）。	□	□	□	□
(5) 工作超時。	□	□	□	□

2. 過去一年你的<u>工作方式</u>改變情形：

	從未	很少	有時	經常
(1) 工作時利用手機拍攝畫面。	□	□	□	□
(2) 工作時利用即時通訊軟體（如 LINE 等）聯絡溝通。	□	□	□	□
(3) 工作時需要身兼多重職務（例如，既是文字又要當攝影與剪輯）。	□	□	□	□
(4) 發稿需要使用多種媒體形式。	□	□	□	□
(5) 發稿需要同時供給集團內媒體或合作媒體。	□	□	□	□
(6) 需要採用集團內媒體的稿件或素材。	□	□	□	□
(7) 需要採用網路新媒體的素材。	□	□	□	□
(8) 需要採用更多民眾投訴或爆料的題材。	□	□	□	□

	很不同意	不同意	同意	很同意	無意見
	1	2	3	4	5

3. 媒體在數位環境中的工作方式有所改變，對你<u>工作的壓力</u>是：

	很不同意	不同意	同意	很同意	無意見
(1) 工作量加重。	□	□	□	□	□
(2) 發稿速度加快（或發即時新聞）。	□	□	□	□	□
(3) 必須到新媒體上尋找報導題材。	□	□	□	□	□
(4) 必須不斷地學習新科技技術。	□	□	□	□	□
(5) 必須花時間認識新的社群媒體或新型網站。	□	□	□	□	□
(6) 必須花時間和網路上的觀眾／讀者互動。	□	□	□	□	□

四、接著想請教您對在新聞實務上一些做法的意見。如果一則新聞很重要，下面這些做法是否在有些情形下，可以被視為合理的做法，或是在任何情形下您都不贊同。

	有些情況合理	都不贊同	不確定	無意見
	1	2	3	4
1. 為了報導新聞，新聞工作者可以花錢買機密消息。	□	□	□	□
2. 即使未經同意，記者仍可以在報導中使用企業或政府的機密文件。	□	□	□	□
3. 為了採訪方便，記者可以利用假身分進行採訪。	□	□	□	□
4. 記者可以透露受自己保護的祕密消息來源的身分。	□	□	□	□
5. 即使受訪者不願接受採訪，記者為了採訪，可以利用各種方法打擾對方，以完成任務。	□	□	□	□
6. 即使未經同意，記者仍可以在報導中使用私人文件（如照片、信件）。	□	□	□	□
7. 為了採訪內幕消息，記者可以不表明身分到企業或其他組織工作。	□	□	□	□
8. 未經同意使用隱藏式錄音機或針孔攝影機。	□	□	□	□
9. 以戲劇性或模擬演出的手法處理新聞。	□	□	□	□
10. 洩漏性侵受害者的姓名。	□	□	□	□
11 可以接受採訪對象贈送的禮金。	□	□	□	□
12. 發布未經查證的消息。	□	□	□	□

五、下面的部分，我們想要瞭解您對目前工作的滿意程度及工作現況，請您依個人的感覺，指出您對下列事項的滿意程度及陳述句中的同意程度。

	很不滿意	不滿意	滿意	很滿意	無意見
	1	2	3	4	5
1. 薪資所得（包括稿費、津貼及獎金）	☐	☐	☐	☐	☐
2. 福利政策	☐	☐	☐	☐	☐
3. 休假	☐	☐	☐	☐	☐
4. 退休制度	☐	☐	☐	☐	☐
5. 考績評鑑	☐	☐	☐	☐	☐
6. 升遷	☐	☐	☐	☐	☐
7. 進修制度	☐	☐	☐	☐	☐
8. 工作時間	☐	☐	☐	☐	☐
9. 工作量	☐	☐	☐	☐	☐
10. 工作機構的聲譽	☐	☐	☐	☐	☐
11. 工作穩定性	☐	☐	☐	☐	☐
12. 工作環境	☐	☐	☐	☐	☐
13. 主管的能力	☐	☐	☐	☐	☐
14. 工作的成就感	☐	☐	☐	☐	☐
15. 工作對社會的重要性	☐	☐	☐	☐	☐
16. 學習新知的機會	☐	☐	☐	☐	☐
17. 工作的挑戰性	☐	☐	☐	☐	☐
18. 主動與創新的機會	☐	☐	☐	☐	☐
19. 工作受社會尊重的程度	☐	☐	☐	☐	☐
20. 工作自主權	☐	☐	☐	☐	☐
21. 整體而言，您對您目前的工作的滿意程度	☐	☐	☐	☐	☐

	從未	很少	有時	經常
	1	2	3	4
22. 工作讓我覺得心力交瘁	☐	☐	☐	☐
23. 工作一整天後，我感到精疲力盡	☐	☐	☐	☐
24. 每天起床想到又要面對一天的新聞工作，就覺得很累	☐	☐	☐	☐
25. 整日工作使我精神緊繃	☐	☐	☐	☐

26. 我對我的工作產生倦怠感　　　　　□　□　□　□
27. 我能有效地解決工作中的問題　　　　□　□　□　□
28. 我覺得自己對所服務的媒體機構是有相當貢獻　□　□　□　□
29. 我自認能勝任目前的工作　　　　　　□　□　□　□
30. 當我完成重要任務時，我覺得十分興奮　□　□　□　□
31. 在新聞工作中，我完成了許多有價值的事　□　□　□　□
32. 在新聞工作上，我自信能有效地把工作做好　□　□　□　□
33. 我對目前工作的興趣已漸降低　　　　□　□　□　□
34. 我對目前工作的熱情已漸消減　　　　□　□　□　□
35. 我只想做我的工作而不被打擾　　　　□　□　□　□
36. 我愈來愈不相信我的工作有任何貢獻　□　□　□　□
37. 我懷疑我的工作是否具有重要性　　　□　□　□　□
38. 處理新聞時，我通常努力做好查證工作　□　□　□　□
39. 處理新聞時，我通常會努力做到平衡報導　□　□　□　□
40. 處理新聞時，我會努力撰寫完整的報導　□　□　□　□

六、業配或專案新聞在新聞界常見，接著想請教您在執行此類新聞的經驗，請依
　　您個人經驗在下列問題的選項中勾選，或以■標示。

---

1. 您是否曾接受上級指派進行「業務配合」報導或編播新聞（例：配合業務，不一
　　定是有直接收入的新聞）？
　　(1) □從未；(2) □很少；(3) □有時；(4) □時常；(5) □無意見。

2. 您是否曾接受上級指派進行「專案配合」報導或編播新聞（例：有直接收入的新
　　聞）？
　　(1) □從未；(2) □很少；(3) □有時；(4) □時常；(5) □無意見。

3. 您在接受指派進行業配／專案新聞時，會不會對您的採訪報導有所影響？
　　(1) □很大影響；(2) □有些影響；(3) □一點影響；(4) □沒有影響；(5) □無意
　　見。

4. 您覺得一般新聞工作者受指派進行業配／專案新聞時，會不會對他們的採訪報導
　　有所影響？
　　(1) □很大影響；(2) □有些影響；(3) □一點影響；(4) □沒有影響；(5) □無意見

5. 您所被指派執行的業配／專案新聞，出資者以哪一類型最多？
　　(1) □政府部門；(2) □私人企業；(3) □非營利組織；(4) □其他；(5) □沒有被指
　　派

七、下面的部分，我們想瞭解在新媒體日新月異的時代，您對社群媒體與新聞業
　　的看法。

1. 您的新聞工作單位是否有關於社群媒體（臉書、推特、YouTube 等）使用的方針
　 或規定？
　 (1) □有；(2) □沒有；(3) □不清楚
2. 您每天平均花多久時間使用社群媒體來輔助你的新聞工作？
　 (1) □ 30 分鐘以下　　　(2) □ 30 分到 1 小時　　(3) □ 1-2 小時
　 (4) □ 2-3 小時　　　　　(5) □ 3-4 小時　　　　　(6) □ 4-5 小時
　 (7) □ 5-6 小時　　　　　(8) □ 6 小時以上　　　　(9) □不知道
　 (10) □完全沒有
3. 社群媒體對您的新聞工作（報導或製作新聞）的重要程度為何？
　 (1) □非常重要；(2) □很重要；(3) □有一點重要；(4) □不太重要；
　 (5) □一點都不重要；(6) □不知道。
4. 您是否使用社群媒體進行相關新聞工作，請依個人經驗在下列陳述句中勾選。

		很未	很少	有時	經常
		1	2	3	4
(1)	查閱最新消息	□	□	□	□
(2)	查看其他新聞媒體正在報導的消息	□	□	□	□
(3)	監看負責領域（路線）中的社群媒體相關最新討論	□	□	□	□
(4)	尋找新聞的素材或靈感	□	□	□	□
(5)	尋找我不認識或無法接觸的消息來源	□	□	□	□
(6)	查證與確認資訊	□	□	□	□
(7)	找到更多補充資訊	□	□	□	□
(8)	訪問受訪者	□	□	□	□
(9)	認識我負責的領域（路線）中更多人	□	□	□	□
(10)	在社群媒體留意工作中認識的人的動態	□	□	□	□
(11)	與採訪對象／消息來源保持聯繫	□	□	□	□
(12)	與同業保持聯繫	□	□	□	□
(13)	與我的讀者或觀眾保持聯繫	□	□	□	□
(14)	在與工作相關的社群媒體上發表評論	□	□	□	□
(15)	在與工作相關的社群媒體上的回應讀者或觀眾的評論	□	□	□	□

(16) 截取圖片或下載影片作為報導的素材　　　□　□　□　□

5. 您多常在社群媒體上收到任何有關您的報導的回饋？

(1) □從來沒有　(2) □一週少於一次　(3) □一週一次　(4) □一週多次

(5) □一天一次　(6) □一天多次　　　　　(7) □不清楚

6. 下面是一些社群媒體對新聞人員影響的陳述，您對這些陳述的同意程度為何？

	很不同意	不同意	中立	同意	非常同意	不知道
	1	2	3	4	5	6
(1) 使用社群媒體讓我更能推銷自己及我的作品	□	□	□	□	□	□
(2) 社群媒體使我能更貼近我的讀者或觀眾	□	□	□	□	□	□
(3) 社群媒體使我更能有效與工作有關的人溝通	□	□	□	□	□	□
(4) 社群媒體使我的報導數量（生產力）增加	□	□	□	□	□	□
(5) 社群媒體減少我每天的工作負荷	□	□	□	□	□	□
(6) 使用社群媒體提升我的新聞公信力	□	□	□	□	□	□
(7) 社群媒體讓我能夠更快速的報導新聞	□	□	□	□	□	□
(8) 社群媒體讓我能報導更多的新聞	□	□	□	□	□	□

7. 總體來說，您如何評價社群媒體對新聞專業的影響？

(1) □非常正面；(2) □有點正面；(3) □沒有影響；(4) □有點負面；

(5) □非常負面；(6) □不知道。

8. 請告訴我們，您是否同意下列關於社群媒體對新聞專業影響的陳述？

	很不同意	不同意	中立	同意	非常同意	不知道
	1	2	3	4	5	6
(1) 社群媒體正在降低傳統新聞的價值	□	□	□	□	□	□
(2) 社群媒體威脅到了新聞的品質	□	□	□	□	□	□
(3) 社群媒體使新聞更能對大眾負責（問責）	□	□	□	□	□	□
(4) 社群媒體增加了新聞的影響力	□	□	□	□	□	□
(5) 社群媒體增加了新聞的多元觀點	□	□	□	□	□	□
(6) 民眾上傳的影像或在網路上發表的內容對新聞事業的誠信產生威脅	□	□	□	□	□	□
(7) 網路新聞為追求速度犧牲了正確性	□	□	□	□	□	□

八、接下來我們想瞭解您對媒體現在與未來的看法，請您依個人的判斷，在下列
　　陳述題項上勾選，或以■標示。

	沒有任何影響	有一點影響	有部分影響	相當有影響	有很大影響
	1	2	3	4	5
1. 新媒體已經使傳統媒體的讀者與觀眾大量流失	☐	☐	☐	☐	☐
2. 您認為您的工作機構高層目前最重視的目標是：	☐	☐	☐	☐	☐
(1) 增加利潤	☐	☐	☐	☐	☐
(2) 提高收視率／閱報率／收聽率	☐	☐	☐	☐	☐
(3) 提升廣告營收	☐	☐	☐	☐	☐
(4) 提高新聞品質	☐	☐	☐	☐	☐
(5) 提升新聞人員素質	☐	☐	☐	☐	☐
(6) 更新產製設備	☐	☐	☐	☐	☐
3. 就您個人的觀點，您認為您的工作機構目前最應該重視的目標是：					
(1) 增加利潤	☐	☐	☐	☐	☐
(2) 提高收視率／閱報率／收聽率	☐	☐	☐	☐	☐
(3) 提升廣告營收	☐	☐	☐	☐	☐
(4) 提高新聞品質	☐	☐	☐	☐	☐
(5) 提升新聞人員素質	☐	☐	☐	☐	☐
(6) 更新產製設備	☐	☐	☐	☐	☐
4. 我不會離開新聞界從事其他工作	☐	☐	☐	☐	☐
5. 如果有機會重新選擇，我仍然選擇新聞工作	☐	☐	☐	☐	☐
6. 即使別的行業付我較高的薪水，我也不會離開新聞界	☐	☐	☐	☐	☐
7. 新聞工作是值得終身從事的工作	☐	☐	☐	☐	☐
8. 我計畫不久就會離開目前的工作機構	☐	☐	☐	☐	☐
9. 我會儘快辭去目前的工作	☐	☐	☐	☐	☐
10. 我不會很快離開目前的工作機構	☐	☐	☐	☐	☐
11. 我可能在不久之後就會離開目前的工作機構	☐	☐	☐	☐	☐
12. 只要我找到更好的工作，就會辭去目前的工作	☐	☐	☐	☐	☐

13. 在網路及新科技不斷影響我們生活的未來，您對新聞業的未來預期是：

　　(1) ☐愈來愈好；(2) ☐會好一些；(3) ☐和現在差不多；(4) ☐會差一些；

(5) □愈來愈差。

14. 你對主流媒體未來的預期是：

(1) □愈來愈好；(2) □會好一些；(3) □和現在差不多；(4) □會差一些；(5) □愈來愈差。

15. 你對網路等新媒體未來的預期是：

(1) □愈來愈好；(2) □會好一些；(3) □和現在差不多；(4) □會差一些；(5) □愈來愈差。

九、最後我們想知道您的個人資料，請您仔細填寫，以幫助我們進行統計分析。

---

1. 您的性別是：(1) □男　　(2) □女

2. 您今年幾歲（實歲）：＿＿＿＿＿＿歲

3. 您的婚姻狀況是：

(1) □已婚　　(2) □未婚　　(3) □離婚　　(4) □其他

4. 您的最高學歷是：

(1) □高中畢業　　　(2) □專科肄業　　　(3) □專科畢業

(4) □大學肄業　　　(5) □大學畢業　　　(6) □碩士班肄業

(7) □碩士班畢業　　(8) □博士班肄業　　(9) □博士班畢業

5. 您在大學主修的科系為（可複選）

(1) □新聞系

(2) □大眾傳播或相關科系

(3) □社會科學（政治、心理、社會等）

(4) □商學系

(5) □自然科學（理、工、農、醫等）

(6) □人文科學（文、史、哲、藝術等）

(7) □法律

(8) □其他

6. 您在研究所主修的科系為（可複選）（未就讀研究所者請直接跳答本題）

(1) □新聞系

(2) □大眾傳播或相關科系

(3) □社會科學（政治、心理、社會等）

(4) □商學系

(5) □自然科學（理、工、農、醫等）

(6) □人文科學（文、史、哲、藝術等）

(7) □法律

(8) □其他

7. 您是否曾修過新聞傳播方面的課程？
　　(1) □是　　　(2) □否

8. 整體而言，您在您目前工作上是否擁有充分自主權？
　　(1) □完全的自主權；(2) □相當的自主權；(3) □部分的自主權
　　(4) □幾乎沒有自主權；(5) □無意見

9. 您在選擇新聞題材上，擁有多少的自主權？
　　(1) □完全的自主權；(2) □相當的自主權；(3) □部分的自主權
　　(4) □幾乎沒有自主權；(5) □無意見

10. 您在決定報導角度上，擁有多少的自主權？
　　(1) □完全的自主權；(2) □相當的自主權；(3) □部分的自主權
　　(4) □幾乎沒有自主權；(5) □無意見

11. 您的主要工作職務是（請單選）：
　　(1) □記者（助理記者、資深記者、採訪主任、召集人）
　　(2) □主播／主持人　　　(3) □攝影記者　　　(4) □製作人
　　(5) □執行製作　　　(6) □編輯（主編、助理編輯、編播）
　　(7) □主筆／撰述委員／研究人員
　　(8) □其他高階管理人員　(9) □其他 (請說明)　_____

12. 您的職位是（請單選）：
　　(1) □總經理／副總經理　　　　(2) □總編輯／副總編輯
　　(3) □經理／副理　　　　　　　(4) □總監／副總監／助理總監
　　(5) □製作人　　　　　　　　　(6) □主任／副主任
　　(7) □召集人／組長　　　　　　(8) □未擔任其他主管或副主管職務
　　(9) □其他（請說明）

13. 您在下列何種媒體服務（請單選）？
　　(1) □報紙 (2) □電視 (3) □廣播 (4) □通訊社 (5) □網路或其他新媒體

14. 您服務的所在地是：
　　(1) □總社／總公司　　　　(2) □地方／分社

15. 您在目前的工作機構每個月收入（含津貼、加給、稿費）平均大約為：
　　(1) □ 20,000 元以下　　　(2) □ 20,001-30,000 元　　　(3) □ 30,001-40,000 元
　　(4) □ 40,001-50,000 元　　(5) □ 50,001-60,000 元　　(6) □ 60,001-70,000 元
　　(7) □ 70,001-80000 元　　　(8) □ 80,001-90,000 元
　　(9) □ 90,001-100,000 元
　　(10) □ 100,000 元以上

16. 您在政治理念上比較支持哪個政黨？
　　(1) □民進黨　　　(2) □台聯　　　(3) □國民黨　　　(4) □親民黨
　　(5) □新黨　　　　(6) □其他政黨　　(7) □不支持任何政黨

17. 您認為您目前的工作機構在政治理念上比較支持哪個政黨？

(1) □民進黨　　　(2) □台聯　　　　(3) □國民黨　　　(4) □親民黨

(5) □新黨　　　　(6) □其他政黨　　(7) □不支持任何政黨

18. 如果請您對您的工作機構在新聞報導表現上評分，最高是 100 分，最低 0 分，60 分及格，您會給幾分？

(1) □ 100-90 分　　(2) □ 89-80 分　　(3) □ 79-70 分　　(4) □ 69-60 分

(5) □ 59-50 分　　(6) □ 49-40 分　　(7) □ 40 分以下　　(8) □無意見

19. 請問您未來五年內最想到哪裡工作？

(1) □留在目前的新聞機構工作　　　　(2) □到其他新聞機構工作

(3) □到其他行業工作　　　　　　　　(4) □退休／不再工作

(5) □未決定